El Páramo
ODDIN
Cordillera de Las Fauces
Los Huecos
KORKOF
JELLIN
Bosque de El Témpano
El Colmillo
Cordillera Nisgurg
MORAINN
Desierto de Lienum
Yunthor
DUNDRAN
Desierto de Tarnios
Bosque de La Madre
URTRAAK
SHAZAAK
KHÖRGAAK
Bosque de la Plata

Promesa de sangre

PROMESA DE SANGRE

Trilogía Sangre de Plata III

Lucía G. Sobrado

Papel certificado por el Forest Stewardship Council®

MIXTO
Papel | Apoyando la silvicultura responsable
FSC® C117695
FSC
www.fsc.org

Penguin Random House Grupo Editorial

Primera edición: noviembre de 2024

Printed in Spain – Impreso en España

ISBN: 978-84- 666-8002-8
Depósito legal: B-16.129-2024

Compuesto en Llibresimes

Impreso en Liberdúplex
Sant Llorenç d'Hortons (Barcelona)

BS 8 0 0 2 8

Para quienes se ven obligadas a ser fuertes siempre:
quebrarte no te hace débil, sino humana.

Y para mí. Por permitirme ser humana y quebrarme.
Por tener el valor de pedir ayuda cuando la necesité
y por no rendirme con esta historia

1 de noviembre del año 906

Lo siento.

[...]

25 de diciembre del año 906

Rylen:

Hoy, especialmente, me acuerdo de ti. De ti y de nuestros planes para Yule. De ese imaginario que me regalaste y que ahora añoro.

Y me duele, me duele tantísimo no tener el valor de admitir que tal vez ~~me equivoqué~~.

[...]

20 de marzo del año 907

Querido Rylen:

Espero que hoy consigas no pensar en mí. Que te hayas librado del pesar y que no recuerdes que hace un año contraíamos nupcias, al frescor de Ostara. Me vienen a la mente tu recelo y tus sonrisas, porque aunque estabas incómodo,

Investigar boda. Fecha: 20 de marzo del año 906 de la Era Solar.

No hay ningún registro de una boda imperial. ~~Preguntar a...~~

guardabas una palabra amable para cualquiera. Los dos teníamos tanto miedo...

Hoy, más que nunca, desearía que en tu pecho~~, vacío de corazón,~~ no hubiera hueco para el pesar. Que esa carga fuera enteramente mía y ahorrarte sufrimiento. Pero sé que no será así.

Incongruencia con los registros sobre Rylen Valandur. No hay ningún indicio de esto.

¿Por qué tacharía «a los dioses»? Según los registros, Ayrin era muy devota.

Jamás te pediría que me perdonaras. Pero sí le pido ~~a los dioses~~ a la vida que encuentres la paz en tiempos de guerra.

AYRIN

[...]

1 de mayo del año 907

Querido Rylen:

Investigar término. ¿Qué es Veturnaetur?

No puedo dejar de pensar en ti.

Han pasado seis meses desde Veturnaetur, seis meses y no consigo sacarte de mi cabeza. No dejo de pensar en si estarás bien. En si estarás vivo, en realidad, aunque pocas veces permito que ese pensamiento intrusivo arraigue en mi interior.

Festividad propi de la cultura de los elfos oscuros. Pocos registros, datados de fecha anteriores al Sig Cero y la escisión de la raza. ¿Es posible contacta con los muertos?

Y sé que mandar estas cartas me arrojaría respuestas. Pero al mismo tiempo también sé que no sería justo para ti. La maldición de los afines me dice que sigues vivo. Que tu corazón lata en el interior del sauce me dice que sigues vivo. Pero algo dentro de mí me grita que estás muriendo. Que una parte de ti lo está haciendo.

Investigar compendio de leyendas. ¿A qué se refiere con los afines?

Y lo siento.

[...]

9 de julio del año 907

¿Cuándo regresó a Glósvalar Ayrin? ¿Por qué «en casa»? No hay ningún registro. Tampoco de cómo llegó allí.

Hoy he vuelto a respirar.

Porque te he visto ~~en casa~~ en Glósvalar. Y estás vivo.

[...]

Según los rumores, los Efímeros se pueden teletransportar. Investigar relación.

31 de octubre del año 908

En mis ruegos solo hay hueco para una plegaria, lanzada al vacío: que nunca me perdones.

[…]

31 de octubre del año 928

Me pregunto si veinte años después seguirás pensando en mí. Si seguirás amándome.

Porque yo sí. Y a estas alturas, creo que jamás dejaré de amarte.

[…]

¿Ayrin Wenlion enamorada de Rylen Valandur?

31 de octubre del año 931

~~PERDÓNAME.~~

Lo siento. Lo siento. LO SIENTO. LO SIENTO. LO SIENTO. LO SIENTO. LO SIENTO. LO SIENTO. LO SIENTO. LO SIENTO. LO SIENTO. LO SIENTO. LO SIENTO. LO SIEN

[…]

¿Serán estos los primeros indicios de la demencia de Ayrin?

31 de octubre del año 936

Querido Rylen:

Diría que es poético que un día como hoy, treinta años después, Tarisa Aldair haya amenazado con sublevar al pueblo si no dejo el cargo en veinticuatro horas.

Diría que es poético que un día como hoy, treinta años después, el ejército se haya puesto en mi contra por déspota, autoritaria, demente… Son tantos los adjetivos que ahora van asociados a mi nombre que he perdido la cuenta. ~~Y todo por tu culpa.~~

¿No eran ciertas estas acusaciones por parte de la bisabuela?

No te culpo por sobrevivir a mi ataque. En realidad, no. Porque yo tendría que haberme quedado en nuestro dormi-

torio, asegurarme de que morías, en lugar de huir como la cobarde que soy. Como la cobarde que he sido estos treinta años cada vez que he sostenido tu corazón entre las manos con la intención de ponerle fin. Como la cobarde que he sido cuando he vuelto a Glósvalar con la idea de acabar con lo que empecé y no he podido.

Te diría que solo me queda confiar en el destino para que este no se repita y los dioses vean cumplidos sus planes. Pero Dalel seguirá jugando. Seguirá tirando de sus hilos hasta que el resto de la vida en Narendra se extinga.

Post-investigación de linajes: Nahilia Eanil, bisabuela de Cyndra Daebrin por parte materna.

Jamás he dudado de la veracidad de lo que Nahilia me contó, tan desesperada y aterrada por lo que su dios le había mostrado. Ella nunca intercedió. Nunca me desveló el futuro. Hasta la semana antes de Veturnaetur. Le pregunté por nuestro futuro, Rylen. Por si tendríamos hijos, si seríamos felices juntos. Y que no pudiera responderme y se echara a temblar…

¿Nahilia Eanil? Única consejera de Ayrin Wenli durante todo su mandato.

Investigar acerca de profetas.

Investigar conceptos.

Lo vio, Rylen, el futuro de regresar a la mezcla de la raza. Mantendríamos la paz en la isla, sí, lo que siempre habías soñado. Juntos, regresaríamos a la raza primigenia. La previa a la escisión del Siglo Cero. Efímeros de Luz y Sombras en todas partes. El poder recobrado. Habría paz, durante un tiempo. Porque nada pondría límite a nuestra estirpe. Y se vería cumplido el plan de Dalel: que los elfos conquistaran Narendra.

No hay alusión a nada parecido a Efímeros de Luz y Sombras. Solo «Efímeros». Y hasta ahora, creíamos que solo existía un tipo de ellos…

Nahilia me habló de la devastación. De la conquista de territorios y la erradicación de las otras razas de vaettir. Si seguía contigo, Rylen, supondríamos el fin de la diversidad. La guerra dejaría de ser insular y se convertiría en mundial con el tiempo. Tu sueño de preservar la paz, arruinado. Guerras civiles en contra de la guerra mundial. Destrucción por doquier incluso dentro de nuestra especie. Todo ligado a nuestros nombres. Al de aquellos egoístas que ignoraron el peligro tras una unión semejante.

Tu abuela y mi abuelo hicieron bien en separar la raza. Y en ningún momento nos planteamos por qué. Lo achacamos a la disputa de dos amantes hastiados, cuando la realidad es que se dieron cuenta de que no había límites para nuestros poderes. Nos expulsaron al norte del continente por nuestro potencial de destrucción. Estábamos haciendo lo mismo con la isla que nos agenciamos con nuestros dones de luces y som-

Investigar los verdaderos orígenes de la separación de la raza.

bras. Y llegaría un momento en que esta porción de tierra se nos quedaría pequeña.

Sacrificaron su amor en pos del buen porvenir de Narendra. Un sacrificio ignorado y pisoteado por nuestras decisiones. Tuyas y mías, Rylen. Y si seguías vivo... Contigo vivo, el futuro que predijo Nahilia se cumplirá. Solo contigo, no conmigo. Porque aunque pensé en suicidarme, nada garantizaba que no fueras a encontrar otro medio para unir las razas.

Una vez, Nahilia me dijo que son las decisiones impulsivas las que determinan nuestro destino. Porque las premeditadas siempre han estado ahí, formando parte de él. Solo esos impulsos son los que alteran el cosmos. Y después de mucho pensar en cómo abordar el tema contigo y hablarlo, cómo destruir tus sueños de crear una familia numerosa, me di cuenta de que, hiciera lo que hiciera, no nos libraría de que Dalel cumpliera su plan.

Arrancarte el corazón del pecho fue mi impulso.

Por eso sé que no es poético que un día como hoy se alcen las armas contra mí. Es profético. Dalel ha vuelto al juego, pero no puedo dejar que gane. Porque no tengo el valor de matarte y lo he pensado largo y tendido.

Pero estoy segura de que los Aldair jamás se pondrán de tu parte. No con lo que creen que me hiciste estando allí contigo. Lucharán contra ti hasta la saciedad y eso me ofrece cierto consuelo. No pretendo que entiendas mis motivaciones, porque sé que, por buenas que sean mis intenciones, suponen una traición para ti. Aun así, si algún día nos reencontramos en la morada de los dioses, confío en poder explicártelo.

Mientras tanto, sacrificaré lo que me queda de existencia en pos de esa nueva esperanza. Solo espero no tener que regresar a ponerle fin.

Siempre tuya,

Ayrin
Fragmentos del diario perdido de Ayrin Wenlion
con anotaciones de Mebrin Aldair

Prólogo

Prólogo

Kara Aldair se había vestido para la ocasión. Tras varias semanas de agasajar a los emisarios berserkers, por fin había llegado el día en su honor. El emperador lo había orquestado todo para mantenerlos entretenidos y despreocupados por la ausencia de Ashbree, quien debía casarse con el *jarl*. Y después de pasar tanto tiempo con Halldan Ruud, su embajador, Kara había llegado a la conclusión de que ninguno de sus potenciales aliados sabía exactamente por qué su hermana no regresaba del frente. Era información clasificada que habían eludido achacándolo a la enorme pérdida de soldados en la emboscada de Milindur. Arcaron, por primera vez desde que Kara recordaba, excusaba a Ashbree alabando su gran sentido de la responsabilidad. «Como sanadora, su corazón no está preparado para dejar a sus pacientes atrás», decía su padre cada vez que el embajador preguntaba. «Es el orgullo del imperio, es la mejor emperatriz que Yithia tendrá», proseguía con una sonrisa tan falsa que nadie llegaba a creerse. Aunque Kara sí que estaba de acuerdo con lo que su padre proclamaba de su hermana.

Tras una mañana entretenida con los juegos típicos korkofitas, habían disfrutado de un refrigerio colmado de platos del pueblo vecino. Siempre que Halldan no había estado ocupado con alguno de los consejeros de su padre, había acudido a su lado, como atraído por un imán, y a ella le nacía una sonrisa sincera en los labios cada vez que descubría a aquel imponente hombre de cabellos cobrizos y barbas espesas buscándola entre la gente. Kara, por su parte, se refugiaba en su compañía siempre que Arathor Gandriel hacía intención de aproximarse a ella. Ahora que sus propios planes estaban al caer, ya no había necesidad de mantener al comandante cerca para recabar información. Y menos si tenía en cuenta que Lorinhan seguía en paradero desconocido —por lo que nada de lo que le sonsacara llegaría a buen puerto— y que Arathor había sido el responsable de que encontraran a Cyndra Daebrin, instigadora de los alzamientos en nombre de la Hija de la Luz. El muy bastardo había advertido a una cuadrilla de asesinos sobre dónde podría estar escondida. Aquella fue la gota que colmó el vaso para Kara. Lo entretendría para mantenerlo vigilado por si acaso y luego le daría la patada.

Mientras tanto, también se volcó en su relación con Halldan, quien le había pedido que le enseñara más sobre la cultura yithiana. Y así ella había aprovechado para obtener información sobre la situación de su hermana y se la había comunicado a Lorinhan antes de que este desapareciera.

Su padre no se mostraba dispuesto a luchar por Ashbree, pero su mentor y sus amigos sí. Según le había explicado el tutor de luz, Thabor —un amigo reciente de Ashbree— iba en misión de espionaje al norte, mientras Seredil —una conjuradora— viajaba a Breros para reconducir los rumores de la existencia de la Hija de la Luz hacia la figura de su hermana. Pero todo se había truncado con la detención de Cyndra, y Kara ya no sabía cómo iba el plan, porque Lorinhan se había esfumado de la noche a la mañana. Y con él, había desaparecido también su único contacto con la rebelión, ahora aparentemente frustrada.

—¿Vamos? —le preguntó Halldan al oído.

Kara se sobresaltó y se llevó la mano al pecho, porque el berserker se había presentado por su flanco izquierdo; un punto ciego al que creía que nunca se acostumbraría. Después, lo miró por encima del hombro, alzando la vista para llegar al rostro que la observaba desde sus más de dos metros de altura, y le dedicó una sonrisa cortés y sincera.

El hombre le ofrecía su musculoso brazo, tatuado de runas, para conducirla al salón del trono, donde tendría lugar el siguiente acontecimiento de los festejos: enjuiciamientos públicos. Entonces recordó quién pasaría por allí y el estómago se le revolvió tanto que creyó que vomitaría lo poco que había comido.

Una mano cálida y grande se acomodó en la parte baja de su espalda y Halldan apareció frente a ella.

—¿Estáis bien? —le preguntó con las tupidas cejas cobrizas fruncidas por la preocupación.

Kara recuperó su máscara y esbozó una sonrisa que no llegó a transmitir con la mirada.

—Sí, es solo que estoy un poco nerviosa.

—Tranquila, todo irá bien.

Ella agradeció el consuelo con un asentimiento trémulo y tomó su brazo para dirigirse al salón del trono.

No sabía cuándo había pasado exactamente, pero desde la segunda vez que se vieron, Kara empezó a sentir unas mariposas extrañas al mirar a aquel hombre. El rostro se le iluminaba cuando sus ojos se encontraban en la distancia y el pecho le pesaba con cada una de sus sonrisas, que él guardaba solo para ella. Porque con el resto del mundo, Halldan Ruud se mostraba mortífero, implacable, serio y brusco. Y con ella era todo lo contrario.

Quería pensar que no era una táctica de cortejo, porque percibía sinceridad cuando alababa su resiliencia por estar trabajando en superar un trauma; veía una parte de verdad en cada ocasión en que sonreía ante sus bobadas. Y desde aquella velada mágica en la ópera en la que Kara actuó de intérprete para él, había notado una especie de flechazo.

Desconocía si lo que sentía se podía denominar «amor», pero era indudable que se pasaba el día pensando en él y contando los minutos para volver a encontrarse. Para volver a conversar, porque era lo único que hacían, en realidad. Y la noche anterior habían conversado largo y tendido al respecto de lo que Halldan quería hacer después de los últimos juegos.

La última parte de los festejos, los enjuiciamientos, fueron soporíferos y duros al mismo tiempo. Ella, como segunda en la línea de sucesión, no había presenciado demasiados. Su papel en la familia imperial estaba más relacionado con las audiencias públicas, a las que debía acudir cada semana para aprender a guiar a su gente. Aunque era tarea del emperador atender las peticiones, ella, como hermana de la próxima emperatriz, debía saber manejar al pueblo para asistir a su líder cuando la necesitara. Pero los juicios solían ser demasiado duros y su padre la excusaba.

No obstante, aquellos juicios se celebraban en honor a los berserkers, para mostrarles lo implacable que era el imperio. Y se habían ido sucediendo un preso tras otro. Kara, desde detrás del trono, con Halldan velando por ella, no hacía mucho caso a lo que se decía. Prefería no saber quiénes eran esos elfos y elfas que acababan siendo condenados a muerte o al exilio.

O no prestó atención hasta que escuchó el nombre de Cyndra Daebrin.

Kara alzó la vista despacio, temerosa. De repente, las piernas le fallaron y el brazo de Halldan la sostuvo en pie. No tenía una relación estrecha con Cyndra, pero se habían criado en el mismo hogar. Cuando eran pequeñas, a veces jugaban juntas, y la tiradora se había convertido en una figura que siempre revoloteaba alrededor de su hermana. Allá donde fuera Ashbree, Cyndra la seguía, incansable, hasta el final. Y así había sido en Milindur, por lo que ella sabía.

El corazón se le estrujó y tuvo que tragar saliva cuando sintió ganas de llorar al verla bajo la escalinata del trono, más escuálida de lo que ya de por sí era, con su pelo blanco característico teñido de rubio. Había perdido demasiado peso, sus rasgos se habían afilado y su piel había palidecido. Sus ojos azules estaban velados por la pátina de la desesperación, pero brillaron con desafío cuando Cyndra miró al emperador.

Sin poder seguir observándola, Kara deslizó la vista por el espacio, en busca del otro ser que compartía un vínculo con su hermana. Pero Arathor no estaba por ninguna parte. Kara se llevó las manos al pecho, con los nervios bombeándole la sangre, en lugar del corazón, al escuchar la sentencia. Tuvo que deslizar la vista al techo para contener las lágrimas cuando Cyndra se declaró inocente. No podía mirarla, no podía ver cómo condenaban al único vínculo que quedaba con su hermana. A la fémina que había conseguido que Ashbree nunca se viniera abajo.

—Cyndra Daebrin —un escalofrío le recorrió el cuerpo—, por los cargos de los que se te acusa, sean confabulación con el enemigo y traición al Imperio de Yithia, yo, Arcaron Aldair, sexto emperador de la Era Solar, te declaro culpable y te sentencio a muerte.

Kara se quedó sin aliento. Se había aferrado a la esperanza de que la exiliaran en deferencia a su padre, Consejero de la Moneda y mano derecha del emperador. Pero ni siquiera esa relación la salvaría de la muerte.

Cuando se alzaron cuchicheos a su alrededor, Kara no pudo soportarlo y se llevó las manos a la boca para contener un sollozo. Halldan se inclinó hacia su oído y su aliento cálido le acarició la piel al susurrarle:

—Podemos irnos cuando queráis.

Que aquel hombre se mostrase tan cercano fue la gota que colmó el vaso. Pero no podía marcharse, no podía huir de aquel modo, y negó con la cabeza.

—Una retirada a tiempo no es muestra de debilidad ni de cobardía, sino de inteligencia —insistió él.

Kara inspiró hondo y, sin mediar palabra, abandonó su puesto tras el trono por el pasillo adyacente a la tarima, a paso raudo y sin que las lágrimas cesaran.

Halldan la alcanzó en apenas unas zancadas y colocó una mano en su espalda para transmitirle su apoyo. Pero no iba a quedarse ahí, no donde cualquiera pudiera verla llorar, así que se dirigió al ala familiar casi corriendo, entre cojeos que se negaban a abandonarla. Halldan, a pesar de su prótesis, le siguió el ritmo sin titubear.

Pasaron junto a la puerta de Ashbree, que se hallaba entreabierta, sin pensar siquiera en que la última vez la había visto cerrada, porque lo único que tenía en mente era refugiarse en sus aposentos y llorar por todo lo que estaba perdiendo en su vida, empezando por un ojo.

Se derrumbó sobre una de las butacas de la antesala y enterró el rostro entre las manos. Halldan cerró tras de sí y no le importó nada estar a solas con aquel hombre en sus aposentos, a puerta cerrada. Él le frotó la espalda con cariño, un cariño que esperaba que no desapareciera después de esa noche, y se agachó junto a ella.

—Llorar no nos hace débiles —le murmuró—, no tenéis por qué esconderos conmigo.

—Sois un berserker —balbuceó entre lágrimas incontenidas—, sois fiero e indómito.

—Y lloro cuando algo duele. Porque el llanto es catártico.

Kara alzó la vista y se perdió un poco en aquellos dos zafiros que la observaban con tanta comprensión.

—Esperadme aquí. —Halldan se incorporó y caminó hacia la puerta. Se detuvo al abrirla y la miró una última vez—. Os traeré algo. No tardaré.

Kara asintió y le dio las gracias. Se quedó contemplando la puerta cuando la cerró antes de clavar los codos en las rodillas y enterrar el rostro entre las manos de nuevo. Estaban pasando demasiadas cosas, y su pecho padecía cada vez más, inundado de problemas e incertidumbres; temía que llegase un punto en el que no consiguiese cerrar ese cajón tan lleno de desastres. Pero Halldan estaba en lo cierto: después de haber llorado con fuerza, los sollozos se habían calmado y ya apenas corrían algunas lágrimas silenciosas por sus mejillas.

Entonces, la puerta se abrió y ella miró hacia allí, extrañada, porque Halldan no podía haber regresado tan pronto.

Al ver a Ashbree plantada en el umbral, Kara se quedó de piedra. Pero ese solo era el principio de todo lo que estaba por suceder.

1

Rylen llevaba allí más de veinticuatro horas, refugiado en el primer lugar que había acudido a su mente. Y, para su desgracia, había pensado en la cueva porque había estado allí con Ashbree.

Aunque creía tener casi cerrada la herida de Ayrin, que la heredera hubiera tenido la intención de ganarse su amor para después traicionarlo, y se lo confesara después de besarla, había sido demasiado.

No obstante, su parte racional le decía que aquello no era cierto. Porque Ashbree en ningún momento había hablado de amor, solo de confianza. Y había confesado en cuanto supo qué implicaciones tendría para él. La mala suerte radicaba en que todo se había terminado complicando mucho más. Porque la había besado. E intuía de dónde había salido ese impulso.

Sentado en la orilla de la laguna, Rylen suspiró. Debía regresar a Glósvalar, lo sabía. Era el Rey de los Elfos, y había tenido una pataleta más propia de un crío que de un adulto, por mucho que las heridas dolieran sin importar la edad. Lo más apropiado sería disculparse con Ashbree por todo, pero le costaba tanto...

Al cerrar los ojos, en su mente se materializaba su rostro, y la ansiedad lo llevaba a pensar en que físicamente se parecía al de Ayrin más de lo que creía. Sabía que era producto de sus temores, y aun así...

El chapoteo del agua al caer algo pesado lo puso en alerta.

—¡Ayúdame!

Rylen se quedó helado ante lo que vio: a Ashbree, envuelta en una llama de luces y sombras que palpitaba, incombustible a pesar de estar dentro del agua. Y entonces se fijó en lo que trataba de mantener a flote a duras penas.

Corrió como si su vida le fuera en ello y se lanzó al agua. Porque

Ilian no hacía intención de moverse, los ojos cerrados, los labios entreabiertos tragando agua a pesar de que Ashbree luchaba por que no se hundiese. Y lo estaba logrando, aunque el general pesara más del doble que ella.

—Te tengo, hermano —le murmuró, pasando los brazos bajo las axilas de Ilian para nadar de vuelta a la orilla.

Ashbree se adelantó y salió del agua, los ropajes pegados a su cuerpo como una segunda piel y los cabellos revueltos. Aunque —Rylen no sabía cómo— esa llama primigenia de luz y oscuridad que seguía moviéndose a su alrededor empezaba a secarla.

En cuanto Rylen consiguió sacarlo del lago, lo dejó sobre la piedra templada y se arrodilló junto a su amigo, ensartado en una espada yithiana. La reconocía porque en Lykos no se trabajaba el acero con aquella finura, y eso hizo que la ansiedad se asentara sobre su espalda.

—No sé qué hacer —sollozó Ashbree.

Tenía las pupilas tan dilatadas que apenas quedaba oro en sus ojos. Y sus labios... Los labios de Ashbree estaban manchados de sangre plateada, lo que significaba que el esfuerzo invertido en recuperarse de la sobredosis había sido en balde. Pero ahora tenían un problema mayor.

Las manos de Rylen temblaban cuando le tomó el pulso a Ilian.

—¡Está vivo, ayúdame, joder! —le gritó ella.

Aun así, él esperó, con los dedos en la yugular, porque sabía que el dolor cegaba. Ahí estaba: un aleteo trémulo que le concedió permiso para volver a respirar. Pero el pecho de Ilian no se inflaba con aliento, su corazón no estaba bombeando por sí solo. No estaba vivo.

Ilian no estaba vivo.

No podía... No podía ser.

El pánico cegó a Rylen, desperdiciando unos segundos muy valiosos, y luego recuperó su máscara, esa que había aprendido a llevar con los años y que le había granjeado el título de Rey de los Elfos, Señor de Sombras. El monstruo de Lykos.

—Suelta sus sombras —le ordenó Rylen.

—¿Q-qué?

—Debes devolverle sus sombras, todas. Tienes contigo una parte muy pequeña de ellas, pero las necesita.

Ashbree cerró los ojos e inspiró hondo mientras Rylen se recolocaba alrededor de Ilian. Debía mantener la calma; ya habían pasado por un horror parecido juntos. Ilian había estado ahí para él, lo había salvado, y ahora él tenía que hacer lo mismo. Mientras Ashbree no miraba, empuñó la espada y la sacó de un tirón. Ilian ni se inmutó; aquello hizo que un escalofrío le sacudiera el cuerpo y que un sollozo estrangulado escapara de sus labios.

«Soy el Rey de los Elfos», se recordó.

Ashbree gritó un «¡no!» que mandó vibraciones por toda la cueva, pero Rylen no le prestó atención.

—¿Qué haces? ¿Estás loco? —La fémina apretó la herida con fuerza, por delante y por detrás, como podía, la sangre manando lentamente. No podía quedarle mucha.

—¿Le has devuelto sus sombras? —preguntó en su lugar.

—S-sí... —balbuceó, mientras él colocaba la cabeza de Ilian sobre su propio regazo.

El pecho de Rylen palpitaba con insistencia aunque entre sus huesos no hubiera corazón. No sabía si lo que iba a hacer serviría de algo; con él funcionó en el pasado. Pero Ilian...

Estaba muerto. Lo sabía. Y aun así, probaría con todo lo que estuviera en su mano.

Despacio, bajo la atenta mirada de Ashbree, Rylen descendió el rostro hacia el de Ilian. Escuchaba el clamor de la sangre en los oídos, la piel le picaba por no desatarse y por concentrar sus sombras para que subieran por su garganta. Ella mantenía el corazón bombeando, pero a su amigo le faltaba aire y oscuridad. Cerró los ojos y presionó los labios contra los de Ilian antes de ayudarse de la mano para abrirle la boca. Después, sopló dentro y sus sombras se arrastraron por su boca para entrar en el cuerpo de su hermano de batallas. Se quedó muy quieto, espirando lentamente para asegurarse de que la oscuridad llenaba los pulmones de Ilian y no regresaba a él por inercia.

Inspiró por la nariz y repitió el movimiento, sin que sus labios se separasen. Estaban fríos, mortalmente fríos, pero no se permitió pensar en eso. El corazón de Ilian seguía latiendo gracias al influjo que la heredera ejercía sobre él. Y no podía desaprovechar esa oportunidad. Aunque Ilian no estaba vivo, tampoco estaba muerto del todo, porque ella había aferrado —a la fuerza— un trozo de las sombras de Ilian. Y hasta que no desaparecieran, existía una ínfima posibilidad cargada de una esperanza necia y estúpida.

Con la quinta bocanada que exhaló sobre su boca, el pecho del general se hinchó más fuerte y Rylen percibió que sus sombras se quedaban dentro, actuando del modo que tendrían que haberlo hecho las de Ilian. El rey se sentía extasiado por lo que acababa de hacer. Percibía su poder dentro del cuerpo de su amigo de una forma muy íntima, y una lágrima cayó de sus ojos para impactar sobre su frente cuando por fin se separó de él.

—¿Qué...? ¿Qué has hecho?

—Darle parte de mis sombras para que su curación se reactive. Pero tienes que hacer que deje de sangrar. Le queda muy poca sangre —le pidió con todo el cariño que pudo.

—Yo sola no puedo, es mucho, es...

Se sorbió la nariz y negó con la cabeza. No había dejado de brillar ni de llamear ni un solo instante, y no parecía ser consciente del fuego de luces blancas y doradas que la rodeaba.

—Sí puedes, dragona.

Ashbree lo contempló durante unos segundos demasiado preciados.

—No, no puedo.

Lo pronunció con una determinación y fiereza que le arrancó un escalofrío. Aquella no era la Ashbree que había conocido, sino la heredera Aldair, la emperatriz en la que algún día se convertiría. Porque a pesar de las lágrimas, había una determinación regia detrás de sus palabras.

2

El instinto le gritaba qué hacer, qué buscar, y ella se resistía a escucharlo. Porque había probado la sangre de los labios de Ilian, pero no era suficiente. Ashbree sabía que podía ser más poderosa, que podría lograr mucho más con una dosis más alta. Y no quería tomar más de Ilian, porque él estaba...

Apretó los párpados con fuerza un segundo. Silvari había asegurado que la sangre de los Efímeros neutralizaba la toxina, pero no existía ninguna evidencia por el momento. Haber probado la sangre ya podría condenar su vida. Hacerlo una segunda vez...

Lo repetiría mil veces más.

Por Ilian.

Porque se negaba a que su historia terminara antes incluso de empezar; se negaba a que no hubieran tenido tiempo para conocerse de verdad; se negaba a que solo hubieran compartido un instante de calma; se negaba a perderlo.

Ashbree alargó el brazo y cerró los dedos alrededor de la muñeca del soberano. Sus ojos se encontraron con incomprensión. Cada segundo que pasaba era uno malgastado, así que no invirtió tiempo en explicar lo que pretendía hacer. Rauda, con los coletazos de la fuerza inmortal que le había conferido la sangre de Ilian, se llevó la muñeca del rey a los labios y mordió con violencia. Él gruñó e intentó retirarse, pero ella lo sostuvo contra su boca.

La lengua se le empapó del sabor dulce de aquella sangre, fresca y densa, que se colaba por su gaznate y le inundaba el cuerpo de un calor que amenazaba con calcinarla. Al instante, los cosquilleos del placer le contrajeron el bajo vientre, pero se centró en seguir succionando. Más y más. Hasta obtener la suficiente cantidad con la que poder traer a Ilian de vuelta de entre los muertos. Y si después de aquello se convertía en una elfa de sangre, que así fuera.

—Ashbree... —masculló el soberano, con la voz arrastrada.

Su presencia era algo ajeno y distante; sus bordes, difuminados y eclipsados por la sangre. Y entonces lo soltó. Él jadeó y se tambaleó incluso estando de rodillas, pero ella no le prestó atención.

Se sentía tan poderosa que sabía que un solo pensamiento bastaría para derrumbar las montañas que los cobijaban. Que podría extinguir cualquier vida a varios kilómetros a la redonda. Sus ropajes, secos y agujereados por la calcinación, se agitaban envueltos en hilos de sombras que se enroscaban en su cuerpo, que alzaban su cabello. El rey la observaba, consternado, pero Ashbree solo tenía pensamientos para el varón inerte frente a ella.

Arrodillada al otro lado de Ilian, inspiró hondo y se acercó a su rostro para besarlo.

Rylen ni siquiera había podido resistirse cuando Ashbree había reclamado su muñeca y le había mordido con tanta fuerza, con una inmortal, que había atravesado su carne a pesar de no tener colmillos puntiagudos. La sangre había manado al instante, y no había podido hacer nada para evitar que se contaminara con ella.

El temor lo hizo estremecer, pero aquel pensamiento quedó eclipsado por el estallido de placer que le sobrevino. Tuvo que cerrar los ojos y morderse la lengua para no jadear, complacido por aquellas succiones que lo estaban trasladando a la mismísima morada de los dioses. La cabeza se le embotó y el calor en su entrepierna creció, pero él no quería nada de aquello, porque sabía que la vida de Ashbree acababa de irse al traste.

Cuando lo soltó, la encontró más amenazadora que nunca. No había cicatriz sobre su mejilla, ni las marcas que tendrían que haberle quedado con los estallidos del cristal del palacio que él mismo había provocado. Estaba prístina, todopoderosa, letal.

Entonces Ashbree se dobló hacia delante y besó a Ilian. Las sombras que emulaban su propio corazón se contrajeron al verla así, inclinada sobre el cuerpo de su general y su propio regazo, en un momento tan íntimo como funesto, y tuvo que mirar al techo para que las lágrimas se mantuvieran dentro de sus ojos. Fue entonces cuando Rylen se percató de que la penumbra característica de la cueva era inexistente, porque las columnas de cristal de luz resplandecían como cinco soles.

Ashbree se había movido por un impulso primario. El cuerpo de Ilian era un amasijo de carne, sangre, músculos y órganos desgarrados, y aunque con su luz pudiera cerrar las heridas, eran demasiadas y sabía que no iba a disponer de suficiente tiempo. Por eso concentró el don en su pecho y exhaló una profunda bocanada de aire contra los labios de Ilian.

Con cada minuto que pasaba, tenía la sensación de que Ilian se volvía más inalcanzable: los elfos creían en el descanso eterno en un espacio dentro de la morada de los dioses cuando un cuerpo se extinguía, y ella pretendía arrancar el alma del Efímero de aquel paraje para que regresara a su lado.

La sangre plateada de Ilian rozó sus labios y se separó lo mínimo para lamerla, porque necesitaba toda la ayuda que pudiera conseguir, antes de volver a presionar su boca sobre la del varón, cada vez más fría. El poder volvió a explotar dentro de ella, una constante que se entremezclaba con el picor y el calor de la sangre del rey en su interior. Se sentía vibrar, como si el suelo a su alrededor temblara ante su poder, y la piel se le erizó, cargada de estática. Pero no pensó en eso, solo en soplar dentro de la boca de Ilian. El estallido de la sangre en su organismo bombeó su luz al interior del cuerpo del general con tanta fuerza que Ashbree creyó que vomitaría. Le quemó la garganta y se la raspó, como un fuego recorriéndola y arrasando todo a su paso.

Esperó unos segundos, pero el cuerpo inerte de Ilian seguía sin reaccionar, y las lágrimas de Ashbree resbalaron por su piel para perderse en la nada, evaporadas en un instante, tan ardiente como se sentía. Lejos de rendirse, continuó soplando.

Con la segunda bocanada insuflada, no obstante, Ilian inspiró hondo. El general se retorció con violencia y Rylen tuvo que retenerlo por los hombros. El gruñido del Efímero llenó la boca de Ashbree y ella lloró con más fuerza mientras le agarraba el rostro con ambas manos para evitar que sus labios se separaran.

Tras la tercera bocanada insuflada, Ilian se revolvió con un movimiento tan espasmódico que hasta Rylen se sacudió. Los dedos del general se enterraron en el pelo de Ashbree y tiraron para apartarla, pero ella aguantó el dolor mientras su luz le recorría la garganta y se precipitaba al interior de aquel cuerpo poderoso.

Luego se separó, con la respiración agitada y los ojos colmados de lágrimas. Ilian dejó caer la mano a un lado, con los párpados cerrados y tragando saliva una y otra vez, su rostro contraído por el dolor. Pero estaba vivo.

Ilian estaba vivo.

Y aun así, sabía que no habían terminado.

Una única experiencia en el frente le había bastado para aprender que cuando se estaba al borde de la muerte, no se regresaba por arte de magia. Aunque todo apuntara a que acababa de hacerlo. Solo le habían comprado tiempo, porque la herida que Arathor le había provocado seguía siendo descomunalmente atroz. Ashbree se tragó la bilis al pensar en el comandante y se centró en lo que Rylen le decía.

—¿Puedes reparar los daños?

Cuando lo miró, se percató de que el rey de Lykos estaba llorando. Ella, aturdida, asintió con la cabeza, devolviendo su atención a Ilian, que viajaba entre la consciencia y la inconsciencia.

—Puedo intentarlo —balbuceó.

Sin perder un segundo, se colocó junto al abdomen de Ilian y exprimió su luz. Más y más cada vez. Sus hebras lumínicas suturaban, todas por doquier, como la telaraña más prieta y firme que pudiera imaginar. Y entonces sintió la presencia del rey junto a ella, su muslo presionado contra el de Ashbree. Compartieron un vistazo tan fugaz como cómplice y la oscuridad del soberano se enroscó alrededor de las muñecas de Ashbree, libre para manejarla a su antojo.

—Mi oscuridad es tuya para usarla —susurró en un tono confidente que le erizó la piel.

Ashbree inspiró hondo, aún todopoderosa, y las sombras respondieron a su voluntad cuando las manejó como hilos de titiritero. Luz y oscuridad trabajaron en sintonía como llevaban casi mil quinientos años sin hacer, la constatación de que hubo un tiempo en el que la raza albergó tanto poder como el que ella misma sentía corriendo por sus venas en aquel momento.

Ilian apretó los puños, los dientes, los ojos, todo, intentando sobreponerse al dolor que debía de estar experimentando su cuerpo. Eran demasiadas terminaciones nerviosas que conectar, demasiados puntos de sutura mágica y órganos que recomponer. Y llegó un momento en el que simplemente no lo soportó más y se desmayó. Ashbree lo prefería así, sabiendo que, mientras estuviera inconsciente, Ilian se mantendría al margen del sufrimiento.

Pasaron segundos, minutos, eones enteros en los que Ashbree volcó cada fibra de su ser en curar a Ilian, en luchar por que el aliento de Celes, que sentía respirándole en la nuca, se alejara de una vez por todas.

Y cuando lo logró, cuando ya no le quedó nada por exprimir y ese fuego que la envolvía se apagó, lo único que pudo hacer fue echarse a temblar.

Rylen la envolvió entre sus brazos, apretando con fuerza, y ella se dejó hacer. Con el alivio tomando el control de sus músculos, se abrazó al cuerpo fuerte de Rylen, llorando nuevamente, esta vez sobre su hombro. El rey la estrechó con la misma intensidad, como si la vida le fuera en ello, y entre ambos compartieron el miedo por la incertidumbre de perder a su ser más querido.

—Ya está, dragona —le susurró mientras le besaba la sien—. Lo has logrado. Lo has salvado.

Un nuevo sollozo le rasgó la garganta y se apretó al rey con tanta fuerza que temió partirle las costillas, con los coletazos de la fuerza inmortal que aún percibía en su organismo.

Porque había salvado a Ilian, pero no había logrado salvar a Cyndra, y ese fracaso quedaría marcado en sus huesos para siempre.

Ashbree temblaba entre sus brazos, y con cada nuevo estremecimiento Rylen se rompía un poco más. Desconocía qué había sucedido donde fuera que hubieran ido —aunque por el arma intuía que era Yithia—, pero nunca había pasado tanto miedo. Ni siquiera al enfrentarse a su propia muerte. Y lo que la heredera había hecho…

Dioses, Ilian había muerto y resucitado. Lo había sentido en la ausencia de sombras en el interior de su general, en la nula respiración de sus pulmones, en el falso latido de su corazón. Y, aun así, a pesar de que Ashbree le hubiera cerrado la herida con el uso de sus dones, a Ilian aún le quedaban días de recuperación.

Rylen jamás había visto un poder como aquel, ni en él, ni en Ayrin ni en nadie. Y pensar que había estado provocado por la ingesta de sangre… Los remordimientos le pellizcaron el estómago, aunque no lo suficientemente fuerte. Porque tal vez Ashbree volvería al punto de partida en cuanto a su adicción, pero había salvado a su hermano de batallas. Lo había arrancado de las mismísimas garras de Celes.

—Tenemos que regresar a casa, dragona —le susurró al oído. Ella se crispó y Rylen se percató del error—: A Glósvalar —rectificó.

La heredera se separó de él, sorbiendo por la nariz y limpiándose las lágrimas con las mangas chamuscadas. Ashbree se había convertido en puro fuego blanco, y esa imagen… Benditas fueran las estrellas, porque nunca olvidaría la estampa celestial que se había alzado frente a él.

—Por favor, llévanos a casa —le pidió en un tono lastimero que le habría comprimido el corazón de tenerlo.

Rylen tuvo que tragar saliva y luchar contra las ganas de llorar, que habían vuelto a abordarlo. Sus ojos se desviaron a los labios de la heredera durante un instante fugaz en el que sus sombras revolotearon inquietas dentro de su estómago, como mariposas alzando el vuelo. Ashbree había contenido el aliento, su atención fija en su boca, anhelando lo mismo que él. Porque habían estado a punto de perder a alguien importante; habían mirado a la muerte a la cara a través de los ojos de Ilian y ambos necesitaban sentirse vivos. Y a pesar de desearlo, de sentir el impulso de demostrarle su agradecimiento con los labios, Rylen se apartó de ella.

Como Señor de Sombras, Rylen Valandur no era ajeno al frío, pero el que lo envolvió al alejarse de Ashbree lo dejó con mal cuerpo. Aun así, tenían que sacar a Ilian de allí para que lo examinara un sanador experimentado y se cercioraran de que sus entrañas estaban en orden. Por eso, y sin pronunciar palabra, los envolvió en sus sombras y los trasladó a casa.

3

Kara se quedó contemplando el espacio donde su hermana había estado segundos antes durante tanto tiempo que cuando Halldan apareció, soltó una maldición de espanto. El berserker se quedó plantado en el umbral, sosteniendo un juego de té que entre sus manos parecía ridículamente enano. Su vista se desviaba de ella a la mácula plateada del suelo y luego al cuerpo inerte que había más allá, derrumbado contra la pared.

—¿Tiene esto algo que ver con el extraño terremoto que he sentido? —le preguntó.

Qué listo era, pensó Kara, porque se refería al modo en el que su hermana había hecho temblar el palacio al ver morir al soldado que la acompañaba. No obstante, se sentía incapaz de responder, muda de repente.

Las manos empezaron a temblarle y el llanto se hizo con sus ojos al rememorarlo todo, aunque de forma silenciosa. Las lágrimas caían sin cesar mientras ambos se observaban con horror. O ella lo observaba con horror, más bien, porque la expresión de Halldan era fría y calculadora. Y un segundo después, se puso en movimiento.

Dejó la bandeja sobre la mesita baja sin demasiado tacto, la porcelana restregándose entre sí con ese sonido tan molesto, y cerró tras él antes de correr hasta ella. Se arrodilló a su lado, sin importarle empaparse las rodillas con la sangre que la alfombra luchaba por absorber, y la agarró del rostro. Era la primera vez que la sostenía así y, por un instante, Kara se perdió en aquellos ojos que brillaban como un mar impetuoso, de un azul denso y magnético.

—¿Estáis bien?

Su voz, de por sí grave, sonó más profunda, arrastrada por su acento duro y tosco. El nivel de preocupación que percibió en su timbre le hizo tragar saliva, con los labios entreabiertos, atónita, sin ser capaz de apartar la vista de él mientras le examinaba las extremidades. Jamás ningún varón u hombre la había tocado tanto, y aunque había rudeza en sus movimientos, se sintió complacida por el gesto.

Kara Aldair siempre había sido la niña bonita de la familia imperial. Sus padres nunca habían tenido que preocuparse por ella, porque no daba problemas ni se metía en líos, no como Ashbree. Y después de que falleciera su madre, su actitud se volvió más intachable todavía. Por ese mismo motivo, le sorprendía que generara tanto desasosiego en ese berserker. Ni siquiera encerrada en su dormitorio después de perder el ojo había tenido esa sensación reconfortante de que alguien velara por su integridad. Porque aunque su padre la había agasajado con regalos, detrás de sus intenciones siempre había percibido el matiz de que quería que todo regresara a la normalidad, no por ella, sino por sí mismo.

La fémina deslizó la vista por su entorno y se echó a temblar al ver el cuerpo sin vida de Arathor, que aún chorreaba sangre por aquella abertura macabra en el cuello. Después, llegó a la alfombra, empapada de plateado. Y sus manos...

Las giró sobre el regazo, tan manchadas de sangre brillante que hasta resultaban hermosas. Tentada por ese olor exuberante y rico, alzó las palmas hacia su rostro, muy despacio, embelesada por la necesidad de probar el dulzor que muchos garantizaban. Hasta que Halldan la agarró por las muñecas y tiró de ella para levantarla sin esfuerzo. Kara se dejó hacer y lo siguió, un poco renqueante por la cojera y por el estupor, sin conseguir despegar la vista de la atractiva mácula sobre la alfombra. Hasta que sintió frío sobre las manos y desvió la atención a ellas.

Halldan la había conducido al baño de sus aposentos y le frotaba los dedos con insistencia bajo el torrente de agua del lavabo, deshaciéndose de la más mínima gota plateada sobre su piel. Kara alzó la vista y se contempló en el espejo. Su rostro había perdido cualquier atisbo de color, que era más bien escaso, resaltando aún más el parche, y se sentía mucho más pequeña. Perdida. Halldan no apartó la mirada de las manos hasta que estuvo satisfecho y sus ojos se encontraron en la superficie pulida, instante en el que el corazón le dio un vuelco.

—¿Qué ha pasado? —La pregunta sonó más a orden y un escalofrío le arañó la espalda por la aspereza de esa voz.

—Yo... No...

Halldan se alejó de ella y se adentró en la antesala. Kara, sin saber qué hacer, lo siguió, con pasos cortos y vacilantes.

—Quédate ahí —le ordenó, esta vez sí, señalando la pared.

Kara se apretó contra ella, con la respiración contenida y un nudo en la garganta. Su atención se desvió a la mancha plateada sobre la alfombra y comprendió que el hombre quería tenerla lo más lejos posible de la tentación. El corazón se le comprimió nuevamente y se llevó las manos al pecho, azorada.

Halldan se agachó junto al cuerpo de Arathor para examinarlo. Era inútil tomarle las constantes: su mirada estaba perdida en la nada, sin parpadear, y un reguero de sangre granate empapaba su armadura de bronce. No quedaba ni un ápice de sus rasgos apuestos, demacrados por los golpes fieros recibidos; sus ojos esmeralda estaban carentes de brillo. Un nuevo temblor la sobrevino al pensar en los momentos que había pasado con él las últimas semanas, porque ya no habría más de eso, aunque nunca le hubiera agradado del todo.

Ashbree lo había matado. Con una guadaña de luz que ni siquiera sabía que fuera posible crear.

Mientras Halldan le tomaba el pulso a Arathor —con un suspiro funesto—, Kara buscaba las palabras para hablar, tan atribulada como se encontraba. Ni siquiera terminaba de comprender qué había pasado, porque todo había sucedido en cuestión de unos minutos demasiado frenéticos. Aun así, su mente estaba más preocupada por hallar una mentira verosímil con la que explicar aquello antes que confesar la verdad. Porque la verdad supondría poner a Ashbree en peligro.

Su hermana estaba viva, como siempre había creído, y un elfo oscuro había acudido a socorrerla de los forcejeos de Arathor. A *ayudarla*, no a llevársela. La había llamado «Ash», y solo conocía a alguien más que la llamara así. Alguien que ya estaría más que muerta.

Apretó las manos entre sí y contuvo un sollozo al pensar en Cyndra, pero tenía que centrarse en algo más importante: proteger a Ashbree. Por el modo en el que su hermana se había desgañitado al verlo empalado en la espada, era evidente que sentía algo por ese varón, por muy grajo que fuera. Y él… Él se había despedido de ella con unas palabras que la habían conmovido. Sin duda, una forma velada de decirle «te quiero».

Ashbree no estaba secuestrada, y aunque no entendía por qué podría estar trabajando con el enemigo, sabía que su hermana era inteligente, más de lo que su padre le concedía. Si había tomado aquella decisión sería por algo.

No supo si fue la admiración que le profesaba desde siempre, o si fue por el afán de protección, por devolverle algo de lo que Ashbree había hecho por ella al criarla como una segunda madre, pero Kara se separó de la pared con determinación. Tenía que solucionar aquello, *podía* solucionar aquello.

Y aunque sus motivos para poner todo en orden fuesen en principio altruistas, también albergaban una parte de egoísmo. Porque si alguien descubría que Ashbree confabulaba con el enemigo, la repudiarían y Kara ostentaría el poder del imperio. Ella no deseaba ser emperatriz, por mucho que la hubieran educado para ello previendo los fracasos de su hermana. No quería casarse con el *jarl* de los berserkers, un hombre que ni siquiera se molestaba en viajar a la nación con la que pretendía forjar una alianza para hablar en su propio nombre. No, prefería al guerrero que se puso en pie al otro lado de la estancia, con la mirada cargada de determinación. Ellos tenían sus propios planes, unos que se anunciarían aquella noche y en los que llevaban semanas trabajando. Y no quería renunciar a un resquicio de felicidad propia.

—Ayúdame —atajó Kara con una voz que no reconoció.

Halldan le dedicó un asentimiento y ambos se pusieron en movimiento. Como si no le costase ningún esfuerzo, él arrastró el cuerpo inerte de Arathor sobre la mancha plateada mientras Kara recogía los bordes de la alfombra. Sintió pena al ver la tela destrozada, porque era donde su madre y ella se sentaban a jugar durante las mañanas de Yule, pero sacudió la cabeza y apartó esos pensamientos.

Sin pronunciar palabra, enrollaron el cuerpo de Arathor hasta crear un fardo.

—¿Y ahora qué? —preguntó ella con voz trémula, la vista perdida en el enorme hueco de suelo que quedaba desnudo.

Halldan rio entre dientes, un sonido bruto que le hizo alzar la vista. En sus labios gruesos se perfilaba una sonrisa ladeada que contorsionaba la cicatriz bajo la nariz.

—¿Me preguntas a mí? Tú mandas, valquiria.

Otro escalofrío le recorrió el cuerpo al escuchar ese apodo. Ella no era una valquiria, ni mucho menos. Ni siquiera se acercaba a lo que esas mujeres, torneadas para la guerra y la muerte, generaban en los demás cuando las veían, con sus muslos poderosos, sus brazos llenos de runas y las alas emplumadas tatuadas a la espalda. Y aunque sabía que era un halago velado, sonrió y apartó la mirada un instante.

Tenían que seguir en movimiento. Los juegos finales estaban a punto de comenzar, y Halldan era el invitado de honor como embajador de

Korkof. Se había previsto que ofreciera un breve discurso antes de que comenzaran para agradecer la hospitalidad recibida. No disponían de mucho tiempo, así que Kara se movió por instinto.

—A los pasillos del servicio.

Halldan asintió una única vez y se echó el fardo de Arathor al hombro, emitiendo un gruñido de esfuerzo pero sin ninguna otra muestra de pesadez. A Kara se le secó la garganta al constatar la fuerza de aquel hombre que parecía un toro y parpadeó varias veces antes de asomarse por la puerta del dormitorio.

Con un movimiento escueto, le indicó que la siguiera y se adentraron por los pasillos del servicio, prácticamente vacíos. Todas las miradas se hallaban concentradas en el extraño estadio que su padre había construido, por lo que el palacio de cuarzo parecía carente de vida. Y aquello les venía de perlas.

Bajaron y bajaron por tramos de escalera sin fin, acompañados por el susurro de sus pisadas sobre el suelo empedrado y maltratado y el trajín metálico de la prótesis del berserker. Más allá de eso, ambos se convirtieron en fantasmas. Halldan no le pidió descansar ni una sola vez, aunque allí abajo su piel brillara por el sudor.

El aire se enrarecía a tanta profundidad, y se le erizó el vello por el cambio de temperatura. Kara solo había estado en aquel lugar en un par de ocasiones, cuando aún tenía más complicidad con su hermana, quien intentaba distraerla de la muerte de su madre como fuera. La llevaba con Cyndra a recorrer los entresijos del palacio, fantaseando con historias que Ashbree inventaba para ella.

Se guio por instinto y por sus sentidos, porque con su oído y olfato —más desarrollados que los de Halldan— intuía hacia dónde quedaban los conductos de saneamiento, con sus aguas pestilentes. Llegaron en silencio, con Kara respirando de forma agitada, tan poco acostumbrada al ejercicio, y se quedaron plantados en medio. Halldan miró a un lado y a otro y no dudó ni un instante antes de lanzar el cuerpo de Arathor a las aguas, que salpicaron con el peso. El berserker se frotó las manos en las pieles del pecho y luego se percató de la estupefacción de Kara.

La fémina sintió esa presencia reconfortante tras de sí, pero no conseguía apartar la vista de lo que había más adelante. Halldan no lo veía, era evidente; la oscuridad resultaba tan profunda que hasta ella dudaba de si era una alucinación. Con pasos temblorosos y una mano en el pecho, caminó hacia el bulto, que tomó forma nítida en cuestión de un par de metros.

No se había equivocado.

Allí, recostado sobre la pared del túnel de las aguas residuales, se encontraba el cuerpo inerte de Elegor Daebrin, con el cuello atravesado por un virote y otro incrustado en el hombro. Sus ojos, carentes de vida, estaban fijos en el río que fluía turbio a sus pies.

—¿Es el consejero...?

—Sí —lo interrumpió Kara.

Y después de unos segundos de silencio, Halldan prorrumpió en una carcajada seca y tosca que reverberó contra las paredes y en sus huesos, sobresaltándola.

—Que los dioses nos amparen. Y yo que creía que los elfos erais una raza grácil. Dos muertos en la misma noche. En el palacio.

—Hay que... Hay que informar a la guardia imperial de que...

—¿De que has encontrado el cadáver del Consejero de la Moneda por casualidad? —Su voz iba teñida de diversión. Fue entonces cuando a Kara le quedó claro que aquellos vaettir no le tenían ningún miedo a la muerte. Era algo tan natural como respirar, porque mientras ella estaba rígida por la presencia del cadáver, Halldan se agachó frente al consejero y lo miró con expresión interesada—. ¿Tendrías una explicación para lo que acabamos de tirar al agua?

—N-no...

—¿Y para esto? —Señaló a Elegor.

—Tampoco.

—Entonces, no hay nada que decir. —Halldan se reincorporó y echó un vistazo escrutador a su alrededor—. Fuera quien fuese el responsable de su muerte, sabía disparar muy muy bien.

—¿Por qué...?

—Porque acertar en pleno centro del cuello, con precisión milimétrica, es casi imposible. Quien lo hizo es un portento.

Kara tragó saliva cuando la imagen de Cyndra le cruzó la mente, porque todos decían que ella era un portento. Pero era imposible, su propio padre la había sentenciado a muerte. ¿No?

—Puede que hubiera alguien más, aparte del tirador. Un conjurador.

Halldan se agachó junto al cuerpo de nuevo y paseó la vista por el suelo antes de chasquear la lengua. Kara movió el zapato sobre la piedra y algo crujió bajo sus pies. Cristales, restos de cristales de luz al ser estallados. Sí que hubo un conjurador allí... O conjuradora.

Lorinhan, el tutor de su hermana, le había hablado de dos conjuradores que estaban trabajando con él para ir en busca de Ashbree. El varón había partido al norte, pero la fémina... Negó con la cabeza, para sí misma, mientras Halldan seguía examinando el terreno.

—Por la disposición de todo, y teniendo en cuenta que esos virotes son de las ballestas de la guardia imperial, diría que el consejero tuvo escolta. Tendrían que haber sido dos atacantes como mínimo. Y si solo fue uno, que disparó y manejó el poder a la vez, me gustaría conocerlo.

Lo último lo dijo con una risa mientras se ponía en pie antes de caminar hasta ella.

—Y a juzgar por eso —detuvo su atención en un punto cercano detrás de Kara—, diría que el consejero se defendió.

Halldan señaló una mancha de sangre roja y se movió por el espacio, con la vista perdida, como recreando los movimientos de la pelea en la mente. Aquel guerrero... Aquel guerrero estaba desperdiciado como embajador, sin duda.

—¿Por qué crees eso?

—Porque no tiene ninguna herida más allá de los dos proyectiles, y ese charco de sangre, sumado a ese pequeño rastro de gotas —apuntó a las escaleras que los había conducido allí—, me hace pensar que es de una hemorragia intensa. La nariz, probablemente. La herida del hombro del consejero no es mortal. Aunque podría sangrar así, caería poco a poco, a gotas y según dónde se moviera, dejando un rastro.

Extendió el dedo y señaló las gotitas cerca del cuerpo desplomado contra la pared. Ahí sería donde le dispararían en el hombro, supuso Kara.

—Aquí alguien recibió un golpe lo suficientemente fuerte como para sangrar como un cerdo destripado directo al suelo.

—S-sabes mucho... —tartamudeó. En su cuerpo se gestaba una extraña mezcolanza entre temor y admiración.

Los labios gruesos del embajador se estiraron en una sonrisa letal y le dedicó un asentimiento quedo.

—He nacido para la guerra. —Caminó hacia las escaleras y pasó la mano por la pared—. Sí, diría que le asestaron un golpe en la nariz o en la boca. —Kara se acercó a Halldan y él apuntó a la mancha de una mano deslizándose por la pared—. Típico: te cubres la nariz para contener el sangrado, pero estás magullado y necesitas estabilizarte. Y dejas un rastro.

La inquietud burbujeó dentro de Kara. No obstante, subió las escaleras de dos en dos, ignorando la cojera que le punzaba en la tibia y siguiendo los indicios que Halldan había descubierto. Llegaron al pasillo de traslado, donde reunían a los presos condenados al exilio a la espera de ser llevados al puerto. Había más gotitas por allí, espaciadas, como si la hemorragia hubiese ido deteniéndose. Y continuaban hacia la salida trasera del palacio. Donde solían esperar los carromatos de traslado.

El último rastro lo encontraron junto a las puertas, un par de gotas dispersas que pasarían desapercibidas de no estar buscándolas.

—Bien visto, valquiria —le susurró Halldan al oído. No pudo evitar estremecerse al sentir la presencia imponente de aquel hombre de más de dos metros detrás de ella.

No quería aferrarse a la esperanza de que hubiera sido Cyndra, porque era imposible que su padre hubiera revocado una sentencia. Pero si Elegor había intercedido de algún modo... Si había logrado reblandecer ese corazón duro que tenía su padre con el resto del mundo...

Dioses, si era cierto y ella le había dicho a su hermana que Cyndra estaba muerta... Y Arathor...

—Tenemos que ir a los juegos —dijo Kara en su lugar, sin querer darle voz a esos pensamientos.

—Creo que primero deberíamos cambiarnos.

Halldan miró las faldas de su vestido, empapadas en plateado, y los recuerdos de lo sucedido con su hermana acudieron a ella en tromba.

—¿No quieres saber qué ha pasado? —le preguntó, con cierto temor.

Él ladeó la cabeza, en un gesto que bien podría haber significado que no entendía la pregunta. A veces les pasaba, puesto que el nivel de élfico de Halldan no era experto. No obstante, la sonrisa trémula que se formó en sus labios le dijo lo contrario.

—La muerte viene y va, y mientras yo no esté involucrado, y tú estés ilesa, me da igual qué haya pasado. Solo importa que has sobrevivido. Que las puertas del Valhalla se abrieron en tu presencia y has evitado cruzarlas.

4

Kara se puso el vestido más regio que encontró en su armario y se arregló el pelo como pudo mientras Halldan hacía lo mismo y buscaba a un sirviente que les preparara un carromato. Durante unos segundos, se había quedado plantada en medio de sus dependencias, observando el hueco de la alfombra y las manchas de sangre roja ahí donde el cuerpo de Arathor se había recostado contra la pared.

Sin dudar, movió uno de los maceteros más grandes, con un gruñido de esfuerzo, y lo plantó delante de las manchas. Era de noche, nadie acudiría a su recámara a aquellas horas, ya pensaría en ello después de los juegos.

Inquieta, paseó por el espacio, con los dedos entrelazados, jugueteando entre sí. Después, se llevó la mano al ojo. Se había cambiado el parche por uno turquesa, obsequio de su padre, para engalanar su rostro. Lo que iban a hacer era importante, un desafío en toda regla. Pero estaba cansada de que los demás decidieran sobre su vida. Estaba cansada de soportar las miradas de lástima y los cuchicheos acerca de con quién se tendría que conformar, sobre si ya no atraería a ningún varón ni fémina.

Fue entonces cuando Halldan apareció en sus aposentos y Kara dejó caer las manos a ambos lados. Se había atusado los largos cabellos rojizos y la barba, y sus iris de hielo chisporrotearon con la llama del deseo cuando la estudió de arriba abajo. Ella llevaba uno de sus tantos vestidos vaporosos, turquesa también, anudado al cuello con dos piezas de tela que realzaban sus pechos pequeños y entallaban su cintura estrecha. Sus largas piernas se entreveían por las aberturas laterales, su piel pálida reluciendo bajo el influjo de los cristales de luz.

—¿Estás lista?

Kara asintió, un movimiento apenas perceptible, y caminó hasta él, con la espalda erguida a pesar de los altísimos tacones de aguja que elevaban sus pies y estilizaban sus pantorrillas. Era la primera vez que conseguía ponerse unos tacones después de la lesión, pero la ocasión lo merecía. Y, además, Halldan había logrado que no le importara que por la abertura del vestido se viera la cicatriz de la pierna.

Salieron del palacio en silencio, guiados por un sirviente de mirada esquiva y cabeza gacha. No se atrevió a pronunciar palabra al respecto de la presencia del embajador berserker en el ala de la familia imperial, ni del modo en el que Kara se aferraba a su brazo. Pero ella sabía que, en cuanto desapareciera de su vista, correría la voz. Solo que en cuestión de una hora dejaría de importarle.

Miró a Halldan a los ojos cuando la ayudó a subirse al carromato. Al sentir la callosidad de su mano contra la de ella, un chispazo de estática saltó entre ambos y él le dedicó un atisbo de sonrisa, la mayor muestra de amabilidad que esbozaba en público. Halldan era así, o eso había descubierto. Si bien se blindaba ante el resto del mundo, con ella era amable y dedicado. Se mantenía en la línea del decoro, pero con ella se volvía más atento que con cualquier otro. Y no del tipo de atención que había mostrado Arathor, en cierto punto baboso y desesperado. Sino con admiración.

Él veía una historia en Kara, una que quería descubrir, y no solo un cuerpo apetecible.

Cuando Halldan entró en el carromato, a Kara le quedó claro que el imponente tamaño de aquel hombre no era una simple percepción suya por ser delgada y quebradiza. Sus hombros tocaban aquel espacio que para él resultaba angosto y tuvo que recolocarse. Sus muslos se rozaban, a pesar de que la fémina intentó recoger las piernas todo lo que pudo, y el cubículo se bamboleó con sus movimientos. Incluso el par de caballos que debían tirar de ellos relincharon incómodos.

Kara, ante la estampa y la tensión que se había acumulado en su cuerpo, se echó a reír. Una risa profunda que quedó amortiguada en cuanto el sirviente cerró la puerta. No pudo parar a pesar de la mirada de Halldan, que echaba chispas. No cesó mientras él bufaba y tiraba de las pieles que le envolvían el cuerpo y que estaban tirantes por haberse sentado malamente sobre ellas. Y cuando se incorporó para recolocarse los ropajes y se dio un cabezazo contra el techo, que meció todo el transporte, Kara se desternilló, con las manos en el abdomen de lo mucho que le dolía.

Fue entonces cuando Halldan inspiró hondo y Kara lo miró por fin.

Sus labios gruesos, adornados por aquella cicatriz en el superior, temblaban por la risa que intentaba contener, como si no quisiera reír por no estar acostumbrado a ello. Pero finalmente lo hizo: un sonido tosco, grave y rasposo que calentó el pecho de Kara.

El carromato echó a andar y se mecieron con la débil sacudida. Kara lanzó las manos hacia delante, para no caer sobre el regazo del berserker, y él la sostuvo con delicadeza. Al contacto con su piel áspera, Kara sintió mariposas alzando el vuelo en su estómago.

Pero entonces, todo lo acontecido durante las dos horas previas se instaló sobre sus hombros, sumado a lo que iban a hacer. Pese a que era una locura, las últimas semanas le habían bastado para saber que no quería seguir allí, con esa nueva vida que le había tocado sufrir. No lo soportaba. Siempre había sido alabada por su belleza, por su sonrisa radiante y demás cualidades estéticas que destacaban entre la elfendad. Y un mero parche sobre el ojo había hecho que perdiera esos privilegios. No quería vivir en el recordatorio de lo que fue y que jamás alcanzaría entre los suyos. Se asfixiaba.

Y ahora que había descubierto que Ashbree seguía viva, estaba más convencida de la decisión que habían tomado. Halldan y ella, juntos.

Recorrieron las calles atestadas de Kridia en un silencio expectante. No sabía en qué estaría pensando el guerrero frente a ella, pero Kara no dejaba de darle vueltas a cómo lo iban a hacer. A qué iba a decir él exactamente. La noche anterior, en su paseo habitual, el embajador le había asegurado que improvisaría sobre la marcha, que prefería guiarse por los vientos del cambio. Pero después de lo que había pasado, a ella eso la dejaba inquieta.

—Has empezado a tutearme —comentó Halldan con voz serena, y Kara deslizó la vista hacia él.

¿Lo había hecho? Las mejillas se le calentaron por la perspectiva de haber quebrado el decoro con él, un paso que no habían dado en todas las semanas que hacía que se conocían. Ante el rubor de la fémina, él no pudo sino sonreír embelesado.

Apretando los labios para contener su propia sonrisa, Kara miró por la ventana, porque era más fácil hablarle al paisaje que a aquellos dos océanos embravecidos.

—En realidad, has empezado tú —dijo ella con indiferencia.

Lo miró de reojo y se percató de que la sonrisa de Halldan, tan sutil que casi era inexistente, se tornó más amable aún.

—¿Ah, sí? No me había dado cuenta.

Ella reprimió la risa incrédula que le nació del pecho: era evidente que sí había sido consciente de ello. Porque aquel hombre siempre lo pensaba todo al más mínimo detalle. Fue entonces cuando advirtió que el carromato se había detenido frente al estadio.

Kara había visto atisbos de la construcción desde los balcones del palacio, pero estar a los pies de aquella fortificación de granito era muy diferente. Se trataba de un recinto circular con dos arcadas, dispuestas una sobre la otra, y plagado de cristales de luz que hacían que refulgiera como una luciérnaga. Ondeando al viento se mecían los estandartes con el escudo del Imperio de Yithia, junto al escudo de Korkof: un enorme búho de línea blanca sobre tela verde. Era tan impresionante como imponente, igual que el hombre que la acompañaba.

Halldan descendió del carromato, con ese bamboleo que le arrancó otra sonrisa a Kara, y le tendió la mano para ayudarla a bajar. Ella aceptó el gesto y se agarró a su brazo mientras el coche de caballos desaparecía. Se quedaron plantados a los pies de la edificación, con los rostros alzados hacia arriba. Se escuchaba ajetreo en el interior, las calles colmadas de asistentes de última hora que no querían perderse el espectáculo y que parecían ajenos a los temblores que había desatado Ashbree en el palacio.

—No sé en qué se habrá inspirado el emperador —comentó Halldan con el ceño fruncido—, pero esto no se acerca, ni de lejos, a nuestra forma de vida.

Kara lo miró con extrañeza y curiosidad.

—Es poco práctico —prosiguió—. Tanta piedra, inamovible. Si hay cualquier catástrofe, si se asedia la ciudad, ¿qué sentido tendría que esto se mantuviera en pie? Ni siquiera serviría como hospital o como refugio. Además, la madera es más barata, y te permite moldear la ciudad cuando sufre.

—Piensa que aquí no vivimos en guerra.

Halldan descendió la vista hacia ella, sin que la arruga entre sus cejas cobrizas desapareciera.

—¿Ah, no? ¿Y entonces por qué se ha solicitado la ayuda del ejército berserker?

Kara apretó los labios y apartó la mirada, un poco abochornada. Era tan sencillo olvidarse de que estaban en guerra viviendo en la capital...

Halldan la condujo hasta el acceso señalizado como preferente, donde varios sirvientes espantaban a los curiosos. No hizo falta que él se presentara, porque con su aspecto, cualquiera lo reconocía como a uno de los homenajeados. Los guiaron por el entramado de pasillos y escaleras circulares, deteniéndose en algunas entreplantas para saludar a otros berserkers y a elfos que querían dorarle la píldora a Kara.

Fue en una de esas intercepciones cuando vio a Brelian Aldadriel, la que había sido teniente de su hermana.

—Dame un segundo —le pidió a Halldan, y este asintió sin dejar de hablar en bersker con un hombre más bajo que él, de cabellos rubios y encrespados.

Sintió la atención de Halldan fija en su espalda mientras serpenteaba entre la gente hasta llegar a la fémina. Seguía manteniendo la cabeza casi rapada, con esa pelusilla rubia que le recordaba a los kiwis, aunque daba la impresión de que hubiera envejecido cincuenta años. Y eso era mucho decir de una raza de vaettir que se mantenía inalterable desde la mayoría de edad hasta la muerte.

—Teniente —la saludó con un deje tembloroso en la voz.

No sabía por qué se había acercado a ella, ya que nunca habían intercambiado más de un par de palabras, y la fémina expresó la misma sorpresa abriendo mucho los ojos.

—Alteza. —Tan educada como siempre, le dedicó una reverencia antes de incorporarse de nuevo—. ¿Hay algo que pueda hacer por vos?

Con disimulo, Kara miró por encima del hombro en dirección a Halldan —porque había quedado en su flanco izquierdo y le costaba verlo— para asegurarse de que no la oyera.

—Quería preguntarte si habías sabido algo de Lorinhan.

La teniente parpadeó varias veces y luego frunció el ceño.

—No desde que marché al frente. —Kara se mordió el labio inferior, pensativa. De seguir en la ciudad, estaba convencida de que Lorinhan se habría puesto en contacto con la teniente, puesto que eran colegas y habían compartido muchos años tutorizando a Ashbree—. ¿Puedo preguntaros por qué?

—Ah, no, nada. Era simple curiosidad. —Las mejillas de Kara enrojecieron por la mentira—. Gracias igualmente.

Kara se dio la vuelta para regresar con Halldan cuando Brelian la llamó.

—Alteza. —Al mirarla, la encontró con gesto apesadumbrado—. ¿Vos sabéis algo de vuestra hermana?

La joven se quedó muda. ¿Acaso ella tenía constancia de algo de lo que había sucedido en palacio? Creían haber actuado con cautela, pero tal vez alguien los hubiera visto. El corazón le empezó a latir con fuerza ante esa posibilidad y deseó salir de allí cuanto antes, hasta que la teniente añadió:

—Estoy muy preocupada. El emperador nos convocó a la capital a los que éramos prescindibles en Milindur, pero aún no nos ha dado órdenes. Y me inquieta... —Se mordió el labio y le rehuyó la mirada—. Solo quiero saber si ha habido noticias de vuestra hermana, eso es todo.

Kara estudió a la teniente durante varios segundos. Desde que Ashbree había entrado en el ejército, aquella fémina había trabajado codo con codo con su hermana. Le había ofrecido una bondad que su propio padre le había negado y había estado ahí para ella en plena guerra. Desconocía la relación que existía entre ambas, lo que sí le había quedado claro era que la preocupación de la fémina parecía real.

Movida por un impulso —tal vez estúpido, tal vez ingenuo—, Kara acercó el rostro al oído de la teniente para susurrar la verdad que llevaba callando unas horas. La que no podía contarle a Halldan. La que no quería guardarse para sí misma porque las mentiras le pesaban demasiado. Y si lo compartía con alguien más...

—Ashbree está viva. —Brelian ahogó un jadeo—. Disimulad —le pidió apresurada—. Está a salvo, en el norte.

—¿Qué...?

—No sé mucho más —añadió, interrumpiéndola—. Pero conozco a mi hermana y sé que estará buscando la paz. Que no se ha olvidado de nosotros.

Muy despacio, Kara se separó de la teniente, ambas mirándose a los ojos con una intensidad abrumadora.

—Nosotros tampoco nos olvidaremos de ella —murmuró con solemnidad.

—¡Kara! —la llamó Halldan—. Tenemos que subir.

Con disimulo, la teniente se llevó tres dedos a la frente, en ese gesto sacro que había visto tantas veces en los templos en honor a los dioses, y un escalofrío le recorrió el cuerpo. Se limitó a asentir en dirección a la fémina mientras esta abandonaba el anfiteatro a paso raudo.

—¿Todo bien? —le preguntó el berserker cuando Kara lo alcanzó.

Ella esbozó su mejor sonrisa y asintió.

—Era la teniente de mi hermana, y quería saludarla.

Las verdades a medias eran más sencillas de verbalizar, así que se mantuvo en esa línea mientras subían al palco presidencial, donde ya aguardaba su padre junto a los consejeros y algunos emisarios berserkers. Halldan supuso un apoyo constante para la pierna maltratada de Kara, y la joven volvió a quedarse admirada con la fortaleza de aquel hombre. Ella tan solo aquejaba una cojera, no había perdido una extremidad, y él se desenvolvía con tanta soltura que era digno de admirar.

Por eso se esforzó en controlar su respiración agitada y se limpió la humedad de la frente con una sonrisa en los labios. Halldan se separó de ella lanzándole una mirada cómplice de soslayo, a la que respondió con un asentimiento.

—¿Dónde está el comandante Gandriel? —le preguntó el emperador nada más verla.

Kara se tensó y las palmas empezaron a sudarle.

—¿Qué? ¿Por qué? —respondió, casi temblorosa. Si le preguntaba algo más sobre Arathor, estaba convencida de que se echaría a llorar.

—¿Cómo que por qué? —Aunque su padre intentó sonar amable, percibió el matiz agrio en su voz—. Porque tú has pasado mucho tiempo con él. Es uno de los combatientes de nuestra raza.

Arcaron señaló hacia la zona de albero más abajo, una plaza circular cuyos muros interiores presentaban la misma decoración que los exteriores, mientras ella alzaba los hombros fingiendo ignorar la respuesta. Kara se acercó al borde del palco, con los labios entreabiertos por el asombro. Los participantes de honor aguardaban hombro con hombro a que dieran comienzo los juegos: una serie de combates, a veces a muerte y otras a primera sangre. No sabía si los berserkers realmente se entretendrían así o si era algo desvirtuado por el desconocimiento, pero sintió un ápice de terror entremezclado con emoción por ver aquellos cuerpos fuertes combatiendo.

No solo había dos valquirias, con el rostro pintado con líneas negras y blancas, dotando a sus rasgos duros de una fiereza sin igual, y una elfa ataviada con la armadura de bronce del imperio. También participarían dos trolls, una hembra y un macho, de pieles de un azul profundo adornadas con pintura tribal blanca en espirales concéntricas. Los dientes inferiores se curvaban por encima de sus labios, amenazadores como los de un jabalí, y sus orejas eran tan largas que sobresalían, por mucho, de los laterales de sus cabezas. Llevaban el pelo negro, casi azul, trenzado de una forma similar a la de algunos berserker, aunque más erizado y desaliñado. Sus armas predilectas eran las lanzas, decoradas con plumas de diferente color bajo la punta afilada.

Junto a ellos, dos elfos oscuros, fémina y varón también. Sus rostros estaban magullados, y aun así su expresión era de determinación y violencia. Sus pieles oscuras contrastaban con la palidez de la arena, y habían optado por armas curvas. Por mucho que no hubiera grilletes de nácar endurecido en sus extremidades, solo un collar de hierro al cuello, eso no hacía que la sensación de peligro se atenuara. Para empezar, ¿qué hacían sus enemigos allí, en su casa? Hacía una hora escasa que había visto a un elfo oscuro por primera vez en su vida, y ahora veía a dos más. No lo comprendía.

Además de los trolls, las valquirias y los elfos de ambas razas, había dos enanos que jaleaban al público. A pesar de su corta estatura, parecían los más fieros, con sus martillos hoscos en las caderas. Se preguntó si aquel tipo de arma tendría algo que hacer contra un filo; si sería inteligente enfrentarse en combate así.

A falta de las huldras, en aquella plaza de albero se había reunido un concilio de representantes de Narendra.

—¿Preparada? —El susurro de Halldan la sobresaltó y se limitó a asentir con la cabeza, aturdida por todo lo que estaba viendo aquella noche.

Kara y él se retiraron a un lado, cobijados entre las gentes del guerrero, mientras su padre tomaba posición al frente del palco. Ella paseó la vista por el espacio colmado de asientos lujosos y viandas en bandejas de bronce mientras el emperador alzaba las manos y el público se iba acallando. Estaban todos los consejeros, a excepción de Elegor Daebrin, quienes parecían estar preguntándose dónde se había metido su compañero. Y aunque esperó encontrar a Mebrin, no fue así. Los mellizos tenían la excusa de la edad para no asistir a aquel evento, pero su hermano mediano ya era adulto a los ojos de la elfendad, y eso acarreaba ciertas responsabilidades imperiales. Kara apretó los labios, consciente de la reprimenda que le caería a su hermano por saltarse un evento como aquel, y sintió pena por él. La conexión que había entre ambos era tan especial como frágil, y sabía que estaba a unos minutos de romperla.

Por el rabillo del ojo, Kara percibió cómo un elfo ocupaba el puesto ausente del comandante en la plaza, con el rostro contraído. Era el general de las Órdenes y padre de Arathor; aunque no conocía demasiado a aquel varón, solo podía desear que no se enfrentara a un duelo a muerte, porque dos Gandriel muertos en el mismo día eran demasiados.

—¡Gentes de Narendra! —proclamó el emperador, con aquella voz pomposa y cargada de autoridad que tanto le gustaba emplear frente a sus súbditos—. Esta noche nos hemos reunido para celebrar la futura alianza entre dos razas de por sí poderosas, e implacables unidas.

Un estremecimiento le recorrió el cuerpo a Kara cuando el público rugió exaltado. Miles de cabelleras en distintos tonos de rubio centelleaban bajo el influjo de los cristales de luz. A juzgar por sus ropajes, entre los asistentes había gente de todas las clases divirtiéndose de idéntica manera, pero con claras separaciones entre ellos, para que no se entremezclaran.

—Hoy disfrutamos de las tradiciones de nuestros congéneres, como han estado haciendo ellos con las nuestras las últimas semanas, para honrar una nueva era. —Halldan arqueó una ceja, escéptico, con los brazos cruzados ante el pecho, y varios de los emisarios rieron por lo bajo—. Hoy conmemoramos el inicio de la victoria. El inicio del fin. Después de siglos en guerra, por fin derrotaremos a esa escoria.

Apuntó a los elfos oscuros a sus pies con un dedo acusador y el público los abucheó. Hasta llovieron algunos víveres con los que intentaron denigrarlos. A Kara le hirvió la sangre y apartó la vista, contrariada con lo que su padre estaba haciendo con su pueblo.

—Y para dar inicio a los juegos, me gustaría cederle la palabra a Halldan Ruud, embajador de Korkof.

El emperador extendió el brazo hacia él en un gesto regio y con una sonrisa forzada en los labios. Se apartó a un lado cuando Halldan ocupó su lugar y este le dedicó un cabeceo agradecido a su padre. Una parte minúscula de Kara deseaba que el guerrero se girara hacia ella para regalarle una sonrisa cómplice, un vistazo fugaz, aunque no sucedió; sin saber por qué, aquello la inquietó.

—¡Pueblo de Narendra! —rugió, con un tono bastante más profundo que el emperador y con su acento marcado. Era impresionante lo mucho que había mejorado su nivel de élfico en las semanas que llevaba viviendo en Yithia, todo gracias a la ayuda de Kara—. Nos hemos reunido hoy aquí para conmemorar los nuevos inicios, como bien decía vuestro emperador. —Lo miró por encima del hombro y le dedicó un gesto sagaz—. Pero la realidad es que no podemos celebrar nada aún, solo meras palabras que vuestro líder se ha dedicado a engrandecer una y otra vez.

Un murmullo se alzó entre los presentes y Kara se crispó, incómoda. Estaba rodeada de los emisarios berserkers, casi embutida entre varios cuerpos que parecían una mole. No supo explicar por qué, pero empezó a sentirse insegura. Aquello era lo que ella quería, ¿de dónde salía esa desconfianza de repente?

El emperador no perdía detalle de los gestos de Halldan, grandilocuentes a la par que amenazadores, y lo observaba con suspicacia y con el rictus demudado de cualquier expresión.

—Se nos prometió un enlace matrimonial para afianzar lazos entre ambas razas. Un matrimonio que colocaría al *jarl* de Korkof como futuro emperador cuando Arcaron Aldair, sexto emperador del Imperio de Yithia, deje el cargo. —El aludido cabeceó en señal de asentimiento. A Kara se le revolvió el estómago en anticipación—. Sin embargo, vuestra heredera desapareció hace un mes y no hay indicios de que vaya a regresar.

Casi como si lo hubieran ensayado, los asistentes ahogaron distintos tipos de exclamaciones. Los consejeros cuchichearon, nerviosos por lo que aquel hombre pudiera añadir, aunque sin atreverse a intervenir. El emperador estaba lívido. Por primera vez, alguien lo había pillado desprevenido.

—Ante la nula perspectiva de que Ashbree Aldair regrese, han estado retrasando la alianza sin cesar. Pensando que éramos necios, estúpidos, simples peones que manejar. —Cuando Halldan miró a Arcaron, había desafío en aquellos iris azules, soberbia incluso. Con disimulo, Kara se movió hacia su padre, buscando cierta seguridad, pero una mano se cerró alrededor de su brazo y se lo impidió. Cuando alzó la vista, se encontró con las facciones duras de Jonna, una de las valquirias de Halldan, con los labios apretados y negando con la cabeza—. Eso se ha acabado. Hoy mismo las tornas han cambiado. —El emperador dio un respingo apenas perceptible, la mayor emoción que demostraría. Eso no era lo que habían hablado, eso no era lo que debía decir, y Kara intuía qué iba a salir de esos labios que la habían embelesado en más de una ocasión—. Hace cuestión de una hora, he interceptado a un elfo oscuro que se había infiltrado en las entrañas de vuestro mismísimo palacio para secuestrar o matar a Kara Aldair.

Se giró hacia ella y la señaló con un movimiento vigoroso que hizo que se echara a temblar. ¿Qué estaba pasando? Él no había visto al elfo oscuro, pero su sangre... Había mucha sangre plateada sobre la alfombra, y solo los elfos oscuros tenían ese color de sangre, pues el resto sangraban en rojo, salvo los trolls, que lo hacían en azul.

Kara se mordió el labio inferior para no echarse a llorar de nervios, rabia e impotencia. Volvía a ser un pelele, una cara bonita con la que comerciar. Y había caído de lleno en las garras de aquel hombre, no le cabía duda.

—Y eso solo puede significar que el Rey de los Elfos está buscando el modo de acabar con la familia imperial para deshacerse de sus oponentes. Lo que nos lleva a suponer que Ashbree Aldair estará muerta.

—¿Qué pruebas tenéis de ello? —inquirió el emperador con voz seca.

Los labios de Halldan se perfilaron en una media sonrisa maliciosa.

—Si bajáis a los túneles de saneamiento, encontraréis pruebas suficientes de que ha habido un ataque.

Kara se quedó lívida. Estaba convencida de que achacarían la responsabilidad de la muerte de Elegor Daebrin a ese supuesto elfo oscuro que se había infiltrado.

—Cuando fui en busca de Kara para acompañarla hasta aquí, el elfo oscuro desapareció en la nada y el comandante Gandriel... Salí a buscar ayuda, mientras Kara seguía en estado de *shock* —le dedicó una sonrisa dulce que hizo que las lágrimas se agolparan en sus ojos—, pero cuando regresé, ya no estaba. Desconozco qué ha sido del comandante.

Era mentira. O, al menos, una parte de su relato. Y lo que sí había ocurrido de verdad lo estaba aprovechado en su beneficio, con creces.

El emperador dio dos pasos hacia Halldan, los mismos que recorrieron un par de valquirias. Ante esa amenaza, varios guardias imperiales desenvainaron sus armas, preparados para el combate.

—Es evidente que el Imperio de Yithia necesita refuerzos —prosiguió el embajador, inalterable—. Y los berserkers estamos dispuestos a brindarlos, a pesar de la ausencia de Ashbree Aldair. —El silencio que le siguió a aquella sentencia hizo que a Kara se le retorcieran las tripas—. De igual modo, la alianza se cerrará con un matrimonio.

Halldan extendió la mano hacia Kara y su mirada se afiló cuando no se movió. Tuvo que ser un emisario quien la empujara del hombro para que se acercara a él. Cuando el brazo de Halldan se envolvió alrededor de su cintura estrecha, pegándola a sí mismo, la bilis le ardió en la garganta. Hacía escasos minutos que había ansiado más de aquel contacto, y ahora... Ahora no sabía qué pensar.

—En la corte ya habrán advertido que la joven Aldair y yo hemos disfrutado de unas semanas muy... interesantes. —Sintió los ojos de su padre clavados en su nuca, pero no se atrevió a fijar la vista en ningún punto que no fuese la nada, tan al borde del llanto como estaba—. Y como tal, deseamos mostrar nuestro interés en contraer nupcias para afianzar lazos entre Korkof y Yithia.

—No podéis hacer eso —musitó el emperador—. Si queréis que seamos aliados, deberá casarse con el *jarl*, no con... vos.

Arcaron Aldair le dedicó un vistazo asqueado mientras los labios de Halldan se estiraban con satisfacción.

—Una suerte que yo sea Halldan Ruud, *jarl* de Korkof y actual Invicto.

5

Aparecieron junto a la cama de Ilian, con el general tendido sobre el colchón y el rey y Ashbree de pie al lado. Se quedaron observando el subir y bajar del pecho de Ilian tanto tiempo que el cansancio empezó a hacer mella en el cuerpo de la heredera.

Estaba vivo. Ilian Aedil había regresado de la muerte. Pero Cyndra... Cyndra no.

Pese a que le había prometido a Ilian que no lloraría más, no pudo remediarlo y enterró el rostro entre las manos en un vano intento por contener las lágrimas.

—Ven aquí —murmuró Rylen.

Sin esperar respuesta, tiró de ella y la envolvió en un abrazo que le supo a gloria y motivó que sus contenciones cayeran sin medida. Rodeada por aquellos brazos, lloró contra su pecho. Lloró por el temor a lo desconocido. Por el daño que le había infligido al soberano al confesarle las intenciones que había tenido con él al principio. Lloró por la sentencia de Cyndra. Por haber perdido a su hermana de batallas y no haber podido hacer nada al respecto. Por haber esperado estúpidamente, en lugar de haber salido en su búsqueda antes. Lloró por el dolor de ver a Ilian muerto. Por haber sucumbido a la rabia y haberle arrebatado la vida a Arathor.

Lloró por todo lo que no se había atrevido a pensar hasta entonces y se dejó consolar por el único ser que no debería mostrarle ni una pizca de benevolencia.

Él le acarició los cabellos enredados, apretándola contra su cuerpo y respirando sutilmente, como si estuviese midiendo cada gesto para no quebrarse a su vez. Con cada minuto que transcurría, el llanto pasaba de desconsolado a silencioso, triste y supurante, y Ashbree se percató del extraño sonido que hacían las sombras del rey dentro de aquel pecho. Era como un burbujeo entremezclado con un ronroneo, una vibración que llevaba el mismo ritmo que habría mantenido un corazón, pero muy diferente. Reconfortante, especial.

Y eso hizo que se sintiera aún peor.

Habían estado en Kridia y no se le había pasado por la cabeza, ni en un solo momento, viajar al sauce milenario y rescatar el corazón de piedra para devolvérselo. Y ahora se arrepentía.

Cuando fue consciente nuevamente de lo que sucedía a su alrededor, la luz que entraba por los ventanales era cetrina, propia de un amanecer aletargado que aventuraba un día plomizo. Ashbree se aferraba a la camisa del rey, agarrada en un puño, mientras sorbía por la nariz y se iba calmando.

No se atrevió a moverse, porque después del caos de los últimos días, necesitaba esos minutos de calma que le estaba regalando el varón que seguía abrazándola con una comodidad íntima. Por mucho que supiera que era extraño que estuvieran disfrutando de aquella cercanía. Sí, se habían besado, pero ella le había confesado algo que parecía haberlo destrozado.

Tenían una conversación pendiente, varias quizá; era muy consciente de ello. Y, aun así, no se sentía con fuerzas como para apartarse de esa calidez que le relajaba los músculos y le templaba el cuerpo, que le regalaba una fragancia tan exquisita y que comenzaba a resultarle familiar.

—Lo siento, dragona —murmuró contra su cabeza, un sonido rasgado que le recorrió la piel como un escalofrío.

No sabía a qué se refería él exactamente, cuando la que debería deshacerse en disculpas era ella, pero no se atrevió a moverse. Los dedos del soberano, perezosos, ascendieron y descendieron por su brazo en una caricia lenta que la reconfortó y tensó a partes iguales. Aguardó en silencio a que prosiguiera y, al mismo tiempo, a que aquellos labios permanecieran cerrados. Aunque no lo hicieron.

—Siento muchísimo lo que pasó en el comedor del mirador. Yo no... —Calló al suspirar por la nariz.

Ashbree contuvo la respiración, no solo por la disculpa, que sonaba sincera, sino porque Ilian había estado en lo cierto. Él se había apostado su primera cita juntos a que, nada más verla, el rey se disculparía con ella. El corazón se le estrujó. Si bien no era lo primero que hablaban, sí era el primer momento que habían tenido de extraña calma. Ilian había estado en lo cierto, y Ashbree se descubrió deseando que se recuperara para tener esa cita, y otras futuras, con él.

Cogió aire y lo soltó despacio. La mano del rey se quedó quieta sobre su hombro. Sabía que tenía que decir algo, porque él ya había expresado sus disculpas. Y no era justo que se mantuviera callada.

—No tenéis de qué disculparos, majestad —dijo, aún cobijada contra su pecho.

Él se tomó unos segundos para responder, probablemente a causa de las formalidades que Ashbree había recuperado. Era mejor así, se dijo, con muros inalcanzables entre ambos. Era más seguro.

—Sí, sí que tengo —susurró—. Siento haber estallado ante vos. Podría haberos hecho daño.

—Pero no lo hicisteis.

—Pero podría.

Ashbree se atrevió a deslizar la vista hacia su rostro, que aún presentaba un atisbo de derrota. Sin saber de dónde salía, sintió la necesidad de aliviar su sufrimiento como fuera, por eso dijo:

—Y también podríamos quedarnos dando vueltas alrededor de la misma conversación absurda, ¿no creéis?

Rylen le dedicó una sonrisa complacida y el corazón le dio un vuelco ante la hermosura de aquel gesto desenfadado. Poquito a poco, volvía a ser el varón de divertida arrogancia.

—Acepto vuestras disculpas —terminó concediéndole—, aunque la que debe disculparse soy yo. Siento haber intentado jugar con vos, majestad. No sabía... Yo no pretendía...

Ashbree inspiró hondo y clavó la vista en el techo.

—Lo sé —musitó él. Rauda, la heredera devolvió la atención a Rylen, que la estudiaba con interés—. Vos no hicisteis nada, dragona. Tener ciertas intenciones y llevarlas a cabo no son lo mismo.

—Pero sí que lo intenté. Al principio, al menos.

Rylen arqueó las cejas con escepticismo y sus labios se curvaron en una mueca socarrona.

—¿De verdad esos fueron vuestros intentos por ganaros mi confianza?

Sus ojos conectaron con una intensidad pícara y Ashbree se tensó en respuesta, siendo muy consciente de que su mano reposaba sobre el pecho del soberano, de cómo él la recluía contra su cuerpo en un abrazo irrompible. De cómo ambos se necesitaban en aquel momento en el que habían estado a punto de perder a Ilian para siempre. Y si ella se había sentido desesperada, siendo que conocía al Efímero desde hacía tan poco, no podía ni imaginar lo que debía de haber sufrido el rey.

Sus mejillas enrojecieron y dio gracias a la tenue luz del amanecer, aunque con lo afilada que era la vista de los elfos oscuros, estaba convencida de que él lo notaría.

—Sí, esos fueron mis intentos —murmuró con la boca pequeña, y la sonrisa del rey se ensanchó aún más.

—Quizá os consuele saber que no teníais por qué ganaros mi confianza. —Ashbree ladeó la cabeza en un gesto de incomprensión y aguardó—. Hace años que la tenéis, dragona.

—¿A qué os referís?

—¿Por qué creéis que conseguisteis agrietar mi corazón?

—¿Porque lo acerqué al mío?

Él soltó una risa débil y negó con la cabeza.

—En los quince años que lleváis intentando destrozarlo, cuando os habéis enfrentado a él, jamás lo habéis hecho con la verdadera intención de matarme. —La heredera se quedó de piedra, con la respiración contenida. Rylen reanudó el jugueteo de sus dedos sobre su brazo, como si hubiera percibido su rigidez—. Siempre habéis querido acabar conmigo, deshaceros de mí, pero no quitarme la vida con intenciones reales. Salvo esa noche. —Descendió la vista y sus ojos se encontraron con cierto anhelo. La vergüenza y el arrepentimiento se entremezclaron en su garganta—. Estabais tan destrozada que os abrazasteis a ese recurso para libraros de vuestra propia esclavitud. Esa ha sido la única vez que habéis querido matarme de verdad. Y por eso fracturasteis mi corazón.

—¿Entonces...? ¿Por qué no os maté?

—Porque no teníais la fuerza suficiente, dragona.

—¿Y eso qué tiene que ver con la confianza?

—Porque confiaba en vos antes de eso. Confiaba en vuestra mentalidad. Confiaba en que buscabais el bien para toda la isla.

—¿Y ya no confiáis en mí?

El gesto de Rylen se tornó serio al oírla.

—Os he confiado mi mayor secreto. —Ashbree tragó saliva y pensó en las colonias—. Os acabo de confiar cómo podríais matarme si volvéis a enfrentaros a mi corazón. Y sin un ápice de duda, después de lo que hemos vivido juntos, de la confesión sincera de vuestras intenciones previas en busca de no seguir haciéndome daño, sé que os confiaría mi vida si decidierais que es lo correcto para la isla.

Los ojos de Ashbree se anegaron de lágrimas de nuevo. No había ni un subtono de duda, tan solo una determinación férrea por una causa a la que había consagrado su vida.

—Yo no he conseguido labrar la paz en quinientos años —prosiguió, y con la mano libre, le apartó un mechón del rostro—, pero sé que vos lo lograréis. Y si resulto ser un obstáculo en el camino, si la solución para poner fin a esta guerra es que vos decidáis sobre el futuro de Yithia y Lykos, así se hará. Porque no hay nada que ansíe más que librar al pueblo del yugo de la conflagración garantizándoles una vida sin opresiones.

Nuevas lágrimas resbalaron sobre las mejillas de Ashbree, emocionada por unos ideales tan implacables. Unos ideales por los que el Rey de los Elfos entregaría su propia vida.

Para su sorpresa, se descubrió pensando que no quería aquello. No quería que aquel varón desapareciera de su mundo ni aunque eso conllevara el fin del conflicto entre ambas naciones. No podía permitir que semejante bondad se perdiera, se convirtiera en cenizas.

—Gracias —musitó ella contra su pecho, escondiéndose para que no la viera llorando otra vez.

Se sentía débil al mostrar así sus sentimientos, pero no le quedaba energía para seguir luchando contra sí misma.

—¿Por qué?

—Por darme otra oportunidad. Por no... —Respiró hondo para contrarrestar un sollozo—. Por no odiarme por mis intenciones ni por lo que le ha pasado a Ilian. Yo no...

—Shhh. Está todo bien, Ash. —De nuevo, le acarició el pelo y, al igual que le sucedía con Ilian y cada vez con mayor frecuencia, se sintió segura. Protegida—. Habéis salvado a Ilian. No sé cómo lo habéis hecho, pero... —Fue su turno de callar para sobreponerse a la congoja—. Jamás tendré palabras suficientes para expresaros mi agradecimiento. Y cualquier cosa que pueda hacer por vos, la llevaré a cabo con gusto.

Despacio, Ashbree inclinó la cabeza para buscar sus ojos. Él la observaba con admiración y dolor a partes iguales, con cierto pesar y contención. Sus labios estaban entreabiertos y su aliento cálido le acariciaba las pestañas. La gota de luz que quedaba en su interior vibró ansiosa y necesitada, de un modo muy diferente a la sed. Después de haber ingerido la de Ilian y la del rey no le quedaban dudas de que la sangre de los Efímeros hacía algo para paliar los efectos de la droga.

—Siento... Siento haberos mordido —murmuró, con las orejas teñidas de rojo por la vergüenza.

Lo que había hecho tenía más de animal que de racional, aunque no se arrepintiera.

—Ah —musitó él.

Despacio, alzó el brazo para que ambos contemplaran el círculo de dientes que había quedado marcado en la cara interna de su muñeca.

Todo su lenguaje corporal cambió de repente, y Ashbree percibió cómo los músculos del soberano se quedaban rígidos.

—Nos sobrepondremos a esto también —susurró contra sus labios, el pulgar acariciándole la mejilla.

El estómago de Ashbree se retorció y la respiración le salió temblorosa, anhelando que sus bocas se fundieran y, al mismo tiempo, sabiendo que no era lo más inteligente. Pero estaba tan tan confundida por todo...

—Siento muchísimo que os hayáis visto obligada a consumirla de nuevo. —La voz del rey temblaba tanto como su propia respiración, y entonces se dio cuenta de que sus iris plateados estaban anegados de lágrimas—. Os garantizo que haré todo lo que esté en mi mano para sacaros del pozo de la adicción.

Fue el turno de Ashbree de quedarse rígida. Porque el rey no sabía que tal vez hubieran encontrado una cura contra la miel de plata.

Rylen temía que la vida de Ashbree se hubiera visto condicionada por la ingesta de sangre. Y, aun así, se sentía aliviado por que hubiera tomado esa decisión. Pero eso no hacía que su preocupación por ella fuera menor. Se encontraba a medio camino entre dos sentimientos casi opuestos que le aterraban.

Con cierto tacto, la heredera cerró los dedos alrededor de su muñeca, justo por encima de la marca de sus propios dientes.

—Hemos encontrado una posible cura para la miel de plata —susurró.

A pesar del volumen bajo de sus palabras, las oyó magnificadas y con eco, como si las hubieran gritado a su oído. Rylen se mareó en cuanto asimiló qué podía significar aquello, todas las implicaciones de lo que Ashbree le contó con minuciosidad. Se habían sentado a los pies de la cama de Ilian y ni siquiera sabía cuándo, tan concentrado como estaba en las explicaciones.

—¿La sangre de los Efímeros...? —tanteó cuando hubo terminado, tratando de comprenderlo.

—Silvari tiene que hacer pruebas, pero sí, parece que neutraliza la toxina.

—Dioses...

Rylen clavó los codos en las rodillas y se pasó las manos por el pelo. Aquello era tan grandioso como peligroso. Porque había alguien trabajando en las sombras, pisándoles los talones. Ella le aseguró que se encontraba bien, solo cansada —normal después de lo que habían vivido—, y parte de sus preocupaciones se desvanecieron.

—Creo que es hora de que me contéis qué os ha pasado.

Ashbree dedicó un vistazo dubitativo a Ilian, como si necesitara cerciorarse de que siguiera respirando, y se lanzó a relatarle lo que había sucedido. Con cada nueva palabra que abandonaba sus labios, el enfado de Rylen no hacía sino crecer. No entendía cómo su general había sido tan inconsciente, tan necio, tan irresponsable... Pero entonces miraba a Ashbree a los ojos, cómo sus iris se convertían en miel fundida a causa de las lágrimas, y lo comprendía. Porque sabía bien la infinidad de locuras que se cometían por amor.

Al igual que cuando los había encontrado encamados, sintió una punzada en el pecho. El anhelo por volver a experimentar algo parecido. El temor de que, al pensar en ello, se materializara el rostro de Ashbree.

—¿Arathor sigue vivo?

—No —atajó ella con firmeza.

—Bien. —Su sed de venganza se aplacó, aunque no lo suficiente. Por un plan que había salido sumamente mal, el Imperio de Yithia había estado a punto de ponerle fin a la guerra. Porque si Ilian hubiera muerto, no le habría temblado la mano antes de arrasar con todo sin pensar en las consecuencias—. ¿Y Cyndra?

Ashbree acusó sus palabras como si hubiera recibido un golpe, o eso leyó en la contracción de sus facciones. En cómo inspiró hondo y cerró los ojos, las manos apretadas en puños sobre el regazo. Y no hubo necesidad de palabras para que Rylen la entendiera, ya que el dolor que manaba de ella solo podía significar que Cyndra estaba muerta.

Movido por un impulso, volvió a estrecharla entre los brazos, porque con el cuerpo de la heredera pegado al suyo se sentía mejor, bien incluso, con el regusto de que todo estaba en orden. Y ahora que había probado el calor de sus brazos se descubría siendo adicto a él.

Después de un tiempo indeterminado, con las sombras que emulaban su corazón contraídas por el malestar que se había hecho con los músculos de Ashbree, Rylen sintió la necesidad de aliviarla como fuera. Por eso, alzó el brazo frente a ellos y movió la muñeca a un lado y a otro.

—Había pensado en conservar la cicatriz —comentó en tono distendido.

Aún recostada contra su hombro, Ashbree giró la cabeza para mirarle la mano y rio entre dientes. Rylen lo decía en serio. Con la curación inmortal, todos los procesos se aceleraban y sabía que la marca duraría un par de días. Pero la longevidad venía de la mano de muchos beneficios, como decidir qué curar y qué no.

—¿Y por qué diantres ibais a querer tener un recordatorio de lo que ha pasado esta noche?

Para su alivio, se dio cuenta de que no había desaparecido el tira y afloja característico entre ambos.

—Primero, porque es una forma fácil de recordar que no podemos dar nada por sentado. Que, de la noche a la mañana, aquello que amas puede desaparecer. —Lo pronunció con más solemnidad de la pretendida, muy consciente de que tal vez no solo se refería a Ilian. No obstante, ensanchó la sonrisa para alejar los pensamientos tristes de la mente de Ashbree y añadió—: Y, segundo, porque así os llevaré conmigo, dragona. —Le plantó la muñeca cerca de los ojos, para cerciorarse de que comprendiera que cada vez que la viera, pensaría en ella—. Solo os pido que la próxima vez que queráis morderme, me aviséis primero y os entregaré mi cuello.

Estas últimas palabras las acompañó con una sonrisilla picarona que le moduló la voz de un modo que hizo que Ashbree enrojeciera. Y, dioses, cómo le gustaba verla así, con las mejillas arreboladas y los labios entreabiertos, pillada por sorpresa.

—Deberíais ir a Rimbalan a por Silvari —musitó, con mirada esquiva—. Ilian necesita que lo examine un sanador experimentado.

Rylen le dio un último apretón, reticente a separarse de ella, pero sabía que era lo mejor.

—Volveré en un rato. Descansad. —Se levantó y le lanzó un último vistazo a Ilian, que seguía respirando, antes de fijarse en ella una vez más. Dolía solo con mirarla, y él odiaba ver a sus seres queridos sufrir, por lo que era mejor marcharse y que la situación se calmase un poco antes de cometer una estupidez. Porque la vez anterior que la vio sufriendo, terminó besándola—. Cuidad de él.

—Siempre.

6

Kara no había pegado ojo en toda la noche, y no era para menos. Después de la confesión de Halldan, su mundo se tambaleó. Los juegos finales se habían cancelado por la amenaza de lo que él había confesado y la guardia imperial había salido a las calles para llevar al pueblo a sus casas a la fuerza.

Aunque Kara discutió con su padre para que la dejara participar en aquel consejo improvisado a altas horas de la madrugada, él se negó y ordenó a un par de guardias que la escoltaran a sus aposentos por su seguridad. Iban a hablar de su futuro, de su *matrimonio* con el *jarl* de los berserkers, y ella no tenía ni voz ni voto.

Había pasado tres semanas encariñándose de Halldan poco a poco, hasta el punto de que ambos parecían sentir lo mismo, pero ya nada era como había creído.

Kara le había confesado, en varias ocasiones, que no quería ser emperatriz, y con el plan que habían ideado —y que ahora veía absurdo—, ella se libraría de ello. Porque Halldan le había propuesto que se casara con él, un embajador, no un *jarl*, y había aceptado. Su sueño de encontrar el amor en el matrimonio había estado muy cerca de cumplirse, ya que era indudable que empezaba a sentir algo por aquel hombre grande y tosco. Y ahora... Ahora la estaba condenando a su peor pesadilla: a un puesto en el imperio que no quería y que le venía enorme.

La frustración se anidó en su pecho como un órgano más, y aunque se pasó el resto de la noche deseando que Halldan apareciera por allí, al mismo tiempo no le apetecía volver a verlo. Había actuado como todos los demás, ganándosela para usarla en su propio beneficio. No distaba mucho de las intenciones que había tenido Arathor, al fin y al cabo.

Abrazada a sus propias piernas, con el mentón apoyado en las rodillas, Kara vio las horas pasar desde el suelo de su antesala. El hueco que había dejado la alfombra retirada le pesaba, así como la mancha roja contra la pared, de la que no despegó la vista en ningún momento.

Aquel hombre le había devuelto las ganas de vivir, le había hecho creer que no era solo una cara bonita y que los horrores sobre su cuerpo no la definían. ¿Cómo alguien con esa mentalidad podía haber jugado de aquel modo con ella? Se sentía una necia.

Alguien llamó a la puerta y lo ignoró. Para su desgracia, persistió.

—Kara, soy Halldan.

Todo su cuerpo se crispó y, al pasar tantas horas en aquella postura rígida, le dio un tirón en el cuello que le provocó un alarido.

—¿Estás bien? —preguntó él con un deje de preocupación.

Ella apretó los dientes mientras se masajeaba el cuello, malhumorada. Quería odiarlo, pero no podía hacerlo si seguía mostrándose amable. Resignada, se levantó, aunque los músculos se le quejaron, y caminó hasta la puerta. El renqueo del que había empezado a deshacerse se presentó con más fuerza.

—¡Qué! —espetó tras abrir con ímpetu.

Halldan abrió y cerró la boca un par de veces, sin duda consternado por su brusquedad. Pero la Kara simpática estaba demasiado ahogada por sus propias lágrimas como para salir a la superficie. Él la miró de arriba abajo y entonces se percató de que seguía llevando el mismo vestido de la noche anterior, desaliñada. Y le dieron igual el protocolo y el decoro.

—¿No has dormido?

—¿Acaso te importa?

—Sí. Siempre.

Kara soltó una carcajada amarga que hizo que él apretara los labios.

—Anoche no parecía importarte lo más mínimo mi bienestar —soltó a bocajarro.

Él acusó el golpe endureciendo las facciones, aunque rápidamente las relajó.

—¿Podemos hablar en alguna parte?

—No.

—Por favor.

Durante unos segundos de silencio tenso, Kara y Halldan se limitaron a mirarse. Ella creía conocer aquellos ojos azules, en los que se había perdido durante tantos de sus paseos diarios, paseos que habían sido la causa de que la lesión de su pierna mejorase tan rápido. Se había sobrepuesto a todo gracias a él, y quizá fuera por ese recuerdo, pero terminó accediendo. Aunque eso no iba a hacer que la Kara bonachona resucitara como si nada.

Le cerró las puertas en las narices y se cambió el vestido por uno estampado con bordado de fresas diminutas, vaporoso y con vuelo en el bajo. Después, se pasó los dedos por el cabello y se lo ahuecó un poco, hasta que su atención recayó en el parche y se dio cuenta de que no pegaba con lo que llevaba puesto, así que lo cambió por uno rosa.

Al terminar, se quedó unos instantes meditando sobre lo que acababa de hacer. Halldan había arraigado tanto en ella que había terminado considerando aquel parche, que la marcaba allá por donde fuera, como un complemento más; una nimiedad de la que se olvidaba. La garganta le picó por las lágrimas reprimidas, recuperó el bastón que llevaba una semana sin usar, porque la pierna le dolía a rabiar, y volvió a abrir la puerta.

Halldan no estaba. Molesta, Kara se asomó hacia un lado del pasillo y lo encontró hablando con Jonna y Agda, sus valquirias custodias. Que siempre estuviera acompañado de aquellas dos féminas cobró un nuevo sentido. Estaban hablando en bersker, pero guardaron silencio en cuanto la vieron.

—Vamos.

Pasó junto a él sin siquiera mirarlo; Halldan tardó unos segundos en reaccionar, aunque terminó siguiéndola.

Caminaron en silencio hasta salir al frescor mañanero que envolvía la capital antes de que el calor empezase a ser abrasador, y se detuvieron en uno de los muchos merenderos escondidos en los jardines.

Siendo un poco más ruda de lo habitual, Kara le pidió a un trabajador que les sirviera un desayuno allí y Halldan tomó asiento frente a ella, con sus valquirias vigilando el camino hasta el merendero. El silencio se instauró pesado y se dedicaron a mirarse sin más, sus rostros hablando por ellos.

Con cada segundo que transcurría en aquella quietud tensa, Kara se enfadaba más y más. ¿Cómo podía haberle hecho eso? ¿Cómo podía haberla traicionado de un modo tan vil? ¿Cómo podía haberla puesto a comer de la palma de su mano? ¿Cómo había sido tan necia de creer que cualquier varón u hombre podría mostrar bondad?

—Eres un capullo, ¿lo sabías? —soltó de mala gana.

Kara jamás había pronunciado una palabra como aquella, tan modosita y respetuosa como era. Pero la vieja Kara no se parecía a la que se había ido forjando en esas últimas semanas, la que había estado urdiendo un plan a expensas de su padre y la que había estado colaborando en el alzamiento de la Hija de la Luz. Dudó incluso de que Halldan la hubiera entendido, por el rostro indescifrable que puso. Y entonces él se echó a reír.

El sonido la sobresaltó, aunque causó en ella el mismo efecto que la noche anterior: unas mariposas extrañas, y que se esforzó por matar, revolotearon en su estómago.

—Y encima, te ríes.

—Perdona, tienes razón.

Halldan extendió la mano sobre la mesa para buscar la de Kara y ella la apartó. Fue entonces cuando el hombre se dio cuenta de que la joven no estaba para juegos.

—Perdóname, Kara —musitó, con voz seria; aquel acento rudo dotaba sus palabras de un aura especial.

—Vas a tener que esforzarte más, *jarl*.

Él apretó los labios y resopló por la nariz al tiempo que asentía con la cabeza.

—Estás en todo tu derecho a enfadarte conmigo.

—¡¿No me digas?!

Se estaba dejando arrastrar por veinte años de acatar y asentir, de observar y no hablar, de permanecer al margen y aceptar las cosas como le vinieran. Pero ya no. La conversación se interrumpió cuando un sirviente colocó platitos con dulces de naranja y té recién hecho en la mesa de hierro entre ambos.

—Por favor, escúchame —insistió.

—¿Qué quieres que escuche? ¿Más promesas falsas? ¿Más mentiras embaucadoras?

El rostro de Halldan, generalmente afable en su presencia, se endureció de nuevo, con una arruga profunda entre las cejas.

—Nada de lo que hemos compartido en estas tres semanas ha sido mentira, Kara.

—¡Ja!

—No.

Lo pronunció de un modo tan tajante que un escalofrío le recorrió la espalda y se tensó. Nunca se había rebelado frente a nadie, y aunque antes hubiera considerado a Halldan como a un igual, ahora él estaba muy por encima de ella, y eso le generaba desconfianza. Sabía que su entereza no duraría.

—Me prometiste que, si me casaba contigo, yo no sería emperatriz —comentó ella con la voz más pequeña, amedrentada por la autoridad de aquel hombre.

—Y así será.

—Permíteme dudarlo.

—Kara, por favor. Enfádate conmigo si es lo que quieres, pero déjame explicarme. —Ella hizo un mohín con los labios y cruzó las piernas. Distraída, tomó la taza entre las manos y sopló sobre su contenido humeante—. No tienes por qué ser emperatriz. Yo no te exigiré nada de eso, porque ni siquiera creo que siga vivo cuando tu padre deje el cargo.

Kara lo miró de soslayo. Resultaba más que evidente que aquel hombre era mucho más astuto de lo que su padre pensaba. Por lo que ella sabía gracias a las sesiones del consejo, Arcaron había pactado con los berserkers con la esperanza de que después de los doscientos años de mandato que le quedaban, el *jarl* ya no siguiera vivo. Y al heredar otro *jarl* el puesto de Invicto, el acuerdo quedaría roto. Porque su padre no quería saber nada de Ashbree, la abandonaría a su suerte. Halldan había contado con esa información desde el principio, y no le había importado.

—No lo entiendo —musitó ella.

—Tú no tienes por qué asumir el puesto de emperatriz. Lo harán tus hijos.

La palabra «hijos» se asentó espesa en su estómago. Arcaron había tenido descendencia muy pronto, algo poco habitual entre los suyos, que preferían disfrutar del cargo durante la soltería y formar una familia después. Pero su padre había dispuesto otro plan, y si Celina hubiera vivido más tiempo, sabía que habrían aumentado la familia todo lo posible.

Kara ni siquiera había pensado tan a largo plazo de forma real y no idílica.

—Hijos...

Halldan asintió, sin despegar los ojos de ella. Azorada por el modo penetrante con el que la observaba, clavó la vista en los pastelitos entre ambos, que permanecían intactos.

—Nuestros hijos podrían asumir ese cargo. Y si se crían como me gustaría, también podrían optar al puesto de Invicto cuando yo lo deje, si no me derrotan antes.

Las mejillas de Kara se arrebolaron y el corazón le palpitó con insistencia. ¿Aquel hombre quería tener hijos *con ella*? Pertenecían a razas de vaettir diferentes, ni siquiera sabía si serían afines de aquel modo, pero la simple idea de pensarlo le calentó el pecho.

«Hijos...».

—¿Por qué no me lo habías dicho? ¿Por qué no me contaste que eres el *jarl* de Korkof?

—Porque aquí las paredes tienen oídos, y mi seguridad podía peligrar.

—¿Qué ha cambiado?

—Que no quiero esperar más. —Kara no sabía a qué se refería, pero no le dio tiempo a preguntar, porque él añadió—: No tienes por qué ser emperatriz. Ni tienes por qué desempeñar ninguna de las funciones de la esposa del *jarl* si tampoco lo deseas.

—Entonces ¿qué quieres?

—A ti.

Kara entreabrió los labios, sobrepasada por aquellas palabras y la mirada incendiaria de Halldan. De repente, la mesa se le antojó demasiado inmensa y pequeña al mismo tiempo. Deseaba estar más cerca de él y que se la tragara un abismo. Había escuchado muchas palabras zalameras desde que alcanzó la mayoría de edad, aunque no había llegado a creerse ninguna. Salvo aquellas.

—Te quiero a ti, Kara Aldair. A mi lado, durante todo el tiempo que me reste.

—¿P-por qué yo?

El rostro de Halldan se suavizó y la miró con una dulzura mal contenida, un gesto que no encajaba con la tosquedad de sus rasgos pero que le sentaba demasiado bien.

—¿Por qué no?

—Esa no es una respuesta.

—¿De veras? ¿Me preguntarías lo mismo de querer casarme con cualquier otra mujer? O fémina. ¿Por qué cuestionas mi criterio si la que me interesa eres tú?

—Porque yo no soy... No soy nada.

—Te quiero a ti porque me abres las puertas de la isla. —Kara apretó los labios y los puños sobre las piernas, molesta con la respuesta—. ¿No era eso lo que querías oír? —Ella se mantuvo en silencio—. Quédate con esa idea si así te resulta todo más sencillo. Lo único que me importa es que te montes en mi barco y vuelvas conmigo a Korkof.

—Eso es muy egoísta.

—¿Prefieres verme como al hombre cruel y belicoso que te han vendido que soy? Pues eso te doy.

—No es lo que quiero...

—¿Y qué quieres?

—Enamorarme.

Ambos se quedaron en silencio unos segundos, intentando descifrar los pensamientos del otro en su rostro.

—¿Acaso no podrías enamorarte de mí?

Kara fue a responder, movida por el enfado y el resquemor de la traición, pero se dio cuenta de que no tenía ninguna negativa que ofrecerle. Sí que podría enamorarse de Halldan Ruud, o al menos del que creía haber conocido.

—Pídemelo —soltó ella con fuerzas.

—¿Qué?

—Que me lo pidas.

—Kara, ya está todo...

—Halldan, pídemelo —lo interrumpió, porque no quería oírle decir que ya estaba todo cerrado. Sin que ella tuviera voz ni voto.

El hombre suavizó el rostro y se levantó. Kara se tensó, cada vez más, mientras él se colocaba frente a ella y luego se arrodillaba, ignorando que una de sus piernas fuera protésica. La respiración se le atascó en el pecho cuando él la tomó de una mano y la agarró con solemnidad.

—Kara Aldair, ¿me concederías el honor de casarte conmigo?

—No.

Halldan parpadeó, confuso por un segundo, y luego sus labios gruesos se estiraron en la más sutil de las sonrisas.

—Kara Aldair, ¿me concederías el honor de casarte con este hombre humilde?

Kara inspiró hondo y clavó los ojos en los de él, que a la luz del sol relucían como un mar en calma.

—No.

La sonrisa de Halldan se ensanchó aún más y el corazón de Kara se derritió con aquel gesto.

Desde que ambos habían acordado que se casarían juntos —para ella librarse de sus obligaciones y seguir estableciendo cierta relación con Korkof, por si su hermana nunca regresaba—, Kara se había dedicado a leer todo lo que podía sobre la nación a la que pertenecería con aquella decisión. Le había pedido ayuda a Mebrin, quien la había proveído con un sinfín de libros que no le había dado tiempo a terminar. Pero sí había descubierto aspectos muy interesantes, como que debía negarse dos veces antes de aceptar, o de volver a negarse. Porque la tercera siempre era la definitiva, una alegoría a lo mucho que los berserkers luchaban por lo que querían.

—Kara Aldair, ¿me concederías el honor de convertirme en el hombre más dichoso de Narendra al casarte conmigo?

Kara tragó saliva y sintió que se ahogaba en la profundidad de aquellos dos zafiros.

—Sí —susurró.

Halldan sonrió y el mundo entero se iluminó con aquel gesto salvaje. Se puso en pie y él la guio para que también se levantara. El *jarl* le sostuvo el rostro entre las manos y se inclinó sobre ella para paliar la distancia que los separaba. El corazón le bombeó con fuerza, anhelante, temeroso, nervioso. Pero cuando sus labios estaban a punto de rozarse, cuando Kara ya había cerrado los ojos por pura inercia para fundirse en aquel contacto cálido y soñado durante veinte años, murmuró:

—Sin mentiras.

Sintió la sonrisa de Halldan sobre ella, porque no se atrevía a abrir los párpados. Un pulgar le acarició la mejilla y la aspereza de esa piel la reconfortó.

—No hay nada que quisiera ocultarle a mi futura esposa.

Las rodillas le cedieron y Kara no cayó al suelo porque Halldan, con sus manos fuertes y grandes, la sostenía del rostro.

Cuando presionó sus labios sobre los de Kara, la joven Aldair sintió que todas esas mariposas que se había esforzado en pisotear en la última hora le recorrieron el cuerpo entero. La caricia del sol no podía competir con el calor de aquella boca contra la suya, con el sabor rico y refrescante de Halldan, con el modo en que la reclamaba, con delicadeza y crudeza al mismo tiempo. Y cuando se separaron y se miraron a los ojos, Kara tenía la respiración acelerada y las mejillas arreboladas con un simple beso. Que había sido de todo menos simple.

Jonna y Agda prorrumpieron en aplausos y vítores, felicitando a su *jarl* con unas palabras que le sonaban rudas, pero que empezaba a reconocer. Todo aquello sería suyo. Aquel hombre era suyo.

No obstante, a pesar del calor que le inundaba el pecho por el regocijo, cuando Halldan la estrechó entre sus brazos hasta que la pequeña Kara casi desapareció entre tanto músculo, ella no podía dejar de preguntarse... ¿Significaba aquello que acababa de posicionarse en contra de su propia hermana en la guerra venidera?

7

Ashbree se permitió tener un momento de abatimiento. Sin poder remediarlo, gateó sobre el colchón hasta cobijarse junto al cuerpo caliente de Ilian. Lo había sentido tan frío, habían estado tan cerca de perderlo de verdad... No le quedaban fuerzas para seguir llorando y, pese a ello, sus ojos se deshicieron en lágrimas silenciosas, incapaz de pensar en otra cosa que no fuera en Cyndra.

Su parte racional, la que pretendía protegerla a cualquier coste, le decía que había hecho todo lo que había podido por regresar a Kridia y mediar en favor de su amiga. Había valorado cada posibilidad de huida desde el mismísimo momento en el que tuvo un resquicio de libertad en el campamento militar fronterizo. No había cejado en su empeño y eso le había acarreado un problema de adicción con el que, probablemente, tendría que lidiar toda su vida, por mucho que la sangre de los Efímeros mitigara los efectos o los neutralizara.

Y, aun así, no conseguía despojarse de la culpabilidad que, pringosa, se asentaba sobre su cuerpo con cada inhalación desesperada. Podría haberse dejado la vida luchando a brazo partido por ella. Podría haber insistido en que la devolvieran a Kridia mucho antes. Podría haber intentado escapar más veces. Sin importar lo destrozada que hubiera estado por la ingesta de sangre plateada común.

No había justificación alguna para que se hubiera desentendido de aquel modo de su hermana de batallas, quien lo había dado todo por ella. Hasta la vida. Porque Cyndra era la luz que había evitado que se derrumbara durante quince años. Era lo único bueno que había tenido en su vida y ya nunca volvería a verla.

Perdió la cuenta de cuánto tiempo estuvo llorando, y tampoco se percató de que, en algún momento, se quedó dormida abrazada a Ilian.

Despertó desorientada, con los cabellos revueltos y la boca pastosa por la deshidratación. Apenas abrió los párpados, la luz cenicienta del día la saludó y un intenso dolor de cabeza le atravesó las sienes, como una aguja candente que hurgaba en su cerebro.

Inspiró hondo y posó las manos en el pecho de Ilian, para asegurarse de que siguiera respirando. Pero no podía quedarse ahí, mirando ese pecho subir y bajar; tenía que mantenerse ocupada y evitar pensar en todo lo que había perdido —y había estado a punto de perder— en una sola noche.

Gimió de dolor cuando sacó las piernas de la cama y el mundo se sacudió a su alrededor. Estaba agotada, pero no volvería a quedarse al margen cuando podía hacer algo por los demás. Ilian seguía manchado de sangre y la habitación había empezado a quedarse fría. Desconocía cuánto tardaría el soberano en regresar, porque aunque había ido en búsqueda de Silvari, casi con total seguridad se habría encontrado con Elwen y Haizel en el centro de desintoxicación. A Ashbree solo le quedaba esperar que el rey tuviera tacto al explicarle a la hermana Aedil lo sucedido.

Ya de pie, se dio cuenta de que su aspecto no era mucho mejor que el que presentaba Ilian, y no solo por las ojeras que hacían que su piel luciera más pálida. Ni siquiera la ausencia de cicatrices en su rostro dulcificaba su apariencia.

Conteniendo la bilis en la garganta, se deshizo de las prendas empapadas en sangre y las lanzó a un lado, sin importarle lo más mínimo quedarse en ropa interior ni que el rey pudiera regresar en cualquier momento.

Con el cuerpo semidesnudo, se fijó en el antebrazo izquierdo, donde las marcas blancas habían crecido y se habían expandido hacia la cara externa. No llegaban a rodear todo el contorno, pero el patrón estaba cerca de rozarse. Había arrebatado una vida más con su luz y siempre llevaría sobre la piel la secuela de haber matado a Arathor. Las lágrimas amenazaron con abordarla de nuevo, aunque se negó a derramarlas. No por él. Jamás por él.

Se agarró el brazo para ocultar el recordatorio de lo que había hecho, fruto de la desesperación. Cuanto más se quedaba ahí plantada, pensando en lo sucedido, más crecía el odio y eclipsaba al dolor. Y no era un odio hacia Arathor, ya que la pena por haberlo asesinado seguía presente, sino porque lo que había sucedido era consecuencia de las decisiones de su padre.

Él, por mucho que Arathor la hubiera delatado, había sentenciado a Cyndra a muerte.

Él sabía el efecto que aquello tendría sobre Ashbree cuando se enterase.

Él era el culpable.

Y él lo pagaría, con creces.

Porque diez años de desprecio habían culminado de la peor forma posible.

Ashbree se apretó el brazo con fuerza, hasta que las uñas se clavaron en su piel, y alzó la vista a través de la ventana. Las dependencias de Ilian daban hacia el sur, al camino que la llevaría al Imperio de Yithia de nuevo. Y, cuando lo hiciera, cuando volviera a poner un pie allí, retornaría todo el dolor a su padre. Día tras día, año tras año. Porque Cyndra merecía esa venganza.

Cogió aire para intentar serenarse y se limpió las lágrimas de dos manotazos rápidos. Aún había mucho que hacer, pero ese día llegaría. Mientras tanto, tenía otra persona de la que preocuparse, una que seguía viva.

Rebuscó en el armario del general, se hizo con una camisa que le quedaba un poco grande y la ciñó con un cinturón. El borde redondeado de la prenda le caía por debajo del trasero y le llegaba hasta casi la mitad de los muslos. Quizá no había sido su decisión más inteligente, teniendo en cuenta que debía buscar a alguien del servicio para que la ayudara a limpiar a Ilian, pero no soportaba sentir su sangre sobre ella. Sobre todo con lo que él le había confesado justo antes de morir.

No había querido enfrentarse a ello hasta tener la certeza de que seguía vivo; sin embargo, ahora que todo parecía en calma... Se llevó las manos al pecho con la respiración temblorosa y la vista fija en ese cuerpo atractivo, que dormía plácidamente para recuperar fuerzas. Las lágrimas no acudieron a sus ojos porque ya se sentía seca, aunque notó esa congoja atenazarle la garganta. Le había dicho cosas tan bonitas. Y ella...

Sacudió la cabeza y se anudó el cabello en una trenza rápida antes de salir del dormitorio y cruzar el recibidor. Una vez en el pasillo, no tuvo que avanzar demasiado antes de encontrar a alguien. Ashbree contuvo una maldición por los pelos y fue a darse la vuelta, pero Orsha, con esas orejas puntiagudas, ya la había oído y se giró hacia ella.

—Buenos días, altez... —Las palabras murieron en su boca cuando se percató del estado en el que se encontraba.

Orsha, que era la personificación de la amabilidad, contrajo el semblante tanto que las cejas espesas casi le rozaron las pestañas. Las gafas que siempre le adornaban el rostro resbalaron hasta la punta de su nariz aguileña y tuvo que deslizarlas hacia arriba de nuevo para que no cayeran.

—¿Qué ocurre? —A pesar de la edad imposible de aquella hembra, se acercó a Ashbree con rapidez y la estudió de arriba abajo—. ¿Es Ilian? —La voz se le quebró y ella solo pudo asentir al percibir su preocupación. Una sincera y maternal.

Ashbree le explicó rápidamente lo sucedido mientras regresaban a las dependencias del general. Lo primero que hizo la troll fue arrodillarse junto a la cama y darle un sentido beso en la frente, con los ojos anegados de lágrimas. Después, cerró los ojos y entrelazó los dedos con la cabeza gacha y habló en un idioma desconocido para ella. Sonaba similar a lo poco que había oído de huldrú por el hechizo que cerraba el sauce, un sonido como primigenio y muy antiguo, cargado de poder.

—Es una plegaria a la Madre para que se recupere pronto —le explicó a Ashbree cuando se incorporó.

Aunque había curado sus lesiones, no sabía bien cómo lo había hecho. El temor había arraigado tan profundo que su única preocupación había sido cerrar las heridas y reconectarlo todo de nuevo. Y esa premura podía acarrear muchas secuelas. Por lo que había intuido mientras trabajaba en Ilian con desesperación, la espada no había tocado la columna. No obstante, su especialización como sanadora había estado lejos de terminar cuando había partido al frente, y ahora solo le quedaba rezar para que alguien experto confirmara que no había daños secundarios de esa sanación apresurada y descuidada.

Orsha se dedicó a encender el hogar para caldear el dormitorio mientras ella buscaba paños y un recipiente con agua para lavar a Ilian. Ashbree se la quedó observando cuando, en lugar de avivar el fuego con soplidos, colocó la mano sobre los troncos y cerró los ojos. Unos segundos después, las llamas consumían la leña con fuerza. Sabía que los trolls tenían conexión con la naturaleza, que había tribus con mayor afinidad a un elemento u otro, pero jamás había visto a nadie hacer eso. Y cuando Orsha se dio la vuelta, se encontró a una Ashbree boquiabierta.

—No sois la única con un don especial —murmuró cuando pasó junto a ella, acariciándole el brazo—. En Shazaak me consideraban muy poderosa —añadió con una sonrisilla.

—¿Tú controlas todos los elementos? —preguntó, sorprendida.

La troll asintió al tiempo que recolocaba los leños de repuesto para tenerlos preparados.

—El clan Makog siempre ha sido de los más afines con la madre naturaleza —le explicó, limpiándose las manos en el mandil que la acompañaba a todas partes—. Antes de venir aquí, vivía en Khörgaak, justo en la linde con el Bosque de la Plata.

Ashbree repasó sus conocimientos de geografía, pero todo lo que salía de la isla escapaba demasiado a su control, algo a lo que tendría que ponerle solución.

—Y allí, me convertí en la chamana superior de nuestra tribu.

—Caray, no pensé que... —Ashbree calló, abochornada. Para su alivio, Orsha le regaló una sonrisa amable.

—Ya, mi apariencia afable suele llevar a confusión —rio, sin un ápice de resquemor por haberla hecho de menos—. Pero soy bastante mayor que Rylen, querida. Y tantos siglos dan para mucho.

Con un quejido, se levantó y, con complicidad, volvió a rozar el brazo de Ashbree.

—Estos huesos viejos esconden muchas sorpresas, alteza. Y para lo que sea que me necesitéis, aquí me tendréis. —Le lanzó un vistazo cargado de sentimientos a Ilian y sus ojos saltones se colmaron de lágrimas—. Estoy en deuda con vos por salvarlo —terminó añadiendo en un hilillo de voz—. Y todos mis poderes permanecerán a vuestra disposición siempre.

Ashbree se sintió tan conmovida que tuvo que morderse el labio inferior para no echarse a llorar. No le importó cuando Orsha la envolvió entre sus brazos con fuerza, obviando el enorme salto social que había entre ambas. La heredera se abrazó a ella y se permitió recrearse en aquel contacto maternal que calmó parte de las heridas que llevaba por dentro.

Juntas consiguieron limpiar a Ilian y despojarlo de la ropa harapienta, y ambas acabaron empapadas en sudor. Trataron al varón con cuidado, porque Ashbree sabía bien lo importante que era el reposo después de un trauma físico como el que había sufrido su cuerpo, y el general no se despertó. Lejos de aliviarla, en cierta medida aquello la inquietó, pues llevaba demasiadas horas dormido. Necesitaba hablar con él para asegurarse de que realmente se encontraba bien, ya que los únicos indicios de su regreso a la vida habían sido unos gruñidos doloridos. ¿Y si en realidad no estaba vivo? ¿Y si su alma seguía retenida en alguna parte? No, no podía pensar eso. Ilian despertaría, solo era cuestión de tiempo.

Cuando terminaron, Ashbree acompañó a Orsha a la puerta de la antesala, la que daba al pasillo.

—Si necesitáis cualquier cosa más, avisadme.

Orsha se adentró en el pasillo y la dejó sola. Ashbree la observó a la par que se frotaba las marcas del brazo en un movimiento inconsciente.

—¡Orsha! —gritó. La hembra se detuvo con rigidez y miró por encima del hombro—. G-gracias. Por todo.

A pesar de que la sonrisa de Orsha le cubrió el rostro completo, incluso con esos dientes puntiagudos y sobresalientes, sus ojos iban preñados de pesar.

—No tenéis por qué darlas. Ilian es mi niño.

El corazón se le estrujó en el pecho al reconocer en aquella hembra el amor que su propia madre le brindó y pensar en lo doloroso que era haberlo olvidado. Porque el trato de su padre había evaporado todo lo demás.

Ashbree extrañó a Celina con fuerzas, y la culpa que sentía por su muerte se diluyó un poco mientras contemplaba el caminar encorvado de Orsha. Ninguna madre querría responsabilizar a sus hijos de una muerte natural. Celina era un rayo de sol, nunca habría permitido que se martirizara tanto.

Con el estómago contraído cerró la puerta y, cuando se dio la vuelta, sus ojos conectaron con unos violetas que reconocería en el confín del mundo.

Ilian había despertado.

8

Cyndra nunca había montado en barco, como casi cualquier yithiano que no se dedicara al mar. Al principio, lo había tomado como una experiencia novedosa de la que pensaba disfrutar.

Cuán equivocada estaba.

Solo llevaban veinticuatro horas a bordo y ya había maldecido al panteón de dioses completo, los menores incluidos. Sí, la habían salvado de la muerte y le habían brindado la oportunidad de vivir de verdad, pero estaba cansada de pagar los costes de aquello. Necesitaba un respiro. Y ni siquiera sus tripas revueltas se lo estaban dando.

Para su consuelo, no era la única en semejante estado de descomposición, y saber que otros presos disfrutaban de esa peculiar condena la aliviaba un poco.

Seredil se había mostrado burlona con los primeros vómitos, para intentar restarle seriedad al asunto. Le había asegurado que todo terminaría pasando, que su cuerpo se acostumbraría al vaivén y su equilibrio se estabilizaría haciendo que su estómago se calmase, pero de momento no había tenido esa suerte. Lo único que calmó su estómago durante una hora fue que el capitán se dio cuenta de que Seredil era una polizona.

Antes de que el varón empezara a echar espumarajos por la boca y a dar órdenes de que buscaran la caja más angosta para arrojarla al mar, Seredil lo convenció de que hablara con ella a solas. ¿Cómo lo hizo? Cyndra no lo supo, porque le pilló en pleno vómito. Cuando se recompuso, el capitán había arrastrado a Seredil de malas maneras a su camarote.

La ansiedad, amiga fiel de Cyndra, revoloteó en su pecho y la puso en marcha. En una de las cubiertas inferiores, después de rebuscar en un sigilo que creía olvidado, con unos músculos inexistentes que apenas la sostenían en pie, encontró un martillo algo oxidado. Probó la resistencia asestando un par de golpes al aire que le arrancaron gemidos doloridos, pero bastaría.

Cyndra había perdido la cuenta de cuántos días había pasado encerrada en aislamiento, con sus pensamientos como única compañía y delirando a cada instante. Las comidas habían sido tan precarias que en ese tiempo, a causa del metabolismo acelerado de su raza, había perdido casi la mitad de la masa muscular. Se sentía débil hasta el extremo, y aun así, no sería impedimento suficiente para librar a Seredil de la muerte.

Instigar una rebelión había sido complicado, pero después de eso, no veía por qué no conseguiría organizar un motín teniendo en cuenta que un tercio de la tripulación estaba conformado por maleantes sacados de las profundidades de las cárceles de Yithia.

Regresó a la cubierta principal y se parapetó al cobijo de una de las escaleras que subían al castillo de popa, a la espera de escuchar el más mínimo sonido alarmante para irrumpir en el camarote del capitán y matarlo si hacía falta.

El peso del martillo entre sus manos la calmaba como solo lo hacían las ballestas. Apenas hacía un día que había empuñado una por última vez, pero lo había sentido como volver a casa. Para qué la había usado, no obstante, había hecho que aquella noche tuviera pesadillas terroríficas. Esperaba sentirse gratificada con la muerte de su progenitor, algo que llevaba veinte años deseando, pero Cyndra no era despiadada; incluso haber borrado a un monstruo de la faz de Narendra le acarreaba secuelas morales.

Pasada media hora, la puerta del camarote se abrió y Seredil salió de ahí ilesa y con una sonrisa radiante en los labios. Cuando Cyndra la abordó, con el corazón martilleándole el pecho como había planeado hacer ella con la cabeza del capitán, la conjuradora la miró de arriba abajo.

—¿En qué narices estabas pensando? —la reprendió en un susurro mientras le arrebataba el martillo de un tirón.

Rauda, se lo colgó al cinto y miró a su alrededor. La cubierta estaba atestada de marineros que se encargaban de las labores de mantenimiento diarias, pero Cyndra siempre había tenido el don de conseguir ser invisible.

—¿Qué te ha dicho?

—Querrás decir qué le he dicho yo.

Juntas, caminaron hasta la baranda de estribor y se apoyaron contra ella, disfrutando de la caricia salada de la brisa y del calor del sol. El sombrero de Seredil se mecía, así como sus cabellos mal recogidos bajo la prenda. Muy al fondo, casi como un espejismo, se distinguía la costa baja de Dundran, donde el desierto de Tarnios se encontraba con el mar en una maravilla geográfica única en el continente.

—Le he explicado quién soy —le dijo Seredil.

—¿Y te ha creído?

La conjuradora coló la mano por el cuello de la camisa y tiró de un cordón que Cyndra enseguida reconoció: el colgante que nunca se quitaba, con una sierpe plateada que ahora sí ubicaba. Era el emblema de lord Gonner, su padre y líder de la flota mercante del Imperio de Yithia. Aquella pieza metálica que tantas veces había contemplado entre las sábanas, con ambas desnudas y satisfechas, se había convertido en un salvoconducto inesperado.

—Por lo que el capitán me ha dicho, aún nos quedan varias semanas de viaje. —Cyndra la miró con cierto deleite, sus rasgos hermosos recortados contra las últimas luces del día—. Cruzaremos todo el Mar de Hierro, por el estrecho entre isla y continente, hasta llegar al Mar Ancho y atracar en el puerto de Jellin.

Cyndra se quedó de piedra. Jamás había imaginado que viajaría en barco, mucho menos que recorrería casi medio mundo para terminar en la ciudad portuaria más grande de Korkof.

—Como el emperador quiere ganarse el favor de los berserkers a toda costa, ha decidido mandarles mano de obra barata —bufó Seredil con desdén.

—Dime que no somos esclavos —tanteó Cyndra, temerosa.

Seredil esbozó una media sonrisa sutil y negó con la cabeza, agitando ese sombrero que se había agenciado en el puerto.

—No. Somos libres, pero llegaremos desesperados a un territorio desconocido. No todo el mundo puede permitirse mantener esclavos, así que muchos continentales recurren a la mano de obra barata de los exiliados. El capitán me ha ordenado que, en cuanto atraquemos, informe a mi padre de dónde estoy —musitó Seredil, con la vista perdida en el vasto horizonte.

La congoja trepó a la garganta de Cyndra y clavó la mirada en un punto indefinido de la lejanía de un azul anaranjado fruto del atardecer.

—Lo siento.

—¿Qué? —La conjuradora la miró con incomprensión, pero Cyndra mantuvo los ojos fijos en el vaivén del mar.

—Siento que te hayas visto arrastrada a todo esto, a dejar atrás tu hogar.

—Hace años que dejé de tener uno, en cuanto marché al frente. Íbamos de acá para allá, apenas pisaba Kridia. Y cuando lo hacía, la mayoría de las veces mi padre y mis hermanos tampoco estaban. Así que no he dejado ningún hogar atrás, Cyndra. Estoy persiguiendo uno nuevo.

Consternada, y muy despacio, Cyndra giró el rostro hacia ella. Seredil la contemplaba con solemnidad, con esos ojos dorados velados por la fuerza de sus propias palabras, del reconocimiento que había verbalizado en voz alta.

Cyndra no pudo reprimirse y acercó el rostro al de Seredil, que la recibió con un beso salado por el salitre pegado a la piel. Sus bocas se acoplaron con perfección, como si no hubiera pasado ni un solo día desde la última vez que se habían encontrado con tranquilidad. Y Cyndra ni siquiera recordaba si había habido un momento como ese, en realidad, porque sus muestras de afecto siempre habían ido cargadas de lujuria o del amargor de la despedida, e incluso de la desesperación de creer que Cyndra iba a morir o del dolor de acabar de matar a su progenitor.

Era la primera vez que las féminas se besaban para decirse tanto sin palabras, porque sus lenguas estaban ocupadas con otra tarea. Pero ese contacto húmedo duró poco, porque Seredil agrió el rostro y se separó de Cyndra. Ella la observó, perpleja, y la conjuradora regresó con la bota que estaba a disposición de quien la necesitara. Con agua, para su desgracia; los licores fuertes se racionaban mucho mejor que el agua dulce, que les duraría menos que el alcohol.

—Si quieres que vuelva a besarte, enjuágate la boca —comentó con una sonrisa.

Cyndra soltó una carcajada sincera al imaginar lo mal que le habría sabido a Seredil, teniendo en cuenta que hacía media hora que había estado vomitando. Rauda, se llevó las manos a la boca, como para contener el gesto, los ojos abiertos como platos. La sonrisa de Seredil se ensanchó.

—Ríe con ganas, Cyndra. Ya nadie podrá encontrarte por que hagas ruido.

Los ojos se le anegaron de lágrimas y dejó caer las manos a ambos lados, con la sonrisa más radiante que hubiera esbozado nunca. Cyndra siempre había vivido contenida, sin expresar rabia, dolor o alegría en exceso porque eso podría acarrear consecuencias indeseables. Pero ahora era libre. Libre de verdad. En todos los sentidos de una palabra que nunca había llegado a conocer.

9

Había muerto. Ilian lo sabía perfectamente. Lo último que recordaba era el dolor atroz que lo había invadido cuando la espada le había atravesado el abdomen, cómo rasgaba piel, músculos, órganos... Todo. Ninguna herida de batalla había resultado tan lacerante como aquella. Y en cuanto su cuerpo tocó el suelo, supo que iba a morir.

Creía haber hablado con Ash, aunque no estaba seguro de si había sido una alucinación, mucho menos de lo que había dicho. Y también recordaba haber visto a Artha, diosa de la oscuridad, tendiéndole la mano en el etéreo vacío del firmamento, rodeados de decenas de estrellas y constelaciones diferentes. Como si todos los dioses quisieran presenciar esa reunión.

Artha no era la fémina más hermosa que hubiera visto, porque para él ese puesto ya tenía dueña, pero ostentaba la segunda posición. Sus rasgos tostados eran agradables, embaucadores; sus cabellos negros y largos hasta la cintura le cubrían unos pechos expuestos, y unas telas vaporosas y traslúcidas se enroscaban en sus caderas, flotando a su alrededor.

La diosa lo llamó, con una voz melosa y sensual, y él quiso ir hasta ella, para acabar con el sufrimiento que estaba soportando su cuerpo en otro plano. No obstante, cuando intentó dar un paso, algo lo retuvo. Sentía los pies anclados en ese espacio etéreo; los miró y no le sorprendió descubrir que estaba tan desnudo como la diosa. Lo que sí le sorprendió fue ver que su abdomen irradiaba luz. Una cálida que lo acariciaba desde dentro y elevaba su temperatura poco a poco.

Deslizó la vista al frente y Artha ya no estaba allí, sino su esposa, Merin, con la piel pálida y los cabellos rubios meciéndose en torno a su cuerpo, vestida con la toga de las sacerdotisas. Lo contemplaba con reprobación, como si aquello no tuviera que pasar. El calor creció y creció e Ilian gruñó por ese nuevo dolor. Con la muerte, había dejado atrás el sufrimiento; entonces ¿por qué le hacían daño? ¿Por qué no dejaban su cuerpo en paz?

Merin frunció más el ceño y caminó hacia él. El espacio vibró y la luz aumentó. Ilian se llevó la mano al pecho, porque los pulmones le pesaban, y clavó una rodilla en ese suelo extraño que no existía bajo sus pies. Se sacudió, para deshacerse de la quemazón, pero esta se pegaba a cada fibra de su ser.

—No puedes irte —dijo Merin, su voz magnificada por un eco etéreo—. Wenir, detén esto. No puede vivir. Ya está muerto.

Ilian alzó la vista hacia ellas. Wenir y Celes, diosas de la vida y la muerte, lo observaban tras Merin, con gestos estupefactos.

—No es cosa mía —mascullό la diosa de la vida, salida de la nada y acariciándose el vientre siempre preñado.

La luz irradió como un astro dentro del cuerpo de Ilian y cegó a la mismísima diosa, que se cubrió del efecto lumínico con la mano. Él gimoteó y se arañó la piel, porque sentía que se deshacía por dentro con tanto calor. Y cuando separó los párpados apenas un resquicio, vio un espacio demasiado terrenal, como una cueva. Salvo por la fémina que lo contemplaba con horror y desolación, que no tenía nada de mundano.

Después de aquello, la oscuridad lo reclamó de nuevo, y no del modo en el que estaba acostumbrado. Cayó en un sueño extraño y del que no recordaba nada. No hasta que, con esfuerzo, abrió los ojos y vio un techo que reconocía, porque había pasado demasiadas noches observándolo mientras le daba vueltas a sus preocupaciones. Inspiró hondo y gimió por el dolor que le sobrevino en una oleada. Intentó mascullar algo, pero la garganta le ardía, como si hubiera tragado fuego, y no era capaz de formular palabra.

Con cuidado, se llevó la mano al abdomen, esperando tocar sus propias entrañas. En su lugar, encontró el relieve de una cicatriz prominente, un tajo horizontal junto a su ombligo. De la extensión justa del filo yithiano. Y sin necesidad de palparlo, intuyó que en la espalda encontraría su gemelo.

El chasquido de una puerta al cerrarse le hizo dirigir su atención hacia el umbral de su dormitorio. Y ahí estaba ella, la mismísima diosa que lo había sacado de la morada de los dioses: Ashbree Aldair.

La respiración se le atascó en el pecho, y el sonido que dejó escapar Ash fue el reflejo de su propio alivio. Porque ella estaba bien, a salvo, y aunque desconociera los cómo o los por qué, lo único que le importaba era eso: que se hallaban en casa.

—Estás... Estás despierto —murmuró ella con voz temblorosa y el oro de sus ojos brillando por las lágrimas reprimidas.

Trató de responder, pero con el fuego en la garganta tan solo emitió un ruido atragantado que le resultó frustrante. Aun así, a Ash le sirvió como respuesta, ya que dejó escapar un jadeo ahogado fruto del alivio y corrió a su encuentro.

Casi se abalanzó sobre él, con tal maestría que se subió en la cama como si sus músculos hubieran estado movidos por la velocidad inmortal, aunque fuera imposible. Ash se apretó contra su cuerpo, enterrando el rostro en el hueco de su cuello, abrazada a él como si le fuera la vida en ello, y se echó a llorar. Sus hombros se sacudían con violencia en unos sollozos que sonaban a pesar y alivio a partes iguales.

—Estás despierto, estás despierto —repetía, o eso creía entender.

Ilian intentó chistarle, acallar sus temores, pero sus cuerdas vocales no funcionaban ni para eso. Así que se limitó a envolverla en un abrazo prieto, una salvaguarda con la que pretendía calmar su malestar. Le acarició la cabeza una y otra vez, mientras su propio corazón le tronaba desbocado en el pecho, ignorando el dolor del abdomen.

—Lo siento —mascculló Ash contra su cuello. Ilian la estrechó más fuerte, los labios apretados en una delgada línea, y negó con la cabeza—. Lo siento tanto... No debí haberte convencido de que fuéramos a Kridia. Lo siento, lo siento... —Molesto por la culpa que ella se achacaba, sus dedos encontraron el camino a su mentón y la instó a alzar la vista. Cuando sus ojos se encontraron, el mundo recobró su sentido. Conteniendo el aliento ante la belleza de aquella fémina que tanto tiempo atrás lo había encandilado, negó con la cabeza—. Pero yo...

Ilian repitió el movimiento con la suficiente energía como para que ella entendiera que era tajante. Sin poder contenerse y sin importarle nada más, Ilian tiró de la barbilla de Ash y buscó su rostro hasta cerrar sus labios sobre los de ella. No tenía voz para responder, pero su boca fue igual de eficaz para decirle que no había nada que perdonar. Sin cesar el llanto, Ash se amoldó a los movimientos suaves de sus labios, fundiéndose en ese contacto que ambos necesitaban para sanar las heridas de sus almas.

—Benditas las estrellas —murmuró una voz varonil.

Ash se crispó y se separó de sus labios; el corazón de Ilian, no obstante, dio un vuelco. Porque Rylen estaba allí, en el umbral de su dormitorio, donde instantes antes había visto a su propia deidad.

Los observaba con el rostro surcado por la pena y el alivio, los ojos tan vidriosos como los de la mismísima heredera.

—Lo siento, pero tengo que hacerlo —masculló.

Él sí, haciendo gala de su velocidad inmortal, rodeó la cama y se tumbó al otro lado de Ilian. Ash ahogó un jadeo por la impresión de sus movimientos, pero en aquel momento el general solo tenía pensamientos para su rey, que se abrazó a él con afecto desmedido.

Ilian rompió el contacto con Ash para envolver a Rylen entre sus brazos, apretándolo con fuerza mientras el monarca respiraba contra su pecho con agitación.

—No vuelvas a hacerme eso —lo amenazó con voz temblorosa. La congoja cerró un nudo en la garganta de Ilian, y ni aunque no la hubiera tenido maltratada habría podido hablar—. Si se te ocurre morirte otra vez, iré yo mismo a la morada de los dioses a rematarte, ¿me oyes?

Ilian rio entre dientes y se arrepintió en el momento, tanto por el ardor en la garganta como por el abdominal. Ash, no obstante, sí rio con ganas y alivio. Ilian percibió movimiento sobre el colchón. Entonces, los brazos de Ash se enroscaron en su cuerpo, y los propios brazos de Rylen buscaron el contacto de la heredera y de su general al mismo tiempo. Los tres se quedaron abrazados en silencio, diciéndose tanto sin pronunciar palabra y conformando un nudo prieto.

Uno que los mantendría unidos frente a cualquier adversidad.

10

El rey había regresado de Rimbalan acompañado, y tras unos minutos eternos de recordarse que estaban vivos, hizo pasar a la sanadora.

Silvari examinó a Ilian minuciosamente, palpando a pesar de los quejidos del general, y asegurándose de que todos los órganos siguieran en su sitio. Por lo que les dijo, lo que Ashbree había hecho era suturar todos los puntos separados, como si los hubiera unido con hilo en lugar de luz. Ahora solo era cuestión de tiempo que su cuerpo se recuperase. Para Ilian resultaba igual de doloroso que si hubieran empleado métodos convencionales de sanación, sobre todo teniendo en cuenta todas las conexiones nerviosas que debían generarse de nuevo por sí mismas.

—Hace un tiempo, curé a una amiga con una herida más amplia que esta —le trasladó sus inquietudes—. Y recobró la normalidad acto seguido.

Como sanadora, quería saber qué había hecho mal en aquella ocasión para no repetirlo. Silvari se acarició la barbilla, sopesándolo.

—¿Una lesión tan grave como la de Ilian?

Ashbree hizo memoria y negó con la cabeza.

—No, era un corte horizontal provocado por una espada.

—Probablemente el filo no llegaría a las entrañas, por lo que, dentro de lo que cabe, sería una herida más superficial que la de Ilian. En su caso, habéis reparado lesiones de piel, músculo, órganos y terminaciones nerviosas. Es un trauma mucho mayor. Creo que lo hicisteis extremadamente bien dadas las circunstancias, alteza. Ahora solo es cuestión de tiempo y reposo.

Silvari le dedicó una sonrisa tranquilizadora y abandonó la estancia, pero a Ilian no le hizo gracia saber que tendría que pasar los próximos días en cama, hasta que su sanación inmortal hiciera su magia.

Después de que Silvari se marchara, la tarde transcurrió en una calma relativa. Ashbree y el rey habían movido los butacones de la antesala al dormitorio y se los habían agenciado para pasar la vigilia. Elwen, que había regresado a Glósvalar acompañando al rey, no había querido salir de la cama de Ilian.

En cuanto la pequeña de los Aedil confirmó con sus propios ojos que Ilian seguía respirando, se abalanzó sobre Ashbree y le dio el abrazo más prieto que recordara nunca. Al tenerla entre los brazos, la heredera no pudo evitar pensar en Cyndra, en lo mucho que su figura le hacía evocar los escasos abrazos de su hermana de batallas, y le costó toda la ayuda de los dioses no echarse a llorar.

—Ya ha pasado lo peor —susurró Ashbree contra la cabeza de Elwen, con la voz tomada por la emoción.

—Gracias. Gracias por salvarlo.

—Siempre —masculló tan flojito que solo Elwen pudo oírla.

Se separaron y se miraron a los ojos durante unos segundos en los que Ashbree supo que toda su vida había cambiado. Si le quedaban dudas de que siempre había estado en el bando equivocado, la última noche las había aniquilado. Ashbree alzó una mano, aún rodeando el cuerpo de Elwen con el otro brazo, y le recogió una lágrima que le surcaba la mejilla.

—No llores más. Amiga.

Las cejas de Elwen se fruncieron por el llanto renovado, por lo mucho que significaba para ella tener una amiga, la primera que no huiría por el poder que la *norna* albergaba. Porque había compartido toda una vida al lado de otra, sin siquiera saberlo. Ashbree le dedicó una sonrisa temblorosa por su propio llanto y se dieron otro abrazo antes de que la fémina se separara y se tumbara junto a su hermano.

Ilian, que ya había sufrido los achuchones de Ashbree y del rey, se dejó hacer cuando su hermana se agarró a él como una lapa, acariciándole la mata de rizos sin apartar la vista de la heredera ni un solo segundo. Ella se mantuvo anclada en la butaca, agarrada a los reposabrazos para no clavarse las uñas en la piel por la necesidad desconocida de refugiarse contra su piel.

Estaba despierto. Consciente. A salvo. En casa.

Cuando cayó la noche, Orsha les trajo la cena —una sopa de cebolla que ni siquiera bastó para evaporar las ganas que sentía de besar a Ilian— y se quedó con ellos a compartir un rato en familia.

«Familia». Aquella palabra había ido adoptando otra forma sin siquiera darse cuenta, sin reemplazar a ningún miembro con otro, sino haciéndose más grande, más completa.

—Tengo metido a tu muñeco de vudú dentro de una caja —comentó Orsha, recogiendo todos los cuencos. Ilian le lanzó un vistazo de ceño fruncido y la troll sonrió—. No me mires así, no permitiré que salgas de tus dependencias hasta que tu sanadora te dé el alta.

—Silvari dijo que está estable —comentó Ashbree.

El general la observó con dulzura y ella se derritió un poco por dentro. Él había intentado hablar al recuperar la consciencia, pero no había podido. Gracias al examen rápido que le había hecho Ashbree, había concluido que la luz, al cruzar por su garganta, le había provocado una quemadura grave de la que tendría que recuperarse con tiempo y paciencia, puesto que no le quedaba ni una gota de su don.

El rey había asegurado que la cantidad de sombras que tenía dentro su amigo, sumado a la curación inmortal, aceleraría el proceso y muy pronto tendrían que aguantar sus comentarios malhumorados. Que Ilian no pudiera defenderse de la pulla —a pesar de la situación— hizo que todos acabaran a carcajadas, un sonido que se llevó parte de la tensión que reinaba en la sala.

—Silvari puede decir lo que quiera —replicó Orsha—, pero para mí su sanadora sois vos. Vos lo habéis salvado, alteza, así que vos determinaréis cuándo está listo para volver a las andadas. —Ilian puso los ojos en blanco y Elwen se rio de la reprimenda velada. Por un segundo, la situación le recordó a Celina riñéndola por echarle las culpas de una trastada a Kara—. Hasta entonces, seguirás a buen recaudo.

La troll le dio un par de palmaditas en el hombro a Ilian, quien había conseguido recostarse contra el cabecero, y se marchó con los platos sucios.

—¿Qué es eso del vudú? —se atrevió a preguntar Ashbree.

Elwen y el soberano compartieron un vistazo fugaz antes de que él se recostara con las piernas sobre el reposabrazos del butacón, poniéndose cómodo para pasar la noche.

—Es una de las magias de los trolls. Hacen figuritas de tela, con retazos de pertenencias de a quienes desean embrujar, para propiciar unas sensaciones u otras. Nada demasiado macabro —añadió con una risa al ver el gesto de horror de Ashbree—. Al haber encerrado al muñeco de Ilian en una caja, él sentirá angustia si intenta salir.

—Creo que Ilian me dijo que Orsha había hecho una muñeca para ti —añadió Elwen, refugiada bajo el brazo de su hermano.

Al mirarlos, Ashbree sentía una punzada de envidia. Añoraba esa etapa de su infancia en la que Kara y ella habían sido más cercanas, hasta que un día, de la noche a la mañana, sus caminos empezaron a bifurcarse.

—¿Para mí? —preguntó Ashbree, mirando a Ilian de soslayo, quien asintió.

—Ajá. Para ayudarte con las pesadillas. Dijo que el calor de un abrazo ayuda a mantener los terrores nocturnos a raya, así que te puso en un lugar calentito.

A Ashbree le maravilló lo que Elwen y el rey le contaron acerca de los trolls. Su poder era mucho más amplio del que podría albergar la luz o la oscuridad, siendo los cuatro elementos de su dominio y teniendo a su disposición brujería como el vudú o la magia de glifos. Por lo que le explicaron, casi no había límite en lo que podían hacer, y si no habían avanzado más allá de sus territorios era porque los trolls temían en cierta manera al agua y porque los enanos se aseguraban de que nadie cruzara sus fronteras.

—Viven en marismas que destrozan sus ciudades cuando menos se lo esperan, incluso dominando el agua —le explicó el rey entre bostezos—. Así que no son muy dados a lanzarse al mar, sabiendo lo duro que puede resultar ese elemento bajo el dominio de alguien malintencionado.

—Pero Orsha está aquí, y para eso tuvo que cruzar el Mar Yermo, el Mar de Hierro y el Mar Estrecho. Son muchos mares.

—No los cruzó todos, Ash —rezongó Elwen con una risa perezosa—. Antes de venir aquí, vivió por todo el continente.

—Creo que llegó a Lykos desde el Archipiélago de Urdú —apuntó el soberano. A Ashbree la cabeza le daba vueltas solo de repasar la geografía de Narendra—. Además, Orsha domina los cuatro elementos con la misma facilidad que nosotros respiramos.

Ya era la segunda vez que oía un comentario acerca del poder de la troll, y cada vez sentía más curiosidad por verlo con sus propios ojos. Después de aquella conversación —que culminó con Ashbree lanzando una plegaria para que aquellos vaettir no se unieran a la guerra—, terminaron quedándose dormidos. Hasta que llegó un nuevo amanecer y Elwen acompañó al rey a Rimbalan para proseguir con la investigación en el centro de desintoxicación.

11

Elwen, Haizel y Rylen habían pasado el día en Rimbalan, hablando con los trabajadores y buscando pistas que pudieran arrojar algo de luz sobre quién había orquestado el ataque. Aún le costaba aceptar que estuvieran tras una posible cura contra la adicción a la miel de plata, y prefería centrarse en el peligro de que alguien se hubiera colado en el centro de desintoxicación para robar la sangre que Ilian había donado en pos de la investigación.

Impaciente, movido en parte por el temor de lo que había sucedido con Ilian, Rylen se llevó a Elwen a un lado para hablar con ella del tema.

—¿Tú sabes algo de la droga que no nos estés contando?

Elwen apartó la mirada y Rylen se tensó por la inquietud. Sabía que no podía preguntarle tan directamente, que lo que Dalel le mostraba a las *nornas* era para ellas y nadie más. Sin embargo, prefería enfadar a los dioses que quedarse con la duda.

—No, Rylen. —Devolvió la atención a él y en sus ojos morados solo vio sinceridad—. Dalel nunca me ha mostrado nada alrededor de la droga. Yo puedo propiciar visiones, pero no elegir qué ver.

—Lo sé, es solo que... —Frustrado, se pasó una mano por el pelo—. Toda esta situación me está desbordando, y estoy muy preocupado, Wen.

El rostro de la fémina se dulcificó, volviendo a ser ella, siempre tan radiante.

—Lo solucionaremos, ya verás. Confía en tu equipo.

Rylen le sonrió y la abrazó con fuerza. Tenía una suerte tremenda por poder contar con varones y féminas como los que conformaban su círculo cercano. Y aunque siempre creyó que nadie más entraría en aquel «equipo», como lo llamaba Elwen —compuesto por ellos dos, Ilian y

Haizel—, se descubrió deseando que Ashbree se uniera, incluso con todo lo que había pasado.

A pesar del positivismo de Elwen, cuando los tres regresaron a Glósvalar bien entrada la tarde, lo hicieron con las manos vacías. La única conclusión a la que habían llegado era que el ataque no había sido responsabilidad de ningún adicto. Silvari les había confirmado que las pequeñas muestras de sangre que tenían almacenadas en los habitáculos enfriadores estaban intactas. Y eso enfurecía aún más al soberano.

Después de quinientos años luchando contra una lacra que no había hecho más que crecer, por fin parecía que iban a dar con una solución. Y aunque esa solución seguía ahí, y Silvari se había puesto a investigar con una muestra del rey, cabía la posibilidad de que el cabecilla de la droga se les adelantara y la situación empeorara.

—¿Seguro que no recordáis nada nuevo de aquel varón? —insistió Haizel por tercera vez.

Con cada nueva pregunta que le hacía a Ashbree, Rylen se tensaba. Había estado con ella durante la sobredosis, había visto en su propio cuerpo las secuelas que le había dejado. Y le crispaba que tuvieran que recurrir a que ella hablara de su trauma.

—No, Haizel, no recuerdo nada más —le informó Ashbree, sentada en la esquina de la cama de Ilian, donde se habían reunido junto con Elwen . Lamento que mi mente quedara traumatizada después de lo que me hicieron. Era un varón alto y delgado, con largos cabellos cobrizos y ropajes elegantes. Llevaba un pañuelo bordado con el que se tapó el corte que se hizo en la muñeca con una daga propia y bien cuidada.

La respiración se le agitó con cada nueva palabra, y Rylen casi se convirtió en el reflejo de su propio malestar. Entendía lo duro que podía resultar hablar de sucesos traumáticos, él mismo lo había vivido. En casi quinientos años, ni siquiera le había expresado a Ilian lo que sentía en realidad, y tras el patético espectáculo que había dado unos días atrás, le había quedado claro que esa herida no estaba cerrada. Y que no iba a poder hacerlo solo.

Irremediablemente, sus ojos viajaron hasta Ashbree y se empaparon de su porte regio. La corona de obsidiana le sentaría bien.

—Un tercio de nuestra población varonil encaja con esa descripción —bufó el conjurador.

—Sí, es el inconveniente de que todos los elfos, de una raza u otra, compartamos rasgos —comentó Ashbree con ironía.

—¿Cicatrices? —insistió.

—No.

—¿Distintivo de alguna Orden?

—No.

—Eso va acotando la búsqueda —intervino Elwen con amabilidad.

—Pero no lo suficiente.

—Es alguien que tiene acceso a Glósvalar. Que vive aquí o que viene a menudo, porque le pilló en la ciudad —puntualizó Ilian, con voz rasposa.

Daba repelús oírlo hablar, y se tomaba más pausas de las necesarias para tragar saliva e hidratar la garganta. Aun así, estaba progresando a un ritmo increíble.

—Supongamos que es de Glósvalar —comentó Rylen, frotándose la barbilla—. Es lo más lógico, siendo alguien de importancia para el negocio. Estamos en la capital, en el centro neurálgico, y la protección de las montañas Brinthor y Bronthir son ideales. Este es el lugar perfecto para esconderlo todo. Vamos a quedarnos con que están aquí.

—Podrían no estarlo, y lo sabes.

—Por algún lado tenemos que empezar, Haizel. Llevamos muchos años dando palos de ciego, y ahora contamos con una pista de la que tirar. No habíamos conocido a nadie que hubiera interactuado con un hipotético cabecilla.

—Que podría ser alguien importante en su jerarquía, pero no el líder —insistió.

—Y si lo capturamos, llegaremos más arriba.

—Sea quien sea, no vivirá para contarlo —masculló Ilian. Elwen le lanzó una mirada de reproche, disconforme con el temperamento de su hermano.

—Te controlarás —le ordenó Rylen con firmeza—. Y serás el general que necesito. ¿Ha quedado claro?

Ilian apretó los labios, mirándolo fijamente, y terminó chasqueando la lengua y asintiendo.

—¿Cuánta gente adinerada puede haber en Glósvalar? —intervino Elwen.

Rylen hizo un mohín y echó cuentas.

—Contando terratenientes, mercaderes y arrendatarios..., cerca de doscientos varones.

—¿Y que encajen en la descripción de Ash?

—Unos cincuenta, quizá.

—No son tantos.

—No, visto así, no. Pero tampoco podemos ir puerta por puerta deteniendo e interrogando a la gente sin justificación ni pruebas.

Todos se quedaron en silencio tras la breve conversación entre Elwen y Rylen, sopesando las posibilidades, hasta que Ashbree intervino.

—¿Y por qué no se está considerando en ese cómputo a los miembros del consejo? ¿Qué les confiere esa inmunidad?

—Llevan siglos luchando por conseguir la paz, Ash —le explicó Elwen con amabilidad—. Siglos apoyando el reinado de Rylen. Son de confianza.

—¿La suficiente como para no presentarme ante ellos?

Todos compartieron un vistazo, cada uno con una expresión diferente, porque tenía razón. Rylen confiaba en sus miembros del consejo, pero no había querido presentársela por los prejuicios que algunos, como Saeros, tenían hacia los elfos de luz. Lo de la droga, no obstante, eran palabras mayores. No podía dudar así de ellos.

—Mis motivos para no presentaros ante ellos no tienen nada que ver con la confianza —le explicó Rylen—, sino con los prejuicios. No podía meteros en una sala llena de mis consejeros cuando ni siquiera vos comprendíais qué estábamos haciendo. Ahora la situación es diferente. Hablaré con ellos en la próxima sesión y propondré integraros en el consejo de Lykos.

—¿Qué? —murmuró Ilian.

—Si la mayoría lo aprueba —prosiguió, ajeno al comentario—, tendréis voto en las decisiones del reino, Ashbree.

—No lo aprobarán —intervino Ilian de nuevo. Pero el rey solo tenía ojos para la heredera, quien parpadeaba con rapidez, desconcertada.

—Tengo la esperanza de que Cordal o Galania se pongan de nuestra parte —apuntó, recordando los ideales del Consejero de Políticas Exteriores y los de la de Comercio respectivamente.

—Con que uno de los dos no lo haga, estaríamos empatados.

—No si Elwen convence a Tharin de que eso es lo correcto antes de que se celebre la reunión.

Todas las miradas recayeron sobre la *norna*, que apretó los labios en un gesto pensativo.

—No puedo conseguirlo con un simple chasquido de dedos. Necesito tiempo para hablar con él. Y con Veturnaetur a la vuelta de la esquina, apenas lo veo. No para con los preparativos.

Como Consejero de Agricultura, lord Tharin Bellion era quien más peso asumía en el festejo del fin de las cosechas. Tenía que coordinar a los terratenientes y agricultores, hacer balance de la temporada y abastecer al palacio con las sobras de las cosechas para preparar el convite del evento. De haber sabido mucho antes que Veturnaetur se celebraría ese año, a aquellas alturas ya estarían todos los preparativos más que resueltos, pero había sido una decisión de última hora, y ahora sería una suerte si aparecía siquiera por el palacio antes de la noche de los muertos.

—Aun así, intenta llegar hasta él. Podemos retrasar esto un par de días mientras seguimos planeando cómo abordar la situación.

—Deberíamos anular Veturnaetur —opinó Haizel—. No es seguro.

—Es la ocasión perfecta para reunir a todos los terratenientes y comerciantes de Glósvalar en un mismo sitio y no levantar sospechas —le explicó Rylen sin dar lugar a réplica.

—Es una mascarada —apuntó Ilian—. No les verá el rostro.

—Pero sí el porte, y oirá la voz. Si sospecha que es alguno de sus interlocutores, haré que se quiten las máscaras. —Todos callaron ante la determinación del rey y este se giró hacia Ashbree, que seguía atónita por la propuesta de que formara parte de su consejo—. Solo si vos estáis dispuesta.

La heredera salió del trance y, para su sorpresa, miró a Ilian, quien asintió en respuesta, manteniendo una conversación muda. Tal y como le había pasado en otras ocasiones, Rylen no sintió celos de esa complicidad porque quisiera que Ilian se alejara de ella, sino envidia porque deseaba formar parte de aquello. Apretó los labios y, al mirar hacia otro lado, se encontró con los ojos de Elwen clavados en él, reluciendo con una pátina antinatural.

—Lo haré. Dejaré que me presentéis en sociedad para buscar al sospechoso —declaró Ashbree con seguridad.

12

Cuando el rey dio la reunión por concluida, acordaron retomar la investigación a la mañana siguiente. Aún quedaban muchas cosas por descubrir, pero lo que Ashbree sí tenía claro al terminar era que necesitaba estar sola un rato.

—¿Me... Me consideras una amiga de verdad? —le preguntó Elwen, dubitativa, quien la había acompañado hasta sus dependencias en un extraño silencio.

La heredera frunció el ceño al mismo tiempo que el corazón se le encogía. Comprendía ese anhelo de trabar amistades, pero le dolía la duda, no porque fuera hacia ella, sino por lo que suponía para Elwen. Por lo que había tenido que vivir, sin que nadie, salvo su hermano y el rey —y posteriormente Haizel—, quisiera estar cerca de ella por temor a su don.

Ashbree le dedicó una sonrisa cariñosa y le acarició el brazo para reconfortarla.

—Te has hecho con un hueco en mi vida, así que sí, eres mi amiga, Wen —reconoció, porque sabía que la fémina necesitaba oírlo.

No obstante, aquello no calmó los nervios que bullían en esos iris morados, ni alivió la tensión de su cuerpo.

—Es que... quería decirte algo.

Imaginaba que no iría a darle las gracias por salvar a su hermano, porque ya lo había hecho en tantas ocasiones que había perdido la cuenta, así que le preocupó la seriedad con la que hablaba.

—Claro, ¿qué pasa?

Elwen tomó aire y miró por encima del hombro, asegurándose de que estuvieran solas en el pasillo.

—Elige al rey. Tienes que estar con él. Quédate a su lado.

Ashbree frunció el ceño con incomprensión, sobre todo por la brusquedad del tema, y casi dio un paso atrás. No sabía qué significaba aquello, pero su instinto fue decirle que no iba a renunciar a lo que estaba surgiendo entre Ilian y ella.

—Aunque te considere mi amiga, eso no te da derecho a opinar en esto. Lo que sea que haya entre nosotros tres es asunto y decisión nuestra.

Elwen dio un paso hacia ella, cerrando la corta distancia que las separaba, y la cogió por las manos, apretando con fuerza y cierta desesperación. Se mordió el labio inferior y la observó con necesidad. Entonces, Ashbree se dio cuenta de que no estaba frente a Elwen, sino frente a la *norna*, la emisaria de Dalel.

—Dime qué va a pasar, Elwen.

La aludida negó con la cabeza, al borde de las lágrimas.

—Habrá un momento en el que tengas que olvidarte de mi hermano. Cuando lleguen los muertos. Elige estar con el rey y evita que sufra. Pase lo que pase. Quédate con él.

Elwen hablaba muy rápido, soltando las siguientes frases antes de acabar las primeras, y sus ojos vibraban con intensidad, recubiertos por una pátina acuosa extraña.

—No voy a renunciar a tu hermano —le respondió con una seguridad desconocida.

La fémina apretó más fuerte y Ashbree estuvo a punto de sisear.

—Escúchame, por favor.

—Pues explícate mejor.

Había súplica y perdón en los ojos de Elwen cuando dio un paso atrás. Sus brazos cayeron muertos a ambos lados, la mirada perdida en el infinito.

—Ya he hablado demasiado. Piénsalo, Ashbree. Ilian no lo soportaría. Y necesitamos que lo protejas. Pase lo que pase, protégelo.

Sin darle ocasión a añadir nada, Elwen cruzó el pasillo de vuelta a toda prisa. Atónita, Ashbree se quedó plantada frente a su puerta tanto tiempo que la piel se le enfrió. Sus palabras y su actitud hacían eco en su mente. ¿Significaba eso que su destino no era estar con Ilian? Por mucho que hubiera disfrutado del beso con el rey, el corazón se le estrujó ante la posibilidad de perder a Ilian.

Después de lo vivido, su relación se había estrechado y el simple pensamiento de no tenerlo en su vida la desbordaba. Por eso, cambió de parecer. Pese a que había decidido que necesitaba estar a solas para lamerse las heridas, ahora la piel le picaba con el deseo de sentir los brazos de aquel varón a su alrededor.

Estaba a punto de llamar a la puerta del Efímero cuando esta se abrió y, cómo no, se encontró cara a cara con el rey. Esos labios magnéticos conformaron una «o» escueta antes de transformarse en una sonrisa complacida.

—Vaya, no os esperábamos por aquí —casi ronroneó mientras se recostaba contra el marco de la puerta.

Las palabras de Elwen resonaron con más fuerza: «Elige al rey, tienes que estar con él». Sintió la necesidad de dar una bocanada amplia, porque aunque descubrió que no le desagradaba la idea, no quería renunciar a uno en favor del otro.

—En realidad, venía por Ilian.

—¿*Solo* por él? —Sus ojos grises chispearon con un destello felino y la sonrisa ladeada adoptó otro cariz, uno que hizo que Ashbree enrojeciera.

—Ahora mismo sí, la verdad.

—«Ahora mismo», interesante.

Sus labios se estiraron hasta mostrar su dentadura perfecta y el corazón le dio un vuelco ante la expresión tan bonita que compuso su semblante. Entonces, él chasqueó la lengua y se hizo a un lado. Ashbree no supo si el rey habría leído en su lenguaje corporal que no estaba de humor, aunque agradeció el cambio de actitud tanto que una sonrisa trémula le nació en el rostro.

—Pasad, yo ya me iba.

—¿No os quedáis esta noche?

—Dragona, a veces me las ponéis muy a mano. Y tengo que hacer un gran esfuerzo por no seguir picándoos. —Se llevó la palma al pecho, en fingido dolor, antes de sonreír con sinceridad—. Tenéis que medir bien vuestras palabras en mi presencia.

Ella arqueó una ceja y puso los brazos en jarras.

—¿O qué?

El rey la miró de arriba abajo, socarrón, y acortó la distancia entre ellos para inclinarse hasta su oreja y susurrar:

—O acabaréis rendida a mis pies.

Cuando volvió a recuperar la distancia entre sus cabezas, la observaba casi entre las pestañas, con cierto deleite, como saboreando lo que sabía que sucedería. Y ella se negó en redondo solo por lo que le había dicho Elwen.

—Creía haberos dejado claro que jamás me arrodillaría ante vos. Y eso iba en *todos* los sentidos.

El rey soltó una carcajada sincera que se trasladó a los labios de

Ashbree. La observó con un suspiro atragantado y negando sutilmente con la cabeza hasta que cruzó junto a ella y abandonó la estancia.

—Buenas noches, dragona.

—Buenas noches, *majestad.*

Se alegraba de esa extraña complicidad que había transformado sus respectivos apelativos hasta dotarlos de afecto. No obstante, en cuanto su figura desapareció en la curva del pasillo, la realidad volvió a ella y se encaminó al dormitorio.

Ilian la esperaba en la cama, mirando hacia la puerta con un libro cerrado en el regazo. En cuanto la vio, estiró el brazo hacia ella, invitándola a acercarse.

—¿Qué ocurre? —quiso saber pasados unos segundos de silencio.

El sonido que escapaba de esa garganta maltratada por su culpa seguía dándole repelús, pero al menos ya iba siendo más él.

—Tu hermana me ha acompañado a mis aposentos y creo... Creo que me ha hecho una predicción.

—¡¿Qué?! —preguntó con la voz estrangulada. Y luego tosió por haber forzado las cuerdas vocales.

—Sí, me ha dicho que...

—¡No! No me lo cuentes. —Ashbree cerró la boca e Ilian se frotó la garganta. Estaba claro que se había hecho daño. Después de dar un trago al agua que Ashbree le tendió, prosiguió—: Las predicciones nunca se verbalizan. Si te ha revelado algo, no lo compartas con nadie, porque podrías alterar el futuro para peor. No sé en qué narices estaba pensando Elwen. —Lo último lo farfulló con la vista clavada en la puerta.

—Creo que estaba preocupada. —Ilian apretó los labios antes de relajarlos y juguetear con el *piercing* de siempre—. ¿Qué hago con la información?

—¿Has comprendido lo que te ha dicho?

—No del todo. Aunque tampoco me gusta lo que ha insinuado.

Ilian entrelazó los dedos con los de la heredera, como si se hubiera metido en su cabeza y supiera qué estaba pensando, y tiró de ella para que se recostara a su lado. Ashbree obedeció, complacida.

—Mira, no te puedo ayudar, y tampoco puedes hablarlo con Elwen. —Una pausa para descansar la garganta—. Si te lo ha contado es que es importante, pero imagino que se habrá puesto críptica para no decirte nada en claro y no cambiar el destino. O al menos intentarlo, porque puede que ya lo haya cambiado sin querer.

—Críptica sería concederle demasiado...

—Sea lo que sea, hazle caso. Sin dudarlo, Ash.

—¿Cómo le voy a hacer caso si no sé a qué se refiere?

Y si se refería a alejarse de Ilian, a olvidar lo que era innegable que sentía por él, no pensaba hacerlo. Jamás había sentido nada parecido, ni siquiera con Arathor; tampoco se acercaba a la amistad que tenía con Cyndra. Era algo totalmente diferente que necesitaba explorar; necesitaba aferrarse a ello y sentir que tenía el control sobre su vida en algún aspecto, aunque solo fuera ese.

—No lo sé, pero lo averiguarás. Confío en ti. Y si te lo ha contado, ella también.

Él le dedicó un asomo de sonrisa que calmó el torbellino de sus pensamientos. Había tomado una decisión sin saberlo siquiera.

—¿Sabes...? —tanteó ella, cambiando de tema a otro que quería hablar con él y que durante la tarde, antes de que aparecieran el soberano y compañía, no se había atrevido—. Tenías razón —admitió con la vista clavada en sus manos entrelazadas.

—¿En qué?

—El rey me pidió disculpas en cuanto compartimos un momento de calma.

—Ya...

Había un brillo especial en sus ojos cuando alzó la cabeza para mirarlo a la cara.

—No te veo muy ilusionado, teniendo en cuenta que has ganado la apuesta. Aunque supongo que ya no podremos disfrutar de esa cita...

Se arrepintió justo en el segundo en el que pronunció la última palabra y puso los ojos como platos. Ilian esbozó una sonrisa pícara y se inclinó hacia ella hasta acorralarla contra el cabecero de la cama con su imponente presencia.

—Cariño, Veturnaetur dura toda la noche. Y no creo que tengamos que estar todo ese tiempo en la mascarada. Algo se me ocurrirá.

Alzó la mano y le acarició la mejilla otrora marcada con una delicadeza que la dejó sin aliento, la gota de luz que le quedaba vibrando en su estómago. Podría haber pensado que era una indigestión por culpa de la escueta cena de la reunión, pero era necesidad; eran nervios; era expectación, anhelo, pasión y un sinfín de sentimientos que la llevó a inclinarse hacia él, a arquear el cuello para salvar un poco más la distancia entre sus bocas.

Cuando capturó los labios de Ilian, una inexplicable sensación de pertenencia le invadió el cuerpo. No podía obviar el aleteo de su corazón cuando el rey le sonreía, pero el contacto de los labios carnosos de Ilian sobre los suyos sentaba demasiado bien. Sabían a corrección. A hogar. Y no podía desechar eso por lo que Elwen le hubiera dicho.

Ambos se acoplaron a un ritmo sentido, volcando la desesperación vivida en el otro, diciéndose con las pasadas lentas de sus lenguas lo que no se atrevían a pronunciar en voz alta. Los dos se sentían aterrados por lo sucedido y las tormentas internas, pero lo único que importaba era que estaban juntos. Que llevaban luchando juntos desde que se habían visto en el frente y seguirían haciéndolo. Siempre.

13

En la semana que había transcurrido desde que se declararan las intenciones del... *jarl*, el palacio se había convertido en un hervidero. Había gente de allá para acá, trabajando en la pronta marcha de los emisarios. Por mucho que las dependencias de los berserkers estuvieran en la parte más alejada de su hogar, era imposible no cruzarse con ellos en algún momento, incluso pasando jornadas enteras recluido en la seguridad de la biblioteca. Y esos encuentros eran un duro recordatorio de que, en cuestión de unos días, Kara se marcharía para siempre.

Aunque su hermana había intentado hablar con él y tenía constancia de que lo había estado buscando, Mebrin sabía volverse invisible. Era una habilidad que la mayoría de los lores y nobles rechazaban, puesto que en la corte, todos querían destacar. Y que él no fuera nadie, que su propia familia lo ignorase, se convertía en una bendición en la mayor parte de las ocasiones.

No obstante, Kara lo conocía bien, y sabía dónde buscarlo cuando a él le gustaba desaparecer. En las últimas jornadas, la biblioteca había dejado de ser un espacio seguro, porque Mebrin no tenía interés en cruzarse con su hermana. Ella ya había tomado una decisión mucho antes de que el *jarl* declarara sus intenciones, así se lo había hecho saber al pedirle tantos libros sobre cultura berserker. Había elegido el matrimonio por encima de la familia, por encima de él, y eso era suficiente.

Lo peor de aquello era que, sin pretenderlo, su hermana lo había colocado en una posición que detestaba. Kara odiaba estudiar para suplir el rol de Ashbree si esta algún día fallaba —como había terminado pasando—, pero ahora era Mebrin el que debía asumir el rol de segundogénito. Era él quien tenía que empezar a asistir a sesiones del consejo, a concilios con el pueblo, a aprender protocolo estricto y un sinfín de aspectos que no le interesaban y que le restaban tiempo de lo que verdaderamente le inquietaba: los Wenlion.

A esas alturas de su investigación, ya había sacado varias conclusiones interesantes, como la relación entre Nahilia Eanil y Ayrin Wenlion. No fue hasta el golpe de Estado que los emperadores empezaron a rodearse de un grupo de consejeros que influyeran en las decisiones del imperio, en mayor o menor medida. Siendo que Ayrin se había tomado la justicia por su mano en los últimos años, fue una de las primeras reformas de ley implementadas.

Esa Nahilia, en realidad, había sido la primera consejera desde la escisión del Siglo Cero, solo que la historia no la reconocía como tal. Vidente, la llamaban unos; envenenadora, decían otros, pues afirmaban que susurraba demasiado al oído de Ayrin. Algunos creían que la demencia de la tercera emperatriz estaba motivada por el secuestro y por cómo la manejaba Nahilia. Pero la corriente que a él más le convencía era la que la declaraba *norna*. Había investigado largo y tendido al respecto, y le fascinaba lo poco que había encontrado. Pero lo más curioso era la casualidad de que la antepasada de Cyndra Daebrin fuera alguien cercana a Ayrin Wenlion. Como si la línea Eanil-Daebrin hubiera estado ligada a la cabeza del imperio, sin importar el apellido de quien ostentara la corona.

En paralelo a la ratificación de la fiabilidad del diario, había investigado todo ese linaje y no había encontrado a nadie vivo que pudiera arrojar luz sobre aquel misterio, ni siquiera a la madre de Cyndra. La única que quedaba era la mejor amiga de su hermana, e ignoraba cuál habría sido su destino.

Por eso aquel día se había decidido a hallar la forma de arrojar veracidad sobre el diario que había aparecido misteriosamente en sus estanterías. Las cartas jamás enviadas parecían estar escritas por Ayrin Wenlion, pero bien podrían ser una falsificación.

Aunque los emperadores y emperatrices redactaban muchas misivas y documentos de su puño y letra, con el golpe de Estado de su bisabuela se había cribado una ingente cantidad de información, destruida, olvidada o declarada como prohibida. Y todavía no había encontrado nada con lo que comparar la letra de aquel cuaderno.

El único recurso que le quedaba era el archivo del templo en honor a Merin. Como capital del imperio, Kridia era hogar de múltiples santuarios, cada uno dedicado a una deidad diferente, pero el más importante de todos —y de Yithia entera— era el de la diosa de la luz. La religión y el Estado eran las dos grandes cabezas del imperio, independientes pero que nutrían un mismo cuerpo. El emperador no tenía plena potestad sobre el sacerdocio, y eso podía suponer que el archivo del templo dispusiera de los documentos que necesitaba.

Cobijado bajo una capa que le hacía sudar —y aumentaba su incomodidad a niveles casi insoportables—, Mebrin salió del palacio de cuarzo. En el exterior, el sol le recibió inclemente, y la sensación de angustia no hizo sino crecer. Necesitaba bañarse, deshacerse de la capa de sudor en cuya superficie se adhería el polvo mecido por la brisa veraniega y el salitre de la costa. Pero también necesitaba proseguir con su investigación, y, por una vez, aquello pesó más. Ignoró el malestar físico y se embutió entre la gente, con la cabeza gacha, fijándose en los adoquines para no ser verdaderamente consciente de todos los cuerpos que lo rodeaban.

A sus quince años, Mebrin había salido a la calle en contadas ocasiones, menos aún por sí solo. Aun así, no tuvo dificultad en encontrar el templo en honor a Merin, y no solo porque sus cuatro agujas destacaran por encima de los tejados a dos aguas, sino porque había memorizado el plano de Kridia por completo.

Mientras recorría la ciudad, repasó una y otra vez la última partitura para piano que había añadido a su repertorio. Escuchaba la música en su cabeza, cómo las notas se sucedían, cómo esas manchas de tinta conformaban un lenguaje único y muy diferente al del resto de los vaettir. Blancas, negras, corcheas, agudas, graves, todas juntas sin estar revueltas. Era lo único en lo que podía pensar que copara tanto su mente como para no escuchar el jaleo de una ciudad viva, como para ignorar los roces sutiles con los cuerpos de otros yithianos, como para no ver a la ingente cantidad de guardias que patrullaban las calles y que, tal vez, pudieran reconocerlo. Pero ¿quién se iba a fijar en un chiquillo desgarbado como él?

Fue así como llegó al templo. A los pies de la construcción, no pudo evitar echar la cabeza atrás para admirar la majestuosidad arquitectónica. El cuerpo central era cuadrado, con una gigantesca cúpula de cristal en el centro y un rosetón esmerilado en su fachada, rodeado de relieves con distintas hazañas que las escrituras sagradas atribuían a la diosa. Sabía que muchas de esas tallas eran obra de uno de los hermanos de Arathor, y se preguntó si ya se habría enterado de la desaparición y de los rumores de la posible muerte del menor de los Gandriel.

Al haber llegado por una de las calles adyacentes, en lugar de por la vía principal, no se había percatado de la cantidad de gente que había en la placita que precedía a la construcción, hasta que alcanzó el propio templo. Era una multitud nada desdeñable, todos mirando en la misma dirección: a la fémina de pelo rapado encaramada a un naranjo cuya arenga parecía estar conmoviendo a muchos de los oyentes.

Calándose más la capucha para ocultar sus facciones agraciadas y los rizos platinos, Mebrin se coló en el interior del templo. La temperatura allí descendía varios grados, y agradeció que el sudor se le enfriara y se le despegara esa sensación de agobio. Dentro imperaba el silencio, sobre todo teniendo en cuenta que cuando más concurridos estaban los templos era de noche.

Miró al techo de refilón, a los frescos que relataban la creación del mundo, con la separación de Sol y Luna, el nacimiento de los dioses y la proliferación de las razas. Los trazos eran delicados, todos pintados en torno a la cúpula, bajo cuyo haz de luz central se alzaba la escultura en honor a Merin.

Ubicó a la sacerdotisa mayor al fondo del templo y, a paso raudo, cruzó el pasillo principal, flanqueado por filas de bancos con feligreses orando. Era fácil identificarla por su túnica color bronce, las cadenetas que le rodeaban la cintura y la tiara sobre la cabeza cubierta por un velo traslúcido.

No le apetecía lo más mínimo interactuar con nadie, mucho menos iniciar él la conversación. Era una de las numerosas cosas que odiaba de la sociedad, pero su afán de respuestas pesaba más que cualquier incomodidad. Así que hizo de tripas corazón, se detuvo junto a ella y carraspeó.

—Oh —suspiró la fémina, llevándose la mano al pecho—. Me has asustado, jovencito.

La sacerdotisa le dedicó una sonrisa cordial y él apartó la vista, fijándola en las hileras de velas a medio encender que la habían atareado segundos antes.

—¿Puedo ayudarte en algo? ¿Vienes a lanzarle una plegaria a la Hija de la Luz?

Mebrin frunció el ceño; seguía sin entender cómo la gente se había volcado tanto en una figura que ni siquiera sabían si existía. La astrología podía llegar a comprenderla, porque las estrellas sí que brillaban más para unos que para otros, aunque no tuviera clara su opinión al respecto de la existencia de los dioses. Pero ¿la Hija de la Luz? No tenía sentido, menos aún esos nuevos rumores que la relacionaban con Ashbree.

—No. Me gustaría acceder al archivo del templo.

No supo si su petición la sorprendió, puesto que no la estaba mirando, pero sí hubo un silencio tras sus palabras.

—Se necesita permiso imperial o el mío propio para acceder al archivo —dijo la sacerdotisa mayor, en un tono mucho menos displicente.

Ya contaba con ello. Había pensado y valorado todas las posibilidades de aquel encuentro para anticiparse a cualquier situación. Por eso, metió la mano entre las capas de tela que lo asfixiaban y sacó un documento enrollado y lacrado. La sacerdotisa ahogó un jadeo al ver el sello con el sol llameante hundido en la cera, pero el movimiento de las mechas prendidas frente a él resultaba mucho más interesante.

No fue hasta que le arrebató el papel y escuchó el rasgueo que Mebrin miró a la fémina de soslayo. Sus ojos azules viajaban frenéticos por las líneas que él mismo había garabateado. Odiaba mentir; más que odiarlo, era incapaz de hacerlo. Pero él no estaba mintiendo activamente, tan solo había escrito un par de líneas en las que se solicitaba la apertura de las puertas del archivo para las investigaciones de Mebrin Aldair. Esas palabras y el lacre bastarían como disuasorio.

Y así fue.

Con una reverencia escueta que Mebrin odió, la fémina lo condujo al interior del templo, por pasillos labrados en piedra bruta, y luego hacia abajo, a la cripta. Aquel espacio frío y oscuro era el lugar de descanso de todas las sacerdotisas mayores del templo, siendo que las familias imperiales tenían su propio mausoleo en los terrenos del palacio. Allí había una puertecita maltratada que la sacerdotisa abrió en un silencio agradable.

—Aquí es —le informó, por si él mismo no hubiera llegado a esa conclusión.

El interior era polvoriento, con un sinfín de pasillos estrechos colmados de estanterías cargadas de pergaminos y mamotretos que despertaron su interés.

—¿Buscáis algo en concreto? —se atrevió a formular.

Mebrin hizo una mueca, sopesando si hablar. Prefería trabajar en solitario, pero tampoco disponía de todo el tiempo del mundo. Tarde o temprano, Kara se cansaría de no encontrarlo y empezaría a preguntar por él. La única que lo veía podía traerle problemas.

—Las gratitudes de Ostara.

—Vaya. ¿Queréis leer las últimas de vuestro padre?

Negó con la cabeza. Una vez al año, en Ostara, los emperadores y emperatrices acudían al templo mayor para plasmar sus agradecimientos por las buenas cosechas anteriores y sus deseos por que el nuevo ciclo de la vida proveyera. Y no tenía ningún interés en leer las mentiras de su padre. Pero tampoco quería revelar su verdadero propósito fuera de la seguridad de los muros del palacio de cuarzo.

—Todas —dijo sin más.

—¿Qué? ¿T-todas? —Mebrin le lanzó un vistazo carente de cualquier emoción y la sacerdotisa lo interpretó como enfado, porque agachó la cabeza y le dedicó otra reverencia—: Como deseéis.

Entre la oscuridad clareada por los escasos cristales de luz y el silencio —tan solo roto por el arrastrar de las sandalias de la sacerdotisa mayor y la fricción del papel—, allí abajo se perdía la noción del tiempo.

No había tardado demasiado en ubicar las gratitudes que le interesaban, al menos, no demasiado para él, que dedicaba horas y horas a la apasionante tarea de la documentación. Estaban en una esquina de la mesa de estudio, llena de papeles que la sacerdotisa seguía trayéndole.

Sabía que eran los que buscaba por varios motivos: el primero, porque la sacerdotisa los había dejado ahí como si quemaran o les dieran asco; el segundo, por el color del papel y su estado. Eran de un tono más amarillento y, a pesar de los siglos transcurridos, presentaban mejor estado que otros documentos más recientes. Porque nadie quería atraer atenciones indeseadas mostrando curiosidad alrededor de los Wenlion, un tema bastante reprimido.

La conversación que Kara había tenido con él una semana atrás le había calado más de lo habitual. Había entendido que el palacio estaba lleno de sanguijuelas que se engancharían a su cuello, fuera para verlo alzarse o caer. Y llamar la atención con esta investigación podría ser peligroso. Por eso esperó, porque, tarde o temprano, la sacerdotisa tendría que aliviar la vejiga, comer o airearse, necesidades fisiológicas que Mebrin lograba ignorar con mucha facilidad.

Así que se dedicó a leer las gratitudes y plegarias, año tras año, de todos los emperadores y emperatrices Aldair, sin perder de vista la ubicación de las de los Wenlion. Era aburrido hasta el extremo, un tema que no le interesaba más allá de ese posible tesoro que descansaba a unos metros de él. Pero aguardó y aguardó, hasta que...

—¿Habéis oído eso? —preguntó la sacerdotisa mayor, quebrando su quietud.

Mebrin no respondió, aunque sí aguzó el oído. Sobre sus cabezas resonaban más pisadas que antes, si bien nada alarmante para él.

—Iré a ver qué ocurre —le informó.

Él se mantuvo en su mutismo habitual y la observó marchar. En cuanto sus pies la alejaron, Mebrin se apresuró a rebuscar entre los documentos que llevaba horas deseando leer.

Repasó firmas y más firmas, sin dedicarle atención a los escritos, hasta que las encontró: las de Ayrin Wenlion. La tercera emperatriz había estado más de trescientos años en el poder, motivo que había propiciado el golpe de Estado. Y tantos siglos daban para muchas gratitudes. No obstante, no era su contenido lo que le interesaba, sino la caligrafía.

Casi nervioso por la anticipación del hallazgo, sacó el diario y lo abrió junto al papel. Luego, rebuscó entre sus bolsillos hasta encontrar la lente de aumento y la plantó sobre las efes y las eles, sobre las dés y las tés. Comparaba las del diario con las de las gratitudes y vuelta atrás, pasaba páginas y cogía otros papeles, cotejando unos con otros.

Eran… Eran idénticas. La inclinación de las letras, la forma de rasgar el papel, la firmeza del trazo… Cuadraba a la perfección.

Mebrin se dejó caer sobre la silla, la vista perdida en la nada.

Porque el diario que tenía en su posesión sí que estaba escrito por Ayrin Wenlion, no era una falsificación ni una invención. Pero eso no significaba que la información fuera cierta. Motivado por ese nuevo hilo del que tirar, se reincorporó y rebuscó entre los papeles.

Años 900, 901, 902, 903… Hasta llegar al que buscaba.

20 de marzo del año 906 de la Era Solar

Doy gracias a los dioses por un año cargado de cosechas abundantes y les pido, les ruego, que el siguiente Ostara esté colmado de nuevos agradecimientos.

Y también les pido que el regalo de la paz, si bien reciente, sea duradero.

Ayrin Wenlion,
tercera emperatriz de la Era Solar

Ahí estaban: las palabras veladas que adquirían un nuevo matiz con los conocimientos que él tenía a su disposición. Porque Ayrin sí que se había casado con Rylen Valandur en busca de la paz, el 20 de marzo del año 906, en la celebración de Ostara, tal y como sugería el diario.

La realidad del hallazgo le aplastó los hombros, y durante un tiempo indeterminado, Mebrin se quedó paralizado, sin saber qué hacer con la información. Fue entonces cuando escuchó el estruendo sobre su cabeza.

Alertado, miró al techo, como si así pudiera ver el origen del ruido. ¿Cuánto tiempo había pasado desde que la sacerdotisa mayor lo había dejado solo? Sin importarle demasiado, en realidad, guardó el diario y todas las gratitudes de Ayrin y abandonó la cripta.

Con cada metro que ascendía, el estruendo se volvía mayor: pisadas apresuradas, golpes, arrastre de madera. El corazón de Mebrin se encabritó como solo lo había hecho en una ocasión y la ansiedad se le coló entre las costillas.

Tuvo la angustiosa sensación de estar volviendo atrás en el tiempo, al último cumpleaños de Kara, del que se había escaqueado una vez terminado el dueto de arpa y piano que él y su hermana habían interpretado.

Y cuando abrió la puerta que daba a la planta central del templo, sus temores se confirmaron. Solo que los atacantes no eran elfos oscuros, sino guardias imperiales.

La gente corría de un lado a otro, volcando bancos, pisoteándose unos a otros mientras intentaban huir de la guardia imperial, que cargaba contra los ciudadanos sin ninguna piedad. Algunos se enfrentaban a los soldados, con los candelabros de metal, con tablones arrancados a los bancos, con espadas en sí mismas. Todo era un caos, uno que tenía un claro vencedor.

Los guardias que no luchaban agarraban a la gente tirada en el suelo, la sacaban a rastras del santuario, al grito de «¡Órdenes del emperador!». Otros arrojaban piedras a los soldados, proclamando la protección de la Hija de la Luz, defendiéndola. Fue entonces cuando se dio cuenta de que aquellos eran los elfos que habían estado reunidos en la plaza frente al templo, tal vez buscando refugio ante las cargas de los soldados.

Mebrin se quedó plantado en el umbral, la respiración contenida. Había tantos estímulos que no sabía dónde mirar. Sangre, llantos, golpes, tajos, alaridos, destrucción. La sacerdotisa mayor intentaba —en vano— poner un poco de orden, con el rostro surcado de lágrimas silenciosas. Se agachó para ayudar a una fémina que protegía a un niño entre sus brazos, y un soldado lo entendió como que apoyaba al pueblo.

El varón quiso cargar contra ella, espada en ristre, ambas féminas aovilladas en el suelo contemplando el horror que se cernía sobre ellas y al pequeño que protegían. El temor había doblegado los músculos de

Mebrin, espectador atónito de las atrocidades de los secuaces de su padre, pero no los de otra fémina que se puso en el camino de la espada.

Su propia arma entrechocó con fiereza contra la del soldado, su rostro redondeado marcado por la furia. El chasquido del metal se tornó ensordecedor, ahora que Mebrin había centrado toda su atención en esa escena. Se llevó las manos a los oídos, el gesto contraído por el malestar, mientras sus ojos se mantenían pegados al contacto entre las espadas, al modo fiero de combatir de la fémina de cabellera casi rapada. Llevaba la armadura del ejército, con las placas color bronce, e incluso en la distancia distinguió el emblema de la Orden de los Sanadores sobre su corazón. Solo que sobre este habían arañado un rayo: la constelación de Merin, el símbolo de la Hija de la Luz.

El temor lo paralizó. Estaba en medio de la rebelión, lo sabía, pero no conseguía despejar los estímulos que lo hostigaban como para pedirles a sus piernas que anduvieran. Así que se agachó, recostado junto a la pared de la puerta, apretándose los oídos y con la vista viajando frenética de un punto a otro.

No quería ver nada, pero al mismo tiempo lo veía todo.

La fémina se había sobrepuesto al soldado, mientras que a su alrededor otros no tenían tanta suerte. Ayudó a la sacerdotisa, a la madre y al hijo a ponerse en pie, y los arrojó hacia la puerta de entrada, gritándoles. Muy cerca, un soldado caía bajo el filo de un rebelde. La sacerdotisa se negó a alejarse de la fémina y le habló con nerviosismo. Más allá, los soldados destrozaban el templo, buscando refugios ocultos. La fémina clavó la vista en Mebrin y él se hizo más pequeño, un punto minúsculo que lo volvería invisible de un momento a otro.

La partitura cobró vida en su mente y aquella escena macabra, de repente, estuvo armonizada al piano. *Catástrofe*, podría llamarse la pieza. *Desolación*, tal vez. Cerró los ojos e intentó concentrarse en su respiración, en cómo sonarían las notas bajo sus dedos si no hubiera todo ese ruido a su alrededor. Toda esa muerte.

Su propia muerte. Entonces una mano lo agarró del brazo.

—¡Alteza!

Sus sentidos volvieron a funcionar y Mebrin abrió los ojos, alertado, con la adrenalina sustituyendo el líquido en sus venas. Lo alzaron del suelo y no le quedó más remedio que mirar a su atacante. Era la fémina que había ayudado a la sacerdotisa, que venía a secuestrar o a matar a un miembro de la familia imperial.

La fémina lo estudió de arriba abajo, le retiró la capucha con violencia y una chispa de reconocimiento brilló en sus ojos cansados.

—Soy Brelian, Brelian Aldadriel.

No reconocía su rostro, puesto que no le interesaban las caras, pero sí el nombre. Y sus músculos respondieron, dejando que Brelian Aldadriel, antigua teniente de Ashbree, lo pusiera a salvo. Ignorando por completo que la fémina que lo sacaba del templo ahora pareciera luchar en contra del imperio.

14

Habían pasado los últimos cinco días en una rutina que Ashbree agradeció, porque esa monotonía la mantenía alejada de la tristeza. Aunque con cada nuevo amanecer, el sentimiento se aletargaba un poquito más.

Las investigaciones en Rimbalan no habían cesado, lideradas por un Haizel que se mostraba de peor humor según transcurrían las jornadas. No estaba descubriendo nada, y eso los tenía a todos con los ánimos por los suelos. Y el peor era el general. Al quinto día de reposo, ya estaba deseando volver a la normalidad, pero debían ir con cuidado.

Al principio, Ilian lo había comprendido. Aunque su cuerpo se hallaba de una pieza, a su cerebro le resultaba muy difícil procesar la ausencia de trauma. Tenía insensibilizada la zona abdominal y lumbar a la altura del desgarro, y le costaba apretar el vientre. Las primeras veces que había caminado, le había resultado costoso, y no habría llegado mucho más lejos del baño de no ser por Ashbree. Según Silvari, la espada debía de haber rozado la columna y hasta que los nervios rehicieran todas las conexiones que Ashbree había olvidado enlazar, no era seguro que deambulara a su aire.

La falta de precisión al curarlo lo había dejado con malestar y dolores, y ella ya se sentía lo suficientemente culpable como para permitirle estar a sus anchas y que le pasara otra desgracia.

Aunque no sería apropiado considerar aquellas conversaciones como discusiones, sí era de las primeras veces que sus intercambios adquirían una temperatura que no tenía nada que ver con la lujuria.

Disfrutaron de una tregua más que agradecida cuando Elwen se presentó en los aposentos de su hermano esa quinta noche, después de haberse enterado de su última «no discusión» gracias a Orsha, a la que nunca se le escapaba nada y quien se pasaba por allí cada vez que tenía ocasión. Ashbree y Elwen no habían vuelto a hablar desde la extraña predicción, pero cuando le abrió la puerta, compartieron un vistazo intenso. Ella parecía querer decirle «Por favor, no me preguntes al respecto» y Ashbree le gritaba un «¡Cuéntame qué pasa!».

No obstante, ninguna pronunció palabra y Elwen entró en la antesala de su hermano antes de dirigirse al dormitorio, portando el mismo cofrecito de aquella noche mágica que compartieron ellas dos hacía lo que parecía una eternidad.

—¿Qué quieres, Elwen? —le espetó Ilian en cuanto la vio aparecer, aún molesto por el intercambio de opiniones con Ashbree.

—Eh, eh, relájate. Nada de malos aires por aquí.

Elwen señaló a su alrededor con una mano mientras que con la otra dejaba el cofre en la mesita de noche. Su hermano le lanzó una mirada acusadora, sin perder detalle de esos dedos de uñas lacadas que abrían el recipiente de madera.

—No me digas que me vienes con uno de los rituales de Orsha —bufó él, malhumorado y cruzándose de brazos. Gracias a los dioses, ya había recuperado su timbre habitual.

Elwen le dedicó una sonrisa maliciosa, una que se asemejaba al modo en el que el rey se expresaba cuando aquella mente perversa tramaba algo. Ashbree se preguntó si parte de aquel lenguaje corporal estaría aprendido del soberano, por haberse criado en su presencia.

—No te voy a hacer vudú, si es lo que te preocupa.

Ilian puso los ojos en blanco y Elwen sacó un tarrito, que reconoció como loción de rosas. Su hermana soltó una risilla baja, él frunció el ceño y la fémina lo atacó sin piedad para colocarle el potingue en el rostro. Ashbree ahogó una exhalación y se llevó las manos a la boca, preocupada por la integridad de Ilian. Lo había regañado segundos antes por ser un cabezota y su hermana había llegado para animarlo a ser más cazurro.

Ilian trató de resistirse entre risas y comentarios a bocajarro, de uno a otro, tan seguidos que Ashbree ni siquiera los entendía. Después de unos segundos de intentar hacerse cosquillas, de Elwen revolverse por encima del cuerpo enorme de Ilian, la fémina consiguió sentarse sobre él para untarle la crema en el rostro. Ashbree se rio, incapaz de reprimirse más, al contemplar aquella compenetración y jugueteo. El corazón le dio un vuelco al pensar en sus propios hermanos, con los que hacía tantos años que no jugaba que ni se acordaba. Sería mucho antes de que muriera su madre, al poco tiempo de que Cyndra entrara en su vida.

Cyndra.

La punzada en el pecho se convirtió en un nudo retorcido en el estómago y Ashbree tuvo que sentarse en el butacón para sobreponerse al mareo que la invadió.

—¿Estás bien, Ash?

No se había dado cuenta de que ambos se habían quedado callados, mirándola. El rostro de Ilian estaba marcado por la pena, leyendo, sin duda, lo que le pasaba a Ashbree por la mente.

—Sí, sí —se apresuró a decir, con una sonrisa tensa en los labios y limpiándose la lágrima rebelde que le había resbalado por la mejilla.

Elwen e Ilian compartieron un vistazo cómplice, único entre dos hermanos, y la fémina dio un par de palmaditas en el colchón, invitándola a unirse.

—Vamos a mimarte a ti también —comentó Elwen con una sonrisa cariñosa.

Estuvieron un rato poniéndose mascarillas de algodón empapadas en ungüentos y echándose lociones que aliviaron la tensión del cuerpo de Ashbree. Y también del de Ilian, a quien ya no le quedaba ni rastro del enfado previo a la llegada de su hermana.

—Toma, Ily —le dijo Elwen cuando se retiraron los paños del rostro, entregándole un bote a su hermano—. Hazle un masaje a Ash.

Ashbree abrió los ojos por la sorpresa y le lanzó una mirada expectante y aterrada al varón. No habían traspasado la frontera de los besos porque no querían que la situación se calentara y acabaran arrepintiéndose, al hallarse convaleciente el general. No habría tenido ningún sentido que no le dejara salir de sus dependencias y se pasaran el día retozando como animales. No obstante, aquella sugerencia encendió un fuego en su vientre.

—Creía que la experta en masajes eras tú —comentó su hermano, mirando el botecito.

Él no parecía alterado por la propuesta, y aquello la puso más nerviosa todavía, sin saber por qué.

—Y lo soy. Pero seguro que a Ash le viene de perlas un masaje en los pies. Y para eso, tus manos son mejores.

Elwen le dedicó un vistazo sugerente a su hermano y él correspondió con una sonrisa pilla antes de que ambos miraran a Ashbree, que enrojeció aún más, aunque lo creyera imposible.

—Bueno, yo me voy ya. Os dejo dormir, tortolitos.

La fémina cerró el cofre y se quedó muy quieta, mirando la tapa de madera trabajada. Rígida. Ilian no lo percibió, entretenido en oler el aceite balsámico, pero Ashbree sí. ¿Por qué parecía estar empujándola hacia su hermano cuando hacía cinco días le había dicho que se olvidara de él? Ashbree tuvo la sensación de que la propia Elwen acababa de llegar a esa misma conclusión y, antes de que pudiera decirle nada, ya se había despedido y marchado con premura.

—¿Todo bien? —le preguntó Ilian cuando la vio observando la puerta con el ceño fruncido.

—Sí, es solo que... Tu hermana está rara.

—Mi hermana *es* rara.

Parte de la tensión de Ashbree se alivió con el comentario. Desvió la atención hacia Ilian y lo descubrió estudiándola con interés y con una sonrisa cálida, aunque sutil, en los labios. Porque Ilian no sonreía de lado a lado casi nunca.

—¿Quieres un masaje de pies? —le propuso, cambiando de tema.

—No hace falta que me toques los pies —comentó con la boca pequeña mientras recogía las piernas y se abrazaba las rodillas.

Ilian alzó la ceja del pendiente y curvó los labios de un modo que le recordó a Elwen y su pillería.

—Te he tocado en muchos sitios, Ash. —El rubor corrió raudo a las mejillas de Ashbree—. Tus pies no me preocupan.

Ilian entrecerró un poco los ojos, retándola, y Ashbree no se contuvo.

—¿Y qué te preocupa de mí, Ilian? —preguntó, en un tono que le salió más sugerente del pretendido.

Él aceptó el juego y la miró con los ojos teñidos de lujuria. Una que ambos sabían que no iban a poder desatar.

—Pues... Me preocupan tus labios.

—¿Ah, sí? —Ella se recolocó un mechón tras la oreja, y él no perdió detalle de sus movimientos.

—Sí. Cada vez que hablas, no puedo evitar mirarlos. Y cuando sonríes... —Ilian suspiró y sacudió un poco la cabeza antes de gatear por el colchón hasta ella—. Cuando sonríes, es cuando más me gustan.

Por inercia, Ashbree sonrió.

—Justo así —susurró.

Ilian alzó la mano y le acarició el labio inferior con el pulgar, un gesto sutil que provocó una descarga de nervios por todo el cuerpo de Ashbree.

—¿Y qué más te preocupa de mí? —preguntó en tono confidente, con más valor del que había sentido en las últimas semanas.

La media sonrisa de Ilian se tornó pecaminosa y chasqueó la lengua.

Ashbree no perdió detalle del glorioso atisbo del pendiente que le adornaba la lengua.

—¿Me vas a hacer decirlo?

Ella alzó un poco el mentón, retándolo con los ojos empañados por el deseo. Ilian se acercó un poco más, sus rostros a escasos centímetros. Si cualquiera de los dos se movía, sus narices se rozarían. El aliento cálido de Ilian le acarició las mejillas mientras, obnubilado, miraba los labios de Ashbree con un anhelo hambriento.

Sin preverlo, Ilian la agarró y la tumbó sobre el colchón, quedando él de lado junto a ella. Ashbree ahogó un grito por la impresión y luego soltó una risita nerviosa. Él la recompensó acariciándole el cuello con la nariz mientras inhalaba despacio.

—Hueles a rosas —susurró contra su cuello.

Ilian acercó los labios a su piel, justo por encima de donde le encontraría el pulso, aunque no la besó, sino que sopló, y Ashbree tuvo que agarrarse a las sábanas para reprimir otro temblor.

—¿Sabes qué más me preocupa de ti, Ash? —Ilian alzó la mano por encima del cuerpo de Ashbree y la afianzó en su cadera con un apretón que le arrancó la respiración de los pulmones—. ¿Mmm?

Ella negó con la cabeza, la vista clavada en el techo y las mejillas a punto de entrar en combustión.

—Esto... —ronroneó.

Por encima de la camisa, Ilian deslizó la mano sobre la curva que creaba su cadera, cintura y pecho.

—Ilian, no deber...

—Shhh. —Descendió, movió la mano por el lateral de su muslo y Ashbree se quedó sin palabras—. Esta noche no va a pasar nada. Nada entre nuestros cuerpos al menos, aunque pienso conquistar tu mente. Hasta yo sé que no estoy en condiciones para... follarte.

El que sus labios moldearan la palabra, dotándola de más lascivia aún, hizo que Ashbree tuviera que contenerse para no retorcerse de placer. Ella quería que lo hiciera, con todas sus fuerzas, pero ya le había dicho que no pasaría, así que desvió su mente calenturienta y le dijo:

—O sea, que me das la razón.

Él le dedicó una media sonrisa que la derritió, con el rostro relajado.

—Estoy en condiciones de salir de mis dependencias y de recorrer el palacio, digas lo que digas. Pero ni loco tendría sexo triste y convaleciente contigo. —La nariz de Ilian la acarició desde el mentón hasta la base del cuello, un roce sutil que le hizo apretar los muslos—. Cada vez que nos acostemos juntos, Ash, será memorable. Porque sí, habrá más veces.

Ilian se incorporó sobre el codo y sus ojos se encontraron. Con cariño, él le recolocó el mechón rebelde de siempre tras la oreja, rozándole el arco picudo intencionadamente.

—Solo si tú quieres.

El corazón de Ashbree dio un vuelco y un millón de mariposas alzaron el vuelo en su estómago. Y aunque su pecho estaba lleno de necesidad, la realidad, fría y meditada, era que estaba hecha un lío con respecto a él y al rey.

—Ilian, yo...

—Lo que te confesé era cierto, Ash. —Los ojos de Ilian brillaban con intensidad, pero Ashbree distinguió que en el modo de mirarla ahora había más amor y cariño que deseo. Sus pupilas se desviaron a los labios de Ashbree y ella los entreabrió por inercia, deseosa de que la besara—. Cuando te dije que eras mi esperanza, no imaginaba que sería algo literal, porque no estaría vivo de no ser por ti. Pero sigue siendo cierto. Cada maldita palabra. Y no me importa esperarte el tiempo que haga falta si es lo que quieres. Y si prefieres que no te espere... —La voz le tembló y él tuvo que tragar saliva—. Si prefieres que no te espere, así será, aunque otra espada atravesándome me causaría menos dolor. Haré lo que tú prefieras, porque me tienes a tu merced, Ash. Ahora y siempre.

Ilian entrelazó las manos de ambos y las alzó hasta regalarle un beso sentido en el dorso, sin dejar de mirarse. El corazón de Ashbree se estrujaba con cada nueva palabra que escuchaba, deseando decirle que sí, que su corazón le pertenecía a él y solo a él. Sin embargo, la realidad era que tampoco podía sacarse al rey de la cabeza, y no quería jugar con ninguno. Intentaba, con todas sus fuerzas, decidir qué quería, sobre todo después de que su relación con el monarca se hubiera vuelto más estrecha tras días enteros vigilando a Ilian. Pero no lo conseguía, y eso le dolía.

Decirle que la esperara le parecía tan egoísta como no hacerlo y luego arrepentirse —los dioses no quisieran—. No sabía cómo actuar, y eso debió de reflejarse en sus ojos, porque Ilian volvió a descender el rostro y reanudó el jugueteo de su nariz por el cuello de Ashbree.

—Habla con Rylen. —La mera mención del rey hizo que el nudo del estómago se apretara más—. No tienes por qué elegir, Ash. No por mí, al menos.

Si su corazón continuaba estrujándose de ese modo, terminaría desapareciéndole del pecho.

—Mientras, me gustaría seguir como hasta ahora. ¿Te parece bien?

Sentir los susurros de Ilian sobre su cuello le arrancó una serie de escalofríos que la obligó a limitarse a asentir con la cabeza.

—Buena chica —ronroneó con una media sonrisa en los labios, que percibió a la perfección.

Ilian alineó el rostro con el de Ashbree y se miraron durante unos segundos en los que ella creyó que se asfixiaría en el deseo que brillaba en sus iris violetas.

Iba en serio, completamente en serio. Ya le dijo en una ocasión que no sería su captor, y lo estaba cumpliendo con creces. Sin poder refrenarse, alzó el rostro hasta encontrarse con los labios de Ilian. Él dejó escapar un sonido ahogado y ronco, fruto de la sorpresa, y se acopló de lleno a las exigencias de la boca de Ashbree.

En cuanto el metal de la lengua del general rozó la suya, la química estalló entre ambos. Sus manos dejaron de permanecer quietas y se exploraron como llevaban casi un mes deseando repetir. Ella jadeó cuando Ilian aprisionó sus pechos entre las manos; él respondió del mismo modo cuando ella le dedicó una caricia superficial por encima de su erección.

Haber mirado a la muerte a la cara alimentaba la necesidad de sentirse vivos del modo que fuera, y el calor de su carne era un recordatorio más que agradable.

Cuando Ashbree, casi desesperada por el contacto de sus pieles, enroscó los dedos en la camisa de Ilian, este la contuvo.

—Si vamos más allá, no me detendré hasta el final. Hasta que me supliques que te folle. —Sonó a amenaza y a promesa a partes iguales, y aquello despertó un calor incombustible entre sus piernas. Ashbree estuvo a punto de suplicarle en ese momento, pero él añadió—: Prefiero avisarte porque no me gustaría que tu parte de sanadora se arrepintiera.

Sus ojos se contemplaron con naturalidad, y en ellos Ilian debió de leer el debate que se gestaba en el interior de Ashbree, porque acortó el espacio entre sus rostros y le regaló un beso delicado y tierno en la punta de la nariz.

—Buenas noches, Ash —dijo, decidiendo por ella.

Y Ashbree, lejos de molestarse, se sintió agradecida, porque sabía que estaba en un momento vulnerable a nivel mental y que necesitaba pensar en demasiados aspectos antes de volver a cruzar esa frontera con él.

—Buenas noches, Ilian —respondió con voz trémula—. Pero que sepas que me debes un masaje de pies.

El general prorrumpió en una carcajada que hizo que ella sonriera con sinceridad. El beso que él le dio en la sien hizo que su corazón se hinchara.

—Todos los que quieras, cariño.

Aunque apagaron las luces y se vieron rodeados por la oscuridad de la noche, Ashbree no fue capaz de cerrar los ojos, porque lo único en lo que podía pensar era en lo intensos que se estaban volviendo sus sentimientos por Ilian.

15

Después de ocho días a bordo de El Lamento de la Sierpe, Cyndra por fin se había acostumbrado al vaivén de las olas. En esos días, Cyndra había empezado a aprender a disfrutar de cierta libertad. Porque allí ya no eran presos, sino simples exiliados que esperaban a tomar tierra en Korkof. Podían moverse por el barco sin grilletes, contaban con tres comidas diarias —aunque escasas— y tenían hamacas para dormir en la cubierta inferior.

Cyndra apenas conocía la bondad y la calma. E incluso con el sinfín de tareas que realizaban en el barco y que las dejaba con poco tiempo libre, los ratos con Seredil eran perfectos. Comían juntas, entre risas que enmascaraban el sabor horrendo de la alimentación de los marineros. Se confesaban recuerdos y compartían anécdotas, volcándose en el regusto nostálgico de lo que habían dejado atrás. De a quiénes habían dejado atrás y por quiénes lucharían.

Seredil, con todos esos años en el frente, era una inagotable fuente de anécdotas, en las que siempre aparecía Thabor. Y Cyndra se descubrió sintiéndose cómoda al hablar de la parte de la infancia que había compartido con Ash. Era reconfortante no tener que morderse la lengua y, por primera vez en la vida, abrirse con sinceridad.

El resto del escaso tiempo libre se entretenía haciendo todo el ejercicio que soportaba antes de llegar al punto de extenuación. Le dolían los músculos como nunca, pero necesitaba quitarse de encima la sensación de que se había vuelto débil. Al final del día caía tan rendida que ni siquiera le importaba dormir en una hamaca que hacía que su estómago viajara de un lado a otro. Cada noche, jugueteando con el anillo de Elegor, alzaba la vista al cielo y se empapaba del fulgor de Dalel, que brillaba para ella. El estómago se le apretaba en un nudo al perderse en ese mar infinito y tan diferente del que tenía bajo los pies, rememorando la extraña sensación que no la abandonaba desde que Seredil había embarcado con ella. No identificaba qué era, pero con cada jornada que pasaba, su desasosiego crecía. Y cuando lo hablaba con la fémina que se estaba convirtiendo en su mundo, ella despejaba sus miedos.

—Llevas toda una vida recelando hasta de tu sombra, Cyndra —le recordaba, acariciándole la mejilla—. Es normal que esperes el mal a cada momento. Eso se acabó.

Las palabras cálidas de Seredil no sirvieron para despejar ese instinto nato que la había mantenido con vida veinte años, aunque sí sirvieron para que se acostumbrara a ello. Se dejó llevar por la monotonía de a bordo, que dotaba sus músculos de una fuerza perdida, y dejó de preocuparse por lo que no podía controlar.

En esos días, Seredil le enseñó mucho del mar y a leer el sol y las estrellas como solo los marineros sabían. Y también de geografía, a interpretar las sombras de las costas que se intuían a lo lejos, como gigantes tumbados sobre la línea del mar.

Cruzaron el Mar de Hierro, nombrado así por su fondo negro que hacía que el agua adquiriera una tonalidad grisácea, bordeando desde la distancia la costa de Dundran. Seredil le habló del puerto de Gormhul, —en el que la flota de su padre había atracado una vez, por designio del emperador— y de unas edificaciones en adobe, tan anaranjadas como el desierto que llegaba hasta el mar. Porque Seredil había visto mucho mundo en los pocos años que había trabajado para su padre.

Una parte de Cyndra se planteaba seriamente llevar una vida parecida. Valoraba la posibilidad de recorrer Narendra de cabo a rabo, como si no hubiera una guerra acechándolas. Entonces pensaba en Ash y se olvidaba de lo que ella misma pudiera querer o necesitar. Tenían siglos por delante, siglos que explotar en viajes con Seredil, Ash, Thabor; con esa pequeña familia que habían forjado fruto de la desesperación.

Estaban a unos seis días de llegar al puerto de Jellin, una ciudad que no las iba a tratar bien, y lo único de lo que disponían para sobrevivir era el anillo de oro que le había robado a su padre, porque el contenido de su bolsa de dinero lo habían empleado ya para sobornar a la elfa que Seredil había suplantado.

Iban con una mano delante y otra detrás, y Cyndra se descubrió pensando en que no le importaría siempre que fuera acompañada de la fémina cuyos cabellos dorados ondeaban al viento junto a ella.

Se habían sentado con los pies colgando entre los barrotes de la baranda, después de cenar, al cobijo de las estrellas y del aire salobre.

Con cada día que habían ido subiendo hacia el norte, la temperatura se había vuelto más fría, pero eso no había impedido que todas las noches pasaran un rato juntas bajo la luz de la luna. Estaban en la popa, contemplando la estela de espuma que El Lamento de la Sierpe dejaba atrás, donde menos cortaba el viento.

Cyndra tenía los ojos cerrados, el rostro inclinado hacia los astros. En las últimas jornadas, al oscurecer, el vacío de su mente se llenaba con un infinito plagado de esferas lumínicas curiosas. Como si el destello de las estrellas se hubiera quedado marcado en sus retinas y siempre que cerrara los ojos viera ese mar lleno de purpurina. Intentaba entender las alucinaciones que el aislamiento le habían dejado como secuela, pero había cesado en su empeño por escuchar lo que aquellas lucecitas le susurraban.

—¿Sabes? —dijo Seredil, atrayendo su atención.

Cuando la miró, Cyndra se tomó unos segundos para perderse en lo hermoso de su rostro, en lo fuerte que le palpitaba el corazón cuando la veía así, tan natural mientras jugueteaba con los hilos de un cabo desechado y unas tijeras.

—Cuando era más joven, antes de alistarme en el ejército, odiaba echarme a la mar. Mi padre siempre decía que le resultaba liberador: el viento, el salitre, las salpicaduras de las olas al romper contra el casco, el sol sobre la cabeza, incluso las tormentas. —Hablaba sin mirar a Cyndra, atando los hilos entre sí con dedos expertos—. A diferencia de mis hermanos, yo odiaba pasar semanas encerrada en un navío, aunque la parte de explorar nuevos territorios me gustara. Me sentía recluida aquí dentro, enjaulada. —Cyndra sabía bien qué era eso, pero no añadió nada, porque tenía la impresión de que Seredil quería llegar a algún punto—. Le preguntaba cómo lo soportaba, cómo aguantaba pasar tantas semanas lejos de mi madre, y siempre sonreía y me acariciaba la cabeza. Hasta que un día, enfadada porque yo no quería aquella vida, me planté y le dije que no embarcaría nunca más.

Seredil esbozó una sonrisa, perdida en sus pensamientos y en el jugueteo de las cuerdas con las que trabajaba.

—Pensé que se sentiría decepcionado, pero comprendió que mi camino era otro. Cuando le volví a preguntar cómo soportaba esta vida, aquella vez sí me respondió: «Cualquier decisión que se tome estando enamorado será el tiempo mejor empleado». Entonces no lo entendí, porque la decisión de embarcar lo separaba de mi madre. Pero con los años comprendí que se refería al mar. Ironías de la vida: ha sido en el mar cuando me he dado cuenta de la razón que tenía mi padre.

El corazón de Cyndra dio un vuelco temeroso, sin atreverse a asimilar lo que Seredil había dicho. O lo que no había dicho, más bien. Cuando la conjuradora se giró para mirarla, en sus ojos dorados relucía la chispa de la determinación, la seguridad y la confianza.

—El tiempo que he pasado contigo, aunque escaso, ha sido el mejor empleado de mi vida, Cyndra Daebrin —susurró, unas palabras que podría haberse llevado el viento y el rugido del casco rompiendo el mar, pero que a Cyndra le llegaron muy hondo—. Y si me lo permites, me gustaría pasar lo que me reste a tu lado.

Cyndra no se dio cuenta de que estaba llorando hasta que Seredil alzó la mano y le limpió una lágrima con el pulgar. Durante unos segundos eternos, se limitaron a observarse, Seredil tan paciente como siempre. Porque sabía que lo que le estaba proponiendo era algo inmenso. Algo que Cyndra jamás había llegado a considerar, dada la situación que había vivido en casa.

Temblando, Cyndra descendió la vista hasta lo que Seredil sostenía entre las manos: un anillo tejido por ella misma, ancho y tosco, de hilos entrelazados hasta formar una circunferencia imperfecta. Así se sentía ella: desigual, deshilachada y defectuosa. Y, aun así, Seredil había cogido esos hilos despeluchados y los había convertido en algo hermoso. Como había hecho con la existencia de Cyndra sin siquiera darse cuenta. De nuevo, alguien se había colado bajo su piel, sin necesidad de declararse su amor de viva voz.

Porque el amor debía ser eso, comprendió: un conjunto de actos desinteresados que gritaban sentimientos a los cuatro vientos. La comodidad desde el principio, las risas en la taberna, las noches compartidas como si fuera la última en medio de la guerra, la complicidad de orquestar una rebelión. La desesperación por encontrarse.

Eso era amor, sin necesidad de que los «te quiero» escaparan de entre sus labios. Porque los elfos de luz tenían un modo diferente de declarar sus sentimientos.

Por eso, Cyndra acortó la distancia que las separaba y se fundió con los labios de Seredil, incapaz de detener la cascada de sus ojos. La amaba. Había tardado en darse cuenta, pero la amaba. De un modo profundo, visceral y desesperado que no había experimentado nunca. Del que le llevaba a pensar que cruzaría el continente entero para estar con ella.

Seredil rio sobre sus labios, un sonido tembloroso, tomado por la emoción, y se separaron para juntar sus frentes. No hubo duda cuando ambas abrieron los ojos y se buscaron en aquel gesto tan íntimo entre los suyos. Uno que Cyndra jamás imaginó que compartiría con alguien.

—Estás aquí —susurró, desesperada por que Seredil respondiera lo correcto.

La conjuradora ahogó una risa de júbilo y nervios puros y asintió con la cabeza, sin soltarla de las mejillas.

—Estoy aquí. Hasta el final.

Seredil deslizó el anillo de cuerda en el anular de Cyndra y ambas compartieron una risilla temblorosa. En aquella ocasión, cuando sus labios se encontraron, lo hicieron volcándose de lleno en unos sentimientos que no había necesidad de verbalizar.

Sin importarles estar a plena vista, aunque amparadas por la oscuridad densa de la cubierta, Cyndra tumbó a Seredil sobre la madera, sin romper el contacto entre sus bocas. Ella no era buena en palabras, nunca lo había sido y sabía que jamás llegaría a serlo. No le gustaba hablar de sentimientos, pero en las últimas semanas había descubierto que le encantaba ahogarse en ellos.

Seredil era el mar perfecto en el que sumergirse. Y no tenía palabras suficientes para agradecerle a Dalel que la compañera que la vería vivir de verdad fuera ella.

16

Ashbree despertó en su dormitorio al escuchar golpes en la puerta, sobresaltada. Había dejado de tener pesadillas gracias a la muñeca vudú que había hecho Orsha —confeccionada, para su sorpresa, con un gran parecido físico con Ashbree—, por lo que sus sueños ahora eran profundos.

Habían pasado nueve días desde que Ilian despertara tras el ataque, y desde entonces, no se había separado de él. Hasta la noche anterior, que habían tenido un acalorado intercambio de discrepancias —se negaba a admitir que habían discutido— y ella había terminado claudicando. Había llamado a Orsha para que liberara el muñeco vudú de Ilian, dándole el alta, pero a cambio ella había dormido en sus propios aposentos por primera vez en todos esos días.

Ilian intentó convencerla de que se quedara, con arrumacos que habían estado a punto de hacerla cambiar de parecer, pero hasta ella sabía que necesitaba tiempo para aclararse las ideas.

—¿Estáis presentable? —dijo una voz al otro lado de la puerta.

El corazón le dio un vuelco al reconocer al rey y se atusó el camisón mientras se levantaba de la cama y se ponía el batín de seda. Cuando abrió, lo primero que vio fue una sonrisa radiante en aquel rostro de belleza sin rival.

«Habla con Rylen», le había dicho Ilian. Y solo con recordar aquella conversación, Ashbree temió que las piernas no sostuvieran su peso.

—Buenos días, dragona.

—B-buenos días, majestad. ¿A qué debo el gusto tan temprano?

—Había pensado que tal vez querríais desayunar conmigo. Hay algunas cosas que me gustaría tratar con vos antes de que empiece el día.

«Algunas cosas que tratar con vos». El corazón se le aceleró, como una estúpida, y por un instante se planteó si ambos tendrían que hablar de lo mismo. Pero era imposible, por mucho que Ilian le hubiera sugerido que creía que el soberano empezaba a albergar sentimientos por ella. Y por mucho que la hubiera besado. Porque cada vez que lo miraba, recordaba el sabor de sus labios y se preguntaba si sabrían igual ahora que ninguno se movería por el dolor.

—Si me dais unos minutos, os seguiré a cualquiera de vuestros muchos salones de té —respondió con una sonrisa tirante.

—He pedido que traigan el desayuno aquí.

—¿Aquí?

—La antecámara está para usarla. Hay mesa y sillas.

Él miró hacia atrás con el ceño fruncido, como comprobando que el mobiliario siguiera ahí.

—¿Los dos solos?

—Sí, Ilian se está preparando para ir a Rimbalan a peinar la colonia. —Ashbree le lanzó una mirada reprobatoria que el rey ignoró—. Está deseando investigar por sí mismo. Y Elwen ha quedado con Tharin para seguir convenciéndolo de que se ponga de nuestra parte cuando celebremos el próximo consejo.

—Y... ¿Y Haizel? —preguntó a la desesperada.

Aunque aquel varón y ella no congeniaran, seguía poniéndose demasiado nerviosa estando a solas con el rey.

—¡¿Haizel?! —rio—. No sabía que hubierais hecho tan buenas migas.

Ashbree contuvo la sonrisa a duras penas y terminó claudicando. A puerta cerrada, casi se zambulló en el armario, rebuscando qué ponerse para un desayuno a solas con el rey. Al fondo del armario, encontró el macuto que Elwen le había dado cuando se marchó del campamento militar con el rey, hacía lo que parecía una eternidad. Recordó los grilletes de nácar endurecido, que habían doblegado las sombras de Ilian y que le habían permitido quedarse. Ella lo había considerado un consuelo, un arma a la que recurrir para librarse de aquel destino, y ahora, la mera idea de emplear ese poder contra ellos le daba náuseas.

Con un suspiro atragantado, dejó el macuto olvidado y se centró en vestirse, porque no podía seguir sumergiéndose en esa espiral inestable. Tenía que poner en orden su vida, y empezaría con aquel desayuno. La hipotética conversación, después. «O nunca», le susurró su miedo.

Se vistió con unos pantalones ceñidos oscuros y una camisa burdeos que realzaba su tono de piel. En el baño, optó por dejarse el pelo suelto, se lo atusó con las manos y se decantó por no maquillarse. Aquello sería excesivo, solo era un desayuno. Entonces ¿por qué tenía la sensación de que no era solo eso?

Para su consternación, el posible resquemor que hubiera podido existir entre ambos se había desvanecido entre la preocupación hacia Ilian. Se habían acercado más, casi como un equipo, para tratar con aquel paciente quejica. Habían pasado mucho tiempo juntos, charlando de temas animados y manteniéndose alejados de las penurias. Y Ashbree se descubrió sintiendo un cariño incipiente por el soberano, entremezclado con agradecimiento por todo lo que hacía por Ilian. Por eso no le había dicho un «sí» rotundo al general, porque no podía obviar el modo que tenía su corazón de saltarse un latido cada vez que el rey le sonreía, o cómo la carga sobre sus hombros se aligeraba con cada nuevo comentario socarrón.

Todo en él la incitaba a acercarse, e Ilian parecía estar complacido con esa extraña complicidad que empezaba a surgir entre los dos. Aunque a ella la aterraba. Sabía que lo afín acababa encontrándose; que los opuestos se atraían. Pero ella ya se sentía irrevocablemente atraída por Ilian, ¿sería capaz de gestionar lo mismo con el rey?

Salió de sus aposentos nerviosa, con la vista clavada en el suelo, y solo la alzó al percibir que él hablaba.

—Dioses... —masculló, aunque no estuvo muy segura de haberlo oído bien.

La contemplaba perplejo, sentado en la silla que quedaba de frente a ella, con un tobillo sobre la rodilla y las tazas humeando sobre la mesa. Se miró a sí misma, con el ceño fruncido. ¿Tan mal había elegido la ropa? Cuando deslizó la vista a él de nuevo, lo encontró con los labios entreabiertos y aspecto consternado. Trató de convencerse de que era porque esa ropa no le sentaba bien a sus curvas generosas, pero en el fondo sabía que el rey se había quedado impresionado por su aspecto.

Ashbree optó por no decir nada y se sentó, el estómago rugiéndole.

—Me he tomado la libertad de serviros té —comentó el rey con la voz un poco arrastrada—, aunque también hay zumos y café si lo preferís.

Señaló una mesita supletoria, atestada de bebidas y campanas metálicas. Se preguntó si habría sido Orsha la que lo habría dispuesto todo y qué pensaría de aquel desayuno privado en sus aposentos, teniendo en cuenta que era la nana de Ilian.

—El té está bien.

Él le dedicó una sonrisa de medio lado y destapó los platos principales. Ahí había de todo: salchichas, patatas, habichuelas, huevos revueltos, tostadas con distintas mermeladas, frutas, yogures... No sabía qué había pensado el rey, pero aquello se alejaba mucho de un desayuno.

—Os necesito como aliada, ya lo sabéis —comentó él mientras le servía comida. Empezaba a conocer al rey, y lo identificó como una forma de complacer a quienes le importaban y desprenderse del brillo de la corona sobre su cabeza. Ashbree asintió desde detrás de la taza a la que estaba dando un sorbo—. Pero no podemos hacer mucho por Yithia mientras vuestro padre siga teniendo el control del imperio. Y le quedan casi doscientos años de mandato. Es demasiado.

—Ya...

Ashbree dejó la taza sobre el platillo y se mantuvo en silencio, a la espera de que él prosiguiera, aunque no parecía que fuera a hacerlo.

—¿Qué proponéis?

—La verdad es que no lo sé. Lo único que se me ocurre es iniciar una campaña política. Arriesgarme a contar lo que hacemos en las colonias, en vuestra compañía, e intentar convencer a los elfos de luz de que lo mejor es una destitución. Podemos aprovechar los rumores de la Hija de la Luz y que el pueblo se alce en vuestro favor. La fe mueve montañas, y no me gustaría desperdiciar esa oportunidad.

Aquel había sido el plan de Cyndra y el estómago se le contrajo por el dolor de su recuerdo.

—No sé si quiero eso. No me gustaría ver a mi pueblo morir a manos de los míos.

—Ya, es mejor que mueran a manos del enemigo... —masculló él con cierta dureza. Sus ojos se encontraron con premura y el rey relajó el ceño fruncido—. Perdonad, sé que no queríais decir eso. —Frustrado, suspiró y se mantuvo en silencio unos segundos—. No hay muchas alternativas, Ashbree. Llevo quinientos años intentando mantener las bajas en números mínimos, y no está funcionando.

—Aunque el pueblo se alzara, sin que el consejo se pusiera de mi parte, no conseguiríamos nada. No fue así con... Con...

—Podéis decir su nombre: Ayrin.

Algo en el modo de pronunciarlo se le clavó en el pecho. Iba cargado de tantos sentimientos que no sabía identificarlos, pero, para su sorpresa, el rey se mantuvo impasible.

—No fue así con Ayrin —prosiguió ella, fijando la vista en el contenido de su taza— porque entonces no había consejo. Pero ahora habría más cabezas que derrocar, y no creo que el ejército se pusiera de mi parte sin el apoyo de los consejeros.

—Pues entonces solo me queda un recurso, aunque es arriesgado.

—¿Cuál?

Ashbree cogió unas cuantas uvas y se las llevó a la boca.

—Ofrecer la cura a la adicción a la miel de plata como moneda de cambio. No me gusta jugar así con las vidas ajenas, pero pondríamos al pueblo de nuestra parte sin revueltas ni guerras, y el consejo no tendría mucho que hacer.

—Eso si damos con una cura, queréis decir.

—Confío en ello.

—La confianza no gana guerras.

—No quiero ganarla, porque eso implicaría que hay un bando perdedor. Yo quiero acabar con ella. Es diferente.

—Supongamos que funciona y que el pueblo se subleva contra mi padre. Igualmente, él no os entregaría Yithia.

—Mi intención es que os entregue el imperio a vos.

—Si descubren que sé cuál es la cura y que no se la concedo a mi pueblo libremente, me lincharán.

—No si lo vendemos como obra de la Hija de la Luz. —Ashbree abrió y cerró la boca varias veces, sin saber qué decir—. Os he visto sobreponeros a muchas calamidades, Ashbree. Y lo que hicisteis con Ilian... Dioses, fue un puto milagro.

La magnitud de sus palabras la dejó más atónita todavía, algo que creía imposible.

—No todo fue mérito mío.

—Si nos quedamos dando vueltas alrededor de quién tiene todo el mérito, no terminaremos el desayuno ni en mil vidas —murmuró él con una media sonrisa—. Yo creo que si sois vos la que ofrece la cura, como otro milagro, causaríamos más impacto. Podría ser un golpe que nos llevara solo unas semanas.

—Digamos que accedo. Aun así, aunque decidáis compartir la cura con la condición de que yo me convierta en la séptima emperatriz, luego ¿qué? No aceptarán que acatemos vuestras órdenes subyugados a que la cura pueda desaparecer, porque la miel de plata seguirá siendo un problema, estoy convencida. Uno controlado, sí —añadió al ver que él iba a responder—, pero la sangre de los vuestros seguirá ahí. Y, además, os recuerdo que esa cura solo se puede conseguir con vuestra sangre o la de Ilian. Esa es mucha sangre que repartir. Tendríais la sartén por el mango, el consejo de Yithia no lo aceptará.

—Desde tiempos inmemoriales se han usado los matrimonios como método para unir territorios, no anexionarlos. Podemos convertir la isla en una única nación. Un nuevo consejo mixto, una nueva capital, nada de separaciones, sin fronteras.

A Ashbree se le resbaló el tenedor de la mano y cayó sobre el plato de porcelana con un tintineo demasiado agudo. No era la primera vez que la baza de su matrimonio acababa sobre la mesa, pero casarse con el Rey de los Elfos…

—No os estoy pidiendo matrimonio, no os asustéis, dragona. —Ashbree se permitió respirar de nuevo—. Al menos, no de momento. Solo estoy verbalizando distintas opciones que podrían presentarse. Lo que está claro es que debemos ir paso a paso y no adelantarnos a los acontecimientos.

—También debemos considerar la amenaza berserker. Mi padre me prometió a su *jarl*. No podemos ignorarlo. Si no regreso, si no llegamos a un pacto con ellos, atacarán la isla.

—Dioses, tenemos demasiados frentes abiertos. —El rey se masajeó la frente y dio otro trago a su té.

—Sí…

—Vale, hagamos una cosa. Nos centraremos en buscar al sospechoso, y si después de Veturnaetur no sacamos nada en claro, propondremos parlamentar con vuestro padre. Quizá la solución a todo sea hablar.

—No creo que hablar con él vaya a ser de provecho. O le arrebatamos el poder por la fuerza o nos destruye.

Ashbree apretó los puños sobre el regazo, sobrepasada por una rabia que sabía muy bien de dónde salía. Con el paso de los años, el odio por su padre se había ido enquistando, y con la ejecución de Cyndra, ya no había contención alguna que evitara que supurase. Solo de pensar en lo que aquel varón había hecho, su luz vibraba con violencia y ansias de exterminio. Porque jamás dejaría que el emperador ganase; emplearía sangre, sudor y lágrimas en evitarlo.

—Si te casas conmigo, no podrás casarte con ningún berserker para pactar, Ashbree. —El corazón le dio un vuelco en cuanto cambió al tuteo y atrajo su atención—. No tendría con qué negociar. Y si los berserkers no lo entienden, podríamos enfrentarnos a ellos juntos, como una potencia aliada. Tal vez el pueblo esté a favor de pactar una tregua para enfrentarnos a esa amenaza. Podríamos alterar el orden de los problemas a atajar.

—Si yo no soy una opción viable, el emperador venderá a mi hermana.

Kara… No había pensado mucho en ella, y ahora se sentía una hermana horrible.

—Creía que la tenía en más alta estima que a ti. O eso había intuido —comentó el rey.

—Y así es, pero hará lo que sea para derrotaros. Y no pienso permitir que Kara se case con un berserker. Si se diera esa situación, regresaría a Kridia para asumir su papel.

—¿Y dejarías todo esto atrás? ¿Te marcharías al continente y olvidarías a tu gente? ¿Nos abandonarías?

Ashbree tuvo la sensación de que el rey iba a añadir una pregunta más, una intensa, a juzgar por el modo en el que se había mordido la lengua. Las palabras no pronunciadas sobrevolaron entre ambos durante unos segundos, hasta que ella se resignó a responder.

—No me gustaría. Pero Kara es mi hermana. No somos las más cercanas, pero es lo único que me queda ahora... —La voz se le quebró y, en el silencio que los acompañó, se tomó unos segundos para tragar saliva—. No puedo abandonarla a su suerte. Tú no dejaste a Ilian, Elwen y Haizel atrás en Milindur, aun arriesgando tu propia integridad.

El rey parpadeó un par de veces y su sonrisa, felina, se estiró de lado a lado. Lo colmó todo y pareció iluminar la estancia por completo, sin necesidad de que la electricidad estuviera encendida.

17

—¿Me has tuteado, dragona?

No era la primera vez que el rey abandonaba las formalidades con ella, pero sí era la primera que la heredera lo trataba así en un ambiente que no estuviera dominado por la tensión. Ni siquiera se refería a él llamándolo por su nombre, sino que se escudaba tras aquel «majestad» otrora despectivo al que le había cogido cariño. Las mejillas de Ashbree se tiñeron con un rubor ligero y Rylen sonrió aún más. No obstante, no iba a presionarla con un silencio para que respondiera si no se sentía cómoda.

—Dioses, ¡qué susto!

Ashbree dio un respingo y se levantó. Entre sus pies, había aparecido Tinta, que paseaba por delante de ella, receloso. Aquel gato tenía el don de la oportunidad. Se había emocionado tanto con el cambio mínimo en la forma de referirse a él que se le había escapado de dentro.

—¿Y tú de dónde sales? —preguntó ella riendo entre dientes.

Ashbree se agachó para acariciarle el lomo, pero Tinta se alejó de ella agitando el rabo, casi pavoneándose, hasta que saltó sobre el pequeño mueble aparador que decoraba la estancia y comenzó a lamerse una pata para restregarla en los bigotes.

—Es el dichoso gato que me delató en el campamento —comentó, sentándose de nuevo para comer un poco más.

Con cada nuevo bocado que ella daba, él se sentía más feliz, porque parecía que los días en los que todo le sabía a cenizas habían quedado atrás.

Rylen asintió, aunque no hubiera sido una pregunta, y terminó su té de un trago. Cuando Tinta percibió que tenía los ojos de Ashbree sobre sí mismo, la fulminó con la mirada, si es que un felino podía hacer tal cosa. Ella parpadeó un par de veces, turbada, y luego miró al rey en busca de una explicación.

—Es... Es mi *Fjel.* Tinta es la representación física de mi condición de Efímero.

—¿Un gato? ¿Tu *Fjel* es un gato? ¡¿El gato delator?!

Lo señaló con un dedo y cierto desprecio. Tinta bufó en respuesta antes de bajar del aparador y poner distancia con la heredera, quien le dedicó un fruncimiento de ceño.

—Un gato, sí, ¿qué tiene de malo?

—No sé, sois... —Rylen se regodeó en esa formalidad y Ashbree apretó los labios—. Eres *el Rey de los Elfos.* —Acompañó el título con pomposidad y rimbombancia—. Un gato no es lo suficientemente... ¿épico?

—Ah... Claro... —Él se cruzó de brazos y se retrepó sobre la silla—. Y, dime, según tú, ¿qué sería épico? ¿Te complace más el cuervo de Ilian?

Ashbree abrió y cerró la boca un par de veces, como si no supiera cómo manejar que el general saliera a colación, y aquello lo divirtió.

—Los dos son bastante patéticos, la verdad —concluyó. Rylen soltó una risa sincera, de esas que pocas veces escapaban de sus labios, y la heredera lo recompensó con una sonrisilla tímida—. No sé, podría ser una pantera. —Le dedicó un vistazo fugaz a Tinta—. Y para Ilian..., ¿un toro quizá?

—Sí, le pegaría tener un semental por *Fjel.*

En cuestión de un parpadeo, las orejas picudas de Ashbree estaban teñidas de vergüenza. Imaginaba que había elegido aquel animal por su tozudez, aunque él había preferido tirar por otro lado. Le gustaba picarla y ver hasta dónde estaba dispuesta a llegar. Era muy consciente de que la heredera tenía carácter, pero también sabía que estaba demasiado marcada por el decoro, y le complacía ver cómo se iba deshaciendo de aquellas capas que otros le habían impuesto.

—Hablas como si lo hubieras comprobado —repuso ella en tono burlón, no obstante.

Ashbree era una caja de sorpresas.

La estupefacción de Rylen apenas duró un segundo, porque sus labios se estiraron con malicia y la miró de arriba abajo.

—Podemos demostrarte quién rinde más y mejor cuando quieras, dragona. —Tinta bufó en respuesta y Rylen puso los ojos en blanco—. O te largas o te reclamo —amenazó al gato, que se alejó hacia la puerta y la traspasó sin siquiera abrirla—. ¿Por dónde íbamos?

Rylen deslizó la mirada hacia ella y la encontró con la vista perdida en la nada, los labios entreabiertos. Casi pudo ver los engranajes de su mente funcionando a toda velocidad y él sonrió una vez más.

—Un momento... —murmuró ella despacio—. ¿Significa eso que yo también tengo un *Fjel*?

—Ajá. Es otro de los motivos por los que he venido aquí hoy, para enseñarte algunas cosas.

Rylen tamborileó los dedos sobre la mesa, ansioso por que llegase ya a la conclusión.

—¿Y...? ¿Y cuál es mi *Fjel*? —Él entrecerró los ojos sin abandonar la sonrisa—. No...

Ahí estaba, el momento culmen en el que su rostro se transformó por la sorpresa. Sus labios, gruesos y tentadores, se entreabrieron más, y sus ojos dorados brillaron con la chispa de la ilusión.

—¡No!

—Sí... —rio él.

—¡¿Es un dragón?!

—Una dragona, más bien.

Ashbree puso los ojos como platos, con la última pieza encajando en su mente por fin, y el pecho de Rylen se hinchó con una calidez que hacía siglos que no percibía. Se frotó el pectoral izquierdo por inercia y se empapó de cada facción de la heredera, que luchaba contra la emoción a brazo partido. Sus modales refinados se entremezclaban con la euforia y él no pudo sino reír.

—¿Cómo sabías cuál es mi *Fjel*? —se atrevió a preguntar.

Se alegró de que Ashbree empezara a dejar sus temores a un lado; que asumiera su papel como próxima emperatriz y luchase por reclamar su posición. Y aunque una parte de él siempre le hubiera dicho que era mejor no juntarse con aquella fémina, ahora se sentía orgulloso de lo que estaba logrando, a pesar de que ella no se diera ni cuenta.

—Cuando le hablabas a mi corazón, era la imagen de ti que veía en mi mente. Nunca me metí en tu cabeza, así que no sabía cómo eras físicamente, porque no piensas en ti misma desde fuera. Tu *Fjel* era quien me hablaba.

—¿Y por qué yo no veía a Tinta?

Rylen se encogió de hombros y recuperó su taza para servirse más té. Bebió un sorbo.

—Nunca has sabido controlar tu don, mucho menos sabías qué son los *Fjel*, así que imagino que sería por eso. Estoy tan perdido como tú en ese sentido, nunca me había comunicado mente a mente con nadie.

—¿Con Ayrin no...?

—No. Ella y yo... Bueno... —Se pasó la mano por el pelo, nervioso—. Ni siquiera sabía que se pudiera hacer hasta que llegaste tú. Nuestros dones no... no estaban tan en sintonía como el tuyo y el mío. Era parecido, pero diferente. No sé explicarlo. Tu luz...

Las palabras se le agolpaban en la lengua. Nunca había hablado en profundidad de su amor por Ayrin, porque en aquella época, Ilian acababa de llegar a la mayoría de edad y Elwen ni siquiera había nacido. Sus padres habían muerto y con Tharin, el único de su consejo actual que había vivido aquello, jamás habría sacado el tema. Aunque con los años le había contado alguna cosa suelta a su familia de dos, jamás había entrado en detalles de lo que se sentía al estar con una Efímera de Luz. Pero Ashbree merecía que se lo contara.

—No sé si es porque tu luz aún está por moldear o porque ella corrompió la suya al usarla para matar tanto. O puede que fuera porque sus intenciones conmigo nunca fueron honestas y eso impidiera que llegáramos a conectar a ese nivel.

Ashbree cogió aire, lo retuvo unos segundos y luego lo soltó despacio. Lentamente, se levantó la manga izquierda y descubrió la piel pálida de su antebrazo, adornado por un majestuoso patrón de espirales intrincadas que parecía destellar con luz propia. Uno que era más grande que hacía una semana.

Cuando sus ojos se encontraron de nuevo, en su mirada brillaban un sinfín de preguntas.

—¿Tú nunca...? ¿Nunca has matado?

—He matado. Más de lo que me gustaría. —Se miró las manos, como si pudiera ver la sangre roja sobre las palmas—. Pero nunca he usado mi don para eso. Es demasiado letal, no me parece justo.

—Ilian...

—Ilian tuvo problemas para controlar la ira, aunque ahora lo veas siempre sereno y con mente fría. De joven era... Dioses —rio entre dientes—, era explosivo. Sucumbía a la matanza demasiado fácil. Es un soldado letal, el mejor asesino que haya tenido el Reino de Lykos jamás, por eso lo nombré mi general, pero le costó adaptarse a mi política de no exterminio. Y llevará sus errores marcados sobre la piel para siempre. —Ambos se quedaron callados unos segundos, dejando que sus palabras calaran sobre la heredera—. De hecho, me sorprendió que no volatilizara a los traficantes en cuanto te encontramos. Tuvo una fuerza de voluntad tremenda.

Vio a Ashbree tragar saliva, asintiendo, un tanto ausente. Distraída, se acariciaba el antebrazo arriba y abajo.

—¿Sabes cuántos fueron? —le preguntó él.

Prefirió no hablar de la extensión del patrón, originado por la muerte de Arathor. Cuantas más vidas se arrebataban, más marcas salían sobre la piel. Pero también sucedía según la impronta que esa vida arrebatada dejaba en el portador. Y por el tamaño de las nuevas espirales, Rylen sabía que era muy grande.

Ella negó con la cabeza a modo de respuesta.

—Puedes usar tu don de ese modo si es lo que quieres, pero yo no te enseñaré, e Ilian tampoco.

—No quiero matar. Ya... Ya no.

Ashbree le dedicó una media sonrisa de disculpa que brilló con más fuerza que el sol.

—Me complace que hayas abandonado tus planes de asesinarme —bromeó.

—Yo que vos dormiría con un ojo abierto y con una daga bajo la almohada, *majestad*.

—¿Acaso tenéis pensado visitar mi alcoba durante la noche, dragona? De ser así, preferiría esperaros con ambos ojos abiertos. No me gustaría perderme nada.

Sus labios se estiraron en una sonrisa felina de la que Ashbree no despegó la vista.

—¿Te apetece conocer a tu *Fjel*?

El rostro de la heredera se iluminó con ilusión y asintió fervientemente. Su belleza, henchida de alegría, le golpeó en el estómago. Aquella sonrisa, como una flor abriéndose perezosa ante los primeros rayos del sol, llenó de claridad un pecho plagado de sombras. Y aunque en ese momento él no lo supo, Ashbree Aldair acababa de convertirse en su perdición.

18

Ash estaba radiante cuando la vio salir a los jardines. Incluso en la lejanía, Ilian distinguía el brillo de sus ojos. Su rostro estaba moldeado por la ilusión, con la sonrisa típica de los niños que esperan sus regalos de Yule. Solo de verla así, deseó que Ash siguiera con ellos en las festividades venideras.

Apoyado sobre la baranda del salón del quinto piso, mirando hacia los jardines entre ambos palacios, Ilián se descubrió anhelando regalarle momentos que le colocaran aquella sonrisa en los labios. O que Rylen se los regalara. No le importaba quién la hiciera feliz mientras ella dejara atrás los horrores que había vivido y él estuviera ahí para contemplarlo.

La realidad, sin embargo, se expandió lenta por su cuerpo y su propia felicidad murió poco a poco.

Ilian no se había desprendido de la sensación de que sí había visto a Cyndra partir en barco. Por mucho que Kara hubiera afirmado que su sentencia había sido a muerte, no habían comprobado los documentos oficiales. Podían haber sucedido mil cosas que revocaran una sentencia y que Kara no se hubiera enterado. Algo le sugería que la historia de aquella fémina no había terminado.

No quería decirle nada a Ash para no avivar su esperanza, pero necesitaba descubrir si sus incertidumbres eran reales. No obstante, si estaba en lo cierto y Cyndra no había muerto, Ash no dudaría en marcharse a Yithia, y eso lo destrozaría. Ella no estaría allí para cuando conmemoraran la llegada del invierno. Tendría que conformarse con agasajarla durante Veturnaetur —que esperaba estar de vuelta para entonces—, y rezar para dejarla marchar, porque tenía serias dudas de lograrlo.

Con cada día que había pasado rumiando la posibilidad de que Cyndra estuviera viva, y la consecuente marcha de Ash, le había ido quedando más claro que él la seguiría al confín del mundo. Aquella fémina se había desvivido por él, y buscando a Cyndra —si estaba viva—, pretendía devolverle parte de aquella preocupación. Necesitaba, con todas sus fuerzas, darle algo bueno a Ash. Aunque eso bueno pudiese suponer su marcha de Lykos y él tuviera que enfrentarse a mil infiernos por seguirla a donde fuera.

Los saltitos en el sitio que Ash daba bajo la atenta mirada de Rylen atrajeron su atención, y ya no pudo despegar los ojos de ellos.

—Sabía que estarías aquí —dijo su hermana a su espalda.

Elwen se colocó junto a él, con los antebrazos apoyados sobre la baranda, mirando al rey y a Ash hablar.

—Siempre sabes dónde estamos todos.

—No es cierto. No sé dónde estuviste anoche, por ejemplo, porque en tus aposentos no.

Ilian le dedicó un vistazo a su hermana pequeña y la encontró con una mirada suspicaz. Había pasado la noche en el despacho de Rylen, memorizando mapas y más mapas con la ayuda de su rey, quien, a regañadientes, le había concedido permiso para aquella misión especial.

—¿Qué quieres, Wen?

—¿Por qué tengo que querer algo?

—Porque te conozco. Ash me dijo que le soltaste una predicción hace unos días. —La *norna* se encogió de hombros en un gesto infantil—. ¿Algo que tenga que saber?

—Nunca tenéis que saber nada. Y, en esta ocasión, vas a tener que confiar en mí.

Ilian suspiró y asintió, distraído. No conseguía apartar la mirada de Ash, de sus claros gestos de refunfuño.

—Si te pregunto a quién escogería Ash, ¿me lo dirías?

Ambos se quedaron callados, envueltos en el rumor de los pájaros trinando y la conversación entre el rey y la heredera a sus pies. Elwen apoyó la cadera sobre la baranda, para quedar de medio lado y mirarlo a la cara.

—Sabes que no debo desvelar el futuro, por doloroso que pueda ser, porque podría alterarlo y que tuviera un resultado aún peor. —Ilian resopló—. Pero ¿tan malo sería que no eligiera?

—Rylen no merece que le vuelvan a romper el corazón.

—¿Qué te hace pensar que el que tú estuvieras implicado acabaría con algún corazón roto?

—No lo sé…

—Nunca has estado enamorado, y para lo mucho que te gustan las novelas románticas, no tienes ni idea. —Él la miró, ceñudo y con un puño en la cadera—. En el amor hay mucho que perder, sí, pero hay más que ganar. Y, a veces, merece la pena el riesgo, enfrentarse a la posibilidad ínfima de que acabe mal, por todo lo bueno que se vive en medio.

—No le digas eso a Rylen.

—Por aquel entonces, no tenía a nadie maduro a su lado. Su único consejo venía de los labios de Tharin, y ya sabemos lo mal que se le da el romanticismo. —Ilian asintió con una sonrisa trémula—. Rylen no tuvo una red de apoyo. Y ahora los dos me tenéis a mí. Y os tenéis el uno al otro. Hablar soluciona la gran mayoría de los problemas.

—No me gustaría que… esto, sea lo que sea —señaló a Ash y luego a sí mismo—, destrozara mi relación con Rylen.

—Os conocéis desde hace casi quinientos años, Ily. Rylen te quiere, y tú a él. Eso no va a cambiar porque aparezca una tercera persona.

Ilian suspiró y se frotó la nuca. Aunque Elwen hubiera sugerido que él nunca se había enamorado, empezaba a pensar que lo estaba. Y eso lo convertía en otro tipo de varón, uno que se preocupaba en exceso, que *necesitaba* garantizar el bienestar de Ash a cualquier coste. Y no solo su bienestar, sino también su felicidad. Ya no era solo cuestión de que sus sombras y sus luces se entremezclaran terriblemente bien, sino algo que iba más allá de la necesidad física. Era… una necesidad espiritual.

El general había crecido en un entorno en el que su padre cambiaba de esposa cada pocos años y que se desentendía de él en cada ocasión que se le presentaba. Su hogar nunca había estado lleno de amor y no había llegado a conocerlo hasta que Orsha se encargó de su tutelaje. E incluso con la presencia de su nana, tampoco había vivido ese sentimiento profundo y visceral, y solo empezó a entenderlo cuando su hermana llegó a su vida casi dos siglos después. Pero para entonces ya estaba más que contaminado por el rechazo absoluto a los sentimientos que destilaba Rylen. No lo culpaba, lo de Ayrin supuso un trauma del que le costó décadas sobreponerse, y aún mostraba las consecuencias en su aversión por la suciedad, que se traducía en una obsesión casi enfermiza por el orden y la pulcritud.

Ilian había crecido viendo todo el mal que el amor podía hacer; siendo testigo de lo fácil que el amor podía destrozar a un soberano, y no quería que su… que sus sentimientos por Ash acabaran con su hermano de batallas.

—No le des más vueltas y déjate llevar por la corriente.

Ilian asintió, ausente, mientras veía a Ash dar saltos de emoción, aunque no sabía por qué. Fuera lo que fuese, se lo había perdido, pero le aliviaba saber que Rylen no.

—¿Alguna vez te has enamorado? —le preguntó él.

Elwen sonrió con amargura y suspiró antes de alzar la vista a un cielo desprovisto de nubes.

—Para mi desgracia. Pero Tharin solo ama el poder y el dinero.

Su confesión no le sorprendió, llevaba un par de años intuyendo que las reuniones de su hermana con el Consejero de Agricultura habían dejado de ser obligatorias. Y tampoco podía molestarle que no se lo hubiera contado antes, sabiendo que tanto él como Rylen no tenían en demasiada estima a aquel varón.

—¿Es él tu destino?

—Los destinos que se me muestran nunca están relacionados directamente conmigo. Es la maldición de la *norna*: la seguridad de conocer lo que sucederá a tu alrededor y la incertidumbre de no saber si formarás parte de ello. Mi consejo es... que disfrutes de los momentos que tienes ahora en vez de preocuparte por los que vendrán —su hermana deslizó la vista hacia el rey y Ash—, porque quizá un día ya no vengan más.

Ilian no supo si aquello era uno de sus vaticinios encubiertos o si simplemente era Elwen siendo mística.

—Hablando de Tharin —cambió de tema, recuperada su alegría—, venía a avisarte de que me voy a buscarlo. No sé si conseguiré ponerlo de nuestra parte, pero haré lo que pueda.

—Buena suerte, hermanita —murmuró Ilian.

Elwen se despidió de él dándole un beso en la mejilla y regalándole una sonrisa de labios maquillados. Cuando se fue, él suspiró y Umbra salió de su interior. El cuervo se posó sobre la baranda, con su cabeza emplumada girando a izquierda y a derecha para no perder detalle de nada.

—Échale un ojo, ¿quieres?

Ilian le pasó un dedo por la suave cabeza y su amigo graznó algo que se asemejó demasiado a un «sí». Llevaba camino de quinientos años con él y no se acostumbraba a que ese pájaro casi supiera hablar. Después, dedicándole un último vistazo a Ash, se desvaneció en una nube de sombras.

19

Cuando Rylen le preguntó si le apetecía conocer a su *Fjel*, la ilusión prendió una chispa en su corazón, una que no había conseguido extinguir, aunque lo había intentado durante el silencioso trayecto hasta los jardines entre los palacios. Con un poso de tristeza, miró el edificio contrario unos segundos de más.

Las obras para sustituir todos los cristales rotos casi habían concluido, aunque aún quedaba algo de trabajo por delante. Ojalá ella llegara a amar con tanta fuerza como para mandar construir un palacio entero por alguien. No supo por qué, pero al girarse a mirar al rey a la cara, esperando tras ella, sus ojos se desviaron hacia el balcón del quinto piso, con la esperanza de ver a alguien. En su lugar, se encontró a un cuervo negro como la noche. El *Fjel* de Ilian velaba por ella, y esa calma se entremezcló con la ilusión.

Aún no terminaba de creer que dentro de ella hubiese una dragona viviendo. Hacía milenios que los dragones habían pasado a ser personajes de leyendas, después de que los gigantes les dieran caza hasta la extinción y de que incluso los propios cazadores desaparecieran posteriormente. Estaba ansiosa por verla. Sobre todo porque, a pesar de que aquello no fuera una competición, su *Fjel*, solo de nombrarlo, sonaba mucho más épico que el de los dos Efímeros que conocía.

Con el nuevo descubrimiento, supuso que el *Fjel* de Ayrin habría sido una leona, porque en los retratos del momento de «gracia» —aunque le asqueó pensarlo así—, siempre la representaban seguida de ese animal.

—Bueno, convoca a tu *Fjel* —le dijo cuando se detuvieron en la explanada de césped.

—Vale, pero ¿cómo?

Ashbree se frotó las manos, nerviosa, y las sacudió en el aire varias veces. Él se encogió de hombros y sus labios se estiraron de medio lado, ladino.

—Cada Efímero tiene sus trucos. Yo, por ejemplo, solo tengo que decirle que salga y Tinta obedece. Aunque a veces hace lo que le da la gana —añadió con un mohín—. Te diría que empieces por llamarla por su nombre.

—¿Y cómo se llama? —El rey enarcó una ceja—. ¿Hablo con ella? —Se encogió de hombros y ella bufó—. ¿No se suponía que ibas a enseñarme algunas cosas?

—Lo básico tienes que aprenderlo tú.

—Lo básico sé hacerlo. Te recuerdo que, según tú, fui yo quien resucitó a Ilian.

Cerró la boca de golpe, contrariada por su propio comentario, ante lo que él resopló.

—Sinceramente, el influjo de mi sangre seguro que tuvo mucho que ver —argumentó con fingida pomposidad—. Y aunque lo curaste (gracias, por cierto) —se adelantó a añadir cuando ella iba a interrumpir—, la realidad es que solo has usado tu poder en momentos de extrema necesidad, no por el mero placer de hacerlo. No puedes doblegar el don a tu voluntad, ya te lo dije. Has tenido mucha suerte todos estos años, probablemente porque tu *Fjel* solo sea un bebé desperezándose.

—Bien que temiste por tu vida cuando agrieté tu corazón.

La diversión le desapareció del rostro de un plumazo y sacó las manos de los bolsillos.

—Hecho que, por cierto, debería echarte en cara más a menudo. ¿Sabes lo mucho que dolió? —Se frotó el pecho por inercia.

—Te lo tenías más que merecido. —El rey entrecerró los ojos—. No me mires así, pasé años aguantando tu fanfarronería en mi cabeza.

Él entreabrió los labios para responder, pero no encontró palabras. Y Ashbree se anotó una pequeña victoria.

—¿Te llamas... Luz?

—¿Qué?

—Calla, no hablo contigo.

Ashbree aguardó, con la vista clavada en el césped, a la espera de una señal. Silencio. Rebuscó en su mente, con la sensación de que olvidaba algo. Hizo un mohín y Rylen se rio. Lo fulminó con la mirada y se maravilló con cómo la claridad incidía sobre sus ojos grises, que parecían dos rayos de luz. De repente, a su mente acudió el recuerdo de aquella amiga imaginaria que la acompañó en los primeros años de su infancia, hasta que hizo migas con Cyndra.

—¿Inara…? —preguntó con temor. Sintió un chisporroteo por todo el cuerpo y su luz palpitó cálida en su estómago. La ilusión volvió a trepar por su piel y saltó varias veces en el sitio, emocionada—. ¡Inara! ¡Se llama Inara!

Rylen le regaló la sonrisa más radiante que le había visto y cabeceó, complacido. El corazón se le apretó en un puño y se quedó absorta con la belleza que irradiaba. Sus ojos conectaron y la garganta se le secó en respuesta.

—Bueno, Inara… —Ashbree sonrió al escuchar el nombre pronunciado de sus labios—. ¿Te apetece salir a jugar conmigo? —ronroneó.

Un escalofrío recorrió a la heredera de arriba abajo y su don salió de su cuerpo con cierta brusquedad. Ashbree ahogó un jadeo por el tirón que notó en el pecho cuando un trozo de sí misma la abandonó por primera vez. Su don se hizo un ovillo en el suelo, tan luminoso que no se percibía ni un contorno. Tan solo era una bolita de aspecto maleable que destellaba como un sol. Rylen la observaba con los ojos entrecerrados, incómodo por la luminosidad antinatural, aunque sin perder detalle de nada. Y entonces la claridad se atenuó y reveló a una pequeña dragona recogida sobre sí misma, con la cola ocultándole la cabeza.

Ashbree contuvo el aliento y los ojos se le anegaron de lágrimas al ver a la dragoncita blanca, con los ojillos cerrados, escondida del mundo. Era del tamaño de un gato, y su piel estaba recubierta por un precioso manto de escamas prístinas que le recordaban a las vetas claras del nácar. Con una sonrisa en los labios, Rylen se agachó junto a la dragona. Ashbree se llevó las manos al pecho, ansiosa pero incapaz de moverse, y aguardó.

—Hora de despertarse, Inara —susurró con una dulzura y un cariño que traspasaron a la heredera.

Rylen acercó los nudillos al morro de la dragona y se lo acarició. Ashbree sintió el contacto en la nariz, leve como el roce de una pluma, e inspiró hondo, sorprendida.

—Lo… Lo he sentido —reconoció con la garganta constreñida.

—Claro, Inara es una extensión de ti. Con el tiempo, aprenderás a separar lo que siente ella de lo que sientes tú.

La mano del soberano se extendió por la cabeza de la dragona, por su cuello, y Ashbree se ruborizó al percibir esos mismos dedos en su nuca, en su columna… Hizo todo el camino hasta la cola de la criatura y ella se deleitó con la caricia lenta por su espalda. Rylen la miró de soslayo, con una sonrisa maliciosa en los labios, pero ella no pudo articular palabra. Estaba maravillada observando los contornos picudos de los pinchos en el lomo de la dragona, su colita adornada con las membranas para estabilizar el vuelo y cómo se protegía del frío con lo que se intuía que eran dos alas blancas.

Ashbree se acuclilló al otro lado, con los brazos apoyados sobre las rodillas, expectante mientras disfrutaba de las caricias del rey. Entonces él se detuvo y ella frunció el ceño, contrariada por que parase. Y a Inara tampoco le gustó, porque entreabrió los ojillos y lo fulminó con la mirada.

—¡Anda! ¡Ahí estás! Buenos días —dijo él con el tono de voz que se emplea para hablarle a un infante. Inara, enfadada, movió el ala para esconder la cabeza y Rylen rio ligeramente—. No puedes estar así todo el día, me gustaría conocerte, peque.

A Ashbree se le derritió el corazón y los ojos empezaron a picarle, conmovida. Rylen la pinchó en el lomo un par de veces e Inara se revolvió; la heredera tuvo que reprimir una risa por las cosquillas. Enfadada, Inara se puso en pie sobre las cuatro patitas rechonchas, adornadas con garras que no tenían nada de dulces, y le dio un topetazo con la cabeza contra la rodilla. Él rio de nuevo y la reprendió, pero Ashbree no fue consciente de lo que le decía. Se había quedado absorta por el modo paternal que adoptaba al tratar a la dragona, cómo sus mejillas se elevaban con la profundidad de su sonrisa. Aquel varón distaba mucho de la concepción que había tenido de él antes siquiera de conocerlo. Era bueno hasta decir basta, y lo que Ayrin le había hecho... El pecho le pesó y tuvo que mirar al cielo para que las lágrimas no se precipitaran de sus ojos.

Inara dio varios saltitos en torno a las piernas de Rylen, quien se puso en pie con cuidado de no pisarla. La dragona se movía a su alrededor como un cachorro emocionado, y él disfrutaba de aquel jugueteo inocente. Ashbree se levantó, perdida en la intensidad de lo que se estaba gestando en su interior.

—¿Estás bien? —le preguntó él con seriedad.

Ashbree parpadeó para salir del trance. El rey se hallaba muy cerca de ella, con el rostro marcado por la preocupación. Inara se había sentado en el espacio entre sus piernas, protegida por el cuerpo de Rylen. ¿Cómo podía sentirse tan cómoda estando con él? Apenas lo conocía... y ella se había pasado años odiándolo. Incluso había usado esa luz que ahora tenía forma de dragón para intentar matarlo mes tras mes. «No, matarlo no», se dio cuenta.

—Sí… Es solo que…

—Es demasiado, ¿no? —completó por ella. Ashbree asintió despacio y clavó los ojos en Inara, que se limpiaba el morro lamiéndose primero una patita y restregándosela después sobre las escamas—. No tienes que llegar a ninguna conclusión hoy, Ash. Ni mañana. —Un millar de mariposas alzó el vuelo en su estómago al oír el apelativo—. Nadie te está pidiendo que decidas nada, así que no te presiones.

Rylen le acarició el brazo en un gesto reconfortante y cómplice. De nuevo, Ashbree alzó la vista y se quedó sin aliento al darse cuenta de la intensidad con la que la miraba, como si fuese la solución a todos los males, y no solo a los políticos. Ella desvió la vista hacia sus labios y la sed apareció, una sed que no era por la sangre. Quería volver a probar el sabor de esos labios. Quería demostrarle con la boca lo complacida que se sentía por que se preocupara tanto por ambas naciones. Por que confiara en ella para encontrar una solución.

Dio un paso hacia delante, temerosa, y él contuvo el aliento sin moverse. Sus ojos también estaban fijos en sus labios y la respiración de Ashbree se agitó en anticipación. Recordó a Ilian diciéndole que hablara con Rylen, que la esperaría el tiempo que hiciera falta. Que él estaba a su merced, ahora y siempre. Y para descubrir qué quería en su vida, para entender qué le estaba pasando, necesitaba comprobar si besándolo sin estar movidos por el pesar se sentía tan bien.

Ashbree se alzó sobre las puntas de los pies para salvar la distancia entre sus rostros, cerró los ojos y… soltó un alarido.

De repente, el hombro le ardía como mil infiernos. Se separó del rey con un respingo, aullando de dolor, y se llevó la mano al hombro para mitigar el calor que le abrasaba la piel. Rylen le preguntó qué le pasaba, preocupado, aunque ni siquiera ella lo sabía.

Nerviosa, miró a su alrededor. Inara ya no estaba entre las piernas de Rylen. El corazón se le detuvo y giró en redondo, aterrada como nunca. Un gruñidito llamó su atención un poco más allá, donde Inara se estaba defendiendo de un Tinta algo más grande que ella. Ambos animales estaban enzarzados, usando garras y dientes en una pelea que Ashbree sentía en su propia carne.

—¡Tinta! —tronó el rey. Y con esa autoridad, el gato se deshizo en una bola de humo negro que, cuando Inara saltó sobre ella, se dispersó de camino al cuerpo del soberano. Rylen se giró hacia Ashbree y la agarró de los brazos—. ¿Te encuentras bien? Déjame ver.

Le abrió un poco el cuello de la camisa y lo retiró sobre el hombro que ella se había estado tocando para comprobar si había lesiones, pero su piel estaba intacta. Había sentido cuatro garras puntiagudas atravesándole la carne, aunque no había sido a ella, sino a Inara. Ashbree se agachó, con las manos extendidas hacia delante, y la dragona corrió a su encuentro. Saltó y ella la cogió en el aire. La apretó contra su cuerpo y respiró hondo. Un temor maternal se le clavó en el pecho. Por mucho que ella tuviera veinticinco años, su poder apenas había empezado a madurar. Inara era una dragona muy pequeña en un mundo demasiado grande, y eso le dolía casi más que las garras de Tinta.

—Lo siento —dijo el rey.

Ashbree se puso en pie con la dragona entre los brazos y negó con la cabeza.

—Tú no has hecho nada.

Él se frotó la nuca, con una sonrisa de disculpa en los labios.

—Bueno, técnicamente Tinta soy yo… Y quizá en mi mente las cosas se calentaran demasiado rápido. —Ashbree puso los ojos como platos y él rio sutilmente—. ¿Tú estás bien?

—Sí.

—¿Y la peque? —Le acarició el mentón con un dedo e Inara emitió una especie de ronroneo complacido.

—Creo que eso significa que está bien —sonrió Ashbree.

20

Después de jugar un poco más con Inara, el rey la acompañó dentro del palacio y se despidió de ella con una sonrisa dulce. Según le había dicho, tenía que ultimar algunos detalles de Veturnaetur y también quería hablar con Haizel.

Mientras lo veía marchar con las manos en los bolsillos y tarareando, Ashbree se preguntó qué habría pasado si hubieran llegado a besarse. Porque en aquella ocasión lo había deseado tanto como para acercarse ella primero, y no podía achacarle la responsabilidad a la necesidad de su luz —ya que Inara había estado fuera de su cuerpo— ni a la búsqueda de consuelo. E incluso él había parecido decepcionado por la interrupción de Tinta.

Sacudió la cabeza y caminó en dirección contraria, hacia sus dependencias. En cuanto llegó, se metió en el aseo; quizá un baño caliente la relajara y la ayudara a reordenar pensamientos. Mientras la bañera se llenaba de agua, observó la ciudad al otro lado de los ventanales, donde los elfos oscuros se preparaban para unos festejos que tendrían lugar en un par de días. Era duro darse cuenta de que allí, en el reino enemigo, se sentía mucho más cómoda que en el lugar que había sido su hogar toda su vida.

Por primera vez en años, no tenía que fingir ser quien no era.

Dolida por esa realidad, se metió en el agua y suspiró de gusto. Sumergida en la calidez del baño, y para evitar romperse de nuevo por la muerte de su amiga, su mente divagó hasta Ayrin, quien quinientos años antes había deambulado por esos mismos pasillos. La emperatriz había sido su referente y ahora solo de pensarlo se le revolvía el estómago. ¿Cómo podía haber engañado a toda una nación?

Los Wenlion siempre habían sido celosos de su intimidad, no quedaban casi registros de los años que gobernaron sobre el Imperio de Yithia, solo temas relacionados con la política y la economía. No existían diarios que relataran su día a día ni, mucho menos, un solo documento que ratificara la historia del soberano. No obstante, sabía que era cierta. Nunca había terminado de entender por qué los elfos de luz se quedaron esperando cuando secuestraron a su emperatriz. Por qué habían disfrutado de seis meses de calma mientras el enemigo tenía en su poder a la líder de su imperio. Se achacaba a la consternación, a la falta de una figura autoritaria que la sucediera y tomara el control, porque su hermano Lorheen era demasiado joven para ello, y todos se habían tragado aquella patraña a cucharadas.

Se preguntó si su padre estaría haciendo algo por ella, si querría recuperarla aunque solo fuera por explotar su don, o si la habría dado por perdida. Apostaba por esto último, y una punzada de decepción le atravesó el corazón. Pero esa decepción rápidamente se transformó en un odio que no sabía cómo gestionar.

Contrariada, se sumergió por completo en la bañera y se quedó ahí hasta que los pulmones no lo soportaron más, el agua ardiendo a su alrededor. Emergió dando una amplia bocanada de aire que le quemó.

¿Por qué tenía que ser todo tan complicado?

Y para aumentar su larga lista de problemas, había estado a punto de besar al soberano. Por qué le había nacido ese impulso, seguía sin tenerlo claro. De lo que sí era consciente era de que sentía algo por Ilian y que él merecía que ella le confesara sus sentimientos.

No obstante, cuando pensaba en el rey...

Rylen era un compendio de sentimientos encontrados y, aun así, tampoco podía negar que le atraía. Había disfrutado del viaje hasta Glósvalar, del calor de su cuerpo cuando cabalgaron pegados el uno al otro a lomos de Omen, por mucho que por aquel entonces lo odiara hasta la médula y tuviera otros planes de los que ahora se arrepentía. Le agradaba su compañía y se había descubierto deseando que la tocara hasta el punto de tener sueños húmedos con él. Por no hablar de que habían vivido un infierno juntos, y eso unía de una forma especial.

Ahora lo conocía mejor; comprendía sus motivaciones y sus ambiciones y las respetaba. Pero, por encima de todo, quería tomar parte en lograr el sueño por el que el Rey de los Elfos había estado viviendo. Le parecía una manera más noble de enfocar el conflicto, y aunque estuviera cargado de ideales quizá inalcanzables estando en guerra, quería luchar por ellos.

Sin embargo, ella no era nadie en ese momento. Ser la heredera, la próxima emperatriz, no le confería ningún papel real en el enfrentamiento. ¿Y si aceptaba la extraña propuesta de matrimonio...?

Un par de toques suaves en la puerta la sobresaltaron y se aferró al borde de la bañera.

—Ash, ¿estás bien? —preguntó Ilian al otro lado.

Frunció el ceño, molesta por que no le dieran ni un segundo de tregua.

—Sí —respondió, un tanto tajante de más.

—¿Segura? Según Orsha, llevas ahí toda la mañana.

«¿Toda la mañana?». Confundida, giró la cabeza hacia la ventana. El tono del cielo había cambiado por completo y brillaba con la intensidad de la tarde. Sacó las manos y comprobó que tenía los dedos más arrugados que pasas, aunque el agua seguía caliente y humeando. Después de todo lo vivido, no le quedaban dudas de que su don no solo iluminaba, sino que podía irradiar calor.

—Y-ya salgo —balbuceó.

No había llevado ropa de cambio al baño, porque su intención no era estar toda la mañana en remojo, así que se arrebujó en el albornoz y salió, temerosa de lo que pudiera suceder a continuación. Ilian estaba sentado en el borde de la cama, con los codos apoyados sobre las rodillas y ropajes cómodos. Había reemplazado su armadura característica por unas calzas marrones sencillas y una camisa beige abierta en el pecho, mostrando parte de los tatuajes negros. Habría afirmado que era imposible que no tuviera frío de no haber comprobado lo caliente que era su piel. Y verlo ahí plantado, tan natural, tan vivo..., hizo que tuviera que respirar hondo.

A pesar de que se había negado a que él retomara sus actividades —fueran cuales fueran— tan pronto, la realidad era que le complacía ver que algo volvía a la normalidad por fin.

Ilian alzó la vista al escuchar la puerta y, cuando sus ojos se encontraron, a Ashbree se le secó la garganta. Ya no sabía si necesitaba la droga, su sangre o a él. Había demasiadas posibilidades y, nerviosos, sus dedos empezaron a juguetear entre sí. A Ilian no le pasó desapercibido el gesto y se acercó a ella para cogerla de la mano.

—Había pensado que a lo mejor te apetecía comer conmigo, pero puedo irme si lo prefieres.

—N-no —se apresuró a responder. Sabía que tenía que hablar con él cuanto antes, porque por mucho que le diera miedo su reacción, era lo correcto—. Come tú si quieres, yo no tengo hambre.

—Da igual, se habrá quedado frío, de todos modos.

—Lo siento…

—Eh, Ash. —Alzó la vista hacia él—. No le des más vueltas de las necesarias. Solo es comida. No pasa nada.

Ella asintió, con una sonrisa tensa en los labios.

—Quiero… Quiero hablar.

La voz le salió un poco ronca por la sequedad y carraspeó un par de veces, pero no sirvió de nada.

—Vale, ¿quieres sentarte?

Ella asintió despacio y él se alejó de la cama, hasta apoyar un brazo sobre la repisa de la chimenea encendida, confiriéndole el espacio que su nerviosismo había mostrado que necesitaba. A Ashbree le conmovió el tacto con el que la trataba, tan poco acostumbrada a que tuvieran en cuenta sus sentimientos. Un nudo se le cerró en la garganta y pensó que se asfixiaría.

—Ilian, yo…

¿Por qué le estaba resultando tan complicado hablarlo? Ilian ya sabía que el rey y ella se habían besado, y un «casi beso» no era nada en comparación. No había hecho nada malo, porque no se debían exclusividad. Pero en el fondo le aterraba la posibilidad de perder la confianza que había entre ellos. Que Ilian, el primero que la había conocido por quien era realmente, la rechazara y se apartara por su deseo de volver a besar al rey. No quería perder a quien ya consideraba un amigo, pero, sobre todo, no quería perder la posibilidad de que entre los dos surgiera algo más que amistad.

—Esta mañana casi beso al rey —soltó a bocajarro.

El silencio que siguió a la confesión resultó asfixiante y los ojos se le anegaron de lágrimas. En su mente se sucedían todas las reacciones inimaginables, y ninguna era buena. Sentía la ansiedad trepándole por la espalda, incansable, hasta que él dijo:

—Lo sé.

Rauda, Ashbree alzó la vista. No le pareció que en él hubiera rechazo ni repudio, sino… calma.

—¿Cómo…?

—Umbra os vio. Pero agradezco que me lo hayas contado.

Le dedicó una sonrisa de medio lado amable ante la que Ashbree se quedó de piedra.

—¿Y no…? ¿No te molesta?

Él inspiró hondo y se encogió de hombros con un mohín en los labios.

—No, creo que no.

—¿Crees?

Ilian chasqueó la lengua y desvió la vista hacia la ventana, pensativo.

—Me gustas, Ash. —A pesar de que no era la primera vez que lo oía, el corazón le dio un vuelco—. Ya te dije que la confesión en mi lecho de muerte no fue algo inconsciente. Ni tampoco lo fue todo lo que hablamos el otro día. Y no me avergüenza reconocerlo, porque ya somos mayorcitos como para andarnos con medias tintas.

Despacio, volvió a mirarla, y percibió que sus ojos violetas brillaban con intensidad.

—Pero esto es... Nunca... —Se frotó la nuca—. Nunca me ha gustado nadie más allá de para el sexo, así que esto es nuevo para mí. Me parece bien que te guste Rylen, es normal, es el varón más apuesto que conozco —afirmó con diversión y le regaló una media sonrisa burlona—. Y es divertido y encantador. Tiene muchos atributos que conquistan, así que comprendo que te haya apetecido besarlo. Que desees estar con Rylen no tiene nada que ver con lo que yo siento, y no cambiará porque lo elijas a él. Pero yo... Ya te lo dije, si es con él con quien quieres estar, me alegraré por vosotros y me apartaré —admitió con pesar.

El corazón se le estrujó al escucharlo y un miedo desconocido la impulsó a levantarse de la cama. Sin poder remediarlo, en su cabeza tronaron las palabras de Elwen: «Elige al rey, tienes que estar con él». Y aquello le resultó imposible. Si estar con el rey implicaba perder a Ilian, cambiaría el destino si hacía falta.

—N-no es eso lo que quiero.

Las cejas de Ilian se curvaron por la preocupación y se dio cuenta de que estaba jugueteando con el *piercing* del labio, tan nervioso como ella.

—¿Y qué es lo que quieres, entonces?

Ashbree se mordió el labio inferior una vez más, los ojos anegados de lágrimas de rabia e impotencia. No pretendía que Ilian se alejara de ella; por fin se había dado cuenta de que no podría soportarlo.

—Quiero... Quiero que estés conmigo, no quiero que me dejes —confesó, temerosa.

Ilian respiró hondo y la miró fijamente.

—No te dejaré. —En su cuerpo leyó las ganas que tenía de acercarse a ella, pero se mantuvo inmóvil para terminar la conversación en condiciones, y eso la conmovió aún más—. Aunque desees estar con Rylen, jamás te abandonaré. Ahora y siempre, Ash. Era una promesa.

Ashbree se sentía al borde del llanto por la cantidad de sentimientos que encerraban las palabras de ambos. Por lo mucho que había detrás y que no se atrevían a decir abiertamente.

Se amaban; quizá todavía no fuera del tipo de amor profundo que destrozaba montañas y le daba la vuelta al mundo, del que construía palacios de la noche a la mañana, pero se amaban. Se habían convertido en un pilar para el otro en muy poco tiempo, y la intensidad de lo vivido y la atracción de los afines había ligado sus caminos irremediablemente.

—Quiero estar contigo... —susurró ella—. Pero al mismo tiempo no sé qué me pasa con Ry... con el rey.

—Puedes explorar todo lo que desees, Ash. —Su voz sonó sincera y un alivio imprevisible inundó el pecho de Ashbree—. Deja que las cosas fluyan, porque ni siquiera sabes qué quiere Rylen. Y si todos terminamos queriendo lo mismo... No creo que haya necesidad de elegir. Sea lo que sea, a mí me parecerá bien si a ti te lo parece.

Ella le dedicó una media sonrisa, un tanto temblorosa por todo lo que se gestaba en su interior.

—¿Puedo... Puedo besarte? —se atrevió a preguntarle, porque lo necesitaba.

—Siempre que te apetezca —murmuró él con una sonrisa satisfecha.

Sin pensárselo dos veces, Ashbree redujo la distancia que los separaba y lo besó contra la pared. Hubo más en aquel beso que en todos los que se habían dado antes; se dijeron más con los labios de lo que habían llegado a verbalizar. Porque lo que Ashbree necesitaba era que el calor de Ilian le templara una piel que se había quedado gélida por el temor de perderlo para siempre.

Perdieron la noción del tiempo gracias a las caricias de sus labios, y para cuando quisieron darse cuenta, ya había entrado la tarde. Estar juntos la reconfortaba a un nivel que no sabía que ansiaba. Y al contrario de lo que siempre le había pasado con Arathor, con Ilian no tuvo la necesidad de que los besos se transformaran en nada carnal. Porque besarse sin contemplaciones, sin segundas intenciones, estaba envuelto en una clase de magia especial. Su luz se quedaba calmada mientras —ahora sentada sobre su regazo en la cama— rodeaba el cuello de aquel varón con los brazos y disfrutaba de las pasadas de esa lengua adornada por el *piercing*.

—Ash, tengo que irme —murmuró, frente contra frente.

Y cada vez que Ilian lo hacía, un pedacito de ella se recolocaba en su interior, como si los sentimientos desordenados de su mente encajaran mejor.

—¿Sabías que entre los elfos de luz apoyar la frente así tiene un significado especial? —comentó, distraída.

—Sí —susurró en un tono íntimo. El Efímero, sin separarse, la miró a los ojos y un escalofrío provocado por la corrección de aquello le recorrió el cuerpo—. La primera vez que lo hice, te quedaste tan asustada que me lo anoté mentalmente. Y al llegar aquí estuve investigando.

—¿Ah, sí? ¿Y qué descubriste? —La voz le tembló por lo mucho que significaba para ella que se interesara por su cultura.

—Confianza espiritual plena. Si eres capaz de mirar a otra persona a los ojos a esta distancia es que no hay nada que esconder, no hay vergüenzas que ocultar y te puedes abrir del todo. Es... Para vosotros es incluso más íntimo que un beso, porque se besa con los ojos cerrados.

Ashbree creía que su pecho no se podría henchir más, tan conmovida como estaba, pero se equivocó.

—Siento si te he puesto en una situación incómoda en algún momento, Ash —añadió—. No era mi intención, es solo que... Me salió natural.

Ella negó con la cabeza, sin despegar sus frentes, y tomó aire para completar el círculo de aquel gesto yithiano.

—Estás aquí —susurró, temerosa, porque la última vez que se lo había dicho, Ilian había estado al borde de la muerte.

Él inspiró hondo, casi saboreando las palabras, antes de suspirar contra sus labios:

—Estoy aquí —respondió en tono confidente—. Ahora y siempre.

Los ojos se le colmaron de lágrimas y no pudo contenerse antes de capturar su boca en un beso tierno. Porque si había investigado, él sabía que aquella era la forma en la que los yithianos se confesaban su amor. Y lo había pronunciado sin atisbo de duda.

Cuando se separaron, Ashbree se perdió en sus iris violetas, que refulgían como galaxias.

—Quiero que sepas —empezó diciendo— que nunca me hiciste sentir incómoda. No sé por qué, pero desde la primera vez me pareció bien. Como que era lo correcto.

Ilian la observó con seriedad.

—Eso que has dicho es muy bonito. —La forma en la que lo pronunció, totalmente encandilado, le secó la garganta.

—A veces me sale la fibra sensiblona —susurró sobre sus labios antes de besarlo.

—Ash... —masculló contra su boca—. Tengo que irme.

—¿Cuándo vuelves? —le preguntó a un palmo de su rostro.

—Espero estar de vuelta para Veturnaetur.

La calma desapareció del cuerpo de Ashbree y se levantó de su regazo.

—¿Qué? ¿A dónde vas?

—Tengo una misión de reconocimiento y me llevará algo de tiempo. Pero intentaré llegar para la mascarada.

—¿Es... es seguro? ¿Estarás a salvo?

—Todo lo seguro que puede ser deambular por la isla en medio de una guerra.

—¿Y en qué consiste esa misión de reconocimiento? ¿Vas tú solo?

—Iré solo, sí. Me resultará más fácil moverme con las sombras. Dejaré a Umbra contigo, si eso te tranquiliza.

Ilian extendió el brazo y sobre él se materializó un denso cuervo que la miró con curiosidad.

—Ash, te presento a Umbra, mi *Fjel*.

Ashbree contuvo el aliento. No era la primera vez que lo veía, y aun así la sorprendió igual. Se sentía un poco tonta por haber olvidado la consternación de haber visto a un cuervo saliendo de su pecho en el puerto de Kridia, pero con todo lo que habían vivido esa noche, había pasado a un segundo plano por completo.

—Cuando vuelvas..., me gustaría presentarte a mi *Fjel*.

Umbra saltó al colchón y se quedó junto a ella, con mirada escrutadora. Ilian sonrió ampliamente y el pecho se le inundó de calidez.

—Nada podría hacerme más ilusión. —El Efímero se acercó a ella y le dio un beso largo antes de separarse de nuevo—. Volveré en cuanto pueda. Si me necesitas, habla con Umbra y regresaré lo antes posible. Él me avisará.

—Ten cuidado... *Por favor.*

Pensar en que se marchara, en que su vida pudiera estar en peligro otra vez, la cargó con un temor visceral. Ilian percibió su congoja porque le regaló otro beso antes de decir:

—Lo tendré, te lo prometo.

Tras unos segundos de silencio en los que él se empapó de ella, desapareció envuelto en sus sombras moteadas de violeta. Y en cuanto se fue, se percató de que Ilian no le había dicho en qué consistía exactamente esa misión de reconocimiento.

21

Los dos días siguientes pasaron como un borrón sin tregua. Después de conocer a Inara, la complicidad entre el rey y Ashbree aumentó y él le organizó las jornadas al minuto. Ahora que tenía conocimiento del potencial que podía desarrollar, y siendo que estaban en una extraña pausa en la guerra, el tiempo corría en su contra. Y lo que cualquier Efímero habría tardado décadas en aprender, en la heredera no podría ser así. Además, con los avances en la investigación sobre la toxina, Glósvalar iba a dejar de ser un lugar seguro, y el rey no quería que volviera a estar indefensa.

—Tienes que aprender a concentrar tu voluntad —le explicó la primera mañana tras la marcha de Ilian.

Ashbree bufó y se echó la trenza hacia atrás. Hacía un par de horas que habían empezado y ya estaba sudando solo de usar la mente.

—Ni siquiera sé qué significa eso.

Él sonrió con cierta inquina, y algo burbujeó en el estómago de Ashbree al ver cómo sus labios, esos que había probado una única vez y no podía olvidar, se curvaban.

—No saltes de orden en orden. Inara no es una esclava, es tu compañera. Pase lo que pase, estaréis juntas de por vida. Tienes que aprender a compartir tu voluntad con ella. Que lleguéis a sintonizar de tal forma que tus deseos sean los suyos y viceversa.

—Ya, ¿y cómo se supone que hago eso, *majestad*?

—Hablando desde el corazón. Cuando sugeriste que habías agrietado mi corazón por acercarlo al tuyo, no ibas mal encaminada, solo que no era la respuesta a lo que te pregunté.

—¿Entonces?

—El centro de poder de un Efímero, sea de Luz o de Sombras, reside en su corazón. Todo sale de ahí. Aunque sea la mente la que controle los deseos, el poder se acumula en el pecho. Así la luz, en tu caso, está dividida entre los dos órganos más importantes.

—¿Por eso tus sombras reaccionaron tan rápido tras lo de Ayrin?

Él asintió con la cabeza, la sonrisa cómplice reemplazada por una línea tensa.

—Yo llevaba treinta años entrenando y practicando. Fortaleciéndome y aprendiendo a emplearlas en situaciones de riesgo y como autodefensa. Es lo primero que se aprende: a protegerse. Tú empezaste al revés, intentando hacer daño. Imagino que por eso te costó tanto defenderte de Ilian durante la emboscada.

—Pero no me costó casi nada usarlo para atacar...

Un nuevo asentimiento por su parte.

—En mi caso, mis sombras reaccionaron a la amenaza e hicieron lo que se les ocurrió: rodear mi corazón y forjar una coraza impenetrable para protegerlo aunque estuviera fuera de mí.

—Y si tu corazón muere...

—Como cualquier otro elfo, si mi corazón muere, yo muero. Pero mientras mis sombras sigan alrededor, todo irá bien. —Ashbree se mordió el labio inferior, recordando la cantidad de veces que había pretendido quebrar esa coraza—. Así que tienes que aprender a hablar con el corazón y la mente al mismo tiempo.

—¿Y qué pasa con Inara? Son demasiadas conversaciones a la vez.

Él rio ligeramente y clavó los ojos en ella. Un chisporroteo extraño le recorrió la columna ante la intensidad con la que la contempló.

—Vamos paso a paso.

El día transcurrió entre intentos fallidos y exitosos. Cuanto más probaba a comunicarse con Inara, más respuestas obtenía. Consiguió que los escudos fueran lo suficientemente duros como para resistir varias acometidas de las sombras del rey; también dedicó un tiempo a rememorar las enseñanzas del ejército. Cómo, entre la teniente Brelian y ella, habían ido aprendiendo a usar su don para la curación. Y, poco a poco, fue perfeccionando la técnica.

Según le explicó el rey, las sombras eran más útiles para destruir, mientras que la luz era perfecta para reconstruir. Eran dos fuerzas que se complementaban y que, juntas, conformaban un todo.

Después de aquello, se asearon y tomaron una cena escueta en uno de los muchos salones que daba a una urbe que iba durmiendo.

La feria ya se había instalado en la ciudad, llena de almendros adornados con guirnaldas estivales, en tonos ocres y naranjas. Veturnaetur se festejaba a lo largo de toda la jornada. Para desayunar, se reunían en familia y degustaban los dulces típicos: unos bollos rellenos de crema y mermelada que, solo por cómo los describió el rey, a Ashbree se le hizo la boca agua. Durante el día, los niños jugaban en las calles, sin tener que acudir a la escuela, y los adultos disfrutaban del mercado estival, cargado de puestos ambulantes con decoraciones de madera, joyería, ropajes con bordados exquisitos y demás manufactura artesanal. Y por la tarde se divertían en la feria instalada en la falda de la montaña, al otro lado de la ciudad: puestos de puntería, pesca, comida, payasos, animales de granja... Una vez que caía la noche, el pueblo se vestía con sus mejores galas, se cubría con máscaras y disfrutaba de las horas de oscuridad.

—¿Por qué una mascarada? —preguntó ella entre cucharadas de una crema de zanahoria que estaba de rechupete.

Ashbree podía dar gracias por haber recuperado el gusto, porque su vida habría sido muy triste sin poder disfrutar de la comida.

—En Veturnaetur no solo se conmemora el fin de la cosecha —le explicó mientras daba un sorbo a su vino—, también se recuerda a nuestros antepasados. Es la noche en la que el velo que nos separa de la morada de los dioses es más fino, así que nuestros seres queridos pueden venir a visitarnos. Nos cubrimos con máscaras para que no reclamen nuestras almas y nos lleven con ellos movidos por la nostalgia.

Un escalofrío le recorrió la columna y ella se ocultó tras su copa.

—No me gusta cómo suena.

El rey rio por la nariz y la miró largo y tendido.

—Solo es una tradición más antigua que el tiempo. No tienes por qué temer.

—No tengo miedo —replicó con la boca pequeña.

—Pues tu lenguaje corporal dice todo lo contrario.

Ashbree lo observó atentamente: esa sonrisa de medio lado que encerraba una promesa pecaminosa, su mentón afilado, los hombros amplios y la cintura más estrecha, los ropajes pulcros...

—Ahora, por ejemplo —susurró, inclinado sobre la pequeña mesa que los separaba—, me estás desnudando con los ojos.

Ashbree inspiró hondo, roto el hechizo, y se echó hacia atrás sobre su asiento. Con las mejillas ardiendo, miró por la ventana y se fijó en la ciudad. El corazón le tronaba en el pecho cuando él se rio de su reacción y las orejas le quemaron por la vergüenza. Porque sí que había estado pensando en lo que había sugerido.

A la mañana siguiente, viajaron a Rimbalan para ponerse al tanto con la situación sobre la droga. Haizel estaba al mando de la investigación, y cada día les había enviado un cuervo mensajero con un informe firmado por Silvari. Por lo que el rey le había contado antes de partir, la sanadora había conseguido aislar las partículas que neutralizaban los efectos tóxicos de la sangre común en los elfos de luz y ya solo le quedaba hacer pruebas con voluntarios.

—La sangre de los elfos oscuros contiene un nutriente que no posee la de los elfos de luz —comenzó explicándole Silvari, con la atención fija en los compuestos que estaba manipulando. Ashbree sabía que había diferencias a nivel molecular, pero nunca se había molestado en aprender qué había detrás de todo eso—. Con la separación de la raza élfica en dos, los elfos oscuros evolucionaron de un modo distinto. Su sangre es muy rica en una vitamina que se absorbe del sol para paliar los efectos de vivir en un otoño e invierno perpetuos, con tantos días nublados como tenemos.

Silvari se tomó unos segundos para recobrar el aliento. A pesar de la máscara que le cubría nariz y boca, tenía los ojos empañados por la necesidad de probar la sustancia. Lo que Silvari hacía era tan peligroso que resultaba inconsciente. Estaba arriesgando su propia seguridad en pos del beneficio de la isla, y eso era digno de admiración.

—Así como los elfos de luz somos más resistentes a las radiaciones solares, y por eso nuestra piel no oscurece con el sol, los elfos oscuros han desarrollado sus propios mecanismos de defensa con el paso de los siglos. Es ese componente en la sangre lo que crea adicción.

—Eso lo sabemos —apuntó el rey con paciencia.

—Vale, pues vuestra sangre, majestad, va cargada de ese nutriente. En exceso. Por eso podéis generar sombras, en lugar de solo dominarlas, como los dotados medios. Igual que imagino que de analizar la sangre de Ashbree, encontraría algo similar en la suya. Pero la sangre común de los elfos oscuros, por llamarla de algún modo, solo presenta una cantidad muy pequeña de dicho nutriente.

—No lo entiendo... —musitó la heredera con cierta vergüenza.

—Yo tampoco, no te preocupes —comentó él con una sonrisa sincera en el rostro.

—Eso haría que la sangre de los Efímeros enganchara más, ¿no? —sugirió Ashbree.

—Pensadlo como si estuvierais en Dundran, en cualquiera de sus desiertos. —Ambos se quedaron en silencio, sin comprender. Agotada, Silvari se pasó la muñeca por la frente para secarse el sudor por la concentración—. Si estáis en el desierto, deshidratados y agotados, unas pocas gotas de agua os dejarían un alivio momentáneo, pero no paliarían la sed e incluso podrían hacer que creciera más. Tomar la sangre de un Efímero es como saciarse de esa sed. Probablemente, alguien que lleve años enganchado a la miel de plata necesitaría varias dosis de la cura para revertir los efectos sobre el cuerpo. Aunque son solo hipótesis, no podré saberlo hasta que empiece con las pruebas en sujetos.

Para eso, esperarían a después de Veturnaetur, no solo porque la fiesta se celebraba a la noche siguiente, sino porque Ilian aún no había regresado y el rey quería que su general estuviera presente. En cuanto se hiciera público, estaba convencido de que la situación se recrudecería. Los narcotraficantes no lo permitirían alegremente, y prefería tener de su lado a alguien tan mortífero como él mismo.

«Ilian...».

Ashbree llevaba desde que se había ido pensando en él a cada momento. Se había marchado sin llegar a decirle a dónde, y el rey se había mantenido críptico al respecto. Comprendía por qué no querían compartir con ella toda la información táctica, puesto que aún no formaba parte del consejo, pero no podía evitar sentir una punzada de disconformidad.

Echaba de menos a Ilian. Y aunque jamás fuera a reconocerlo en voz alta, extrañaba sus entrenamientos, esas ocasiones en las que sus cuerpos entraban en contacto con la excusa de fortalecerse.

22

Unos toques suaves en la puerta la despertaron poco después de las primeras luces del alba. Ashbree se revolvió entre las almohadas, con un murmullo soñoliento. Después del par de horas de tregua que le había dado el rey la tarde anterior —para que fuera de compras con Elwen—, se había quedado despierta hasta tarde. Había estado jugando con Inara y probando a que volara hasta que el reloj dio las tres de la mañana, con Umbra emitiendo graznidos que la dragona parecía entender y que hacían que su cabezonería por conseguir volar aumentara.

Escuchó el crujir de la puerta al entreabrirse y se resignó a darse la vuelta sobre el colchón. Imaginó que sería Elwen, que era de las que no esperaban respuesta antes de entrar. No obstante, el corazón le dio un vuelco al ver asomarse al rey.

—Majestad… —murmuró con la voz pastosa.

—Buenos días, dragona —sonrió, con los ojos brillando con una emoción que no supo descifrar.

Ashbree se sentó en el borde de la cama, nerviosa y con las mejillas calientes.

—No esperaba… Yo no… —balbuceó. Se miró a sí misma e hizo una mueca al fijarse en su camisón—. Siento que me veas así, voy a camb…

—No —atajó él con firmeza—. Así estás perfecta.

Su luz vibró emocionada y Ashbree se dio cuenta de que, en algún momento de la noche, Inara había regresado a su interior, aunque se habían quedado dormidas abrazadas. Ella le dedicó una sonrisa tímida y se atusó un poco los cabellos, nerviosa por que no supiera de dónde salía aquella vergüenza.

—Puedes pasar —le dijo con voz trémula.

—Gracias, porque esto pesa un poco.

La sonrisa de la heredera se ensanchó, ya que dudaba que trajera algo tan pesado como para que no pudiera alzarlo gracias a su fuerza inmortal. Cuando el rey entró, Ashbree se percató de que no llevaba sus ropajes pulcros habituales, sino que vestía una camisa ligera entreabierta en el pecho y unos pantalones sueltos, caídos sobre las caderas.

—¿Vienes en pijama? —le preguntó.

Él sonrió ampliamente y se encogió de hombros. Traía los cabellos negros despeinados y caminaba descalzo sobre el suelo enmoquetado. Con delicadeza, dejó una bandeja sobre la mesita de noche. Iba cubierta por una campana plateada, acompañada de dos tazas de leche humeante. Olía de vicio, y eso que aún no le había mostrado su contenido.

—Pues claro, ¿cómo querías que viniera? ¿Desnudo? —Ashbree puso los ojos como platos y enrojeció. Él la recompensó con una sonrisa pícara y alargó el momento, hasta que añadió—: Es la tradición en Veturnaetur.

—¿Lo de ir en pijama o desnudo? —comentó con la boca pequeña, divertida.

El rey la miró, conmocionado, y luego soltó una carcajada sincera que le recorrió el cuerpo con una calidez indescriptible. La sonrisa del rey se trasladó a sus propios labios y se miraron durante unos segundos, obnubilados. Hasta que Ashbree recordó algo.

—Dijiste que se desayunaba en familia —murmuró, sus dedos jugueteando nerviosos.

—Así es.

Con movimientos perezosos, el rey se inclinó sobre la campana.

—Pero yo no soy tu familia.

Él se detuvo y la miró con un gesto curioso.

—Que yo esté aquí ahora sugiere algo diferente, ¿no crees?

El fondo de la garganta le picó de repente y la sonrisa le tembló en los labios.

«Familia...». La palabra resonó en su mente. Aunque tenía hermanos y hermanas, y una figura paterna, desde que su madre había muerto se había ido desligando de aquel término. Al haberse convertido en la figura materna siendo tan joven, no había disfrutado de esa sensación de pertenencia que te confiere contar con una familia. Ashbree tenía personas a su cargo, pero ella no era la responsabilidad de nadie. Ninguno de sus hermanos se preocupaba por ella tanto como la hermana mayor hacía por los demás.

Y los únicos con los que había experimentado la sensación de pertenecer al mismo núcleo eran Lorinhan y Cyndra, y ninguno era sangre de su sangre. Ashbree fue consciente, por primera vez, de que su familia estaba conformada por las personas que se habían quedado a su lado año tras año. Que compartir apellido no la unía más que no hacerlo.

Para su sorpresa, al pensar en ese término en su mente ahora aparecían nuevos rostros, unos más nítidos que otros, pero todos la habían apoyado desde que su vida había dado un giro. Aunque ahora había una falta que jamás se llenaría.

—Es... Es muy bonito que me consideréis parte de vuestro círculo interno.

—¿Hemos vuelto a las formas de cortesía, dragona?

Las mejillas le ardieron, más aún cuando él la miró de soslayo con socarronería y se dio cuenta de que se estaba metiendo con ella.

—Supongo que lo que dicen de que del amor al odio hay un paso es cierto —comentó él en un tono cómodo—. Y teniendo en cuenta la cantidad de veces que me peleo con Ilian y Elwen... Nuestra relación no se aleja demasiado de eso —puntualizó riendo entre dientes.

El rey retiró la campana y reveló unos exuberantes bollos glaseados con azúcar derretida que aún humeaban. La boca le salivó al instante y percibió el intenso aroma de la crema y la mermelada de frambuesa. Él dejó la campana a un lado y se sentó en el suelo, frente a ella, con las piernas cruzadas y una sonrisa ilusionada en los labios. Ashbree ahogó un jadeo de sorpresa al ver al monarca en el suelo y, rápidamente, se deslizó por el borde de la cama hasta sentarse frente a él.

—Jamás había visto a un rey sentado en el suelo.

—¿Cómo que no? ¿Y durante el viaje a Glósvalar qué?

Ashbree chasqueó la lengua y ladeó la cabeza.

—Bueno, pero ahí no tenías más opción.

—Ash, una corona no te eleva por encima de los demás. Soy un elfo como otro cualquiera. Igual que tú.

Se quedó pensando en eso mientras él le servía un par de bollitos en un plato. Nunca había visto al emperador sentarse en el suelo, ni siquiera cuando habían disfrutado de Yule en familia y sus hermanos y ella se reunían frente a la chimenea a abrir regalos. Arcaron Aldair siempre había mantenido las distancias con el mundo, por mucho que con los pequeños se mostrase amoroso. Había ciertas acciones que lo distinguían de los demás, y algo tan mundano como sentarse en el suelo era una de ellas.

El rey le entregó el plato y se sirvió a sí mismo. Ashbree esperó con cierta impaciencia, puesto que aquello alimentaba solo con su aroma.

Después, él cogió un bollo entre los dedos, que se le pringaron de azúcar derretida, y Ashbree lo imitó.

—Por las tradiciones recuperadas —quiso brindar él con el dulce.

Ella sonrió, una de esas sonrisas sinceras cargadas de afecto.

—Por las nuevas que están por llegar —completó ella.

Rylen inspiró hondo y se la quedó mirando. Ashbree había sido consciente de lo que quería decir, y no había dudado. Los ojos del rey empezaron a brillar en respuesta al mismo tiempo que su sonrisa se ensanchaba más y más.

—Por las nuevas que están por llegar —murmuró con la voz teñida de emoción.

Con aquella promesa de tiempos mejores, de anhelos de cambio, entrechocaron sus pasteles y se dedicaron una sonrisa cargada de sentimientos.

No supo por qué, pero Ashbree esperó a que él probara el dulce. Rylen se metió el bollo entero en la boca y ella rio por la brusquedad con la que lo introdujo, deseoso de probar aquel manjar. Luego soltó un gemido largo y profundo, de placer puro, al tiempo que cerraba los ojos con deleite. El estómago de Ashbree se contrajo al escuchar aquel sonido nacido del fondo de su garganta, que le recordó a uno que emitió cuando se pelearon en el campamento militar hacía tanto tiempo que parecía otra vida. La sonrisa de la heredera se desdibujó poco a poco mientras un calor intenso se extendía desde su estómago a su bajo vientre.

Rylen se presentaba más hermoso de lo que lo había visto nunca, tan mundano y natural, enfundado en un pijama y disfrutando de un simple pastel, como si sobre sus hombros no se sostuviera un reino entero. Recreándose en un tipo de placer único.

—Dioses, no recordaba lo bueno que estaba esto —farfulló con la boca llena.

Ashbree se mordió el labio inferior, hipnotizada por sus movimientos, y cuando él volvió a mirarla, sonrió de nuevo.

—Vamos, prueba uno —la animó, aún peleándose con el dulce para tragarlo.

Ella reprimió una risilla cuando una miga se le escapó de la boca y él la pescó al vuelo. Aquel encuentro no tenía nada de recatado, y estaba disfrutando de una normalidad que solo había experimentado con Cyndra. La única con la que podía olvidar que Ashbree Aldair era la próxima emperatriz.

Inspirando hondo para acallar el dolor, le dio un mordisco. Observó la mermelada, la crema y la masa del interior, y masticó despacio. Y entonces los sabores le estallaron en la boca. Fue como una explosión de placer que le puso la carne de gallina. Aquel pastel era todo lo bueno del mundo. Su dulzura se entremezclaba con el ligero amargor de la mermelada y creaba un sabor único que sacaba todo el partido a sus papilas gustativas, recuperadas por fin. Al igual que le había pasado al rey, soltó un gemido profundo y cerró los ojos mientras se deleitaba con la experiencia. Antes siquiera de haber tragado ese bocado, se metió el resto del bollito en la boca y se chupó los dedos hasta que no quedó ni rastro del azúcar derretido.

—Creo que, a partir de ahora, durante el resto de mi *laaarga* vida, solo comeré esto —farfulló Ashbree antes de terminar de lamerse el pulgar.

Desvió la vista hacia el rey y se lo encontró absorto, con el gesto congelado y la respiración contenida. Ashbree se quedó inmóvil, con los labios alrededor del dedo, anclada en el movimiento. Fue muy consciente de cómo él tragó saliva; de cómo él deslizó la vista, sumamente despacio, de sus labios a sus ojos; de cómo él volvió a respirar. Y entonces salió del trance.

—Me parece que yo también me voy a sumar a esa forma de vida —respondió con una sonrisa dulce.

Ashbree se contagió de aquel gesto y terminó con sus dedos antes de darle un sorbo a su taza de leche. El calor le templó el cuerpo y suspiró de placer, envolviendo el recipiente con ambas manos para calentárselas.

—Espera, tienes un poco de...

Alzó la vista de la taza hacia el rey y se lo encontró con la mano alargada hacia ella. Con delicadeza, pasó el pulgar sobre la comisura de sus labios y le retiró un poco de mermelada antes de llevarse el dedo a la boca y chuparlo. A Ashbree se le secó la garganta y, por un segundo, su mente conjuró la imagen de su lengua limpiándole las migajas del cuerpo.

Ella carraspeó y se recolocó sobre el suelo, apretando los muslos para acallar el calor que empezaba a brotar de entre ellos.

—Ayer Elwen me dijo que volvería a ver a Tharin, pero no le pregunté cómo iba la misión de convencerlo de que se ponga de nuestra parte por si era información confidencial.

—No es información confidencial, Ash. Todo lo que yo sepa, tú lo sabrás. —El pecho le vibró con fuerza y su luz se reacomodó dentro de su cuerpo, satisfecha por oírlo—. La verdad es que no lo sé. —Le dio un trago a su leche—. Lleva desde la última reunión un tanto esquiva conmigo, aunque dice que es porque quiere dedicar su tiempo a ayudarlo.

Ashbree no entendía por qué Elwen sí tenía tiempo para ella y no para el rey, y la realidad era que desde que Ilian había mostrado una mejoría en su estado, aquella noche de cosméticos que compartieron, apenas si la había visto por palacio.

—¿Ayudarlo?

—Es el Consejero de Agricultura, él se encarga de los preparativos de Veturnaetur y se asegura de que el banquete esté listo para esta noche. No me extraña que no haya aparecido por aquí últimamente. Después de casi quinientos años negándome a celebrarlo, se habrá visto desbordado.

—¿Y por qué lo prohibiste?

Rylen suspiró, la mirada fija en su taza.

—Fue cuando Ayrin... Cuando me arrancó el corazón. Habíamos pasado toda la noche festejando, bebí bastante más de lo habitual, porque era feliz con la vida que estaba construyendo, y ella aprovechó la ocasión... La verdad es que yo mismo se la serví en bandeja.

Con la congoja cerrándole un nudo en la garganta, Ashbree se inclinó hacia delante y le colocó una palma en el muslo en un gesto que pretendía reconfortarlo. Él desvió la vista hacia ella, sus ojos plateados brillando con el recuerdo del dolor.

—No le serviste nada en bandeja. Tú estabas enamorado, y ella te traicionó.

El rey hizo un mohín, pero agradeció sus palabras con un asentimiento quedo. La culpabilidad empezó a abrirse camino por la garganta de Ashbree y tragó saliva, porque pedir disculpas nunca era sencillo, aunque las asumieras y fueras consciente de ello.

—No —se adelantó él—. No me pidas más perdón, por favor. Sé por qué pensaste que eso te ayudaría. Yo era tu enemigo y te secuestré.

—No me...

—Sí, te secuestré, y lo siento. Al final, la historia, aunque para vosotros fuera falsa, terminó teniendo algo de razón.

—Reescribiremos la historia. *Tu* historia.

El rey colocó la mano sobre la de ella y le dio un apretón.

—¿Me ayudarás?

—Nada me gustaría más.

23

Terminaron de desayunar con una conversación animada y Rylen le dijo que la esperaba en la sala de entrenamiento. Ashbree intentó convencerlo para saltarse la lección del día, y él casi sucumbió a sus demandas. La forma dulce y un tanto aniñada que tenía de poner la voz, cómo aleteaba las pestañas y cómo el labio inferior sobresalía... Solo los dioses sabían lo mucho que le había costado sobreponerse. Había sido un desayuno íntimo, en el que había estado a punto de lanzarse a besarla en dos ocasiones, y aquello no había ayudado. Rylen sabía que a Ashbree le quedaba mucho por aprender, y no podían desaprovechar ninguna oportunidad.

Salió de su dormitorio con la bandeja en las manos, rememorando el calor de la palma de la fémina sobre su muslo, la suavidad de la piel junto a su boca al limpiarle la mermelada, cómo ella se había lamido el pulgar... Irremediablemente, su mente viajó hasta unos días atrás, cuando ella casi lo había besado. Lo mucho que lo había deseado y lo decepcionado que se quedó después de que no sucediera. La atracción que envolvía a los opuestos se iba haciendo más patente, y Rylen había dejado de luchar contra ella.

Deseaba con todo su ser que Elwen convenciera a Tharin de que votara a favor de introducirla en el consejo, porque necesitaban aunar fuerzas de una vez por todas. Y un consejo conformado por la hija de su supuesto enemigo era un buen primer paso, aunque el lord no era muy amigo de la raza contraria. Admitía su política de creación de colonias y hacía lo que podía para sustentarlas, exprimiendo hasta el último grano de las cosechas de forma justa, pero detrás de cada una de sus decisiones siempre había un germen egoísta con el que sus arcas nunca quedarían vacías. Y la existencia de las colonias suponía un menor margen de beneficio. Si por él y Saeros fuera, hacía tiempo que habrían arrasado con la isla y habrían sometido a su voluntad a la otra mitad.

Rylen le entregó la bandeja a Orsha, que siempre estaba ahí cuando se la necesitaba, y le deseó un muy feliz Veturnaetur antes de cambiarse de ropa y prepararse para afrontar un día decisivo.

Llegó a la sala de entrenamiento y Ashbree ya estaba allí, con los ropajes cómodos y la trenza sobre el hombro. Dedicaron toda la mañana a practicar con la luz, a crear barreras y escudos más poderosos que los que ya dominaba, a moverlos por la sala y a pedirle que los volviera invisibles con fines tácticos. Ashbree acabó sudando, y cuando creyó que ya habían terminado, Rylen se sacó un as de la manga.

—Ahora vas a probar a teletransportarte.

—¡¿Qué?! —La voz le salió estrangulada por el cansancio y él rio—. ¿Por qué no hemos empezado por ahí? Estoy agotada.

—Por dos motivos: primero, debes controlar lo básico. Sin lo básico, no haces nada. Y segundo: porque la teletransportación muchas veces se emplea como huida estando extenuado, y tendrás que sobreponerte. Sé que ya lo hiciste para salvar a Ilian, pero tienes que dominar la técnica.

Con teatralidad, Ashbree se dejó caer al suelo y extendió brazos y piernas, como si fuera una estrella de mar.

—Me gustabas más cuando pasabas de mí.

—Eso no te lo crees ni tú, dragona.

Ella le lanzó una sonrisa socarrona e inspiró hondo. Dedicaron las siguientes horas a practicar con saltos cortos, de un metro al principio, de tres o cuatro después. Cuando consiguió dar el primer paso de un lugar a otro de manera consciente, no por instinto, Ashbree saltó de alegría.

—Majestad.

Ambos se giraron hacia la voz que los había interrumpido: Haizel.

—Tienes aspecto de no haber pegado ojo —comentó Rylen con los puños en las caderas.

—Me he pasado la noche cabalgando. No podía perderme mi primer Veturnaetur.

Sus sombras se estrujaron en el punto justo en el que habría estado su corazón. No se había parado a pensar en que había gente, como Haizel, que había vivido al margen de sus tradiciones por su culpa.

—¿Pasa algo? —le preguntó. El conjurador desvió la mirada a Ashbree y de nuevo a él—. Puedes hablar. En breve, no habrá más secretos para ella.

—Tengo mis dudas... —murmuró él.

Rylen sintió el enfado crecer, pero lo mantuvo a raya. Comprendía su desconfianza, aunque no la compartiera. Él no había vivido la brevísima pausa que les confirió su matrimonio con Ayrin, solo conocía la guerra, y Arcaron Aldair era un rival nada desdeñable. Y Ashbree, su hija.

—Lord Saeros quiere hablar contigo. De inmediato.

Frunció el ceño e intercambió un vistazo cómplice con Ashbree.

—¿Me esperas para comer? —se atrevió a preguntarle. Ella esbozó una sonrisa tímida y asintió—. Iré a buscarte a tus aposentos.

—Ánimo con la reunión.

Rylen se despidió de ella con un gesto de la mano; Haizel, para su sorpresa, le dedicó un cabeceo cortés y ambos abandonaron la sala de entrenamiento a paso raudo.

—Deberías tenerla en más alta estima —lo reprendió cuando estuvieron a solas, recorriendo los pasillos de obsidiana—. Salvó a Ilian.

Haizel lo miró de soslayo, con esos ojos rosas tan poco frecuentes brillando con remordimientos y el cabello cobrizo como fuego sobre su cabeza gracias al influjo del sol.

—Lo sé. Y estoy trabajando en ello, créeme.

—Ella ni siquiera había nacido cuando mataron a Dillion.

Haizel se tensó. Él también llevaba sus propios demonios a cuestas. El dolor de Haizel era mucho más visceral, porque en Ashbree veía al responsable de que su gente hubiera asesinado a su esposo por conseguir el líquido que corría por sus venas. Porque si Arcaron Aldair fuera implacable con el problema de la droga, en lugar de lucrarse de ella, no se permitiría la venta de presos de guerra con esos fines. Comprendía el resquemor que llevaba dentro.

—Lo sé. También estoy trabajando en ello.

Rylen le dio un apretón en el hombro que Haizel agradeció con la más sutil de las sonrisas, rehuyendo su mirada. Después de Dillion, Haizel cambió, y hasta Rylen extrañaba al varón dicharachero que sacaba de quicio a Ilian, que lo arrastraba de tabernas y que hacía que siempre hubiera una sonrisa en los labios de cualquiera. Y ya casi nunca las veían en los suyos.

—¿Sabes de qué quiere hablar Saeros? —le preguntó para aliviar la tensión que los rodeaba.

—No, pero en Rimbalan las cosas no están tranquilas. Como es obvio, se corrió la voz del ataque al centro y ha habido mucha gente rondando por allí. Más de la deseada.

—¿Crees que se ha enterado de lo que no debería?

Haizel apretó los labios mientras bajaban escalones y más escalones.

—Es muy probable que tengas que dar unas explicaciones que pretendías retrasar.

Rylen emitió un gruñido disconforme, se despidió de él y se apresuró a llegar a su despacho. Los pasillos estaban atestados de trabajadores decorando los marcos de las puertas con guirnaldas otoñales. La sala del trono, donde tendría lugar la recepción principal, estaba ya adornada con tapices estivales, mesas largas con manteles ocre y candelabros con velas nuevas. Aunque la ciudad entera dispusiera de electricidad, en Veturnaetur se conmemoraba lo antiguo, y eso suponía prescindir de la electricidad por un día entero.

Rylen ni siquiera se detuvo antes de entrar en su despacho. Abrió y se encaminó hacia su escritorio para sentarse en el lugar que le correspondía. Para su alivio, Saeros no había olvidado ante quién estaba y se mantuvo de pie hasta que el rey le concedió permiso para tomar asiento.

—Decidme, ¿de qué queríais hablar?

—Mis fuentes me han informado de que hubo un problema en el centro de desintoxicación de Rimbalan. Y como Consejero de la Moneda, creo que debería saber qué está sucediendo. Cualquier altercado puede repercutir en las arcas reales, y no me gusta no estar al tanto de los posibles reveses.

—Lo que sucedió en Rimbalan no supondrá ningún revés para las arcas de la corona, no tenéis de qué preocuparos.

—Perdonad el atrevimiento, majestad, pero eso lo decidiré yo. —Rylen se crispó y sus sombras vibraron ante la amenaza—. Desde la llegada de la chica Aldair, creo que no tenéis la atención puesta en lo que deberíais. Quizá vuestras prioridades estén cambiando.

Si antes había albergado dudas de que Saeros se fuera a posicionar en su contra en la votación, ya no le quedaba ninguna. Su aversión por los elfos de luz estaba demasiado arraigada, y todo por la estúpida pérdida y reclamo de terrenos a lo largo de los siglos. Aquel varón se movía por el poder, aunque era un maldito genio en las finanzas, eso debía concedérselo.

—Mis prioridades siguen siendo las mismas que hace un mes —aseveró—. Las mismas desde hace quinientos años. No olvidéis cuánto tiempo llevo luchando por esto. *Soñando* con esto.

—Los sueños son solo eso, majestad. Desaparecen en cuanto abrimos los ojos. Tal vez sea hora de ambicionar algo más real y ponerle fin a la

Tercera Guerra. Tenemos a la heredera en nuestro poder, podríamos dar un golpe maestro.

—No la tenemos en nuestro poder. Es nuestra invitada. Y esta noche tendréis el placer de conocerla.

—¿Qué...?

A pesar de saber que cualquier elfo de luz estaba invitado a la celebración de palacio, su consternación fue palpable.

—Asistirá a Veturnaetur como invitada de honor.

—¿Creéis que es inteligente...?

—¿El qué? ¿Presentarla en sociedad como una aliada? Por supuesto. Hasta en las colonias hay elfos de luz reticentes a nuestra forma de ver la guerra, incluso habiéndoles proporcionado seguridad. Ver a su heredera los pondrá de nuestra parte.

—No son *esos* los elfos de luz que hay que poner de nuestro lado, majestad, sino los que viven al otro lado de nuestras fronteras.

—Tenemos ideas que nos gustaría tratar con el consejo.

—No estaréis sugiriendo...

—Estoy sugiriendo exactamente eso, lord Saeros. Pero me gustaría disfrutar de Veturnaetur en paz. Agradecería que me dijerais qué queréis exactamente para que ambos dejemos de perder el tiempo.

El rostro de Saeros quedó marcado por la ira y se mordió la lengua para no responder. Rylen lo repasó con un vistazo. Aquel no era el único varón con cabellos rojizos que conocía, la mitad de su consejo tenía aquel tono de pelo, pero no pudo evitar preguntarse si alguno de ellos estaría implicado.

—¿Hay alguna razón más por la que no queráis a los Aldair de nuestra parte? —le preguntó el rey, cambiando de tema. No perdía nada por plantear algunas cuestiones incómodas en la privacidad de su despacho.

—¿Más allá de porque son nuestros enemigos?

—Más allá de porque *vos* los consideráis nuestros enemigos.

Saeros bufó una risa y lo miró con diversión, hasta que se percató de que hablaba en serio.

—Los Aldair destituyeron a sus predecesores y orquestaron un golpe de Estado en medio de una guerra. De *esta* guerra. No son gente de fiar.

—¿Debo recordaros que, según su política, ningún emperador puede estar más de trescientos años en el poder y que Ayrin Wenlion traspasó ese límite? Se rigieron por sus propias leyes.

—No podéis pedirme que obvie toda una historia de confrontaciones solo por una fémina.

—Y no os pido eso. Ni siquiera os pido que la toleréis, solo que lo dejéis estar.

—Como consejero, no puedo. Y como Consejero de la Moneda, menos todavía.

—Muy bien. Pues cuando estemos en un pleno del consejo, debatiremos las cuestiones pertinentes. Hasta entonces, os pediría que me permitierais disfrutar de una celebración que lleva quinientos años parada. Una que me gustaba, además.

—Siento importunaros, majestad. Pero el reino no descansa.

—Por suerte, sí que está descansando gracias a que Ashbree esté aquí, porque su padre ha detenido las acciones bélicas.

—De momento.

—De momento.

Se mantuvieron en silencio unos segundos y luego Saeros suspiró mientras se frotaba el tabique.

—Solo quiero saber qué está sucediendo en Rimbalan para preparar las arcas de cara al posible revés. Creo que no estoy pidiendo demasiado.

Rylen inspiró hondo. Ser rey no era sencillo. Siempre se mantenía sobre la cuerda floja en cuanto a confianza y decisiones. Un paso en falso y tendría a uno de los varones más ricos de Lykos en su contra. Supuso que podía darle un voto de confianza y contarle el hallazgo. Y si la información llegaba a oídos de terceros, sabría, al instante, que él era el responsable.

—Creemos tener una posible cura para la adicción a la miel de plata.

El lord se quedó estupefacto, sin parpadear siquiera, y después se pasó la mano por el pelo de forma frenética.

—¿Estáis...? Eso no... ¿Cómo habéis dicho?

—Habéis oído bien.

El agobio era más que evidente, puesto que incluso empezó a sudar.

—Pero eso es...

—¿Una alegría? ¿O buscabais otra palabra como «problema»?

—¿Qué...?

—¿Es la primera noticia que tenéis al respecto?

—¿Qué...?

—¿Solo sabéis decir eso?

—No sé a dónde queréis llegar, majestad. La noticia me ha pillado desprevenido.

—Pero no habéis demostrado alegría.

—¡Claro que me alegro! Pero mi mente se ha ido directamente a pensar en cuánto podrían ahorrarse las arcas reales de no tener que abastecer a los centros de desintoxicación.

Rylen arqueó una ceja, escéptico, y se mantuvo en silencio mientras Saeros le explicaba, al detalle, como si lo tuviera memorizado, cuánto tiempo podría tardarse en recuperar esa inversión, en qué podrían emplear esos beneficios y demás aspectos económicos a los que les prestó atención a medias. Porque la sospecha ya no abandonó su cuerpo.

24

Ilian llevaba los dos últimos días exprimiendo su don en sesiones cortas, pero intensas. Durante el día, se mantenía oculto donde podía: en callejones poco transitados, en almacenes abandonados, bajo algún muelle... No quería drenarse, puesto que eso traía un recuerdo al que aún no podía enfrentarse.

Se movió por Kridia con la facilidad con la que paseaba por Glósvalar, siempre cobijado por la noche. Después de los viajes exprés, de las vigilias previas de Umbra y de memorizar planos con la ayuda de Rylen, conocía la capital de cabo a rabo. Y, aun así, llevaba casi dos días sin dar con la información que necesitaba. Los documentos de expatriación o condena se guardaban en uno de los pisos superiores del edificio de justicia, fielmente custodiado. No había encontrado ni el más mínimo modo de entrar sin poner su vida en riesgo. Y le había prometido a Ash que tendría cuidado.

Mantenerse al margen del peligro le costó un esfuerzo atroz cuando descubrió que la seguridad de la capital se había triplicado, y que no solo estaba patrullada por guardias imperiales. El emperador había sacado al ejército a las calles y en la ciudad se respiraba un aire tenso. Apenas había vida, se escuchaban murmullos atemorizados y casi nadie iba solo.

O así fue hasta que hubo un levantamiento.

Por lo que había averiguado, se había corrido la voz de que Ashbree no estaba en la capital. Desconocía cómo había llegado esa información a las calles, pero parte del pueblo no lo tomó a bien y se organizó una manifestación pacífica denunciando la impasibilidad del emperador. Desde una azotea, Ilian observó a los participantes deambulando por las calles, al grito de la Hija de la Luz. Comenzó en los suburbios, donde la vigilancia era precaria y cuyos muros estaban plagados de mensajes de descontento y alabanza a la hacedora de milagros.

A Ilian no le gustaba el panorama, porque sabía bien cómo podía acabar. Y no se equivocó: el ejército tomó represalias contra el pueblo. Aunque tuvo la sensación de que entre los manifestantes había guerreros expertos, la concentración pacífica se convirtió en un baño de sangre en el que muchos elfos de luz acabaron en el hospital o detenidos, y algunos no volvieron a abrir los ojos. La sangre le hirvió en las venas contemplando el espectáculo macabro que se gestaba muy por debajo de él, a sus pies. Y las sombras se revolvieron inquietas a su alrededor, incapaz de controlarlas.

Y no las controló.

Parapetado tras una chimenea, mandó su oscuridad a socorrer a los más indefensos, que lograron librarse de algunos golpes por parte de la guardia imperial y que huyeron gracias a él. Fue cuando se dio cuenta de que había militares entre los rebeldes, e incluso le pareció distinguir a una fémina de cabellera rapada que le sonaba de haberla visto en el campamento de sanadores.

La situación en Kridia se estaba poniendo fea. Arcaron Aldair había enfrentado a su propia gente entre sí y había actuado con mano de hierro, como llevaba haciendo contra los elfos oscuros a lo largo de los casi cien años de mandato. Pero emplear ese poder contra su pueblo... Sabía que tenía que contárselo a Ash, y también sabía que no se lo tomaría bien.

La mañana siguiente fue excesivamente calmada. Después del baño de sangre, nadie se atrevía a alzar la voz. Ni siquiera en el mercado. Era el reflejo claro de una sociedad sometida por un tirano, y sus ganas de ponerle fin a todo por la fuerza crecieron.

Aquella quietud jugó en su contra, puesto que cuanto más tranquilas estuvieran las calles, más le costaba moverse con sigilo. Y después de haber intercedido por aquellos pobres desvalidos, sus reservas de sombras habían menguado demasiado.

Lo peor de todo era que se le agotaba el tiempo.

Veturnaetur se celebraría ese día, y se martirizaba porque sabía que se iba a perder los festejos de la mañana. Solo podía desear que Rylen se encargase de Ash por él y que la mantuviera entretenida para que no notara su ausencia. Si para la caída del sol no había dado con la información que andaba buscando, lo retrasaría hasta otro momento. No le quedaba más opción, aunque le frustrara.

Fue esa desesperación la que lo llevó a acercarse a las inmediaciones del palacio, a pesar de ser de día. La palabra de la Hija de la Luz seguiría extendiéndose, no le cabía duda, y eso iba a generar más altercados. Ilian estaba siendo testigo de los inicios de la sublevación, y aunque supiera que era necesario, no le gustaba lo que eso iba a provocar sobre el pueblo.

El extraño estadio que habían construido estaba abandonado, plagado de pinturas rápidas de la constelación de Merin, de su rayo o de mensajes de odio. La rueda había empezado a girar y la información estaba a disposición del pueblo, al parecer. Y eso supondría que la guerra se reanudara tarde o temprano, de forma inexorable. Tenía que volver a Glósvalar y avisar a Rylen para estar preparados.

Ilian llegó a las inmediaciones del palacio y estudió el perímetro desde la seguridad de un tejado. Se quedó allí un par de horas, sufriendo el sol inclemente de Yithia, sudando a mares bajo la capa que no se iba a retirar, por nada del mundo. No entendía cómo los elfos de luz aguantaban aquel clima sofocante.

Había ajetreo en palacio, como si estuviesen preparándose para la marcha de alguien importante. Una comitiva de carromatos aguardaba en la entrada principal, y muchos curiosos esperaban al otro lado de la calle, cuchicheando en voz baja. Algo que a él le venía muy bien.

—He oído que el *jarl* y su séquito se marchan —comentó un varón fornido.

«¿El *jarl*?». Ilian prestó más atención. Aunque sus espías habían estado demasiado ocupados buscando a Cyndra Daebrin, ¿cómo se les podía haber pasado aquello?

—Seguro que es para afianzar las fuerzas políticas.

—Yo creo que se van porque no quieren enfrentarse a lo que se avecina —apuntó una fémina con el ceño fruncido. En su rostro se percibían marcas de golpes—. Y mejor así. No necesitamos que ningún continental gane nuestras guerras.

—Solo necesitamos a Ashbree Aldair —masculló un muchacho enjuto, que se aferraba al palo de una escoba, a las puertas de una tiendecita.

Varios varones y féminas lo observaron con distintos grados de estupefacción, interés o reafirmación, y él retomó la tarea de barrer la entrada del establecimiento, mudo de repente.

A Ilian no le cabía duda de que las mentes jóvenes eran las más propensas al cambio, las que tenían sangre en las venas y luchaban por sus ideales. Pero si lo que decían era cierto y el *jarl* regresaba a Korkof...

Ilian apretó los labios y clavó la vista en las ventanas del palacio que quedaban más altas, inalcanzables para los simples mortales.

Qué suerte que a él no se lo pudiera considerar un simple mortal.

Ya estaba todo hecho. En cuestión de horas, Kara Aldair partiría a Korkof para contraer nupcias. A su padre no le había quedado más remedio que claudicar y aceptar el enlace, porque con las revueltas que se estaban dando en distintos puntos del imperio, no iba a poder hacerle frente a la guerra él solo. Si los elfos oscuros descubrían esa inestabilidad dentro de sus fuerzas, el golpe sería fatal. Y Arcaron Aldair era demasiado orgulloso como para perder en una guerra en la que sus antepasados se habían mantenido inquebrantables.

Así que había vendido a su hija. Halldan Ruud partiría a Korkof con Kara de la mano, y cuando se hubieran formalizado las nupcias, regresarían para hacer lo mismo en Yithia. No obstante, esa partida no implicaba que fueran a retirarse, sino todo lo contrario. Hacía diez días que Halldan había enviado una misiva para que una parte de su legión se trasladara a la isla y así comenzar con el ataque. Su verdadero embajador se convertiría en su voz, y confiaba en él para comandar las tropas. Las valquirias, sin embargo, permanecerían en Korkof defendiendo a los suyos. Y a Kara aquello le supuso un alivio.

Sabía que si el cuerpo de élite berserker se inmiscuía, la guerra solo duraría unos meses, pero a qué coste. Cuanto más cerca se encontraba del poder, más consciente era de las consecuencias del conflicto. Aunque de momento todo se mantendría en cierta estabilidad.

Encontrar el cadáver de Elegor Daebrin en las cloacas había sido otro de los motivos por el que su padre había aceptado el enlace, porque era la prueba irrefutable de que alguien se había colado en su palacio y había vulnerado su seguridad. Con su mano derecha muerto, sus riquezas estaban en el limbo y, como tal, Arcaron no podía disfrutar de la cuantiosa suma que Elegor había pactado entregar al imperio a cambio del exilio de Cyndra.

Cuando Kara entró en sus aposentos, ya desiertos de pertenencias y efectos sentimentales, cerró tras de sí y se recostó contra la madera. Iba a dejar su vida atrás, todo lo que quería.

Acababa de despedirse de Mebrin, quien le había permitido que lo abrazara. En sus ojos, normalmente inexpresivos, se leían infinidad de emociones que no sabría gestionar. Había sido una despedida tirante, porque la última vez que habían hablado más allá de dos palabras seguidas había sido cuando Kara lo había pillado después de su primera escapada furtiva. Ambos podían dar gracias a que hubiera sido ella quien lo había visto aparecer por la puerta que usaba el servicio y no un guardia imperial, que habría informado de inmediato a su padre.

—¿Se puede saber dónde has estado? —le había increpado Kara, con los nervios de punta.

Ella había asistido al consejo aquella mañana, sabía que se iban a empezar a desmantelar las manifestaciones alrededor de la Hija de la Luz mediante el uso de la violencia. Y ver a su hermano aparecer desde la calle…

Mebrin había guardado silencio, la cabeza gacha, y Kara había respetado su mutismo, porque intuía que su hermano se había visto expuesto a demasiados estímulos. No fue hasta dos días después que le confesó que se había visto implicado en una revuelta y que Brelian Aldadriel lo había sacado de allí. Kara estaría eternamente agradecida con la teniente que, por lo que sabía, había desertado del ejército, junto a varias decenas de soldados más, disconformes con el mandato de Arcaron. Desde entonces, no había dejado de preguntarse si esa decisión habría estado motivada por la confesión de que su hermana seguía luchando por ellos. Si habría contribuido en algo en aquel plan que habían iniciado Lorinhan y Cyndra tantas semanas atrás.

Por eso había terminado la despedida a Mebrin con unas palabras demasiado peligrosas:

—Si necesitas ayuda, si te ves en peligro, escribe al norte —le había susurrado al oído, aprovechando que Mebrin se había dejado abrazar. Él se había crispado más todavía, y no solo por el contacto físico—. Ashbree está bien y lucha por Yithia. No olvides que no soy tu única hermana.

Él la había mirado con esa falta de expresión característica, o eso habrían pensado los demás, porque en los iris verdes de su hermano, Kara leyó una determinación que no le había visto nunca.

Despedirse de los mellizos había sido más desgarrador, y el dolor incipiente de cabeza era el resultado de haber derramado tantas lágrimas. Elros había intentado mantenerse impasible, pero Cadia había roto a llorar. Se desgañitaba maldiciendo —algo que nunca había hecho a sus diez años— y gritando que estaba harta de perder hermanas. No quería ni imaginar lo mucho que se negarían cuando se enterasen de que, en cuestión de días, a ellos dos los mandarían a Trihold —donde tenían una segunda residencia— para ponerlos a salvo dadas las crecientes revueltas.

Cansada, caminó al centro de la estancia, donde antaño el suelo había estado adornado por una alfombra cuya desaparición nadie había cuestionado. No habían encontrado a Arathor, aunque se habían designado algunos efectivos en su búsqueda, sobre todo para saber si el cargo de comandante de la Orden de los Espadachines había quedado libre. Y se habían encontrado con un silencio absoluto.

El general de las Órdenes, y padre de Arathor, había solicitado el drenaje de los conductos de aguas residuales —puesto que Elegor había aparecido allí—, pero era un procedimiento demasiado costoso como para invertir recursos en ello, sobre todo estando en guerra. Por una vez, Kara solo pudo darle las gracias al emperador en silencio, por mucho que aquello tuviera en vilo a un padre que había perdido a su hijo. Lo único que quería era un poco de paz, y aunque Arathor no hubiera sido el responsable de la muerte de Cyndra, sí la había delatado. Era un ser rastrero que había mirado por sus propios intereses, y ya era hora de que ella hiciera lo mismo.

Cerró los ojos, sobrepasada por lo sucedido en las últimas semanas. Se sentía cómoda con partir al continente en compañía de Halldan, aunque todavía hubiera resquemor por que le hubiera ocultado su título. Ella siempre había aspirado a formar una familia que no estuviera tan desestructurada como la suya propia. Y estaba contando los días para que ese sueño se hiciera realidad, con Halldan.

Pero el sueño se fragmentó en cuanto alguien —aparecido por su flanco izquierdo— le tapó la boca y enroscó el otro brazo alrededor de su cuerpo menudo. Kara gritó contra la mano, forcejeó como pudo, relegando a un segundo plano los tirones de su maltrecha pierna. Trastabilló, el atacante siguió sus movimientos, y le murmuró al oído. Pero el miedo le había trepado tan alto que lo acallaba todo, lo único que oía era el golpeteo frenético de su corazón.

Clavó las uñas en la mano que le apretaba la boca y lanzó la pierna atrás para intentar propinar una patada, aunque no sirvió de nada.

—Kara, por favor, no voy a haceros daño.

Que la llamara por su nombre la desconcertó más que la afirmación de que no pretendía hacerle daño. Y paró lo suficiente como para entender qué estaba pasando. Las manos que la apresaban eran morenas, ataviadas con ropajes ligeros. Y el olor… Lo reconocía: había impregnado esa misma estancia con la frescura de su sangre.

Kara se tensó y se quedó quieta, con los brazos laxos a cada lado. Porque aquel era el Efímero que había aparecido con su hermana. El que había visto desangrándose en el mismo suelo sobre el que se encontraban.

Y que estaba muy vivo.

25

El rey fue a buscar a Ashbree menos de una hora después, tiempo suficiente para que se hubiera bañado y cambiado de ropa. Había optado por un pantalón ceñido oscuro y una camisa suelta con detalles en puntilla en los puños. Por encima, un chaleco de vellón beige le calentaba el cuerpo. El invierno, según el calendario de los elfos oscuros, estaba a mes y medio de llegar —así como la primavera en Yithia—, y aunque mantenían las chimeneas del ala residencial siempre encendidas, empezaba a notarse.

Rylen acudió a sus aposentos con una comida escueta, porque la cena sería copiosa, según le informó. Le habló de la reunión que había mantenido con su Consejero de la Moneda y le dijo que sería uno de los primeros a los que le presentase en cuanto lo viera. Los nervios se hicieron con el cuerpo de Ashbree y la copa de agua le tembló en las manos.

—Eh… —El rey extendió la palma hacia ella y le agarró la que tenía libre—. Todo irá bien. Estarás protegida en todo momento. Y ahora usas los escudos bastante mejor.

—Sí, lo sé, pero…

—Lo entiendo. Los nervios por la responsabilidad. —Ella asintió en respuesta—. Yo me siento del mismo modo. No estás sola.

Ashbree le dedicó una sonrisa agradecida y terminaron de comer charlando de todo y de nada. Después, llamó a alguien del servicio para que recogiera la bandeja y se quedaron a solas de nuevo. El rey parecía cohibido, como si hubiera algo rondándole la mente y no se atreviera a verbalizarlo. Hasta que lo hizo.

—¿Te gustaría venir a la ciudad conmigo? Dar un paseo por el mercado y acercarnos a las atracciones.

La sonrisa de Ashbree se cargó de picardía y puso los brazos en jarras.

—¿Me estáis pidiendo una cita, majestad?

—Sí —reconoció con una sonrisa tímida, una que jamás le había visto—. Aunque si prefieres que nos saltemos los preámbulos y vayamos directamente a la cama, no tengo ningún problema.

Ashbree puso los ojos como platos y enrojeció. La sonrisa del soberano se ensanchó, cargada de malicia y diversión a partes iguales.

—Tranquila, dragona, solo bromeaba. —Sus ojos brillaron con una chispa de tristeza que se evaporó rauda—. Pero puedes negarte si no te apetece. Intuyo que estás saliendo con Ilian, y no quiero interferir si te incomoda la situación.

Se tiró de los puños de la camisa en un gesto que Ashbree empezaba a reconocer como nerviosismo.

—¡No! Él y yo...

Ella se mordió el labio inferior e hizo un mohín.

—¿No estáis juntos?

—Es complicado, supongo. —Lo miró de reojo, para no perderse su expresión, aunque no mostró ninguna.

—¿Por qué?

—No lo sé...

—¿Te gusta?

—¿Crees que tenemos la confianza suficiente para hablar de esto?

—Le preguntaría a Ilian, pero no creo que llegue hasta la noche. —Él se encogió de hombros y se cruzó de brazos—. No tienes por qué responder, por supuesto.

—Me gusta.

—Entonces olvida el plan, no he dicho nada.

—Que me guste Ilian no implica que tenga que quedarme aquí encerrada. —El rey arqueó una ceja y su lengua la traicionó cuando vio que él iba a rebatir—: Y que me guste Ilian tampoco implica que no pueda gustarme nadie más.

Los labios del rey conformaron una «o» perfecta y sus ojos expresaron sorpresa antes de transformarse en alivio y, de ahí, pasó a exhibir una sonrisa de medio lado.

—En eso tienes razón.

—Volviendo a tu pregunta, sí, me encantaría salir a ver la ciudad contigo.

Glósvalar estaba vestida para la ocasión, con las farolas adornadas con guirnaldas otoñales, de hojas marrones, rojas y amarillas, y frutos de temporada. Los banderines que ondeaban sobre las calles, con el escudo de Lykos, habían sido reemplazados por listones de la misma gama cromática. Toda la ciudad parecía haberse puesto de acuerdo para ir a conjunto.

Las calles estaban llenas de vida, con puestos ambulantes a cada lado, dejando un fino pasillo para recorrer la capital. El rey le había pedido que vistiera una capa con capucha para ocultar sus rasgos, porque aunque aquel día hasta en Glósvalar hubiera elfos de luz —que tenían permiso para asistir desde las distintas colonias— a esas horas pocos habrían conseguido llegar aún. Así que ella lo acompañaba con la capucha y los guantes puestos, sin soltarse de la mano para no perderse entre la multitud y empapándose de los ruidos y aromas que copaban el ambiente.

En primer lugar, tomaron el postre: el mismo dulce que el del desayuno. Se vendía lo que hubiera sobrado para no desperdiciar alimento, siendo que estaban en guerra y que se celebraba el fin de la cosecha, donde se aprovechaba todo. Tanto el rey como ella se deleitaron con el sabor y compartieron impresiones incluso con la boca llena, olvidado el decoro de la corte.

—El año que viene, haré que los pruebes mojados en chocolate —le aseguró mientras reanudaban la marcha.

Lo primero en lo que pensó fue en que aquella mezcla de azúcar, masa de bollo, crema, mermelada y chocolate no podía saber muy bien; sonaba más a experimento que se hacía de niños. No obstante, sus pensamientos se agriaron cuando cayó en la cuenta de que quizá no volviera a repetir una experiencia como aquella; que quizá no hubiera un «el año que viene».

Después entraron en un local en el que tocaban música festiva, con los tambores, los laúdes y las flautas resonando en armonía. Se quedaron en la parte de atrás, refugiados de miradas indiscretas —puesto que él seguía siendo el rey— y no hablaron en ningún momento en el que la música estuviera sonando. Cuando terminaba una pieza, casi se rompían las manos en aplausos. El rey hasta les silbó. Solo entonces se atrevían a hablar para compartir sus opiniones.

—Cuando quieras, podemos volver a tocar juntos —le propuso él.

—Nada me gustaría más —se sorprendió respondiendo.

Se acercaron a la plaza, donde había actividades reservadas para los niños, y se quedaron un rato observando cómo jugaban a colocarle la cola al burro, a trenzar listones alrededor de un mástil y a bailar unos con otros en una danza que se asemejaba a las típicas yithianas, aunque con diferencias sutiles.

Una niña con las orejillas sobresaliendo de una densa mata de pelo negro se acercó a ellos y la cogió de la mano para sacarla a bailar. Ashbree miró hacia atrás y Rylen rio en respuesta, pero ella alargó el brazo y lo arrastró al círculo. Se movieron al son de la música, dando palmadas, zapateando y exclamando al ritmo de los demás. Después de un par de canciones, Ashbree acabó en los brazos de Rylen y se movieron por el espacio dando saltos, vueltas, riendo y cambiando de pareja de nuevo para reencontrarse más tarde.

Y cuando la tonada se tornó más lenta y sus cuerpos volvieron a juntarse entre la marabunta de gente, ambos se negaron a separarse. Terminaron de bailar con las respiraciones aceleradas y sendas sonrisas radiantes. A Ashbree le pesaba el corazón de la alegría y se preguntó qué sentiría él, teniendo en cuenta que no poseía dicho órgano.

—Creo que deberíamos irnos ya —confesó él en un susurro que le acarició las mejillas.

Ashbree se deleitó con la cercanía, con el calor que irradiaba y la dureza de sus músculos bajo sus manos colocadas en los puntos decorosos para bailar. Y aunque le había dicho que deberían marcharse, todo en su cuerpo parecía indicar lo contrario.

—¿Una más? —tanteó ella.

—Una más.

Y después de esa «una» se sucedieron tres o cuatro canciones en las que Ashbree se convirtió en agua bajo las manos del rey, maleable y fluida. Atrás había quedado la rigidez de semanas de desgracias, de una vida de tormentos, y se sintió lo más feliz que había recordado en años. El sol incidía de un modo hermoso en las facciones del rey, espolvoreadas con alguna gota de sudor y adornadas con una sonrisa esplendorosa que competía con el mismísimo astro en el cielo.

Ashbree rio de alegría cuando le hizo dar dos, tres vueltas seguidas que le colocaron el estómago del revés y la llevó a agarrarse al rey con más fuerza, sus pechos pegados. Se detuvieron en medio de la plaza, con el resto de la gente bailando a su alrededor, y sonrieron con timidez. El sol había llegado hasta la línea del horizonte y anunciaba el fin del día. Con un suspiro reticente, el soberano la condujo por las calles de Glósvalar, deteniéndose en los últimos puestos que quedaban abiertos, intentando arrancarle más minutos a una tarde maravillosa.

Según le había explicado, antaño acudían mercaderes de toda Narendra, ofreciendo sus artesanías, pero con el recrudecimiento de la guerra, habían perdido esa mezcolanza. Aunque Ashbree quería quedarse más rato curioseando, no podían continuar eludiendo sus responsabilidades; ambos debían prepararse para una mascarada de gala, por mucho que les apeteciera seguir siendo simples aldeanos.

Ashbree no se dio cuenta de que habían hecho todo el camino hacia sus aposentos en silencio y de la mano hasta que se detuvieron frente a la puerta. Sus dedos seguían entrelazados y ambos los observaron unos segundos, sin atreverse a romper el contacto ni a enfrentarse a lo que pudiera representar.

—Lo he... Lo he pasado muy bien —musitó ella con cierta vergüenza.

—Yo también —le aseguró en voz baja.

—No sabía cuánto necesitaba sentirme normal hasta esta tarde.

—Te entiendo. A mí también me gusta fingir que no soy el rey de Lykos de vez en cuando.

Se quedaron callados de nuevo, ella sin atreverse a alzar la vista, aún con los ojos fijos en sus dedos enredados, tan distintos en tamaño.

—Gracias, Rylen. Por hoy y por todo.

Él contuvo el aliento y le dio la sensación de que la mano del rey temblaba.

—¿Cómo me has llamado? —murmuró tan bajito que casi ni lo oyó, el rostro serio de repente.

—Rylen... —susurró.

Su nombre sonaba bien en sus labios. No lo había pronunciado nunca, y apenas se había permitido pensarlo; sin embargo, aquel día había sido tan perfecto que necesitaba derribar las barreras que quedaban entre ambos.

Rylen le acunó la mejilla con una mano y le alzó el rostro para que lo mirara a la cara. En cuanto lo hizo, sintió el rubor subirle hasta las orejas, pero se dejó hacer.

—Repítelo —le suplicó con los ojos cargados de chispas.

—Rylen.

Sus ojos vibraron con intensidad, aquel plateado compitiendo con los destellos propios de la luna, y luego inspiró hondo antes de inclinarse sobre ella y besarla.

26

No era su primer beso, y aun así, lo parecía por lo mucho que Rylen temblaba. Porque este beso..., dioses, este beso le curó un corazón que ni siquiera tenía en el pecho.

Rylen tomó el rostro de Ashbree entre las manos y conquistó su boca con anhelo, porque escuchar su nombre pronunciado por esos mismos labios le había despertado mariposas en el estómago, algo que creyó que, después de Ayrin, jamás volvería a experimentar.

Se acercó más a ella, hasta presionarla ligeramente contra la puerta, y entonces abrió los labios para profundizar el contacto. La lengua de Ashbree salió a buscar la suya y él reprimió un jadeo de placer. Su boca sabía mejor que cualquier manjar, era el abrazo del sol después de semanas de gélido invierno. Era una caricia sobre la piel maltratada, sobre su corazón maltratado.

Ashbree suspiró y él se separó de ella lo justo como para poder plantar un camino de besos rápidos y cortos en su comisura, mejilla, mentón, lóbulo y cuello, y ella soltó una risilla coqueta que encendió algo dentro de él.

—Rylen... —exhaló sobre su boca.

Sus sombras se revolvieron en su pecho y también le burbujearon en el estómago. A tientas, Ashbree buscó el pomo de la puerta y abrió. Ambos trastabillaron por la falta de apoyo, sin dejar de besarse mientras se movían por un espacio que habían memorizado hasta que se toparon con la otra puerta. Él gruñó, ella rio contra su boca, y Rylen empezó a sentir la erección apretándole en los pantalones solo con aquel sonido. Podía acostumbrarse a él. Lo que le sorprendió fue pensar que *quería* acostumbrarse a él.

Él rio en respuesta y abrió la puerta que los separaba del dormitorio.

Ashbree ahogó un grito cuando se desestabilizó y Rylen la sostuvo de las caderas para impedir que se cayera.

Abandonó su boca y la besó bajo la oreja, el cuello y el pecho, regalándole pequeños mordiscos aquí y allá. Ashbree volvió a pronunciar su nombre en un suspiro y Rylen tuvo que enterrar el rostro en el hueco entre su cuello y su hombro para serenarse, o sus sombras escaparían de su cuerpo.

—Necesito que me toques —ronroneó ella contra su oído.

Raudo, Rylen alzó el rostro hacia ella y la observó con intensidad. Los labios de Ashbree habían enrojecido y había una sonrisa de medio lado en ellos.

Las manos le temblaban cuando abandonaron sus caderas y bajaron por su trasero. Ashbree se inclinó para reanudar el beso y él se dejó hacer. Con los nervios a flor de piel, sus palmas recorrieron la espalda de Ash, por debajo de la camisa, y ella se estremeció, jadeando contra su boca. Rylen no había escuchado sonido más perfecto que el que ella emitía al derretirse bajo sus manos. Y estuvo a punto de perder la cabeza.

Ashbree soltó el broche de la capa de Rylen y la prenda resbaló al suelo; después, buscó el borde de su camisa y se deshizo de ella con seguridad. Una seguridad que él estaba lejos de sentir. En los últimos siglos, había compartido cama más veces de las que recordaba, pero de repente se veía inexperto. Abrió los ojos para buscar el rostro de Ash y descubrió que estaba brillando, que su luz se mantenía flotando alrededor de ella. Al comprobar lo esplendorosa que se mostraba, Rylen se dio cuenta de que sus inseguridades radicaban en lo que ansiaba y temía en realidad: fundirse con ella de aquel modo único entre Efímeros.

Ella suspiró cuando se empapó de la imagen de su abdomen duro, de sus brazos, de su cuello, y él se excitó solo con la lujuria con la que lo contempló mientras él se deshacía de parte de su ropa. En cuanto la tuvo desnuda de cintura para arriba, le acarició la cintura y las costillas y rozó el lateral de sus pechos generosos. Aunque estaba deseando colmarse del sabor de su cuerpo, y ella parecía necesitar el contacto tanto como él, quería ir despacio, porque no sabía si habría una segunda vez. Ella había sugerido que le gustaba alguien más, pero no se atrevía a aventurar que fuera él. Y también quería hablar con Ilian para asegurarse de que todos estuvieran en la misma página.

Ashbree se llevó consigo sus preocupaciones cuando deslizó los dedos sobre el cuerpo de Rylen, usando uñas en la espalda y caricias sobre los pectorales. Rylen se sentía a punto de derretirse solo con el contacto tentativo de las manos de Ashbree, y cuando subieron por su espalda y se enredaron en su pelo corto, bufó. La piel le ardía por lo mucho que deseaba introducirse en ella. La erección le palpitaba en los pantalones y tuvo que separar una mano de las curvas sinuosas de Ashbree para recolocarse el paquete.

—Puedo hacerlo yo —murmuró ella con picardía.

Y sin darle tiempo a comprender qué significaba eso, pasó la mano por encima del bulto y presionó lo suficiente como para que se le escapara un siseo. Rylen no tuvo piedad cuando, por fin, encerró sus pechos entre las manos y se llenaron de ellos; cuando separó sus labios de los de ella y condujo su boca hacia los pezones endurecidos. Lamió, succionó y mordió hasta que Ashbree no pudo contener los jadeos y empezó a temblar.

Pero entonces ella tomó las riendas y lo empujó del abdomen hasta conducirlo a la cama. Sus corvas chocaron contra el colchón y no le quedó más remedio que sentarse. Ashbree se amoldó al cambio de estatura y jugueteó con los cordones del pantalón de Rylen.

—¿Puedo? —preguntó con timidez, ahora arrodillada frente a él, dividiendo la mirada entre su erección y su rostro. Rylen bufó y dejó caer la cabeza, mascullando un sí—. ¿Estás limpio?

Asintió con la cabeza como pudo antes de añadir:

—Y tomo anticonceptivos.

Ashbree sonrió de medio lado, sus dedos enroscados en el pantalón.

—Buen chico —dijo con una sonrisa socarrona.

Dioses, Ashbree se había propuesto matarlo y lo estaba consiguiendo.

Perdido en lo mucho que le había encendido el comentario, alzó las caderas y ella lo desnudó. El mundo empezaba a dar vueltas. Sus terminaciones nerviosas se pusieron de punta cuando Ashbree envolvió su dureza y deslizó la mano arriba y abajo despacio, tanteando el terreno. Él se mordió el labio y cuando ella le lamió la punta, saboreando aquella primera gota, y emitió un sonidito placentero, Rylen creyó que moriría.

Despacio, Ashbree lamió la circunferencia y se introdujo la cabeza. Rylen siseó de placer y la agarró por la trenza, cerca del nacimiento del pelo, para guiarla. Ella se amoldó a la longitud de su miembro poco a poco, y con cada centímetro que se introducía en la boca, Rylen notaba el momento de estallar más cerca.

Ashbree aumentó el ritmo en unos movimientos frenéticos que le hicieron apretar los dientes y fruncir el ceño.

—Despacio, dragona... —murmuró, porque él no disfrutaba tanto del salvajismo desenfrenado, solo en contadas ocasiones. Y aquel primer contacto no sería una de ellas.

Ashbree se calmó y Rylen sonrió de medio lado, complacido con su obediencia. Sin poder remediarlo, se preguntó si ella le habría dedicado aquel tipo de atenciones a Ilian, porque sabía que a él le encantaba el sexo duro. Tuvo que tragar saliva, más nervioso de repente, cuando la imagen de su general se materializó en su mente, allí, con ellos, jugando con el cuerpo de la fémina mientras ella se entretenía en atender al rey.

Los movimientos certeros de Ashbree lo trajeron a la realidad y soltó un gemido ahogado cuando succionó ligeramente en el momento justo. Las subidas y bajadas adquirieron el ritmo que a él le complacía y se lo agradeció regalándole unas caricias en la nuca, que hicieron que la piel de Ashbree se erizara.

—Me dijiste que jamás te arrodillarías ante mí, y mírate ahora —ronroneó con malicia.

Ashbree arrastró los dientes por su longitud, apenas una caricia sutil que venía a significar un «cuidado con lo que dices, majestad» que pilló a la primera. Y lejos de dolerle, aquel jugueteo lo encendió tanto que sintió que se correría en cualquier momento.

—Ash, no voy a aguantar —gruñó, un sonido profundo y desatado.

Ella prosiguió con vehemencia, Rylen movió las caderas un poco, para profundizar la sensación, y se tensó cuando la oleada de placer lo sobrevino y se corrió en su boca con unas sacudidas que ella aceptó. Tardó unos segundos en recomponerse, con la respiración agitada y la vista clavada en ella.

Despacio, Ash se separó y se sentó sobre los talones. Cuando vio su garganta bajar y subir, él se quedó de piedra y un nuevo calor le recorrió el cuerpo.

—Dioses… —masculló, totalmente ido. Ashbree sonrió de medio lado, complacida por lo rápido que había conseguido que se corriera—. Abre.

Ella, complaciente, obedeció y le mostró la boca vacía. La garganta se le secó al ver que se había tragado toda su simiente y volvió a despertar en él el instinto depredador y lujurioso. Rendido al placer, sus sombras, reptantes, se desplazaron hacia ella.

Rylen estalló. En un segundo había estado sentado frente a ella, gloriosamente desnudo, y al siguiente la había cogido en volandas y la había tumbado sobre la cama, bajo su peso, con las sombras acariciando su piel.

No pudo evitar recordar aquel primer encuentro en el que habían acabado frotándose sobre la cama del campamento, y tenerlo ahora cara a cara, con sus torsos expuestos tocándose… La constatación de lo mucho que habían cambiado sus vidas fue demasiado y Ashbree desató su luz y lo envolvió con ella. La caricia de terciopelo sobre su piel le arrancó gemido tras gemido, sonidos que se transformaron en gruñidos por parte de Rylen. La besó con voracidad; jugó con sus pezones, con la curva de sus pechos, con su abdomen expuesto, y siguió bajando hasta que sus dedos se encontraron con el borde de sus pantalones.

La desnudó con movimientos prestos y ella no pudo seguir quieta. Alzó las manos y buscó su cuerpo para acariciarlo y recorrer cada centímetro de su pecho maltratado con las yemas de los dedos, jamás con las uñas, como sí había hecho con Ilian. Pensar en el general inició un calor muy diferente en su bajo vientre, porque no pudo evitar recordar cómo él la había llevado al orgasmo. Y también se acordó de esa última conversación, de la situación real en la que estaban los tres y ahora, de repente, le daba menos miedo.

Rylen chasqueó la lengua y la agarró de ambas muñecas hasta sostenerlas sobre su cabeza.

—Ahora me toca a mí jugar contigo.

Ella hizo un mohín y se contoneó, dándole permiso. La besó por todo el cuerpo hasta que llegó bajo el ombligo, y siguió hasta un muslo. Cuando sus ojos se encontraron, los plateados del rey estaban velados por una pátina lujuriosa.

—En el fondo, creo que siempre supe que yo sí que me arrodillaría frente a ti.

Ashbree enrojeció, y él no perdió ni un minuto antes de separarle las piernas y besarle la carne sensible entre ellas. Cuando su lengua dio una pasada lenta por su centro, Ashbree no pudo contener el placer y gimió desatada. Rylen, complacido, introdujo la lengua dentro de ella mientras trazaba círculos sobre su clítoris con el pulgar.

Lo único que Ashbree podía pronunciar era el nombre de su rey, su cerebro demasiado embotado por el placer al que estaba siendo sometido. Cuando Rylen le introdujo dos dedos y succionó, sintió que iba a entrar en combustión. Pero lo que hizo que la tensión de su cuerpo se desatara fue el mordisquito sutil que le regaló en aquella zona hipersensibilizada. Sin poder retenerlo más, se dejó arrastrar al otro lado del precipicio, que se transformó en oleada tras oleada de éxtasis hasta que su cuerpo dejó de temblar tras el orgasmo.

Cuando Rylen se recolocó sobre ella para besarla, con una lluvia de estrellas doradas en medio de una galaxia plateada sobre sus cuerpos, Ashbree se dio cuenta de que había pensado en él como su rey, y que le había gustado cómo sonaba.

Rylen se negó a abandonar sus labios durante unos gloriosos minutos en los que el cuerpo de Ashbree se estremecía con cada caricia. Quería seguir adelante, llegar hasta el final y descubrir qué se sentía al estar dentro de ella con sus sombras y sus luces mezcladas. Y parecía que ella deseaba exactamente lo mismo.

Con los ojos empañados de malicia y picardía, lo agarró de la mano y lo instó a sentarse en el borde de la cama, con ella de pie, desnuda frente a él, sus manos entrelazadas como un puente entre sus cuerpos.

—Podemos seguir en el baño, mientras nos preparamos.

La sangre de Rylen se incendió y los músculos de su abdomen se contrajeron en anticipación. Con un arrebato inesperado, tiró de ella y la acercó a su cuerpo, girándola por el camino para que la espalda de Ashbree encajara contra su pecho y se sentara en su regazo.

—Si quieres seguir —murmuró sobre su oreja. La piel de Ashbree se erizó y Rylen sonrió contra el hueco de su cuello—, será en la cama, porque el modo en el que pienso tomarte no sería cómodo en una bañera.

Ella se estremeció y Rylen sintió una palpitación placentera. Se pegó a ella, con una mano en una cadera y la otra envolviéndole el cuello hasta girarle el rostro para que lo mirara por encima del hombro.

—¿Es lo que quieres? —Le dio un apretón en la cadera, mientras la mano contraria descendía tentativamente por el espacio entre sus pechos hasta llegar a la altura del ombligo y volver a subir—. ¿Mmm?

Ashbree parecía haberse quedado sin palabras, y eso lo encendía más.

—Sí... —jadeó. Estaba temblando entre sus brazos de puro deseo—. Es lo que quiero, Rylen.

No se acostumbraba al sonido de su nombre en sus labios. Él soltó un murmullo profundo y la besó en el cuello. La aprisionó entre sus brazos, ambos sentados en el borde de la cama, espalda contra pecho, sintiendo cada centímetro de sus pieles sudorosas. Meció las caderas de modo que su erección, recluida contra la espalda de ella, se frotara y exhaló sobre el cuello de Ashbree, arrancándole un jadeo que le recorrió cada terminación nerviosa.

La exploró con las manos mientras su boca se deshacía en besos en el espacio entre el lóbulo y el hombro, acelerándole la respiración. Sabía que después del orgasmo anterior, no era necesario que se deshiciera en jugueteos, que estaría lo suficientemente mojada para lo que tenía en mente hacer. Pero quería llevarla al borde, llevarlos a ambos al borde.

Descendió una mano al punto caliente entre sus piernas, mientras que con la contraria le deshacía la trenza y luego la apretaba contra sí de nuevo. Después, los dedos del rey trazaron movimientos circulares sobre su clítoris. Extasiada, Ashbree dejó caer la cabeza sobre el hombro de Rylen con los ojos cerrados. Alzó el brazo hacia atrás y lo agarró de la nuca, con la necesidad de sentirlo todo lo pegado a ella posible. Sin saber si era premeditado o no, por el camino le acarició el arco picudo de la oreja. Y aquel gesto lo encendió tanto que no pudo contenerse y acabó mordiendo la piel sensible del cuello de Ashbree para ahogar un gruñido. Ella gimió, complacida, y de sus labios escapó un suspiro que sonó a su nombre.

—¿Sabes? Esto es parecido a lo que sentí cuando te cacheé en mi tienda de campaña. —Se movió más contra ella y contuvo un siseo propio cuando Ashbree hundió las uñas en su nuca. Él estiró los labios en una media sonrisa—. ¿Tú también te acuerdas?

—Sí... —jadeó.

Despacio, Rylen se puso en pie, giró a Ashbree e intercambiaron posiciones, quedando ella de rodillas sobre la cama. Era evidente que Ashbree esperaba que la tomara cara a cara, pero Rylen prefería explorar otras vías. Por eso la besó un par de veces en distintas partes de su anatomía.

—Ponte a cuatro patas —murmuró entre beso y beso.

Ella se mordió el labio inferior, se dio la vuelta para él y apoyó las manos sobre el colchón. Rylen bufó al verla así, pero no se demoró demasiado en acercarse a ella, para que no se sintiera expuesta. Se cernió sobre ella y le besó la columna, regalándole caricias mientras envolvía su erección con una mano. Apoyó la punta en la entrada húmeda e inspiró hondo, apelando a todas sus contenciones.

—Rylen... —suspiró ella con necesidad.

Lento, pero inexorable, se introdujo dentro de Ashbree. Ella gimió y ambos se quedaron muy quietos unos segundos, él con los nervios palpitándole en el pecho al compás del burbujeo de sus sombras. Tenía la cabeza en demasiados sitios, así que se limitó a dejarlas salir de nuevo para que acariciaran la piel de Ashbree. Ella se relajó más todavía al sentir su oscuridad encargándose de su cuerpo y Rylen se meció dentro de ella un par de veces antes de subir una rodilla a la cama e instarla a dar un paso adelante.

—¿Qué...? —masculló ella, con la voz enturbiada por el placer.

—Confía en mí —le murmuró contra la espalda.

Había pasado años blindado a la confianza inesperada, no se había abierto con nadie ni había derribado barreras. Y que ella, después de todo, confiara en él sin dudar, hizo que un nudo se le apretara en la garganta. Porque se reconoció en aquella confianza ciega. Ya había llegado a la conclusión de que dejaría su vida en sus manos si con ello lograba la paz que su pueblo deseaba, pero constatar que ella era capaz de sobreponerse a los prejuicios aprendidos con semejante entereza terminó de confirmárselo.

Ashbree se movió hacia delante hasta que Rylen quedó de rodillas sobre la cama y empujó un poco más para que ella bajara el torso, y luego otro poco hasta que ambos estuvieron tumbados, con sus caderas inclinadas hacia las de él y toda su longitud dentro de ella. Cuando la tuvo bajo su cuerpo, espalda contra pecho, él encontró las muñecas de Ashbree y las colocó por encima de la cabeza, sobre el colchón.

Fue entonces cuando empezó a moverse dentro de ella de verdad. La cabeza le pesaba por el deseo que le embotaba los sentidos, sobre todo por los sonidos que Ashbree hacía al sentir cómo sus cuerpos se frotaban de esa forma tan intensa y apretada. Rylen acercó la boca al oído de Ashbree y le besó el lóbulo.

—¿En algún momento pensaste en esto cuando te retuve en aquella cama? —Ashbree tenía los ojos cerrados, las mejillas arreboladas y casi sin poder respirar por el placer. Pero encontró las fuerzas para dedicarle un asentimiento trémulo—. ¿Y es como te lo imaginabas?

—Mejor...

Ashbree apenas recordaba cómo se pensaba. No era capaz ni de entender cómo su cuerpo podía disfrutar tanto, cómo sus palabras podían estar generando en ella la bola de tensión que amenazaba con romperla. Habían cambiado tantas cosas desde aquel momento en el campamento...

Rylen le acarició el cuello, sin dejar de penetrarla, sin aplastarla. Concediéndole el espacio justo que le había dado entonces, retenida a su merced de un modo tan diferente que sentía que iba a enloquecer. Y que sus sombras, con esa caricia de terciopelo, no dejaran de pasar sobre su cuerpo no ayudaba a contener la corriente que la embargaba.

Quería dilatarlo, quería que las caderas de Rylen no dejaran de embestir. Lo sentía apretado dentro de ella, y cuando liberó sus muñecas para apoyar un brazo sobre la cama y colar la mano contraria entre sus piernas, Ashbree supo que nunca olvidaría aquella noche.

Los dedos de Rylen trazaron círculos sobre su clítoris, inclinó el rostro hacia ella y la besó en el hombro mascullando su nombre en un tono ronco. Una advertencia de lo mucho que estaba disfrutando de su cuerpo, de lo vívido que tenían ambos aquel recuerdo, aquel primer encontronazo que la llevó a odiarlo con más fuerzas si cabía.

Entonces salió de ella y, sin esfuerzo, la manejó para darle la vuelta y quedar cara a cara.

—Hola —la saludó con malicia, cerniéndose sobre ella.

—Hola —jadeó ella con una sonrisilla.

Cuando Rylen se introdujo de nuevo en su interior, ninguno apartó la mirada. Ashbree dejó su luz libre y exploró cada centímetro del cuerpo del rey, quien cerró los ojos y gimió con deleite, sin parar de moverse. Ashbree descubrió que lo que salía de sus gargantas conformaba la melodía perfecta, una que le gustaría emular con su violín y el piano del rey. Alzó el cuello para reclamar su boca y él, solícito, atendió su petición con diligencia.

Rylen aumentó el ritmo, sus brazos tensándose con cada minuto que pasaba sobre ella. Ashbree los acarició, sus ojos conectaron, ambos velados por la pátina del disfrute, y algo dentro de su pecho se contrajo con aquel modo seductor que tenía de mirarla.

Cuando el rey murmuró su nombre con un anhelo que traspasaba cualquier necesidad de la carne, la tensión de su bajo vientre terminó de concentrarse y se liberó tan rápido que tuvo que arquear la espalda y cerrar los ojos. Y poco después, él la siguió por aquel precipicio.

Ella abrió los ojos cuando Rylen exhaló un suspiro largo y tembloroso y le limpió la lágrima rebelde que había corrido por su sien de pura emoción. Con el aliento contenido, Ashbree se maravilló con el mar de galaxias con puntos dorados que entre ambos habían pintado. Un firmamento del que solo ellos dos serían testigos.

27

Arropados por el calor de sus cuerpos, abrazados y tapados hasta la cintura, Rylen le acarició el brazo, admirando el espectáculo que habían creado sus luces y sombras. Ashbree, con la cabeza apoyada en aquel pecho carente de corazón, lo miraba de soslayo, y su expresión era del todo indescifrable. A ratos parecía sumido en la añoranza, a ratos en el dolor, y en el disfrute en otros. No lo culpaba, ver aquella imagen sobre sus cabezas debía de traer a su mente muchos recuerdos. Y tener esa sensación hizo que el corazón se le estrujara, porque Ashbree quería que pensara en ella, no en la fémina que le destrozó la vida.

—Nunca había visto nada igual —murmuró Rylen.

Ashbree deslizó la vista de sus facciones a la galaxia desde la cual llovían estrellas sobre ellos. El estómago le dio un vuelco al percatarse de que, una vez más, Rylen había sabido leerla sin necesidad de pronunciar palabra.

—¿Con Ayrin no...? —dejó la pregunta a medias, incapaz de terminarla.

Él negó con la cabeza y se tomó unos segundos antes de hablar.

—Quizá debería haber visto antes sus intenciones, sobre todo al final. Al principio se mostraba esquiva, aunque luego de verdad que creí que estaba enamorada. Pero nunca terminamos de tumbar las barreras entre nosotros, yo pensaba que por miedo a nuestros sentimientos. Solo liberó su luz conmigo una noche. Esa noche.

Ashbree inspiró hondo para gestionar lo mucho que le dolió oírlo.

—Y ni siquiera fue así —prosiguió, señalando las espirales de luces y sombras moteadas de plata y oro—. Fue... aséptico. Y a mí me lo pareció todo —masculló arrastrando las palabras con una risa atragantada. El silencio que los envolvió empezó a asfixiarla. Y, una vez más,

Rylen supo leer su lenguaje corporal, porque la apretó contra sí—. Cuán equivocado estaba —añadió mirándola a los ojos.

De entre los labios de Ashbree escapó un quejido emocionado y él se inclinó hacia ella para besarla en los labios. Durante unos minutos se quedaron así, regalándose besos sin segundas intenciones, hasta que el rey le dijo que era hora de marcharse.

Cuando Rylen se detuvo en el umbral de la puerta que daba al pasillo, ya vestido y con una sábana ocultando el cuerpo de Ashbree, la besó de nuevo, sin preocuparle que alguien los viera, y le aseguró que la esperaría abajo. Ella cerró la puerta y se recostó contra la madera, acariciándose los labios, como si así pudiera tocar los del rey a través del recuerdo latente en su piel. Había sido excepcional, y aunque su mente un tanto cerrada la llevaba a compararlo con lo que había vivido con Ilian, se dio cuenta de que no tenía ningún sentido hacerlo.

Ambos eran perfectos a su manera: Ilian era salvaje, fuego tomando forma y estallidos incontenibles; Rylen era dulzura cargada de malicia, era delicado y travieso al mismo tiempo. Mientras que Ilian disfrutaba más tocando y usando las manos, Rylen se dilataba en los besos.

No sabía por dónde iría la relación con ellos, pero se sorprendió pensando en lo bien que se sentiría teniéndolos a los dos en su vida del mismo modo. No obstante, antes de llegar a ese punto, tenía que enfrentarse a Veturnaetur y, después, a una conversación con ambos, porque por nada del mundo quería que ninguno saliera herido. Prefería no tenerlos de esa forma antes que hacerles daño por no ser capaz de elegir.

Cuando abrió el armario, contuvo un suspiro. Hacía días que había hablado de aquel vestido con Elwen, del concepto que quería lucir. Por primera vez en sus veinticinco años, había elegido llevar una prenda como aquella por voluntad propia, porque jamás volvería a permitir que la denigraran por la ropa que la hacían ponerse. Los vestidos no tenían culpa de lo que su padre había hecho con ella. Y si bien nunca había sido muy amiga de esas prendas, había empezado a verlas de otro modo gracias a Elwen y sus medias, que evitaban que los muslos le rozaran.

La tarde anterior, en la breve tregua que Rylen le había concedido tras su entrenamiento, Elwen se había presentado en sus aposentos acompañada de Orsha. Entre ambas habían portado una funda de tela cuyo contenido estaba confeccionado expresamente para ella.

—No tengo forma de pagar esto —se había sincerado Ashbree, maravillándose con la textura de la tela, mientras Orsha colgaba el vestido en el armario.

—Considéralo un regalo —comentó Elwen, balanceando las piernas desde el borde de la cama.

Aunque la fémina era algo más alta que Cyndra, y su cuerpo en forma de pera distaba mucho del palillo que era su hermana de batallas, algo en Elwen le recordó a ella y el corazón se le comprimió.

—¿Un regalo de quién? —había preguntado con la voz constreñida. Imaginó que sería de Ilian y la calma la inundó por dentro, llevándose parte del dolor solo con el mero hecho de pensar en él. Pero también existía la posibilidad de que hubiera sido un regalo del rey, y apenas veinticuatro horas atrás aquel pensamiento la descolocó.

—Mío.

—¿Tuyo?

Ashbree se giró para mirarla y la fémina se encogió de hombros, con una sonrisa en los labios.

—Esto ya está —dijo Orsha, después de encender la chimenea con esos dones propios de los suyos—. Si me necesitáis, no tenéis más que llamarme.

—Gracias, Orsha —admitió Ashbree.

Le resultaba extraño agradecer el servicio por el que le pagaban, pero había ido descubriendo que se sentía mejor con cada vez que lo hacía. Los elfos oscuros no solo habían puesto su mundo patas arriba, destrozando lo que creía cierto para revelarle la auténtica realidad, sino que habían arraigado en su propio ser y la estaban convirtiendo en alguien mejor. Y jamás tendría palabras de agradecimiento suficiente para lo mucho que sentía que iba creciendo poco a poco, a pesar de las desgracias que marcaban su vida.

—No tienes por qué hacerme ningún regalo —dijo la heredera cuando se quedaron a solas.

Elwen se había levantado y miraba por la ventana, abrazándose a sí misma.

—Lo sé —murmuró. Ashbree se acercó a ella y ambas contemplaron la majestuosa estampa de las montañas Brinthor, con aquellos picos imposibles espolvoreados de blanco, y la ciudad a sus pies—. Pero quería hacerlo.

Elwen se frotó los brazos, su rostro desprovisto de emoción, perdida en sus pensamientos. Ashbree hizo una mueca, imaginando dónde estaba su mente, y se mantuvieron en silencio, porque a veces la falta de palabras decía más que discursos extensos.

—Es mi forma de agradecerte que seas mi amiga, a pesar de todo lo que supone estar a mi alrededor —se sinceró con voz temblorosa.

Ashbree había tenido que parpadear varias veces para contener las lágrimas. Se veía reflejada en ese sentimiento de soledad que moraba en el interior de una fémina tan radiante como Elwen, cuyas sonrisas no discriminaban. Y, a pesar de todo, a pesar del rechazo de los suyos, tan similar y diferente al que había experimentado Ashbree, Elwen nunca había perdido la fe en un mundo mejor. La heredera se dio cuenta entonces de la cantidad de similitudes que se pueden encontrar en los supuestos enemigos; de que ambas habían vivido con un don que las mantenía excluidas de los demás, de un modo u otro.

No había podido reprimir el impulso de extender un brazo y estrechar a Elwen contra sí. La fémina ahogó un sonido fruto de la sorpresa y Ashbree inspiró hondo para tratar de deshacer el nudo de emociones que se había formado alrededor de su corazón. Porque, irremediablemente, la pérdida de Cyndra había sido el detonante para que ella terminara de abrirse. Sin reticencias. Y aunque Dalel había puesto a otra fémina extraordinaria en su vida, deseaba que ambas hubieran podido formar un pedazo de ella sin ser excluyentes.

—No tienes que darme las gracias por nada, Wen. —La fémina había alzado la vista hasta el rostro de Ashbree al escuchar el apelativo que solo su familia empleaba—. Yo he elegido estar aquí. Y lo estaré siempre que me dejes.

Ashbree la miró y se encontró con esos ojos morados, tan parecidos a los violetas de su hermano, y se percató de que la fémina lloraba en silencio con una sonrisa trémula en los labios. Abrió la boca, sin duda para agradecerle de nuevo su compañía, y Ashbree soltó una risilla antes de suspirar y estrecharla entre sus brazos propiamente.

Después de aquel momento, estuvieron hablando del espectacular vestido burdeos que Elwen había elegido para Veturnaetur y que no le había querido enseñar para que fuera una sorpresa. Ashbree, entre risas, le recriminó su hipocresía, y siguieron riendo hasta que cayó la noche y Elwen se marchó.

A apenas unos minutos de bajar al salón del trono, Ashbree pasó los dedos por la tela vaporosa del vestido que su nueva amiga le había regalado, que su nueva amiga se había esmerado por que confeccionaran para ella. Hizo memoria y no recordaba ningún otro presente que la hubiera marcado tanto como aquel salvo el violín que su madre le había conseguido, tan distinto al que ahora descansaba sobre la mesita junto al espejo.

Había llegado el momento de la verdad, el momento de enfrentarse a una nueva realidad que la aterraba. Aquella noche pretendían encontrar al varón que había estado a punto de acabar con su vida, y solo le quedaba desear que Ilian y Rylen permanecieran a su lado, porque después de haber matado a Arathor en un arrebato, no estaba segura de poder perdonar nunca más. Ni siquiera a su padre, a quien sabía que terminaría destruyendo de un modo u otro, porque Arathor podría haber sido el responsable de que encontraran a Cyndra, pero Arcaron Aldair había sido su ejecutor. Y jamás lo olvidaría.

28

Rylen ya había saludado a los primeros invitados con una sonrisa tensa en los labios. El salón del trono estaba más lleno de vida de lo que lo había visto en los últimos quinientos años, y aunque eso le transmitía una paz que hacía demasiado tiempo que no experimentaba, no podía evitar estar alerta. Entre los elfos oscuros había más elfos de luz de lo que habría esperado. A la mayoría no los reconocía por las máscaras estivales, pero a otros sí. Como a Silvari, que se acercó a saludarlo y le dedicó una sentida reverencia.

Todos pasaban por delante del rey, reconocible por su corona, de la que no había podido escapar por ser el primer Veturnaetur en tanto tiempo. Le mostraban su gratitud con distintos grados de emoción y luego se movían por el espacio para saludar a quienes reconocían.

Rylen estaba saturado de estímulos, pendiente de todo, de los camareros enmascarados que portaban bandejas colmadas de canapés y bebidas espumosas, de la gente que bailaba en la zona reservada a ello, de los músicos que no erraban ni una sola nota y a los que le gustaría unirse, olvidando quién era él.

Haizel se acercó y lo agarró del brazo para llamar su atención, dispersa entre tantos focos.

—Está siendo una noche estupenda —le comentó con un asomo de sonrisa en los labios. Era la primera vez que lo veía tan relajado desde lo de su difunto marido, y se alegraba—. Gracias por habernos devuelto esto.

—No todo el mérito es mío.

Rylen acompañó sus palabras con una sonrisa y le dio una palmada cómplice en la espalda antes de que se alejara y lo dejara solo. Oteó por encima de las cabezas y de los peinados pomposos, y escudriñó las máscaras de los asistentes en busca de rostros reconocibles.

No quería estar solo, aunque siguieran acercándose a saludarlo. No podía estar solo. La ansiedad se hacía una bola en el hueco vacío de su corazón, y cada vez le costaba más respirar. Aunque había dejado de ver a Ashbree como a Ayrin, y había constatado que era un millar de veces mejor, aquel festejo revivía demasiados traumas. Quería sobreponerse a ellos, pero se estaba ahogando en sus propios sentimientos, sobre todo después de haberse acostado con ella y haber confirmado lo estúpido que había sido con Ayrin.

Él sabía que el juego de luces y sombras era peligroso porque lo había experimentado en sus propias carnes, aunque jamás había sido del modo íntimo que habían compartido la heredera y él. Y eso había terminado de despejar todas las dudas alrededor de lo que sentía. Llevaba mes y medio conviviendo con Ashbree y ya sabía que había dejado impronta en él, una que empezaba a eclipsar la de Ayrin.

Apenas dos meses después de casarse con la última de los Wenlion, Rylen había mandado construir un palacio para ella y por la promesa de los hijos que estaban por venir, ebrio por el ideal de un amor que había parecido tan recíproco como real. Ayrin era una fémina cerrada, fría y seria, pero él había conseguido que se abriera. O lo había creído. Recordaba las risas comedidas compartidas, los instantes en los que la pillaba contemplándolo con admiración, los besos incendiarios y las palabras colmadas de cariño. Cinco siglos más tarde, Rylen seguía sin comprender cómo Ayrin podía haber sido tan buena actriz. Cómo había construido una patraña que todos en su entorno se tragaron sin dudar.

Rylen le había dado demasiadas vueltas, y siempre había llegado a la misma conclusión: no tenía la certeza de que Ayrin no lo hubiera amado. Tal vez su plan siempre hubiera sido acabar con él, pero en el proceso, tuvo que terminar desarrollando sentimientos. Unos que no habían sido lo suficientemente fuertes.

Quinientos años después, tras haber creído durante todo ese tiempo que aquello era estar enamorado, Rylen tenía dudas de si él mismo había llegado a estarlo. O si solo se había enamorado de la promesa y la luz que aquella emperatriz todopoderosa irradiaba, encandilado por una ilusión mediante la cual ella había terminado jugando con él.

El ruido que lo rodeaba se acalló sutilmente y miró en dirección hacia donde se giraban muchas cabezas, saliendo de su ensimismamiento.

Rylen se quedó sin habla. Se le secó la garganta al verla llegar, peinada con un semirrecogido, una máscara plateada ocultando sus rasgos superiores y los labios resaltando de un rojo vívido que se moría por besar. Llevaba un impresionante vestido de seda negra con escote en uve que le realzaba los pechos. La cintura, entallada, le acentuaba la figura curvilínea, y era desde donde caía la falda suelta en cascada. En los hombros, unas escamas argentadas a modo de hombreras conectaban mediante finas cadenas de plata —adornadas con lunas menguantes diminutas— a una gargantilla del mismo material. Las mangas de capa de la misma seda, que casi barrían el suelo a su paso y que nacían de las hombreras, le conferían el recato que a ella tanto le gustaba mientras que la volvían arrasadora al mismo tiempo. Y donde la tela se encontraba con el suelo de obsidiana, se tornaba de negro a gris entremezclado con violeta.

Aquel vestido representaba Lykos y su resistencia, abrazaba la plata que tanto le había hecho sufrir, denotaba fiereza con las escamas de su propio *Fjel* y llevaba un pedazo de Rylen y de Ilian consigo, en los colores grises y violetas de las puntas. Era una declaración de intenciones en toda regla que la elevaba a la categoría de una diosa. Rylen estuvo tentado de arrodillarse y suplicarle misericordia, y al mismo tiempo quiso enterrar el rostro bajo las telas de la falda y volver a empaparse del sabor de entre sus piernas. Dar un espectáculo que jamás olvidarían en Glósvalar.

Lo único que a Ashbree le faltaba era una corona que no le importaría entregarle.

Rylen se aclaró la garganta y se acercó a ella, temblando como el trigo mecido al viento. Cuando ella lo ubicó entre la multitud, lo observó con el mismo embelesamiento, bebiéndoselo con los ojos. La vio tragar saliva y sus propios labios se curvaron en una media sonrisa satisfecha. Ashbree no perdió detalle de la corona oscura y un tanto traslúcida que refulgía sobre su cabeza, ni del trabajo fino de los hilos plateados que adornaban su chaqueta negra. Estiró la mano hacia él y acarició el terciopelo de la solapa y más abajo, por encima de su abdomen, en una caricia distraída que a ojos de los demás habría supuesto deleitarse con la manufactura. La realidad era que se estaban diciendo mucho con ese roce sutil.

El rey le tendió el codo y ella aceptó con una sonrisa en los labios y cierto rubor en las mejillas. Rylen se inclinó sobre ella, hasta que le rozó la oreja con la boca, y le susurró:

—Muchos adoran a Artha mirando al cielo, pero esta noche la diosa de la oscuridad ha bajado a la tierra para que la idolatren hincando la rodilla frente a ti.

Ashbree contuvo el aliento y los ojos le centellearon. Sin dejar de observarla, porque solo con mirarla la ansiedad desaparecía, la condujo entre la gente, que se apartaba a su paso. Muchos les dedicaban cabeceos corteses; otros, reverencias formales. La mayoría estaban atónitos ante lo que estaban presenciando: a su rey con una elfa de luz del brazo.

Se detuvieron frente al trono, colocado a ras del suelo porque no le gustaba que lo elevaran por encima de los demás, y se soltó de Ashbree. Un helor se instaló donde su mano le había estado templando el brazo, pero era lo que tenía que hacer.

Con los nervios caldeándole la sangre, Rylen tragó saliva, preparándose para hablar frente a su gente.

—¡Pueblo de Lykos! —proclamó. La música se acalló y todos los ojos de aquella sala, cientos de ellos, se clavaron en él. En el silencio sepulcral, Rylen se empapó de la presencia poderosa de Ashbree un paso por detrás, con las manos entrelazadas frente al cuerpo y mirada regia—. Esta noche no solo hemos restaurado las tradiciones, unas que yo mismo abolí movido por el pesar de la guerra y sus consecuencias, sino que festejamos un nuevo comienzo. Honramos a nuestros antepasados y celebramos el final de las cosechas con un nuevo futuro frente a nosotros. Tras siglos de guerra, fruto de una traición que nos ha traído desgracia tras desgracia, por fin veo luz al final del camino.

Rylen miró a Ashbree por encima del hombro, a su luz verdadera, y le dedicó una sonrisa con la que pretendía calmarla. Después, extendió la mano hacia ella, quien no dudó en aceptar el gesto y dar un paso para quedar a su lado.

—Tengo el honor de presentaros a Ashbree Aldair, próxima emperatriz del Imperio de Yithia y aliada del Reino de Lykos. —La multitud ahogó distintos sonidos de sorpresa y un murmullo bajo se alzó, pero Rylen no iba a permitir que tomara voz—. Ella es la aliada que necesitábamos, quien nos ayudará a buscar la paz después de tantos años y quien realmente merece ocupar el puesto de su predecesor en el trono de cuarzo. La esperanza de la isla.

La voz le tembló por la intensidad y, tirando del brazo, recolocó a Ashbree junto a él para que se plantara frente al trono de obsidiana.

—¿Qué...? —murmuró tan bajo que solo él pudo oírlo, el timbre cargado de temor.

—Confía en mí.

Rylen le apretó los dedos y devolvió la atención a su pueblo.

—Desde hoy y en adelante, Ashbree Aldair será considerada un miembro más de nuestra corte. —Se giró hacia ella—. Una igual a la corona del Reino de Lykos. —Los ojos de Ashbree relucían con lágrimas contenidas y Rylen le colocó las palmas sobre los hombros para transmitirle fuerzas—. Mi igual.

La guio para sentarla en el trono de obsidiana. Ella intentó contener el gesto de estupefacción, las lágrimas a punto de desbordarse, pero no había acabado.

Con una firmeza desafiante, Rylen Valandur, Rey de los Elfos, hincó la rodilla frente a ella, la cabeza gacha en un gesto de sumisión que jamás se había visto en un regente. Y con voz firme y autoritaria proclamó:

—Yo te reconozco como emperatriz de Yithia.

Sus palabras resonaron entre las columnas imponentes, entre los gigantes que observaban silenciosos, al igual que su pueblo. Tuvo la sensación de que el corazón le iba a atravesar el pecho de lo fuerte que le latía, aunque fuera imposible. La ansiedad creció y el miedo a que nadie lo respaldara hizo que las palmas empezaran a sudarle, pero era un rey, y no podía venirse abajo ahora.

—Yo te reconozco como emperatriz de Yithia —declaró una voz grave y que conocía demasiado bien.

Todas las vistas, la suya y la de Ashbree incluidas, se desviaron hacia quien había hablado. Ilian, en una zona despejada a la entrada del salón, los miró con determinación e hincó la rodilla. Su hermano de batallas había llegado justo cuando más lo necesitaba, como siempre, y los ojos se le inundaron de lágrimas al verlo agachar la cabeza del mismo modo en el que lo había hecho él.

—Yo te reconozco como emperatriz de Yithia —anunció una voz dulce.

Elwen se arrodilló para ella y el pecho se le fue hinchando de gratitud.

—Yo te reconozco como emperatriz de Yithia.

Que una troll se sumara a la reivindicación podría no valer de mucho para la mayoría de los allí reunidos, una foránea que poco tenía que decir en el conflicto, pero para Rylen fue como una caricia en el alma.

—Yo te reconozco como emperatriz de Yithia.

Haizel. Haizel había declarado frente al pueblo de Lykos que la apoyaba.

Y después de él, todos los elfos de luz, encabezados por Silvari, no dudaron en reconocer a su emperatriz casi al mismo tiempo. Poco a poco, las voces de los allí presentes se fueron alzando hasta que se convirtieron en una algarabía de elfos y elfas que manifestaban su aceptación, que se comprometían a apoyarla para hacerse con el control y poder sentarse en su propio trono a tantos kilómetros de distancia.

El que antaño había sido el pueblo enemigo se postró de rodillas ante ella y ni una sola cabeza quedó alzada cuando, entre todos, la proclamaron séptima emperatriz del Imperio de Yithia.

La verdadera declaración de intenciones que tanto habían estado esperando.

29

Cyndra no había experimentado la verdadera felicidad hasta que se había comprometido con Seredil. No habían hablado al respecto, ni tampoco sobre qué harían al llegar a Jellin más allá de usar el anillo de Elegor sabiamente. Su estancia en El Lamento de la Sierpe se había convertido en una pausa en el camino que estaban aprovechando para conocerse mejor. Y desde aquella noche mágica en la que Cyndra se había permitido sentir de verdad, en lugar de acariciar el sello de la casa de la moneda con el rostro alzado al firmamento nocturno, lo hacía pasando la yema del pulgar sobre la aspereza del anillo de cuerda.

Era sencillo, como su relación con Seredil, y aunque la conjuradora había bromeado con que, en cuanto pudieran, le compraría uno de verdad, Cyndra no quería cambiarlo por nada del mundo. Porque había vivido rodeada de unos lujos que jamás le habían aportado tanto como aquel trozo de cuerda.

Las jornadas se sucedieron perezosas, mientras dejaban a la izquierda los islotes que conformaban el Archipiélago de Urdú y embocaban dirección al golfo en el que se encontraba Jellin, atravesando la extensión del Mar Ancho. Allí, cerca del territorio de las huldras, el mar adquiría un tono turquesa hermoso, de aguas en calma que evocaban paraísos verdes.

O había sido así hasta que el viento cambió a última hora de la tarde del decimotercer día y trajo consigo unas densas nubes, negras como la noche más cerrada y desprovista de astros.

Inclemente, la tormenta se desató sobre la cubierta de El Lamento de la Sierpe sin previo aviso, tan repentina como imposible. La tripulación se deslizaba de un lado a otro, soportando el aguacero con entereza, respondiendo las órdenes de su capitán mientras el barco se bamboleaba a babor y a estribor con tanta violencia que nadie podía permanecer en su hamaca.

La mercancía se soltaba de sus amarres y los barriles rodaban por las cubiertas inferiores, arrollando y aplastando a todo el que tuviera la mala suerte de cruzarse en su camino. Cyndra los esquivó como pudo, arrastrándose por el suelo, chocando con las paredes cuando una nueva ola hacía zozobrar la embarcación y amenazaba con volcarlos. En silencio, lanzaba plegaria tras plegaria a Dalel, para que le hiciera frente a Tisa, diosa de las tempestades, y aplacara su ira. No por ella, sino por Seredil, porque no sabía dónde estaba.

Su mal presentimiento inicial se había cumplido y había tomado forma en la tormenta más brutal que hubiera presenciado jamás. El mar, casi negro, reflejo de la rabia del cielo nocturno, intentaba engullirlos mientras ascendía por las escaleras a gatas y haciendo frente al agua que caía en cascada desde la cubierta superior e iba inundando las inferiores. Cuando una nueva ola impactaba contra el casco, sonaba como a montañas chocando entre sí, un ruido duro, temible, que obligaba a apretar los dientes. Uno que rivalizaba con el de los truenos y lo hacía parecer trémulo.

Por encima del barco, el cielo se fragmentaba con rayos blancos. El ambiente estaba cargado de estática cuando llegó al exterior y una ola la arrastró sobre el suelo hasta estamparla contra la baranda de estribor. Cyndra se agarró con fuerza a la madera y vomitó el agua salada que le había entrado en los pulmones. Un ardor atroz le raspó la garganta y, con el pelo adherido al rostro, miró a su alrededor. Sus ojos, que le escocían por la sal, viajaban frenéticos por la cubierta, donde los tripulantes se movían de un lado a otro asegurando las velas como podían, echándole un pulso a la tormenta.

Los únicos momentos en los que veía con cierta claridad era cuando un relámpago lo iluminaba todo con una promesa de muerte. El barco se mecía sin parar, la lluvia torrencial le empujaba el cuerpo hacia abajo y casi le impedía caminar mientras avanzaba a tientas gritando un nombre que se perdía en el rugido de la tormenta.

Se desgañitó y sus rodillas volvieron a encontrarse con el suelo cuando una nueva ola amenazó con volcar aquel coloso de madera.

—¡Seredil! —gritaba una y otra vez, desesperada.

No cabía duda de que el barco se iba a hundir, de que no soportaría semejante violencia. El casco crujía en un lamento demasiado parecido al llanto. Estalló una fracción de la baranda cuando una nueva ola azotó con la dureza de un martillo. Cyndra dejó de saber qué era arriba y abajo, pero la rugosidad bajo su piel empapada le decía que seguía en la cubierta. Que seguían a flote.

—¡Seredil!

Su llamada se entremezclaba con los gritos de los tripulantes, que rezaban a todos los dioses conocidos y desconocidos por un favor. Por esperanza. Por clemencia. Por perdón.

Y Cyndra solo podía rezar para que Seredil sobreviviera, porque ella había sido la que la había arrastrado hasta aquella situación. Era su culpa y su responsabilidad. Tenía la sensación de que no iba a sobrevivir a esa noche, que se ahogaría y la tormenta la arrastraría a las profundidades, pero al menos quería que la conjuradora se mantuviera a flote.

—¡Seredil! —se desgañitó entre toses.

Apenas le quedaba voz, la garganta le quemaba por la cantidad de agua salada ingerida. Zozobraron con violencia, Cyndra se arrastró por toda la cubierta, de lado a lado, lanzando los brazos para intentar agarrarse a lo que fuera, inútilmente. Su cuerpo se alzó por el borde de la baranda, directa a las fauces del mar, y entonces el barco se meció hacia el lado contrario, manteniéndola sobre cubierta en el último segundo. Una mínima tregua entre tanto caos desatado para seguir con su búsqueda. La lluvia, las salpicaduras del mar, el aullido del viento, el rugido de los rayos; todo estaba en su contra para que no se encontraran.

Y entonces la oyó.

—¡Cyndra!

Un quejido. Una esperanza.

Localizó los cabellos dorados y empapados de Seredil, a un par de metros por delante de ella, aunque apenas podía ver nada a su alrededor. Y entonces la embarcación gimió, una amarga despedida de madera crujiendo, estallando. Todo se volcó.

—¡No, no, no! —maldecía una y otra vez.

Pero no importó, porque Cyndra perdió el norte, el pie y la estabilidad. Resbaló por el suelo con la mano estirada hacia Seredil, sus cuerpos arrastrándose sobre el agua que inundaba la cubierta, cada vez más cerca.

Y luego se separaron, cuando las puntas de sus dedos habían estado a medio centímetro de rozarse.

—¡¡¡Seredil!!!

No supo decir si le respondió; si lloró su nombre al viento y a los dioses, porque lo único que se oía era el batir del agua, cruel y aterradora. El mar las arrastró en direcciones contrarias, el barco empezó a hundirse y la tormenta engulló todas las esperanzas de la fémina cuando por fin la escupió por encima de la baranda hacia el mar duro.

Una ola, tan grande como una montaña, volcó la embarcación y se tragó a todo aquel que estuviera dentro de El Lamento de la Sierpe, en la noche del reconocimiento de la séptima emperatriz de Yithia, sin que Cyndra Daebrin llegara a saber que la esperanza del imperio, y de toda la isla, seguía viva. Que seguía luchando.

El agua, siempre inexpugnable, era un rival imposible de vencer. Sin importar que Cyndra nunca se quebrara, que nunca la sometieran. Porque a veces, un mantra no bastaba para sobrevivir.

30

Rylen había declarado frente a todos los asistentes que reconocía a Ashbree como la séptima emperatriz de Yithia. No como su reina consorte, no como una figura subyugada a su poder. Su igual. Poderosa por sí misma, aunque sin un imperio que dominar. Y los allí presentes habían respaldado el proclamo de su rey por voluntad propia, no por coacción ni temor, no por incertidumbre ni recelo ante las represalias. Por devoción y confianza. Por respeto.

Aquello suponía desafiar a su padre abiertamente, casi como orquestar un golpe de Estado desde la otra punta de la isla. No sabía cómo iban a lograrlo, ni si sería buena idea, en realidad, pero Rylen había manifestado su deseo de que su predecesor desapareciera del tablero para conseguir la paz.

Ashbree era consciente de que tenía que decir algo, de que no podía permitir que la sala siguiera sumida en aquel silencio expectante, con sus pueblos —los dos— arrodillados frente a ella. Así que, haciendo acopio de todo su control para que no le temblaran las rodillas, se puso en pie e inspiró hondo.

—Podéis levantaros.

Rylen fue el primero en obedecer, un rey acatando órdenes de una emperatriz. Y tras él, le siguieron los invitados. Ashbree buscó a Ilian con la mirada, porque apenas lo había visto, pero debía de haberse adentrado entre la multitud, puesto que ya no lo encontraba. A la que sí ubicó fue a Elwen, despampanante con su vestido burdeos, que se ceñía a su figura con una sensualidad sin parangón. Y su sonrisa de aliento, maquillada de rojo pasión, fue lo que la sacó del estupor y la animó a hablar, sabedora de que lo que dijera en aquel momento quedaría grabado en piedra.

—Querido pueblo de Lykos. —Rylen se movió frente al trono para quedar a su lado, aunque ligeramente por detrás—. Sé que habéis sufrido tiempos convulsos, tiempos que ni siquiera puedo imaginar dada mi corta edad. No obstante, quizá esa corta edad sea la que me confiera la visión fresca que ambas naciones necesitamos para avanzar y dejar el conflicto bélico atrás.

»Durante años, vuestros familiares y amigos se han dejado la vida luchando por unos ideales honorables que solo buscaban la paz tratando de garantizar el menor número de víctimas. Y mi pueblo... —La voz se le quebró y sintió la presencia de Rylen más cerca, dándole fuerzas—. Y mi pueblo os ha arrebatado todo lo bueno que habéis intentado hacer con garras de hierro. He comprobado en mis propias carnes los horrores que pueden acarrear las guerras, he estado en el frente y he mirado a Celes a los ojos. Y por todo eso, hoy, aquí, durante vuestra festividad más querida, declaro que haré todo lo que esté en mi mano para unir ambas naciones. Para convertirnos en aquella raza poderosa que, juntos, una vez fuimos. Para que nadie vuelva a dudar nunca de la valía de ningún elfo, independiente de sus afinidades o color de piel. Terminaremos con la Tercera Guerra de una vez por todas. Pondremos fin al periodo de terror iniciado por Ayrin Wenlion y daremos paz a nuestros antepasados perdidos.

Rylen alargó el brazo para coger dos bebidas de la bandeja de un camarero que se acercó a ellos y los invitados fueron abasteciéndose de la misma forma. Ashbree aceptó la copa que el rey le tendió y le dedicó una sonrisa sincera. Sus ojos se encontraron incluso con las máscaras de por medio y el corazón le dio un vuelco. La apoyaba. Él la apoyaba de manera incondicional en todo lo que tuviera en mente, porque, tal y como le dijo una vez, le entregaría Lykos si con ello acababan los años de sufrimiento.

Y, también como él le aseguró en otra ocasión, ahora ella haría lo que fuera por proteger el reino.

—Alzad las copas conmigo y brindemos por los tiempos de cambio. Por los nuevos aliados. Por el Reino de Lykos.

Ashbree levantó la bebida en dirección a Rylen y él tomó la palabra.

—Por un nuevo Imperio de Yithia. —La emperatriz brindó con el rey y los asistentes hicieron lo mismo entre ellos antes de dar un trago para consagrar las promesas proclamadas—. ¡Y ahora disfrutemos de Veturnaetur!

Ante la sugerencia del soberano, la música se reanudó y la multitud se disgregó para comentar lo sucedido y sumergirse en bailes aderezados con una nueva esperanza. Y aunque ella se moría por buscar a Ilian y abrazarlo después de dos días sin verlo, le resultó imposible. Rylen entrelazó el brazo con el suyo y la arrastró hacia un lateral, donde había mucha gente deseosa de expresarle su gratitud, transmitirle sus recelos y desearle suerte.

No sabía si esa había sido la intención inicial del rey, pero le había organizado una audiencia rápida entre los asistentes, porque nadie acapararía todo su tiempo con conversaciones triviales sabiendo que había una fila de gente deseando conocerla. Era la forma más ágil de fijarse en los rostros de los varones pelirrojos y altos que habían asistido al festejo.

Las mesas en los laterales del salón fueron cargadas con manjares que le hacían la boca agua y que estaba deseando probar, aunque no tenía tiempo de eso. Ella y Rylen debían contentarse con mantener la garganta húmeda con las copas de espumoso que interceptaban, porque estaban hablando tanto que las voces empezaban a sonar roncas.

La gente disfrutaba de Veturnaetur y su comida, de la familia y los amigos, de la música y el jolgorio. Y, poco a poco, el ambiente se fue tornando más distendido. Los asistentes se relajaban, bailaban con menos decoro, se reían a viva voz y se dejaban arrastrar por la diversión.

Ashbree había tomado solo dos copas cuando la cabeza se le empezó a embotar, pero no podía permitir que la sonrisa le flaqueara. En uno de los momentos en los que miró a Rylen de reojo, se percató de que un sudor sutil le perlaba la frente. Estaban extenuados solo de hablar, e intentaban recuperar fuerzas con una copa más.

El estómago se le contrajo al terminar la tercera y un retortijón hizo que la sonrisa le temblara. Había varios varones y féminas que se habían retirado a los laterales, apoyados contra las columnas para recobrar el aliento, abanicándose. El alcohol estaba subiendo muy rápido, todos contagiados por la emoción de recuperar la tradición y la promesa de mejora. Era una noche feliz, una noche para celebrar, y Ashbree no hacía más que buscar a Ilian con la mirada en cuanto tenía un respiro, porque además de con el rey, quería compartirlo con él.

—De momento nada —le dijo a Rylen al oído.

Había estado en presencia de una docena de varones que podrían encajar con la figura de sus recuerdos, pero todos tenían algún rasgo característico que los hacía muy diferentes. Rylen mostró su preocupación por que ningún varón de su consejo se acercara a saludar; solo Lindari Nenrod, que le presentó como Consejera de Justicia, le dedicó unos minutos de su tiempo para demostrarle su respeto y afabilidad.

Según le dijo Rylen cuando la fémina se marchó, esperaba que ella se pusiera de su parte en la votación de introducirla en el consejo.

Entre la multitud, Ashbree también buscaba a Elwen, por si conseguía interceptarla para que le pidiera a su hermano que fuera a saludarla. También quería agradecerle que la hubiera convencido de que un vestido como el que llevaba sería el ideal y, por supuesto, que se lo hubiera regalado. Pero tampoco la ubicaba.

Cuando Ashbree se hizo con la cuarta copa, porque necesitaba aclararse la garganta, se dio cuenta de que la mano le temblaba. Demasiado. Tenía una sensación rara en el cuerpo, como de embotamiento. Lo veía todo a través de una extraña neblina que no desaparecía al parpadear. Los nervios se la estaban comiendo, debía de ser eso.

Rylen se percató de su inquietud y se inclinó sobre ella para hablarle al oído.

—Sal a tomar el aire, yo me encargo durante un rato.

La voz le temblaba y sus ojos estaban empañados, tan abotargado por el alcohol como ella. Y aunque supiera que debía acompañarlo en aquella misión y quedarse con él, empezaba a sentir que necesitaba escapar de su propia piel. Que necesitaba ver a Ilian y asegurarse de que todo estaba bien. Aun así, dudó, pero él la alentó a marcharse empujándola por la cintura.

Ashbree caminó hacia las puertas del palacio —abiertas para permitir el paso de quienes quisieran acudir al evento— buscando a Ilian por encima de la gente. Era tan alto que debería ser fácil ubicarlo, aunque no estaba siendo así. Varones y féminas la interceptaban por el camino y tuvo que dedicarles sonrisas corteses y palabras de agradecimiento escuetas.

Los pies se le enredaban con el bajo de la falda, la cabeza le palpitaba y le sudaba el canalillo. Estaba eternamente agradecida por las medias, porque no le rozaban las piernas. Aquel vestido había sido todo un acierto, a pesar de sus dudas. Se sentía poderosa, del mismo modo que Rylen la había descrito. Si su armario empezaba a tener más prendas como aquella, quizá terminara cogiéndoles cariño.

Por fin consiguió abrirse paso hacia las puertas principales, para que el frescor de la noche la calmara y buscar a Ilian con la mente fría, porque el corazón le latía demasiado rápido. Fue entonces cuando se percató de que había guardias apostados en las paredes, velando por la seguridad de todos. Aunque en el Reino de Lykos se abogase por la inclusividad, no podía olvidar que había muchos que seguían siendo reacios a aceptar a los elfos de luz entre sus gentes, y seguro que algunos habrían hincado la rodilla para no colocarse una diana en la espalda frente a sus vecinos. A veces la presión social servía de algo.

Desde el umbral de la puerta, contempló a la multitud que disfrutaba del festejo en el salón del trono. Alzó la vista cuando un gorrión blanco como la nieve se coló en el interior del palacio y se posó sobre uno de los estandartes con el escudo de Lykos. Era majestuoso y extraño al mismo tiempo. Desvió su atención a los invitados, porque su mayor preocupación era encontrar a Ilian. Se puso de puntillas sobre los tacones, por si esos centímetros de diferencia pudieran servirle para encontrarlo, pero no había ni rastro de él.

Ashbree suspiró y sintió que la cabeza le daba vueltas. Se frotó las sienes, con los ojos cerrados y un siseo atragantado en los labios, cuando unas manos grandes la agarraron de la cintura. El aroma característico de Ilian, entremezclado con aceite de sándalo, la envolvió y una sonrisa le nació en el rostro.

—Puedo auparte sobre mis hombros, seguro que así ves mejor.

Ashbree miró hacia atrás por encima del hombro, buscando sus rasgos, y se quedó atónita. Se dio la vuelta y lo observó de arriba abajo. Jamás lo había visto tan bello como en aquel momento, con un chaleco encorsetado negro que entallaba su figura, los cabellos peinados y retirados del rostro, con los laterales cortos bien visibles, y algunos pendientes reemplazados por otros más elegantes, con cadenitas que se enlazaban entre las distintas perforaciones de las orejas. Llevaba los ojos delineados con kohl tras una máscara oscura que realzaba sus iris violetas, y las uñas pintadas de negro, los dedos plagados de anillos robustos que hacían que sus manos se vieran más rudas. Había cadenas en distintos puntos de sus ropajes y un pensamiento pecaminoso le cruzó la mente.

Si Rylen era elegancia y decoro, Ilian era todo lo contrario, la rebeldía y el salvajismo meditados. Por primera vez desde que recordaba, la única arma que adornaba su cuerpo era la daga con la guarda de alas de cuervo. «¿No la había perdido en Kridia?».

La mente turbada de Ashbree no pudo seguir con aquel pensamiento, porque las comisuras del Efímero se curvaron de medio lado y jugueteó con el aro del labio mientras se empapaba de su estampa lentamente, como quien disfruta de un buen manjar.

—Esta noche, las estrellas brillan por ti. —Ilian se inclinó sobre ella y le dio un beso en la sien. Cuando se separó, lo hizo con el ceño fruncido—. ¿Te encuentras bien? Estás sudando.

Ashbree enrojeció por la vergüenza y se secó la zona con el dorso de la mano.

—Lo siento.

—No me preocupa tu sudor, lo he tenido pegado a mi cuerpo antes. Pero estás fría y tienes la piel erizada. Y aun así, estás sudando.

Ilian la agarró del brazo para darle estabilidad, y solo entonces fue consciente de que se había tambaleado. Cuando Ashbree lo miró de nuevo, percibió un atisbo de cielo estrellado sobre sus cabezas, majestuoso e imponente, con la constelación del cáliz de la vida, en honor a Wenir, la antítesis de Celes, brillando para ella. Su malestar se entremezcló con una pátina de agradecimiento, porque aquello solo podía ser un buen presagio.

—¿Has bebido? —le preguntó él con preocupación, sin un ápice de reproche.

—Sí, pero no tanto. —Se giró hacia el interior de la sala para buscar al rey con la mirada—. Rylen ha bebido lo mismo que yo y no está tan…

Sus palabras fueron muriendo poco a poco. Entre la gente que disfrutaba del festejo, le había parecido ver a un elfo de luz corpulento, de espaldas anchas y larga melena blanquecina —cuyo porte y forma de andar se le asemejaban demasiado a Thabor—, rebuscando entre la multitud. Pero la máscara y la distancia le impedían confirmarlo, la visión empañada por el mareo. El estómago se le contrajo de nuevo y ahogó un jadeo de dolor.

«Algo no va bien».

—¿Qué? ¿Por qué? —Lo había pronunciado en voz alta y ni siquiera había sido consciente de ello—. Por favor, dime qué te pasa.

Había perdido de vista al supuesto Thabor y eso hizo que su sensación de inquietud creciera. Estaba empezando a alucinar, y no había bebido, ni de lejos, tanto como para estar en ese punto. Un nuevo retortijón la dobló hacia delante e Ilian la sostuvo como pudo.

—La bebida… —balbuceó, sin dejar de escudriñar a la gente.

Era lo único que había ingerido y, por algún motivo, no le había sentado bien. Podría ser por culpa de no haber comido nada, pero había asistido a demasiados eventos en Kridia en los que había tomado alcohol sin probar bocado como para no estar acostumbrada. Tenía la sensación de que estaba ocurriendo algo, de que esa «intoxicación» no era natural. Se fijó más en el entorno y ubicó a varios elfos y elfas que se doblaban del mismo modo que ella, a otros que salían al frescor de la noche y se sentaban en las escaleras, con las pieles perladas por el sudor y las máscaras arrancadas del rostro.

El corazón le martilleaba en el pecho y su luz vibró ante la amenaza que imaginaba, aunque estaba aletargada, como medio dormida y pastosa. No tenía casi ningún control de su escaso poder después de tantas prácticas. Y si ella no podía dominar su don...

El miedo la atravesó como un rayo y miró a Ilian fijamente, cuya expresión de preocupación se había acentuado.

—Rylen... —murmuró.

Ilian fulminó a los invitados, en busca de su rey, y los ojos de Ashbree se encontraron con otros morados.

Elwen. Junto a un varón de cabellos rojizos que reconoció y en el que no pudo pensar.

Porque el corazón se le contrajo.

Las piernas le fallaron.

Entonces lo comprendió.

«Cuando lleguen los muertos».

«Habrá un momento en el que tengas que olvidarte de mi hermano. Elige estar con el rey y evita que sufra».

«Ilian no lo soportaría. Y necesitamos que lo protejas».

«Elige estar con el rey».

«Ilian no lo soportaría».

«Necesitamos que lo protejas».

En la distancia, Elwen esbozó una sonrisa triste mientras dos lagrimones enormes le surcaban el rostro. Un destello metálico tras ella, una contracción en su rostro, y luego el varón se alejó en una dirección muy clara.

Y no pudo seguir mirándola.

Ubicó a Rylen rodeado de gente, de su supuesta gente, solo que no lo era. El tiempo perdió consistencia cuando vio a una elfa de luz acercarse a él por la espalda. De cabellos blancos con un corte afilado, porte altivo y figura familiar. Gritó con todas sus fuerzas al ver que sacaba un puñal y una daga de nácar. Armas de asesina. Ilian miró a Ashbree, sobresaltado, pero era al rey al que tenía que mirar. Era al rey al que tenía que salvar. Rylen estaría tan intoxicado como ella, sus sentidos aletargados, y nadie parecía ser consciente de lo que pasaba en esos tres segundos que le parecieron eternos.

La fémina levantó un arma hacia él, la otra preparada para rematar el trabajo; su luz vibró de pánico puro y, tras un simple parpadeo, tan fugaz como el aleteo de una mariposa, Ashbree apareció entre el arma y el cuerpo del rey, teletransportada por su propio don sin siquiera darse cuenta.

Puro impulso e instinto.

Pura necesidad de proteger.

Pero no a sí misma.

Y sin pensar en las consecuencias.

Ahogó un jadeo cuando el metal se le hundió en el cuerpo con violencia y firmeza; cuando sintió el frío del filo atravesando piel, músculo y tendones, abriéndose paso entre sus huesos para acertar directamente en su corazón, en un movimiento seco y letal. Esperó sentir un dolor atroz; esperó notar la muerte arañándola desde dentro, pero no hubo nada.

Los ojos se le abrieron más al reconocer a Calari Laurencil en aquellas facciones, y la asesina denotó la misma estupefacción al percatarse de a quién había apuñalado en el pecho. La sangre manó a borbotones e intentó contener su propia hemorragia en ese segundo que transcurrió, pastoso. La boca le supo a hierro, los ojos le pesaron y sus oídos dejaron de captar sonidos; todo se sumió en el vacío más absoluto. Las piernas le fallaron y la visión se le tornó negra casi de inmediato. Se moría. Se estaba muriendo y no podía hacer nada para impedirlo, porque su luz estaba aletargada y tan solo había podido forzarla para teletransportarse.

Tuvo la vaga sensación de que unos brazos la sostenían mientras ella caía al suelo, arropada por un calor agradable que no supo discernir, y que alguien rugía con tanta fuerza que el techo se sacudió. Pero no pudo saber si nada de aquello era cierto, porque en cuestión de otro parpadeo, otro segundo eterno, todo había terminado.

Dicen que el simple aleteo de una mariposa puede provocar un huracán en otro lugar, en la otra parte del mundo. Que una decisión tomada hoy aquí puede cambiar por completo la vida de un desconocido mañana. Y si bien nunca se podría comprobar hasta qué punto era cierto, lo que resultaba indudable era que cada acto y cada suceso tenía consecuencias y repercusiones. En ocasiones agradables; en otras, funestas.

Y el cúmulo de circunstancias, el aleteo que provocó la muerte de Celina Aldair quince años atrás, había supuesto, sin siquiera preverlo, el asesinato de Ashbree Aldair, séptima emperatriz del Imperio de Yithia.

31

Tres semanas y media de viaje, de subir al norte, de interrogar y hablar con la red de narcotráfico de Lykos los habían conducido allí con un propósito: rescatar a la heredera Ashbree Aldair.

Y Calari Laurencil acababa de joderlo.

No entendía qué había sucedido: en un segundo había acechado la espalda del Rey de los Elfos y, al siguiente, había apuñalado a la heredera. Era imposible, ni siquiera había llegado a verla desde que se habían colado en el festejo con la ayuda del cabecilla del narcotráfico. Y, aun así, ahí la tenía, frente a ella, con la mirada desencajada y una mácula carmesí brotando de su pecho.

El puñal se había hundido en su carne con tanta facilidad que Calari supo que no había errado. El metal no se había topado con ninguna costilla que quebrar, había ido directo al corazón. La perplejidad se hizo con su cuerpo, el caos estalló a su alrededor y tuvo que ponerse en movimiento con mayor rapidez de lo que lo había hecho nunca.

La sala de fiestas se convirtió en una estampida de asistentes intentando huir, la noche entró en aquella estancia y dificultó la visión, así que se lanzó al suelo para escapar de esa pátina negra que flotaba a la altura del cuello. El techo vibró con tanta insistencia que se cubrió la cabeza con los brazos, a la espera de que se derrumbara, sin saber qué estaba sucediendo. Se aferró al cuchillo que le quedaba en la mano, lanzándole un vistazo fugaz al que se había quedado en el pecho de la heredera.

La había matado.

Calari Laurencil había matado a la elfa que tenía que proteger. Al futuro del imperio.

Pero no la había visto, no había estado ahí apenas un parpadeo antes.

La constatación de aquel error fatal, que podía suponer el recrudecimiento de la guerra, no la alteró tanto como darse cuenta de que el rey se había arrodillado junto al cuerpo de Ashbree, y parecía al borde del llanto.

No podía seguir prestándoles atención, aunque apenas hubieran transcurrido cinco segundos, y se puso en pie. El cuerpo de élite y ella tenían que salir de allí, porque no era que hubieran fallado en su misión, sino que ya no quedaba misión que cumplir. Por su culpa.

Impulsándose con las manos, se puso de cuclillas y caminó todo lo rápido que sus piernas cansadas por el viaje le permitieron, hasta que un pozo de sombras estalló a sus pies. Saltó por inercia y rodó hacia la izquierda, la daga de nácar en una mano, en posición defensiva y alerta. Aquella arma era su única defensa contra lo que esperaba frente a ella: un conjurador cuyos ojos rosas vibraban con furia desmedida.

—No vas a salir de aquí —siseó con voz grave.

Un estremecimiento le recorrió la columna y ella se limitó a sonreír de medio lado. Lo reconocía: era uno de los presos con los que ella misma se había deleitado en Milindur. Y, al parecer, no había bebido nada.

—Hola, grajito —se burló.

Con su daga de nácar podía hacerle frente a aquellas sombras, un arma que solo los asesinos, quienes debían meterse en la boca del lobo en las condiciones más suicidas, tenían a su disposición. Sin ella, sin esa arma afilada y endurecida que contrarrestaba las sombras, estaba perdida. Pero cuando el segundo pozo de sombras estalló en sus pies y se convirtió en un tentáculo que corrió hacia ella, se limitó a lanzar un tajo ascendente para cortarlo.

El conjurador masculló un improperio y recogió una espada perdida en el suelo. Con ojos astutos y raudos, Calari se dio cuenta de que el cuerpo de élite y los narcotraficantes luchaban contra los guardias apostados en la sala, que resistían a duras penas. Tenían que retirarse *ya*.

—No te recomiendo enfrentarme cuerpo a cuerpo —lo amenazó Calari.

Los labios del varón se estiraron en una sonrisa sarcástica y se lanzó a por ella. Calari estaba preparada para recibir las acometidas de aquel varón, aunque no lo estuvo tanto para sobreponerse a su fuerza inmortal. Se vio obligada a retroceder constantemente, desviando los golpes torpes propios de un conjurador que conocía lo básico, y nada más. Pero tantos días de cabalgada, tantos días durmiendo a la intemperie y comiendo lo mínimo, le estaban pasando factura.

Calari fintó, se coló en su guardia, y entonces la noche sobre sus cabezas se moldeó con un movimiento de manos del conjurador y ahí había un nuevo tentáculo que segar. No quería matarla, se dio cuenta; la necesitaba con vida. No permitió que la sorpresa por verlo manejar la oscuridad sin que estallaran más pozos de sombras la desestabilizara y tomó la iniciativa de atacar a matar. Él no portaba armadura, ella sí llevaba la de cuero bajo los ropajes.

Calari rodó por el suelo para esquivar otro ataque de sombras y recuperó una espada perdida. Sin malgastar ni un segundo, lanzó una combinación de ataques rápidos y letales de los que él pudo evadirse por la escasa claridad allí dentro, que volvía los movimientos de Calari torpes. Aunque no lo suficiente. El filo de nácar siguió cortando esas tiras negras que serpenteaban hacia ella mientras que con la izquierda se enfrentaba al metal del conjurador, buscando su guardia expuesta a cada instante. En menos de un minuto, el varón presentaba cortes en brazos y piernas, pero no conseguía alcanzarle ningún punto vital.

La atención del conjurador estaba dividida entre ella y otra pelea que se había iniciado más allá, con el grajo que los había conducido hasta el mismísimo infierno, quien se enfrentaba al preso terco de Milindur, el Efímero que habían tenido entre rejas.

—Me he cansado de jugar —murmuró el conjurador frente a ella, después de que Calari consiguiera rasgarle el pantalón a la altura de la ingle.

Había estado tan tan cerca de matarlo...

Entonces la oscuridad la atacó por diferentes frentes, y ella solo disponía de un arma efectiva con la que cortar. Un hilillo de negrura escapó al corte y entró en su garganta. Apretó y apretó, llenándole los pulmones de sombras. Calari soltó las armas y clavó las rodillas en el frío suelo de obsidiana, con las manos arañándose la piel del cuello, sobre la cicatriz que ya tenía. Necesitaba oxígeno, y aquel varón la estaba privando de ello con un mero pensamiento.

El cuerpo de Calari venció hacia delante, intentando sobreponerse a la asfixia, pero no había nada que pudiera hacer.

Lo último que vio fue al conjurador corriendo hacia el Efímero.

32

La ansiedad por aquella noche entremezclada con la emoción de acostarse con Ashbree tenían a Rylen embotado. Le costaba centrarse en los rostros difuminados que se presentaban frente a él y se maldijo por haber bebido. Siempre medía bien cuántas copas tomaba —había aprendido la lección después de lo de Ayrin— y cuatro no eran, ni de lejos, una cifra preocupante para alguien con su constitución inmortal y acelerada.

Por eso le costó entender los gestos de horror de quienes estaban ante él, que miraban por encima de su hombro. Por eso le costó entender de dónde procedía aquel grito agudo que clamaba por su nombre. Por eso le costó entender que un cuerpo cayera sobre su espalda.

Pero cuando se giró a comprobar qué sucedía, el miedo lo congeló.

Tiempo atrás, Rylen Valandur llegó a creer que jamás sentiría mayor temor que cuando vio a su exesposa arrancándole el corazón del pecho.

Y se equivocaba.

El cuerpo de Ashbree se derrumbó sobre él al ralentí, con un puñal incrustado en el pecho y un gesto de horror demacrando sus facciones. Extendió los brazos para sostenerla, sin saber qué más hacer. Más de quinientos años de existencia y se sintió como si acabara de nacer, indefenso, expuesto. Aterrado. Su mundo se desmoronaba junto a la fémina que no era capaz de sostenerse con sus propias piernas.

El rugido que le siguió a aquel segundo eterno fue ensordecedor e hizo temblar el techo.

Ilian. Ilian gritaba.

Rylen no entendía qué estaba pasando. Lo único que podía hacer era arrastrarse hasta el suelo, acompañando el cuerpo inerte de Ashbree, que lloraba sangre a través de la puñalada del pecho y desde esos labios que había besado unas horas antes.

Con Ashbree en su regazo, la mirada fija en esos ojos de oro que perdían su brillo, Rylen alzó las palmas para colocarlas sobre la hemorragia. Las manos le temblaban, y antes de poder hacer nada percibió una presencia tras él, apenas consciente de los gritos que se extendían por el salón del trono ni de la noche moteada de violeta que los engulló, del acero al desenvainar, de las órdenes certeras de Haizel. Solo podía centrarse en el calor que le teñía la piel de rojo.

Notó una presión en las muñecas, un mordisco gélido, y cuando desvió su atención apenas un segundo, descubrió dos grilletes de un blanco prístino que parecían intentar competir con el tono de piel de Ashbree.

«Nácar endurecido».

—Tantos años buscándome y me tenías delante de tus narices —susurró en su oído una voz que reconocía—. Larga vida al rey.

Fue lo último que oyó antes de que el metal le rasgara el gaznate.

33

En un segundo, Ash había estado a su lado, con claros signos de intoxicación. Al siguiente, un puñal le atravesaba el pecho.

Ilian rugió con un dolor arrasador en cuanto vio el arma hundirse en su carne. Ella había saltado para proteger a su rey. Se había interpuesto entre el arma y su objetivo sin pensar siquiera que una puñalada en el pecho no terminaría con la vida de Rylen, ni que ella no contaba con curación inmortal.

Su mundo se vino abajo y el palacio amenazó con hundirse con él cuando sus sombras se desataron por sí solas. Cuando engulleron el espacio al completo y tomaron el control de la situación. Y entonces vio al consejero acercarse a Rylen por detrás, aprovechando su estupefacción e intoxicación, para colocarle unos grilletes de nácar endurecido que anulaban todo su poder. El filo en el cuello no tardó en aparecer en aquellos tres segundos escasos que habían transcurrido.

El general y asesino entrenado entró en acción.

Con un mero pensamiento, un pulso de sombras se arremolinó y se convirtió en una cuchilla que sobrevoló el espacio, elevándose por encima de la gente que se agachaba para esquivarla. Directa a la cabeza del atacante de Rylen.

Lo distrajo.

Solo que no a tiempo.

El filo que amenazaba la garganta del rey la degolló. Rylen se llevó una mano empapada de rojo al cuello, para contener la hemorragia. Sus ropajes se tiñeron de plateado, pero el atacante no había conseguido llegar a la profundidad suficiente como para convertir aquel tajo en cascada.

El consejero se inclinó hacia atrás por inercia y alzó los brazos para manejar las sombras y desviarlas hacia el techo, donde la cuchilla se incrustó.

—¡Tharin! —rugió Ilian.

Sus ojos marrones conectaron con los del Efímero un segundo antes de que este saltara entre las sombras.

Lo mataría.

Varios siglos de contenciones derrumbados en menos de un minuto.

Y no le importaba.

Al segundo siguiente, ya había atravesado la espesura oscura y se había plantado justo donde Tharin había estado degollando a Rylen y con su daga predilecta en la mano, que le había devuelto Kara.

Lanzó el brazo hacia delante y Tharin lo desvió con una maniobra ágil. Ilian estaba actuando con más impulsividad de la que lo había hecho nunca, cegado por el dolor que lo corroía por dentro, que había llenado sus ojos de lágrimas.

Otro pensamiento le bastó para que sus sombras se envolvieran alrededor del varón, mientras peleaban en una cadena de llaves sacadas de las profundidades del entrenamiento militar. Al que Tharin no era ajeno. Como tampoco lo era al control de las sombras.

El tercero en la línea de sucesión resistió con el rostro contraído por la concentración. Una nueva cuchilla de sombras se materializó de la nada, Tharin fintó y consiguió esquivarla, pero no la de metal, que se hundió en su costado, inclemente. Apenas mostró indicios de dolor, con los dones inmortales que poseía su cuerpo.

El consejero se alejó lo suficiente como para recobrar el aliento y le dedicó una sonrisa de medio lado antes de cargar de nuevo contra Ilian. Tharin no era rival para él, y aun así estaba resistiendo porque el general tenía la concentración en demasiadas partes: a su alrededor se había desatado una batalla de elfos de luz contra elfos de oscuridad; su hermana gritaba su nombre, no sabía si pidiéndole que no lo matara o reclamando su atención por otro motivo; Rylen estaba inclinado sobre Ash. Ash muerta sobre su regazo.

Ash.

Muerta.

Un elfo oscuro se abalanzó sobre Ilian, cargando contra su cuerpo como si de una mole se tratara, y apenas si tuvo tiempo para esquivarlo a la par que se libraba de un tajo del consejero. Y entonces apareció un tercer atacante. Y un cuarto.

Estaban protegiendo a Tharin Bellion con la misma ferocidad que él haría por los suyos. Eran demasiados, no sabía de dónde habían salido, y luchaban codo con codo con elfos de luz. Aquello se parecía demasiado a lo que Rylen había perseguido durante tanto tiempo: que ambas facciones trabajaran juntas. Solo que no así.

El dolor y la rabia tomaron el control de su cuerpo, y una sonrisa pérfida se hizo con sus labios. Sin dejar de moverse a un lado para esquivar los ataques de la horda que se cernía sobre él, Ilian convocó parte de sus sombras y se recubrió con una capa emplumada que absorbía los golpes. Se habían dado cuenta de que él era el mayor peligro, y le estaban dificultando llegar hasta Tharin, que luchaba con los soldados oscuros que intentaban cortarle el paso.

El metal entrechocando hacía saltar chispas, el suelo resbalaba por la sangre derramada y, aun así, Ilian no falló ni una sola vez. Su espada encontraba carne con mayor o menor resistencia, pero la encontraba. Cegado por completo. Tan solo tenía ojos para el consejero que se alejaba de él. Y, entonces, una presencia se sumó al revoltijo de cuerpos que luchaban.

Ilian y Haizel compartieron un vistazo fugaz, en medio del caos desatado, compañeros inexorables de Celes.

—¡Tienes que ayudar a Rylen! —le gritó el conjurador.

Perdió la concentración un glorioso segundo, lo suficiente como para que una espada le mordiera la carne del gemelo. Ilian aulló de dolor, clavó la rodilla en el suelo y apretó los dientes mientras interponía su acero contra el de un atacante, al que no reconoció por llevar la cara enmascarada. Los metales chirriaron e Ilian ejecutó una maniobra para librarse de él y degollarlo con la daga de la mano contraria. Sus ojos viajaron frenéticos entre los asistentes atemorizados, entre los soldados abatidos y los atacantes. Había fuego trepando por las cortinas y los estandartes, y el viento se agitaba con demasiada fuerza para estar en interior. Los elementos estaban jugando a su favor y solo podía dar gracias a Orsha por ello, porque estaba inclinando la balanza en su beneficio.

Entonces lo vio: Tharin Bellion, huyendo.

Rylen tendría que perdonarlo por lo que iba a hacer. Y si no lo hacía...

No había lugar para pensar en eso cuando Ilian saltó tras su hermano de batallas para socorrerlo, al mismo tiempo que liberaba a Umbra. Más rápido que un rayo, el cuervo cruzó la sala de un lado a otro, directo a la espalda desprotegida de Tharin Bellion. Y como si de una flecha se tratase, le atravesó el cuerpo, abriendo un agujero a su paso.

La piel le picó cuando la nueva mácula le tiñó el dorso de la mano, la vista fija en el cuerpo del consejero, quien se desplomó sobre las rodillas antes de caer al suelo y empaparlo de plateado.

Había desviado su atención de Rylen apenas un segundo, lo suficiente como para que ahora lo encontrara con la cabeza laxa hacia delante. Demasiado quieto.

34

Rylen fue muy consciente de que su vida había llegado a su fin en cuanto sintió el frío del metal en el cuello. Pero, entonces, su atacante no ejerció la fuerza suficiente como para matarlo. El dolor fue lacerante igual, aunque el ritmo de sangrado no era el que granjeaba la muerte en segundos, sino en minutos.

Minutos gloriosos y cruciales.

Le importaba bien poco su propia vida. Ya se había mentalizado a entregarla a cambio de que la fémina que yacía sobre él pusiera fin a la guerra. Y si la intercambiaba por la de Ashbree, moriría en paz.

Se llevó una mano al cuello para retrasar ese momento todo lo posible mientras evaluaba la situación, su mente sobreponiéndose al embotamiento gracias a la adrenalina que corría por sus venas.

Si sacaba el arma, la hemorragia sería mayor. Pero Ashbree ya estaba muerta.

«Ash está muerta».

—Otra vez no —musitó reviviendo la muerte de su hermano de batallas. Solo que de su garganta no escapó sonido alguno a causa del degüello.

Y el rey tomó el control.

Sacó el arma con un tirón vigoroso, se llevó la muñeca derecha a los labios y mordió con todas sus fuerzas, como si su propia vida dependiera de ello.

Y era cierto.

Se abrió una herida sobre el punto justo en el que otros dientes se encontraron con su piel hacía unas semanas y no dudó en apretar la muñeca contra los labios entreabiertos de Ash.

—Inara, sé que estás ahí, resiste —farfulló a duras penas, atragantándose con su propia sangre.

Un estertor lo sobrevino, acompañado por un mareo que le empañó la visión. Inspiró hondo, pese a que el aire casi no le llegaba a los pulmones. Apenas le quedaban un par de minutos de vida, lo sabía. Pero no había terminado.

Su tiempo no se había agotado aún.

—Recubre su corazón —le suplicó, aunque no fue consciente de si la voz llegó a salirle.

Los dones morían después que sus huéspedes, eran un humo que tardaba en deshacerse por completo incluso con el fuego extinto. Y mientras Inara siguiera viva, había una posibilidad, aunque mínima, de que no todo estuviera perdido. Rylen percibía la luz de Ashbree ahí, latente, porque los opuestos se atraían, y seguía sintiendo esa atracción.

Y lo afín acababa encontrándose.

Notó la presencia de Ilian antes de verla. Él apretó las manos con fuerza sobre el pecho de Ash. Compartieron una mirada aterrada; una despedida insuficiente.

—Ella... —masculló Rylen.

La negrura empezaba a engullirlo, y no era la propia de un Efímero.

Su general entendió que se refería a que la salvara a ella, por encima de todo, mientras la sangre de Rylen seguía entrando en el cuerpo de Ashbree. El pánico tiñó los iris violetas de Ilian y este negó con la cabeza, un movimiento seco y terco, obstinado.

—Ella —repitió, autoritario.

Ilian dejó escapar un sollozo desvalido y asintió.

Ya estaba.

Podía irse en paz.

Rylen le dedicó una sonrisa de medio lado a Ilian, su hermano de batallas, el amor que sentía por él palpitando con fuerza en algún punto de aquella estancia. Estaba alucinando no solo porque sintió su corazón bombear, sino porque por encima del hombro de Ilian, creyó distinguir a Lorheen, el hermano menor de Ayrin, si bien sus rasgos no terminaban de coincidir con los de su memoria.

Pero ya daba igual.

Todo había terminado para el Rey de los Elfos.

35

Rylen le estaba dando su sangre a Ash, y aunque Ilian creía que ella ya no sangraba tanto, bien podía ser la coagulación de la muerte. Con la mirada, le había dicho a Rylen que la salvaría a ella, pero haría todo lo posible por ambos.

Mientras taponaba la herida de Ash con una mano, sus numerosos anillos ahora teñidos de rojo, enroscó la otra tras la nuca de Rylen, que empezaba a vencer hacia atrás, y lo atrajo hacia sí con violencia. Sus labios se encontraron con los de su hermano de batallas y reclamó todas las sombras que corrían raudas por doquier de vuelta a sí mismo para mandarlas de golpe por la garganta de su rey.

Con la intoxicación, Rylen no estaba en condiciones de sanar a la velocidad necesaria, y los grilletes de nácar endurecido hacían que tampoco tuviera sombras con las que resistir, así que Ilian le entregó las suyas propias. Como ya había hecho una vez hacía casi quinientos años.

Sintió el torrente de negrura trepar por su garganta y manar descendiendo por la de Rylen. Con los ojos apretados con fuerza, Ilian le imploró a Artha que ayudara a su rey.

No podían dejarlo sin nada en cuestión de unos segundos.

No podían arrebatárselo todo de golpe.

Su hermano de batallas.

El amor de su vida.

Las lágrimas corrían raudas por el rostro de Ilian y se vació por completo en el cuerpo otrora fuerte que retenía contra él. Y cuando no le quedó ni una gota de oscuridad dentro, sollozó contra la boca de Rylen, que no daba indicios de reaccionar.

Tan vacío, no disponía de fuerza suficiente para sostener ese peso muerto con una mano, y la certeza de que tendría que soltar el cuerpo de Rylen, esa cáscara inerte, y dejar que cayera a plomo sobre el suelo lo atravesó con violencia.

Y aun así, abrió los ojos, separó los labios de los del rey y lo soltó.

Solo que no cayó sin más.

Un varón sostuvo a Rylen de los hombros y lo ayudó a llegar al suelo con delicadeza.

Le sonaban los rasgos fieros de aquel elfo de luz, con su cabellera platino larga, una sien rapada. Lo había visto con Ash.

A su izquierda, otro elfo de luz se había inclinado sobre Ash, con las palmas extendidas sobre la herida, lanzando plegarias al cielo.

El de la derecha envolvió las manos alrededor de las muñecas de Rylen y soltó los grilletes de nácar endurecido. Un conjurador.

Y el que estaba a la izquierda...

Una flor de luz brotó del tajo supurante que le había arrebatado la vida a Ash. No empuñaba ningún cristal de luz, sino que esa claridad salía de su propio cuerpo.

Ilian no lo percibió, ya que su don se había drenado por completo. No sintió el impulso de los opuestos ni la llamada de lo afín, porque él ya no era un Efímero, al menos no hasta que esa chispa dentro de él volviera a despertar. Pero el varón a su izquierda sí que lo era, uno de Luz.

Silvari estaba por encima del desconocido, con el rostro surcado de preocupación y partiendo cristales entre sus manos para que ese poder se recondujera hacia el elfo de luz que hacía todo lo que podía por salvar a Ash. Sus ojos verdes se encontraron con los violetas de Ilian y se sostuvieron la mirada unos segundos.

—Más sangre —le ordenó la fémina a Ilian.

—Rylen... —masculló él en respuesta.

—Solo puedo ayudar a uno.

El pánico le cerró la garganta y se negó a mirar el cuerpo inerte a su lado.

—Ve —murmuró el elfo de luz que trataba a Ash, con voz dulce y amable a pesar de tener el rostro contraído por el pesar.

Y Silvari obedeció.

Ilian se abrió un tajo en la muñeca y le cubrió la boca con ella. Le arrebató la máscara plateada del rostro y la lanzó lejos. Sin poder reprimirse, se dobló hacia delante y pegó su frente a la de Ash.

—Por favor, no te vayas —murmuró con la voz rota, las lágrimas precipitándose sobre el cuerpo frío de Ash. Le nació el instinto de pedirle que regresara con Rylen también y el dolor le arrancó un nuevo sollozo.—. Vuelve conmigo, cariño.

Ash no hacía ni el más mínimo intento de reclamar su sangre, y esa certeza le clavó un puñal a la espalda.

Ilian le acarició la mejilla, dejando tras de sí un rastro de sangre en aquel rostro redondo y perfecto. Que jamás volvería a sonreír. Que jamás volvería a luchar por lo justo. Que jamás volvería a desafiar lo conocido, dispuesta a luchar por él. Por ellos.

—Vuelve conmigo, por favor, Ash. Te necesito. No quiero vivir sin ti. No *puedo* vivir sin ti, porque no sé seguir adelante sin tu luz como faro. Porque tú eres mi mundo, mi guía. Te quiero, Ash. Vuelve conmigo.

Despegó la frente de la de ella y apartó la muñeca apenas unos segundos para besarla una última vez, con toda la desesperación que burbujeaba en su estómago como bandera. Los labios se le empaparon con el sabor dulce de su propia sangre y soltó un quejido lastimero antes de separarse y retomar la posición previa.

—¿Cómo se llama su *Fjel*? —masculló el varón a su izquierda.

—N-no lo sé…

El elfo de luz gruñó, sin abrir los ojos, y la flor del pecho de Ash brilló con más intensidad, como si estuviera librando una batalla contra la muerte.

—Inara… —suspiró una voz a su derecha, una ronca y atragantada, antes melódica.

El corazón le dio un vuelco al reconocerla y, raudo, miró hacia Rylen. Luchaba contra la inconsciencia, los párpados temblando por el esfuerzo de intentar mantenerlos abiertos. El otro elfo de luz estaba ayudando a Silvari y habían conseguido darle algunos puntos de sutura en la zona sobre la tráquea, donde más profundo era el tajo, pero los extremos empezaban a cerrarse solos. Sin los grilletes de nácar endurecido, Rylen tenía acceso a todas sus sombras y a las que Ilian le había proporcionado, y eso lo había salvado de la muerte.

El general dejó caer la cabeza hacia atrás, con un poso de regocijo instalado junto a todo el dolor y el pesar que le inundaban el pecho, y soltó un quejido de alivio. Su rey no estaba muerto. Volvió a mirar el cuerpo de Ash y se dio cuenta de que Rylen había entrelazado los dedos con los de la heredera, que apretaba con fuerza y que lloraba en silencio, sus ojos grises desbordándose con las lágrimas que corrían por sus sienes.

—Inara —la llamó el elfo de luz—, tienes que entrar en estasis. Mantente latente, bombea el corazón de Ashbree hasta que su cuerpo recupere fuerzas y lo haga por sí solo.

Después, dejó caer los brazos a ambos lados del cuerpo y rotó los hombros, aliviando la tensión de las articulaciones.

—¿Qué? ¿Qué haces? —preguntó Ilian con pánico, porque aquel varón había cesado en lo que fuera que estuviera haciendo y Ash seguía sin reaccionar.

—Ya está hecho.

—Qué cojones significa eso —espetó, la furia tomando el control de su cuerpo de nuevo.

—Que me he drenado y no hay nada más que podamos hacer.

—No...

El rey gruñó por el dolor e hizo amago de incorporarse.

—Rylen, no —le dijo el Efímero de Luz.

La sorpresa hizo que Ilian abriera más los ojos, porque nadie que no fuera de su círculo cercano se tomaba la confianza de llamar al Rey de los Elfos por su nombre.

—La herida está cerrada —les explicó—. Y su *Fjel* está bombeando su corazón por ella. Su cuerpo aún no tiene la fuerza necesaria para que lo haga por sí mismo. Es cuestión de tiempo.

—¿Q-qué...? —masculló Ilian.

El elfo de luz le dedicó una sonrisa triste y cansada y clavó en él sus ojos dorados, que brillaban con lágrimas contenidas. Ilian frunció el ceño por la incomprensión, fijándose bien en su rostro. Hacía apenas unos instantes aquel varón había revelado unos rasgos faciales diferentes. Y los que mostraba ahora... eran más parecidos a los de Ash que los previos.

—No sé qué le habéis hecho entre ambos, pero la lesión se ha cerrado muy rápido. Había algo... ayudándome. Como si tuviera sanación inmortal, aunque eso es imposible, es muy joven.

—La sangre —murmuró Rylen.

Ilian y él se miraron con una mezcla de emociones en los ojos.

—Ilian... —tartamudeó alguien tras él.

El miedo volvió a tomar forma en su cuerpo al reconocer la voz de Haizel. Tan tenso que podría quebrarse en cualquier momento, Ilian giró el rostro por encima del hombro para mirarlo. Estaba llorando. Haizel estaba llorando, y sus manos, empapadas en plateado.

—Es Elwen.

36

El mundo empezaba a no tener sentido. A su alrededor, el caos no había terminado, aunque parecía cerca de llegar a su fin. El salón del trono estaba teñido con sangre de dos tonalidades; las mesas estaban volcadas, con comida y cristales por doquier; había cuerpos sin vida tirados en el suelo, soldados que luchaban contra los intrusos. La ceniza de un fuego extinto por la magia de Orsha flotaba en el ambiente. Pero lo único en lo que Ilian podía pensar mientras se levantaba apretándose el gemelo era en su hermana. En el grito de pánico o de auxilio que había oído mientras luchaba contra Tharin y que no había sabido identificar, tan cegado por la ira.

Rylen había pasado los últimos quinientos años enseñándole que la furia nunca traía nada bueno. Y ahí estaba la consecuencia de haber sucumbido a ella: su hermana, desprotegida. No sabía qué había pasado, cómo siendo espadachina la habían pillado tan desprevenida. Sin embargo, el rostro de Haizel no albergaba duda alguna.

Ilian corrió como si su propia vida dependiera de ello, ignorando el dolor en la pierna, y en solo dos segundos la localizó entre el caos. El vestido burdeos hacía que pareciera una elfa de luz sangrando, con todo ese rojo a su alrededor. Pero bajo ella había una mácula plateada inconfundible. Orsha, a su vera, la sostenía de la mano y le hablaba con una sonrisa maternal en el rostro, sin dejar de llorar y con los dedos empapados de sangre.

Él se dejó caer junto a su hermana, mascullando un «no» tras otro, las lágrimas creando ríos sobre sus mejillas.

Aquello no podía estar pasando. No podía haberse enfrentado a dos sentencias de muerte esquivadas para que llegara una tercera.

—¡Un sanador! —se desgañitó mientras tiraba del cuerpo de Elwen para colocarlo sobre su regazo.

Su hermana estaba mortalmente fría, con los dientes castañeteando. Y los elfos oscuros rara vez tenían frío.

Apenas unos segundos después, Silvari apareció a su lado, el rostro contraído por el pesar y esos ojos verdes inundados por la pena.

—Te pondrás bien, te lo prometo —le susurró Ilian a su hermana.

Sus ojos morados se encontraron con los violetas de Ilian y algo se retorció dentro de su pecho ya de por sí maltrecho.

—R-Rylen... —balbuceó Elwen. Un riachuelo de plata escapó de una comisura e Ilian se lo limpió.

—Está bien, Ash lo ha salvado.

El alivio inundó las facciones moribundas de su hermana y respiró profundamente, como si se hubiera quitado un peso de encima.

Las manos de Silvari se movían sobre el cuerpo de Elwen. A juzgar por la zona que le exploraba, la habían atacado por la espalda, a la altura de los riñones. La rabia volvió a rugirle en los oídos y, sin saber bien por qué, lanzó un vistazo a donde se encontraba el cuerpo inerte de Tharin.

—Ya está... —mascullló su hermana.

Ilian devolvió la atención a ella y le acarició el rostro con cariño. Haizel se había arrodillado junto a él en algún momento, aunque no sabía cuándo.

—¿Qué?

—Se acabó, Ily.

—No, no digas eso, Wen.

Ilian reprimió un sollozo y sorbió por la nariz. El rostro de su hermana, siempre amable, esbozó una sonrisa trémula.

—Está bien. Se acabó.

—¡Deja de repetirlo!

Silvari, sentada sobre las rodillas, tragó saliva y miró a Ilian con seriedad. Orsha, por primera vez en no sabía cuánto tiempo, había dejado de sonreír y lo miró del modo en que solo una madre sabe hacer.

—Orsha, tu vudú...

—No puedo resucitar a los muertos.

—¡No está muerta!

—Pero es demasiado tarde.

—Ily —él miró a su hermana—, este era mi destino.

—No...

—Sí. Era mi destino. La maldición de la *norna*... —Tosió sangre e Ilian se la limpió al instante—. Conocer todos los futuros menos el propio. Esto tenía que pasar.

—N-no…

—Mi vida por la suya. —Los ojos morados de Elwen se deslizaron hacia donde Ash y Rylen yacían inertes antes de regresar a su hermano—. Era como debía ser.

—Wen, yo no…

—Estarás bien. —Elwen alzó la mano y la colocó sobre el rostro de su hermano—. Sé feliz. Prométemelo.

—No, por favor… No me dejes. ¡Ayuda! —La voz se le rompió en ese grito desesperado—. Silvari, haz algo. —La sanadora, con mirada desencajada, negó con la cabeza, su piel había perdido todo rastro de color—. Elwen, no te vayas, por favor. Tú no. Eres lo único bueno de verdad que he tenido.

—Ahora ya no… No estarás solo.

Sus labios, temblorosos, se estiraron en una sonrisa mientras las lágrimas descendían por sus sienes, incesantes y silenciosas. Los dedos de Elwen, pequeños, acariciaron la mejilla de Ilian y él fue al encuentro de la mano de su hermana para darle un apretón, sin poder dejar de llorar, desolado.

—Llama al otro, Silvari, al Efímero de Luz. —La sanadora no se movió—. Haizel —ladró.

Cuando sus ojos se encontraron con los rosas del conjurador, solo vio dolor en ellos. Resignación.

Tras él, sintió una presencia que no reconocía.

—No me queda nada dentro. Lo lamento…

—Los cristales de luz. Usa esa luz. Te lo suplico.

Ilian apretó los ojos con fuerza, los dientes, los labios; todo su cuerpo se tensó cuando la realidad lo abofeteó sin clemencia en forma de silencio como respuesta. Se negaba a resignarse a esa realidad, a que un pedazo de bondad dentro de un mundo tan cruel fuera a desaparecer sin contemplación.

—Wen…

Su hermana exhaló una bocanada de aire temblorosa y reprimió un quejido, con el ceño fruncido por el dolor y los ojos cerrados. Cuando los abrió de nuevo, en ellos solo se leía paz.

—No podría haber tenido mejor familia que la que tú me has regalado. Ni mejor hermano.

—Wen…

Se sentía un estúpido por no saber qué más decir, por no verse capaz de articular otra palabra que no fuera su nombre, como una plegaria desesperada que le arrojaba a los dioses, quienes, desde el firmamento, contemplaban su infierno personal. Llevó la mano de su hermana a sus labios y la besó varias veces, murmurando un «no» tras otro, un «por favor» quejumbroso tras otro. Él mismo había regresado de la muerte, había visto a Ash y a Rylen salvarse segundos antes, ¿por qué su hermana no podía sobrevivir? ¿Por qué era ella, el ser más puro que había conocido nunca, la que tenía que pagar por todos los horrores? ¿Por qué los dioses jugaban de aquella manera?

Ilian se arrepintió de todos los «te quiero» que no había llegado a reconocer ante su hermana; habían sido escasos en comparación con lo mucho que se deshacía ella en sentimientos y cariño. Y cuando sus labios se movieron para pronunciarlo una última vez, los ojos de Elwen se habían quedado opacos, sin rastro alguno del brillo de la vida, esa que siempre la había movido. Ya no quedaba nada bueno ahí, su hermana había muerto entre sus brazos sin él darse cuenta siquiera de que se había encontrado en apuros. Ella lo había necesitado e Ilian no había estado ahí para ella. Y los dioses se la habían arrebatado sin clemencia.

Dejándose arrastrar por el pesar, Ilian abrazó el cuerpo exangüe de su hermana contra el pecho, sollozando como nunca lo había hecho y meciéndose adelante y atrás, rogando a los dioses que se la devolvieran, que con gusto entregaría su propia vida a cambio, porque era él quien debería haber muerto en Kridia. Él tendría que haberse quedado en la morada de los dioses, y no su hermana.

Pero por más súplicas y oraciones que pronunciaron aquellos labios desesperados, nadie acudió en respuesta.

37

Jamás había vivido un infierno como el de la noche anterior. El mar había hecho con ella lo que había querido, y solo cuando la tormenta había dejado de ser mortífera había encontrado un madero al que aferrarse. Los temblores por el frío no la abandonaban, y las fuerzas que le quedaban después de toda la noche luchando contra el vaivén de la marea eran mínimas. Apenas si resistía para mantenerse agarrada al tablón y no hundirse.

Cuando el tormento había pasado, el cansancio la había reclamado, aunque el sueño solo duraba unos instantes, hasta que sus brazos se quedaban laxos y su cuerpo empezaba a hundirse de nuevo. En cuanto recobraba algo de aliento, llamaba a la elfa que tanto le importaba, dejándose la garganta mientras el viento se llevaba sus palabras. No había rastro de ella por ninguna parte, y cuanto más la arrastraba el océano, más se alejaba del lugar del naufragio. Había visto algunos cuerpos aferrados a barriles, pero ninguno era ella, y tampoco podía pensar en que la mayoría se habrían hundido hasta las profundidades.

A pesar de saberse afortunada, ya que Dalel la había salvado, por el propósito que fuera, se negaba a pensar que ella no hubiera corrido la misma suerte.

El alba dio paso a la mañana, y ni siquiera entonces dejó de llamarla, su voz convertida en un susurro por el desgaste y por la ingesta de agua salada. Su cuerpo, dolorido por los golpes y las sacudidas de la tormenta, le gritaba que se callara. Que guardara la energía, porque lo peor estaría por venir. A pesar de la cantidad de horas que habían pasado, la cabeza seguía dándole vueltas por todas las veces que el mar la había mecido a un lado y a otro. Pero ni siquiera esa sensación angustiosa bastaba para que dejara de nadar, con gruñidos de dolor, hasta cualquier cuerpo que flotara cerca de ella. Incluso sabiendo que esas hechuras no corresponderían a los de una fémina, ella no perdía la esperanza y, con esfuerzo, les daba la vuelta antes de regresar a su tablón, lo suficientemente grande como para recostar el tronco.

El sol siguió su ascenso, inexorable, quemándole la piel, aun consciente de que eso era imposible dada su genética. Los elfos no se tostaban ante la exposición del sol, pero sin un solo lugar en el que cobijarse, con la caricia salada del viento sobre la piel, la sentía reseca y tirante, le picaba, al igual que los labios cuarteados. Sabía que había ingerido demasiada agua salada; que su cuerpo, que aún no contaba con sanación inmortal, no se sobrepondría de aquello si no encontraba agua dulce pronto.

La llegada de la noche palió la sensación de quemazón y la reemplazó por un helor que no la reconfortaba. Tenía los músculos rígidos por el desgaste y la temperatura. Por lo que sabía, habían dejado atrás el Mar de Hierro, y eso significaba que se habían adentrado en aguas más gélidas. Lo único que podía hacer era rezar por una salvación.

Estaba tiritando, los párpados pesados por la inconsciencia —o la muerte— que le respiraba en la nuca, cuando escuchó el inconfundible sonido de un mascarón rompiendo contra las olas. Agradeció a los dioses su intervención y su ayuda, y al lanzar la vista al firmamento estrellado, Dalel brillaba para ella, como diciéndole que aquello formaba parte de su sino.

Un barco se acercaba a favor del viento. La esperanza le bombeó el corazón, maltratado y que trabajaba sin descanso. Sin embargo, la felicidad y el alivio se esfumaron de un plumazo, porque nada le aseguraba que aquel no fuera un barco pirata. Se mantuvo todo lo quieta que pudo, lejos de la trayectoria del navío, con la respiración contenida. Los marineros rastreaban la profundidad del mar, iluminando los restos del naufragio con un cañón de luz equipado con varios cristales y espejos. Podría ser un buque mercante en busca de supervivientes, con un buen samaritano como capitán, pero la falta de insignia marcando el mascarón le hizo ver que se equivocaba.

Eran carroñeros que iban en busca de tesoros naufragados. Como perros tras un rastro, seguían los destrozos que flotaban en la mar hasta dar con los pecios que expoliar. La suerte seguía sin estar de su parte. Los dioses la habían puesto en una nueva encrucijada, como llevaban haciendo desde la emboscada a los sanadores. ¿Delatar su posición y que pasara lo que tuviera que pasar? ¿O intentar que no la vieran y rezar para que la corriente la arrastrara a tierra algún día?

De haber sido otras las circunstancias, habrían llegado al puerto de Jellin en unos días, no estaban tan lejos cuando naufragaron. Sin embargo, ningún cuerpo maltratado, incluso orientándose en la infinidad del mar, llegaría a nado hasta tierra.

Tampoco se sentía con la capacidad pulmonar necesaria para retener el aire y sumergirse bajo el agua hasta que pasaran de largo, y hacerse la muerta no bastaría, porque aquellos bastardos comprobaban con una vara cada cuerpo flotante, por si pudieran vender a los vivos como mercancía. Lo sabía bien.

Con un suspiro atragantado, alzó el brazo y lo agitó. Intentó proferir algún sonido, pero de aquellos labios no salió nada, la garganta en carne viva por los gritos en busca de la única elfa que importaba. La que le había abierto los ojos al cambio verdadero.

No sabía si el hecho de que los marineros fueran elfos suponía un alivio o una condena, probablemente lo segundo, ya que en Yithia habían estado sometidos al bloqueo naval hasta hacía poco tiempo. Y eso solo le dejaba una posibilidad en mente. Una que la aterraba.

Los marineros bajaron un bote para rapiñar entre los destrozos. Remaron con ahínco y la subieron a la embarcación sin cuidado. Su cuerpo impactó contra la superficie rugosa con un estruendo molesto, tan falta de fuerzas que no pudo sostenerse con los brazos. El cabello se le adhería al rostro y le impedía ver bien, así como la sal que le había irritado los ojos.

Se giró hacia los bucaneros que remaban en busca de más piezas y unas lágrimas de cocodrilo le empañaron todavía más la visión. Se haría pasar por una fémina desvalida si con eso conseguía granjearse su compasión. Pero por el modo en que la miraron, por el modo en el que brillaron sus dientes chuecos y maltratados al sonreír, supo que la suerte se le había agotado al sobrevivir al naufragio.

—Espero que hayas disfrutado de una inmortalidad fructífera, muñeca —comentó uno de ellos con una risa tosca.

Ella se mantuvo en silencio, meditando las opciones. Podía lanzarse del bote y nadar, aunque apenas le quedaban fuerzas y no llegaría lejos. Ya la habían visto con vida, la venderían como esclava en el primer puerto en el que atracaran. Así que se limitó a mirar cómo trabajaban, a subir a cubierta por la precaria escalera de cuerda, a poner un pie sobre los dominios del capitán.

Capitán que la estaba esperando con una sonrisa taimada en los labios. Llevaba un sombrero emplumado que había visto mejor vida, y sus cabellos rubios presentaban tanta grasa que podrían haber alimentado a un huérfano. A pesar de su aspecto desaliñado, se lo veía fuerte y curtido por el mar, pagado de sí mismo si se tenían en consideración el diente de oro, los innumerables anillos y los dos pendientes en el mismo lóbulo.

El capitán se acercó a ella y la observó de arriba abajo, como quien examina la mercancía y estima su valía. Rezó por que el distintivo que había llevado encima, la pieza de joyería que establecía quién era su padre, se hubiera perdido en el mar, porque como la identificaran y le pusieran apellido, no le cabía duda de que buscarían hacer fortuna con ella. Y aunque eso pudiera suponer quedarse en el barco una temporada más larga, lo que necesitaba era que se le presentara una oportunidad de escapar. Y no iba a aparecer estando en la mar.

El capitán la cogió por el rostro y lo movió de un lado a otro, examinándola gracias a la influencia de un cristal de luz.

—Bonitos ojos. Poco comunes. —Los labios del varón se estiraron con satisfacción—. Abre la boca. —Ella se mantuvo con los labios cerrados. Si veían que tenía la dentadura intacta, buscarían venderla a un mejor comprador, uno que pudiera pagar su valía—. Que abras la boca.

El varón le metió los dedos entre los labios y los retrajo hasta que no le quedó más alternativa que obedecer. El capitán inspeccionó las piezas, moviéndole la mandíbula a su antojo, y luego la soltó sin tacto. Le bastó un repaso con los ojos, tan empapados estaban sus ropajes, para establecer la valía de su cuerpo. Y cuando hizo cuentas mentales, esos labios rosados se estiraron con renovado deleite.

—¿Alguien más? —preguntó a la tripulación sin apartar la vista de ella.

—No, mi capitán. Parece la única superviviente.

El mundo empezó a engullirla cuando uno de los marineros puso en palabras lo que su mente se había negado a aceptar. No podía haber muerto. Ella no podía estar muerta. No después del infierno que habían vivido juntas; no después de todo lo que había sacrificado. La ansiedad bombeaba su corazón y lágrimas de impotencia se acumularon en sus ojos, pero no podía dejar caer ni una sola, porque entonces se rompería y no podría parar.

—Bien —paladeó el capitán—. Guíanos hacia el pecio y tal vez sea benévolo contigo, muñeca.

Ella apretó los dientes e inspiró el salitre del ambiente. Sabía que le convenía aceptar, que cuanto más sumisa se mostrara, menos lo pagarían con su cuerpo. Porque desde que había puesto un pie en cubierta, se había convertido en esclava. Era cuestión de tiempo que trajeran uno de los numerosos collares de hierro que la marcarían como al ganado. Así que, pasándose la lengua por los labios para deshacerse del tacto de aquel varón, asintió con firmeza.

—Así me gusta. —Él sonrió hasta mostrar los dientes que le quedaban—. Siendo que vamos a pasar un tiempo agradable juntos —chasqueó los dedos, claro indicativo de que trajeran el collar—, dime, muñeca, ¿cómo te llamas?

Dudó. Dudó de si debía decir su verdadero nombre o no. Pero ¿qué sentido tenía mentir, cuando ni siquiera su nombre la libraría de ser vendida? Resignada por las circunstancias, pronunció con voz firme:

—Seredil.

38

Ilian apenas recordaba qué había sucedido desde que Ash había desaparecido para teletransportarse. Lo único que se presentaba como una certeza en su mente era que Elwen había muerto. Se había negado a levantarse del suelo, abrazando el cuerpo carente de vida de su hermana durante tanto tiempo que las piernas se le entumecieron. Haizel, como varón de confianza, había adoptado el rol que él mismo, como general, debería haber desempeñado.

La siguiente vez que alzó el rostro, con el cuello rígido por la postura, el salón del trono estaba en calma. No quedaba nada de los destrozos, gracias a la diligencia de los sirvientes comandados por Orsha, y habían limpiado la sangre del suelo, incluso la de Elwen, aunque no recordaba haberlo visto. Tampoco había rastro de los cuerpos ni de los presos que habían hecho, mucho menos de Ash o de Rylen. El único que permanecía allí era él, abrazado al cadáver de su hermana, a la que habían cerrado los ojos en algún momento.

Entonces se dio cuenta de que no estaba solo, de que sentía una presión en su espalda. La propia de otra espalda apoyada contra la suya. Giró el rostro, conteniendo un quejido por la rigidez, y miró por encima del hombro. Haizel estaba ahí, sentado tras él y abrazándose las rodillas, la cabeza enterrada entre la fortaleza conformada por sus brazos. Ilian inspiró hondo para intentar contener el aluvión de sentimientos que lo invadió y deslizó la vista hacia las puertas que la jornada anterior habían estado abiertas y que aquella noche permanecían cerradas a cal y canto.

—No estuvo sola en ningún momento —murmuró Haizel con esa voz de ultratumba.

Ilian miró a su hermana, sin la máscara por Veturnaetur y con el rostro limpio de sangre. Se preguntó quién habría cuidado de ella a pesar de que la hubiera retenido contra su cuerpo todo el tiempo.

—Cuando... Cuando la vi, Orsha ya estaba con ella. Intentó usar su magia, pero ella...

—Lo sé —masculló Ilian con pesar. La garganta le ardió por lo mucho que había gritado y llorado y no se reconoció en el sonido que salió por ella—. Lo sé...

Aunque durante las horas posteriores a la muerte de su hermana hubiera maldecido a todos los que no la habían salvado, en el fondo sabía que no habían podido hacer nada. Elwen no era una Efímera, su bendición había sido otra, heredada del linaje materno. Los Efímeros se aferraban más a la vida, en comparación con los elfos comunes, porque tenían otro ser viviendo en su interior que formaba parte de ellos mismos pero, a su vez, tenía consciencia propia. Y ese poder, esa parte de sí mismos, tardaba más en deshacerse que la cáscara de carne que eran sus cuerpos. Y Elwen no tenía nada de eso, solo una conexión directa con un dios que había estimado que aquel era su fin.

—Tienes que dejar que se la lleven, Ilian.

—No.

—Hay que darle un entierro digno, no puedes...

—He dicho que no —espetó, con tanto odio que las lágrimas le inundaron los ojos.

Haizel suspiró e Ilian sintió el movimiento de su pecho en su propia espalda.

—Rylen y Ashbree están estables, por cierto.

Aquellas palabras lo atravesaron como la espada que lo había empalado semanas atrás. La culpa era así de imprevisible y retorcida. Desde que había visto a su hermana muriéndose, ni siquiera había vuelto a pensar en ellos. El dolor de la pérdida real, no esas dos que habían evitado, lo copaba todo.

—Rylen despertó hace unas horas y preguntó por ti, pero le dije que estabas ocupado con todo esto. No le he contado... No sabe lo de Wen. No he podido... Yo...

La voz se le atragantó y tuvo que callar. Sin siquiera verlo, Ilian sabía que estaría apretando los puños, el rostro desprovisto de vida. Entendía por qué Haizel no podía enfrentarse a esas situaciones, siendo que había tenido que comunicarle a toda la familia de su difunto esposo su muerte. Había vivido un infierno con aquello, Ilian lo sabía bien porque había estado a su lado en todo momento.

—Gracias —musitó—. Tengo que hacerlo yo.

Sentía las ganas de llorar abordándolo de nuevo, pero no le quedaban más lágrimas que derramar. ¿Cómo iba a decirle a Rylen que Elwen había muerto, si él ni siquiera llegaba a comprenderlo?

—Fue Tharin, Elwen me lo dijo. —Un escalofrío le recorrió el cuerpo e Ilian abrazó a su hermana con más fuerza, como si así fuera a protegerla de los recuerdos que se la habían llevado—. Tuvo un presentimiento y se dio cuenta de que el consejero no hacía más que mirar en una misma dirección. Y entonces Wen vio a la asesina que apuñaló a Ashbree y la reconoció.

—¿La reconoció? —masculló con desprecio—. ¿Qué significa que la reconoció?

Haizel guardó silencio e Ilian giró el torso para buscarlo. El conjurador se mantuvo estático, abrazándose las piernas en el centro de aquel salón, con la vista clavada en el trono.

—Ella lo sabía, Ilian. Sabía que esto iba a pasar.

—No...

—Me lo dijo. No sabía quién estaba detrás de todo, pero sí había visto a esa asesina apuñalando a Rylen. A Rylen, no a Ashbree.

Haizel se giró hacia él, sus ojos rosas vibrando por la tensión.

—La predicción... —balbuceó Ilian, la comprensión abriéndose paso por su mente.

—¿Qué?

—Ash me dijo que Elwen le hizo una predicción muy rara, aunque preferí que no me la contara por si eso podía empeorar la situación. Soy un imbécil —añadió con un gruñido.

—No podías saberlo.

—¿Y mi hermana sí? ¿Cómo podía saber que iba a morir?

—No creo que lo supiera, Ilian... Es imposible. Vería que Rylen iba a morir e intentó hacer lo que fuera por cambiar el destino. Sabes lo peligroso que es eso, y aun así lo hizo por proteger a nuestro rey.

—¿A costa de su propia vida?

—¿No harías tú lo mismo por él?

—¡Es mi hermano de batallas, joder! ¡Claro que lo haría!

—Entonces ¿por qué estás tan enfadado con ella? Eligió proteger a su familia a cualquier coste.

—Haizel... —Una advertencia.

—Quiso protegerte a ti —prosiguió, sin importar que Ilian estuviera temblando de rabia—. No es justo que te enfades con ella por tomar una decisión que tú mismo habrías tomado.

—Cállate.

—Necesitas oír que no fue su culpa que muriera. Ni tampoco la tuya.

—No eres el más adecuado para hablar de culpas, Haizel.

El rostro del conjurador perdió cualquier expresión de dolor y adoptó la máscara imperturbable que había portado los últimos siglos.

—Y fue gracias a ti que me deshice del lastre de no haber protegido a Dillion. Así que no me seas hipócrita ahora.

Ilian lanzó el puño sin pensar siquiera, directo al mentón anguloso de su amigo. Haizel recibió el impacto con estoicidad, aunque ladeó el rostro y se quedó con los ojos cerrados unos segundos.

—Si este es tu modo de desfogarte, lo acepto. Hiciste lo mismo por mí entonces.

Ilian temblaba de pura contención, toda la furia que le había costado quinientos años dominar redoblada y descontrolada. Él siempre había sido salvaje y temperamental, se dejaba arrastrar por el rojo del odio, y estaba muy cerca de echarlo todo a perder. Porque las piezas empezaban a encajar y se sentía un completo idiota por no haber visto la traición de Tharin antes.

El general dejó el cuerpo de Elwen sobre el suelo por primera vez en dieciocho horas y se puso en pie, sin apartar la vista de ella. Las rodillas se le quejaron por la rigidez de permanecer en la misma postura, pero no le importó. Tampoco la tirantez de una pantorrilla que había empezado a sanar gracias a la curación inmortal. Creyó que nada volvería a importarle. Los ojos le escocían de impotencia, incapaz de apartar la vista de aquella cáscara carente de su vitalidad característica. Se la habían arrebatado. El varón que Elwen amaba la había asesinado.

Y aunque había hecho justicia matando al consejero con su propio *Fjel*, no era suficiente. Ilian se convirtió en un mar muerto, sin que hubiese lugar para ninguna emoción, cuando se miró el dorso de la mano, donde una nueva marca enroscada le entintaba la piel. Daba gracias por no haber sabido que era el asesino de su hermana antes de matarlo, porque estaba convencido de que aquella mácula habría sido mucho más grande. Aun así, siempre llevaría en la mano derecha el recordatorio de que había obtenido su venganza sin siquiera saber que la necesitaba.

Ignoraba cómo lo encajaría Rylen, no solo porque hubiese empleado su don para matar, sino porque había asesinado a uno de los miembros más importantes del Reino de Lykos a sangre fría, sin juicio mediante. Y aunque fuera más que evidente que la sentencia del consejero habría sido a muerte, su rey se tomaba la justicia muy en serio.

Sin embargo, no pudo importarle. Ni esa posible consecuencia ni las que pudiera haber a partir de entonces. Y aunque el alma le pedía que fuera en busca de Ash para comprobar que estuviera bien, no podía hacerlo. No podía enfrentarse a otro cuerpo moribundo. A otra incertidumbre de perder a un ser amado. Necesitaba ponerse en acción; asumir su papel como general de las tropas oscuras y dejar de ser un inútil.

—Orsha. —No había apartado la vista del cuerpo de su hermana, pero sabía que su nana estaba ahí. Siempre estaría ahí—. Encárgate de Elwen.

Sintió el tacto cálido e inconfundible de unos dedos largos y azules sobre sus mejillas. Unos que lo acariciaron como tantas veces habían hecho durante su niñez. Lo obligó a apartar la vista de la muerte y a encontrarse con esos ojos antiguos y negros, adornados por unos anteojos diminutos sobre una nariz imposiblemente larga. Orsha lloraba en silencio y lo observó con un pesar que lo traspasó y que le arrancó un sollozo.

—Tu hermana hizo lo que hizo para salvar a su familia. No la culpes.

Aunque Haizel le hubiera dicho algo muy parecido, en boca de Orsha sonaba muy diferente.

—¿Cómo…? ¿Cómo están?

La hembra entendió que se refería a Rylen y a Ash y le regaló una sonrisa maternal.

—Él, descansando. Ella, estable.

—Tengo… Tengo que hacer algo. —Le costaba tanto hablar que se sentía ridículo, y aun así no podía evitarlo—. ¿Cuidarás de ellos?

—Con mi propia vida.

Tras un asentimiento quedo, miró por encima del hombro, en dirección a Haizel, quien se masajeaba el mentón. Le pediría perdón, pero cuando estuviese en paz con sus propios demonios.

—Nos vamos.

El conjurador frunció el ceño y dejó caer el brazo.

—¿A dónde?

—A descubrir en qué estaba metido Tharin.

39

Sangre. Había habido tanta sangre…

Su sangre.

Otra vez.

Ayrin había vuelto a atravesarle el pecho con la mano y jamás podría limpiarse aquel líquido del cuerpo. Pero, por encima de eso, había habido demasiada sangre de *ella*. De Ashbree Aldair. Su emperatriz.

Todo era rojo y plateado en su mente. Una combinación cromática que de primeras podría resultar hermosa era la peor de sus pesadillas.

Había pasado las horas siguientes al ataque en una duermevela extraña en la que su consciencia viajaba a un lugar etéreo en el que, al fondo, brillaba una única luz blanquecina, potente como un astro. Aquella presencia reconfortante era lo que lo había anclado a la vida, y cuando la miraba, percibía el regusto a hogar en el fondo del paladar.

Se sentía más fuerte que nunca, con tantas sombras —las suyas y las de Ilian— dentro de su ser, aunque su cuerpo tardaría en sanar. Su poder no era como el de Ashbree, capaz de curar con un mero pensamiento, sino que necesitaba de esfuerzo y concentración.

Sucedió lo mismo cuando Ayrin le arrancó el corazón del pecho. Las sombras de Ilian evitaron que se fuera directo a la morada de los dioses, redoblando las fuerzas de su propia oscuridad, pero luchar contra la muerte personificada, contra los designios de Celes, fue duro. Necesitó de la ayuda de sus sanadores más experimentados, del comandante de la Orden de antaño y meses de rehabilitación, porque por aquel entonces no contaba con los dones inmortales.

Sin embargo, esto era diferente. Ahora tenía unos poderes que hicieron que en apenas veinte horas hubiera recuperado las energías. Ilian había necesitado de diez días para salir de la cama después de que lo mataran, sobre todo por estar drenado de poder, pero Rylen tenía mucha fuerza a su disposición. Por eso se levantó de la cama sin ayuda. Por eso se atrevió a ir al baño a comprobar su propio estado.

No se horrorizó cuando vio el feo corte en el gaznate, ni los puntos apresurados que le habían dado y que ya eran inservibles. Había visto su cuerpo en un estado mucho peor, sacado directamente de las pesadillas más horripilantes. Por inercia, se llevó la mano al pecho, descubierto para aplacar la alta temperatura que había alcanzado su piel por el esfuerzo de sanarlo.

Una nueva marca que lo acompañaría si él quería, un nuevo recordatorio de lo que eran capaces de hacer los elfos de luz. Solo que en aquella ocasión no había sido ningún yithiano quien había empuñado el arma. Jamás pudo deshacerse de la cicatriz que Ayrin le había dejado sobre el cuerpo, porque entonces apenas tenía treinta y cinco años y su organismo no podía regenerar la piel a esa velocidad. Y aunque con el paso del tiempo lo había vuelto a intentar, los dones inmortales no podían subsanar lo que el cuerpo ya había asimilado.

Se preguntó qué haría Ashbree, quien, a pesar de poder curarse a voluntad sin dones inmortales, antaño había decidido evitar sanar la marca en la mejilla por voluntad propia.

—Ashbree... —murmuró.

Sintió un retortijón en el estómago y el pecho le pesó en exceso al pensar en ella, una sensación olvidada para él. Con el ceño fruncido, miró por la puerta del baño entreabierta, hacia sus aposentos. Caminando despacio, aún algo cansado, regresó a su dormitorio, donde una bandolera descansaba sobre su mesita de noche. No era suya, eso lo tenía claro; lo que no comprendía bien era el extraño tirón que sentía al mirarla, al pensar en ella siquiera.

Justo cuando iba a abrirla para descubrir qué había en su interior, llamaron a la puerta y abrieron sin esperar respuesta. Orsha, con aspecto demacrado y sin detenerse en muchos detalles, le explicó que Ilian tenía intención de marcharse, solo los dioses sabían cuánto tiempo.

Rylen salió de sus aposentos haciendo acopio de toda su entereza, porque desconocía qué más había sucedido en esas veinte horas para que Ilian estuviera dispuesto a dejar a Ashbree atrás. El mal presentimiento anidado en su pecho, junto al tirón de lo afín, lo condujo hasta las dependencias de Ilian. Entró sin siquiera llamar y lo encontró en el baño, descamisado e inclinado sobre el lavabo mientras se echaba agua en la cara para arrastrar el maquillaje que había llevado la noche anterior.

—Te marchas —dijo con voz trémula y maltratada por el degüello.

Ilian se crispó y se quedó estático unos segundos, antes de agarrarse al mármol del lavabo para concederse estabilidad. Fue entonces cuando Rylen vio las nuevas marcas negras sobre el dorso de su mano, intrincadas y retorcidas.

—¿Qué has hecho...? —preguntó, tan apenado como atemorizado.

Despacio, los iris violetas de Ilian se encontraron con los del rey a través del espejo.

—Por quién lo he hecho, más bien.

Rylen creyó que se asfixiaría, un corazón inexistente detenido. ¿Por qué le pesaba tanto el pecho de repente?

—No... —masculló.

Cuando los ojos de Ilian se inundaron de lágrimas, Rylen no pudo permanecer más tiempo quieto y redujo la distancia que los separaba, que se le antojaba inconmensurable. No había sido por Ashbree, porque recordaba que la habían salvado y percibía la atracción de los opuestos ahí latente, en el fondo. Y tampoco había sido por Orsha ni por Haizel. Solo había una respuesta posible para semejante dolor en su hermano de batallas: Elwen.

Rylen lo envolvió entre sus brazos casi con violencia, y su hermano de batallas se abrazó a él como tantas otras veces habían hecho: con necesidad y desesperación. Ilian enterró el rostro en el cuello del rey y sollozó, apretándolo con fuerza. Rylen sentía el amargor del llanto en la garganta y los ojos le ardían, pero sabía que si lloraba, que si se dejaba arrastrar por la pena, su general se vendría más abajo todavía. No podía derrumbarse, aunque las rodillas le temblaran y lo sostuvieran en pie únicamente por el refuerzo que el cuerpo de Ilian suponía.

Se quedaron tanto rato abrazados —uno llorando sin medida, el otro en silencio y sin lágrimas— que Rylen perdió la noción del tiempo. Solo cuando sintió que el cuerpo de su amigo dejaba de temblar se atrevió a separarse lo mínimo para mirarlo a la cara.

En sus iris no quedaba rastro de vida, opacados por el dolor. Rylen lo agarró de la nuca y lo acercó hasta que sus frentes se encontraron.

—Su muerte no será en vano —susurró, sus rostros tan cerca que compartían aliento.

—La ha matado... —masculló Ilian en respuesta—. Tharin Bellion la ha matado.

Rylen recordó entonces aquel «larga vida al rey» que le anunció su propia muerte, precedido de una confesión. Tuvo que respirar hondo para controlar la oleada de ira que lo invadió y cerró los ojos con fuerza, serenándose.

—Pagará. Te prometo que pagará por lo que nos ha hecho.

Los ojos violetas de Ilian se encontraron con los plateados de Rylen y se contemplaron durante un segundo eterno en el que el general recuperó la coraza de odio emponzoñado. El rey fue consciente del instante exacto en el que su amigo desapareció debajo de todas aquellas capas oscuras que conformaban su personalidad arrasadora y sintió un ápice de miedo. Varios siglos atrás había conseguido doblegar su temperamento porque Ilian no había tenido ningún motivo real para liberarlo, pero en aquel momento… En aquel momento, la venganza corría libre por sus venas.

—Ya está muerto —aseveró.

Rylen apretó los labios y separó sus frentes, poniendo algo de distancia entre ambos. Y aquello fue respuesta suficiente para Ilian.

—Lo imaginaba.

El general pasó junto a él, airado, y Rylen lo detuvo agarrándolo del brazo.

—No es así como hacemos las cosas en Lykos.

Él soltó una risa sarcástica, teñida de todo mal, y lo fulminó con la mirada.

—Dijo el que asesinó a sangre fría a uno de los captores de Ash.

Rylen tragó saliva, consciente de esa especie de hipocresía. Pero a nivel político, había una diferencia más que evidente entre matar a un don nadie y a un consejero real.

—El consejo no querrá que te vayas de rositas, Ilian —le dijo con el tono más amable que encontró—. Has sentado un precedente.

—¿Cuál? ¿El de que si cometen regicidio están muertos? Permíteme iluminarte, pero eso ya deberían saberlo.

—El de la dictadura, Ily.

—Un consejero no es más intocable que un plebeyo. Y tú, más que nadie, deberías saberlo.

Sí, Rylen lo sabía, pero no era él quien debía tener esa certeza. Conocía muy bien a sus consejeros y consejeras; todos temerían por posibles represalias de muerte al más mínimo cambio. Porque aunque respetaran a Rylen Valandur como su rey, también había un ápice de miedo alrededor de la figura del Señor de Sombras. Cundiría el caos, y no sabía qué podía hacer para proteger a Ilian sin convertirse en un déspota. Lo había puesto en una situación complicada para con la cabeza del reino.

—Hice lo que tenía que hacer. Para protegerte a ti, para proteger a Ash. Y lo único que lamento es no haber podido hacer lo mismo por Wen.

—¿Y quién te protege a ti, Ilian?

—Yo no necesito protección —respondió con aire chulesco, motivado por el odio que llevaba dentro.

—Tal vez no, pero todo acto tiene consecuencias. Y desconozco cuáles serán las tuyas.

—¡¿Y qué importa?!

Ilian se zafó de su agarre y la tensión entre ambos creció.

—¡Importa! ¿Es que no lo ves? No quiero convertirme en un déspota, no *puedo*. Pero haría cualquier cosa por protegerte, de ti mismo y del mundo. —Rylen dio un paso hacia Ilian, recortando el abismo que los separaba—. Por ti, me convertiría en el monstruo de Lykos.

Su general contuvo el aliento. La garganta de Rylen se secó, angustiado por el golpeteo frenético —e imposible— que le martilleaba los oídos.

—Y por Ashbree —añadió el rey en un susurro—. Perdió a Cyndra, a Arathor y ahora a Elwen. No dejaré que te pierda a ti también. La protegeré a cualquier coste, Ilian, y si para evitar que empeores la situación tengo que lanzarte al agujero más inmundo, créeme que lo cavaré con mis propias manos y te arrojaré a él de una patada.

Ilian entreabrió los labios, y Rylen se dio cuenta de que había acabado hiperventilando, exaltado por el discurso.

—¿La amas?

—¿Qué? No...

—La amas —lo interrumpió.

Rylen hizo amago de replicar, pero no encontró las palabras adecuadas. No estaba seguro de que aquello fuera amor, porque le aterraba enamorarse de nuevo, pero empezaba a albergar serias dudas. Tuvo la sensación de que el pecho le picaba, como si el corazón le hubiera dado un vuelco, pero era imposible.

—No lo sé, Ilian. —Cansado, se pellizcó el puente de la nariz y luego suspiró—. Sea lo que sea lo que hay entre vosotros..., no me meteré, pero no quiero blindarme a los sentimientos. Ya no.

—No hay exclusividad entre nosotros.

—¿Qué?

—No soy quién para poner en boca de Ash nada, pero no lo des todo por perdido. Ya lo hablamos hace unas semanas, y creo que ella empieza a sentir algo por ti y que no quiere cerrarse a ninguno.

No era el momento para tener aquella conversación ni para sentir esperanza, pero la albergó por primera vez en mucho tiempo, y se aferró a ella como a un clavo ardiendo, porque necesitaba que hubiera algo bueno en su vida después de tanto dolor.

—Yo sí la quiero —confesó Ilian en un susurro—. Nunca me había sentido así con nadie, y hace tiempo que dejé de creer que fuera la atracción de los opuestos.

—Creo que yo me di cuenta de eso antes que tú —bromeó. Ilian rio entre dientes y la tensión entre ambos se aligeró.

—Pues si ya lo sabes, también sabrás que no me voy a quedar de brazos cruzados. Me dan igual las consecuencias. Porque Tharin mató a mi hermana, y pienso encontrar todas las respuestas que necesito, porque algo me dice que él fue el responsable del infierno que pasó Ash con la sobredosis.

Rylen se mordió el labio. Tharin era el varón pelirrojo al que habían estado buscando, se lo había confesado en última instancia. Y no sabía lo bien que le sentaría a su general aquella confirmación o si era mejor que lo descubriera por sus propios medios, cuando las aguas se hubieran calmado un poco. Por eso, se limitó a guardar silencio y a observar a su hermano de batallas.

—Mis métodos no te gustarán, pero te doy una oportunidad de hacerlo con tu beneplácito.

—¿Hacer qué?

—Lo que sea necesario.

Le tentaba dárselo, dejar que sucumbiera a su sed de sangre con el respaldo de la corona. Pero al mismo tiempo, iba en contra de todos los ideales por los que había luchado quinientos años.

—No lo tienes.

Un músculo en la mandíbula de su general se crispó y se limitó a asentir con la cabeza antes de marcharse sin pronunciar palabra.

Devastado, Rylen soltó un suspiro tembloroso, con la vista clavada en el lavabo manchado con los restos de la sangre roja y plateada que Ilian se había estado limpiando. Y no pudo contenerse más.

El Rey de los Elfos se dejó caer de rodillas sobre el suelo prístino y, en aquella soledad que le permitía ser un mortal más, en lugar de un soberano, se echó a llorar.

40

Cuando no le quedaron lágrimas que derramar, Rylen salió de los aposentos de Ilian y sus pies lo condujeron hasta los de Ashbree, en lugar de a los suyos propios. Entró sin llamar y cruzó la antecámara decorada con la mesita y las butacas que la tarde anterior habían usado para comer. La puerta del dormitorio estaba entreabierta y dejaba escapar un resquicio de luz originado por la chimenea.

Le aterraba no saber a ciencia cierta qué iba a encontrar, pero necesitaba verlo. Necesitaba estar con ella para paliar el dolor que sentía en el pecho, tan intenso como si tuviera corazón. Empujó la puerta con cuidado y miró hacia la cama. Ashbree estaba tumbada boca arriba, con las manos entrelazadas bajo el pecho y rostro sereno. Rylen se quedó en el umbral, contemplando la escena, igual que hacía Umbra desde lo alto del armario.

Ashbree y él habían compartido un momento muy íntimo y especial, y aunque Ilian hubiera sugerido que podría haber algo más entre el rey y la emperatriz, tenía miedo. Durante siglos, la falta de corazón lo había mantenido distanciado de todo aquel que no formara parte de su círculo de confianza. Numerosas féminas y varones habían intentado entrar en su vida y él siempre se había cerrado, incapaz de amar de esa forma a nadie más. Pero Ashbree se había colado entre su guardia con tanta facilidad que abrumaba, y no tenía claro que todo fuera responsabilidad de su condición de Efímera, sino por cómo era ella en realidad.

No había sonido más desgarrador que el que hacía un corazón al romperse, y él lo tenía grabado en los tímpanos de primera mano. Tras tanto tiempo huyendo de ese sonido, no quería seguir negándose a aquello. No sabía qué les depararía el futuro, ni siquiera estaba seguro de que Ashbree fuera a despertar; no obstante, mientras siguiera ahí, mientras siguiera respirando, se aferraría a ella.

Sin pensarlo, se acercó a la cama y levantó la sábana para colarse bajo ella, junto al cuerpo templado de Ash. Se recostó de lado, con el rostro cerca de su cuello para aspirar su aroma. La habían aseado y se habían llevado el hedor de la sangre consigo, pero eso no bastaba para borrar el miedo de verla morir frente a sus ojos. Se imaginó que ella misma debió de sentir algo parecido cuando Ilian murió en Kridia, y aun así tenía la sensación de que nadie llegaría a comprender su dolor. Aunque eso fuera mentira, porque Ilian había perdido a su hermana.

Elwen había muerto, y ningún Efímero había podido arrebatarle esa vida a los dioses.

Rylen despertó cuando el sol ya se alzaba alto sobre el firmamento, aunque no llegaba a calentar lo suficiente brillando tras una densa capa de nubes, como si el día supiera que no merecía ser esplendoroso. Ashbree seguía en el mismo estado, con rostro apacible y respiración pausada.

Tuvo la vana esperanza de que Ilian estuviera allí; de que amanecieran los tres juntos como tantas veces habían hecho ya por culpa de la sobredosis de Ashbree y la recuperación de Ilian. Pero no fue así.

Rylen observó el perfil de la fémina, las mejillas redondeadas y la nariz respingona, la línea del mentón, el cuello y la curva de los pechos. Tanto el general como él necesitaban que ella se recuperara, porque si no lo hacía, Rylen sabía que no habría vuelta atrás para Ilian; que se plantaría en el salón del trono de Kridia y degollaría al emperador con sus propias sombras. Y él no podría impedírselo. Porque ahí estaba su límite, alcanzado después de quinientos años de perseverar: si Ashbree no volvía en sí, acompañaría a Ilian hasta la mismísima muerte.

Era demasiado que gestionar en un lapso muy corto, por mucho que los elfos tuvieran todo el tiempo del mundo a su disposición. Nadie sabía por qué unos vivían trescientos años y otros, antaño, habían llegado al milenio, aquello era capricho de los dioses y solo ellos lo comprendían, pero ni siquiera con los numerosos años de vida que le quedaban, Ilian superaría el bache que atravesaban.

Había estado muy unido a su hermana, más que con ningún otro. El padre de Ilian había sido muy prolífico, y seguro que tenía más vástagos de los que conocían. No obstante, la única que se había hecho con un hueco en su corazón, después de haberse criado en un hogar sin amor, había sido aquella pequeña traviesa de cabellos negros como el carbón —mucho antes de que empezara a teñirse— e intensos ojos morados.

Deslizó la vista por la estancia, empapándose de los elementos que habían convertido aquellas paredes en las de la emperatriz. El espejo y el armario nuevos, el violín sobre la mesita, el biombo adornado con la ropa que la fémina había usado por última vez. La ropa de su cita.

Habían cambiado tantas cosas en apenas dos días... Todo su mundo patas arriba.

Y aunque no quería abandonar la comodidad que le ofrecía el cuerpo de Ashbree, los glifos protectores que Orsha había dibujado en la puerta durante la noche —sin que él se enterara— lo pusieron en movimiento. Aquella magia era la más compleja entre los trolls, trazos que enlazaban todos los elementos a su control para ofrecer protección, guía, rastreo, como arma... Y si Orsha seguía adelante a pesar de haber perdido a una especie de hija, y para proteger a otro ser de luz, él no podía quedarse de brazos cruzados.

El Reino de Lykos no se detendría porque él no estuviera en plenas facultades, sino todo lo contrario. La noticia de lo sucedido en la noche de Veturnaetur se habría extendido como una plaga sobre las cosechas, imposible de contener. Y la alegoría no podía ser más adecuada teniendo en cuenta que el responsable era el Consejero de Agricultura, un varón que había luchado por que el reino prosperara y que lo había traicionado.

Rylen nunca había llegado a considerarlo de su círculo de confianza, aunque sí se había apoyado en él. Era ciento cincuenta años mayor que el rey, el elfo más longevo del que tuvieran constancia, y ya había estado al servicio de su madre antes del suyo. Aunque apenas pudo desempeñar su función durante el reinado de Ires, ya contaba con cierta experiencia que le transmitió al recién nombrado monarca. La mitad de los consejeros del séquito de su madre delegó en sus vástagos y se conformó un nuevo consejo al servicio de Rylen, siendo Tharin el único que había pertenecido a dos reinados.

En cuanto abandonó las dependencias de Ashbree, supo que tendría que enfrentarse a su consejo, quienes exigirían unas respuestas que ni siquiera él podía dar y la guerra se recrudecería.

Entró en sus aposentos dispuesto a solucionarlo todo cuanto antes, porque Ilian había sido muy claro: se iba a tomar la justicia por su mano. Y no podía permitir que su hermano de batallas acabara condenado por asesinato.

En el inmenso vestidor, eligió uno de sus tantos atuendos elegantes, perfectos para un tipo de batalla muy diferente al del frente —aunque igual de sangriento—, y se vistió sin perder ni un minuto. Al darse la vuelta para marcharse, sus ojos se toparon con algo que había olvidado: una bandolera que no era suya sobre su mesita de noche.

Contuvo el aliento porque algo le decía que actuara así, aunque no supiera el qué, y se acercó al zurrón con pasos cautos. Con cada nueva pisada, sentía un palpitar extraño, un sonido que bombeaba solo para él. Alzó la mano, abrió la solapa que cerraba el macuto y se echó a temblar. En el interior de la fortaleza de tela yacía un corazón de piedra, negro como una noche desprovista de luna y estrellas, con sus contornos orgánicos definidos y pulidos. Y una pequeña grieta dorada en el centro, serpenteante como las vetas del mármol.

Sintió que se asfixiaba mientras extendía las manos hasta él, mientras lo recogía entre los dedos y lo alzaba, más pesado de lo que había esperado. Sus sombras vibraron y se agitaron, un revoloteo estático a punto de estallar. El corazón respondió a su tacto y tuvo la sensación de que palpitaba sobre sus manos, cálido y gélido al mismo tiempo. Estaba sosteniendo su propia vida entre los dedos, el recordatorio de lo que había sufrido y lo que había estado a punto de perder. Había regresado a él, y no sabía cómo.

Durante mucho tiempo se cuestionó por qué Ayrin habría recurrido a aquel método para matarlo, por qué no simplemente degollarlo o apuñalarlo hasta la muerte, ensañándose con él. Y aunque quinientos años después seguía sin una respuesta, sabía que Ayrin siempre lo hacía todo con un propósito. Llevaba muchos años al frente de un imperio, y como líder era consciente de que cada acto en sí mismo era un mensaje. Y arrancarle el corazón del pecho a su supuesto secuestrador —patraña que de seguro ella misma divulgó— era más que poético. Era épico, y la colocaba a un nivel de endiosamiento demasiado peligroso. Por qué ella no había reducido su corazón a polvo lo inquietaba, y ya ni siquiera sabía si quería ser conocedor de la respuesta.

¿Acaso importaba?

Contemplándolo, se preguntó si habría modo alguno de volver a introducirlo en su cuerpo, de recuperar un órgano que lo había blindado al amor, que había propiciado que no le importara que lo convirtieran en el villano de la historia. Se dio cuenta de que estaba llorando cuando una lágrima impactó sobre la superficie oscura y resbaló, dejando tras de sí el cauce para un río.

Aún temblando, se dirigió al despacho anexo que empleaba en contadas ocasiones y apartó un cuadro que escondía una caja fuerte. Al presionar la palma sobre la puerta, escuchó un clic y esta se abrió. Aquello era obra de sus ingenieros más aventajados, capaces de crear un sistema de engranajes que solo se activaba al reconocer el fluir de las sombras dentro del mecanismo. Con cuidado, dejó el corazón en el centro del habitáculo, reservado para guardar la alianza que Ayrin le regaló al casarse. La había elegido ella, un anillo de oro blanco elegante con un grabado que recordaba al de las armas yithianas. En aquel momento le había parecido majestuoso; ahora, casi quinientos años después, lo veía como una declaración de intenciones que él no había sabido entender.

El habitáculo parecía demasiado pequeño para contener el órgano, como si aquel pedazo de su ser nunca fuera a entrar en su pecho de nuevo por lo enorme que resultaba. Lo contempló durante tanto rato, sin parpadear, que los ojos se le secaron. Luego, con el aliento contenido, cerró la compuerta y se alejó de él.

La última vez que lo había visto, su corazón había estado en manos de la fémina que lo había hundido en la miseria, y desde entonces se había hallado en paradero desconocido. Sin duda, Ashbree sabía de su ubicación, aunque aquello no era obra de la fémina. ¿Quién más podría habérselo devuelto?

Rylen cayó en la cuenta de lo que había creído ver antes de morir y trastabilló hacia atrás, como si ese pedazo de memoria recuperada le hubiera propinado un golpe en el gaznate. Había delirado con el hermano de Ayrin arrodillado junto al cuerpo de Ashbree, salvándola, pero eso era imposible. Cuando se dio el golpe de Estado en Yithia, Lorheen había huido de la isla, o eso le habían asegurado sus informadores.

Con una nueva idea en mente, Rylen acudió a los calabozos, en lugar de a la sala del consejo, y se teletransportó directamente. Apareció en la entrada, custodiada por una fémina y un varón que dieron un respingo al verlo, si bien su consternación apenas duró unos segundos previo a que se cuadraran, la armadura de placas negras entrechocando.

No les dedicó ni una palabra antes de pasar junto a ellos y cruzar el pasillo, aunque era evidente que ambos se habían fijado en la cicatriz del cuello y que se estarían preguntando cómo había sobrevivido. Algo que él mismo se cuestionaba.

Sus pisadas resonaban sobre el suelo empedrado, mientras dejaba atrás las celdas ocupadas por los supervivientes en busca de un rostro en concreto. Y entonces lo encontró. Con la turbación bombeándole la sangre, lo único que pudo hacer fue preguntar:

—Lorheen…, ¿eres tú?

—Cuánto tiempo sin vernos, Rylen.

41

No recordaba mucho del naufragio, solo la impotencia de haber perdido a su pareja cuando la tenía tan cerca, la presión en los pulmones y el mareo de dar vueltas y más vueltas arrastrada por la corriente.

En algún momento de la tormenta, perdió el conocimiento y cuando abrió los ojos de nuevo, lo hizo con la cara aplastada contra guijarros y la sensación de que la habían convertido en un témpano. Jamás había sentido un frío como aquel, y aunque intentó moverse, ni siquiera lo consiguió. Todo su cuerpo temblaba, de arriba abajo, mientras el mar le lamía los tobillos con su rielar constante. Había pájaros a su alrededor. Por un segundo, deseó que fueran cuervos y le picotearan las partes blandas para que acabaran con el dolor gélido. Pero no lo eran, sino otro tipo de ave, similar a las gaviotas pero más pequeñas. Al menos estaban cumpliendo con su deseo de picotearle el cuerpo, por mucho que ella no lo sintiera.

Consiguió mover los ojos más allá de los pájaros y se descubrió en una costa pedregosa, muy distinta de las calas de arena blanca de Kridia, o del desierto de Tarnios, en Dundran, cuyas arenas anaranjadas se encontraban directamente con el Mar de Hierro. Solo Dalel sabía a dónde la había arrastrado la corriente. El único rastro del naufragio a su alrededor era el trozo de madera al que se había agarrado como si la vida le fuera en ello, que así había sido.

Con un quejido atragantado, observó esas extrañas aves, de color blanco, con una capucha negra en la cabeza y pico rojo. El gris de la parte superior de sus alas, junto a todo lo demás, le confirmó que no eran gaviotas, más bien unas primas muy lejanas.

«Disfrutad del festín, pequeñas». Cerró los ojos para acogerse a su sino cuando escuchó el característico crujir de las piedras entrefrotándose. Alguien se acercaba a ella.

—¡Shu! ¡Shu!

Ya ni siquiera le quedaban fuerzas para separar los párpados y comprobar qué ocurría, pero tuvo la sensación de que un cuerpo grande se inclinaba sobre el suyo. De que le tomaban el pulso y le hablaban en otro idioma. Después, ingravidez hasta que su espalda se encontró con una superficie rígida y tela suave y tupida. La envolvieron en ella, entre palabras incomprensibles y negrura que la reclamaba y la escupía.

Cuando su consciencia volvía en sí, apenas tenía fuerza para farfullar, no sabía el qué. En algún punto del trayecto bamboleante, distinguió a quien la había sacado de la costa sentado en el pescante. Pero debía de ser una alucinación, porque aquel ser presentaba unos cuernos retorcidos sobre la cabeza, astas puntiagudas cual ciervo majestuoso. Lucía una hermosura característica y extraña al mismo tiempo, y a pesar de asemejarse a una creación de pesadilla, ella se sintió a salvo.

La siguiente vez que logró abrir los ojos se descubrió en una cama colmada de pelajes gustosos, con los músculos menos rígidos, aunque sin fuerza igualmente. Estaba en una cabaña, y en la esquina más alejada del camastro —que tampoco era demasiado— había dos figuras conversando entre bisbiseos. Una era grande y ruda, con unos cabellos cobrizos espesos y largos trenzados a la espalda. Llevaba poca piel al descubierto y, aun así, distinguió algunas cicatrices gracias al sentido de la vista privilegiado de los elfos.

Pero lo que le aceleró la respiración y le desbocó el pulso fue fijarse en su interlocutora. Una huldra.

Era hermosa hasta decir basta, la definición de belleza imposible, con su piel aceitunada, la nariz de ángulo perfecto y unos pómulos agradables. Sus cabellos, lacios y oscuros, caían por encima de sus hombros hasta las caderas. Pero lo llamativo de ella no era solo su hermosura o el lustre de su pelo, sino las dos astas que sobresalían de su cabeza. Sabía que las huldras eran seres casi de cuento, con partes animales en sus cuerpos gráciles y perfectos, y aun así la sorpresa fue tal que temió estar alucinando de nuevo y cayó en la negrura una vez más.

—Seredil, despierta —susurró una voz agradable, en un élfico tan perfecto que sonó antinatural.

Confundida, abrió los ojos y descubrió a la huldra sentada junto a ella, con un cuenco lleno de lo que parecía caldo acercándolo a sus labios. La huldra le había levantado la cabeza y la instaba a comer, y ella lo intentó, aunque se atragantó y la dama la limpió con mimo.

—¿Te encuentras bien, Seredil?

El corazón se le comprimió. Su voz era dulce y melódica, un arrullo que no encajaba con su raza, puesto que ellas eran las vaettir más poderosas de toda Narendra, llamadas «hadas» en otro tiempo.

—¿Hablas mi idioma? —quiso saber, una pregunta estúpida dada la situación.

Los labios gruesos de la dama se curvaron en una sonrisa sutil y asintió con la cabeza.

—Las huldras conocemos todas las lenguas de Narendra.

Había algo en su modo de hablar que sonaba a antiguo, a conjuro o maleficio, pero que invitaba a seguir escuchando. Como un cántico funesto y maravilloso.

Fue entonces, gracias a la escasa cercanía, cuando se dio cuenta de que los iris de la huldra encerraban magia en sí misma. No eran de un único tono, sino que iban enroscándose alrededor de todos los colores del arcoíris, como iridiscentes. Sus ojos eran más rasgados que los de los elfos o los berserkers, y se inclinaban hacia arriba ligeramente en las comisuras, con espesas pestañas que enmarcaban su mirada. Y sus cejas, alargadas y finas, dotaban de fiereza a esos iris imposibles.

—¿Te encuentras bien, Seredil?

—N-no me llamo así... —consiguió articular.

Algo relució en los iris de la huldra, un chispazo extraño que atrajo su atención por completo.

—¿Y cómo te llamas?

Tuvo la sensación de que, tras esa pregunta, había una intencionalidad oculta, aunque no supo decir de dónde surgía ese pálpito. Se planteó la posibilidad de mentir, por si su nombre pudiera colocarla en una situación vulnerable. Y a pesar de ese impulso, se descubrió diciendo la verdad de forma inconsciente:

—Cyndra.

La huldra sonrió más ampliamente y dejó caer los hombros, como si se sintiera aliviada. Fue entonces cuando sus ojos cambiaron de ese tono que conjuraba a todos a un tierno color avellana.

«Magia».

—Gracias por decir la verdad.

Por detrás de la huldra apareció la enorme figura de lo que solo podía ser una mujer berserker. Tenía unos rasgos rudos que en Yithia no se considerarían atractivos, y aun así, Cyndra no pudo apartar la vista de ellos. Eran imponentes, de esos que observabas por la grandeza que parecían ocultar, aunque sus ojos, de un tono turquesa que le recordaba al mar que la había engullido, lo dulcificaran todo.

—¿A qué te refieres? —le preguntó a la huldra.

—Quien miente hasta para decir su nombre suele tener algo que ocultar —le explicó, sin que la sonrisa abandonara sus labios—. Y ese recelo nunca trae nada bueno.

Cyndra no pudo evitar pensar en su hermana de batallas, en cómo se había presentado como «Ash» ante todo el mundo desde que su padre la había mandado al frente. ¿Acaso tendría eso algo que ver?

—Supongo que tu barco naufragó —prosiguió la huldra, ante lo que Cyndra asintió.

Le había quedado claro que más le valía no mentir.

—¿Cómo lo sabes? ¿Más magia?

La huldra se tensó y agarró el cuenco de caldo con más fuerza; la berserker la miró con rapidez, alterada por su lenguaje corporal. La sonrisa de labios carnosos se desvaneció poco a poco.

—¿Cómo has sabido que estaba usando magia?

—Tus ojos. —Se señaló la cara para enfatizar sus palabras—. Eran de otro color hasta hace un segundo.

—¿Una *norna*? —Cyndra la miró con extrañeza, sin saber qué idioma habría empleado—. No sabes lo que eres…

—¿De qué estás hablando?

La huldra se mordió el labio inferior, un gesto de duda, antes de tenderle el cuenco.

—Come y te lo contaré.

Recelosa por la hospitalidad de dos desconocidas —fruto del trauma que llevaba a la espalda— paseó la vista por el interior de la cabaña, en busca de posibles vías de escape. Estaba para el arrastre, y sabía que no llegaría muy lejos, pero no podía deshacerse de sus instintos.

Era una cabaña austera, con paredes de madera vista que conformaban una única estancia para todo. A la izquierda había una mesa de madera y una cocina escueta con un fogón y armario. Sobre la mesa, había aparejos de pesca y una bolsa de tela, de la que la berserker sacó pescado, dándoles cierta intimidad. A la derecha, estaba la cama de matrimonio empotrada contra la pared, donde la habían tumbado para recuperarse. En el centro de la estancia, una especie de receptáculo de metal que emitía calor.

—Yo soy Xiana, por cierto —dijo la huldra—. Y ella es Enil.

La aludida le dedicó un cabeceo mientras se disponía a limpiar el pescado. Se quitó la chaquetilla de lana que envolvía sus brazos anchos y se dio la vuelta, remangándose la camisa para no manchársela mientras trabajaba en el fregadero. Fue entonces cuando, a través de la tela fina, Cyndra intuyó un tatuaje sobre la piel pálida de la mujer. ¿Acaso llevaría las alas propias de las valquirias?

Solo había cuatro ventanas y una única puerta, pocas vías de escape, en realidad. Pero servirían en caso de una huida rápida. Eso si la tal Enil no le echaba los brazos encima.

Cyndra inspiró hondo para calmar los latidos frenéticos de su corazón, que de seguro la huldra estaría oyendo, y se atrevió a formular la pregunta que más le aterraba:

—¿Por qué me has llamado Seredil?

Una aguja se le clavó entre las costillas al pronunciar su nombre, acariciando el anillo de cuerda por inercia. Se sentía tan culpable por lo que había pasado... Había tenido la sensación de que si Seredil montaba en el barco, algo atroz le pasaría. Y ahora...

—Cuando despertabas, pronunciabas ese nombre. Así que supuse que querías decirnos cómo te llamabas.

Cyndra negó con la cabeza.

—¿Estaba sola en la playa?

—Sí. Enil recorrió casi un kilómetro de costa, mientras yo te traía aquí, pero no dio con nadie más.

Lágrimas de impotencia se acumularon en sus ojos azules, pero no permitió que cayera ni una sola. No cuando no sabía qué había podido pasar. Ella había sobrevivido, fuera por azar o por designio de Dalel, y se negaba a creer que su presentimiento fuera cierto.

—¿Dónde estoy?

—En Snordrin, un humilde pueblito en la falda de El Colmillo.

Aquello no le decía gran cosa, siendo que su conocimiento sobre la geografía de Narendra era más bien escaso.

—¿En Korkof? —tanteó, porque ese había sido el destino de su barco.

La huldra confirmó con un gesto y la instó a que comiera un poco con un par de movimientos de las manos.

—¿Ibas hacia Jellin? —Cyndra asintió mientras sorbía de aquel caldo salado que le calentó las entrañas—. No queda muy lejos. A un día y medio de aquí, dos si el clima no acompaña.

Cyndra recordó la sensación gélida que había amenazado con matarla y se estremeció. Xiana lo entendió como que tenía frío y le echó una manta de parches sobre los hombros.

—Espero que de aquí a que llegue el invierno tu cuerpo se aclimate, o no sobrevivirás.

No pensaba quedarse allí tanto tiempo.

—Tengo que regresar a la isla, al Imperio de Yithia.

Xiana le lanzó un vistazo a Enil, quien había entendido esos términos. La berserker dijo algo que Cyndra no comprendió y la huldra asintió.

—Según Enil, en Jellin podrás encontrar pasaje a tu tierra, ahora que tu emperador ha abierto las fronteras marítimas.

Cyndra se abstuvo de mencionar que aquel varón no era su emperador. Que la única emperatriz a la que reconocería se encontraba secuestrada en tierras enemigas. A aquellas alturas, Thabor tal vez habría dado con ella. Tal vez la habría puesto a buen recaudo y habrían iniciado su viaje hasta la falsa seguridad de Yithia. Tal vez en Jellin encontrase respuestas acerca del naufragio del buque que la había llevado hasta allí. Tal vez hubiera habido supervivientes y encontrara a Seredil.

Con una ristra de «tal vez» que volvían su futuro demasiado incierto, Cyndra solo pudo desear que aquel viaje a la ciudad portuaria de Korkof arrojara luz sobre alguna de esas incógnitas. Una luz que añoraba.

42

El preso se levantó, antes apoyado contra la pared de piedra, y se acercó a Rylen con una sonrisa amable. Daba la sensación, por su modo de caminar y su porte, de que fuera mucho mayor que el soberano, un reflejo de cómo lo habían tratado los años cuando Lorheen era el joven de los dos.

Consternado, Rylen se olvidó de que era rey y se aferró a los barrotes como si fueran lo único capaz de sostenerlo en pie. Sus ojos lo estaban traicionando por la pérdida de sangre, debía de ser eso, y aun así sabía que aquel pensamiento era absurdo. La mirada de aquel varón era más madura, menos cargada de vida que antaño, puesto que se conocieron cuando el joven ni siquiera había llegado a la edad adulta. Sus facciones se habían endurecido ligeramente, los últimos cambios propios de haber dejado atrás la adolescencia, aunque seguía siendo él.

Era Lorheen, no cabía duda. Tras el ataque no lo había tenido tan claro, porque sus rasgos eran en cierto modo diferentes; en aquel momento, sin embargo, lo veía tal y como lo recordaba.

Había conocido al hermano de Ayrin durante el tiempo que había estado viviendo en Kridia, aquellos seis meses idílicos que lo habían llevado a enamorarse de la tercera emperatriz de forma irrevocable. Lorheen ahora tenía los cabellos más largos que entonces, de un tono de rubio pálido —el mismo que Ayrin—, y sus ojos dorados le devolvieron la mirada con calidez. Eran muy parecidos a otros que había empezado a atesorar, al igual que la altura de los pómulos y la forma de la nariz, herencia directa de los Wenlion. Pero aquello era imposible.

Fue como si toda la sangre que corría por sus venas lo hubiera abandonado. Lorheen Wenlion, hermano de su exesposa, se presentaba erguido frente a él, con el rastro del cansancio adornando sus facciones, pero vivo. Muy vivo.

—¿Qué...? ¿Cómo...?

Las preguntas se le atoraban en la boca, más confundido de lo que recordaba haber estado nunca. Tenía la sensación de haber retrocedido en el tiempo, de no tener experiencia alguna en la vida y sentirse perdido. Porque si Lorheen estaba vivo..., ¿significaba aquello que Ayrin también podría estarlo? La garganta se le secó, árida como los desiertos de Dundran, y las sombras le recubrieron la piel desde dentro para protegerlo de una amenaza que solo se encontraba en su mente.

—¿Cómo se encuentra Ashbree?

La mención de la fémina lo trajo de vuelta al plano real y lo ancló con fuerza a él. No podía dejarse arrastrar por la ansiedad, no cuando habían estado a punto de arrebatarle tantísimo, y ni siquiera se refería al Reino de Lykos.

Despacio, soltó los barrotes y dejó caer los brazos a ambos lados, los hombros cuadrados y la espalda enderezada. Volvía a ser el Rey de los Elfos, y Rylen había quedado eclipsado por ese personaje.

—Sigue sin despertar, pero está estable.

—Bien.

—¿Qué le hiciste?

—¿Yo? Solo ayudé a su don a curar esa herida mortal, pero no hice nada más. Si despierta, será por mérito propio.

—«Si»...

Lorheen exhaló un suspiro y sus hombros se hundieron un poco, incluso percibió un ligero temblor en el labio inferior.

—Actué por instinto, Rylen. En estos años, he experimentado con mi don y he intentado explorar sus límites, pero mi despertar fue a los nueve años, solo disfruté de seis de compañía Efímera antes de vagar por mi cuenta. No sé qué le hice, ni cómo influirá eso en ella, pero su corazón bombea de momento y solo podemos aferrarnos a eso.

—Más vale que sobreviva —soltó con voz monocorde.

Lorheen alzó la vista, las cejas caídas por la incomprensión y los labios entreabiertos. Todo en su rostro reflejaba haber recibido un golpe bajo. Rylen sintió otra presencia moviéndose en la celda a su espalda. Miró por encima del hombro y se fijó en el varón fornido, de amplios hombros y una sien rapada, antes de devolver la vista al frente.

—Te colaste en mi palacio y colaboraste en el intento de regicidio —prosiguió. Aunque trató de mantenerse impertérrito, no consiguió evitar que el timbre le saliera teñido de rencor—. ¿No bastó con lo que tu hermana me hizo? ¿Tan profunda llega la sed de sangre de los Wenlion?

Lorheen arrugó el entrecejo y ladeó el rostro, visiblemente molesto por sus palabras, pero no podía importarle menos. Por mucho que hubiera salvado a Ashbree, Rylen no podía ignorar que había aparecido con esa cuadrilla de elfos de luz que habían atentado contra su vida, que casi se habían llevado a la emperatriz por delante y cuya consecuencia había sido la muerte de Elwen.

El mero pensamiento en la fémina hizo que las sombras escaparan de su cuerpo, un humo negro que se arremolinó alrededor de sus tobillos y se extendió como un río desbordándose: lento pero incesante. Lorheen dio dos pasos hacia atrás, amenazado, antes de mirar a Rylen. Ahora esos ojos dorados relucían con temor, y aquella sensación le complació. Entendió mejor qué veía Ilian al sucumbir a la ira, porque una satisfacción inesperada lo invadió al comprender que tan solo estaba jugando con la comida.

—Yo no he intentado matarte, Rylen. He venido para tratar de evitar todo esto.

Una risa áspera y extraña escapó de su garganta y luego chasqueó la lengua. Con fingida inocencia, adoptando ese papel que otros le habían obligado a interpretar, se atusó la manga para deshacerse de una arruga —un tic que jamás lo abandonaría— y luego introdujo las manos en los bolsillos.

—Vas a tener que esforzarte más para convencerme —dijo mientras se encogía de hombros—. Tu familia es experta en *intentos* de regicidio.

Lorheen acusó el golpe como pudo, aunque no fue él quien respondió, sino el varón a su espalda.

—Lorinhan dice la verdad, majestad.

Cuando Rylen lo fulminó con la mirada, dirigiendo las sombras hacia él también, el varón tuvo la deferencia de agachar la cabeza en señal de sumisión.

—Vinimos a rescatar a Ashbree —prosiguió, con una voz grave pero agradable.

—Y cambiasteis los planes para quedaros con un premio mejor, ¿eh?

—Podemos explicarlo todo —apuntó Lorheen; Rylen lo miró de soslayo, con una ceja alzada y los labios conformando una mueca aburrida—. Tienes el corazón, ¿verdad?

Sintió una palpitación extraña en el pecho, como si le hubiera dado un vuelco al oír que hablaban de él. No estaba acostumbrado a esas sensaciones, y se preguntó si se debía a la cercanía con el órgano recuperado. Aun así, se mantuvo estoico y no dio muestra alguna de reconocimiento.

Lorheen entendió el silencio como un aliciente para seguir hablando, porque añadió:

—Lo trajo él —apuntó a la celda del otro lado con un cabeceo— porque yo se lo entregué.

—¿No me digas? —ronroneó, divertido.

—Es el tutor de Ashbree —intervino el otro preso.

La diversión le desapareció del rostro y se giró para observar al varón. Nada en él le indicaba que estuviera mintiendo, pero bien podría ser un experto embustero. Entrecerró los ojos y los observó a uno y a otro.

—Decís no tener nada que ocultar. —Ambos asintieron, uno con mayor recelo que el otro—. Bien, comprobémoslo.

Rylen dejó que sus sombras fluyeran libres y corrieran hacia sus presas. Lorheen se mantuvo firme y fingió no inmutarse; el otro varón reculó, como si pudiera librarse del tsunami negro que amenazaba con engullirlo, hasta que chocó contra la pared y las sombras lo rodearon en una guarda insalvable. No hubo deleite en sus actos, pues la rabia inicial se había ido atenuando con esa breve conversación. Rylen Valandur siempre se había mantenido en la delgada línea entre la sobriedad y el estallido, pero si sucumbía a esa sed, como sabía que haría Ilian, se convertirían en dos fuerzas imparables que arrasarían con la isla. Y si Ilian estaba tan cerca de estallar, él debía mantenerse sobrio. Las dos caras de la misma moneda.

No obstante, no iba a detenerse, no cuando tenía tanto por descubrir.

Las sombras se convirtieron en tentáculos que apresaron a ambos varones antes de que uno, más grueso que los demás, reptara y se alzara sobre el suelo, como una serpiente dispuesta a atacar, amenazante y casi siseando. Rylen se mantuvo con las manos en los bolsillos, observando el espectáculo de oscuridad mientras ella ejercía su voluntad. Lorheen no forcejeó, el otro varón sí, y no le cupo duda de que pertenecía al ejército.

Las serpientes negras se elevaron hasta colocarse a la altura de los rostros. Ambos objetivos las miraron fijamente y, ante un simple pensamiento de Rylen, se lanzaron hacia sus presas. La oscuridad inundó sus fosas nasales y reptó por las gargantas; ambos abrieron la boca por la falta de aliento y más negrura entró en su organismo, rauda, empujando, apretando y llenando su cuerpo con aquel humo denso. Pero la sensación de asfixia duraría apenas unos segundos, porque no era aquello lo que pretendía.

Las sombras siguieron moviéndose por el cuerpo de los presos hasta llegar a los corazones, donde se enroscaron y aguardaron a una orden de Rylen para comprimir y hacer estallar sus órganos. Las ataduras desaparecieron. El varón fornido dio una amplia bocanada de aire y venció contra la pared, arrastrándose hasta el suelo con una mano en el pecho y el rostro desencajado; Lorheen profirió un quejido apenas audible y las rodillas se le doblaron hasta que los huesos chocaron contra la piedra.

—Empezad a hablar.

—¿Qué nos has hecho? —preguntó el otro varón con la voz tomada por el pánico. Se aferraba a la camisa a la altura del pecho, donde aún percibía una presencia extraña.

—Tranquilo, no nos hará nada —musitó Lorheen.

Rylen arqueó una ceja y observó al Wenlion como quien contempla a un insecto, insultado por aquellas palabras.

—Solo si me convencéis. Y pensad bien lo que decís, porque si vuestro pulso se altera lo más mínimo, si adquiere otro ritmo que no sea el frenético del pavor —miró al varón fornido de soslayo y le dedicó una sonrisa felina—, os haré el corazón trizas. Y nada me parecería más poético, Lorheen.

Deslizó la vista hacia él, quien apretó los labios y le dedicó un asentimiento quedo.

Y entonces empezaron a relatarle lo sucedido.

Los elfos de luz que habían colaborado con los narcotraficantes formaban parte de un cuerpo de élite yithiano, soldados seleccionados a mano por el emperador para las misiones más crudas. Y su objetivo había sido rescatar a Ashbree Aldair.

Durante semanas, habían ascendido dirección norte, y una vez cruzadas las fronteras con el Reino de Lykos, un forajido con contactos en la red de narcotráfico los había guiado. Habían hecho varias paradas en el camino, siendo las más destacables Milindur y la vieja Felnor.

Antaño, Felnor había sido el espejo de Kridia, una ciudad pionera rodeada de extensos campos de cultivo y de granjas que abastecían a la gran mayoría del Imperio de Yithia. Pero desde hacía bastante tiempo, se había convertido en terreno peligroso. Durante el último año, había estado en posesión de los elfos oscuros, sin que el emperador le prestara la más mínima atención. Estaba demasiado preocupado blindando Breros, la ciudad costera rodeada de montañas con el segundo puerto más importante de su imperio, y recuperando Milindur. Por eso había permanecido tanto tiempo en su poder, pero ahora los elfos de luz sabían que era una ciudad fantasma, abandonada del mismo modo que habían abandonado Milindur cuando capturaron a Ilian.

Rylen había retirado todas sus tropas por temor a tener que sitiar la ciudad minera, y ahora sabía que le tocaría luchar por reconquistarla.

Con cada nuevo argumento que añadían, Rylen se sentía más confundido, y la arrogancia tras la que se escudaba fue viéndose sustituida por el desconcierto. Era mucho que procesar, pero en todo momento, el pulso de ambos se mantuvo estable. Aquel era el modo más efectivo de saber si alguien mentía, una técnica perfeccionada después de que muchos elfos de luz aseguraran querer unirse a las colonias para luego orquestar ataques contra los elfos oscuros desde dentro. En los últimos tres siglos, ningún mentiroso había escapado a su escrutinio. Y todo apuntaba a que aquellos varones decían la verdad.

Thabor, como se había presentado el otro elfo, había acompañado al cuerpo de élite con la esperanza de que ver un rostro conocido facilitara la misión. Era amigo de Ashbree, y eso le dejó una calidez extraña en el estómago, porque la ahora emperatriz había perdido a Cyndra, y también a Elwen, y le aliviaba saber que no estaba sola; que tenía a más de los suyos en quien confiar.

Lorheen, o Lorinhan, como lo había llamado el conjurador, le había entregado el corazón para negociar con el rey y que la misión fuese por vías pacíficas, un infiltrado dentro de la propia misión de infiltración. Habían decidido que Lorheen permaneciera en Kridia para ayudar a Cyndra con la revuelta que estaban hostigando, pero entonces la joven había sido capturada, y Lorheen había partido hacia el norte.

Ambos confirmaron que entraron en Glósvalar gracias a la red de narcotráfico, que conocía bien el entramado de túneles bajo las montañas, y que un elfo oscuro —que cuadraba con la descripción de Tharin— los ayudó a introducirse en la fiesta; que él les explicó cómo actuar y les ofreció liberar a la heredera a cambio de que mataran al rey.

—Yo no estuve de acuerdo con el plan —añadió Thabor—, y la asesina que atacó a Ashbree tampoco.

—Pues para no estar de acuerdo, bien que clavó el puñal hasta el fondo.

—Ella no era el objetivo —le recordó Lorheen—. Veníamos a protegerla.

La voz se le constriñó de un modo muy particular, uno que hizo que Rylen entrecerrara los ojos. Había una idea peligrosa rondándole la mente, pero no quería darle voz, no de momento.

—Digamos que os creo, ¿ahora qué?

—Estoy convencido de que Ashbree querrá volver a casa.

—Ashbree *está* en casa —soltó con mordacidad, contrariado con la idea de que la emperatriz los abandonara.

Se dio cuenta de que había apretado los puños dentro de los bolsillos y los relajó, porque estaba siendo irracional. Si llegase el día en el que Ashbree quisiera partir, la dejaría marchar, aunque eso lo destrozara. Pero después de haberla visto morir, el vínculo entre los Efímeros se había afianzado y empezaba a sentirse más protector que de costumbre.

Ambos varones se quedaron atónitos ante sus palabras, sobre todo por la convicción con la que las había pronunciado. Lorheen intercambió una mirada con Thabor y cerró la boca, entreabierta por la estupefacción.

—Entonces supongo que nuestra misión ha terminado —concluyó.

Rylen los observó de hito en hito.

—¿Debería liberaros?

—Imagino que eso solo puede ser decisión tuya —respondió el «tutor» de Ashbree, con voz serena.

Rylen no sabía si creerles, aunque no tuvieran motivos para mentir y nada en sus cuerpos los hubiera delatado. Aun así, la última vez que confió en un Wenlion, acabó pagando un precio demasiado alto. Y no estaba dispuesto a traspasar esa frontera.

—Mi decisión no. De Ashbree.

—Tú eres el rey —se atrevió a decir Lorheen—. No entiendo por qué...

—Hemos reconocido a Ashbree como legítima emperatriz de Yithia. Y, como tal, vuestras vidas, al igual que la de la asesina, le pertenecen a ella.

Se abstuvo de indagar sobre la ubicación de esa asesina que todos daban por viva, porque intuía quién podría haberse hecho cargo de ella y no quería mostrar debilidad.

El rostro de Lorheen se relajó al comprender que su vida estaba fuera de peligro, pero Rylen no lo tenía tan claro. No solo porque nada confirmaba que la emperatriz fuera a despertar, sino porque no sabían cómo iba a reaccionar cuando tuviera conocimiento de hasta dónde llegaba el emponzoñamiento de su padre. Y, sobre todo, cuando descubriera las consecuencias de aquel supuesto rescate: Elwen había muerto, y ella no había estado ahí para salvarla.

Aquello pesaría sobre la conciencia de Ashbree, y a Rylen solo le quedaba rezar para conseguir encauzar su resentimiento y evitar que cayera en el pozo de la desesperación, en el que uno se sumergía con tanta facilidad cuando sentía que no le quedaba nada.

43

Después de esa primera cena reconfortante, a Cyndra le quedó claro que su única opción de avanzar era confiando en sus rescatadoras. El traslado a Kridia, el cautiverio, el aislamiento y el naufragio habían castigado su cuerpo hasta llevarlo a una especie de estado catatónico al que ahora se sumaba el frío que se colaba en sus huesos. Estaba en una forma física pésima que la dejaba desvalida. Y aunque confiar ciegamente la aterrara, sabía que era necesario para buscar a Seredil y obtener información sobre Ash.

—¿Por qué necesitas volver con tanta prisa? —le preguntó Xiana aquella primera noche.

Cyndra suspiró. En los ojos de la huldra brillaba de nuevo ese conglomerado de colores tan embaucador, por lo que era otra prueba. No iba a mentir, igualmente, no cuando se había pasado toda una vida ocultando su verdad, la que vivía en lo que los demás denominaban su hogar. Porque tantos embustes, cerrarse a la gente y no confiar había terminado conduciéndola hasta allí. Y Seredil le había demostrado que se podía encontrar bondad de las formas más inesperadas.

Así que se lo contó todo. Se dilató en su relato, porque una vez que empezó, no pudo parar. Se preguntó cuándo fue la última vez que se había abierto en canal; si acaso lo había hecho en algún momento. Y tal vez fuera porque Xiana y Enil eran simples desconocidas, o porque la huldra parecía escucharla sin juzgar ni una sola de sus palabras, pero, al terminar, Cyndra se sintió mucho mejor.

—Es una situación muy complicada —convino Xiana, con una sonrisa triste en los labios.

—¿Hay posibilidad de mandar alguna misiva?

—Claro, pero ¿sabes a dónde enviarla?

Cyndra hizo un mohín, pensativa. Thabor había marchado al norte con el cuerpo de élite, por lo que era imposible contactar con él. Ash estaba secuestrada, y no tenía sentido mandarla a Glósvalar. Podía escribirle a Lorinhan, él seguro que accedería a mantenerla informada, así que terminó asintiendo con la cabeza.

A la mañana siguiente, Xiana la acompañó al pequeño puesto de mensajería. A diferencia de en la isla, allí no empleaban halcones para trasladar misivas, sino búhos nivales, el ave insignia de Korkof. Por lo que le había explicado Xiana, eran raudas, así que no se demorarían demasiado en informar de que seguía viva y que haría lo que fuera por regresar a la isla.

Cyndra se tomó esa excursión como una forma de ver el mundo desde otro ángulo. Estaba en una pequeña aldea encajada en medio de El Témpano, el bosque más frondoso de Korkof, relativamente cerca de la frontera con Dundran y a la falda de El Colmillo, el pico más alto del territorio berserker. Con la ciudad portuaria de Jellin a un par de días de distancia, Snordrin estaba bien abastecida y, como tal, había una mezcolanza de razas de vaettir. Se toparon con más huldras de astas de ciervo y alguna con cola de zorro, con trolls de colmillos afilados, enanos con muy mal carácter y elfos oscuros.

Cyndra estudiaba a los grajos con recelo, algunos con bandas de hierro al cuello sobre las que se abstuvo de preguntar, pero se empapó de la realidad que vivían en el continente. No había fronteras físicas más allá de las que marcaban las guerras, y aquello se sentía como una promesa tan esperanzadora como aterradora. ¿Sería este el reflejo de un mundo mejor?, ¿o un simple espejismo de una paz quebradiza?

Después de entregar la misiva, regresaron a la cabaña, donde Xiana le preparó el sofá para que Cyndra durmiera los próximos días. Aunque no estuvo de acuerdo, la huldra le había dicho que no podían ir hasta Jellin aún, porque Enil tenía responsabilidades que atender y solo viajaban a la ciudad portuaria para asistir al mercado mayor.

Curiosa, y sin nada mejor que hacer, Cyndra se convirtió en la sombra de la berserker al día siguiente. Sin intercambiar palabras, la mujer permitió que la siguiera por las callejuelas de Snordrin hasta que llegaron a lo que parecía algún tipo de establo. Y lo habría considerado como tal de no ser por el distintivo con dos alas plegadas que colgaba de la puerta principal.

Ya en el interior, descubrió que se trataba de un local de entrenamiento, con una pared llena de espadas, hachas, escudos y lanzas de manufactura mucho más tosca de lo que estaba acostumbrada. Sin poder evitarlo, sus ojos se clavaron en los tres arcos que descansaban sobre una repisa y en las dianas en la pared opuesta. Ajena a lo que sucedía a su alrededor, se aproximó a los arcos, como atraída por un imán, para pasar las yemas sobre la madera basta.

Aquellas armas distaban mucho de la manufactura fina a la que estaba acostumbrada, y aun así, al perfilar la curva del arco, tuvo una extraña sensación de pertenencia. De estar en casa. Los gritos a su espalda la pusieron en alerta y, por inercia, se aferró al arco, incluso aunque no tuviera flechas a su disposición. Cuando se dio la vuelta, descubrió a un grupo de mujeres jóvenes combatiendo a brazo partido con distintos tipos de armas.

Enil se movía entre ellas, con gesto serio y los brazos cruzados, haciendo comentarios a unas y otras. Se había quitado los abrigos y se presentaba prácticamente desnuda de cintura para arriba, con solo una banda de tela prieta cubriéndole los pechos. Al igual que las jóvenes que luchaban. Cómo no sentían el frío era un misterio para Cyndra.

Las admiró con curiosidad, cómo sus cuerpos se movían con mayor o menor gracia dependiendo de en quién se fijara. Las jóvenes erraban más, con las mejillas arreboladas por el esfuerzo, pero nunca dudaban. Las mayores tenían una técnica más pulida, aunque no era perfecta. Cyndra dejó el arco en su estante y ubicó una caja de madera sobre la que sentarse a observar. Y entonces lo vio: la espalda tatuada de Enil, con unas impresionantes alas emplumadas tintadas en negro entrecruzadas con un sinfín de cicatrices.

Enil, la mujer que había ayudado en su rescate, era una verdadera valquiria. De esas que ganaban guerras, el cuerpo de élite más valeroso jamás conocido. Se pasó toda la jornada empapándose de las rutinas de ejercicio, admirando su resistencia y su concentración en los ratos de meditación, mientras jugueteaba con el anillo de la casa de la Moneda que le había robado a Elegor y con el de cuerda que Seredil había entretejido para ella.

Los siguientes dos días se volvieron rutinarios. Xiana y Enil, quienes había descubierto que eran pareja, la acogieron en su hogar. Acompañaba a la mujer a lo que Xiana le había explicado que era la escuela de valquirias. Lo había dicho con la boca pequeña, y después de algunas conversaciones sueltas más, había entendido que no era una con renombre, precisamente. Pero a Cyndra no le importó. En cuanto llegaban, se sentaba en esa caja que había hecho suya y observaba en silencio, asimilando movimientos que repetía en su mente.

Al día siguiente, Xiana le habló de las *nornas*, le explicó lo que era y su conexión directa con su dios del destino, que por eso solo ella podía saber cuándo una huldra empleaba magia, porque podían ver más allá del infinito. Las huldras no creían en dioses, solo en el orden del universo y el equilibrio, pero eran una fuente inagotable de sabiduría.

Conmocionada por el nuevo descubrimiento, esa noche Cyndra la pasó absorta en el firmamento, con vaharadas gélidas escapando de sus pulmones y lágrimas contenidas en los ojos. Dalel había orquestado todo lo que había sucedido, de un modo u otro, y tener una conexión directa con él no le había servido para salvar a Seredil. Debería haber escuchado a su instinto; debería haberla dejado atrás, porque una vida sin su amor era mejor que una vida con la incertidumbre de si seguía viva. Porque se negaba a pensar que había naufragado.

En esos días, descubrió que Xiana se dedicaba a la artesanía que vendían cada quince días en el puerto de Jellin. Supo que era oriunda de Älcry, una de las islitas que rodeaban el archipiélago de Urdú, y que se había trasladado al continente en busca de su hermana pequeña, que se había fugado de casa persiguiendo aventuras. Aunque de eso hacía demasiados años.

También descubrió que Enil era una valquiria deshonrada. Se había enamorado de Xiana y había tenido que elegir entre el amor y la guerra, y la decisión había resultado sencilla, al parecer. Por eso, su escuela de valquirias no tenía prestigio, porque esas mujeres vivían por y para la gloria de la batalla. Y las instructoras siempre eran valquirias cuyo estado físico les impedía entrar en combate, no por cuestiones del corazón.

En esos tres días se limitó a observar y aprender desde la distancia, a comer para recuperar fuerzas y a admirar el cielo nocturno en busca de alguna predicción del dios que había resultado ser su guía. Así llegó el momento de partir.

Tardaron jornada y media en llegar, sin incidentes y en una calma que Cyndra no sabía gestionar, tan acostumbrada al caos.

Ya en Jellin, montaron el tenderete de Xiana e hicieron noche en una de las muchas posadas de la ciudad portuaria. Cuando amaneció nuevamente, Cyndra estaba tan nerviosa que no pudo probar bocado. La huldra debía atender el puesto de artesanía, así que fue Enil la que la acompañó en su batida por Jellin.

Primero se acercaron al consorcio de escuelas, un establecimiento al que todas las academias debían recurrir para tener las licencias de entrenamiento al día. Por muy deshonrosa que fuera Enil, seguía siendo valquiria y su academia estaba en regla. Solo que no tenía las mejores alumnas precisamente.

Allí, entregó los informes de los avances de sus discípulas y un listado de las que podrían postular al examen de acreditación como valquiria, el que, si aprobaban, les otorgaba las alas a la espalda y las reconocería por su valor. Incluso sin entender ni una palabra de bersker, Cyndra percibió la tensión en la conversación con la mujer que la atendió, pero Enil lo llevó con estoicismo.

Después, preguntaron en distintas tiendas y establecimientos colindantes —en vano— antes de acudir al registro portuario. Allí, les confirmaron que El Lamento de la Sierpe había naufragado y que no había registro de ningún superviviente. Cyndra temió que su mundo terminara por desmoronarse y necesitó de varias bocanadas de aire para ralentizar su pulso.

Seredil podía haber sobrevivido. Podía haber acabado varada en cualquier playa, como le había pasado a ella. Era hija de marinero, sabría sobrevivir en el mar. Pero el cabeceo negativo que le había dedicado Enil era tan implacable como las palabras.

Por primera vez en demasiados días, Cyndra necesitó cerrar los ojos un instante, apoyada en la parte trasera del edificio del registro.

—No te... quiebras... —murmuró, repasando la aspereza de la cuerda con las yemas—. No te... sometes. —Una nueva inspiración profunda—. No te quiebras. —Abrió los ojos—. No te sometes.

Aferrada a su mantra como a un salvavidas, Cyndra recuperó su entereza y se blindó tras los escudos que había mantenido en alto durante tantos años. No los volvería a dejar caer.

Fue entonces cuando vio a un elfo oscuro tirando basura tras el edificio del registro. Cyndra prestó atención al pálpito que tuvo al verlo. Xiana no había podido explicarle cómo funcionaban las visiones de las *nornas*, aunque supiera que podían propiciarse y ahora estuviera segura de que Thabor seguía con vida gracias a ella. Y en aquella ocasión, decidió tomar ese revoloteo inquieto como una guía por parte de Dalel.

Se acercó al grajo, quien se sobresaltó por su presencia silenciosa y la miró con curiosidad. Ambos se midieron, Cyndra conteniendo ese recelo que la llevaba a alejarse de su enemigo. Pero si ese pálpito estaba relacionado con Seredil...

—¿Qué es ese extraño collar que muchos lleváis? —preguntó, su lengua movida por el eco del destino.

El varón frunció el ceño con incomprensión y miró a un lado y a otro, como temiendo por su integridad. Tenía la piel oscura reseca por la exposición a la sal y los cabellos revueltos, seguramente por el viento. Sus ropajes y los callos de las manos le sugerían que era marinero, porque reconocía los estragos del mar en el cuerpo gracias a los días a bordo, rodeada de tripulantes. Pero en El Lamento de la Sierpe nadie había llevado una banda de hierro alrededor del cuello.

—Es la marca del esclavo.

Cyndra no dejó que la conmoción se reflejara en su rostro.

«Esclavo».

Gracias a la información que Thabor y Seredil habían compartido con ellas en la taberna de Milindur, sabía que el Imperio de Yithia vendía a muchos presos de guerra como esclavos. No obstante, verlo era muy diferente.

—¿Sabes dónde puedo comprar uno?

Cyndra se odió por formular aquella pregunta, pero el pálpito seguía ahí, molestando y hurgando bajo su piel. Él la miró con el mismo repudio que sentía por sí misma, se recolocó el cubo que había contenido basura bajo el brazo y miró una vez más a su alrededor.

—Pregunta por Galagon.

No le dio más explicaciones antes de darse la vuelta y marcharse. Cyndra, con una nueva esperanza en el pecho, regresó con Enil, quien acababa de abandonar el registro portuario.

—Galagon —le dijo en un tono suplicante que rogó por que comprendiera—. Galagon, *var venli*.

«Por favor», una de las pocas expresiones que conocía en bersker.

Enil pareció entenderla, porque asintió con la cabeza y se dirigieron a las afueras de Jellin, reconocible por las casas maltrechas y el horrible tufo que no tenía nada que ver con la salmuera y el pescado. Llegaron hasta una taberna de mala muerte que las recibió con una bofetada a alcohol rancio y cuerpos sudados. Sin perder tiempo, Enil preguntó algo a la tabernera y esta le señaló una esquina del local, donde varios elfos jugaban a las cartas.

Su presencia allí, siendo que habían estado sometidos al bloqueo naval, gritaba «piratas».

Con paso firme, se acercó a ellos y se fijó en el del sombrero emplumado, pues todo en él sugería alguien con el ego demasiado inflado, propio de los capitanes. Las carcajadas toscas que compartieron los varones hicieron que el diente de oro que adornaba su dentadura resplandeciera, pero todos se quedaron mudos en cuanto sintieron su cercanía.

—¿Buscas compañía, muñeca? —le preguntó el varón del sombrero en tono sugerente.

—Busco esclavos. Y me han dicho que Galagon puede conseguírmelos.

—Vaya, vaya…

Galagon —porque no le quedaban dudas de que era él— la miró de arriba abajo, deleitándose con su escrutinio.

—No creo que una esmirriada como tú pueda pagar un esclavo.

Los marineros rieron su comentario y Galagon dio un sorbo a su bebida espumosa.

Cyndra jugueteó con el anillo de oro que guardaba en el bolsillo, mordiéndose el labio por dentro y aparentando calma por fuera. No quería dejar a Seredil atrás, pero buscar náufragos sin garantía de que hubiera sobrevivido alguno era como aferrarse a un clavo ardiendo. Por eso había pensado en usar el anillo para comprar un pasaje a Yithia.

—¿Crees que esto sería pago suficiente?

Sin pensárselo dos veces, sacó el anillo y lo mostró. Todos se quedaron atónitos, pues era una pieza singular y —Cyndra lo sabía— sumamente cara.

Galagon intentó disimular su desconcierto.

—Solo acepto pagos por adelantado.

Cyndra apretó los dientes, sopesando sus posibilidades. El pálpito la había conducido hasta allí, pero ¿y si se estaba equivocando? Aquel era su único pasaje de vuelta a Kridia. Y, aun así, si con esto conseguía encontrar a Seredil…

Reticente, le entregó el anillo. Galagon lo mordió, para asegurarse de que fuera de buena calidad, y sonrió de lado a lado poniéndose en pie.

—Sígueme, muñeca.

La condujo fuera de la taberna, y Cyndra sintió cierto alivio cuando Enil los siguió de cerca. Ella sabía que en el pésimo estado físico en el que se encontraba no era rival para nadie, y tener una valquiria escoltándola —por muy repudiada que fuera— resultaba todo un honor.

Llegaron hasta una posada destartalada, la madera de sus cimientos tan carcomida por la humedad que era un milagro que siguiera en pie. Con cada metro que recorrían, el corazón de Cyndra bombeaba más fuerte hasta convertirse en lo único que oía. Apenas fue consciente de la habitación a la que la condujeron, ni del chirriar de la puerta al abrirse. No le importó el hedor de los cuerpos hacinados y ni siquiera pudo sentir empatía por los elfos, elfos oscuros y huldras esclavizados con collares de hierro al cuello. Con el aliento contenido, examinó cada rostro pálido que encontró, en busca de unos ojos dorados, de unos labios que había memorizado.

Y ninguno correspondía a Seredil.

—¿Esto es todo lo que tienes? —preguntó en un hilo de voz.

—¿Te parece poco?

—Ninguno me vale. —Las lágrimas le picaban en el fondo de la garganta, modulando su timbre, pero se las tragó—. Devuélveme el pago.

—Mala suerte, muñeca. —Galagon se metió el anillo en los calzones y sonrió con perfidia—. Ese era el pago por ver la mercancía.

Cyndra apretó los puños y sopesó la situación. Estaba rodeada por seis varones leales a Galagon, y ellas solo eran dos. A juzgar por el vistazo que le lanzó Enil, la mujer también estaba valorando lo mismo.

Sin dedicarle un segundo pensamiento, Cyndra se abalanzó sobre Galagon. Lo tumbó al suelo con la potencia de su embestida y le propinó un puñetazo en la mandíbula por el camino. El golpe contra la madera fue duro, por mucho que estuviera amortiguado por el cuerpo del capitán, y a su alrededor estalló el caos.

Cyndra forcejeó con el varón, buscando entre sus ropajes para recuperar el anillo. Le arrancaría la ropa con los dientes si hacía falta, con tal de encontrarlo. Los tripulantes se lanzaron contra ella, y Enil, con su cuerpo imponente, interceptó a tres de ellos y los arrojó contra la pared. Alertados por el estruendo, los esclavos se asomaron por la puerta, temerosos.

—¡Huid! —les gritó Cyndra, aún encaramada sobre el cuerpo de Galagon.

Alguien la agarró por el pescuezo y la estampó contra la pared, tan pequeña y liviana como una pluma. Se quedó sin respiración por el impacto y entonces llegó el primer puñetazo. Los cuerpos de los allí presentes se apretaron unos contra otros cuando los esclavos salieron en estampida, empujando sin miramientos. Cyndra cayó al suelo y se cubrió la cabeza con las manos. Enil repartía puñetazos a diestro y siniestro, encajando los escasos golpes que recibía con una entereza digna de admirar. Entonces, Cyndra ubicó a Galagon, intentando ponerse en pie con el rostro desencajado por la ira, observando cómo su «mercancía» escapaba.

Lo que Cyndra había provocado no tenía nombre, puesto que hasta parte de la clientela de la taberna se había sumado a la refriega. Aquello se había convertido en una masa de puños lanzados, patadas, mordiscos, arcilla estallando y gritos, todo en un pasillo angosto.

Entre empujones y puñetazos asestados sin miramiento, Cyndra intentó abrirse paso hasta el capitán.

—¡La guardia urbana! —gritó alguien, y entonces estalló el pánico.

Todos corrieron en tropel, empujándose por el camino. Fue vagamente consciente de que algunos caían al suelo, de cómo eran pisoteados por la marabunta. Y Cyndra, tan liviana, iba a acabar enterrada y sepultada bajo la maraña de pies. Salvo porque Enil le rodeó la cintura con un brazo y la sacó de allí a la carrera, como si de un fardo se tratara, hasta ponerla a salvo.

Cuando la mujer la soltó, a varias callejuelas de distancia de la taberna, Cyndra hizo amago de regresar, ya que había perdido de vista a Galagon.

—No —dijo Enil en un tono que no admitía réplica.

Cyndra apretó los puños, dispuesta a pelearse con una valquiria cuya única muestra de haberse visto envuelta en la refriega era un pómulo hinchado. Ella, por su parte, sentía la sangre manando de la nariz y de la ceja, y la boca le sabía a hierro.

—Guardias. Cárcel —dijo Enil en un élfico precario y rudo.

—¡Me importa una mierda! Ese anillo es lo único que tengo para pagar mi pasaje a Kridia —respondió, a sabiendas de que no la entendería.

Enil guardó silencio unos segundos en los que Cyndra sopesó sus opciones, que eran pocas. Lo único que le quedaba era confiar en que sus piernas maltratadas correrían más rápido que nadie. Pero después de eso, ¿qué? No creía que le fuera a resultar fácil encontrar a Galagon tras haberle hecho perder a tantos esclavos. Aunque tal vez la clave estuviera ahí: en que él la encontrara. ¿Y luego? Luego...

Luego nada, porque enfrentarse ella sola contra el mundo nunca había terminado de funcionar.

—Trabajo —dijo Enil, atrayendo su atención.

—No tengo tiempo de...

—Trabajo —insistió, antes de agarrarla del brazo y ocultarla mejor en la calle.

La mujer se asomó por la esquina y estudió a los viandantes. Cómo Enil había acabado prácticamente ilesa era digno de admirar.

Ahora que la adrenalina iba desvaneciéndose, la razón empezó a tomar control de su mente. Ella siempre había sido fría y racional, no podía vagar por las calles de Jellin mendigando un empleo, buscando a Galagon y escondiéndose de él al mismo tiempo para intentar recuperar el anillo. Cyndra Daebrin era una superviviente, y sabía que haciendo eso no sobreviviría. Sobre todo cuando en el otro lado de la balanza estaba la hospitalidad de una huldra y una berserker que la habían acogido con los brazos abiertos.

—Trabajo —accedió Cyndra, y Enil le dedicó un asentimiento antes de guiarla por las calles de la ciudad.

No podía lanzarse a una misión suicida sin pensar en las consecuencias. Porque tenía mucho por lo que luchar. Por Ash, en el norte de la isla. Por el recuerdo de Seredil, que perseguiría allá donde fuera. En cuestión de unos minutos, fue consciente de que se había quedado sin pasaje de vuelta a Yithia y sin su amada.

A Cyndra Daebrin ya no le quedaba nada. Y esos eran los seres más peligrosos, los que lo habían perdido todo.

44

Había pasado una semana desde Veturnaetur. Una semana en la que Ilian y Haizel apenas habían pegado ojo. Habían volcado todos sus esfuerzos en arrojar respuestas a lo sucedido, y aunque habían hecho progresos, el ánimo de Ilian no se había apaciguado lo más mínimo.

Tenía muy vívida la última conversación con Rylen, no conseguía sacársela de la cabeza. Sabía que le habría ocasionado muchos problemas al matar a Tharin Bellion, y aun así no se arrepentía. De lo que sí se arrepentía era de no haberse despedido propiamente de Ash.

Después de limpiarse toda la sangre y de cambiarse de ropa, había ido a sus aposentos, y solo de verla tumbada en la cama, muerta pero sin estarlo... Había sido demasiado para él. Por eso se había limitado a dejar a Umbra con ella, vigilándola, y había bajado a los calabozos en busca de algún preso al que interrogar.

Y entonces la había visto: la asesina encargada de sus propios interrogatorios.

Le había parecido justicia poética, así que se la había llevado. Siendo el general de las tropas oscuras, nadie cuestionó la autenticidad de la orden por parte de su rey. Una vez reunido con Haizel —quien le lanzó un vistazo reprobatorio que ignoró—, los teletransportó lejos de Glósvalar.

Así como Rylen se refugiaba en el lago subterráneo, Ilian lo hacía en aquella choza al borde de los acantilados, donde el viento soplaba tan fuerte que lo engullía todo. A las afueras del núcleo de Bainor, al oeste de la isla, la casita era una de las pocas propiedades de Ilian, comprada por lo aislado de su terreno y por la sensación de liberación que lo embargaba cuando se sentaba al borde del precipicio, con la muerte a sus pies.

—Qué callado te tenías esto —comentó Haizel lanzando un vistazo a su alrededor.

La vivienda era austera, con una única habitación, salón-comedor y cocina, trabajada por completo en madera oscura y con una chimenea presidencial que lo templaba en las noches más crudas del invierno. Hacía dos siglos que la había encontrado por pura casualidad, e Ilian, con la hermana que tenía, no era muy dado a creer en las casualidades. Elwen lo había instado a comprarla, y ahora, con todo lo que había pasado, no dejaba de preguntarse si aquella acción habría formado parte del complejo tapiz que hilaba Dalel. ¿Qué de todo lo vivido era real?, ¿qué formaba parte del destino que le había tocado vivir?

Preguntas demasiado trascendentales como para embotar su mente con ellas.

Los siguientes días, Haizel e Ilian los dedicaron a sonsacarle información a la asesina, atada a una silla demasiado cercana a la chimenea. No tardó mucho en empezar a chorrear de sudor, sus cabellos blancos empapados y adheridos a la piel. A Ilian le tentaba traspasar la línea de la tortura, del mismo modo que ella había hecho con el conjurador, con su hermana y con él. Con otros desgraciados que habían muerto por culpa de sus estúpidos jugueteos.

No obstante, fue Haizel quien se encargó de ello, aunque con unas tácticas mucho más leves que las de los elfos de luz. Lo primero que hicieron fue atarla a la silla en una postura incómoda, con los agarres reduciendo el flujo de sangre a sus extremidades. Después, llegó el calor sofocante, la falta de hidratación para paliar la sudoración y la privación del sueño. Aun así, la asesina resistió.

—¿Cuántas fronteras estás dispuesto a traspasar? —le preguntó Haizel la tercera noche.

Ilian lanzó un vistazo a la fémina, que daba cabezadas esporádicas sobre la silla. Cada vez que sus párpados se cerraban más de cinco segundos, Ilian mandaba un pedazo de sus sombras para arrebatarle el oxígeno y que despertara sobresaltada.

—Todas —afirmó. Se había cansado de ir con pies de plomo, porque esa impasividad ética de la que Rylen hacía gala había terminado con la muerte de su hermana—. ¿Y tú?

Haizel miró a la fémina, que respiraba con agitación, la cabeza laxa y la vista clavada en el suelo.

—Se lo debo a Dillion tanto como a tu hermana.

Ilian asintió, incapaz de negárselo cuando el marido de su compañero había muerto a manos de la red de narcotráfico tanto tiempo atrás.

Después de aquello, Haizel tomó el mando y se encargó de los interrogatorios más tortuosos mientras el general iba y venía movido por sus sombras. Umbra regresaba a él de vez en cuando, para asegurarle que todo seguía en la misma y odiosa calma. No había ningún cambio con respecto a Ash, y eso era tan bueno como malo. El único consuelo que le quedaba era saber que Rylen apenas se despegaba de ella.

En ese tiempo, Ilian registró las propiedades de Tharin, empezando por la de la capital. Era evidente que por allí ya había pasado un equipo de investigación, y, aun así, no encontró nada fuera de lugar. Se llevó un retrato del consejero, por si pudiera ser de utilidad, y regresó a Bainor.

No fue hasta la mañana del quinto día que la voluntad de Calari Laurencil —les había confesado hasta su nombre— se quebró. Escupiendo el agua con la que Haizel la había estado asfixiando, miró fijamente el retrato que Ilian sostenía frente a su rostro.

—Es él. Él nos enseñó cómo entrar en Glósvalar —reconoció entre jadeos y sonidos ahogados—. Él tenía contacto con la red de narcotráfico.

Y con esa confesión, Ilian empezó a tirar de los hilos más profundos, obteniendo respuesta tras respuesta. Hasta que amaneció por octava vez y Umbra regresó a su lado con un mensaje de su rey: «La situación ha empeorado, Ilian. Tenemos que hablar. Te necesito».

Y él acudió.

45

Con cada día que pasaba, Rylen se sentía más perdido. Después de interrogar personalmente a los miembros de su consejo y concluir que eran de fiar, había conseguido apaciguar sus ánimos, pero no sin consecuencias. Al menos, podía dar gracias de que ellos no se hubieran enterado de la misteriosa desaparición de la asesina, porque estaban demasiado preocupados con otros asuntos. La investigación oficial alrededor de Tharin Bellion no estaba dando sus frutos, aunque esperaba que la clandestina de Ilian sí. La guerra se había reactivado como él temía. Y Ashbree seguía sin despertar.

Por petición suya, el comandante de la Orden de los Sanadores acudió a palacio para estudiar el estado de salud de la emperatriz, aunque ya hubieran pasado por esas dependencias otros cinco sanadores. El veredicto era el mismo: estasis. Su cuerpo seguía funcionando con normalidad, pero su mente estaba recluida en alguna parte y lo único que podían hacer era esperar.

Por eso, siempre que no estaba reunido, se quedaba con Ashbree, viéndola respirar y hablándole, como hizo durante un tiempo cuando se estaba sobreponiendo a la sobredosis. Pero ella seguía sin reaccionar, ni siquiera cuando Rylen se cortó en la muñeca y dejó caer su sangre sobre sus labios carnosos. Ashbree estaba perdiendo peso y masa muscular a marchas forzadas, y eso lo enfurecía. No tener a nadie con quien pagarlo o con quien compartir el pesar dolía el doble, porque el único con el que se habría abierto de aquel modo era Ilian. Y su hermano de batallas no estaba.

—Volverá —le aseguró Orsha una de tantas noches compartidas—. Él no está hecho para quedarse sentado esperando, y lo sabes.

Rylen se limitó a asentir, la vista perdida en la nada.

—Hace esto porque os quiere, no lo olvides.

Él sabía que Ilian estaba por ahí, allanando las propiedades de Tharin. A veces, antes que sus propios investigadores; otras, después que ellos. Pero no se había dejado ver ni una vez. En los casi quinientos años que hacía que se conocían, jamás habían vivido una situación tan tensa y que hiciera peligrar su relación. Se habían jurado estar juntos en los buenos y en los malos momentos, aunque nunca imaginó que la traición de Ayrin fuera a ser un paseo comparado con el tormento que los dos estaban padeciendo. Y ambos estaban faltando a su promesa, de un modo u otro.

Con cada nueva jornada, Rylen se presentaba más cansado, con ojeras y los hombros caídos. La situación en Lykos se estaba descontrolando. Los oteadores habían informado de que las fuerzas militares yithianas se estaban reorganizando. Milindur había quedado blindada y ahora era impenetrable, con tácticas de defensa aprendidas de los berserker. Intentar reconquistar la ciudad minera era un suicidio, y en pocos días se enfrentarían a otro.

Por eso aquella mañana había decidido encarar esa situación y había hablado con Umbra para que avisara a Ilian de que lo necesitaba.

Rylen estaba en su despacho, observando el lento iluminar del sol en su ascenso matutino. El día había salido gélido, claro indicativo de un invierno que llegaría en poco más de un mes. En cuestión de un par de semanas, empezarían a caer las primeras nieves duras, nada que ver con las nevadas esporádicas del otoño, y todo el reino quedaría sepultado bajo un manto denso. Uno que evocaba calma y que era tan letal como la presión que sentía en el pecho.

No se había atrevido a enfrentarse a su propio corazón, encerrado en la caja fuerte, mucho menos había bajado a las catacumbas a hablar con Lorheen para que le diera más explicaciones. Rylen agrió el rostro y se deshizo de esa idea peligrosa que se había instalado en su mente, como una mala hierba, desde su primera y única conversación con él. Era imposible, y aun así parecía tan factible...

La puerta de su despacho se abrió y no le hizo falta girarse para saber que era su general. Como siempre. Sus sombras vibraron en su pecho y no supo identificar qué sentimiento había detrás. Ilian tomó asiento y esperó con paciencia. Rylen se mordió el labio inferior, nervioso, incapaz de dejar de observar el espectáculo de la luz matutina. No quería afrontar la realidad, pero no le quedaba otra opción.

Conteniendo el aliento, se dio la vuelta y lo encaró con rostro pétreo, sin saber con qué faceta de Ilian se enfrentaría durante aquel amanecer. Rylen sabía qué consecuencias podría haber detrás de sus decisiones, como lo había sabido todas y cada una de las veces que había tenido que marchar al frente. Y como siempre en esos casos, ya llevaba dos horas rezándoles a los dioses para que lo trajeran de regreso de una pieza, no pedía más. Aquella vez no fue una excepción.

—¿Has terminado con tus plegarias? —rezongó Ilian con un atisbo de media sonrisa.

Rylen se vio obligado a tragar saliva ante aquella naturalidad tan inesperada. Llevaban más de una semana sin verse, echándolo de menos, y recuperar un pedazo de normalidad... Dioses, las lágrimas acudieron a sus ojos con tanta violencia que a duras penas las reprimió.

—¿Lo has deducido por el incienso? —respondió imitando su tono.

—Y por la cara de fumado que se te queda siempre.

—Sin duda, culpa del incienso —bromeó.

Ilian rio entre dientes y jugueteó con la varilla de incienso que aún permanecía encendida.

—Los dioses no nos están ayudando demasiado últimamente, ¿sabes? No sé si nos conviene confiar nuestras vidas en ellos.

—Te salvaron una vez.

—Creo que ese mérito fue de Ash.

—Prefiero no tentar a la suerte.

La sonrisa velada de Ilian se hizo un poquito más real, apenas un instante fugaz. Rylen deseó poder grabarse aquella imagen en la mente, pero desapareció tan rápido como llegó.

—Que estés rezando solo puede significar que uno de los dos se va al frente.

Rylen apretó los labios, molesto y aliviado por que la complicidad entre ambos siguiera viva.

—Necesito que partas esta noche.

—¿Tan pronto? —Tenso, Ilian dejó la varilla en su lugar y se recostó sobre la butaca. Rylen se limitó a asentir, la vista perdida en el humillo—. ¿A dónde?

—A Felnor. Está en manos yithianas.

—No puedo irme tan lejos con Ash así.

—No has estado aquí en una semana, ¿y ahora te preocupas por ella?

Las palabras escaparon de su boca antes siquiera de darse cuenta de lo que significaban. Ilian endureció la mandíbula y el aire se enrareció, la amenaza previa típica de las sombras. Rylen entendía por qué Ilian había necesitado huir, por mucho que aquella decisión a él le doliera. Y también sabía que no era lo mismo andar de acá para allá con sus investigaciones que marchar a la guerra.

—Lo siento, no tendría que haber dicho eso.

—Lo entiendo, y lo merezco, pero por favor, no me obligues a ir.

Rylen cerró los ojos e inspiró hondo. En otra época, quizá Ilian habría sentido vergüenza por suplicarle a su rey. Como general, las tropas eran suyas, obedecían a su voluntad, y solo si él faltaba, acatarían las órdenes del soberano. Así funcionaba el ejército. Y sabiendo lo mucho que iban a cambiar las cosas...

—Ilian, te necesito —reconoció en tono sumiso—. Si pudiera ir yo mismo, créeme que lo haría, pero el consejo no me lo permitirá.

Y era cierto. Por mucho que el interrogatorio a los consejeros hubiera resultado favorable, eso no despejaba del todo las dudas. Ninguno había dado indicios de mentir ni de saber nada de la doble vida de Tharin, pero ya no se fiaba de lo que el consejo pudiera hacer en su ausencia.

—Tienes que partir esta noche. Ya tengo a parte del ejército afincado en las inmediaciones, y te necesito para comandar las tropas —le pidió—. Nunca nos hemos enfrentado a los berserkers, y no puedo permitir que sigan subiendo al norte.

—No deberías haber abandonado Felnor, en primer lugar —le reprochó Ilian.

Rylen lo fulminó con la mirada, pero Ilian la esquivó. Él era muy consciente del error que había cometido al retirar las tropas, tantas semanas atrás. Había sido una decisión estúpida fruto del amor y de la desesperación de que los elfos de luz tuvieran apresados a Ilian, Elwen, Haizel y otros soldados —que no sobrevivieron—. Y ahora iban a pagar las consecuencias.

Aunque tras la escisión de las razas Felnor quedara como territorio yithiano, había resultado ser un enclave demasiado jugoso como para no interesarse por él. Si Milindur había sufrido asedios durante su reinado, Felnor fue su reflejo durante los anteriores. Era una ciudad construida desde los cimientos para convertirse en un bastión inexpugnable que competía de cerca con el nivel de seguridad de Glósvalar.

Ubicada en un promontorio, la ciudad concedía una panorámica perfecta de las tierras a su alrededor, por lo que acercarse sin ser visto era imposible. Por no hablar de los diferentes anillos de muros altísimos que resguardaban a los ciudadanos que habían morado en su interior hacía tantos siglos. Fue en una de las incursiones iniciales a Felnor, en la primera reconquista, cuando conocieron a Silvari. Habían pasado solo doce años desde que inaugurara el segundo hospital más importante del Imperio de Yithia, abastecido con los sanadores más prometedores de la región y asentados allí en previsión de las posibles escaramuzas. Y aquello había sido demasiado suculento para ignorarlo. La mayoría de los sanadores se habían sumado a su causa, y trece años después seguían trabajando para los elfos oscuros, muchos como investigadores o refuerzo en los centros de desintoxicación.

Sin embargo, ahora Felnor era propiedad del imperio y se estaba armando con soldados berserkers. Rylen, como estratega nato, sabía que el siguiente paso del enemigo sería subir al norte y conquistar las pequeñas aldeas que había en las zonas colindantes. Territorio lykense que no pensaba ceder. Aquellas tierras estaban pobladas por campesinos y ganaderos, gente que no estaba preparada para la guerra, y él nunca dejaría indefenso a su pueblo, por mucho que una hoz o una azada pudieran servir para matar.

—Quiero que seas implacable, Ilian.

Su general contuvo el aliento al escucharlo. Despacio, alzó la vista hasta que sus ojos conectaron. No había nada de bondad en aquel rostro salvaje, oculta y aplastada bajo el peso del dolor. Y en el suyo propio, Ilian encontraría un reflejo, porque al pedirle aquello estaba siendo el verdadero Rey de los Elfos, un personaje que pocas veces aparecía en el Reino de Lykos.

—No dudes. En ningún momento —añadió—. No podemos permitir que sigan avanzando hacia el norte.

—¿Quieres que use las sombras?

Rylen apretó los labios y los puños, debatiendo consigo mismo. Finalmente, soltó el aire y tragó saliva. De repente, el rey se encontró sin palabras para contarle la resolución a la que había llegado el consejo; la solicitud a la que Rylen había accedido para salvarlo de consecuencias mayores por haber matado a Tharin Bellion.

—Esa decisión te pertenece —dijo en su lugar.

A aquellas alturas, era lo único que podía concederle.

46

En respuesta a la petición de su rey, Ilian se limitó a asentir, sin saber bien qué decir. Aunque, en realidad, no hacían falta palabras para que entre ambos hubiera comunicación. Él sabía que haría lo que fuera para reconquistar la ciudad, pero no podía dejar de darle vueltas a si aquello sería una decisión tomada más por el general que porque el propio rey lo quisiera. Si le estaría regalando un modo de liberar todo el odio que tenía acumulado.

Por primera vez en quinientos años, no habría represalias por parte del rey si se desataba. Conseguir enderezar a Ilian Aedil y encauzarlo por el camino de la benevolencia no había sido sencillo. El rey había invertido un siglo de su vida en luchar constantemente contra los impulsos de Ilian a base de imponerle tareas que odiaba cada vez que fallaba. Esta vez no habría nada de eso.

Sin embargo, por mucho que le diera vueltas a las distintas justificaciones tras la toma de aquella decisión, no llegó a ninguna conclusión. Y esa noche le tocaría partir hacia el sur, en dirección a Felnor, sin posibilidad de objetar.

—¿Qué has averiguado de Tharin? —le preguntó su rey, arrancándolo de sus pensamientos.

—Era el cabecilla del narcotráfico, aunque eso ya lo sabrás —dijo, haciendo alusión a los investigadores.

—Sí, pero porque el propio Tharin me lo confesó.

Ilian expresó su sorpresa arqueando una ceja. Tras los labios apretados de Rylen había un «si hubieras estado aquí, lo sabrías» muy claro, por eso siguió hablando:

—Registré todas sus propiedades, y no encontré nada sospechoso en ellas.

—Nosotros tampoco —reconoció con gesto taciturno.

—Lo que sí descubrí es que era el dueño del Fantasía Culinaria.

—¿El restaurante? —Había extrañeza en el tono de Rylen, quien se tomó unos segundos para meditar—. ¿No era ahí donde llevaba a...?

Ilian apretó los dientes y los puños, porque el descubrimiento lo había enfurecido.

—Sí, era donde más llevaba a Wen en sus citas. A ella le encantaba. —No pudo evitar recordar la última vez que su hermana había estado allí con el consejero, pocos días antes de que la matara—. El local tiene un sótano que no aparece en los planos.

—Maldito bastardo... —masculló el rey, pero Ilian prosiguió.

—Por lo que me ha mostrado Umbra, parece el centro de operaciones del cártel. Estaba todo muy oscuro y tampoco he querido entrar, por si levantaba sospechas.

—¿Por qué no viniste a contármelo? —preguntó con cierto reproche.

—Porque lo averigüé anoche y necesitaba tiempo para digerirlo.

Pensar en que el cabecilla del narcotráfico había estado delante de sus narices todo ese tiempo hacía que se desatara un infierno en sus entrañas. Aun así, siguió hablando.

—Haizel cree que Tharin mantenía tan cerca a mi hermana por su condición.

—La maldición de la *norna*... —murmuró—. La seguridad de conocer lo que sucederá a tu alrededor y la incertidumbre de no saber si formarás parte de ello.

Ilian asintió con la mandíbula tensa.

—Al pasar tanto tiempo juntos y albergar sentimientos románticos por él, Dalel apenas le mostraría nada.

—Joder, Wen me lo dijo. —El general se crispó—. Cuando me enteré de lo de la posible cura, le pregunté si ella había visto algo al respecto. Y me dijo que Dalel nunca le había mostrado nada alrededor de la droga.

Sin Elwen para confirmarlo, tan solo podían hacer hipótesis. Pero que las piezas encajaran hacía que su enfado y su resentimiento subieran como la espuma. Le había pedido a Rylen que no lo mandara al frente, y ahora, sin embargo, estaba deseando marcharse y desfogar.

—Seguiré con la investigación del restaurante en tu ausencia.

Las palabras del rey fueron como un jarro de agua fría que lo ancló a la realidad. Se iba a marchar de verdad, iba a dejar a Ash allí sin que regresar a por ella fuera tan sencillo. Una presión muy molesta le comprimió el corazón y se frotó el pecho.

—Iré a por Haizel —dijo en tono monocorde, la vista perdida.

—¿Dónde está?

—En mi lugar secreto favorito.

Rylen entendió que no le iba a dar más explicaciones y asintió.

—¿Está la presa que falta con él? —Ahora fue el general el que afirmó con la cabeza—. ¿Ha sido de utilidad?

Ilian sonrió de medio lado, un gesto macabro, en realidad.

—Bastante más de lo que lo fui yo en su situación.

Rylen soltó una risilla sarcástica.

—¿Cuidarás de ella? —le preguntó a su rey.

El silencio que se extendió entre ambos no llegó a ser tenso, pero sí fue diferente, de esos que se podían masticar.

—Siempre.

Ilian le dedicó un asentimiento quedo y se levantó, jugueteando con el pendiente del labio.

—Nos vemos a la vuelta —murmuró el general con voz ronca.

Ilian se encaminó hacia la puerta, la última vez que se verían en los dioses sabían cuánto tiempo. De repente, se ahogó en esa certeza, pero su cabezonería le impidió mirar atrás o añadir algo más.

—Ilian.

Un susurro desesperado.

Anhelante.

Él se detuvo con la mano en el picaporte, los hombros rígidos. No se giró, no se movió en lo más mínimo, a la espera de ver qué sucedía. Llevaban una semana emponzoñándose con el odio, un sentimiento que ahora dirigía a todo el mundo. Porque la vida inmortal era así: no solo el cuerpo trabajaba a otra velocidad, sino los sentimientos. Lo que en las razas perecederas se cocía a fuego lento, en ellos se magnificaba con la violencia de un mar tormentoso.

No obstante, ninguno se atrevió a pronunciar nada más.

—Te veré a la vuelta —dijo a modo de despedida.

Lo primero que Ilian hizo al llegar a las dependencias de Ash fue liberar a Umbra. El pájaro emitió un graznido molesto y dio un par de saltitos sobre el respaldo de una butaca. Lo dejaría allí, vigilándola, porque así se sentía más cerca de ella y mitigaba en parte la dolorosa sensación de que la abandonaba a su suerte.

No había podido estar con ella porque le tenía demasiado miedo a la muerte; a que Ash, su única luz, se desvaneciera. Y también porque le recordaba en exceso al cadáver de Wen, por mucho que la emperatriz siguiera respirando.

Pese a que dejar a Umbra significara prescindir de una parte de sus sombras —y por lo tanto, ser menos poderoso en el frente—, lo prefería así. Tal era su nivel de desesperación que siempre elegiría hacer lo que fuera por aquella fémina antes que pensar fríamente y asistir mejor a su ejército. Y aunque estuviera siendo un inconsciente, Ilian sabía que ya no había vuelta atrás. Que su destino estaba ligado al de la emperatriz y pondría el mundo a sus pies si ella lo quería. Si despertaba algún día.

Haciendo acopio de todo su valor, se sentó en el borde de la cama y le acarició el rostro con cariño. Al verla así, tan expuesta y tranquila, un nudo se le contrajo en la garganta.

—Tengo que marcharme, Ash. Lo... Lo siento...

La voz se le quebró por lo que tenía en mente decirle. Ilian no era ningún necio, sabía que partía a la guerra y que lo hacía emponzoñado por el dolor. En cuanto llegara al campo de batalla, dejaría de tener la mente fría. Y eso lo convertiría en alguien inestable y con altas posibilidades de morir.

Por eso, necesitaba decirle lo que había callado durante aquellos días.

—Siento mucho no haber podido protegerte... Ojalá... Ojalá hubiera entendido qué pretendías decirme. Ojalá hubiera estado más atento para reconocer los síntomas de la intoxicación. Ojalá no hubiera sucumbido a mis instintos más primarios y te hubiera visto por lo que eres, una emperatriz que merece protección, en lugar de por el fruto de mis deseos. Porque si hubiera tenido la cabeza en el posible peligro, nada de esto habría pasado.

Entrelazó los dedos con los de Ash y se los llevó a los labios para regalarle un beso. La culpa era así de caprichosa, pasaba de mano en mano con mayor facilidad y rapidez que las monedas. E Ilian se culpaba de todo. Porque si no hubiese partido a Kridia, si hubiese estado allí todo el tiempo en lugar de llegar justo durante el discurso, no se habría quedado tan impactado por su estampa. Habría podido ver que algo no marchaba bien.

El general de las tropas oscuras había vuelto a fallar. Y no repetiría algo semejante con la conquista de Felnor.

—Lo siento muchísimo, y jamás me perdonaré lo que sucedió en Veturnaetur. Pero te prometo que compensaré tu dolor y tu sufrimiento.

No quería decirle que Cyndra estaba viva por si su consciencia realmente estaba activa y aquello pudiera resultar un revés. Sí, Cyndra Daebrin no había sido sentenciada a muerte, aunque hacía veintidós días desde su exilio, lo que significaba que había tomado tierra y que, con su nueva libertad, no se había puesto en contacto con Ash. Y aquello no le gustaba.

—Te quiero, cariño —murmuró sobre sus labios—. Vuelve a casa y regresaré volando por ti.

Aquel último beso rompió algo dentro de Ilian, algo muy profundo que le terminó de confirmar que ella era la vida que él quería. A cualquier coste.

47

Aunque era la primera vez que Kara Aldair ponía un pie en un barco, había sido una travesía agradable. Desde el puerto de Kridia, una flota berserker había partido en dirección al continente. Si el viento resultaba favorable, en cuestión de doce días se hacía la travesía hasta Korkof, bordeando las islillas huérfanas del Archipiélago de Urdú.

Los días transcurrieron en calma, amenizados por el arrullo del oleaje golpeando contra el casco. Kara disfrutó de la libertad del mar, de no vivir enjaulada en un palacio de cuarzo que, durante las últimas semanas, la había asfixiado. Se enfundó en unos pantalones de lino y se dedicó a pasear por la cubierta, a bosquejar la anatomía del barco en un cuaderno que había llevado consigo, y a sentarse en la baranda en compañía de... su prometido.

Aún no se hacía a la idea de que en cuestión de unos meses, cuando hubiera aprendido todo lo necesario sobre la cultura berserker y el pueblo la aceptara, se casaría con el imponente hombre de ojos zafiro que se deshacía en miradas incendiarias.

Allí, en el barco, Kara descubrió a un nuevo *jarl*. En Kridia, se había mostrado cerrado y taciturno y no había hablado más allá de lo necesario. En alta mar, charlaba con los marineros —todos berserkers que habían estado aguardando a la marcha de su *jarl*—, se pasaba horas divagando con el capitán y hasta tenía palabras amables para las doncellas que acompañaban a Kara en aquella nueva etapa.

En su barco, además de la cohorte de valquirias que seguía a su *jarl* a cualquier parte, también había algunas mujeres. Sus cabellos eran de distintos colores —rubios, cobrizos, negros, entrecanos—, y sus cuerpos no resultaban tan imponentes como los de las valquirias o los hombres. Eran más delgadas, aunque no tanto como los elfos, y de pieles claras, algunas con los rostros sembrados de pecas. Sus ojos tampoco tenían distinción alguna, como sí sucedía entre elfos y elfos oscuros. Cualquier color imaginable pintaba los iris que la observaban con inquina. Sabían quién era, y no se sentía cómoda con ese ligero repudio que se entreveía en sus repasos visuales o en los cuchicheos cuando caminaba junto a ellas.

Jonna y Agda, las fieles valquirias que siempre habían acompañado al *jarl*, empezaron a acercarse más a Kara. Cuando la fémina le preguntó a Halldan al respecto él le dijo, con una sonrisa taimada en los labios, que no tenía nada que ver, que ellas se habían aproximado por iniciativa propia y que eso lo colmaba de orgullo. Significaba que querían velar por ella, como futura esposa del *jarl*. Así que Kara se limitó a aceptar su compañía.

Muchas mañanas, las observaba combatir junto al resto de las valquirias, que entrenaban con los pechos cubiertos por telas precarias que dejaban sus fuertes espaldas tatuadas al descubierto. Ver aquellas alas entintadas era impresionante, pero hacerlo cuando sus músculos estaban en movimiento era una maravilla, pues daba la sensación de que fueran a echar a volar. Combatían cuerpo a cuerpo, con hachas, espadas, lanzas... Ningún arma se les resistía, pero lo más emocionante era verlas luchar con escudos. El sonido de la madera entrechocando era sobrecogedor y hacía que su estómago burbujeara con expectación.

Jonna, la imponente mujer de cabello rubio y largo siempre trenzado y la frente adornada con una tira de cuero para recoger el sudor, era la invicta en el uso del escudo y la espada. Jamás había visto a aquella mujer sonreír, o así había sido hasta que había pisado la improvisada arena por primera vez. Otra valquiria, de aspecto más joven e inexperto, comió madera en cada intento que hizo por derribar a Jonna.

Agda, por su parte, prefería el uso de las hachas. Las lanzaba con una eficiencia escalofriante, acertando a cualquier blanco, quieto o en movimiento. Era estremecedor verla, con su melena cobriza cayendo en cascada sobre su espalda desnuda, y los rizos desordenados y encrespados por el mar. En los últimos días, cada vez que había vencido, la mujer se había girado para buscar a Kara y dedicarle una sonrisa triunfal, sabiendo lo mucho que la fémina admiraba a las valquirias.

En la mañana del cuarto día, mientras Kara esbozaba los movimientos de aquellas mujeres sobre el papel, Jonna y Agda se le acercaron, sus cuerpos brillando con una pátina de sudor a pesar de ser primera hora de la mañana.

—*Vil du laere?* —le preguntó Agda, con esa voz amable que tan poco encajaba con su porte.

Kara apartó la vista del cuaderno y la miró con incomprensión. Aunque Halldan había dedicado todo su tiempo libre a enseñarle lo básico de su lengua, cuatro días no bastaban para entenderse. No había dejado de pensar en ello desde que habían zarpado. Iba de camino al continente para vivir en un territorio desconocido en el que ni siquiera compartían el idioma. Tenía mucho que aprender antes de que los berserkers la aceptaran como digna esposa del *jarl*, puesto que allí la valía lo era todo. Y una elfa enclenque ya resultaba indignante como para encima no tener ni idea del idioma.

—Lo siento, yo no...

—*Vil du laere?* —insistió Agda.

El gesto de incomprensión de Kara se acrecentó y dejó caer las cejas con una sonrisa comprensiva en los labios.

—Yo no... —balbuceó. Sabía que las valquirias no entendían ni una palabra de élfico, así que inspiró hondo y se mentalizó—: *Jeg forstår deg ikke* —les dijo en bersker, con la vergüenza calentándole las mejillas.

El único que la había oído hablar en aquella lengua era Halldan, y se sentía demasiado inexperta. Esa fue una de las primeras frases que el *jarl* le enseñó: «No te entiendo».

Jonna y Agda compartieron una mirada y la rubia, que casi nunca hablaba, se aclaró la garganta.

—Tú..., ¿aprender? —preguntó tendiéndole una espada.

La sorpresa hizo que Kara abriera mucho más el ojo al descubierto, y la imagen tuvo que divertirlas, porque ambas sonrieron de aquel modo que resultaba entrañable y amenazador al mismo tiempo.

—¿Que si quiero aprender a luchar?

Agda frunció el ceño y Jonna se encogió de hombros antes de volver a acercar la espada roma a ella. Con emoción en el estómago, Kara asintió y dejó su cuaderno de dibujo sobre una caja antes de seguirlas al centro de la cubierta, donde varias valquirias combatían entre gruñidos y gritos de fiereza.

En cuanto la vieron aparecer, con su cabello casi platino cegando bajo el sol y aquellos ropajes nada propios para luchar, algunas sonrieron de medio lado, pero todas cesaron sus combates para estudiarla. La vergüenza le caló más hondo, junto al sentimiento de exposición. La cojera ya casi la había abandonado, gracias a las indicaciones que el sanador le había dado antes de partir y a los cuidados de Halldan, experto en la materia. Sin embargo, no era esa debilidad la que la ponía nerviosa.

Mediante gestos, Jonna y Agda le indicaron cómo colocarse, a distribuir el peso y a apretar el abdomen para permanecer en pie incluso si sentía que no era necesario. La pinchaban con el dedo, le daban palmadas suaves y le zarandeaban los miembros mientras le hablaban en un idioma cuyos fonemas empezaban a resultarle familiares, aunque aún fueran ajenos a ella.

Kara tenía ligeras nociones de defensa personal, parte del entrenamiento de cualquier miembro de la familia imperial, pero todos los esfuerzos por que se pudiera proteger a sí misma se ponían en la verdadera heredera. Se dio cuenta, entonces, de que había tenido una vida demasiado sencilla en comparación con la de Ashbree, y no solo por haberse librado de los golpes que el emperador le propinaba a veces, sino por todo lo demás y que había dado por sentado.

Pasaron la siguiente hora practicando, con los músculos quejándose con cada minuto transcurrido y con Jonna y Agda a cada lado imitándola con espadas afiladas. Las tres empezaron a moverse con cierta sincronía —temblorosa por parte de Kara—, hacia el final de la sesión.

Cuando terminaron, Jonna le quitó la espada y Agda le dio una palmadita cómplice en la espalda que casi la lanzó al suelo. Agda rio y Kara esbozó una sonrisa divertida mientras la veía marcharse a la cubierta inferior. Entonces, alzó la vista y, recostado contra la baranda, vio a Halldan observándola con deleite y orgullo. Kara le dedicó una sonrisa tímida y decidió que haría lo que fuera para que aquel hombre la mirara así a menudo.

Esa había sido su rutina durante los últimos días: dibujaba a cada rato; comía y cenaba con Halldan, daban paseos juntos por la cubierta y entrenaba con las valquirias. Así llegó la duodécima jornada, cuando por fin echaron amarre en los muelles de Jellin. La temperatura allí era gélida para los estándares de Kara, y en cuanto Halldan la vio tiritar, le echó por encima el sinfín de pieles que había vestido en Kridia, aunque le quedaran grandes. La reconfortó aquel gesto, que denotaba un interés genuino en su bienestar, además de porque las telas tupidas olían a él, un aroma agradable y que empezaba a reconocer como un lugar seguro.

Fue entonces cuando se dio cuenta de que, en realidad, los berserkers no usaban ese tipo de ropajes. Sus prendas eran de lana gruesa, en tonos terrosos y con complementos en cuero. Estaban ricamente decorados con bordados y cintas de diferentes colores en puños y cuellos. Y, para su estupefacción, todo a su alrededor estaba cubierto de una capa blanca que cegaba a la vista.

Sno, le había dicho Halldan que se llamaba. Nieve.

En el continente, no sufrían de la condena que tenían en la isla por culpa de la separación de su raza tanto tiempo atrás, y en aquella época del año, allí disfrutaban de los últimos meses del otoño, que tan al norte se traducían en nieves tempranas que se recrudecerían con el transcurso de las semanas.

Desembarcaron envueltos en el bullicio de un puerto lleno de vida, con pescaderos anunciando la mercancía fresca y otros comerciantes ofreciendo víveres adquiridos en distintos puntos del continente. Kara no pudo deshacerse de la sonrisa de felicidad. Quizá fuera por los prejuicios, que iba derrumbando poco a poco, pero había esperado llegar a un lugar lúgubre y hostil, y se había encontrado con todo lo contrario. La mayoría de los berserkers presentaban sonrisas en el rostro, reían con alegría y animaban a los viandantes a comprar a voz en grito y entre regateos.

Kara se quedó plantada en mitad de la calle empapada por las nieves. Pasada la conmoción de la primera impresión, se dio cuenta de que allí no solo había berserkers. Un grupo de enanos pasó por delante de ellos, tropezando entre sí, riendo, con sus pieles ajadas como cuero envejecido. Los siguió con la vista hasta que giraron por una calle y desaparecieron entre risas graves. Nadie más que ella les había prestado atención, y eso decía mucho del mundo en el que había vivido hasta entonces.

Halldan le dio un apretón cómplice en el hombro que le hizo mirarlo.

—¿Abrumador? —le preguntó con una sonrisa en los labios.

Kara asintió con la cabeza y estudió de nuevo el muelle cargado de vida. También reconoció a un par de trolls, con sus pieles azuladas y las largas extremidades. Tuvo que reprimir un escalofrío al pensar en que daba la sensación de que los brazos se les hubieran desencajado de los hombros de tan largos que eran. Sus cabellos eran salvajes, peinados en trenzas o con cardados que en la moda élfica serían estrafalarios, pero parecían muy suyos. Y al igual que muchos berserkers, sus pieles estaban adornadas con distintos elementos entintados. No obstante, lo que más llamaba la atención eran sus facciones, con esos colmillos extrañamente largos que escapaban de los límites de los labios, fieros como los de los jabalís, las orejas tan puntiagudas que se despegaban mucho de las sienes y las narices prominentes. Eran más parecidos a criaturas de pesadilla que a seres racionales en sí, y no era un pensamiento muy desencaminado, teniendo en cuenta que eran la raza más asalvajada de entre todos los vaettir de Narendra.

—Ven, demos un paseo.

La mano de Halldan resbaló hasta la espalda de Kara y la condujo por las callejuelas, esquivando a los viandantes y a los pescadores que trabajaban con las redes, a los comerciantes que transportaban carretas y a los que se afanaban en limpiar la capa blanquecina del suelo para facilitar el paso.

Jellin era uno de los puertos mercantes más importantes del continente y por eso había tanta mezcolanza de razas, aunque, según le dijo Halldan, en Oddin —la capital de Korkof— primaban los berserkers, siendo los foráneos esclavos en su mayoría. Kara no se sentía cómoda con la idea de tener esclavos, una práctica inexistente en la isla, pero tampoco podía juzgar una cultura que no conocía y de la que pretendía formar parte.

Siguieron caminando hasta llegar a una plaza abarrotada de tenderetes de colores, con mesas en las que se exponían mercancías lujosas. En algunos objetos de bronce reconoció el trabajo fino de los joyeros élficos, aunque muchas otras piezas eran tan exóticas que Kara no sabía dónde mirar. Había muñequitos que Halldan nombró como vudú en el puesto de una troll de rostro fiero; tallas labradas en madera producto de una pareja joven de berserkers; collares finos de la huldra más hermosa que hubiera visto jamás, con unas preciosas astas de venado en crecimiento y mirada felina. Halldan, sutilmente, le pidió que no se la quedara mirando, pues las huldras tenían fama de ser temperamentales, no en vano, antes de la expulsión de las razas belicosas al norte del continente —donde ahora vivían separados por el Bosque de la Plata— ellas fueron las más poderosas.

—Es que tiene unos cuernos muy bonitos —susurró, con cierta vergüenza.

El paseo se dilató tanto que Halldan terminó comprando unos pastelitos típicos de allí, con una masa rica y espesa que le costó masticar pero que hizo las delicias de su paladar. Después de varias semanas, Kara se sintió verdaderamente feliz con hechos mundanos y disfrutó de ese azar incierto que Dalel le había entregado.

Hasta que una refriega varias calles más allá llamó su atención. Y el destello de una fémina de ojos dorados la dejó estupefacta.

48

Durante un instante, Kara creyó haber visto a Ashbree. Fue un destello fugaz de una fémina corriendo por el laberinto de tenderetes, con el pelo rubio oscuro ondeando al viento. Pero era imposible, no podía ser ella, y aun así, avanzó en dirección a quien parecía huir de algo o de alguien.

—¿Qué ocurre? —le preguntó Halldan, las espesas cejas cobrizas fruncidas por la preocupación.

Jonna la agarró por el brazo cuando hizo intención de alejarse de su guardia y Kara trató de zafarse de ese agarre pétreo.

—Quiero ver —dijo con los ojos clavados en el camino que había llevado la fémina.

—No es seguro —respondió él, ya a su altura y estudiando lo que podría estar pasando más adelante.

Se escuchaba alboroto, y eso hacía que el corazón de Kara resonara con fuerza.

—Por favor, tengo la sensación de que... —Se mordió el labio, porque no sabía bien qué decirle. ¿Que había alucinado con que había visto a su hermana, la que él creía que estaba muerta?, ¿que la falta de un ojo podría estar jugándole una mala pasada pero necesitaba comprobarlo?—. *Var venli,* Halldan.

Al oírla hablar en bersker pidiéndole por favor que la llevara a verlo, el *jarl* inspiró hondo y habló con Jonna y Agda brevemente antes de acceder.

—No te separes de mí.

Con las valquirias abriéndoles paso entre la multitud, fueron a parar a un callejón sin salida cuyo final Kara no veía por todas esas cabezas que se elevaban por encima de ella. Sin perder ni un segundo, las valquirias metieron el hombro entre la muchedumbre, gritando algo desconocido para Kara, y la gente se fue apartando hasta descubrir a una fémina agazapada en el suelo, cubriéndose la cabeza con los brazos y las manos cerradas en puños con fuerza.

Un enano con muy malos humos intentaba abrirle una de las palmas, y ella se resistía mientras encajaba los golpes de la vara que, muy hábilmente, él empleaba con la otra mano.

—¡Sucia rata ladrona! —le gritaba en un élfico arrastrado por el acento, para asegurarse de que la fémina lo entendiera—. ¡Devuélvemelo!

Kara contempló la escena de maltrato con el corazón en un puño. Aquella fémina era una esclava, así la marcaba el collar de hierro al cuello. Pensar que en Korkof se pudieran tener esclavos era mucho menos doloroso que tener la certeza de esa práctica, máxime cuando era su propia gente la que sufría de esa condición.

El gentío se agitó de nuevo mientras una mujer se abría paso a empellones, gritando algo que atrajo la atención del enano que estaba fustigando a la elfa. La fémina ya tenía las manos y el rostro plagado de marcas largas y enrojecidas que no tardarían en convertirse en violáceas. Ahí, agazapada, parecía muy pequeña, pero el fuego que relucía en su mirada amenazaba con derretir la nieve que la rodeaba.

Kara dio un paso tembloroso hacia delante; de repente, le dolía más la pierna. Sentía la presencia de Halldan junto a ella, y de Agda y Jonna por detrás, como una certeza a la que anclarse cuando creía que se estaba hundiendo. Aquello era descorazonador. Cómo podía haber tanta gente impasible mientras molían a golpes a otro ser.

La mujer y el enano se enfrascaron en una discusión de la que Kara no entendió nada, pero Halldan se tensó y le puso una mano en el hombro.

—Solo es una ladrona, Kara. Vámonos.

—¡El enano es el ladrón! —gritó la fémina, sin moverse del sitio. Había oído a Halldan, y era evidente que no sabía quién era él. El *jarl* se crispó por que le hablaran sin permiso y Agda hizo amago de intervenir en la paliza, pero Kara alzó el brazo para impedirle el paso—. ¡Lo que me he llevado no le pertenece!

—¡Maldita mentirosa!

El enano se ensañó de nuevo con ella, la vara partiendo el aire con un siseo que la propia Kara sentía en su piel. Aterrada, se agarró al brazo de Halldan.

—Detén esto, por favor —le suplicó a su prometido.

—Solo su ama puede interceder por su bienestar. Y, al parecer, ha determinado que el enano dice la verdad. No hay nada que yo pueda hacer.

Kara estaba tan al borde del llanto que pensó que se rompería con cada nuevo restallido de la vara sobre ese cuerpo maltratado.

—Quiero comprarla —mascullló con la boca pequeña, la bilis amargándole la garganta. Jamás imaginó que reclamaría una vida.

—En Oddin hay esclavos suficientes. Y tienes a tus sirvientas, no hay necesidad de comprar más.

Un escalofrío le recorrió el cuerpo. No quería tener nada que ver con esa práctica tan bárbara. Y sin embargo aquella fémina…

—La quiero, Halldan. Cómpramela.

La seriedad con la que lo pronunció disuadió al berserker de contradecir, por muy *jarl* de Korkof que fuera. El hombre intercambió un vistazo fugaz con sus valquirias, quienes asintieron y desenvainaron espada y hachas, dispuestas a confrontar a quien fuera para comprarla. Una vez armadas, se acercaron al enano y a la mujer para advertir de la presencia de su *jarl* y la futura consorte.

Halldan caminó por delante de Kara, con ese porte fiero que le había visto emplear frente a los desconocidos, pero no para ella, con gesto adusto y amenazador y una mueca de desagrado disimulado en el rostro. Era la ejemplificación perfecta del poder y el autoritarismo salvajes, el claro Invicto, y ni siquiera el ligero renqueo de su pierna protésica mermaba su apariencia indómita.

El *jarl* habló en bersker por encima del mutismo que se había hecho con los espectadores. La mujer estaba que echaba humo, pero se limitó a asentir con la cabeza, los puños apretados.

—Levántate —le ordenó a la fémina en ese élfico rudo tan suyo.

Ella obedeció, con la ropa invernal rajada ahí donde la vara se había ensañado hasta hacerla sangrar. A pesar de las magulladuras, aquel modo de mirar a los demás solo podía significar que la fémina no había tenido una vida miserable. Sus dientes la delataban como de alta alcurnia, y el modo en el que se zafó del agarre del enano la calificó como bravía.

—Abre la mano. —Una nueva orden del *jarl*.

En aquella ocasión, la fémina endureció más el rostro y apretó el puño.

—Haz lo que te dice —le pidió Kara en tono amable.

La elfa la miró por primera vez desde que habían llegado y todo en su expresión cambió, pasando de la ira a la estupefacción en cuestión de un parpadeo. Sin temblar a pesar de los golpes recibidos, extendió el brazo ante sí y abrió la palma.

—¿Veis? ¡Os lo dije! —proclamó el enano en élfico, siendo este el último idioma que había empleado Halldan.

Sobre la mano de la fémina reposaba un lujoso anillo de oro cuya hechura Kara creyó reconocer. Con un valor que no supo de dónde salía, atravesó la barrera que conformaban los cuerpos de su prometido, Jonna y Agda e hizo amago de llegar hasta ella. Pero Agda la interceptó y la colocó tras su propio cuerpo con el rostro marcado por la amenaza.

—Es peligrosa —le recriminó Halldan, en un tono más enfadado de lo que le había oído nunca con ella—. No será buena esclava.

Añadió algo en dirección a sus valquirias y Kara supo que se la iban a llevar de allí.

—Quiero verlo. Solo déjame verlo, Halldan.

—Pertenecía a Cyndra Daebrin.

Kara se quedó lívida al escuchar el nombre. Y entonces se fijó mejor en el anillo y lo reconoció como el de la casa de la Moneda. Aquella joya era de Elegor Daebrin, por lo que, indudablemente, la fémina decía la verdad.

—Soy Seredil Gonner, hija del señor mercante del Imperio de Yithia. Y amiga de vuestra hermana.

49

Después de su intervención en el conflicto, no pasaron desapercibidos a ojos de nadie. En cuestión de minutos, se corrió el rumor de que el *jarl* estaba en Jellin. Era muy común ver a hombres escoltados por valquirias, puesto que el territorio de Korkof se dividía en ducados que le rendían pleitesía al *jarl*. Pero ahora reconocían a Halldan como quien era en realidad, y a su prometido no le agradó esa nueva condición.

A pesar de que entre los berserkers se ensalzaba el poder y la fuerza bruta, era esa misma forma de vida la que lo ponía en constante peligro. Y Agda y Jonna estaban tensas a más no poder. Sin perder detalle de nada, caminaron por las calles de Jellin de regreso al muelle, donde les aguardaba la comitiva. Jonna llevaba preparada la espada y había descolgado el escudo redondo, que golpeaba una y otra vez como un grito de guerra disuasorio. Agda, por su parte, hacía bailar ambas hachas en las manos, con una sonrisa macabra en los labios.

Avanzaron sumidos en un mutismo tenso en el que la gente les abría paso, los miraba y cuchicheaba. Kara se sentía expuesta, aunque se irguió y caminó conteniendo el dolor de pierna, su único ojo viajando de un punto a otro. Con la ansiedad bombeando en sus venas, la percepción de la profundidad cambiaba, su vista sobrepasada por tantos estímulos irreconocibles, y aun así se mantuvo serena de cara a los demás. Tras ellos, el tintineo de las cadenas que, a modo de correa, encauzaban a Seredil.

Habían conseguido comprarla por una suma que Halldan había denominado ridícula, y también había tenido que pagar por el anillo de la casa de la Moneda. Porque era una prueba de que Cyndra Daebrin estaba viva, y en el continente. Y aunque el comercio facilitaba el trasiego de piezas únicas de un lado a otro, aquello bien podría significar que la amiga de su hermana estuviera en Jellin. Tenía que pedirle al *jarl* que la buscara, que retrasaran su marcha y le hiciera ese favor. Pero ya le había pedido demasiado.

Apenas diez minutos después, llegaron al muelle donde su barco había atracado, el séquito al completo aguardándolos, provistos con carromatos y caballos que no había visto jamás, con crines sedosas y patas peludas.

—Hay algo que no quieres decirme —comentó Halldan en tono cansado cuando se detuvieron junto a la comitiva.

—¿Qué? No... —respondió en un tono demasiado agudo.

La había pillado con la guardia baja, sin tener preparadas las palabras que harían que esa coraza se reblandeciera una vez más. Necesitaba tiempo para pensar.

—Kara... Te conozco. —Aquel comentario la llevó a alzar la vista y enfrentarse a la mirada escrutadora del *jarl*—. Llevas todo el camino cojeando más de lo habitual, y eso solo te pasa cuando estás nerviosa.

Algo extraño revoloteó en su estómago ante el reconocimiento. Porque que un hombre huraño como él se hubiera fijado en ese detalle decía mucho sobre cuánto le importaba Kara. Y siendo así...

—Este anillo pertenecía a la mejor amiga de mi hermana.

Halldan endureció el rostro durante unos segundos, hasta que la comprensión se abrió paso por su mente.

—¿La que tu padre sentenció a muerte?

—Sí. Más tarde descubrí que cambió la sentencia a exilio. —Halldan apretó los labios y cabeceó en un asentimiento—. Si Cyndra está aquí, en Jellin, no puedo... No puedo irme sin encontrarla, Halldan. Es lo único que me une a mi hermana.

Sabía que estaba siendo un poco rastrera al tirar de lástima, porque Halldan pocas veces le decía que no cuando los sentimientos de Kara estaban de por medio.

Con un suspiro resignado, el *jarl* se giró hacia la comitiva y ordenó al personal de servicio que buscara a la elfa. Solo retrasarían su marcha una hora, y esos sesenta minutos tendrían que bastar. Kara contó todos y cada uno de ellos, dándole vueltas al anillo que, con cada segundo que transcurría, parecía quemarle más.

—Seredil... —La aludida se tensó y fijó sus ojos dorados en ella—. ¿Cómo acabaste siendo esclava? Creía que estabas en Yithia, ayudando a Lorinhan y a Cyndra.

No conocía a la fémina, pero Lorinhan le había hablado de ella. Una conjuradora con un potencial poco aprovechado y muy devota. Lo último que había sabido era que había partido a Breros a diseminar la palabra de la Hija de la Luz.

—Así era. Hasta que me enteré de que habían apresado a Cyndra —comentó en tono monocorde, la vista clavada en el anillo que Kara sostenía entre los dedos—. Cuando la sentenciaron al exilio, decidí acompañarla. Pero el barco... El barco naufragó. Me encontraron unos piratas y me vendieron al burdel de Jellin.

Kara contuvo el aliento, los ojos clavados en el rostro desprovisto de vida de Seredil. No quería preguntar, pero al mismo tiempo necesitaba saber cuánto tendría que luchar por adaptarse a aquella sociedad esclavista. Por intentar cambiarla, si le dejaban.

—¿Te han...?

—No. —La negativa fue tan tajante que hasta sintió alivio—. Primero querían que aprendiera modales y estuve trabajando como sirvienta. Bueno, «trabajando» —añadió con una risa sardónica—. Me mandaron a hacer unos recados y vi el anillo de Cyndra en el puesto de ese enano. Y simplemente no pude...

La voz se le quebró y Seredil miró a su alrededor, esos ojos dorados conteniendo el vidrio de las lágrimas.

—¿Crees que está viva? —se atrevió a preguntarle, apretando el anillo con más fuerza.

Seredil cerró los ojos un instante y suspiró.

—No lo sé. Un día pude escaquearme para ir al registro portuario y preguntar. Para informar de que yo misma había sobrevivido por si alguien se interesaba al respecto. Pero no hablo ni una palabra de bersker, y nadie quiso ayudar a una esclava.

Kara se reconoció en esa frustración y le lanzó una mirada a su prometido, quien hablaba con Agda y Jonna, malhumorado. Era complicado distinguir quién le estaba echando la bronca a quién. Aun así, se acercó a él, con paso tembloroso —como él había advertido— y dándole mil vueltas a esa nueva petición. Las valquirias guardaron silencio al verla llegar por la espalda del *jarl* y este se dio la vuelta para mirarla.

—Hola —dijo, como una boba.

Halldan clavó esos ojos de hielo en ella y se sintió más pequeña.

—¿Ahora qué, Kara? —le preguntó con cansancio.

—¿Podrías...? ¿Podrías mandar a alguien al registro portuario a preguntar por los supervivientes de...? —Miró a Seredil en busca de ayuda, cuya cadena atada al collar arrastraba por el suelo.

—El Lamento de la Sierpe.

—Eso. E inscribir a Seredil Gonner como superviviente.

Halldan apretó los labios con resignación y le habló a Jonna sin siquiera apartar la vista de Kara. La valquiria no pareció recibir bien la orden, pero marchó de igual modo.

—Recoge su cadena —le ordenó el *jarl.* Kara se quedó quieta, un poco asustada por si había roto la relación que había construido con Halldan—. Kara, recógela.

Obedeció y sostuvo la cadena entre las manos, asqueada por tener que pasear a Seredil como si fuera un perro.

—Ahora eres su ama, compórtate como tal.

Kara se limitó a asentir con la cabeza gacha, las lágrimas empañándole una visión ya de por sí precaria. La hora de búsqueda transcurrió en cuestión de un suspiro y los empleados de Halldan regresaron con las manos vacías y sin una sola noticia de Cyndra. Pero eso no tenía por qué significar nada, se dijo a sí misma. Bien podrían haber encontrado el anillo en la costa y que la tiradora hubiera sobrevivido de igual modo.

Aun así, se abstuvo de comentar nada, porque el lenguaje corporal de Seredil sugería que estaba tan al borde del llanto como ella misma.

Halldan se acercó a Kara y señaló uno de los corceles. Ella asintió y se dejó ayudar para subir a lomos del animal. Estaba acostumbrada a montar a mujeriegas; sin embargo, el *jarl* ya le había advertido que en Korkof no estaba bien visto aquel modo de cabalgar. Aunque se sintió extraña con el cuerpo poderoso del caballo entre las piernas, no expresó su incomodidad. Suficiente bochorno le había causado ya al *jarl.*

La cadena de Seredil pendía entre sus manos y miró a su alrededor en busca del caballo que fuera a montar ella, pero ya estaban todos ocupados, así como las carretas, sin un solo espacio libre.

—*Hun gar* —le dijo Halldan a su lado.

Ya la había avisado de que, en público y una vez que marcharan hacia Oddin, no emplearía el élfico, aunque Kara percibió que había hablado despacio y vocalizado lo máximo posible. Parpadeó varias veces, porque la había pillado con la guardia baja, y rebuscó entre sus conocimientos de bersker para comprender qué le había dicho. La mirada de soslayo que el *jarl* le lanzó a Seredil terminó de despejar la nube de estupor que colmaba su mente.

«Ella camina».

Kara entreabrió los labios, dispuesta a rebatir, pero el modo en el que él la observó no admitía réplica. Su territorio, sus normas. Así que a Kara no le quedó más remedio que asentir y obedecer.

No fue hasta que hubieron abandonado Jellin, introduciéndose en los accidentados caminos que conducían al norte, que Halldan ralentizó la marcha y permitió que los caballos avanzaran a un ritmo más tranquilo.

El frío atería el cuerpo de Kara, que se esforzaba por mantener los castañeteos a raya. Había ofrecido a Seredil una de las múltiples pieles con las que Halldan la había cubierto, ya que la conjuradora viajaba con una ropa tan ligera que casi se transparentaba a causa del ambiente húmedo. La fémina tenía los labios morados, así como los dedos y la nariz enrojecidos. Cada vez que la miraba, el corazón de Kara se encogía. Deseaba hablar con ella y decirle que su hermana estaba bien, trabajando por conseguir la paz en el norte, aunque ella misma acabara de posicionarse en su contra; que su plan de intentar levantar al pueblo la ayudaría cuando quisiera tomar el poder, pero que la situación en la capital se había recrudecido lo indecible. No obstante, Halldan no le había dado permiso para hablar, y no quería hacer nada que pudiera perjudicar a su prometido.

Fue entonces cuando el *jarl* se colocó a la altura de Kara, en el centro de la comitiva, bien resguardada por la cohorte de valquirias y por los guardias imperiales que la habían acompañado en aquel viaje. Ella era su mayor preocupación y la protegería con uñas y dientes, mientras él debía ir al frente de su séquito, abriendo camino y defendiéndolos de cualquier peligro. Por eso le sorprendió que se colocara a su altura.

—¿Estás bien? —le preguntó en élfico.

Ella asintió y le dedicó un vistazo fugaz a Seredil. Halldan, tan perspicaz como siempre, siguió el rumbo de su mirada y apretó los labios de tal modo que casi desaparecieron entre la barba, más espesa después de doce días de viaje. El calzado de la fémina ni siquiera era el adecuado para caminar durante tantas horas sobre aquel suelo gélido y duro, pero le daba la impresión de que no había mucho más que pudiera hacer por ella.

—¿Por qué no puede ir a caballo? ¿O en el carromato? —se atrevió a preguntar en un tono confidente.

Aunque allí estuvieran rodeados por gente del *jarl* y por otros elfos, no quería que sus palabras se las llevara el viento, por muy en élfico que estuvieran pronunciadas, y causarle problemas. Al fin y al cabo, comprendía que tenía que adaptarse a otra cultura. Que, quizá, algunas costumbres de los elfos a los berserkers les parecieran bárbaras, y Halldan no la había insultado con comentarios denigrantes.

—Es una esclava, Kara. No tiene ningún tipo de privilegios.

La elfa apretó los labios, disconforme, y cerró las manos alrededor de las riendas con fuerza. Quería hacer algo por ella.

—¿Y si la convierto en mi doncella? Es una elfa, me pertenece por derecho.

Halldan arqueó una ceja y se la quedó mirando durante unos segundos. Montado a caballo, con sus más de dos metros de altura, resultaba mucho más imponente que de costumbre y Kara tuvo que hacer un esfuerzo por no amedrentarse. No en vano, pronto sería la consorte del *jarl*.

—Aquí las cosas no funcionan así, Kara.

—¿Y cómo funcionan? Explícamelo.

El hombre se pasó la lengua por los labios, estropeados por el frío, y luego suspiró.

—Tiene que comprar su libertad.

Kara ladeó el rostro, sin terminar de comprender cómo era eso posible.

—¿Acaso los esclavos tienen un sueldo? —Halldan apretó los labios, la vista clavada en la foresta nívea infinita del bosque de El Témpano—. Lo que imaginaba.

Al *jarl* no le pasó desapercibido el tono amargo con el que lo pronunció y la miró, pero ella se negó a desviar su atención del frente. Con cada zancada que daba el caballo, el tintineo de las cadenas enganchadas a él se le clavaba más profundo. No iba a soportarlo.

—Con el paso de los años —comenzó a explicar—, los esclavos se ganan el favor de sus amos y acaban obteniendo ciertas recompensas en forma de bienes materiales que ellos se encargan de vender para ahorrar dinero.

—¿Y qué diferencia hay con que ahora mismo le dé uno de mis numerosos juegos de pendientes, que valen más que todo tu peso en oro? ¿O que le devuelva el anillo?

Halldan agrió el rostro. Era evidente que estaba buscando las palabras adecuadas para no ofenderla con la respuesta, pero al mismo tiempo él se sentía ofendido.

—A ojos de los demás, no sería una esclava de libre derecho. Le harían la vida imposible, Kara. En Korkof, todo se obtiene por el mérito, no por caridad.

—¿Y quién se iba a enterar de que le he dado esas joyas?

—Yo.

Ambos se miraron durante varios segundos, ella con la incredulidad agrandándole el ojo.

—¿Y no se supone que tu misión como marido es hacerme feliz?

—Mi misión como marido es tener una esposa digna para no colocarnos una diana a la espalda. ¿Es que no lo ves? Aceptaste venir aquí para huir de todo lo que te esperaba en la isla. No puedes fingir que sigues en Yithia. En el norte las cosas son muy diferentes.

—No sé qué...

—Si te consideran débil, si mi pueblo te considera indigna, irán a por ti, Kara. —Ella intentó rebatir, pero él se lo impidió—. Irán a por ti para llegar a mí, ¿no lo entiendes?

La elfa abrió y cerró la boca varias veces, dispuesta a argumentar, aunque, en el fondo, lo que acababa de decirle era muy bonito. Sabía que Halldan no era el tipo de hombre que se deshacía en halagos, sino que demostraba su cariño de formas diferentes. Como sugiriendo que ella era su punto débil.

Las mejillas se le arrebolaron y sintió un nudo extraño en el estómago que viajó más abajo. Pudo dar gracias al condenado frío que hacía, porque el rubor no podría competir con lo enrojecida que tenía la piel por el viento helado.

—Sé que no lo comprendes, pero no todos los esclavos tienen una vida miserable. El esclavo vive todo lo bien que su amo quiera. Y tú eres su ama. —Ella conformó una mueca al escuchar el término—. Sé buena, sé benévola. Busca actos de servidumbre que recompensar con presentes acorde a su buena voluntad y todo irá bien. La protegeremos, te lo prometo.

Kara miró por encima del hombro. Seredil caminaba metro y medio por detrás, cabizbaja y trastabillando con sus propios pies. Solo llevaban una mañana de marcha y sus zapatos ya empezaban a desprenderse de la suela. Los reconocía, eran botas yithianas, delicadas y ligeras para soportar caminatas empedradas al calor del verano. Ni siquiera era el calzado del ejército.

Halldan regresó a su posición al frente de la comitiva y Kara se mantuvo las siguientes dos horas pensando en qué podía hacer para mejorar la situación de Seredil. La fuerza allí lo era todo, y ella misma había demostrado ser más dura de lo que había creído en un primer momento. Encontraría el modo de ayudarla, fuese como fuese. Porque si su hermana estaba en territorio enemigo para buscar la paz, para luchar por lo que consideraba justo, ella también podía hacerlo.

50

Había perdido la noción del tiempo por completo. En las catacumbas, no había día ni noche, tan solo tres comidas diarias y la posibilidad de charlar con los otros presos a través de los barrotes. Pero Calari Laurencil no tenía fuerzas para nada que no fuera pensar, una y otra vez, en cómo la había cagado.

Había apuñalado a la heredera, a la próxima emperatriz del Imperio de Yithia. Toda su vida, su carrera, tirada por la borda por una estúpida misión que no compartía y de la que había renegado.

Thabor había intentado hablar con ella cuando la devolvieron allí abajo, Calari no supo por qué. Pero ella solo tenía oídos para los elfos oscuros que habían estado al servicio del cabecilla, que le susurraban lo patética que era, lo mala asesina que había demostrado ser. ¿Ella pertenecía al cuerpo de élite? Comenzaba a albergar serias dudas. Sobre todo teniendo en cuenta lo fácil que había cantado bajo las manos de un conjurador. Si su entereza se había quebrado con él, ¿qué no habría logrado el Efímero?

No obstante, una parte de Calari le decía que era ese mismo hecho el que la había llevado a hablar. Porque sabiendo el daño que ella les había infligido, ellos habían mostrado un tipo de benevolencia macabra. Podrían haberse cebado y, aun así, no habían cruzado las fronteras del trauma profundo. ¿Cómo era posible que mostraran amabilidad incluso en la tortura?

Tal vez esa bondad inesperada en los momentos más crudos fuera lo que la empujó a responder a sus preguntas. Lo que le hizo darse cuenta de que los elfos oscuros tenían una moralidad que se presentaba como superior. Porque ningún yithiano habría mostrado caridad. No lo hicieron en Milindur. Ella no lo hizo.

Aunque Calari no le profesaba demasiado cariño a la heredera, sí era una fiel protectora del imperio, y sabía que algún día ella habría ascendido al trono y habría tenido que responder a sus órdenes. Lo único que Calari siempre había querido había sido destacar, obtener el reconocimiento de un padre que llevaba veintiséis años ignorándola. Con lo que había hecho, estaba segura de que su progenitor jamás podría volver a hacer oídos sordos de su nombre. Se había convertido en la Asesina de la Heredera, un título que la acompañaría hasta el día de su muerte. Pero ¿por qué seguía importándole el reconocimiento de su padre cuando había visto grabada en la piel de Cyndra la consecuencia de pertenecer a su familia?

No quería enfrentarse a que la figura que ella siempre había buscado enorgullecer marcara a su hija como si fuera ganado. ¿A qué clase de varón le rendía pleitesía?

Calari no podía pensar en otra cosa que no fuera que su mundo se estaba desmoronando, porque entre las víctimas del ataque había visto varios elfos. Su gente, en Glósvalar. Y no lo entendía.

No prestaba atención cuando Thabor intentaba hablar con ella. Tampoco cuando Lorinhan se sumergía en su extensa sabiduría y le daba lecciones sobre el dominio de la luz al conjurador. Estaban allí abajo por voluntad de aquel varón, no del Rey de los Elfos. Porque Lorinhan era un... Él también podía...

Calari se abrazó con más fuerza, aovillada contra la esquina más alejada de los barrotes. No podía estar cerca de esa entrada, no cuando era su torturador quien les llevaba la comida tres veces al día.

A veces tenía la sensación de que el grajo se quedaba más tiempo del necesario junto a la celda de Thabor, que intercambiaba alguna palabra con Lorinhan. Pero nunca le hablaba a ella, jamás le dedicaba más de un vistazo, como si no mereciera su atención. Y así se sentía en realidad. Más pequeña que nunca.

51

No se detuvieron para comer, tampoco para que los caballos descansaran. El avance se volvió tortuoso en cuanto el sol llegó a su punto álgido, pero Kara se mantuvo callada. Ignoró los calambres en las nalgas y los muslos, ignoró los latigazos que le subían desde la pierna lesionada, ignoró los tirones en la espalda y los hombros. Siempre le había gustado montar, tenía un vínculo especial con los animales. Aquello, sin embargo, estaba más cerca de la tortura que de otra cosa.

En cuanto cayó la noche y los caballos ya no veían a un palmo por delante de sus hocicos, se detuvieron en un claro junto al camino para descansar. Kara no pudo bajar de la montura, no solo por la altura de aquella bestia ni por su pierna dolorida, sino porque no sentía los muslos. Halldan, amablemente y sin burlarse de su desgaste, la sostuvo de la cintura y la bajó como quien mueve un fardo de plumas.

Se observaron durante varios segundos en los que no dijeron nada. Había sido un día largo y difícil, y aquella cercanía resultó íntima. Halldan la había besado una única vez, cuando le propuso matrimonio, y no se habían tocado más allá de lo estrictamente decoroso. Por eso, sentir sus manos fuertes y grandes alrededor de la cintura, incluso a través de las numerosas telas, hizo que un escalofrío le recorriera la columna. Entreabrió los labios, obnubilada, y el calor de su cuerpo escapó en forma de vaho.

Halldan sonrió de medio lado de aquel modo sutil tan suyo y desvió la vista sobre su cuerpo menudo, como si las telas no se interpusieran entre ambos. Muchos varones la habían mirado de un modo similar, devorándola con los ojos, pero con él era diferente. No se sentía cosificada ni como un premio que reclamar, como le había sucedido con el pésimo cortejo de Arathor; se sentía poderosa. Era capaz de despertar lujuria en un hombre de más de dos metros que había llegado a *jarl* por matar a todo el que se interponía en su camino. No era un hombre que se dejara impresionar, y verla lo excitaba de un modo especial.

Empezó a sentir que se asfixiaba con ese escrutinio incendiario, y la enorme cantidad de pieles que llevaba encima le hacía un flaco favor. No habían hablado de aquello, no sabía si en Korkof lo adecuado era esperar al matrimonio antes de encamarse. En Yithia sí, aunque supiera que su hermana no lo había respetado —y no la juzgaba por ello—. Kara nunca había sentido el más mínimo interés en el sexo, algo que no despertaba ni una mísera llama en su interior. Sin embargo, sí que había fantaseado con cómo sería su noche de bodas, cargada de sentimientos mientras su marido la ayudaba a desvestirse, besando cada punto expuesto de su piel. Cómo ella le habría dejado hacerlo por el amor que le profesaría a ese varón inexistente, cómo él la habría venerado y le habría rendido culto, con delicadeza y caricias lánguidas.

Ahora, no obstante, su realidad era muy diferente. No esperaba que hubiera delicados vestidos blancos con puntilla, larga cola de encaje ni botones encorsetados. No esperaba bailes gráciles ni risas comedidas. No esperaba que su marido la tratara como si fuera una muñeca de porcelana. Y, para su consternación, descubrió que imaginar a Halldan haciéndole todo lo contrario la caldeaba de un modo desconocido.

Sentía la visión empañada por el deseo, y los zafiros que el *jarl* tenía por ojos se oscurecieron al reconocer ese sentimiento. Sabía que los berserkers no tenían un olfato tan fino como los elfos, y podía dar gracias, porque de otro modo, estaría percibiendo la necesidad inexplicable de su cuerpo en el ambiente.

Entendía que tenían que separarse, que estaban a plena vista, en un claro cualquiera en mitad de la noche, rodeados de valquirias, soldados y personal de servicio. Pero ninguno parecía prestarles atención, tan atareados como estaban en montar el campamento.

—Hoy has resistido sin queja alguna —murmuró Halldan con voz ronca.

Con el timbre teñido de apetito, su acento sonó más bruto. Y eso la complació. Ella se limitó a asentir, porque no iba a ser capaz de pronunciar ningún sonido distinto a un jadeo ahogado.

—Vas a estar a la altura de todo, Kara.

Una mano de Halldan abandonó su posición en su cintura y Kara sintió un pellizco en el pecho hasta que esta se instaló sobre su mejilla. Era tan grande que le cubría más de medio rostro. Su pulgar, tosco y rasposo, le acarició el pómulo y ella se estremeció de tal modo que tuvo que contenerse para no frotar los muslos, sin entender qué le estaba pasando.

—¿Quieres que te bese como recompensa?

La respiración se le atascó y tragó saliva para paliar la sequedad de la garganta, aunque no sirvió de nada. Ni el agua de todos los mares calmaría el incendio que se había desatado en su interior. No obstante, encontró las fuerzas y el valor para asentir con la cabeza.

Halldan soltó una risilla apenas audible, un sonido masculino que la encendió más todavía. Nunca se había visto atraída por el sexo opuesto. Cada vez que alguien la cortejaba, ella le dedicaba sonrisas radiantes y agradecimiento, pero jamás había sentido ese estallido que muchos describían, esa pasión que leía en las novelas románticas. Con Halldan, no obstante, estaba descubriendo que era diferente.

Cerró los ojos en cuanto el *jarl* se inclinó hacia ella, salvando la distancia que los separaba, y se centró en el tronar de su corazón contra sus oídos, tan similar al tañido de la espada de Jonna contra el escudo de madera. Se vio incapaz de respirar cuando esos labios gruesos presionaron contra los suyos, cuando el sabor de Halldan le llegó a la boca y cuando él la abrió para darle un tipo de beso muy diferente al primero. No le importaba que tuvieran espectadores, no le importaba que pudieran cuchichear sobre lo que habían visto. Porque aquel hombre era suyo, y nada ni nadie podría arrebatárselo.

El beso se dilató varios segundos en los que Kara se pegó más a Halldan, lo que provocó que él soltara un sonido profundo y hambriento que hizo que a ella le temblaran las rodillas. Sus labios se acompasaron al mismo ritmo, al principio con torpeza, pero incluso ese momento fue especial. Y cuando sus respiraciones se agitaron, cuando el beso empezó a convertirse en voraz, Halldan se separó de sus labios, aún tan cerca que compartían aliento. Ella no pudo evitarlo y se inclinó hacia delante, recolocando la cabeza del berserker hasta que sus frentes se tocaron. Y entonces vino la prueba de fuego: abrió los ojos y lo contempló de cerca, a una distancia demasiado íntima entre los suyos.

Halldan se mantuvo con los ojos cerrados, intentando acompasar la respiración a un ritmo normal.

—Mírame —le dijo Kara en bersker.

El *jarl* no había esperado que hablara en su idioma, así que, raudo, abrió los ojos y la observó. Aquellos zafiros relucieron al encontrarse con la esmeralda dorada de Kara y ella sonrió profundamente. No sintió rechazo al contemplarlo con semejante cercanía, sino todo lo contrario. Estaba en paz, no le intimidaba la falta de espacio personal y quería compartir aquel momento con él más veces.

—No dejaré de contar los días hasta que por fin seas mía, Kara Aldair —murmuró sobre sus labios.

La sonrisa de Kara se ensanchó y tuvo que tragar saliva de nuevo, azorada por todo lo que estaba despertando en su cuerpo.

—Piénsalo así —comentó ella en un susurro cómplice—: Que quede un día menos significa que hemos pasado un día más juntos.

La sonrisa de Halldan iluminó incluso la más oscura de las noches. Una de esas sonrisas sinceras de las cuales ella era la única beneficiaria. Y se sentía bendecida por los dioses.

—Un día menos, un día más.

Halldan le regaló otra caricia en la mejilla y se separó de ella antes de depositar un beso largo sobre su frente.

—Halldan… —musitó, de repente avergonzada por lo que quería preguntarle. Él volvió a mirarla de ese modo tan particular con el que hacía que se olvidara de que su rostro estaba adornado por un parche—. ¿Q-querrás…? —Tragó saliva—. ¿Querrás esperar hasta nuestra noche de bodas?

Kara no tenía ninguna prisa por comprobar qué se sentía con el sexo, pero sabía que para muchos varones era imposible. Y solo con pensar en complacerlo de ese modo algo burbujeaba en su propio estómago. Él parpadeó varias veces; casi parecía que no hubiera entendido esos términos en élfico. Sin embargo, el modo en el que se recolocó, cómo movió las caderas de esa forma tan propia entre el sexo opuesto que pretendía ocultar cierta prominencia, le sugirió que lo había comprendido perfectamente.

Los labios de Kara se estiraron en una sonrisa pilla y la estupefacción de Halldan se vio reemplazada por una complicidad que la traspasó.

—Solo si tú quieres. —El tono ronco con el que lo pronunció le erizó la piel—. Es lo que hacéis los elfos, ¿no? —Ella asintió, mordiéndose el labio inferior—. Pues esperaremos entonces.

—No —se apresuró a añadir, un monosílabo que había nacido de sus deseos más profundos.

Halldan se quedó estupefacto unos segundos y ladeó el rostro un poco.

—¿No?

Kara se mordió el labio inferior más fuerte, muerta de miedo y de nervios y de vergüenza, porque no quería que él pensara que era una facilona, aunque tampoco quería que se arrepintiera de su elección de esposa si no era tradición esperar hasta el matrimonio en Korkof.

Las mejillas de Kara enrojecieron aún más. Era la conversación más íntima que había mantenido con nadie. Ni siquiera con su hermana hablaba de sexo ni de nada que estuviera relacionado con la intimidad de las féminas, como sus ciclos de sangrado bianuales. Estaba derribando barreras a cabezazos, porque se había cansado de una vida de ser tomada a menos.

—Yo no... —La voz se le quebró por la tensión que embargó su cuerpo.

—Hagamos una cosa. —Él le dedicó otra caricia con la que le apartó algunos mechones del rostro, agitados por el viento gélido—. Nos dejaremos llevar. Si el momento surge, decidiremos entonces. Y si no, esperaremos. ¿Te parece bien?

A Kara le costó entender lo que decía. Parecía tan nervioso como ella, y eso se reflejó en que su élfico sonara precario y arrastrado.

—Me parece perfecto.

—¿Quieres que nos dejemos llevar en más aspectos?

—¿C-como cuáles?

—Como en este.

Halldan se inclinó de nuevo sobre ella y la besó sin avisarla, sin pedirle permiso. Y aquel gesto le inundó el pecho de un regocijo que no sabía que necesitaba.

—Quiero besarte siempre que me apetezca —murmuró él contra sus labios, entre beso y beso. Y a Kara le supo a miel—. Y quiero que tú me beses cuando quieras.

—M-me parece bien. —Sentía las mejillas incandescentes, los ojos anegados de lágrimas—. Si alguna vez no quieres, tú...

—Siempre querré. —Lo pronunció con tanta seriedad que el corazón le dio un vuelco—. No te elegí a ti por encima de las berserkers, a sabiendas de todos los riesgos y problemas que eso entrañaría, porque seas un cuerpo bonito. —Ella se alejó de él para mirarlo al rostro mejor, aunque sin romper el contacto—. Te elegí porque te veo, y tú me ves. Siempre te estaré esperando y buscando, Kara.

—Oh, Halldan... —musitó, la voz quebrada por el llanto.

No pudo contenerse más y se lanzó al pecho del *jarl* para abrazarlo con fuerza. Sus cuerpos nunca se habían encontrado de aquel modo, y le supo a hogar. El corazón se le comprimió al pensar en el otro hogar que había dejado atrás y que, quizá, jamás recuperaría, y las lágrimas se desprendieron de sus párpados con más fuerza. Halldan la estrechó en un amarre férreo, similar al de unas cadenas, y se sintió reconfortada.

Había dos palabras que rondaban su mente, dos palabras que había pronunciado en muy pocas ocasiones y que, de repente, encajaban muy bien con aquel hombre que ya había demostrado que le regalaría la luna si la pidiera.

52

Kara apenas había pegado ojo aquella noche, y no solo porque el viento arrollador agitara las telas de su tienda con violencia. Era la primera vez que recordaba haber hecho noche en el camino y era emocionante a la par que terrorífico. Cuando su madre seguía con vida, Ashbree y Kara habían acompañado a los emperadores a algunos viajes diplomáticos por la isla.

Sus preferidos eran los viajes estivales a Trihold, donde los emperadores tenían otra residencia mucho más modesta a la que recurrían durante un par de semanas al año de vacaciones. La ciudad era famosa por albergar el presidio bajo tierra, un bastión inexpugnable que congregaba a la peor calaña de la mitad sur de la isla, pero ella siempre lo recordaba con cariño. Aunque estaban acostumbrados a disfrutar del océano, era en esa casita costera donde Kara había sentido que eran una familia normal y corriente.

El último viaje a Trihold había sido para celebrar el décimo cumpleaños de Ashbree. Kara tenía solo cinco años, y el pequeño Mebrin aún no había nacido. Su hermana y ella estaban jugando en la orilla, haciendo castillos en la arena, cuando Kara le preguntó algo a Ashbree, aunque no recordaba el qué. Su hermana estaba contenta, a pesar de que llevaba varios meses intentando enfrentarse a algo que Kara tampoco entendía. Sus padres le habían regalado un traje de baño maravilloso, con volantes de tela rosa y un patrón floral que le había iluminado el rostro. No obstante, la sonrisa que se había plantado en el rostro de su hermana se desvaneció al escuchar a Kara. Aunque lo intentaba, no conseguía recordar qué le había preguntado entonces, cómo había ido la conversación. Pero jamás olvidaría el enfado de Ashbree, el modo en el que su piel había empezado a brillar hasta el punto de competir con el astro rey que brillaba furioso en el cielo.

Después de eso, Arcaron ordenó que regresaran a la capital y los sirvientes se apresuraron a recoger todas sus pertenencias. Aquella fue la primera vez que Kara vio el poder de su hermana, y la última que salió fuera de Kridia. Y aunque recordara aquel viaje, no se asemejaba en nada al que estaba haciendo en aquellos momentos. Con su familia, se habían hospedado en las aldeas del camino, y se habían desplazado en un carromato que siempre hacía que Kara se mareara hasta vomitar.

Al margen de esos viajes, jamás había dormido a la intemperie, ni estaba acostumbrada a que, horas después de haberse detenido, los calambres de los muslos perduraran. Mucho menos había imaginado que el viento pudiera rugir con semejante violencia ni que azotara las tiendas con tanta fuerza que temía que fueran a venirse abajo.

Fue una doncella la que la despertó antes de las primeras luces del alba, con palabras amables mientras retiraba el calentador de cama cuyos carbones hacía horas que se habían consumido. Podía dar gracias por aquellos inventos que jamás había visto en las cálidas tierras yithianas, porque no estaba segura de que hubiera resistido a aquella noche solo con las pieles. Y ni siquiera habían llegado todo lo al norte que debían.

El camino hasta Oddin duraba quince días, atravesando la cordillera de Las Fauces, y si Kara ya estaba adolorida tras solo una jornada de cabalgada, no quería ni imaginarse cómo llegaría a la capital. Al salir de la tienda, se enfrentó al frío cortante que le lamió las mejillas y se arrebujó más bajo las telas, observando el campamento, que empezaba a recogerse. Y entonces la encontró.

Seredil, con su collar de hierro al cuello, ayudaba a los berserkers a cepillar a los caballos. Kara sonrió sutilmente al verla ataviada con el par de pieles extra que le había cedido ella misma justo antes de marchar a dormir. No iba a permitir que muriera congelada. Como Halldan bien había dicho, era su ama, y velaría por su bienestar, aunque aquellas pieles pudieran suponer aumentar su deuda de vida.

—Buenos días.

La voz de Halldan, tan grave como siempre, la sobresaltó. Cuando se giró a mirarlo, él la esperaba con una sonrisa en aquellos labios gruesos medio ocultos por la barba. En sus manos, dos cuencos con lo que parecían gachas humeantes.

—¿Desayunas conmigo?

Kara deslizó la vista hacia Seredil, que acariciaba el cuello del animal con el rostro tranquilo. No obstante, había algo de tensión en su lenguaje corporal.

—¿Los esclavos no desayunan?

Halldan miró por encima de Kara, en dirección a la fémina, y su sonrisa se desvaneció. Estaba claro que había reconocido las pieles que cubrían el cuerpo de Seredil, puesto que le pertenecían al *jarl*. No obstante, no hizo ningún comentario.

—Hace horas que desayunaron.

—¡¿Horas?! —El chillido de Kara atrajo las miradas de todo el campamento y ella se ruborizó—. ¿Cómo pueden haber desayunado hace horas si ni siquiera ha salido el sol?

—Hay muchas tareas que hacer.

Miró a su alrededor y se percató de que todos los que trabajaban presentaban rostro exhausto, incluso muchos tiritaban.

—¿Qué puede ser tan importante que no merecen ni ocho horas de descanso?

La mirada de Halldan se afiló y Kara podría haberse echado a temblar allí mismo de no ser porque su cuerpo estaba entumecido por el frío.

—Nuestra llegada a Oddin, ¿te parece poco? —Kara se encogió sobre sí misma y se mordió el labio por dentro, sin saber qué decir—. He pasado casi dos meses fuera de la capital, y aún nos quedan unos catorce días más para llegar. Es mucho tiempo, y no sé si mi lugar como *jarl* estará ocupado cuando aparezca por allí. ¿Entiendes lo que significa? —Kara asintió con un movimiento tembloroso—. Llevan horas preparando a los caballos, la comida y los petates para retomar la marcha en media hora, así que más te vale desayunar rápido.

Halldan le entregó el cuenco con las gachas con un movimiento tosco y casi ni esperó a que lo hubiera cogido antes de marcharse y dejarla con un helor interno que no tenía nada que envidiarle al clima de Korkof.

Durante aquel día, Halldan no le dirigió la palabra, y llegó un punto en el que su mutismo se transformó en insoportable. La relación entre ellos estaba basada en la confianza y en hablar, y ahora que no lo hacían... El pecho de Kara se comprimía solo de pensar en el abismo de diferencias que se abría entre ambos, dudando sobre si serían capaces de salvarlas.

Pero no estaba dispuesta a dejar de luchar contra el esclavismo dentro de sus propias limitaciones. Por eso, cuando se detuvieron esa noche, consiguió cederle un par de botas nuevecitas a Seredil, para que no se le congelaran los pies con los días de caminata, a espaldas de su prometido.

—No puedo aceptarlas —le dijo Seredil en un murmullo, ambas cobijadas junto a la tienda de la fémina.

—Tengo más. Por favor, quédatelas.

Kara miró por encima del hombro y las empujó contra el pecho de Seredil antes de marcharse y entrar en la tienda, apresurada. Apenas unos segundos después, Halldan apareció y entró sin avisar de su llegada.

—¿Cómo te encuentras? —Fue lo primero que le preguntó el hombre.

Kara emitió una especie de bufido, nada más.

—¿Estás enfadada conmigo?

—¿Tú qué crees? —lo desafió.

Halldan se quedó consternado por su tosquedad unos segundos, pero luego recuperó su propio genio.

—Debería ser yo el que estuviera enfadado contigo.

—¡Ja!

Él dio un respingo ante aquella risa impostada, y Kara pudo dar gracias por ser quien era, porque enfrentarse al *jarl* con tanto descaro suponía una muerte asegurada.

—Ilumíname, Halldan, ¿por qué deberías estar *tú* enfadado cuando has sido *tú* quien esta mañana me ha tratado con desprecio?

—Pues porque has vuelto a ser prejuiciosa conmigo y con mi gente, Kara.

—¿Qué...?

—Dime que esta mañana no pensaste que llevaban horas trabajando porque somos unos explotadores crueles y sin corazón, que nos cebamos en el sufrimiento ajeno y que nos encanta doblegar a los demás. Dímelo y me disculparé contigo de rodillas si hace falta.

Kara se quedó perpleja ante el dolor que reflejó el timbre de Halldan, y algo se resquebrajó en su interior. Él era el *jarl* de Korkof, y, aun así, seguía siendo un hombre que sufría como cualquier otro. Ante la falta de respuesta, su prometido se dio la vuelta para marcharse.

—Halldan... —Un suspiro desesperado que lo detuvo—. Yo... Lo siento, no me había dado cuenta de que... No tengo excusa ninguna, lo lamento profundamente. —Kara se atrevió a acercarse a él, abochornada—. M-me cuesta adaptarme a la situación, pero en ningún momento he pretendido ofenderte o faltarte al respeto, ni a ti ni a tu gente ni a tu cultura. Perdóname, por favor.

Tras unos segundos de duda, Halldan soltó un suspiro tan profundo que podría haber agitado el bosque al completo.

—Te perdono, pequeña.

En aquella ocasión, fue Kara la que se puso de puntillas para buscar esos labios en los que no había podido dejar de pensar, a pesar del enfado. El modo en el que Halldan le envolvió la cintura, mientras sus bocas se encontraban, volvió a despertar aquel calor extraño tanto en su pecho como en sus entrañas. Y a pesar de esa confusión por lo desconocido, se descubrió deseando que propagara incendios enteros dentro de ella.

53

Cyndra había pasado la última semana en un sinvivir constante. No hacía más que pensar en los estúpidos motivos que la habían llevado a malgastar su única ventaja por una corazonada más estúpida todavía. Por muy *norna* que pudiera ser —que después del último pálpito tenía sus dudas—, no sabía ni entendía cómo funcionaba ese don. Y se la había jugado a la primera de cambio como… sí, una estúpida.

Enil y Xiana vivían al día, Cyndra lo había comprobado con sus propios ojos, por lo que no podía pedirles dinero para pagar un pasaje a Yithia. Suficiente estaban haciendo por ella proporcionándole un tejado y tres comidas diarias calientes. De vez en cuando, algún vecino anciano —qué raro era ver gente vieja— le pedía ayuda con alguna tarea doméstica y le daba algunas monedas, pero no era suficiente. Mientras, procuraba pagarles el gasto que hacían sus anfitrionas ayudando a la huldra con su tienda de artesanía, limpiando y aprendiendo a pescar junto a la berserker. Regresar a esa playa que la había llevado hasta el continente era un recordatorio doloroso de todas las decisiones estúpidas que la habían llevado a perder a Seredil.

Y, aun así, aunque intentaba convencerse de que no tenía sentido mantener la esperanza viva, no conseguía deshacerse de esa extraña sensación de que no todo estaba perdido. Ahora que sabía que había poderes cósmicos interviniendo, no terminaba de entender ese instinto que la había mantenido con vida. Era como si hubiera perdido la fe en sus impulsos más primarios. Como si se estuviera perdiendo a sí misma. Y Cyndra Daebrin ya había perdido demasiadas cosas.

Se pasaba las jornadas ayudando en lo que podía, y cuando no había nada que hacer, corría hasta que los pulmones le dolían, practicaba secuencias de movimientos cuerpo a cuerpo y golpeaba un tronco. Siempre llevaba los nudillos magullados, y Xiana había dejado de insistirle en que se los protegiera. Prefería sentir el dolor para recordarse que seguía viva.

Cuando envió la tercera misiva a Lorinhan, Enil debió de ver la desesperación en los ojos de Cyndra, porque se ofreció a ayudarla con sus entrenamientos. Aprender de una valquiria era... todo un honor, Cyndra debía reconocerlo. De pequeña, había soñado con convertirse en valquiria, y Dalel había terminado poniendo a una en su camino.

Se entendían con gestos y con palabras que se iban enseñando la una a la otra, en un silencio cómplice que Cyndra agradecía. El resto del tiempo, Xiana le hacía de intérprete.

Así, la fémina terminó adaptándose a aquella extraña rutina en la que desarrolló una complicidad con las que le habían abierto las puertas a su hogar, mientras recobraba fuerzas y decidía qué hacer con su situación. Por eso una noche, mientras cenaban, Cyndra supo leer la incomodidad entre la pareja.

—¿Qué? ¿Qué ocurre? —preguntó tras varios minutos de tenso silencio.

—Una amiga ha regresado esta tarde del mercado de Jellin. —Xiana intercambió un vistazo mudo con su mujer.

Cyndra había querido acudir al mercado aquel fin de semana, pero la pareja solo asistía una vez cada quince días, y ya habían ido la semana anterior. Le frustraba no seguir buscando, por mucho que supiera que la información no iba a cambiar de un día para otro. El Lamento de la Sierpe había naufragado, sin supervivientes.

«No te quiebras...», se dijo a sí misma cuando el pesar amenazó con asfixiarla.

—¿Un día poco fructífero? —aventuró mientras se peleaba con las espinas del pescado.

Jamás lo reconocería en voz alta, pero una parte minúscula de ella echó de menos el servicio de la casa de la Moneda, que siempre dejaba los platos listos para comer.

—Verás, al parecer el *jarl* estuvo en Jellin el día de mercado.

El tenedor de Cyndra se quedó en suspensión a medio camino de su boca.

—¿Cómo dices?

—Ha regresado de Yithia de la mano de su prometida, una elfa de luz. Cuando estén asentados en Oddin, se convertirá en su consorte. —El corazón de Cyndra palpitó con tanta fuerza que hasta el tenedor le tembló en la mano—. Dicen que se trata de la heredera del imperio.

—Ash... —mascullό en voz alta.

Ashbree estaba viva, había escapado de Glósvalar y regresado a Kridia. Su padre había pactado con los berserkers a cambio de un enlace matrimonial, y el muy malnacido no había dudado en mandarla al continente a la primera de cambio.

—Tengo que encontrarla como sea. Tengo que llegar a Oddin.

Enil, que había entendido el nombre de la capital, habló con Xiana, quien escuchó con atención para trasmitirle la información.

—Si tu amiga se va a casar con el *jarl*, las valquirias no permitirán que te acerques ni a cincuenta metros de distancia.

—¿Por qué? Soy una elfa de luz, nadie pensaría que quiero hacerle daño.

—En Korkof hay libre tránsito, por no hablar de que muchos de vuestros exiliados acaban aquí. No se fían de nadie, te matarían a la primera de cambio.

Enil asintió, como si hubiera entendido las palabras de su pareja.

—Me da igual, encontraré el modo de acercarme a ella. No puedo quedarme de brazos cruzados sabiendo que está ahí, al alcance de mi mano.

La berserker habló, en un tono taciturno.

—¿Qué? —preguntó Xiana—. Es una locura.

—¿Qué dice?

—Nada. —La huldra se cruzó de brazos, enfurruñada. Llevaba quince días viviendo con ellas y era la primera vez que la veía sin una sonrisa en los labios. Enil dijo algo más y alargó la mano para acariciarla—. No uses a mi hermana en mi contra.

Xiana habló en élfico sin darse cuenta y Cyndra creyó que le repetía lo mismo en bersker. Molesta, la huldra se levantó de la mesa y salió de la casa dando un portazo. Enil suspiró y se pasó la mano por la frente. Daba igual lo que aquella pareja dijera, encontraría a Ash con su ayuda o sin ella.

Aun así, después de que ellas le hubieran brindado su hospitalidad, no le gustaba generar conflictos entre ambas.

—Lo siento —reconoció en huldrú.

En las casi dos semanas que llevaba allí, Cyndra había descubierto que la lengua materna de las huldras era la más sencilla de todas, pensada para que fuera fácil recopilar la historia de Narendra. Y gracias a que había compartido mucho tiempo con Xiana, había terminado aprendiendo algunas cosas, aunque entendía más de lo que se atrevía a hablar.

A Enil aquello la pilló por sorpresa, porque no supo qué responder hasta unos segundos después. Por lo que ella sabía, llevaba diez años viviendo con Xiana, así que debía de saber el idioma.

—No pasa nada —le aseguró.

—¿Qué... le molesta? —No supo si lo había dicho bien, pero Enil pareció entenderla.

—Le he dicho que si ella tuviera la ocasión de encontrar a su hermana, la aprovecharía. Que no podía ser injusta contigo.

—¿Por qué?

—¿Por qué le he dicho eso? —Cyndra asintió—. Porque los casamientos del *jarl* se celebran con tres días de festejos, y en uno de ellos se organizan juegos. Siempre hay combates a los que diferentes grupos de aprendices de valquirias se pueden presentar si superan unas pruebas.

—No soy berserker.

—No hay mucha diferencia entre tu raza y la mía más allá de las orejas, y es un rasgo que se puede solucionar.

Por inercia, Cyndra se acarició el arco picudo y tragó saliva. Había otra diferencia entre ambas razas, y era el tamaño, pero ella ya era una anomalía entre su propia gente, por lo general más alta. Quizá pudiera pasar como una berserker demasiado menuda y con ínfulas de grandeza a la que nadie le dedicaría ni un vistazo.

Cyndra quería preguntarle más sobre esos juegos, insistir en partir, robar un caballo y marcharse por su cuenta. Quería hacerlo todo al mismo tiempo, la ansiedad apretándose en su pecho.

«No te sometes», inspiró hondo y lo apartó todo de la mente.

Siempre había sido fría. Se había sobrepuesto a la adversidad con entereza. Esto solo era un nuevo bache en el camino. Sus conocimientos de huldrú eran precarios, así que hablar con Enil resultaba complicado, sobre todo teniendo en cuenta que la mujer ya de por sí era parca en palabras en su propio idioma.

—Gracias —se limitó a decirle, ante lo que Enil asintió.

Cyndra desconocía hasta dónde la llevaría aquel nuevo sendero. Si acaso sería el correcto. Esa fuerza interior que siempre la había dominado le decía que siguiera por ese camino, pero ya no sabía si se podía fiar de sí misma. La única certeza que tenía era que, si no ganaba fuerza y conocimientos sobre el terreno y su supervivencia en el mismo, jamás encontraría a su hermana de batallas.

Y si algo tenía Cyndra Daebrin era paciencia.

54

No había nada allá donde ella se encontraba, solo la más etérea de las calmas arrullada por el latir de un corazón, cálido y reconfortante.

Ashbree luchaba por abrir los ojos, pero no podía. No sabía por qué, ni cómo había llegado a esa situación, solo estaba segura de que era incapaz de levantar los párpados. De vez en cuando, era vagamente consciente de que le hablaban, como un eco lejano y profundo que le sabía a hogar. Y no conseguía llegar allí. Regresar a casa.

Las voces eran lo que la anclaba en ese punto intermedio, en el que ni estaba viva ni estaba muerta. Su recuerdo, las sensaciones que evocaban sobre su cuerpo, era lo único que la retenía allí, porque si no tuviera eso, sabía, en su fuero interno, que su mente habría acudido al descanso eterno hacía demasiado tiempo.

Así que allí estaba ella, embutida en una negrura infinita y espesa, tan densa que podría asfixiar aunque a ella la calmaba. No se planteó por qué la oscuridad ahora la reconfortaba, cuando siempre se había sentido más segura en la luz, y sin embargo seguía ahí.

De vez en cuando escuchaba otras voces, unas que no reconocía ni quería reconocer, porque sonaban más antiguas que el tiempo, cargadas de un poder que no tenía parangón. Sabía que hablaban de ella, pero no lo entendía todo.

—No es la primera vez que alguien acaba en estasis, y ningún mortal tiene ese poder —decía una voz femenina, cargada de luz de un modo divino.

—No es ético —aseveró un varón en tono justo.

—Y el conteo de almas se ha vuelto a alterar —puntualizó otra voz femenina, rica en vida.

—Ni siquiera percibí la vibración en mi guadaña cuando el otro murió —añadió con amargor un timbre lleno de muerte.

—Alguien está intercediendo en los recuentos —comentó otro, tomándose su tiempo.

—Quienquiera que esté jugando con el destino, está manejando bien los hilos —murmuró un tercero.

—No podemos dejar que se marche —dijo la luz.

—Tenemos que reestablecer el orden —coincidió la oscuridad.

A Ashbree le parecía bien, siempre y cuando no volviera a sentir dolor, físico o emocional. Estaba muy cansada de arrastrar pesares. Así que ella se dejó arrullar por la nada, en un estado de meditación profundo con el que todo desaparecía, incluso su propia consciencia.

O así fue hasta que reconoció una nueva voz.

Abrazada a sí misma, flotando en el infinito de su mente, Ashbree miró en dirección a aquel sonido cantarín y jovial, que la llamaba con esperanza. Movida por la curiosidad, nadó siguiendo el rumbo que creía correcto. Sus cabellos dorados se agitaban como en el agua, pero no sentía que avanzara, hasta que al final empezó a distinguir una luz muy potente, aunque no la cegaba. La luz jamás la cegaría.

Las voces antiguas y poderosas adquirieron intensidad, y aun así, ella solo tenía oídos para esa otra más mortal y diferente.

En cuanto se acercó al túnel de luz, la consistencia a su alrededor cambió y volvió a erguirse en pie. Caminó hacia el frente, deslizando la vista por su propio cuerpo, que ya no estaba desnudo, sino ataviado con un vestido funesto. Uno que había representado un mundo para ella, una declaración de intenciones y que ahora sabía a muerte.

Sin embargo, no pudo prestarle atención cuando la voz volvió a llamarla.

Rauda, Ashbree alzó la cabeza y se encontró con unos ojos morados que reconocía. El rostro terminó de adquirir forma, con sus mejillas redondeadas, las largas pestañas tupidas y los labios de melocotón.

Elwen la observaba con una sonrisa cariñosa, ataviada con aquel vestido burdeos que tan bien le sentaba. Algo dentro de Ashbree se retorció por lo erróneo del encuentro, pero su mente atormentada no supo distinguirlo correctamente, no cuando la fémina alzó las manos frente a ella y Ashbree acudió a su encuentro.

—Tienes que salir de aquí. Tienes que volver a casa.

—¿Q-qué es esto...? —preguntó Ashbree en su lugar.

Hacía demasiadas vidas que no usaba la voz y ni siquiera se reconoció en ella. La sonrisa de Elwen se ensanchó, expresando un amor que la traspasaba.

—Estás en la morada de los dioses, Ash.

Esas palabras sí las comprendió y se quedó gélida. Jamás había sentido tanto frío, y se preguntó si sería el propio de la muerte. Consternada, miró a su alrededor. La luz se había transformado en un espacio infinito con cielo estrellado por arriba, por abajo, en todas partes. No había luna ni sol, solo un sinfín de constelaciones que, si se concentraba, distinguía. La guadaña de Celes, el cáliz de Wenir, la rueca de Dalel, la balanza de Laros, el reloj de arena de Cronn, el arco de medio punto de Artha... Pero la que llamó su atención por completo fue el rayo de Merin, que brillaba con insistencia, como llamándola. Al mismo ritmo que su propio corazón.

—Tienes que marcharte, cariño.

Una mano de Elwen encontró el camino a la mejilla antes marcada con una cicatriz y Ashbree no tuvo más remedio que mirar aquellos pozos infinitos y morados. Su piel estaba más fría incluso que la de la heredera, y que un elfo oscuro tuviera frío nunca era buena señal.

—Yo... No sé regresar.

—Sí, sí que sabes, solo que no quieres.

—¿Por qué?

—Porque estás cansada de sufrir, y lo entiendo. Pero el dolor es la confirmación de que estamos vivos.

—Quiero que todo acabe, Wen...

La sonrisa de Elwen se tiñó de tristeza y sus ojos brillaron acuosos.

—Le pondrás fin a todo, te lo prometo. Harás lo correcto. Por tus propias manos.

Se observaron durante tantos segundos que parecieron eras completas. Un nuevo comienzo. Una nueva vida.

Hasta que Ashbree comprendió todo lo que estaban hablando. Dónde estaban. Quién tenía delante.

—No...

La otra mano de Elwen encontró el camino hasta su rostro y la acunó con un cariño fraternal que hizo que Ashbree rompiera en llanto. Las lágrimas se desbordaban de sus párpados mientras repetía un «no» tras otro.

—Shhh, tranquila, así es como debía ser.

Elwen la atrajo hasta su cuerpo y la estrechó con fuerza en un abrazo que le supo a infinito. A universo completo, con todos sus mundos por descubrir. Ella era el complejo entero de la vida basta y extensa que llegaba hasta los confines del raciocinio. Ella lo contenía todo. Y, al mismo tiempo, la realidad era que Elwen conformaba la nada. Porque estaba muerta.

Se aferró con fuerza a su espalda, incapaz de soltarse de aquella ancla.

—Ash, me han enviado para sacarte de aquí. Tu misión no ha acabado. —Fue vagamente consciente de que Elwen miraba por encima de su hombro, que temblaba—. Los otros dioses no están contentos. Así que tienes que irte ahora que no nos ven.

Ashbree reaccionó y se separó un poco de ella para mirarla al rostro. Su piel estaba más apagada, más hundida donde antes había estado llena de vitalidad.

—Tú misma alteraste el conteo de las almas al resucitar a mi hermano, Ash. Algo que no se había hecho nunca. Has demostrado tener tanto poder como ellos, y si sigues aquí, jamás te dejarán marchar.

—N-no lo entiendo.

—Todas las vidas y las muertes están equilibradas y destinadas a suceder según las decisiones tomadas en vida. Ilian estaba predestinado a morir en Kridia. La muerte es inevitable. Y tú la evitaste.

—Entonces también puedo salvarte a ti —dijo Ashbree en su lugar, porque era lo único que importaba.

Le daba igual que los dioses montaran en cólera mientras regresara al mundo de los vivos con Elwen de la mano.

La sonrisa de la fémina fue triste una vez más.

—Es tarde para mí. Aunque no para ti.

—Dime quién te mató y te juro que removeré cielo y tierra para vengarte.

—En casa lo saben, pero la venganza nunca trae nada bueno. No te dejes arrastrar por ese pozo, Ash. No permitas que mi hermano caiga en él.

Elwen le acarició el rostro para llevarse consigo el rastro de lágrimas.

Ashbree no sabía si quería luchar contra el dolor tan explosivo que le inundaba el cuerpo. Se había cansado de sufrir.

—Era así como tenía que ser, Ash. Así que olvídalo y sigue adelante.

—Espera —susurró a la desesperada, porque tenía la sensación de que Elwen se estaba despidiendo. La fémina volvió a mirar atrás por encima del hombro, preocupada—. Dices que alteré el conteo de las almas, pero ¿se ha reequilibrado?

—Sí, cariño.

—No.

—Ash...

—¡No!

—Por favor…

—Dime que al salvar a tu hermano no cambié el destino para que murieras tú.

El rostro de Elwen se agrió y Ashbree solo vio muerte en sus rasgos durante unos segundos, hasta que recuperó la máscara impostada de la vida.

—Los hilos de Dalel son muy complicados de entender, y ya no tengo mi poder como para discernir qué tapices están conectados entre sí. Ilian debía morir, tú demostraste tu valía. Y uno de ellos se dio cuenta de lo grande que podías ser y está dispuesto a ayudarte en tu cometido. Necesitabas compañía y fuerzas y así proveyó, alterando el cosmos una vez más. Pero los demás no te quieren dejar marchar por eso mismo. Mi vida por la de Ilian, la tuya por la de Rylen. Por eso estoy aquí. Por una nueva oportunidad cósmica. Jugamos al juego de los dioses y tan solo podemos adaptarnos para no enredarnos entre sus hilos de titiriteros. Recuerda lo fuerte que has sido, el poder que has demostrado, porque solo tú podrás ponerle fin a todo. No caigas en sus redes, Ashbree Aldair. No caigas en el juego de los dioses.

A su espalda, el ruido de voces poderosas y antiguas aumentó. Sonaban amenazadoras, furiosas. Con ella.

—Tienes que irte. No queda tiempo.

—¿Q-qué…? ¿Qué te pasará a ti?

El gesto de Elwen se dulcificó y encontró la paz espiritual más profunda.

—Dalel me ha dejado salir de la morada de las almas para encontrarte. Por eso los dioses aún no han llegado, porque él los está entreteniendo.

—¿Qué significa eso?

—Ninguna alma que entra en el descanso eterno puede volver a salir, Ash.

—¡Lo logré con tu hermano!

—Porque él acababa de llegar.

—¡Y tú también!

La sonrisa de Elwen estaba preñada de pesar cuando negó con la cabeza.

—Hace veintidós días que mi cuerpo encontró su fin.

—No, Wen, no, por favor. Ven conmigo. Ven a casa. Encontraremos el modo de…

—Shhh… Todo está bien. —Elwen inclinó el rostro de Ash y la besó en la frente, un beso sentido y largo—. Yo he elegido salir de la morada de las almas para encontrarte y llevarte a casa, Ash. No permitas que mi desaparición sea en vano. Vuelve. Lucha. Vive.

Elwen la empujó con fuerza, una que se le antojó imposible, y entonces Ashbree cayó en el agujero del infinito. Escuchó el tronar de las tormentas, la destrucción del mundo en sí mismo convergiendo en sus oídos mientras ella descendía y descendía, mientras se alejaba cada vez más de aquel cuerpo menudo y etéreo que dejó de ser corpóreo para tornarse transparente. Y de ahí, a polvo de estrellas.

Nada. Elwen se había reducido a la nada más absoluta. No había alma siquiera que proteger.

Ashbree lloró mientras seguía descendiendo, mientras el vestido se agitaba con violencia a su alrededor. Vio su vida pasar, todos aquellos momentos vitales que la habían conducido hasta aquel destino tan enmarañado. La muerte de su madre, la elección de proteger a Cyndra en el ataque a la muralla, su posicionamiento en contra de su propio ejército por defender al enemigo.

Cada decisión, por ínfima que fuera, la había conducido a aquella vida, a aquel lugar, con aquellas personas que se quedaban atrás en la estela infinita que eran sus recuerdos mientras ella seguía descendiendo hasta el abismo.

Y entonces abrió los ojos.

55

Habían pasado trece días desde que Ilian había partido al frente. Trece días sin noticias suyas. Rylen estaba acostumbrado a enviar a sus soldados, y a su general, a la batalla. Pero ninguna de aquellas veces le había generado más ansiedad que su última decisión. Sí, sabía cómo iba el avance hacia Felnor, las bajas que se sumaban cada día. Y sí, todos los informes llegaban firmados por su general. Pero no sabía nada de él. De cómo se encontraba, de cómo lo iba sobrellevando, si se estaba dejando arrastrar o no. Y casi que aquella información le resultaba más vital que la táctica.

Las tropas oscuras estaban resistiendo y avanzando, aunque Rylen sabía que era porque la ciudad solo había estado apoyada por los pocos berserkers que ya había en Yithia. En cuanto enviaran más... Rylen no quería pensar en qué sucedería.

Por primera vez en quinientos años, se estaban enfrentando a una guerra que pintaba brutal. Porque aunque sus ataques nunca estuvieron libres de bajas, jamás habían luchado con semejante crudeza. Atrás habían quedado los esfuerzos por intentar convertir a elfos de luz a su causa, ya que ningún berserker podía descubrir la existencia de las colonias.

Por eso Rylen se había recluido aquel día en sus aposentos, porque la ansiedad lo estaba superando, y que Ashbree siguiera sin despertar lo estaba matando. Se había quedado sin plegarias que lanzarles a los dioses, y durante las noches, ni siquiera se atrevía a alzar la vista al firmamento, por temor a qué constelación encontraría.

Rylen Valandur empezaba a pensar que quinientos años eran demasiados para seguir vivo. Que quizá él mismo debía propiciar que llegara su hora y dejar de acumular sufrimientos. Sentado en la butaca de su despacho privado, agitó el contenido de la copa que pendía de entre sus dedos. Le resultaba tentador evitar enfrentarse al caos que estaba por venir, delegar en otro y poner fin a su reinado. Porque simplemente era demasiado. Pero ahora ya no tenía ningún otro en el que abdicar.

También se preguntó si el verse superado por todos esos sentimientos estaría relacionado con la cercanía de su corazón, que descansaba al otro lado del cuadro que en aquel momento contemplaba fijamente. Rylen se llevó la copa a los labios y le dio un trago.

Aunque no sabía si habría modo alguno de volver a introducir el órgano en su pecho, ni si quería, era otro cabo suelto. Se lo había entregado Lorheen, pero ¿cómo lo había conseguido él? ¿Se lo había proporcionado su hermana y él a Ashbree? Y, de ser así, ¿por qué a ella? ¿Por qué era Lorheen su tutor? ¿Cómo había pasado desapercibido todos esos años? Había demasiadas preguntas en el aire, y aunque supiera que obtendría respuestas bajando a las catacumbas y hablando con él, no tenía el valor suficiente.

A toda esa problemática se le sumaba que Silvari todavía no hubiera dado con la fórmula para preservar la inoculación de la adicción a la miel de plata, porque estando su sangre fresca sí que anulaba los efectos de la droga. No obstante, cuando coagulaba ya no servía de nada. Estaba buscando el modo de aislar la propia toxina enriquecida de la sangre de los Efímeros, como habían hecho en la red de narcotráfico tanto tiempo atrás para crear la miel de plata, y no lo estaba encontrando.

Investigar el Fantasía Culinaria había confirmado todas las sospechas de Ilian y más. Habían descubierto que Tharin tenía un seudónimo, y de ahí habían llegado a otros locales clandestinos regentados por la misma persona. Habían encontrado planos con los túneles más frecuentados, con salas de extracción y registros de beneficios. Poco a poco, le estaban cortando las alas al narcotráfico, y aun así tenía la sensación de que no estaba haciendo lo suficiente.

Unos toques en la puerta lo sacaron de su ensimismamiento y Haizel entró en su despacho sin esperar a que le concediera permiso.

—Han llegado informes desde la capital del imperio —anunció en ese tono solemne tan suyo—. Y no son buenos. Al parecer, hay crespones negros en las ventanas.

Rylen sintió que su corazón se congelaba y lanzó un vistazo fugaz al habitáculo que lo contenía. Jamás se acostumbraría a aquellas sensaciones tan mundanas.

—¿Quién ha muerto?

—Ashbree Aldair.

—¡¿Qué?!

Rylen se levantó con tanta violencia que volcó el butacón orejero. Sus sombras escaparon de su cuerpo y opacaron las últimas luces del día. Haizel se apresuró a alzar las manos y a pedirle que mantuviera la calma, pero él tan solo podía pensar en que ya no tenía más motivos para seguir con aquello. Porque si Ashbree moría, se desvanecía toda esperanza.

—Uno de los atacantes de Veturnaetur consiguió escapar y ha llegado a la capital. Rylen, por favor, ya basta.

El rey no se había dado cuenta de que la habitación al completo se estaba sacudiendo, de que las ventanas vibraban a punto de estallar.

—¿Qué has dicho? —Su voz sonó animal, tan amenazado se había sentido.

—Ashbree está bien. Bueno, todo lo bien que puede en su estado. Orsha me lo ha confirmado de camino aquí.

Rylen desayunaba, comía y cenaba en compañía de Ashbree. Y la mayoría de las noches también dormían juntos. Pero aquella tarde, después de asfixiarse con el pesar de todo lo que había sucedido y de suplicarle a Ashbree que volviera y que ella no respondiera, había sido demasiado y se había recluido en su despacho.

Algo más aliviado, las sombras del rey regresaron a su interior y solo quedó un resquicio fuera, que se transformó en Tinta. El gato salió al balcón y saltó sobre la baranda hasta hacerse un ovillo y disfrutar del calor del sol.

—Gracias —dijo Haizel cuando el día volvió a llenar la estancia.

Lo que estaba sugiriendo el conjurador no era bueno. En los veintidós días que habían pasado desde Veturnaetur, los cuervos reales habían recorrido la isla entera difundiendo que el Reino de Lykos apoyaba a Ashbree Aldair como emperatriz de Yithia y renegaba del mandato de Arcaron Aldair. Rylen habría preferido.contar con el beneplácito de Ashbree antes de tomar esa decisión, pero no podía quedarse al margen de la guerra. Eso le decían sus consejeros.

Así que, a pesar de que Ashbree estuviera sumida en esa extraña estasis, divulgaron la buena nueva por las ciudades en las que sus espías les habían informado de que la sublevación contra el imperio de Arcaron era más belicosa. Avasallaron Breros con el aviso, también Dortrid y Tiroon. Divulgaron el mensaje en las aldeas pequeñas y en los puestos de carretera. Recurrieron a los estamentos más bajos del pueblo, sabiendo que la alta sociedad no la respaldaría.

Aquel movimiento fue arriesgado, puesto que los yithianos podrían haber pensado que se trataba de una treta del Rey de los Elfos. Por eso redactaron la misiva haciéndose pasar por Ashbree, para que, desde Glósvalar, asumiera todos los actos relacionados con la Hija de la Luz y declarara la guerra a su propio padre.

Por mucho que se sintiera mal por haber tomado esa decisión por ella, no había dado con otro modo de evitar que la rebelión que se había iniciado con el trabajo de Cyndra se enfriara. Él creía que Ashbree haría lo posible para que el esfuerzo de su amiga, su sentencia, no hubiera sido en vano. Aunque había sido una jugada arriesgada.

—¿En Kridia creen que Ashbree ha muerto? —le preguntó a Haizel para confirmar sus sospechas.

—Según las noticias, es lo que vio el superviviente: a Calari Laurencil, la Asesina de la Heredera, apuñalando a Ashbree en el pecho.

—Eso significa...

—Que han nombrado a Kara Aldair como heredera.

—Así que, finalmente, el *jarl* sí que se casará con una futura emperatriz.

Rylen se dejó caer sobre la butaca que Haizel, diligentemente, había enderezado.

—Eso parece. Pero todo apunta a que esa decisión se tomó antes de la supuesta muerte de Ashbree.

—¿Qué quieres decir?

—Que Kara Aldair partió hacia Korkof hace casi un mes para contraer nupcias en Oddin.

Rylen sopesó las nuevas fichas sobre el tablero, todos esos peones que iban conquistando territorios desde frentes muy diferentes, y se planteó si podrían utilizarlos en su favor de algún modo.

—¿Hay algo más, Haizel?

—La verdad es que sí. La población de Kridia no se ha tomado demasiado a bien el fallecimiento de Ashbree. Le achacan la responsabilidad al emperador, por no haber luchado por recuperar a la Hija de la Luz y la emperatriz a la que muchos apoyaban, y se han dado disturbios bastante... sangrientos.

—¿Cómo de sangrientos? ¿Enjuiciamientos públicos?

—Peor. Ejecuciones masivas.

—¿Qué?

—Lo que oyes. El emperador decapita a todo aquel que se muestre en su contra de forma pública y ha dejado las cabezas clavadas en picas, como recordatorio.

—No puedes estar hablando en serio.

—Muy en serio.

Rylen sintió un mareo incipiente al ser consciente de los paralelismos que había con el último año de mandato de Ayrin Wenlion. El pueblo clamaba por un cambio en el poder, una vez excedidos los trescientos años de legislatura, pero ella se negaba a marcharse y empezó a decapitar a quienes se posicionaron en su contra. Era un pasaje de la historia yithiana que Rylen estaba convencido de que se había diluido mucho entre las páginas de sus libros; no obstante, ese había sido el detonante de que los Aldair orquestaran un golpe de Estado y de que el pueblo lo respaldara.

Y ahora... Rylen no sabía si haber declarado a Ashbree como emperatriz habría influido o no, aunque suponía que sí, y le apenaba que las calles de Kridia se estuvieran tiñendo de rojo.

—¿Es todo?

—Por desgracia, sí.

—Gracias por informarme, Haizel.

—Si me entero de algo más, te avisaré.

Rylen le dedicó un asentimiento y Haizel abandonó su despacho. Agobiado, se levantó y dejó la copa vacía sobre el escritorio antes de salir al balcón. Rylen apoyó las palmas sobre la baranda de obsidiana y alzó la vista al cielo con los ojos cerrados, disfrutando de la caricia del sol. Tinta se movió al verlo y se acercó hasta frotar su cabeza contra él. Rylen obedeció y le regaló una caricia en el mentón.

—¿Qué vamos a hacer, amigo?

El felino se retorció y buscó más de aquel contacto. Hasta que se quedó muy quieto y el pelaje se le empezó a erizar, con la vista fija en un punto en concreto. Alertado, miró en esa dirección. El corazón se detuvo dentro de la caja fuerte y Rylen creyó que moriría allí mismo.

Tenía que ser cosa del alcohol, no le veía otra explicación. Porque había una fémina cruzando los jardines entre ambos palacios, ataviada con un camisón rosa que conocía demasiado bien. Y antes de pensar en nada siquiera, un parpadeo después, Rylen ya había cruzado sus sombras hasta aparecer frente a ella y envolverla entre sus brazos.

56

Primero todo olía a leña quemada, a lluvia por venir y a flores otoñales. Al segundo siguiente, su cuerpo estaba rodeado por un calor agradable y un intenso olor masculino que reconocía.

Ashbree se echó a llorar en los brazos de Rylen, quien la apretaba contra sí con tanta fuerza que creyó que le rompería los huesos. Ella, sin embargo, se dejó hacer, tan sobrepasada por el dolor y la desesperación.

—Estás en casa —murmuraba el rey contra su cabeza, sin dejar de besarla.

Ashbree solo podía llorar, abrazada a aquel cuerpo fuerte y que quería protegerla del mismísimo sol, puesto que sus sombras los envolvían a ambos. Le agradaba el tacto aterciopelado de la oscuridad sobre la piel, que buscaba cualquier posible lesión en su cuerpo maltratado y desmejorado. No había querido mirarse al espejo, pero sabía que había perdido peso. Demasiado. No obstante, la única herida que había tenido había sido la que se había hecho al sacarse la extraña aguja del brazo, que le pasaba líquidos a las venas, y hasta eso se había curado ya.

Siguieron así, estrechándose el uno al otro y repartiéndose caricias desesperadas tanto tiempo que cuando se atrevieron a separarse lo más mínimo, la noche ya había caído sobre ellos, y no tenía nada que ver con los dones del rey.

Cuando Ashbree alzó el rostro para encontrarse con el de Rylen, se dio cuenta de que él también lloraba, un río transparente marcando sus mejillas tostadas. Sin dudarlo siquiera, Ashbree se puso de puntillas y lo besó con desesperación.

Él respondió al instante, tan volcado en el anhelo como ella. Tan necesitado de sentirse vivo; de sentirla viva a ella. Pero el beso no duró demasiado, puesto que Rylen volvió a apretarla contra su pecho y a acariciarle la cabeza. Ashbree lloró con más fuerza y se dejó coger en brazos cuando las piernas le fallaron.

Rylen los envolvió en ese manto oscuro tan suyo y los trasladó a unas dependencias que no reconocía. A un despacho modesto con una chimenea encendida. Desvió la vista hacia arriba y se descubrió sentada sobre el regazo del rey mientras él la abrazaba y seguía besándola en la cabeza, los ojos cerrados y el ceño fruncido por el pesar.

—Te habría seguido —dijo contra su cabellera, temblando—. Te habría seguido hasta la muerte y más allá con tal de permanecer a tu lado. Arrancarles solo un segundo más de tu vida a los dioses me habría colmado de dicha. —Las lágrimas de Ashbree cayeron con más fuerza—. Porque te llevaste mi mundo contigo, Ashbree Aldair —susurró con la voz tomada por el llanto reprimido.

Algo se estrujó con fuerza en el pecho de Ashbree, quien se arrebujó más en el regazo del rey, intentando que sus cuerpos se fundieran en uno solo.

—Solo tú podrías revivir un corazón muerto —susurró ella en respuesta, pasados unos segundos en los que tranquilizaron sus respiraciones.

Rylen se separó lo justo para mirarla, los ojos aún brillando por las lágrimas, y se inclinó para besarla. Sus labios se encontraron y se amoldaron al mismo ritmo; tímidas, sus lenguas se buscaron y profundizaron el beso hasta que a ambos se les agitó la respiración y Rylen se separó para colocar la frente sobre la de ella.

Ambos abrieron los ojos al mismo tiempo y la sensación de que estaba en casa creció.

—No tengo ni la más remota idea de qué has querido decir —murmuró Rylen, tan bajito que aunque no hubieran estado solos, nadie más podría haberlo oído—, pero ha sido muy bonito.

—Fuiste tú quien guio a Inara. Fue tu sangre la que me salvó.

Rylen suspiró y cerró los ojos unos segundos, sobrepasado, antes de volver a abrirlos. Ashbree deslizó la vista por su cuerpo y se percató de la fina cicatriz que adornaba el cuello del rey, de lado a lado. Posó los dedos sobre ella y volvió a mirarlo a los ojos.

—Han pasado muchas cosas, Ash. Si tú estás viva gracias a mí, yo estoy vivo gracias a Ilian.

—Y yo lo salvé a él... —comentó en un tono suave.

—Parece que el ciclo está cerrado. Espero que para siempre.

Rylen separó sus frentes y volvió a estrecharla contra sí para regalarle más besos cortos sobre la cabellera que no dejaba de acariciar. Ashbree se recolocó sobre su cuerpo y se apretujó más a él, sin querer enfrentarse a la realidad que había visto en la infinidad de su mente. Pero debía hacerlo.

—No pude salvar a Elwen... —sollozó, sobrepasada por el llanto de repente.

Rylen se tensó y cesó las caricias durante unos segundos antes de apretarla con fuerza.

—Nadie pudo, dragona. Ninguno pudimos...

Al rey se le atragantó la voz y eso la rompió más. Durante un tiempo infinito, ambos lloraron en silencio. Ashbree tenía la sensación de que sus propias lágrimas la ahogarían en cualquier momento, y decidió que necesitaba sacar lo que llevaba dentro para liberarse.

—No puedo seguir aquí... —Se veía incapaz de cesar el llanto—. No puedo haceros eso....

—¿Hacernos qué?

—¿Es que no lo ves? Todos los que me importan acaban muriendo, Rylen. Mi madre, Cyndra, Arathor, Elwen... ¡Ilian murió! Y tú has estado a punto de morir. No puedo más. No puedo con esto.

Él chistó con cariño y le regaló otro beso cálido en la cabellera mientras ella negaba con la cabeza. Estaba cansada de ser la emisaria de la muerte; cansada de repartir ese destino allá donde fuera.

—Lo superaremos, dragona. Juntos —masculló el rey.

—No sé si quiero superarlo... —reconoció en un hilillo de voz.

Rylen se tensó y cesó todo movimiento. La sorpresa por lo que Ashbree había dicho lo dejó helado, pero también porque hacía escasos minutos él había pensado lo mismo. Quería desaparecer, dejar de sufrir y pasarle el testigo a otro. Y que ella se sintiera así... Dioses, aquella herida fue tan profunda que tuvo dudas de si su corazón no se habría quebrado de una vez por todas.

Incapaz de quedarse quieto más tiempo, la tomó del rostro y se lo alzó para que lo mirara.

—No digas eso.

—Pero...

—Ashbree. —Ella calló, la mirada fija en sus ojos, que luchaban por no desbordarse con las lágrimas—. Te queda una larga vida por delante, una brillante. Y sí, todo esto es una mierda, una que no le desearía ni a mi peor enemigo, pero no estás sola. Jamás lo estarás.

—Por eso mismo no quiero seguir... No quiero causaros más daños. Todo es culpa mía.

—Si alguien tiene la culpa de todo esto soy yo, Ashbree. ¿No lo entiendes? Yo te saqué de Milindur contra tu voluntad. Yo te traje aquí a la fuerza y te puse en una situación en la que quisiste huir constantemente, ¡y con razón! Yo soy el responsable de todas esas muertes que te achacas. Yo y solo yo. No mentía al decirte que no soportaría seguir existiendo en un mundo en el que tú no estuvieras, así que, por favor, si quieres protegernos, si ese es tu motivo para seguir con vida, aférrate a él con fuerza y actúa en consecuencia.

»Si estás cansada de luchar, no lucharás. Si estás cansada de sufrir, no sufrirás. Aquí y ahora te prometo, Ashbree Aldair, que te protegeré a cualquier coste, y sea lo que quieras así se hará.

Ashbree se quedó callada, claramente sin saber qué decir, y su única forma de responder fue besarlo de nuevo. Cada vez que ella lo besaba, Rylen sentía que algo encajaba en su interior. Que las piezas de su trauma se iban reordenando para dejar de ser un caos y solo convertirse en un evento de su pasado.

—Creo... Creo que necesito un tiempo para el duelo.

—Todo el que quieras, dragona.

Se recolocó sobre su cuerpo y Rylen volvió a envolverla entre sus brazos, sin querer soltarla. Había pasado tantísimo miedo... Había sufrido tanto por perderla a ella también...

Era un necio por no haberse dado cuenta antes de qué significaba aquel temor tan profundo, aunque ese mismo reconocimiento también le diera pavor. Creía haberse enamorado una vez, y nada había salido como esperaba, pero ahora... Ahora empezaba a pensar que todo era demasiado diferente, que aquello que comenzaba a sentir sí era amor de verdad.

—¿Qué hacías en los jardines? —le preguntó para distraerla de sus pensamientos.

Al parecer, logró todo lo contrario, porque Ashbree se encogió más sobre sí misma, tan pequeña ahora que temía que se fuera a partir entre sus brazos. No le gustaba, detestaba el cuerpo tan carente de vida que se le había quedado, y pensaba esforzarse por que recuperara cada gramo de peso en cuanto le fuera posible.

—Quería... Quería ver a Elwen.

—¿Ibas a la cripta? —Ella asintió contra su pecho y Rylen tuvo que respirar hondo para controlar el dolor que le generaba pensar en Elwen—. ¿Cómo sabes que Wen ha...? —Tragó saliva y se obligó a decirlo, porque cuanto antes llegara la primera vez, antes empezaría a sanar, aunque no supiera si quería que ese día sucediera—. ¿Cómo sabes que está muerta? ¿Quién te lo ha dicho?

—Ella —murmuró muy flojito.

—¿Perdona?

—Fue ella quien me sacó de esa estasis, Rylen.

—N-no lo estoy entendiendo.

Ashbree cogió aire y tembló entre sus brazos, por lo que Rylen la apretó con más fuerza.

—Mi mente estaba atrapada en la morada de los dioses, aunque mi cuerpo siguiera aquí.

—¿Me estás diciendo que estabas muerta y no lo sabíamos?

Ella rio por la nariz y negó con la cabeza. Rylen se permitió volver a respirar.

—Estaba en ninguna parte, ni muerta ni viva. Los dioses me tenían retenida allí.

—¿Qué? ¿Por qué?

—Están enfadados conmigo por haber resucitado a Ilian y trastocar el conteo de almas. Él estaba predestinado a morir en Kridia, Rylen, y yo alteré el cosmos. Ni siquiera Dalel lo vio venir.

El rey se quedó atónito y se le desencajó la mandíbula, la vista fija en el chisporroteo de las llamas frente a ellos.

—Lo que hice... Según me dijo Elwen, es el poder de los dioses. Y no les gustó, así que no querían dejarme marchar, pero mi cuerpo seguía vivo, por eso estuve en una especie de tierra de nadie.

—¿Y Wen te sacó de allí?

—Me despertó y me pidió que volviera con vosotros. Pero... Rylen, lo que hizo por mí... Oh, dioses...

Ashbree se echó a llorar con más fuerza mientras negaba con la cabeza. Él le acarició el pelo, incapaz de pronunciar palabra. Su estupefacción no era solo por la confirmación de que esos dioses a los que tantas veces había rezado fueran reales; sino porque Elwen, incluso muerta, los hubiera salvado una vez más.

—Tranquila. No pasa nada... —le dijo para alentarla, pese a que sentía que el mundo se les estaba viniendo encima.

Si los dioses no estaban contentos con esas alteraciones en el conteo, ¿significaba que uno de ellos estaría jugando a su propio juego? Enfadar al resto no podía suponer nada bueno; aunque había prometido protegerla, aquello eran palabras mayores.

—Sí, sí que pasa, Rylen. ¡Elwen ya no existe por mi culpa!

—Tú no la mataste, dragona.

—¡No me refiero a eso! Para despertarme, Dalel la dejó salir de la morada de las almas. Y quien sale ya no vuelve a entrar jamás.

—¿Qué quieres decir?

—Que Elwen ya no existe, tan solo es polvo de estrellas. Ni siquiera hay alma que preservar, Rylen, se ha convertido en vacío, en la nada, ¡por mí!

Rylen se quedó lívido, toda la sangre evaporada en sus venas.

—¿E-eso es posible?

—Lo vi con mis propios ojos...

En la cultura de los elfos oscuros se veneraba a las almas de los difuntos de muchos modos, y Veturnaetur no era la única festividad al respecto. Pensar que Wen jamás regresaría al mundo de los vivos para verlos...

Un estremecimiento le recorrió el cuerpo y tuvo que cerrar los ojos.

—Fue decisión de Elwen, dragona. No puedes achacarte la responsabilidad de los actos de los demás. No es justo.

—No puedo evitarlo.

—Lo sé...

Le regaló otro beso en la cabeza y le acarició el brazo, despacio.

—Y cuando Ilian lo sepa, me odiará, Rylen.

Ilian. Dioses, no lo había pensado.

—No se lo diremos.

—¿Qué?

—Lo destrozará, Ash. No lo has visto estos días, pero la pérdida de Elwen, sumado a que no despertaras, lo ha desquiciado. Si se lo decimos... No sé qué hará. Tengo miedo por él, miedo de verdad. Y no puedo perderlos a ambos.

—¿Qué quieres decir?

Rylen respiró hondo para calmar la ansiedad y miró hacia el cuadro que ocultaba su corazón. Odiaba lo que ese dichoso órgano de piedra le estaba haciendo a su cuerpo y sus sentimientos.

—Antes Ilian era muy temperamental. Tenía mucho carácter, y se dejaba arrastrar por la sed de sangre fácilmente.

—Lo sé...

—No, no lo sabes, Ash. Lo que él te haya podido contar no es ni una ínfima parte de la realidad. Dejó de usar su poder para matar antes de los doscientos años y mira cómo tiene el cuerpo. Las marcas son más grandes o más pequeñas dependiendo de lo que esas muertes pesen para el portador. A Ilian no le importaban nada, fueron marquita a marquita y aun así tiene la mitad del pecho, de la espalda y los brazos llenos. ¿Entiendes lo que quiero decir? Ilian en el campo de batalla era cruel y despiadado, no consideraba que las vidas enemigas tuvieran valor. Me costó casi doscientos años sacarlo de ese pozo a rastras. Y creo que ha vuelto a él. Si le decimos que Elwen ni siquiera existe, lo menos que hará será volatilizar las montañas.

Ashbree se quedó en silencio, sopesando sus palabras, y luego giró el rostro para mirarlo a la cara.

—No puedo ocultárselo, Rylen. —Él cerró los ojos con pesar—. Pero sí puedo esperar a que las aguas estén más calmadas. A que hayamos salido de esta.

—Está bien... Se lo diremos cuando llegue el momento.

En el silencio que los envolvió, Rylen deseó con todas sus fuerzas que de verdad llegase un momento en el que Ilian no fuera a sucumbir al odio. Pero se dio cuenta de que no las tenía todas consigo, no con lo que aún no se había atrevido a confesarle.

57

Llevaban trece días combatiendo a brazo partido. Trece días en los que las inmediaciones de Felnor se habían convertido en un cementerio. Había bajas por ambas partes, pero cada una de las suyas pesaba demasiado sobre el corazón del general. Las únicas treguas llegaban por la noche, cuando se retiraban los cadáveres de los que no habían tenido suerte.

Aquel día no.

Aquel día, por fin, después de trece jornadas extenuantes en las que hasta él mismo pensó que no sobreviviría, llegaron a las puertas de las murallas exteriores de Felnor. La caballería había quedado inutilizada hacía tiempo, los pozos de sombras empezaban a escasear, pero la determinación de las tropas oscuras era inquebrantable.

Todos sus soldados sabían que si estaban allí era por el intento de regicidio de hacía unas semanas; un regicidio que, aunque hubiera estado orquestado por uno de los suyos, había sido secundado por el emperador de Yithia. Un varón que había colocado a un equipo de inteligencia berserker en Felnor para planear la expansión hacia el norte. Y ninguno de aquellos valerosos soldados lo iba a permitir.

Se estamparon contra las puertas de Felnor cuando la noche estaba cayendo, amparados por una inminente oscuridad que les daba una muy necesitada ventaja. Los elfos de luz no veían bien durante la noche, ellos sí. Y por primera vez en trece días, Ilian había decidido aprovechar la oportunidad que esa diferencia genética les concedía.

Con un escudo de sombras, Ilian protegía a las tropas que intentaban tumbar las puertas fortificadas con un ariete, cada golpe contra la madera resonando en sus tímpanos. Llovían flechas por doquier, los conjuradores de luz arrojaban su poder y sus cristales contra la oscuridad del general, quien resistía con los dientes apretados. Sus propios tiradores lanzaban proyectiles sin cesar hasta las almenas de aquel bastión, y cuando acertaban, llovían cadáveres junto a las flechas enemigas.

En el tiempo que Felnor llevaba en posesión yithiana, los elfos de luz habían excavado una hendidura alrededor del perímetro de la fortificación, como un foso que habían llenado de estacas de madera, algo que Ilian no había visto jamás. Se había visto obligado a mandar una oleada de sombras, tan violenta como un tsunami, para arrasar con una porción de ellas para poder llegar hasta el bastión.

Las escalas de asedio estaban a punto de rozar los muros de piedra, y cuando Ilian sentía que una iba a caer porque sus portadores eran pocos para mover la estructura, arrancaba un pedazo más de sombras para protegerlos. Bajo el parapeto que la oscuridad les concedía, consiguieron anclar las escalas al muro y los soldados treparon por ellas mientras el grupo de Ilian intentaba derribar las puertas que salvaguardaban a los yithianos.

En aquel espacio de tierra estrecho que quedaba entre ambos lados del foso, como una especie de puente, el olor era nauseabundo, colmado de la fragancia de la sangre y de los fluidos corporales, pero a aquellas alturas Ilian empezaba a dudar de que dispusiera de olfato. El calor era insoportable, y la mugre del rostro se entremezclaba con el sudor que caía a chorros por su cuerpo. Y aun así, a pesar de la incomodidad del frente, no perdió de vista todo lo que sucedía a su alrededor.

El paseo de ronda de la muralla exterior se vio inundado de armaduras negras contra armaduras de bronce en cuestión de un par de minutos. El entrechocar del acero le hacía apretar los dientes tanto como el chasquido de la madera junto a la que estaba. En tierra, varios equipos de tiradores se encargaban de asistir a los espadachines que combatían cuerpo a cuerpo en espacio enemigo, apoyados por los conjuradores que manejaban las sombras de los pozos con maestría.

—Vamos, vamos... —mascullló Ilian a nadie en particular.

Él se encontraba a los pies de la puerta para estar más cerca del ariete y protegerlo. Y cuando Ilian flaqueaba y no podía escudar las escalas colindantes, ahí estaba un conjurador o un sanador —quienes también se habían sumado al combate— para socorrer a los suyos. Se estaban convirtiendo en un conjunto de engranajes que se movían a la perfección.

Hasta que Ilian percibió movimiento sobre sus cabezas, alertado por sus sombras.

Los tiradores de luz estaban preparando flechas incendiarias, y aquello no auguraba nada bueno. No era el método de combate yithiano, lo sabía de buena tinta. Aun así, unas pocas flechas con fuego no supondrían ningún problema, pero su instinto, entrenado para el combate, le decía que no era eso lo único que se les venía encima.

Lo que iba a hacer era una estupidez, lo sabía. No obstante, llevaba demasiados días actuando con mente calculadora y ya no podía más.

Dejó a los soldados del ariete solos y se trasladó a la zona de paso sobre sus cabezas para descubrir qué tramaban. En un segundo, Ilian había estado en el estrecho puente, al siguiente se encontraba en el balcón amatacanado de la puerta.

Apareció envuelto en un traje de plumas de sombras que lo protegió de los primeros espadazos mientras giraba sobre los talones y propulsaba las plumas a su alrededor con tanta fuerza que atravesaron las armaduras de bronce. No se detuvo a pesar del escozor de las nuevas máculas en su piel, y se convirtió en la tormenta perfecta para detener las acometidas de las armas yithianas con ambos brazos. Sus propias espadas, una extensión de sus extremidades.

A su alrededor, las órdenes gritadas competían con los chasquidos metálicos del acero, pero la atención de Ilian estaba fija en un único punto. Dos berserkers acercaban un enorme recipiente humeante al borde del balcón, dispuestos a verter el contenido sobre sus tropas oscuras.

No hubo atisbo de duda antes de soltar parte de sus sombras y convertirlas en dos cuchillas que atravesaron las gargantas de ambos berserkers hasta decapitarlos, tal era su fuerza. Al instante, sintió más negrura en su piel, y no podría haberle importado menos. No iba a permitir que aquellos berserkers mutilaran a sus soldados, porque al volcar el recipiente por la falta de sujeción, se dio cuenta de que era aceite hirviendo.

Algunos soldados yithianos pudieron apartarse a tiempo, uno no tuvo tanta suerte y la armadura de placas le hizo un flaco favor para sobrevivir a aquel calcinamiento. Raudo, Ilian siguió enfrentándose a los espadachines a su alrededor. Alzó un escudo oscuro cuando le llovió una oleada de flechas, que se incrustaron en las sombras como si fueran madera, y en cuanto vio la ocasión perfecta, agarró la antorcha con la que habían estado prendiendo las flechas y la lanzó al suelo.

Envuelto en sombras, saltó a otro punto, al último que sus ojos habían visto, para librarse de las llamas que se alzaron por todo el aceite vertido, que ya corría escaleras abajo. La puerta principal se vino abajo y el ejército de Lykos entró en Felnor como una marea negra. Ilian combatió hombro con hombro con los soldados del paseo de ronda más allá, donde habían apuntalado las escalas, para permitir que más tropas subieran al primer anillo de la ciudad.

Y aunque lo sintiera como una pequeña victoria, no todo estaba hecho. Aún quedaban dos muros más que salvar.

Ilian fue saltando de punto en punto: donde sus ojos veían que las fuerzas flaqueaban, ahí estaba él como refuerzo. Asesinaba sin piedad, sus dagas tan ágiles que ni él mismo las veía salir antes de volver a cambiar de arma. Jamás había combatido con tanta violencia, jamás lo había hecho con la necesidad clara de decirle al emperador, de *gritarle*, que ya estaban hartos de aquella situación. Que él estaba harto de aquella guerra interminable que había acabado arrastrando a su hermana de forma indirecta.

La violencia copaba su mente, y no tenía ningún cuidado en racionar su oscuridad, que se desperdigaba a su alrededor y se mimetizaba con los pozos de sombras para contrarrestar los efectos de los cristales de luz. Ilian dejó de ser él y se convirtió en una bestia humeante a la que nadie quería enfrentarse, pues todos huían despavoridos al verlo. Y así llegaron hasta la segunda muralla, cuyo enrejado metálico no duró ni dos segundos ante su ira. El metal se retorció y se contrajo como si las sombras fueran garras que reducían aquel amasijo oscuro a una bola informe, concediéndole el paso a sus tropas.

El problema de transformarse en esa fuerza insalvable, en ese monstruo que se desdibujaba y dejaba de tener forma corpórea para pasar a ser una bestia emplumada salida de las peores pesadillas, era que lo convirtió en el objetivo de los berserkers. Aquellos hombres que le sacaban altura y músculo resistían mejor, estaban más alertas a sus saltos, que solían pillar de imprevisto a las tropas yithianas, y aguantaban con estoicidad. Pero ninguno de ellos era rival para la magia emponzoñada que corría por sus venas.

El segundo problema de convertirse en ese ser demoledor era no ser consciente de las lesiones sobre su cuerpo. La armadura de Ilian estaba tan teñida de rojo y plateado que apenas quedaba rastro del negro característico de las placas. La vida se le escapaba poco a poco por cada corte y laceración, por cada magulladura y embestida contra las paredes de piedra. Pero nada importaba. Nada tendría el suficiente peso como para que él permitiera que aquellos soldados se afianzaran en ese bastión y subieran al norte.

No permitiría que el Imperio de Yithia reclamara ni un centímetro más de territorio lykense.

Cercenaba sin pudor, la sangre manaba a chorros sobre su cuerpo y se mimetizaba con el sudor y la roña que ya portaba, la boca le sabía a hierro y los músculos le gritaban que se detuviera. Que respirara. Pero no podía escuchar nada que no fuera el rugir de la violencia. No era consciente ni de cómo se movía, de cómo sus brazos se balanceaban al mismo tiempo, a izquierda y a derecha, combatiendo a ambas manos cuando no era demasiado diestro en aquella técnica. En aquel momento sí, pues no había resquicio alguno para pensar en la temeridad de sus propios actos.

Hasta que sintió un pedazo de sombras entrando en él, uno que no había ordenado regresar y que no había estado manejando a su voluntad.

Uno que había dejado en Glósvalar.

Umbra había vuelto a él y en la mente de Ilian lo único para lo que había hueco era para lo que el cuervo había visto: las dependencias de Ashbree vacías. El cuervo había salido a hacer la ronda habitual, sobrevolando alrededor del palacio para asegurarse de que no hubiera ningún peligro, tan paranoico se estaba volviendo, y cuando regresó, la cama estaba vacía.

Aquello podía significar muchas cosas. Demasiadas para su estabilidad mental.

E Ilian terminó de estallar.

Quería marcharse.

Necesitaba partir de inmediato a Glósvalar. La mera idea de que Ashbree no estuviera en cama porque hubiera muerto lo superaba y lo llevaba a un punto de demencia que jamás había llegado a rozar siquiera.

Se drenaría casi por completo, hasta que lo único que le quedara fuera el resquicio que necesitaba para trasladarse a Glósvalar. Arrasaría con cualquier vida yithiana o berserker que hubiera en aquella edificación.

Y así se hizo.

Las sombras se extendieron por doquier, más allá incluso de los anillos de murallas conquistados. La piedra no era resistencia suficiente para un poder sin parangón como aquel, para uno que no encontraba equilibrio en su contraparte. Porque la luz que podría haber hecho frente a algo como en lo que se había convertido se encontraba en Glósvalar.

Los labios de Ilian se estiraron en una sonrisa maliciosa, desquiciada, al pensar en Tharin Bellion, mientras seguía aniquilando sin piedad, la visión empañada por la cantidad de sangre que le empapaba el rostro. El consejero había tenido razón al decir que los Efímeros de Sombras necesitaban su equilibrio, que eran peligrosos, e Ilian no podía estar más complacido de demostrarles cuán cierto era aquello. Porque cuando las sombras se extinguieron y los gritos de júbilo estallaron a su alrededor, no quedaba ni un solo enemigo en pie.

Ni uno solo.

Y a Ilian no le importó.

Llamó a las últimas sombras que le quedaban y saltó al pozo infinito de negrura de regreso a casa.

58

Después de que el rey la pusiera al día, por encima, de la situación bélica y de quién había sido el responsable del ataque a Veturnaetur, Ashbree estaba demasiado agotada como para permanecer despierta. Empezaba a quedarse dormida sobre el regazo del rey, ambos convertidos en un amasijo de brazos y piernas, cuando Rylen se tensó.

—Ilian... —murmuró él con pesar.

Ella miró en su dirección y se quedó gélida.

El general se presentaba ante ellos como el mismísimo emisario de Celes, empapado de pies a cabeza en sangre roja y plateada, los cabellos apelmazados, los brazos laxos a ambos lados. La moqueta sobre la que estaba en pie empezó a teñirse con los fluidos que goteaban desde su cuerpo y, durante unos segundos, los tres se quedaron todo lo quietos que pudieron, con temor a hacer algo que rompiera la situación.

El primero en moverse fue Ilian, pero no avanzó hacia Ashbree, como habría cabido esperar, ni fulminó a Rylen con la mirada por tenerla entre sus brazos.

El general, con su metro noventa y cuatro de altura, se dejó caer sobre las rodillas —las armas sueltas al instante— y se echó a llorar. Las lágrimas creaban surcos sobre su rostro teñido de suciedad y sangre ajena y propia.

En cuanto lo vio, Ashbree corrió y se abalanzó sobre él para abrazarlo. No sabía qué había pasado, y tampoco necesitaba saberlo. No le importó empaparse con la sangre que pintaba su cuerpo, ni que Ilian venciera por la fuerza de su embiste y que ambos cayeran al suelo. El latido desbocado del corazón de Ashbree solo se ralentizó cuando Ilian la envolvió entre sus brazos y la estrechó contra sí.

—Estoy bien, estoy bien. Ya estoy aquí —sollozaba Ashbree; era imposible saber quién lloraba más fuerte.

Ella había visto al rey llorar en varias ocasiones, era algo que encajaba en él. Pero ver al general romperse, a ese guerrero fiero, la extensión de la mismísima muerte, era aterrador.

Ilian se incorporó con un gruñido y Ashbree quedó a horcajadas sobre él, las piernas enroscadas alrededor de su cintura, incapaz de apartar el rostro de aquel pecho amplio y duro, sin dejar de llorar. Él la apretaba cada vez con más fuerza, pero a ella no le importaba, porque sabía lo que su ausencia le estaba haciendo a Ilian, y no quería que la sed de muerte lo arrastrara lejos de ella.

—Te quiero, Ash. Te quiero tanto... —susurró Ilian contra su pelo, sin dejar de acariciarla.

Ella se quedó perpleja unos segundos, pues no se había esperado una confesión tan directa, pero entonces se dio cuenta de que era fácil responder.

—Yo también te quiero.

Alzó el rostro para mirarlo y le limpió la sangre de la boca con el dorso de la mano antes de besarlo. Ambos se acoplaron al movimiento con pericia y desesperación a partes iguales, porque al verlo tan... así, Ashbree había evocado el terror que sintió al presenciar su muerte. Y supo a la perfección cómo se había sentido él cuando la vio materializarse a la espalda del rey para asumir aquella puñalada.

—No vuelvas a hacerme esto, por favor —masculló él contra su boca, aún llorando.

Ashbree negó rápidamente con la cabeza, manteniendo el contacto de sus labios.

—No lo haré. —Más besos sin dejar de acariciarla—. Te lo prometo.

Ambos se separaron e Ilian la sostuvo del rostro para limpiarle las lágrimas que mojaban sus mejillas, aunque ese gesto la tiñera aún más de sangre y suciedad.

—¿Cómo has...? ¿Qué ha pasado? —le preguntó Ilian.

El pecho de Ashbree se contrajo con la verdad que debía postergar, así que se limitó a besarlo en los labios una vez más y a levantarse. Después, extendió la mano hacia él para ayudarlo a incorporarse e Ilian se sirvió de su apoyo. Las placas metálicas chirriaron y él gruñó de dolor. Ashbree lo miró de arriba abajo y la bilis le trepó a la garganta, no por la crudeza de que ahora ella también estuviera embadurnada de aquellos fluidos, sino porque Ilian estaba para el arrastre y eso traía demasiados recuerdos.

—Te lo contaré cuando descansemos. Ahora mismo lo que importa es que estoy bien.

Él asintió y tiró de su brazo, las manos aún entrelazadas, para envolverla en un nuevo abrazo. Con todo el peso que había perdido, se sentía diminuta contra aquel cuerpo imponente. Ilian contuvo el aliento; Ashbree lo miró al rostro y se percató de que él observaba fijamente al rey, quien estaba recostado contra el escritorio, cruzado de brazos.

Ashbree se sintió incómoda de repente y se separó de Ilian, aunque él no la dejó marchar y pasó un brazo por encima de sus hombros para colocarla a su lado.

—No sé por qué te sorprende verme en *mi* despacho, cuando te has teletransportado precisamente al punto donde sentías *mis* sombras —le soltó Rylen.

Ella los miró de hito en hito, perpleja por la rudeza. Estuvo a punto de reñir al rey cuando sintió que Ilian le daba un apretón en el hombro. Deslizó la vista hacia su rostro y lo encontró serio, observándose como nunca habían hecho, ni siquiera cuando se picaban el uno al otro.

—Perdóname, Rylen.

La voz de Ilian tembló y Ashbree miró al rey para no perderse su reacción. Rylen tenía los ojos ligeramente entrecerrados y los labios apretados.

—¿Qué has hecho…?

—No por eso, idiota.

—Y encima me insulta… —rezongó Rylen con sarcasmo y diversión.

Ashbree se calmó al reconocer un atisbo de la relación habitual entre ambos, aunque aún tirante. Ilian esbozó una media sonrisa sutil y suspiró.

—Siento haberme comportado como un egoísta, y merecería que no me perdonaras.

Fue el turno de Rylen de inspirar hondo, algo oscuro brillando en sus ojos.

—No hay nada que perdonar, *capullo.*

Ilian chasqueó la lengua y su media sonrisa se hizo un poquito más auténtica. El general se separó de ella y recorrió el espacio que los separaba para envolver a Rylen en un abrazo que lo tensó lo indecible antes de que se relajara un instante después.

Ashbree se alegraba de que los varones supieran arreglar sus diferencias, porque no quería ni imaginar cómo sería estar rodeada de todo ese cabreo varonil.

—Te he echado de menos, hermano —susurró Rylen contra su oído, y algo dentro de Ashbree se comprimió. Cuando se separaron, se miraron durante unos segundos intensos en los que parecían estar compartiendo una conversación silenciosa—. ¿Tú estás bien?

Como si aquello sirviera de recordatorio, el general hizo una mueca y suspiró.

—Lo siento mucho... —masculló, los ojos cerrados con fuerza.

Ashbree se acercó a ellos y se apretó contra el cuerpo de Ilian, la congoja cerrándole un nudo en la garganta.

—¿Qué has hecho? —le repitió el rey con tacto.

Rylen y ella compartieron un vistazo fugaz, uno que reafirmaba que no podían contarle lo de Elwen todavía.

—La batalla fue... Dioses. —Ilian se pasó una mano por el rostro, embadurnándose más de suciedad—. Sucumbí, Rylen. Sucumbí por completo. Y... No queda nadie.

Las palabras golpearon a Ashbree con tanta fuerza que la dejaron sin aliento, el presentimiento de lo que estaba sucediendo ocupando toda su mente.

—¿Qué quieres decir? —se atrevió a preguntar Rylen, su voz más dura entonces—. ¿Nuestros soldados...?

—No —atajó el general con rapidez—. Hemos conquistado Felnor. Pero no pude... No quise reprimirme. No quedó ningún yithiano en pie.

Ahí estaba la confirmación de su temor instintivo. La mente de Ashbree se quedó en blanco, asimilando que una parte de su facción, de su gente, se había extinguido sin medida. A manos del varón al que amaba. Esa sangre contra la que ella estaba apretada era de sus congéneres, del pueblo que debía proteger. E Ilian...

Ashbree sintió que se asfixiaba y Rylen, tan atento a ella, le envolvió el rostro con las manos para que la mirara.

—Lo siento, dragona. Yo le dije a Ilian que hiciera lo que...

—No —lo interrumpió él—. La responsabilidad es mía. El peso de esas muertes recae sobre mis hombros.

La respiración de Ashbree se había agitado. Intentaba encontrar el enfado que le haría odiar al varón por el que daría la vida sin dudar, y no conseguía encontrarlo. Lo que Ilian había hecho... Solo los dioses sabían que aquello no tenía ningún perdón. Pero había salvado a su propio ejército. Había acabado con una batalla al instante, y su padre no habría dudado en masacrar a inocentes con tal de conquistar la fortaleza. ¿Por qué debía dudar ella?

«Porque es mi gente».

Apretó los ojos con fuerza y se obligó a respirar hondo. Ellos no eran los responsables; los elfos oscuros habían estado cinco siglos manteniendo las bajas en números mínimos. No era su culpa, no cuando su padre llevaba años abandonando las aldeas y pueblos fronterizos a su suerte, usándolos como peones que sacrificar. Si el general no hubiera puesto fin a la batalla en Felnor, Arcaron habría seguido subiendo al norte, masacrando sin dudar.

—Lo siento —musitó Ilian sobre su cabeza, sin atreverse a moverse.

Fue Ashbree la que lo envolvió entre sus brazos en aquella ocasión, la que apretó fuerte y negó con la cabeza. No le diría que no pasaba nada, que todo estaba bien porque no lo estaba. Pero lo superarían, podían superarlo.

Transcurridos unos segundos de silencio cómplice, Rylen se miró a sí mismo con una mueca de desagrado y se sacudió con un escalofrío.

—Necesito quitarme esta ropa, podéis usar el baño si queréis. No me hace mucha gracia que andéis por ahí con esas pintas.

Ashbree e Ilian intercambiaron un vistazo y, agarrados de la mano, siguieron al rey fuera del despacho. Dieron a una antecámara decorada con un par de plantas, una mesa coqueta y dos butaquitas, como era habitual en todas las dependencias que había visto. Desde ahí, entraron en el dormitorio del rey y Ashbree volvió a tensarse. Era un espacio demasiado íntimo y personal como para invadirlo, sobre todo teniendo en cuenta que Ilian iba dejando un rastro de sangre y muerte tras de sí. Aun así, la fémina se fijó en los detalles, en la decoración que primaba en tonos azules, en el modesto vestidor que había en el lado contrario, donde Rylen se escabulló, y en las vistas de los amplios ventanales, que daban al jardín entre palacios. Además de la majestuosa cama con dosel, Ashbree se quedó absorta con el techo, pintado con un sinfín de constelaciones que le dieron un poco de repelús después de saber que los dioses no estaban contentos con ella.

—Lo pintó su madre —le explicó Ilian al verla embobada con el fresco del techo, mientras la conducía hacia el baño—. Dicen que era una artista.

A Ashbree la embargó el deseo de haber conocido a Ires Valandur, de haber compartido a su hijo con su madre, soñando con figuras paternas que no reducían su vida a una mera existencia. Y luego recordó a Kara, tan común era verla con el dorso de la mano teñido con carboncillo, bosquejando lo que para ella era belleza. No podía pensar en su hermana, no cuando seguía sintiéndose tan culpable por haberla arrastrado a aquello, así que se centró en la siguiente estancia.

El aseo era un calco del suyo propio, con una bañera en la que hasta el general cabría, con patas retorcidas y grifería en negro. Además, había un lavabo doble y un retrete separado por un murete bajo.

Ilian cerró tras de sí y ambos se quedaron en silencio, sin saber bien qué hacer, por lo que Ashbree tomó la iniciativa.

—Deja que te ayude.

Tiró de Ilian con delicadeza, para colocarlo en el centro de la estancia, y él se dejó hacer. Ashbree empezó a desabrochar cada cinto y a desatar cada placa para ir desnudándolo. La armadura estaba para el arrastre, ni el mejor herrero conseguiría repararla, por lo que era toda una sorpresa que Ilian no se hubiera presentado hecho puré. Aun así, sus lesiones parecían preocupantes, aunque hasta que no lo viera sin todas las capas que lo protegían, no podría confirmarlo.

Poco a poco, la piel morena de Ilian quedó expuesta y empezó a analizarlo de la cabeza a los pies, localizando cada herida. El pecho no estaba tan teñido de rojo como la armadura, pero sí de plateado, además de estar embadurnado en sudor y en polvo. Tenía un corte muy feo en el hombro, como si hubieran hincado ahí una espada con la intención de seccionarle el brazo, y el estómago se le revolvió. Más abajo, el pectoral izquierdo estaba trazado con un corte diagonal. Ashbree no podía ni imaginar la fuerza empleada para atravesar todas las capas de armadura que Ilian había llevado.

Siguió deslizando la vista por aquel cuerpo poderoso, en cuyo costado había un moretón que le recorría la mitad de la caja torácica derecha. Ashbree apretó los dientes, pero cuando sus ojos descendieron aún más, se quedó lívida.

La piel de Ilian estaba mucho más teñida de negro que la última vez que lo había visto. Muchísimo. Mientras que antes el patrón voluptuoso le recorría los pectorales, hombros, brazos y espalda alta, ahora las marcas sinuosas seguían bajando y bajando, rodeaban su ombligo y se perdían más allá del pantalón. Los ojos de Ashbree, vidriosos por el llanto, conectaron con los de Ilian, y en ellos no reconoció ni una pizca de arrepentimiento. Ese era el general del ejército oscuro, el verdadero Efímero temido, por mucho que Rylen ostentara el título de Señor de Sombras. Porque aunque el Rey de los Elfos tuviera mayor poder sobre su don, era él, era Ilian quien despertaba terror entre las tropas. El que se había llevado la lacra de despiadado, aunque la historia lo achacara al rey.

Había tardado en darse cuenta de ese detalle, de que nunca habían estado hablando de Rylen Valandur en combate, sino de Ilian Aedil.

—Mis disculpas de antes fueron por hacerte daño, Ash. Siento muchísimo lo que mis decisiones suponen para ti, pero he hecho lo que tenía que hacer —murmuró, su voz más grave de lo habitual.

—¿Y te arrepientes?

Ilian inspiró hondo y cerró los ojos un instante.

—No.

—¿L-lo has disfrutado?

No pudo evitar sonar temerosa, aunque le dio igual. Él mismo le había dicho que no había nada de honorable en tener esas marcas sobre la piel.

Ilian se tomó unos segundos para meditar la respuesta, y Ashbree deseó que no fuera para buscar la mentira más piadosa.

—Sí. En el momento, sí.

Su corazón se comprimió y estuvo tentada de dar un paso atrás, pero Ilian la sostuvo del codo con gentileza.

—No me arrepiento de haber acabado con todas esas vidas, Ash, porque he salvado a mi gente y he evitado que yithianos y berserkers lo tengan fácil en su ascenso al norte. —Ella misma había llegado a esa conclusión segundos antes; no obstante, escucharlo de sus labios dolía más porque lo dotaba de una realidad demasiado cruda—. Sí que lamento esas pérdidas. Y sí, en el momento lo he disfrutado porque he sucumbido a la euforia de la destrucción y de la venganza, pero ahora... —Se miró a sí mismo y volvió a cerrar los ojos un instante—. No me gusta la decisión que he tomado, aunque crea que era lo necesario. Y viviré con ese recordatorio el resto de mi vida.

Ashbree se mordió el labio por dentro y asintió, sabiendo que no era el momento de enfrentarse a esa batalla, en el más estricto significado de la palabra.

—Desnúdate —le pidió mientras se acercaba al lavabo para extraer los útiles de baño de debajo.

Ilian la miró con la ceja del pendiente arqueada y le complació reconocer al varón que la había encandilado.

—No me mires así y métete en la bañera.

—Si insistes...

Ashbree se concedió el lujo de sonreír, un gesto genuino después de tanto sufrimiento, pero no se permitió pensar en el dolor. Llevaba demasiado tiempo arrastrando pesares, y aunque la muerte de Elwen para ella fuera reciente, necesitaba sumergirse en algo cotidiano durante unos minutos, en los que solo existieran ellos y el mundo no se estuviera desmoronando a su alrededor.

Ilian se sentó en la bañera vacía, desnudo, y Ashbree tuvo que tragar saliva al ver toda esa piel expuesta. Prefirió centrarse en las lesiones, en ubicarlas por debajo de tanta roña y en memorizarlas para curarlas después, antes que en el hecho de que aquel varón estuviese *desnudo.* E Ilian lo percibió, porque soltó una risita socarrona.

—Ni una palabra —atajó Ashbree.

—Echaba de menos tu genio.

Él la agarró de la mano y tiró de ella hasta que sus labios se encontraron en un beso fugaz. Ashbree se sorprendió con el regusto cálido que ese gesto tan natural le generó. Sonrió, un poco bobalicona, y él le acarició la mejilla.

—Y también tus sonrisas.

Ilian tenía los ojos fijos en su boca, y si no se separaba de él, iban a hacer algo muy poco inteligente, y con el rey al otro lado de la puerta.

Ashbree se apartó y llenó el cacito que había recogido con agua antes de echársela por la espalda.

—¡Joder, está helada! —se quejó Ilian, ante lo que Ashbree rio con ganas.

Él sonrió y ella se perdió un poquito en la belleza de aquel gesto.

—La sangre sale mejor con agua fría.

—¡Pero de la ropa!

Ashbree rio de nuevo y le echó otro cazo de agua fría sobre la espalda, ante el que él se estremeció, aunque no volvió a protestar.

59

La suciedad fue desprendiéndose del cuerpo de Ilian y quedaron a la vista más magulladuras, algunas de las cuales ya habían adquirido un feo tono violáceo.

—¿Por qué no estás sanando? —le preguntó Ashbree mientras le limpiaba el pelo con cariño.

Era más negro incluso de lo habitual, de tanta sangre roja que lo bañaba.

—Porque estoy exhausto.

—No deberías exprimirte tanto.

—Lo sé, pero necesitaba verte.

A Ashbree le conmovió el gesto y se inclinó para darle un beso en los labios. Cuando la mayor parte de la mugre hubo desaparecido, llenó la bañera con agua tibia para relajarle los músculos y vertió algunas de las sales del rey en el interior. Olían a naranja, y le gustó.

—Voy a curarte, ¿vale? —murmuró en un tono dulce, porque sabía cuál iba a ser la respuesta.

—No.

—Estoy bien, Ilian. Llevo veintidós días sin usar mi poder. Tengo más que de sobra para tratarte. —Él la miró con el ceño fruncido, jugando con el pendiente del labio—. Déjame hacer esto por ti, por favor.

Claudicó y asintió con la cabeza, recostándose más contra la bañera, los brazos apoyados en el borde. Sin perder un solo segundo para que no cambiara de opinión, Ashbree colocó las palmas sobre el agua y cerró los ojos, concentrándose.

«Las dos queremos hacer esto, ¿verdad, Inara? Por Ilian».

Su luz gorjeó dentro de su pecho, una sensación extraña a la par que divertida, y salió de su cuerpo despacio, hasta cubrir la piel del general allá donde estaba maltratada.

—¿Sabes que no necesitas hacer gestos para usar tu poder? Solo con pensarlo basta.

—No, no lo sabía, pero esta es la forma en la que sé hacerlo: usando las manos.

—Rylen te enseñará.

Ashbree se mordió el labio por dentro y asintió. No quería recordar el último entrenamiento con el rey, ese que la había desgastado lo justo como para que, por la noche, tan solo se viera capaz de dar un salto, sin tener capacidad de reacción ni fuerzas para protegerse a sí misma. Pero fue todo tan instintivo…

Dispuesta a apartar los pensamientos funestos aunque fuera durante una hora, se centró en sanar, algo que siempre la había reconfortado. Podía entender la necesidad que Ilian sentía por aniquilar a sus enemigos, porque a ella le sucedía algo parecido con la curación. Si algún ser querido sufría, en cuerpo o alma, siempre hacía lo posible por aliviar su dolor, y cuando se enfrentaba a algo físico, obtenía mayor gratificación aún.

Se concentró especialmente en que las cicatrices desaparecieran, porque suficiente tenía Ilian con las nuevas marcas sobre su cuerpo. Al terminar, se quedaron en silencio, Ashbree apoyada contra el borde de la bañera, sentada junto a ella. Un par de golpes resonaron en la puerta y al abrirse, la cabeza del rey asomó al interior. Miró primero a Ashbree, después a Ilian, y de nuevo a ella.

—Si necesitáis algo, avisadme. Estaré en mi despacho.

El general asintió una vez más, tan relajado que apenas podía formular palabra. Ashbree, no obstante, se mordió el labio y habló justo cuando él iba a desaparecer.

—Espera. Quédate.

Ilian la miró con incomprensión, pero ella observó al rey, que mostraba la misma perplejidad que el otro varón.

—Creo que tenemos que hablar —se explicó—. Los tres.

—¿Y tiene que ser mientras estoy desnudo en una bañera?

Rylen sonrió de medio lado, gesto que Ilian se perdió y que Ashbree le reprochó al rey con una mirada que le decía que mantuviera la bocaza cerrada. La media sonrisa se profundizó y entró en el baño.

—Hace mucho calor aquí —dijo nada más poner un pie dentro.

Y era cierto, porque el enorme espejo sobre el lavamanos estaba empañado.

—Pues mira que ha usado agua fría...

Ashbree le dio un manotazo juguetón e Ilian sonrió para ella.

—¿Os importa que me quite la camisa?

Los dos negaron con la cabeza y el rey se desnudó de cintura para arriba antes de doblar la prenda con pulcritud y dejarla sobre el lavabo. Después, se sentó al otro lado de la bañera, con los brazos apoyados sobre las rodillas flexionadas. Era tan íntimo que los tres estuvieran allí, con Ilian desnudo en la bañera y con el rey descamisado... Aunque no había mucha diferencia con cómo iba ella, que tan solo vestía el fino camisón de seda rosa empapado en sangre.

—¿Y bien? ¿De qué querías hablar? —le preguntó el rey.

Ashbree lo miró y luego a Ilian. Realmente *los dos* tenían que hablar con el general, aunque no sabía bien cómo abordar la conversación. Las mejillas le enrojecieron solo de pensar en verbalizar lo que había pasado entre ellos antes de Veturnaetur. Pero le debía a Ilian la verdad, suficiente tenía con ocultarle lo de Elwen.

—Ilian, yo... —Carraspeó—. En Veturnaetur, bueno... —Miró al rey, que se estaba divirtiendo con su incomodidad—. Nosotros... Uf. Rylen y yo...

Sus dedos juguetearon entre sí, nerviosos.

—Nos acostamos juntos —soltó el rey a bocajarro.

Ashbree abrió mucho los ojos y se quedó lívida, muerta de la vergüenza aunque supiera que no había nada malo en lo que habían hecho. Ilian los miró a uno y a otro, los labios tan apretados que parecía que el *piercing* se le fuera a romper.

—Tú y yo también —respondió él mirando a Ashbree—. Varias veces.

—Relájate, semental, que no es ninguna competición —comentó Rylen en tono jocoso, e Ilian entrecerró los ojos, como si estuviera aceptando un reto no verbalizado.

Ashbree, sin saber bien cómo tomarse aquello, se frotó la cara con frustración y bufó entre las manos.

—Eh, Ash. —Ilian la agarró de la muñeca y le apartó una mano—. Tranquila. Está bien. —Miró al rey de soslayo y luego a ella—. Rylen y yo ya lo hablamos en su día, y también hablé contigo, ¿verdad? —Ella asintió, un poco cohibida—. ¿Entonces? ¿Cuál es el problema?

—Que no quiero tener que elegir —murmuró con la boca pequeña.

Ashbree tuvo la sensación de que si enrojecía un poco más, las orejas empezarían a echarle humo. No se veía capaz de mirar a Rylen, quien de seguro tendría una sonrisa socarrona en los labios, así que se centró en los iris violetas de Ilian.

—No tienes por qué elegir, dragona.

Al oírlo hablar, no le quedó más remedio que mirarlo, y sí, ahí estaba ese gesto tan suyo.

—¿Y os parece bien?

—A mí sí —respondió el rey con convicción.

Ashbree deslizó la vista hacia Ilian, quien jugueteaba con el pendiente del labio.

—¿A ti no? —le preguntó ella con cierto temor.

—Me parece bien, Ash.

—¿Pero por coacción?

—Que no... —le aseguró con una risa entre dientes.

—¿Entonces? Veo tus reticencias.

—Es porque no sé cómo conseguiremos que funcione.

—Fácil —intervino Rylen, quien se inclinó hacia atrás y apoyó las palmas en el suelo—. Nos dejamos llevar y hacemos lo que nos dé la gana cuando nos dé la gana, pero sin secretos, sin tabúes y sin celos.

—Dicho así, suena sencillo —apuntó Ilian.

—Lo de la monogamia es un concepto relativamente moderno —comentó Rylen. Ashbree los observaba a uno y a otro sin creerse la conversación que estaban manteniendo—. Sin ir más lejos, mi abuelo era polígamo. Y tu padre también, Ilian.

—No me estás poniendo los mejores ejemplos —intervino el aludido.

—Tenemos sus errores para aprender —apuntó el rey.

—¿Estáis hablando en serio? ¿O es otro de vuestros jueguecitos?

Ambos miraron a Ashbree a la vez y se sintió pequeña.

—¿Es que tú no quieres? —quiso saber Rylen.

—Si no quieres, no pasa nada, Ash. Puedes decírnoslo y lo solucionaremos.

La luz de su interior se revolvió contrariada con la posibilidad de *no* tenerlos a ambos, y eso le transmitió más que cualquier palabra.

—¿Qué? N-no. No es eso, bueno, sí, pero es que... A ver, dices que hagamos lo que queramos cuando queramos. —Señaló a Rylen con una mano y este asintió—. Pero ¿qué pasa si los dos queréis lo mismo *a la vez*?

Ilian y Rylen se observaron, midiéndose. Entonces, los labios del rey se estiraron con una sonrisa perniciosa e Ilian puso los ojos en blanco y dejó caer la cabeza contra el borde de la bañera.

—¿Acaso temes no poder manejarnos a ambos al mismo tiempo, dragona?

—Definitivamente, no con ese cuerpo escuchimizado —apuntó Ilian.

—Ya, habrá que ponerle remedio.

—¡Eh! Que estáis hablando de mí. Si queréis que esto funcione, empezad no hablando de mi cuerpo.

—¿A ti te gusta estar así de delgada? —le preguntó Ilian con preocupación.

—No, pero es *mi* cuerpo. Yo decido sobre él.

—¿Sabes que habrá otras ocasiones en las que tu cuerpo sea *nuestro*? —ronroneó una voz contra su cuello. Rylen se había movido con tanta rapidez, haciendo uso de su velocidad inmortal, que ni siquiera lo había notado—. ¿Que nosotros decidiremos sobre él?

Ashbree no se veía capaz de apartar los ojos de Ilian, quien observaba cómo Rylen le apartaba el pelo del hombro y pasaba un dedo por el fino tirante del camisón, sin querer perderse ni un detalle.

Un estremecimiento la atravesó en respuesta y, aun sentada en el suelo, tuvo que apretar los muslos entre sí.

—¿Sabes? —intervino Ilian—. Tendríamos que limpiarte toda esa roña.

—¡¿Q-qué?!

La voz le salió estrangulada de puro nervio y se incorporó para quedar de rodillas. Con el cambio de movimiento brusco, Rylen no previó alejarse y Ashbree le golpeó en la barbilla con el hombro. Él aulló de dolor, fingiendo más de la cuenta e intentando no reírse, y luego Ilian se unió a las risas.

—Os veo muy cómodos con la idea de liaros entre vosotros.

Ashbree se cruzó de brazos, enfurruñada por que ambos se hubieran aliado para meterse con ella, y Rylen le regaló un beso en el hombro expuesto.

—Es que entre nosotros ya hubo algo, dragona.

Otro beso en el hombro.

—¿Estuvisteis juntos?

Ashbree miró a Ilian, quien volvía a estar atento al recorrido de los labios de Rylen sobre su piel. Y tuvo la sensación de que los ojos de ambos varones hicieron contacto porque, raudo, Ilian devolvió la atención a ella.

—Una vez —murmuró el rey.

—¿Y qué…?

La vergüenza la estaba asfixiando. Ella nunca había sido una puritana, sabía lo que le gustaba y cómo le gustaba, y nunca había tenido problema en hablarlo con Arathor. Pero con ellos dos era diferente, todo lo sentía mucho más grande, más ansiado y necesitado.

—Espero que no quieras preguntar quién hizo qué, dragona, porque eso sería muy descortés.

Los labios de Rylen subieron hasta la base de su cuello, y Ashbree empezó a odiar que al rey le gustase tanto besar, porque estaba haciendo que su cuerpo entrara en combustión y no tenía la cabeza donde debía.

O sí.

—No, idiota —espetó. Ilian se rio de su respuesta y las mariposas de su estómago volvieron a despertar. Para su desgracia, se fijó en cómo las gotitas de agua serpenteaban sobre aquel cuerpo trabajado, cómo su pelo goteaba sobre sus hombros y cómo sus labios se estiraban con la malicia que a ella le gustaba—. Quería saber si funcionó.

—Pregúntaselo a él. —Rylen le retiró el pelo sobre el otro hombro y le besó la nuca. Ashbree tuvo que contener un suspiro—. Nunca quiso hablar del tema.

—Eso no es cierto. Nunca preguntaste.

—Porque te tensabas cada vez que nos quedábamos a solas. Entendí las señales.

Ilian bufó y Rylen cesó el camino de besos para mirar al general con renovado interés. Ashbree tuvo la sensación de que Ilian se cohibía, sobre todo porque no pudo sostenerle la mirada al rey y la desvió hacia ella.

—Estuvo bien —respondió encogiéndose de un hombro.

Algo en su estómago se contrajo y ni por mucho que apretara los muslos conseguiría calmar el picor entre sus piernas.

—Serás capullo… —masculló Rylen riendo entre dientes y con los labios sobre su piel—. Volviendo a lo que *realmente* nos importa —el general rio por la nariz—, estoy de acuerdo con Ilian. Deberíamos limpiarte. A fondo.

La lengua de Rylen descendió de su nuca por la columna, todo lo que el camisón le permitía. Ashbree cerró los ojos de puro placer y, cuando los abrió, Ilian estaba de rodillas en la bañera, el agua tan baja que casi la totalidad de sus oblicuos quedaba al descubierto. Oblicuos que ahora también tenía tatuados con esas espirales negras.

No, no podía pensar en eso. Se merecía una tregua.

Ashbree paseó la vista por su cuerpo, nerviosa y relajada al mismo tiempo. Se fijó en las espirales intrincadas de su torso, en el metal que adornaba el pezón derecho y más abajo, en su abdomen duro.

—Si no te quitas esa suciedad de encima —susurró el rey contra su piel—, me voy.

—N-no.

Esperaba que entendieran que no quería que él se fuera.

—¿No? —preguntó Ilian. Ambos varones compartieron un vistazo y luego él devolvió su atención a Ashbree, lo que le sugirió que la habían entendido—. No va a pasar nada que no quieras que pase, Ash. Aunque crea que a los tres nos vendría bien una distracción, no hay prisa. —Ilian se inclinó sobre la bañera, las manos en el borde redondeado—. Pero estás *muy* sucia.

Sin dejar de mirarla, y ya con la bañera vacía, abrió los grifos para que se llenara de agua limpia. Ilian se puso de pie sin pudor, mientras un dedo de Rylen jugaba perezoso con el tirante, sentado detrás de ella, pecho contra espalda. Aunque no pudo pensar en nada más cuando la más que evidente erección de Ilian, adornada por el *piercing* en la punta, apareció frente a ella y salió de la bañera.

La garganta se le secó y la visión se le empañó por la lujuria.

—Levanta —le ordenó Ilian con esa voz grave que le provocó otro escalofrío.

Ella obedeció, con piernas temblorosas, pero Rylen no permitió que le fallaran y la afianzó de las caderas con un apretón sensual, acompañándola en sus movimientos. La boca del rey volvió a encontrar su lugar en el hueco entre cuello y hombro, y ella se dejó hacer.

—Voy a quitarte el camisón, ¿te parece bien?

Ashbree asintió, excitada por que Ilian buscara su consentimiento, y alzó los brazos para él. La seda resbaló sobre su cuerpo y, al quedar expuesta para ellos, con solo unas bragas para cubrirla, no se cohibió. Ni siquiera con el escrutinio del general, cuya erección palpitó satisfecha. Tampoco con la sensación de que el rey se inclinaba hacia ella para mirarla por encima del hombro antes de resoplar contra su cuello.

Los ojos de Ashbree se encontraron con unos violetas y él acortó la distancia que los separaba hasta que sus cuerpos quedaron tan cerca que la erección de Ilian reposó contra su abdomen. Las manos del general acariciaron los laterales de sus muslos hasta encontrar la tela de su ropa interior. Los labios del rey seguían recorriéndole los hombros, el cuello, el punto tras la oreja, mientras Ilian enroscaba los dedos en sus bragas y, despacio, las bajaba por sus piernas, acompañando el movimiento con su propio cuerpo.

Cuando estuvo de rodillas frente a ella, Ashbree sacó un pie, luego el otro, e Ilian le acarició los muslos con cariño mientras las manos del soberano subían de su cadera hacia su cintura. Aquella combinación de cuatro manos en movimiento la encendió e hizo que recostara la cabeza hacia atrás. Sobre el hombro de Rylen.

El rey aprovechó la ocasión y le regaló más besos en el cuello expuesto, su lengua salió a jugar con su piel sensible al tiempo que Ilian acercaba el rostro a su ingle y le regalaba un beso húmedo.

La respiración de Ashbree se aceleró por completo. Estaba ardiendo, las caderas le pedían moverse para conseguir más contacto, pero Ilian tenía razón. No quería correr. No quería forzarse a hacer nada, no cuando sentía sus propios huesos débiles. Así que no protestó cuando el general se reincorporó y le tendió la mano para ayudarla a entrar en la bañera.

El calor del agua la abrazó y apretó sus músculos a medida que se iba agachando, despacio, atenta a cómo aquellos dos varones se deleitaban con las vistas. Y Ashbree descubrió que le gustaba tenerlos a su merced. Se sentía poderosa, y su luz burbujeó en su estómago como confirmación antes de escapar de su cuerpo para acariciarlos. Ilian cerró los ojos, complacido con el contacto, mientras que Rylen suspiró.

Había toda una promesa de conquistas cuando las miradas del rey y de la fémina se encontraron, y Ashbree tuvo dudas de quién iba a conquistar a quién.

Ilian le echó agua en el pelo y Rylen empapó una esponja para pasarla sobre su piel. Ella se dejó hacer, respirando de forma audible mientras las manos de ambos paseaban sobre su cuerpo, con movimientos lentos y nada lujuriosos, pero que estaban despertando un incendio entre sus piernas. Había más sensualidad en aquellas caricias que si estuvieran besándose apasionadamente sobre la cama.

El rey le levantó un pie y pasó la esponja por su pierna, todo el camino hasta su ingle. Le regaló una sonrisa provocativa y regresó al punto de partida. Las manos de Ilian bajaron de su cabello empapado hasta sus hombros, por sus brazos y más abajo, hasta sumergir sus propios brazos y llegar a sus caderas. El rostro de Ilian quedó junto a su oreja y le regaló un mordisco antes de susurrarle:

—¿Te gustan las atenciones que Rylen y yo te regalamos? —El aludido la miró al escuchar su nombre y Ashbree se apretó contra la bañera, deseosa de contonear las caderas—. Responde, cariño.

La besó bajo el lóbulo y luego lamió ese punto ardiente.

—S-sí...

Ashbree sonó tan extasiada que las mejillas le ardieron por la vergüenza, aunque aquello no tuviera nada de malo.

—¿Y quieres más, dragona?

Miró al rey, obnubilada por el placer. Fue entonces cuando se dio cuenta de que su luz no había dejado de acariciarlos, porque la mirada de Rylen estaba empañada por el deseo aunque las manos de la fémina estuvieran quietas. Estiró el cuello hacia atrás, buscando el rostro de Ilian, y en él encontró el mismo deleite. Ninguno se sentía desplazado. Ninguno se sentía incómodo. Aquello estaba bien, estaba funcionando.

—Quiero más...

Ashbree se inclinó, reclamando la boca de Ilian, y él obedeció. El pendiente de la lengua la arrasó y no pudo reprimir el jadeo que escapó de entre sus labios. Las manos de Rylen subieron por sus piernas, abandonada la esponja, acariciando sus pantorrillas, sus muslos, mientras Ilian la besaba con pasión, una mano en su cuello y la otra dentro del agua, en su cintura. Era como si las personalidades del rey y el general se hubieran intercambiado: Ilian la conquistaba con los labios y Rylen con las manos.

—Abre las piernas, dragona.

Ashbree obedeció y colocó una pierna sobre el frío borde de la bañera, concediéndole pleno acceso a donde él quisiera. Mientras, Ilian la besaba cada vez con más intensidad, la respiración de ambos acelerada hasta el extremo al tiempo que la luz de Ashbree los acariciaba. Ilian movió la mano bajo el agua hasta rozarle con delicadeza un pecho y ella se estremeció. Se sentía al borde del éxtasis, maravillada por lo que unas caricias sutiles podían hacer, y cuando los dedos de Rylen llegaron hasta el punto entre sus piernas, Ashbree gimió contra la boca de Ilian.

Él agradeció aquel sonido con uno propio, grave y salido de la profundidad de su garganta. Los dedos de Ilian juguetearon con su pezón casi al mismo ritmo que Rylen trazaba círculos sobre su clítoris. Se estaba deshaciendo, Ashbree sentía que se deshacía. El agua burbujeó con violencia y ambos varones sisearon al mismo tiempo.

Ella quiso separarse de los labios de Ilian, que seguían reclamándola con voracidad, porque sabía que los había quemado. Pero Rylen la empujó del abdomen con la otra mano, para que se mantuviera en el sitio, sin permitirle escapar del placer que ambos estaban regalándole. Y aquella posesión, la consciencia de aquella dominancia sobre su cuerpo, tal y como Rylen había asegurado instantes antes, fue lo que hizo que se deshiciera en un orgasmo, lento y arrasador, que Ilian se tragó por completo.

Cuando la respiración de Ashbree se calmó, Ilian la besó una vez más, un piquito rápido, y se separó para mirarla a los ojos.

—¿Estás bien?

Ella asintió y deslizó la vista hasta el rey.

—¿Y vosotros?

—De maravilla, dragona.

Giró el cuello para buscar a Ilian.

—Todo bien, Ash.

—¿No ha sido incómodo? —La vergüenza tiñó sus mejillas una vez más, pero ambos negaron con la cabeza y se quedó más tranquila—. ¿Y a vosotros... os ha gustado?

Rylen e Ilian compartieron un vistazo, el primero con una sonrisilla en los labios.

—¿Tú qué crees, cariño?

Ilian lanzó una miradita hacia abajo, hacia su entrepierna, y Ashbree pudo admirar la erección en todo su esplendor. Rauda, se giró para mirar a Rylen, porque no quería que él se sintiera desplazado, y siendo que llevaba unos pantalones oscuros y que sus piernas habían estado fuera de su vista todo el tiempo, no estaba segura.

Rylen rio ante la mirada aterrada que Ashbree le lanzó y sacudió la cabeza con diversión.

—Sí, me he puesto cachondo, dragona. ¿Es lo que querías oír?

Ashbree enrojeció más y le salpicó con el agua, luchando contra su propia sonrisa.

—Y ahora que todos estamos contentos —Ilian tiró del tapón de la bañera—, báñate de verdad, que el agua da asco.

Ashbree se fijó y sonrió, porque tenía razón. Al no haberse limpiado antes de bañarse, todo se había acumulado ahí. Algo nada higiénico para lo que acababan de hacer. Rauda, se levantó y esperó de pie a que el agua bajara de nivel, abrazada a sí misma. Ambos se quedaron absortos con su cuerpo empapado y Ashbree sintió calor de nuevo.

—Mejor me voy a cualquier otra habitación —masculló Rylen, la voz arrastrada por el deseo.

Ashbree sonrió aún más, complacida. Ilian bufó a su lado y se inclinó sobre ella para regalarle un mordisquito en el hombro expuesto. Cuando se separó, agarró al vuelo la toalla que Rylen le lanzó y empezó a envolverse las caderas en ella; el rey había desaparecido en sombras.

—¿A dónde crees que ha ido?

—¿De verdad quieres que te diga que ha ido a pajearse?

Ashbree lo empujó del hombro y él sonrió de medio lado.

—¿Por qué tenéis que ser tan brutos?

—Porque sabemos que te gusta. —Se inclinó sobre ella y la besó en los labios—. Y ahora límpiate. Nos vemos en un rato.

Ilian se dio la vuelta y se marchó, concediéndole una intimidad que, después de lo gratamente expuesta que se había sentido, necesitaba.

60

Cuando salió del baño, Ashbree se encontró sola en los aposentos del rey. Arrebujada en la bata de Rylen, le tentaba pasearse por allí para entender todos los misterios que ocultaba aquel varón. Después de lo que habían vivido los tres juntos, se descubría queriendo conocerlos más a ambos. Pero la realidad era que la burbuja había estallado y que al cruzar la puerta del baño, la calma quedaba atrás.

Con el corazón en un puño, Ashbree salió de las dependencias del monarca y buscó el modo de llegar a sus propios aposentos. Nunca había estado allí, aunque por la disposición del pasillo y las vistas de los amplios ventanales, le dio la impresión de que se hallaba en la misma ala que sus dependencias, solo que un par de plantas más arriba.

A aquellas horas de la noche, no se encontró con nadie. Los trabajadores hacía rato que se habían ido a dormir, y la seguridad en el ala residencial era más bien escasa. Por un segundo, Ashbree se planteó si el rey no tendría que cambiar aquello, después de que un miembro de su propio consejo hubiera atentado contra su vida.

Al llegar a sus aposentos, lo primero que hizo fue acercarse al armario, con el corazón encogido en un puño. Rylen había mencionado por encima que Tharin había usado unos grilletes de nácar endurecido contra él, y ahora que sabía que había sido el varón tras el narcotráfico... Temblorosa, sacó el macuto que Elwen le cedió tantas semanas atrás, al salir del campamento militar. Ahí, donde había guardado los grilletes con los que apresaron a Ilian en Milindur, no había nada. Recordó la extraña sensación de invasión unos días atrás, tras regresar de Rimbalan y antes de descubrir el ataque al centro de desintoxicación, y el peso de la realidad cayó sobre sus hombros.

Aunque su lógica le dijera que Tharin podría haber conseguido esos grilletes de manos de los yithianos, esa desaparición gritaba demasiado alto como para ignorarla. Sin siquiera pretenderlo, había sido cómplice del horror vivido en Veturnaetur. De que todos hubieran perdido tanto. Incapaz de contener las lágrimas, Ashbree se echó a llorar.

Abrazada a sí misma, recorrió el espacio hasta el balcón de su dormitorio, necesitada de la caricia fresca del otoño lykense. Las lágrimas rodaban por sus mejillas sin cesar, su garganta rompiéndose en sollozos esporádicos, porque no quería dejarse arrastrar del todo. Estaba cansada de llorar, cansada de perder, de combatir contra la vida a brazo partido.

Alzó la vista al firmamento estrellado, espolvoreado con algunas nubes oscuras, y encontró a Dalel brillando para ella. Era la primera vez que aquel dios acudía en su guía, y lejos de encontrar alivio, aquello la destrozó más todavía.

Elwen había tenido conexión directa con aquel dios, era una fiel seguidora, y había muerto.

Cyndra también había tenido conexión directa con Dalel, no le cabía duda de que su amiga había sido una *norna*, y su sino había sido el mismo.

Se preguntó si aquellos cuyas vidas estaban consagradas al dios del destino estarían predestinados a desaparecer antes de tiempo. Porque así lo sentía ella. Aunque Elwen tuviera más de trescientos años, apenas habían podido saborear unos instantes juntas. Y a pesar de que se conocieran desde hacía poco, lo que había hecho por ella...

Ashbree se abrazó con más fuerza y ahogó un jadeo.

Porque Cyndra ni siquiera había tenido la oportunidad de llegar al medio siglo. Se había ido siendo tan joven... Y también por ella, por luchar por unos ideales que llevaba por bandera y por intentar convertirla en la Hija de la Luz.

Con furia desmedida, Ashbree volvió a alzar la vista al cielo y ya no vio nada. Ninguna constelación brilló en exceso para ella.

«Bien», pensó, el calor del odio prendiendo por dentro.

La rabia que sentía Ashbree por que los dioses no le hubieran ofrecido una vida más sencilla, por arrebatarle todo lo bueno que llegaba a ella, no tenía parangón. Y lo peor de aquello era que no podía culparles solo a ellos.

Tenía muy claro el rostro del varón que merecía ser objeto de su ira.

Su padre le había hecho la vida imposible durante los últimos diez años, y no solo a ella, se dio cuenta, sino a toda una nación. Pagaría por ello. Arcaron Aldair pagaría por ello, porque Ashbree siempre había luchado por lo que era justo y no flaquearía ahora.

Fue entonces, con esa promesa lanzada al aire, cuando unos brazos fuertes la envolvieron por la espalda. No le hizo falta mirarlos y descubrir las marcas negras sobre la piel remangada para saber que era Ilian. El Efímero apoyó la barbilla sobre la cabeza de Ashbree y se quedaron en silencio, contemplando la Glósvalar que dormitaba.

—Siento mucho lo de Elwen... —murmuró sin girarse a mirarlo, porque no podía.

En Kridia, le había prometido que no lloraría más, y no lo estaba cumpliendo.

Ilian la estrechó con fuerza y le acarició las manos, sin necesidad de que respondiera. Era evidente que, a pesar de los veintidós días que habían pasado desde la tragedia, el dolor era demasiado reciente. Porque ese era uno de los inconvenientes de la inmortalidad: que el concepto del tiempo se alteraba y lo que había sucedido hacía años podía pesarte con la misma fuerza que el primer día.

—Quería... —Ilian tragó saliva para aclararse la garganta—. Quería que habláramos con calma, pero imagino que ahora es un buen momento.

Ashbree se separó para mirarlo al rostro.

—¿A qué te refieres?

—¿Recuerdas que antes de Veturnaetur me marché en una misión de reconocimiento? —Ella asintió—. Estuve en Kridia. —Ashbree se quedó de piedra, pero él continuó hablando—. Cuando fuimos a buscar a Cyndra, en el muelle, tuve la sensación de que había una fémina en aquel barco que se parecía demasiado a ella, solo que no terminaba de encajar del todo. Estaba mucho más delgada que la última vez que la vi, *demasiado*, y sus cabellos eran rubios.

—Cyndra tien... tenía el pelo blanco.

Odió tener que corregirse y nuevas lágrimas rodaron por sus mejillas, aunque Ilian se las limpió.

—Lo sé, por eso no te dije nada, porque no quería alimentar tus esperanzas sin tener una confirmación. Pero no me quitaba de la cabeza que sí que podía ser ella.

Ilian le acariciaba las mejillas sin cesar, como si necesitase contacto para seguir hablando. Ashbree, por su parte, no quería recordar los horrores. Quería empezar a sanar.

—Mi hermana nos dijo que mi padre...

—Escúchame, Ash. —Sus ojos se encontraron y en los de Ilian relucía la determinación más pura—. Volví a Kridia porque quería buscar la ratificación de la ejecución, los documentos que certificaran su muerte. —Con un sollozo atragantado, Ashbree intentó apartarse de él, pero no se lo permitió y supo que su piel estaba chisporroteando por cómo el rostro de Ilian cambió. Le estaba haciendo daño, y no le importaba, porque él también se lo estaba haciendo a ella al obligarla a revivirlo—. Ashbree, Cyndra está viva.

La luz se calmó al instante, como si ni siquiera existiera.

—¿Qué has dicho?

—Volví a Kridia y me pasé dos días buscando esos documentos, pero no había forma de acceder al edificio de justicia de forma segura. Y te prometí que no me metería en problemas. Entonces caí en que quizá tu hermana sí supiera cómo entrar, que podría ayudarme a conseguir esa información, y fui a verla.

Ashbree parpadeó varias veces seguidas, atónita, incapaz de replicar. Su mente se había quedado anclada en ese «Cyndra está viva».

—Kara me dijo que tu padre condenó a Cyndra a muerte, pero que revocó la sentencia y la cambió por la del exilio.

—Eso no…

—Cyndra está en Korkof, Ash. El barco que vimos partía hacia el norte del continente. Y Cyndra sí que iba a bordo en él.

—¿Está…?

—Está viva, cariño.

El mundo se sacudió a su alrededor, aunque durante unos segundos ella se mantuvo de piedra. Y entonces no pudo más. Las piernas no la sostuvieron, la visión se le escoró cuando se precipitó hacia el suelo, pero Ilian la sostuvo y la cogió en brazos para llevarla a la cama. Había empezado a llorar desconsoladamente, esta vez de alivio.

Cyndra estaba viva.

Cyndra, *su* Cyndra.

61

Habían tardado once días en cruzar Korkof hasta llegar a Oddin. Once en lugar de los quince habituales. ¿Los motivos? Intentar esquivar una tormenta que los acechaba y que el *jarl* tenía un mal presentimiento.

No era de extrañar. Kara por fin había entendido la magnitud de que aquellos vaettir se rigieran por la fuerza. Si el *jarl* estaba demasiado tiempo ausente y aparecía alguien dispuesto a ocupar su lugar, el Invicto no podría luchar por su título.

Por eso entraron en Oddin como si lo hicieran en territorio enemigo.

La capital seguía la misma estructura que los pueblos y aldeas en los que habían parado por el camino para abastecerse. Las casas eran chatas, de madera, paja y pieles para protegerse del frío. No había edificios de varias plantas, como sí ocurría en Yithia, ni construcciones elaboradas en las que venerar a los dioses. Era más parecido a un asentamiento nómada, aunque Kara supiera que no se irían a ninguna parte.

Avanzaron por la vía principal atrayendo todas las miradas. Halldan iba a la cabecera, seguido por Agda y Jonna, y para su sorpresa, a ella la habían colocado justo detrás de él, entre ambas valquirias. A Kara la abrumaba esa disposición, porque hacía que su compromiso se volviera más real todavía.

Antes de entrar en Oddin, dos mujeres del séquito del *jarl* se habían esmerado con ella para dotarla de un aspecto fiero. Le habían pedido que no sonriera, hablara con nadie ni mostrara amabilidad, que ya habría tiempo para eso. Esa entrada tenía que decir más de lo que ella había pensado en un primer momento. Así que se dejó hacer cuando le cardaron la sedosa melena, se la llenaron de trencitas y las adornaron con abalorios. Cambiaron sus ropajes por unos más refinados, sus botas por otras toscas y recargadas. Y, en aquella ocasión sí, le colgaron pieles de los hombros, a modo de capa. Igual que a Halldan.

Le habían maquillado el rostro con distintas franjas negras emborronadas y le habían endosado unos collares de hueso que pesaban una barbaridad. Sin embargo, con lo que más incómoda estaba no era con sentirse una impostora, no, sino con la ausencia de parche.

Halldan le había pedido que hiciera eso por él, que no ocultara sus desgracias y las luciera con orgullo. Por lo general, la prótesis del *jarl* estaba complementada con un remache que le servía para vestir calzado. Pero ya no. El metal relucía por debajo de la pernera del pantalón, un saliente grueso sobre el que hacía equilibrio y que no lo avergonzaba.

Así que Kara hizo de tripas corazón y participó en el desfile mostrando aquel ojo lechoso que le había quedado después de la lesión. Se esforzó en no mirar a nadie más de la cuenta, en demostrar altivez, pero después de tantas jornadas de viaje, y de aquella cabalgada por la ciudad que ya duraba más de una hora, su postura empezó a flaquear y dejó de tener que fingir hastío. Lo único que la consolaba a aquellas alturas era saber que Seredil, como esclava, no tenía permitido participar en la comitiva y que, con un poco de suerte, estaría descansando.

Al fondo de la vía principal había una construcción mucho más grande que las demás, aunque su altura no difería demasiado del resto. Era circular, con varias ventanas y un sistema de ventilación en el tejado por el que escapaba una fuerte columna de humo.

Halldan detuvo su caballo a la entrada y bajó sin esfuerzo. Jonna y Agda lo siguieron, y percibió que el resto de las valquirias a su espalda hacían lo mismo. Kara supuso que ella también tenía que desmontar, pero los últimos días siempre había necesitado ayuda, puesto que los dolores de pierna se estaban volviendo insoportables.

Aun así, apretó los dientes, levantó una pierna por encima de la grupa y se dejó caer con un salto grácil. Tuvo que hacer un esfuerzo atroz por contener la mueca de dolor que le nació en el rostro y mantener la espalda erguida. Su mirada se encontró con la de Halldan y vio un destello de orgullo en ella, aunque de poco servía para aliviar su sufrimiento.

Agda y Jonna flanquearon a Kara mientras se colocaba a la espalda del *jarl*. A su alrededor, se había congregado una multitud de curiosos que cuchicheaban sobre su llegada. A pesar de que su nivel de bersker en esos días había mejorado de forma considerable —gracias a las lecciones de la institutriz que Halldan había contratado para ella—, no era suficiente para entender qué decían. Pero a veces no era necesario comprender una lengua para saber qué se estaba diciendo, porque no le quedaba duda alguna de que muchos de los bisbiseos llevaban su nombre.

Sin embargo, percibió que había algo más. Que muchos ojos se quedaban fijos en Halldan, que Agda y Jonna estaban demasiado cerca de ella, más incluso que en los entrenamientos sobre cubierta. Que todas las valquirias tenían las armas desenvainadas.

Kara miró por encima del hombro, hacia la comitiva a su espalda, y descubrió que los guardias imperiales que los habían acompañado, con sus armaduras de bronce deslucidas por el viaje, también estaban atentos, con las manos próximas a las empuñaduras de sus espadas.

Cuando desvió la vista al frente, bajo las enormes puertas de aquella construcción principal había otro berserker, ataviado con lujosos ropajes de colores ricos y una corona de huesos retorcidos sobre sus largos cabellos negros. Sus rasgos toscos quedaban asalvajados por la enorme cicatriz que le cruzaba desde la ceja hasta la barbilla, rozando los labios al descubierto por no tener barba.

Su sonrisa era espeluznante, y tras él había cuatro valquirias cuyos ojos estaban fijos no en Halldan, su *jarl*, sino en Jonna y Agda. Kara se dio cuenta de que las valquirias tras ella no mostraban la amenaza propia de la defensa del líder, sino de la batalla campal.

Por primera vez en su vida, sintió un miedo real y visceral, pero apenas si tuvo tiempo de procesarlo, puesto que el hombre a las puertas del edificio habló y atrajo su atención.

—¡Dichosos los ojos, Halldan Ruud! —dijo con pompa y gala.

Halldan miró por encima del hombro, hacia sus valquirias custodias. Eran las únicas que seguían fielmente al *jarl* allá donde fuera, sus mujeres de confianza, pero ¿cuánta lealtad más encontraría si la situación se torcía?

—Gracias por honrarnos con tu presencia —continuó, aunque no estaba segura de que hubiese dicho eso—. Pero llegas una semana tarde, *Invicto*.

Kara tuvo que luchar contra su propio cuerpo para no echarse a temblar por el modo en el que pronunció su título. No le quedaba ninguna duda de que los temores de su prometido se habían cumplido. ¿Cómo no se había enterado del cambio en el poder?

Miró a Halldan, cuyo gesto inexpresivo inspiraba pavor. No había nada en él, ni rabia, ni odio. Un vacío absoluto.

—Más vale tarde que nunca, Eimmark.

Kara deseó no haber entendido esas palabras, porque sabía lo que significaban.

—¿Estás seguro, Ruud?

—Tan seguro como que si tu hermano no pudo conmigo, enfrentarme a ti será un paseo.

Halldan se llevó una mano al cuello y desabrochó la capa de pieles. Y entonces sonrió. Kara jamás había visto un gesto más terrorífico que aquel: una promesa de muerte segura. Sus ojos, que tanto le gustaban a Kara, se tornaron fríos e inexpresivos. Aquel era el verdadero *jarl* de Korkof.

La gente empezó a apartarse, temerosa de verse envuelta en la trifulca, cuando Halldan buscó a Kara mirando por encima del hombro. No sabía qué pretendía decirle con aquella mirada, pero esperaba que fuera que lo tenía dominado. Los ojos del *jarl* se deslizaron hacia sus dos valquirias, quienes asintieron con convicción. Acto seguido, agarraron a Kara de los brazos y la arrastraron.

—¿Qué? ¡¿Qué hacéis?! ¡No! ¡Soltadme!

Si Halldan iba a dejarse la vida por reclamar lo que le pertenecía, lo que se había ganado, ella debía estar ahí para apoyarlo. Se revolvió con fuerza mientras la alejaban a rastras por la vía que los había conducido ahí. Entonces escuchó el silbido del metal cortando el aire y se volvió loca.

El temor se le enquistó entre las costillas, bombeando la sangre por todo su cuerpo. Kara se agitó, desquiciada por que la separaran de él; Jonna y Agda empezaban a tener problemas para arrastrarla. Y entonces Kara aprovechó para girarse y morder la mano de Jonna con violencia, hasta que notó el sabor de la sangre en su boca. La valquiria aguantó todo lo que pudo, pero terminó soltándola de un brazo. Agda la había apresado con más fuerza, aunque antes de que Jonna recuperara el agarre, Kara sacó la daga que le habían dado para protegerse y no vaciló en tratar de cortar a Agda, solo que esta la soltó justo a tiempo, evitando que la hoja le alcanzara la piel.

Ambas mujeres la miraban con estupefacción, y cuando Kara intentó echar a correr, sintió tal calambrazo en la pierna que la lanzó al suelo directamente. Se revolvió sobre la nieve embarrada, las palmas y rodillas palpitando de dolor, cuando las valquirias volvieron a agarrarla. Pataleó desquiciada mientras los sonidos del combate crecían y crecían.

—¡Soltadme! ¡Dejadme! —gritaba sin cesar.

Agda la había levantado en volandas, asiéndola por la cintura con un único brazo. Fue a clavar el filo en la carne expuesta cuando la valquiria le habló al oído en un bersker nítido:

—Si el *jarl* pierde y Eimmark te encuentra, te hará daño.

—¡No me importa! ¡Suéltame!

No quiso pensar en lo que esa desesperación profunda significaba, ni en por qué lo que acababa de decirles era tan cierto como que el césped era verde.

—¡Te pegará! —espetó Jonna, apretándose el punto donde Kara la había mordido.

—¡Me da igual!

—Te violará, Kara —añadió Agda con paciencia, sin dejar que sus pies encontraran el suelo.

Kara se relajó un poco, luchando contra el llanto. Porque no la verían llorar de frustración.

—Me da igual —aseveró con convicción.

Y era cierto, le daba igual lo que pudieran hacerle. Lo único que le importaba era ver qué estaba sucediendo, apoyar a su futuro marido como él había hecho con ella todas esas semanas. Halldan era su pilar, y ya no se imaginaba una vida en la que el *jarl* no estuviera a su lado. Sacrificaría su propia integridad si con eso conseguía evitar que él muriera. Y si moría y su propio destino terminaba siendo la muerte, que así fuera.

Jonna y Agda compartieron un vistazo y esta última la dejó caer. Kara no perdió tiempo y, aun renqueando y muriéndose de dolor, echó a correr por la vía principal.

El combate estaba rodeado por una multitud que jaleaba con los brazos en el aire, alentando el enfrentamiento. Cuando llegó a ese círculo, se apretujó contra la gente y empujó todo lo fuerte que pudo para hacerle un hueco a su cuerpo menudo.

Hasta llegar a primera fila.

Kara se quedó lívida al descubrir que Halldan se estaba enfrentando a Eimmark con las manos desnudas, mientras que su atacante empuñaba una espada. El Invicto parecía intacto, mientras que a Eimmark le sangraba la ceja. Pero aquello no significaba nada.

Ambos hombres se movían alrededor del círculo que habían creado para ellos como si no midieran más de dos metros de altura y fueran puro músculo, como las bailarinas clásicas que tanto le gustaban a Kara, con fluidez y maestría. Y cada vez que Eimmark atacaba con la espada, el *jarl* esquivaba, fintaba, se agachaba, todo como si supiese cada una de las decisiones que su contrincante fuese a tomar.

Entonces, los ojos de Halldan se encontraron con los de Kara, un instante fugaz, y perdió la concentración.

—¡No! —gritó Kara con pavor absoluto.

La espada se hundió en el hombro de Halldan varios centímetros, y no le había asestado en la cabeza porque había conseguido moverse antes de que llegara su fin. Hincó una rodilla en la nieve embarrada, claramente superado por el dolor. Y, aun así, no gritó, no gruñó siquiera; no dio ni la más mínima muestra de sufrimiento. Kara había empezado a llorar, las manos apretadas contra el corazón, sin poder apartar la vista del reguero de sangre que manaba de la hendidura. Eimmark gruñó por el esfuerzo de intentar incrustar la espada más profunda, pero Halldan sostenía la hoja con las manos desnudas.

Kara no oía nada más que el palpitar errático de su corazón, que amenazaba con estallar contra sus costillas. Quería gritar todo lo que él no estaba gritando, sollozar y tirarse al suelo, arrasada por el dolor de ver a su amado al borde de la muerte. Sin embargo, no hizo nada de eso.

—¡Levanta, Halldan! —se desgañitó. La gente a su alrededor empezó a callar por escucharla hablar en élfico, y entonces cambió al berserker—: ¡Levántate! ¡Eres mi Invicto!

Eimmark le dijo algo a Halldan, algo que no llegó a sus oídos, pero que claramente enfureció al *jarl*, porque escupió a su contrincante a la cara, directo en el ojo. Eimmark lo cerró por inercia, perdiendo la profundidad justa para desestabilizarlo apenas un segundo y que Halldan, removiéndose aunque eso implicara clavarse la espada más profunda, usara la pierna que no estaba arrodillada, la protésica, para propinarle una patada en la rótula.

El chasquido se escuchó en los alrededores, y Eimmark sí aulló. Perdió el pie e hincó la rodilla contraria. Halldan se levantó, la espada aún clavada en el hombro, y le propinó una segunda patada con el metal rudo de su prótesis, directa en la boca, brutal. Algunos dientes escaparon de la mandíbula del contrincante y Kara no pudo evitar gritar de euforia a pesar de que su prometido estuviese mutilando a otro hombre.

El puñetazo que Halldan le dio en el rostro le fracturó la nariz, que sangró profusamente, y aprovechando su incapacidad de reacción, terminó de acercarse y hundió la prótesis en el centro del abdomen. Aquello sí horrorizó a Kara, que se llevó las manos a la boca con un alarido atragantado. El metal había atravesado su organismo como si fuera la nieve que tantas veces habían pisado, casi sin ejercer resistencia. Los ropajes de Eimmark se empaparon de sangre, su rostro desencajado y balbuceante ahogándose en su propia vida. Escupió lamparones de sangre oscura, casi negra.

Halldan, con la prótesis hundida en el estómago enemigo y la espada clavada en su propio hombro, se inclinó hacia delante y le dijo algo que el nivel de bersker de Kara no le permitió comprender. Cuando Eimmark dejó de revolverse, Halldan sacó la pierna de los intestinos del hombre y lo primero que hizo fue mirarla. Tenía el rostro salpicado de sangre enemiga, el brazo teñido por completo de un rojo profundo que goteaba hasta la nieve sucia. Pero ella no dudó.

No dudó cuando caminó hacia él, sin dejar de mirar aquellos dos mares infinitos que tenía como iris, y ponerse de puntillas para besarlo con fervor, sin importarle el sudor, la sangre ni las miradas. Halldan respondió con violencia, enroscándole el cuerpo con la mano libre y apretándola contra sí mismo, reclamándola con posesión para que todos los allí presentes se enteraran de que aquella fémina era suya, y de nadie más.

Y cuando se quedó satisfecho de saquear la boca de Kara, la agarró por la cintura con más fuerza y la cargó sobre el hombro bueno para refugiarse en el edificio principal de Oddin.

Kara, colgada al hombro de Halldan como un saco de patatas, con el corazón errático y la respiración acelerada, contempló el cadáver de Eimmark mientras el *jarl* la alejaba de aquella brutalidad.

Halldan Ruud, su futuro marido, acababa de convertirse en Doble Invicto, y la satisfacción que sintió al pensarlo decía más que cualquier palabra.

62

Después de que el rey hubiera aparecido en sus aposentos tras asearse y de ponerlo al día del descubrimiento de Ilian, habían terminado pasando la noche juntos. El general había hecho amago de salir a buscar a Cyndra de inmediato, pero entre los dos lo habían convencido para abordar la situación con cabeza.

Así, cuando Ashbree despertó a la mañana siguiente, lo hizo en compañía de los dos varones que la habían velado al dormir. Había caído rendida después de mucho rato llorando, siendo consolada por el rey y el general a partes iguales. Aún no comprendía cómo iban a hacer que aquello funcionara, pero la realidad era que su luz ya no vibraba con anhelo, ansia y hambre. Era como si al haberle dado lo que tanto necesitaba se hubiera quedado calmada. O al menos así fue hasta que vio la belleza en el rostro tranquilo y dormido de Rylen; cuando deslizó la vista hacia el otro lado, donde Ilian descansaba con el brazo enroscado en ella, y se maravilló con ese salvajismo tan atractivo.

La necesidad de sentir las sombras entrelazadas con su luz seguía ahí, aunque lo reconocía más como el deseo de la carne.

El rey debió de percibir sus movimientos, porque se despertó, los ojos velados aún por el sueño, y le dedicó una sonrisa encandiladora.

—Buenos días, dragona.

—B-buenos días —respondió ruborizada.

Nunca se acostumbraría a la sensación de que dos varones como ellos lo hubieran dado todo por ella. Pero ahí estaban, los tres en su cama en una ciudad que hasta hacía algo más de un mes había considerado enemiga.

—¿Has dormido bien? —le preguntó él en un susurro.

Ashbree asintió con la cabeza y deslizó la vista hasta los amplios ventanales. El día había salido lluvioso, por lo que era imposible saber qué hora era. No obstante, tenía la sensación de que hacía rato que había pasado el mediodía.

—¿Y tú?

—De maravilla.

Rylen le acarició el rostro y sonrió del todo.

—¿Te apetece desayunar? —Ella asintió una vez más y él se desperezó, estirándose cual gato—. Avisaré a algún sirviente.

—¿Podéis callaros? —masculló Ilian, aún abrazado al cuerpo de Ashbree. Ella lo miró y rio entre dientes—. Es demasiado temprano.

El rey también rio y salió de la cama. Ashbree se deleitó con los músculos de su espalda desnuda mientras se calzaba.

—¿Dónde han quedado tus ganas de arrastrarme de la cama al amanecer? —le preguntó Ashbree con diversión.

Ilian abrió un ojo y la fulminó con la mirada, lo que hizo que ella riera nuevamente y se girara hacia él para darle un beso en los labios.

—Me habría levantado al amanecer si no nos hubiéramos quedado despiertos hasta las tantas y si no me hubiera pasado trece días en el campo de batalla —rezongó con voz soñolienta.

El corazón de Ashbree se comprimió al recordar su aparición, bañado en sangre y suciedad, en muerte. En la muerte de los suyos. Rylen tenía razón, debían ponerse en marcha y abordar todos los asuntos pendientes.

—Os espero en el comedor del mirador. No tardéis.

Rylen se enfundó la camisa azul oscura y le dedicó una sonrisa amable antes de desaparecer envuelto en sombras.

—Venga, dormilón —le dijo Ashbree en tono juguetón, mientras intentaba enterrar el rostro en el hueco entre cuello y hombro de Ilian—. Tenemos un reino que levantar.

Consiguió llegar hasta donde quería y plantó un sinfín de besitos cortos y juguetones sobre su piel caldeada.

—Así vas a conseguir despertar otra cosa, Ash.

Ella rio contra su cuello y él agradeció aquel sonido envolviéndola entre los brazos y girándola hasta que quedó encima del general, en un abrazo prieto.

—No sabes cuánto te he echado de menos —murmuró contra su cabeza antes de besarla.

El corazón se le comprimió de nuevo y los ojos le picaron por las lágrimas de emoción contenidas. Aquella noche había dormido bien, del tirón, gracias a la presencia protectora de ambos varones. Aunque también por el hecho de haberse quitado un enorme peso de encima.

Ashbree giró el rostro y apoyó la barbilla en el pecho del general para mirarlo a la cara. Él la observaba con todo el amor que podía contener un cuerpo, y estuvo tentada de contarle la verdad sobre Elwen; sin embargo, no quería arruinar el momento. Y a pesar de que ella estuviera un poco más tranquila ahora que parte del pesar se había diluido, para él no había cambiado nada. Seguía al borde de la combustión, por mucho que en su interior no percibiera sombra alguna. Lo que Ilian había hecho la noche anterior, la cantidad de víctimas de elfos de luz que se había cobrado… Dioses, no sabía cómo gestionarlo.

Amaba a aquel varón por encima de lo indecible, pero había exterminado a su gente.

—¿De verdad estás cómoda con esta decisión? —le preguntó, sacándola de sus cavilaciones.

—¿Tú no?

Ilian apretó los labios y pensó durante unos segundos. La noche anterior ya le había parecido percibir cierto recelo, y aquel silencio solo aumentaba sus dudas. Ashbree se incorporó hasta sentarse a horcajadas sobre él. Las manos de Ilian encontraron sus caderas sin que hubiera nada de lascivo en el modo en el que se contemplaban.

—Sí, pero no sé… Hay algo… —Se frotó el pecho—. Te dije que no tendría ningún problema con esto, y es cierto. Pero pienso en Rylen tocándote cuando quiera o cuando tú quieras, y algo se comprime dentro de mí. Y, al mismo tiempo, pienso en lo mucho que disfrutaste ayer y me vuelvo loco por volver a verte así. No lo sé. Es… extraño.

—¿Sientes celos, general? —sugirió con voz juguetona.

Él sonrió de medio lado y suspiró por la nariz.

—Nunca he sido celoso.

—Nunca has estado con nadie que te importara realmente, ¿me equivoco? —Él negó con la cabeza—. Yo creo que los celos no son malos. Significa que esa persona te importa a un nivel muy profundo. La clave está en saber gestionarlos y no permitir que se enquisten.

—¿En qué momento te has convertido en Rylen con todo ese positivismo y el discurso de la monogamia anticuada? —rio, burlón.

Ella respondió con una sonrisa y le acarició el pecho.

—No me refiero a eso. Cuando estaba con Arathor… —Agrió el rostro ante el recuerdo e inspiró hondo. Ilian le dio un apretón cómplice en la cadera—. Después de empezar a acostarnos, a veces me abordaban esos pensamientos, sobre todo cuando se marchaba al frente. Y yo ni siquiera albergaba sentimientos románticos por él, solo físicos. Pero el mero hecho de no saber qué podía estar haciendo a veces me dolía. Ahora creo que es porque no confiaba al cien por cien en él. No como confiaría en Cyndra, o en ti. ¿Tú confías en mí?

—Con mi vida.

A Ashbree le conmovieron sus palabras y le tentó besarlo, pero la conversación que estaban manteniendo era muy importante, a pesar de que intentasen llevarla con distensión.

—¿Y confías en que Rylen no me haría daño ni nada que yo no quisiera?

—Claro.

—¿Y... te excita pensar en que él me dé placer?

Las mejillas se le caldearon e Ilian sonrió con malicia.

—Sí.

—Pues podemos empezar por ahí, si realmente te parece bien.

—¿Empezar por dónde?

—Estando los tres juntos. Sin que yo me quede a solas con él.

—Eso no sería justo, Ash, porque a veces a mí me gustará estar solo contigo.

—Pero empecé contigo.

—No creo que esto funcione así.

—No sé cómo funciona nada de esto —masculló, un poco frustrada.

Ilian se incorporó hasta sentarse y Ashbree se pegó más a él, sus rostros tan cerca que sus narices casi se tocaban.

—Lo hablaremos con Rylen. Le explicaré mis temores y daremos con una solución. Lo único que quiero es que seas feliz.

—Pero yo también quiero que tú seas feliz.

—Lo seré, cariño. —Ilian se inclinó sobre ella y le dio un delicado beso en los labios que la derritió—. Hasta entonces, no quiero que cambies nada con él. Ayer lo hablamos y me pareció bien. Creo que solo tengo que hacerme a la idea.

—No me gustaría hacerte sufrir, Ilian.

—No lo harás. Te prometo que si no lo soporto, no me lo guardaré.

—Ambos sabemos que no me lo dirás para no hacerme daño.

Ilian sonrió y la agarró de la nuca para que sus frentes se tocaran. Ashbree mantuvo los ojos abiertos, y él también.

—Ahora y siempre, Ash. Era una promesa. Pase lo que pase, no te dejaré escapar. Aunque me tome algo más de tiempo y esfuerzo, sé que acabaré estando cómodo. Quiero a Rylen. Quizá no de un modo romántico, como te quiero a ti, pero también daría mi vida por él sin pensarlo. Creo que eso servirá de ayuda. Solo tengo que deshacerme de esta dominancia estúpida que me asfixia de vez en cuando.

—Si te soy sincera... —dijo con la boca pequeña—, a mí también me pone un poco celosa saber que estuvisteis juntos.

—No creo que fuera de la cama vaya a haber algo entre él y yo, nuestras personalidades son demasiado diferentes. Pero si en la cama pasara, ¿te incomodaría?

—N-no lo sé.

—Pues lo iremos viendo. Juntos.

—Juntos.

Ambos se movieron para que sus labios se encontraran y se besaron con cariño.

—Esta es la conversación más rara que he tenido en mi vida —comentó Ashbree, divertida.

—Date un par de siglos en compañía de Rylen y luego me cuentas.

Ilian le dio una palmada juguetona en la nalga, para alentarla a levantarse, y Ashbree se rio. Ignoraba por dónde iría su relación, si conseguirían que funcionara, pero saber que Ilian la amaba tan profundamente era casi doloroso.

Un dolor que estaba más que complacida de soportar.

63

Lo que estaba haciendo Halldan era demencial, por decir poco. Aún con la espada incrustada en su carne, estaba cargando con los cincuenta y ocho kilos de Kara como quien levanta una pluma. Y ella no podía dejar de contemplar, con horror, el chorreo de sangre que manaba de la herida. Aquel hombre era una bestia, ya no le quedaba ninguna duda, pero eso no significaba que fuera a permitirlo.

—Bájame, Halldan.

—Cállate, Kara —espetó el *jarl* en un élfico más arrastrado de lo habitual.

Ella dio un respingo, incluso colgada de su hombro, y frunció el ceño. Él jamás le había hablado así. Ni siquiera había oído que se dirigiera a nadie más con semejante brusquedad. Estuvo a punto de rebatir, pero entonces vio a Jonna y Agda, que no sabía por dónde habían entrado, abalanzándose sobre Halldan.

El *jarl* la dejó en el suelo con toda la delicadeza que pudo, esta vez sí, gruñendo. Kara dio dos pasos hacia atrás, horrorizada por su aspecto. Su piel había perdido todo rastro de color, y eso hacía que el rojo de la sangre de Eimmark destacase aún más sobre su rostro. Agda trajo una silla en la que Halldan se sentó, junto a una mesa larga servida para demasiados comensales y atestada de comida.

Con un vistazo a su alrededor, Kara se dio cuenta de que estaban en una especie de edificio central, uno que servía como vasto comedor diáfano en el que varios sirvientes habían estado trabajando hasta hacía escasos minutos. Estaba decorado con guirnaldas de hojas oscuras, pieles y cráneos de animales, dotándolo todo de un aire rústico a la par que fiero. Aún no habían llegado quienes fueran a disfrutar de aquel festín, puesto que allí dentro solo había esclavos; ¿significaba eso que estaban al caer?

Las valquirias habían desvestido al *jarl* de cintura para arriba, dejando toda su piel pálida y musculada al descubierto. Los pectorales estaban adornados con runas tatuadas y una capa de vello cobrizo que descendía hacia su ombligo y más allá. Jamás había visto a un hombre, ni a un varón, tan desnudo, y le desagradó que aquella fuera la primera vez, con todo lo que conllevaba. Halldan tenía el pectoral derecho y el costado empapados de sangre que no dejaba de manar ahora que habían retirado la espada, y la imagen que eso grabó en la mente inocente de Kara...

Agda presionaba sobre la herida con fuerza, la cabeza del *jarl* se mecía laxa, los labios entreabiertos. En algún momento, habían cerrado los portones de aquel edificio, pero Kara lo veía todo como si ella misma no se encontrara allí presente. El corazón le latía con fuerza y le costaba respirar, sentía una opresión muy fuerte en el pecho y dolor de estómago, todo al mismo tiempo.

Tuvo que apoyarse en la mesa mientras las mujeres trabajaban sobre el cuerpo del *jarl*, auxiliadas por varios sirvientes que habían corrido en su ayuda. A su alrededor, Kara buscó el rostro de Seredil, necesitada de algo familiar que dejara de hacerla sentir tan perdida. Un ancla a la que aferrarse. Pero cuando sus ojos se encontraron con los obnubilados de Halldan, todo su pesar desapareció. No podía permitir que la ansiedad la dominara, no cuando aquel hombre fuerte estaba tan al borde de la muerte y la necesitaba.

Sin pensar en el dolor de pierna, se arrodilló frente a él y entrelazó sus manos, empapadas en sangre, con las de ella. Le regaló un apretón y lo miró con determinación férrea.

—No vas a morir, Halldan Ruud —aseveró en bersker—. No me vas a dejar aquí sola. Eres el Doble Invicto, *no* vas a morir. Las puertas del Valhalla no se abrirán hoy para ti, ¿me oyes?

Sus ojos centellearon y a ella le dio un vuelco el corazón. Halldan no emitía quejido alguno mientras Jonna daba puntadas sobre el amasijo de carne picada que ahora conformaba su hombro. Kara se tragó el vómito, literalmente, y devolvió su atención a esos ojos que luchaban por permanecer abiertos.

Al menos ya no sangraba tanto, pero su piel estaba cetrina y perlada por un sudor intenso. Tuvieron que cambiar la palangana de agua con la que lo estaban limpiando varias veces, las vendas se empapaban en sangre más rápido de lo que Jonna podía suturar. Kara apretó las palmas del *jarl*, agachó el rostro y alzó sus manos entrelazadas hasta apoyarlas sobre su propia frente.

—Dioses, por favor... —murmuró para sí misma en élfico, la voz quebrada por la congoja—. Celes, te lo imploro, no te lleves a mi amor. No te lo lleves. Wenir, si intercedes por él, si le devuelves sus años de vida, consagraré mi existencia a ti. Tendré hijos que ungiré en tu honor, les enseñaré a ser devotos, haré lo que sea. Pero, por favor, escucha mi ruego aunque esté tan lejos de casa. —Alzó la vista al cielo, intentando ver las estrellas a pesar del techo y de la claridad del día—. Por favor, oíd mi plegaria.

Sus palabras, un susurro apenas audible, iban tomando convicción con cada nueva sílaba que abandonaba sus labios. Repitió lo mismo una y otra vez, hasta que ella misma se creyó que la súplica iba a funcionar.

Halldan le apretó los dedos; rauda y aterrada, ella lo miró. En el mar de sus iris por fin encontró vida y Kara sollozó, desconsolada. Se inclinó sobre el regazo del *jarl* y lloró a lágrima viva, con un soplo de alivio en el corazón. Ya había pasado lo peor, estaba convencida de ello.

Ahogada por el consuelo, ni siquiera se planteó por qué había temido por el desenlace de aquel combate como si su propia vida estuviera en juego. Y cuando Halldan le acarició los cabellos, Kara solo pudo pensar en lo bien que se sentía con aquellos dedos toscos y grandes enredados en sus mechones cardados. En que su regazo, de repente, le parecía el mejor sitio del mundo sobre el que estar.

Los oyó hablar entre susurros, y el mero hecho de reconocer la voz de su *jarl*, aunque débil, hizo que su llanto se intensificara. Pero algo cambió, porque Halldan coló la mano bajo su rostro y la instó a levantar la barbilla para mirarlo. No quería; Kara no quería ver el estado en el que se encontraba, aunque supiera que la herida se había cerrado. Ella no sabía nada de sanación, la experta en eso era su hermana, y prefería pensar que todo había terminado para siempre.

—Mírame, Kara —le dijo en el tono dulce que solo empleaba cuando estaban a solas, no supo si hablándole en élfico o en bersker.

Y Kara tuvo que forzarse a abrir los párpados, porque ni siquiera se había dado cuenta de que los había cerrado.

—Tenías que haberte ido con Jonna y Agda.

Kara intentó apartarse del roce de aquellos dedos callosos, contrariada por que lo primero que le dijera fuera una reprimenda. Pero él la sostuvo con fuerza y no lo permitió. Kara apretó los labios, furiosa de nuevo. Jamás había sentido tanta rabia y odio como en el momento en el que las valquirias lo habían separado de él, y solo de recordarlo, la sangre le hervía.

—Tú no tendrías que haberles ordenado que me sacaran de allí.

—Yo no…

—No me mientas, Halldan Ruud. —Él parpadeó varias veces, sorprendido por la severidad de su voz—. Prometimos sinceridad.

Se sintió una hipócrita asquerosa, pero no mencionar que la verdadera heredera seguía viva no significaba nada en comparación con construir la confianza propia de una pareja.

Halldan se mordió el labio de un modo peculiar, como sopesando sus próximas palabras, y entonces suspiró.

—Eres mi prioridad, Kara. Por supuesto que les había ordenado que te protegieran si esto llegaba a suceder.

—¿Sabías qué nos esperaba al llegar?

—No, pero lo sospechaba. La gente no me miraba con el respeto propio de mi rango, sino con esa mirada de «eres un problema». Aunque esperaba que todo estuviera en mi cabeza.

Kara levantó la vista por encima del hombro del *jarl*, donde Jonna y Agda hablaban entre murmullos. Fue entonces cuando se dio cuenta de que ellos dos estaban conversando en élfico, porque nadie más les estaba prestando atención, ni siquiera para cotillear.

—No vuelvas a hacerlo, Halldan.

—Lo haré siempre, pequeña.

La mano del *jarl* subió para acariciarle la mejilla, pero ella apartó el rostro. Halldan apretó los labios tanto que casi desaparecieron entre su barba descuidada por los días de viaje.

—Y yo siempre te odiaré si me alejas de ti aunque sea una vez más.

Las palabras de Kara encerraban una sinceridad y una determinación que sorprendieron al *jarl*.

—He cruzado medio mundo por acompañarte hasta el lugar más recóndito de Narendra para mí —prosiguió ella, incansable—. He dejado atrás todo lo que conocía, me he zambullido en una cultura que desconozco, con unas gentes que me miran mal y ante las que no puedo responder porque solo ahora empiezo a hablar tu idioma. He aceptado un enlace que me coloca como la puñetera heredera del Imperio de Yithia a pesar de que sea mi peor pesadilla. He abandonado mi vida, todo, por ti, Halldan. Así que no creas que ahora te dejaré marchar cuando nos enfrentemos al peligro. Ni por un. Solo. Segundo.

Halldan la observaba con los ojos vidriosos, y Kara tuvo que esforzarse por no hiperventilar con el discurso. Jamás se había abierto en canal así, y estaba descubriendo que aquella mañana estaba llena de jamases, unos que le gustaría repetir, otros que desearía olvidar.

—No nos hemos casado y ya te siento mío. —Se llevó la mano al pecho, como si le doliese solo de pensar que existiera otra posibilidad. Pero, por si no le había quedado claro en élfico, enfatizó la última palabra en bersker—: *Min,* Halldan Ruud.

Escucharla hablar en su idioma atrajo las miradas de Jonna y Agda, que habían estado observando las puertas. Halldan, ajeno a la preocupación de sus valquirias, inspiró hondo y alzó la vista al cielo, como si necesitase de aquel gesto para contener unas lágrimas que creía imposibles.

—Cuando te he visto ahí, Kara... —murmuró en élfico—. Me aterraba tanto la idea de que si yo fallaba, te harían daño, que me distraje. Te dije que eras mi punto débil, y no mentía ni intentaba conquistarte con palabras melosas. Es lo más cierto que he dicho en mi vida. Y me aterra que sea así. Porque al principio me gustabas, me generabas interés y sentía admiración por ti. La curiosidad me llevó a acercarme, pero con cada día que pasamos juntos, con cada día que te he visto soportar dieciocho horas de cabalgada sin quejarte ni una sola vez, con cada paso que has dado por mejorar en tu bersker... Creía que eras mi debilidad porque eras un medio para un fin, para anexionar terrenos, como llevo haciendo todo mi mandato. Pero la realidad es que te has convertido en mi mundo, Kara Aldair.

Ella no tuvo problema en que las lágrimas resbalaran sobre sus mejillas. Se incorporó, reprimiendo el gruñido de dolor de la pierna, y lo besó con cariño. Aquel roce entre sus labios no tuvo nada que ver con el anterior, tan posesivo y visceral. Y cuando Halldan le acunó el rostro con esa mano imposiblemente grande, supo que todo estaba en orden; que su alma estaba junto a quien había estado predestinada a estar.

—*Jarl*, tenemos problemas —dijo Jonna, con voz tensa.

Kara se separó del rostro de Halldan y se echó a temblar ante la posibilidad de que nada hubiera terminado, pero él recuperó su máscara de impasibilidad y se levantó apoyándose en la mesa. A su alrededor ya había varios sirvientes con nuevos ropajes para el *jarl* —esclavos entre los que no encontró a Seredil—, y otros se afanaban en limpiar la sangre del suelo.

—¿Son los duques?

—Así es, *jarl* —le informó Agda, con una mano sobrevolando la cintura izquierda, deseosa de sacar las hachas a jugar.

—Pues que vengan —sentenció mientras terminaban de colocarle la ropa limpia, que ocultaba el tosco vendaje de Jonna.

Halldan caminó hacia la cabecera de la mesa y más allá, a un pequeño estrado en el que había un asiento adornado con cornamentas de animales y pieles, cuyos reposabrazos estaban tallados como si fueran las zarpas de un oso.

—Kara, ven.

Ella no dudó y obedeció, aunque no le complaciera del todo que le dieran órdenes. No obstante, sabía que no conocía nada de aquella cultura y que debía aprender antes de tomar sus propias decisiones, sobre todo cuando las valquirias habían augurado problemas.

Halldan tiró de ella hasta que la sentó sobre su regazo; ella fue a protestar, pero el *jarl* acercó los labios al oído de Kara y le susurró:

—Necesito que te mantengas callada a partir de este momento. Nada de lo que pueda decir yo de ti ahora será cierto, pero solo lo sabemos tú y yo. ¿Comprendes? —Kara asintió con cierto temor, aunque no entendiera muy bien a qué se estaba refiriendo—. Los duques habían pactado esta reunión con Eimmark, ¿recuerdas quiénes son?

Kara volvió a asentir, rememorando una de las lecciones de cultura korkofita que Halldan le había impartido a bordo del barco. Los duques eran como los terratenientes del Imperio de Yithia, hombres que controlaban ciertas tierras que habían reclamado por encima de otros y que lideraban a distintos clanes de Korkof. Y todos, a su vez, le rendían pleitesía al Invicto. Aunque solo mientras este demostrara ser digno de su respeto, y Halldan se presentaba ante ellos con un aspecto deplorable.

A Kara solo le quedó rezarles a los dioses de nuevo para que propiciaran una buena reunión, pero supo que ni ellos podrían interceder cuando un grupo de hombres toscos y rudos hizo su estruendosa entrada en el comedor.

Inevitablemente, se echó a temblar solo de verlos. Su vista élfica, que habría sido más afilada de poder usar ambos ojos, le permitió distinguir la manufactura rica de sus ropajes y los patrones de colores que los decoraban.

Entraron en el edificio hablando en voz alta, riendo y festejando los dioses sabían qué. Y con cada zancada que daban en el interior, los músculos de Kara se sacudían con más violencia. No era ajena a esa raza de vaettir, ni mucho menos, pero aquellos duques imponían más que los berserkers de a pie, tal y como le ocurrió con Halldan cuando lo conoció.

Todos sobrepasaban los dos metros de altura, por mucho; algunos incluso podrían superar el metro de espalda. Eran de facciones toscas, con vello facial más o menos cuidado según a quién mirara. Y, como era habitual en ellos, no había distinciones en tonos de cabello, piel u ojos. La mezcolanza era atractiva a la vista, e igual de aterradora.

Halldan la apretó contra sí, intentando reconfortarla, pero nada de lo que hiciera aquel hombre iba a calmar el temor que sentía por dentro.

Kara Aldair no sabía mucho de las costumbres korkofitas. Habían hablado de qué tendría que hacer ella para que la nación diera el visto bueno a su unión, pero sus conversaciones no se habían extendido a otros ámbitos. Como los entresijos políticos. Así que se mantuvo con la espalda erguida, las manos entrelazadas sobre su regazo y siendo consciente del modo posesivo con el que Halldan se aferraba a su cadera. Los dedos del *jarl* jugueteaban con las tiras de tela que adornaban sus pantalones, con el mentón apoyado en el puño y el codo clavado en el reposabrazos.

Los duques fueron calmándose a medida que se acercaban a la mesa del festín y tomaban asiento. Le sorprendió que no hubiera reverencias ni palabras de reconocimiento para su *jarl*, pero así eran ellos: hoscos a su ojo prejuicioso.

Raudos, los esclavos empezaron a llenar las jarras con algo que olía como a cerveza fuerte. Cuando sintió una presencia a su vera, Kara giró el cuello y descubrió, para su alivio, que Seredil estaba allí, intacta y con ropajes limpios, el rostro despejado de su cabello dorado y el collar de hierro bien visible. Sus ojos conectaron con los dorados de la conjuradora y le transmitió un millón de disculpas que pretendía que entendiera, pero la aludida sacudió la cabeza y le entregó una jarra llena de cerveza espumosa al *jarl*.

Seredil avanzó hasta la mesa y repartió más bebidas entre los invitados, y Kara no perdió detalle de ni uno solo de los esclavos, maravillada por estar en presencia de todas las razas de vaettir y, al mismo tiempo, asqueada por el trato denigrante que recibían. Se dio cuenta de que no quería pertenecer a aquel mundo bruto. Pero ya era demasiado tarde para echarse atrás y volver a casa llorando y con el rabo entre las piernas. Y aunque pudiera hacerlo, ni siquiera le permitirían anular el enlace. No obstante, ¿realmente quería anularlo, o solo le daba miedo aquella cultura bárbara a su entendimiento?

La joven no sabía dónde mirar, entre tantos estímulos. Halldan, con la mano aún anclada en la cadera de Kara, se empapaba de cada movimiento de los hombres a sus pies. Su rostro denotaba hastío, pero Kara sentía el calor asfixiante que manaba de su piel. Debía de estar combatiendo contra la fiebre, y tuvo que reprimir el impulso de tocarle la frente para comprobarlo.

—Bueno, cuéntanos, Halldan. ¿Qué tal las zorritas yithianas?

Kara se crispó y apretó los puños sobre el regazo. Lo había entendido por dos motivos: el primero, porque el *jarl* se esmeró en enseñarle a blasfemar en las horas muertas en el barco; el segundo, porque la palabra «yithiana» se pronunciaba igual en todos los idiomas.

Halldan dejó de juguetear con su cadera y se incorporó sobre el asiento, con gesto altivo e indiferente en el rostro. Cuando Kara fue consciente de que los ojos de los diez hombres se clavaban en ella, esbozó su mejor sonrisa pérfida para indicarles que no le molestaban aquellos insultos banales, aunque por dentro estuviera rabiando.

—Bastante disfrutables, la verdad —respondió Halldan con burla.

El *jarl* la apretó contra sí y le regaló un mordisco en el cuello ante el que Kara tuvo que fingir diversión. Y eso era lo único que no sentía. Algo en su corazón se contrajo con la idea de que sí que hubiera disfrutado de otras féminas mientras estuvo en Yithia, pero apartó ese pensamiento. No se debían nada en aquella época, y aun así dolía.

Se dio cuenta entonces de que no quería que la volviera a tocar así, no cuando lo percibía como algo denigrante. No cuando ella no lo había buscado, y sin embargo se resignó a aceptarlo, porque allí las apariencias lo eran todo. Y en una cultura en la que el respeto se lo ganaban los más fuertes, no podía dejar que aquello la afectara.

Su mirada se desvió hacia Agda y Jonna, que estaban plantadas delante del estrado, con los brazos cruzados al pecho para que los músculos resaltaran. Las mujeres conformaban el cuerpo de élite de los berserkers, y viendo cómo eran los hombres, no le quedaban dudas de que se lo habían ganado a pulso. Que habían ascendido a un estatus en el que nadie les hablaría como se referían a ella en aquel momento. Y Kara quería eso: un mínimo de respeto.

—Dudo mucho que ese palillo vaya a calentarte bien la cama, Halldan —intervino otro, con una sonrisa asquerosa en los labios—. Tendrías que haber elegido a una mujer de verdad, no a esa niña.

Kara estaba lejos de ser una niña, pero tampoco era extraño que la vieran así. Ella era grácil y delicada, y aunque muchas mujeres berserker presentaban una belleza sin igual, era una más madura en comparación.

—Yo he catado a algunas elfas y te aseguro que rinden igual de bien que las berserkers —se jactó un tercero.

—Brindo por eso —comentó el *jarl* levantando su jarra.

Los duques se sumaron al brindis entre risas y comentarios que Kara no comprendió. Y supo a ciencia cierta que la única carne élfica que habían podido catar provenía de las piernas de las esclavas. Era eso o que se hubieran aprovechado de los pobres condenados al exilio.

Halldan paseó una mano por la cintura de Kara con una risa lujuriosa en los labios, y ella tuvo que forzarse a parpadear embelesada, cuando solo quería echarse a llorar. Sus ojos se encontraron con los de Seredil, quien había adoptado un gesto adusto mientras se paseaba alrededor de la mesa ofreciendo más bebida.

Hasta que el último duque que había intervenido la agarró por la muñeca y la obligó a inclinarse sobre él para hablarle al oído. Seredil se quedó tan rígida como Kara mientras esos labios manchados de comida le susurraban confidencias que, de seguro, la conjuradora no entendería.

Halldan se acercó al cuello de Kara, para fingir un arrumaco, y aprovechó para hablarle en élfico:

—Relájate, no durará demasiado.

Pero ella solo podía prestarle atención al modo en el que el hombre agarraba a Seredil de la muñeca, a cómo tiró de ella hasta sentarla sobre su regazo con un estrépito al perder el equilibrio de la bandeja. Acabó empapada de cerveza, y los duques se rieron de su desgracia. Kara temblaba, y no de miedo en aquella ocasión, sino de frustración.

—No pasa nada —le susurró Halldan al oído.

Pero sí que pasaba, porque aquel hombre había apretado a Seredil de las caderas mientras acercaba su rostro al de la fémina. La expresión de la conjuradora era indescifrable, y no parecía inmutarse por las risas y el jaleo que le estaban dedicando, que ni siquiera Kara entendía.

—No intervengas —le seguía diciendo el *jarl*.

Eso solo avivaba el fuego que le corría por dentro. Kara jamás se había considerado impulsiva ni combativa, más bien todo lo contrario. Y aquel viaje al norte del continente la estaba cambiando a pasos agigantados, porque no pudo mantener los labios sellados.

—Basta —murmuró en élfico cuando la mano del duque descendió hasta las piernas de Seredil y esta dio un respingo. Intentó bajarse del regazo del hombre y él se lo impidió.

—Kara... —le advirtió Halldan, que la sentía temblar entre sus manos. No obstante, había un matiz extraño en su timbre, uno que no supo identificar.

El duque acercó el rostro al cuello de Seredil y ella se revolvió, lanzando los brazos para apartarlo, bajo la atenta mirada del resto de los hombres. Algunos disfrutaban del espectáculo, amenizado por la tonadilla de un enano esclavo; el resto habían desaparecido, como si olieran lo que iba a pasar. Otros hombres, sin embargo, miraban a su *jarl*.

Kara no pudo pensar siquiera cuando el berserker retorció el brazo de Seredil a su espalda y le arrancó un quejido.

—¡Basta! —rugió Kara en bersker, sin dudar, poniéndose en pie con los puños apretados a ambos lados del cuerpo. La estancia se quedó en completo silencio y el duque la fulminó con la mirada, pero no le importó—. Suéltala.

Sentía las mejillas ardiendo y los ojos le picaban. El hombre no obedeció, sino que miró a sus congéneres, quienes ya no le reían la gracia. Kara se notaba vibrar y bajó de la tarima con paso firme, sin que la cojera la delatara.

—He dicho que la sueltes —atajó con la voz arrastrada por la furia.

El duque graznó una carcajada y liberó el brazo retorcido de Seredil, aunque no permitió que se levantara de su regazo. Kara lo fulminó con la mirada, sin importarle que su ojo opaco atrajera más atención de la habitual.

—Es *mía*, ¿sabes lo que significa? —aseveró. El hombre parpadeó varias veces, la consternación abriéndose paso por su rostro barbudo.

—Creía que era de... —Miró a su alrededor en busca de apoyo—. Creía que sería de Eimmark.

Kara no se había dado cuenta de que era muy probable que los sirvientes y esclavos que rondaban por allí hubieran servido al anterior *jarl*, al que Halldan había humillado con una muerte brutal.

—Pues te equivocas. —El desprecio no abandonó ninguna de sus palabras, que de seguro sonarían más toscas por su acento bruto—. Suéltala. Ya.

El hombre obedeció y Seredil se alejó a paso raudo, hasta ocupar un puesto en las sombras más cercanas al trono del *jarl*.

—Venís a *mi* casa a denigrar a *mi* raza —prosiguió Kara— y a manosear a *mi* esclava. Estoy convencida de que algo así no puede quedar impune.

Sabía que se había equivocado al hablar, pero el mensaje les llegó, alto y claro, porque ninguno se atrevió a abrir la boca.

—Esta no es tu casa —le rebatió el duque sobón—. No hasta que te cases.

—Vuelve a ponerlo en duda si te atreves, Kolblyd —intervino Halldan.

Kara sonrió con malicia y se giró hacia su *jarl*, quien se había enderezado en el trono. Fue a tomar asiento sobre su regazo, pero él se levantó primero y extendió el brazo hacia Agda. La valquiria, con una sonrisa suficiente, le entregó un hacha gustosa. Jonna también sonreía con deleite.

Kolblyd se puso en pie, el rostro demacrado por el horror, pero los dos hombres a su vera lo retuvieron para que no fuera a ninguna parte.

Los duques forcejearon entre sí mientras Halldan se acercaba, amenazante a pesar de la herida del hombro. Era como si no hubiese tenido una espada hundida en la carne hasta hacía escasa media hora. La fuerza de aquel berserker no tenía parangón, y no le extrañaba que se hubiera convertido en Invicto con apenas dieciséis años.

Kolblyd hablaba, balbucía, y su rostro fue perdiendo color. Pero Kara no entendía casi ninguna de las palabras que salían de sus labios, tan apresuradas que eran. Observaba la escena con cierto horror, sin saber qué iba a suceder a continuación. Miró a Jonna, quien disfrutaba de aquel espectáculo que nada tenía que ver con el del enano, y luego a Agda. La valquiria le señaló el trono con la cabeza y Kara negó. Cuando la mujer le hizo el mismo gesto con mayor insistencia, no le quedó más remedio que sentarse en el lugar que había ocupado el *jarl*.

—La ley es la ley, amigo mío —dijo Halldan con una sonrisa macabra en esos labios que otras veces la habían besado con amor.

Lo siguiente sucedió tan rápido que casi no lo pudo comprender, pues los otros duques que lo sostenían estiraron la mano de Kolblyd al frente, sobre la mesa, y Halldan se la cercenó por la muñeca con un movimiento vigoroso y limpio. El hombre profirió alaridos de dolor y cayó al suelo cuando los duques lo soltaron. Halldan jugueteaba con el hacha de Agda como si fuera una extensión de su propio cuerpo, ansioso por emplearla a fondo. El *jarl* no tuvo problema alguno al arrodillarse junto a él, agarrarlo de la pechera de sus ropajes y acercar el rostro al del duque.

—No quiero volver a verte, Kolblyd. Y más vale que reúnas a tu gente y consigas su respaldo para protegerte por semejante humillación, porque pienso arrasar con tus tierras y entregárselas a alguien con más dignidad que tú.

Kara no entendía nada de lo que había pasado, tan solo podía contemplar la mano mutilada con horror, que permanecía encima de la mesa como si fuera un plato más. La sangre manaba a borbotones de la amputación del duque, quien se levantó a trompicones cuando Halldan se incorporó y lo liberó de su agarre.

El resto de los hombres retomaron el desayuno como si no hubiera pasado nada. Halldan se acercó a Kara y extendió la mano frente a ella. Temblorosa, y con el rostro desencajado por lo que ella misma había provocado, aceptó y permitió que el *jarl* se la llevara los dioses sabían dónde.

64

Ilian y Ashbree se reunieron con Rylen en el mirador del comedor, donde encontraron al rey leyendo el periódico matutino. Después de un tímido saludo en el que ella se atrevió a besar a Rylen en los labios con la misma naturalidad con la que lo había hecho previamente con Ilian, se sumieron en una conversación banal. Una que evidenciaba lo poco que ninguno quería hacer estallar su burbuja.

No obstante, antes de intentar arreglar el mundo, Ashbree aún tenía mucho por saber. Y aunque le tentara abordar el hecho de que Cyndra estuviera viva y cómo iban a traerla de vuelta a la isla, no podía ser tan egoísta. Su hermana de batallas estaba exiliada en el continente, estaba a salvo, podía retrasar esa conversación unos minutos.

—Necesito... —La voz se le quebró solo de pensar en lo que iba a decir, y aprovechó para limpiarse la boca con la servilleta y tomarse un instante más—. Necesito saber qué pasó después de que yo...

—¿De que cometieras la mayor estupidez de tu vida? —la interrumpió Rylen, con el ceño fruncido.

—Me ofende que pienses que salvarte fue una estupidez —atajó ella.

La conversación se había caldeado en cuestión de segundos, y ni siquiera sabía por qué. Pero tampoco podía reprochárselo, porque todos llevaban mucho dolor por dentro.

—Rylen... —le advirtió Ilian, en un tono más grave del habitual.

—Cometió una estupidez, y puesto que tú no se lo vas a decir aunque lo pienses, alguien tendrá que hacerlo. —Ilian apretó los labios y deslizó la vista hacia el palacio gemelo—. Ashbree, lo que hiciste fue impulsivo e inconsciente. Te apuñalaron en el corazón porque era donde me iban a atacar a mí. Y a estas alturas, deberías tener grabado en la mente que no tengo corazón.

Rylen estiró el brazo y le dio un par de toquecitos en la frente con un dedo. Ashbree lo apartó de un manotazo y él sonrió con socarronería.

—Podría haberte hecho algo más —argumentó ella—. Hice lo mejor para el transcurso de esta guerra, porque yo soy prescindible.

—No eres prescindible —respondieron los dos varones al unísono, con el mismo grado de enfado.

Ilian y el rey compartieron un vistazo y ella puso los ojos en blanco al tiempo que cruzaba los brazos sobre el pecho y se reclinaba contra la silla. No había pensado bien en dónde se metía al acceder a tener una relación de tres, porque era muy probable que ellos se aliaran en su contra más de una vez.

—Te acababa de reconocer como la séptima emperatriz de Yithia —prosiguió el rey, incansable—. ¿De verdad creías que no iba en serio? Que muera yo ahora sería igual de catastrófico que el que mueras tú.

—Soy emperatriz de boquilla, y lo sabes, Rylen.

—Eso no es cierto —intervino Ilian.

—En estos días, han pasado muchas cosas, dragona.

El general y el rey intercambiaron otro vistazo que no le gustó y los miró a uno y a otro.

—¿Qué no me estáis contando?

Al instante, el funesto destino de Elwen acudió a su mente. No podía enfadarse porque ellos no se lo hubieran contado todo, porque no habían tenido tiempo siquiera. Pero ella sí estaba escondiéndole algo gordo a Ilian, y sabía que daba igual cuánto tiempo esperaran para contárselo que lo destrozaría igual.

—Mientras estuviste en estasis —empezó Rylen—, tuve que tomar algunas decisiones. Decisiones en tu nombre.

—¿Qué clase de decisiones?

—¿Recuerdas lo que hizo Cyndra al difundir la palabra de la Hija de la Luz? —prosiguió, ante lo que ella asintió—. Aprovechando su trabajo, emití misivas en tu nombre proclamando tu nombramiento como emperatriz en el norte y reconociendo todos los rumores. Digamos que te he convertido en la verdadera Hija de la Luz *y* en la séptima emperatriz del imperio a ojos de muchos yithianos.

—¿Qué...? —preguntó, atónita.

No sabía si sentirse indignada o admirar aquel cerebro táctico.

—Siento haber suplantado tu identidad, Ashbree —dijo Rylen, con el rostro serio—. Y sé que tras las disculpas no debería haber ningún «pero». Pero esta no es una de esas.

Ilian arqueó la ceja del pendiente y se entretuvo tomando más té, seguramente para evitar hablar.

—Lo que hizo Cyndra por ti... Dioses —Rylen se frotó el pelo—, fue muy valiente. Y yo creía que ella había muerto por esa causa. No quería que despertaras en un mundo en el que la muerte de tu amiga hubiera sido en vano.

En realidad, si lo pensaba fríamente, aquello era muy bonito.

—¿Y tú por qué no sabías que Cyndra seguía viva? Según Ilian, lo averiguó en Veturnaetur.

Ambos varones compartieron otra mirada, de esas que decían más que las palabras, y luego Ilian devolvió su atención a ella.

—Porque no se lo dije. —Ashbree parpadeó varias veces, confundida. Ilian y Rylen eran uña y carne, hermanos de batallas. No concebía cómo Ilian podía no haberle contado algo tan importante—. Yo no... No estuve aquí —reconoció; parecía cohibido.

—Sí, me dejó solo al frente de todo el marrón —comentó Rylen con un matiz pasivo agresivo.

Ashbree los miró de hito en hito, atónita.

—Porque estabas más preocupado por lo que pensara tu estúpido consejo que por encontrar respuestas. Respuestas alrededor de la muerte de *mi* hermana.

—Claro que iba a buscarlas, pero también quería protegerte a ti.

—Y una mierda. Te importó más el reino que tu familia.

Rylen palmeó la mesa y se levantó con violencia.

—Si crees, por un solo segundo, que no me he dejado la piel en salvarte el pellejo, ¡estás muy equivocado!

Ashbree sentía las sombras de Rylen revueltas dentro de él, algo que jamás había percibido. Y por parte de Ilian, sabía que no notaba nada porque se había drenado hasta el extremo. Aun así, había una amenaza en el ambiente. Los ojos se le anegaron de lágrimas al pensar en lo dolidos que estaban ambos para acabar así.

La tensión no se aligeró con la risa sardónica que dejó escapar Ilian, un sonido que nunca le había oído.

—¿Sabes qué quería el consejo? ¿Eh, pedazo de idiota? —Ilian lo fulminó con la mirada—. ¡Querían tu cabeza! Te saltaste todas las putas leyes y te tomaste la justicia por tu mano, ¡y eso se pena con la muerte! Si hubieras querido un puesto en el puto consejo, como llevo siglos pidiéndote, las cosas habrían sido diferentes, porque habríais estado en el mismo estamento social. Pero no lo estás, ¿sabes por qué? Porque ¡eres idiota!

—Rylen... —Una advertencia por parte de Ilian.

—Y, como eres idiota —prosiguió—, no eres más que un simple plebeyo que ha matado a un noble.

—Soy el general de las...

—¡No! ¡Ya no eres el puto general de nada!

Ilian se quedó de piedra, creyendo no haberlo oído bien.

—¿Qué has dicho? —Fue Ash la que se hizo eco de sus pensamientos.

Derrotado, Rylen se dejó caer sobre la silla con un suspiro.

—Los convencí de no ejecutar la sentencia de muerte a cambio de degradarte —reconoció en un murmullo.

El corazón de Ilian dio un vuelco y luego empezó a tronar. El mundo daba vueltas a su alrededor, se movía a un ritmo frenético y, al mismo tiempo, a uno demasiado lento.

—No lo entiendo —dijo Ash, pero la oía muy lejos—. Tharin mató a Elwen, era el cabecilla del cártel, iba a morir de todos modos.

—Sí, tras un juicio —le explicó Rylen—. Ilian, como Efímero, tenía el poder suficiente como para reducirlo, no matarlo. Y eligió el asesinato. Los consejeros nos temen, Ashbree, porque somos fuerzas incontrolables. E Ilian se lo demostró en Veturnaetur. Les mandó un mensaje: que un error puede sentenciarlos a muerte sin que se presenten pruebas de ningún tipo.

—¡¿Qué pruebas querían?! —saltó Ilian—. ¡Te rajó el puto gaznate!

—Pero no todos lo vieron —declaró Rylen en tono sereno—. Se habría abierto una investigación y ejecutado por sus crímenes, pero tú actuaste como juez, jurado y verdugo antes de que se tuvieran las pruebas.

—Y tú te has dejado engatusar por esas sanguijuelas —masculló con rabia.

—Esas sanguijuelas sostienen el Reino de Lykos. Sin sus arcas y su trabajo, todo se vendría abajo.

—¿Así que ya está? ¿Dejo de ser el general de las tropas oscuras? ¿Todo por lo que he luchado, para nada?

—Para salvarte la vida.

Ambos se quedaron en silencio, midiéndose con las miradas y las respiraciones agitadas. Había un pesar inmenso en la mirada de Rylen, pero no era suficiente.

—Me mandaste a Felnor... —murmuró—. Me mandaste a Felnor y ya lo sabías, ¿verdad? —El silencio del rey bastó como respuesta—. ¿Para qué? ¿Para mantenerme entretenido mientras seguías con tus tejemanejes?

—Para que comandaras una última batalla, Ilian.

Ilian se tomó unos segundos para tragar saliva, buscando serenarse, porque todo en su cuerpo le pedía elegir la violencia. Tan solo tenía ojos para Rylen, el implacable Rey de los Elfos, no su hermano de batallas.

—Casi perdemos a Ash, he perdido a mi hermana, ¿y ahora también me quitas esto? —Odió el modo en el que se le quebró la voz, así que apretó los puños.

Los ojos de Rylen se tornaron vidriosos y apartó la mirada, clavada en el palacio gemelo.

—Todos hemos perdido a Elwen, y no quería que nadie te perdiera a ti.

Fue vagamente consciente del amago por consolarlo que hizo Ash, pero en aquel momento no podía con nada más que no fuera gestionar el odio que se estaba gestando en su interior.

—Estás cometiendo un error... —masculló—. Estás cambiando la cadena de mando en el momento más crudo de la guerra. ¿Crees que en el frente no me he enterado de lo que ha pasado en Yithia por haber difundido que el Reino de Lykos reconocía a Ashbree Aldair como legítima emperatriz? —Un músculo en la mandíbula de Rylen se crispó, pero Ilian no iba a parar—. ¡¿Crees que no sé que las calles de Kridia están bañadas por la sangre de los yithianos que la apoyan?! ¡¿Crees que no sé que hay cabezas colgadas en picas?! ¡¿Crees que no sé que ahora Ashbree va a tener que enfrentarse a su hermana por el trono?! ¡Y encima decides desestabilizar a nuestro ejército!

—¿Qué...? —masculló Ash.

Al instante, ambos varones la miraron. E Ilian cayó en la cuenta del tremendo error que había cometido.

Su gente. Su gente estaba muriendo por su culpa, porque habían iniciado una rebelión en la que ella no había tomado ninguna decisión. Pero todas esas muertes iban a su nombre. Habían sido por apoyarla a ella, por respaldar su pertenencia al trono de cuarzo. Con horror, alzó las manos frente al rostro, temblorosas y teñidas de sangre invisible.

No se había dado cuenta de que estaba llorando hasta que sintió la presencia de Ilian a su lado, consolándola con un abrazo que la estaba dejando más fría.

Su padre estaba aniquilando a su propia gente solo por opinar diferente. ¿En qué clase de monstruo se estaba convirtiendo? Ashbree apretó los puños, reprimiendo el sollozo que le pugnaba por salir.

Adoraba vivir en Kridia, con sus callejuelas bien adoquinadas, los tejados broncíneos, las plazas atestadas de naranjos. El olor a azahar, a salitre, a vino rico y especiado. Y ahora… Ahora todo sería una mera burla de lo que fue, el ambiente olería al óxido de la sangre y la gente viviría atemorizada en su propio hogar.

Todo era su culpa.

Y ella no había tomado ninguna decisión.

Quizá iba siendo hora de involucrarse en la guerra.

Si su padre estaba jugando con las vidas de su pueblo, ya no le quedaban dudas de a dónde atacar.

65

Halldan condujo a Kara hasta una estancia anexa amueblada como dormitorio austero. Sin embargo, su mente no era capaz de prestarle atención al hecho de que estuviera en unos aposentos privados con el *jarl* de Korkof, ni lo que eso significaba, porque no podía dejar de rememorar cómo la mano se había separado del brazo en cuestión de un segundo. El grito del pobre hombre. El torrente de sangre tan roja que casi parecía negra.

—Yo no... —balbuceó Kara, consternada.

No quería provocar aquello. No quería que su prometido se volviera loco y cercenara manos porque sí.

Con una delicadeza inesperada, Halldan la guio hasta la cama y la instó a sentarse; él hizo lo propio junto a ella. El silencio entre ambos era tenso, y Kara prefirió centrarse en el eco de la música que se había reanudado, en el rumor de los parloteos que llegaban desde la distancia. Los duques habían continuado con su festín como si no acabaran de presenciar una mutilación.

—Escúchame, Kara —le dijo Halldan en bersker—. Tú no tienes la culpa de lo que ha pasado ahí fuera.

Ella negó con la cabeza, las manos entrelazadas sobre el regazo. Las sentía manchadas de sangre aunque ella no hubiera tenido nada que ver.

—Es la ley.

—¿Q-qué?

Giró el rostro para mirarlo. Halldan seguía más pálido de lo normal, y tenía la frente perlada de un sudor sutil. No estaba bien, era evidente, y aun así, se tragaba su sufrimiento en pos de las apariencias. Pero... ¿no acababa de hacer ella lo mismo, aunque su malestar hubiera sido mental?

—Cambiaron muchas cosas cuando me convertí en *jarl* de Korkof. Entre ellas, la potestad sobre los esclavos. Nadie puede tocar al esclavo de otro sin el consentimiento de su amo. Nadie. Ni siquiera los duques. Y lo que yo le he hecho a Kolblyd es la pena estándar. Si toca, se queda sin mano.

—N-no... No lo entiendo.

—Si no hubieras intercedido por la elfa, no habría pasado nada. Pero has reclamado tu posesión sobre ella, por lo que he podido aplicar la ley.

—Pero él no sabía que Seredil era... que es... Dioses.

Frustrada, enterró el rostro entre las manos. Halldan decía que ella no tenía la culpa, aunque acababa de achacársela por completo, porque si hubiera mantenido la boca cerrada, el duque seguiría teniendo mano. Y le habría hecho algo horrible a Seredil.

Aferrándose a ese pensamiento, dejó caer las manos y contempló la nada.

—Necesitaba que te hicieras valer, Kara. La gente que ha visto el enfrentamiento ya ha comprobado que eres fiera, porque te has enfrentado a dos valquirias y te has salido con la tuya. —Halldan la sostuvo de la barbilla—. Tenemos el tiempo en nuestra contra, y propiciar una situación como esta era el único modo de que los duques te vean como una mujer fiera.

A Kara no le pasó desapercibido el término empleado para referirse a ella. «Mujer», no «fémina».

—¿Era una encerrona? —Él la miró con el ceño fruncido, con esa cara que ponía siempre cuando algún término en élfico se escapaba a su comprensión—. ¿Lo tenías todo planeado? —probó de nuevo.

—No. Pero no desaprovecho las oportunidades, pequeña. Haré lo que sea para que te consideren digna.

—¿Y eso implica meterme mano en público?

—Fuiste tú la que me besó en público y con violencia cuando acababa de matar a otro hombre. Sentaste un precedente: no te escondes. Incluso aquí sabemos que los elfos sois... remilgados. Mandaste un mensaje al dejar que poseyera tu boca. Y ahora no puedes echarte atrás.

—¿Y si eso es lo que quiero?

Halldan apretó los labios y sopesó su pregunta unos segundos.

—Si es lo que quieres, encontraremos el modo de hacer que funcione. Aunque probablemente la boda se retrase. Llevo mucho tiempo diciéndote que aquí la valía lo es todo, y parecías muy dispuesta a asumir ese papel.

—Tenía claro que los hombres sois un poco... brutos —añadió en el último momento, antes de soltar otra palabra que pudiera ofenderlo—. Pero no que las mujeres fueran igual.

El *jarl* soltó una carcajada tosca que la sobresaltó.

—¿Eres consciente de que las mujeres lo son aún más? No serían el cuerpo de élite de no ser así.

Kara parpadeó varias veces. Sí, había pensado en lo mucho que las valquirias habían tenido que luchar para ganarse un puesto de honor en su sociedad, pero no había considerado que ellas fueran incluso más belicosas que los hombres. Y aquello aportó un matiz diferente al paradigma.

—Todo esto... Es demasiado para mí, Halldan —mascculló con la boca pequeña—. No sé si podré...

—Sé que podrás, pequeña —la interrumpió—. Llevas el carácter en la sangre, solo que nunca lo has dejado salir.

Kara se mordió el labio por dentro, y no pudo evitar pensar en su familia. Era más que evidente que su padre era agresivo, y su hermana mayor tenía mucho genio. Mebrin era incapaz de morderse la lengua; e incluso los mellizos, a sus diez años, eran un torbellino. Ella era la que se había forzado a ser modosita, a ser lo que los demás esperaban de ella, y el ataque de los elfos oscuros al palacio había trastocado tanto sus planes que el mundo estaba conociendo a la verdadera Kara.

—¿Qué quieres hacer? —le preguntó él con tacto.

Extendió una mano para entrelazar los dedos con los de Kara y regalarle una caricia reconfortante. A ella le gustaba la diferencia de tamaño entre sus manos, lo protegida que se sentía por aquel hombre grande. Y no podía negar que ella había intervenido tanto en el combate como en el manoseo de Seredil por voluntad propia. Llevaba dentro un fuego especial, pero ¿bastaría para sobrevivir a Korkof?

Dubitativa, alzó el rostro hasta encontrarse con aquellos iris que había memorizado, moteados de fragmentos diminutos y más oscuros que el conjunto completo.

«Sí», pensó con firmeza. Sobreviviría a Korkof y obtendría algo suyo por sus medios, sin que su padre se lo sirviera en bandeja.

Por primera vez en la vida, Kara se enfrentaba a su propio futuro, no al que otros elegían. Y lo haría de frente y con la cabeza bien alta.

66

En cuanto Ashbree se hubo calmado, Rylen convocó al consejo para tratar otros temas importantes. Ilian había hecho amago de desaparecer, probablemente para sumirse en su dolor, pero Rylen todavía lo necesitaba para que informase de la situación en Felnor. No obstante, fue Ashbree quien lo convenció de acompañarlos.

Los consejeros apenas tardaron media hora en acudir a su llamada, una media hora que se tornó tensa. Estaban los tres en la sala del consejo, en silencio y pensando en sus propios problemas. Y aunque Rylen estaba deseando diseccionar aquellas mentes que tanto admiraba, sabía que no tenía derecho a ello.

Observó a Ilian juguetear con la daga que él mismo le había regalado al nombrarlo general, hundiendo la punta en un dedo lo justo para no hacerse sangre y dándole vueltas una y otra vez. Pero quien más le preocupaba era Ashbree.

Abrazada a sí misma, había clavado la vista en el paisaje al otro lado de la ventana, el rostro desprovisto de emoción. Sabía que lo que Ilian había confesado en un arrebato de rabia era doloroso. Él no imaginaba qué sentiría de saber que había alguien masacrando a su gente y que no podía hacer nada para evitarlo. Se volvería loco, seguro. Y ella... Rylen no podía afirmar que ella no estuviera en ese camino. Y con un poder como el que Ashbree albergaba, su odio no tendría límites.

Así estuvieron esa media hora, sin pronunciar palabra, hasta que, uno a uno, fueron llenando la sala. Lindari, su Consejera de Justicia, se acercó a la heredera y le expresó su alivio por que se hubiera recuperado. Aquella fémina era la mejor apuesta en su consejo, con la cabeza sobre los hombros y siempre poniendo la otra mejilla. Ashbree le mostró su gratitud y le dedicó una sonrisa tirante que no escapó al escrutinio del rey ni de Ilian.

Galania, la Consejera de Comercio, la observó con suspicacia, puesto que ninguno, aparte de Lindari, había llegado a hablar con Ashbree durante Veturnaetur. Cordal, Consejero de Políticas Exteriores, la estudió como si estuviera frente al manjar más suculento. De seguro que su mente estaría abordando las diferentes posibilidades de explotar a Ashbree en favor de Lykos. Pero no lo iba a permitir.

El último en entrar fue Saeros, su Consejero de la Moneda. Se quedó parado unos segundos, como si la mera presencia de una elfa de luz en aquellas dependencias supusiera una afrenta. Luego suspiró, les dedicó un cabeceo cortés a la fémina y al rey y ocupó su sitio.

El asiento vacío que pertenecía a Tharin Bellion adquirió presencia propia, como si les estuviera gritando su falta, pero Rylen la ignoró.

—Infórmanos de la situación en Felnor, Ilian —le pidió en primer lugar.

Aquel tema era más sencillo de abordar que cualquiera de los otros. Sobre todo teniendo en cuenta que los consejeros estaban deseosos de saber qué hacía Ashbree allí. No habían votado para meterla en el consejo, por lo que su presencia no era del todo grata, y Rylen empezaba a tener claro cuál sería la única forma de que su consejo la apoyara del mismo modo que hacía con él.

—La ciudad es nuestra —aseguró con voz carente de sentimientos—. Anoche la asediamos.

—¿Anoche? —preguntó Lindari—. ¿Cómo que «anoche»? Ningún asedio ha durado una noche. Los más rápidos han llevado semanas.

—En el sentido estricto de las palabras, hemos tardado trece días en llegar hasta las murallas exteriores de Felnor —explicó Ilian.

—Y si habéis tardado trece días en llegar a las puertas —intervino Cordal—, ¿cómo es posible que hayáis conquistado la fortaleza en una noche?

—Tengo mis tácticas —fue su seca respuesta.

—¿Has usado tu condición de Efímero? —inquirió Saeros.

Ilian hizo una mueca y asintió con la cabeza. Los consejeros intercambiaron vistazos preocupados. Y aunque él mismo hubiera empujado a Ilian hacia aquella vertiente, haberlo destituido de su cargo como general era lo mejor para que su consejo dejara de temer por sus vidas.

—¿Acaso la traición de Tharin ha servido para que afrontemos esta guerra como deberíamos haber hecho hace siglos? ¿Con mano de hierro? —prosiguió su medio hermano.

Para sorpresa del propio rey, Saeros había sido el único de sus consejeros que no había exigido represalias por el asesinato de Tharin. Probablemente porque se alegraba de su muerte. Rylen le lanzó un vistazo a Ilian, quien estaba a punto de responder algo tajante, solo que no se lo permitió.

—Las tácticas bélicas siguen siendo las mismas, lord Saeros. —El aludido deslizó la vista hacia el rey con ciertas reticencias—. Pero perder Felnor ahora habría supuesto un revés muy grande.

—La ciudad se hallaba protegida por berserkers y con defensas diferentes a las nuestras —explicó Ilian—. Nuestros soldados estaban extenuados; no tuve la certeza de que fuéramos a recuperar ese enclave. Así que tomé la decisión que garantizaba menos bajas por nuestra parte.

Las palabras de Ilian sobrevolaron el ambiente.

—Entonces... —intervino el Consejero de Políticas Exteriores—. ¿Felnor es nuestra de nuevo?

—Sí —contestó el rey—, y esta vez no dejaré que vuelva a caer en manos de los elfos de luz. Es nuestra mayor defensa. Si la reclaman y suben hasta el norte, no habrá ninguna otra ciudad en línea hasta las montañas.

Con lo accidentado que era el terreno de Lykos, la mayoría de las tierras planas se dedicaban a la agricultura y estaban plagadas de aldeas y pueblecitos que no contaban con defensas. Las ciudades estaban en la base de las montañas, construidas de formas apiladas para aprovechar todo el terreno posible. Por lo que no había nada entre Felnor y las Brinthor, y sería muy fácil arrasar con su gente.

Hasta entonces, habían tenido la seguridad de que incluso aunque Yithia subiera más al norte y reclamara terrenos, aunque perdieran el control de pueblos y aldeas, jamás podrían atravesar el paso de lo que en el sur se conocía como «las montañas Calamidad». Pero ahora que uno de los atacantes de Veturnaetur había sobrevivido y había comunicado la muerte de Ashbree, podría divulgar la forma de atravesar sus montañas.

—Ilian, en cuanto puedas —prosiguió—, necesito que me entregues informes de bajas, recuento de munición, estado de las murallas. Si has aprendido algo de las defensas berserkers, trasmíteselas a la nueva general. Felnor no volverá a caer.

Ilian asintió, sin rastro de sentimientos.

—¿Quién asumirá el puesto de Tharin Bellion en el consejo? —preguntó la Consejera de Comercio, cambiando de tema—. Puesto que no tiene herederos, propongo que alguno de nosotros se quede con sus bienes y asuma su rol.

Aquella fémina era demasiado astuta, Rylen siempre lo había sabido. Pero lo que proponía era imposible.

—Designaremos un nuevo Consejero de Agricultura. No sería justo que alguien tuviera la potestad de votar doble en las sesiones. Los bienes de Tharin Bellion pasarán a disposición de la corona hasta que haya sustituto. Y teniendo en cuenta el panorama actual de la guerra, me gustaría ofrecérselo a Orsha Makog.

Los consejeros abandonaron su mutismo y se manifestaron con bufidos, risas, monosílabos de incomprensión y todo tipo de comentarios que ejemplificaban su desacuerdo. No obstante, el rey solo estuvo pendiente de la reacción de Ilian, cuyo rostro mutó del hieratismo a la conmoción para pasar al agradecimiento.

Rylen había perdido la cuenta de la cantidad de veces que le había ofrecido a Orsha terrenos y una casa en la que vivir, para que se jubilara y dejara de servir en palacio. Pero ella siempre se había negado, alegando que dejaría de trabajar cuando sus manos se quedaran muertas. Con aquella propuesta, podrían darle otro oficio en el que la hembra no se deslomara y pudiera descansar.

—Orsha es troll. Tiene mayor conocimiento sobre la naturaleza que cualquiera de nosotros —explicó Rylen por encima del estruendo—. Ha vivido varias guerras, nuestras y propias, allá en las marismas de Shazaak. Y es de las chamanas más poderosas que se haya conocido. Además, sobrevivió al viaje a la isla cuando huyó del continente, viviendo en algunas de esas aldeas que interfieren en el ascenso hasta Glósvalar desde Felnor. No conozco a ningún vaettir más capaz que ella para ostentar el puesto de Consejera de Agricultura.

—El consejo debe estar formado por elfos oscuros —dijo el Consejero de la Moneda.

—¿Qué ley indica eso, lord Saeros? —prosiguió el monarca—. Porque, hasta donde yo sé, en ningún lado se establece el origen de los miembros de este consejo. Quizá lo que le haga falta sea un poco de diversidad. Ya hemos empezado incluyendo a una elfa de luz —Rylen estiró la mano hacia Ashbree, quien se mantuvo firme—, no veo por qué no podemos integrar a más razas.

—No se votó su inclusión en el consejo, majestad —apuntó la Consejera de Justicia.

—Creía que vos, precisamente, Lindari, estaríais de acuerdo con que la emperatriz de Yithia tomara partido en las decisiones bélicas venideras.

—Y lo estoy, pero eso no significa que me agrade la toma de decisiones dictatoriales. —Lanzó un vistazo fugaz a Ilian—. No es así como funciona el norte.

Rylen apretó la mandíbula y tuvo que inspirar hondo para serenarse. Paseó la vista por los allí reunidos y contó mentalmente. Siendo impares, era muy probable que la votación de meter a Ashbree en el consejo saliera en su contra. Rylen le lanzó un vistazo a su Consejero de Políticas Exteriores, quien permanecía meditabundo. Él estaría valorando los pros y los contras de tener a una troll en el consejo, lo que iba más allá de ocupar un simple asiento. No querían a Ashbree porque era una elfa de luz, representaba al enemigo más directo. Orsha, no obstante…

—Votemos, pues —concedió Rylen, en una apuesta muy arriesgada—. Votos a favor de concederle a Orsha Makog un puesto en el consejo.

El rey fue el primero en alzar la mano, seguido de Lindari. Saeros expresó su negativa, así como Galania.

—Lord Cordal, solo faltáis vos —dijo Rylen en tono conciliador.

La tensión a su alrededor era tan densa que le costaba respirar. El consejero, sobresaltado, alzó la vista antes de aclararse la garganta.

—Si bien Orsha no es miembro pleno de nuestra sociedad, sí considero que sus conocimientos podrían ser de provecho para el reino. Voto a favor.

—¿Qué? ¿En qué estás pensando, Cordal? —le recriminó Galania.

—Tú, como Consejera de Comercio, deberías ver un poco más allá —respondió Cordal, para sorpresa de todos—. ¿Cuánto se beneficiarían las arcas de una mejor explotación de los campos? Los elfos de luz resisten tan bien a pesar de todas las escaramuzas porque nos sacan mucha ventaja en cuanto a agricultura y ganadería. Están a un nivel muy superior al nuestro. Y ella, siendo que domina los elementos de la madre naturaleza, podría hacer mucho bien a nuestra gente.

—Ahora es cuando nos dices que también votarías a favor de la inclusión de una Aldair en nuestro consejo —espetó Saeros, mordaz e incrédulo a partes iguales.

Ilian reaccionó al comentario de su hermanastro con un amago de levantarse y acercarse a él, pero Ashbree se lo impidió. No obstante, Rylen estaba más interesado en lo que tuviera que responder su consejero.

—No. Eso no lo toleraré —atajó, y el nudo de presión que Rylen sentía en el pecho se apretó—. Y no creáis que no sé qué significa esto —añadió—: Que Orsha Makog, junto a Lindari, se pondrá de parte del rey para que la joven Aldair se siente a nuestro lado y decida.

—La emperatriz —lo corrigió el soberano. Había aguantado demasiado sus insolencias—. Y aunque así fuera, estaríamos en empate. No obstante, trataremos esa cuestión con todos los miembros del consejo presentes. Doy la sesión de hoy por terminada.

Rylen tuvo que apretar los puños por debajo de la mesa, porque sus consejeros lo conocían demasiado bien. Ahora ya no cabía ninguna duda de que no conseguiría convencer al resto de que se pusieran de su lado. Y con un empate, solo le quedaba una única opción para que Ashbree formara parte de su consejo. Aunque antes tenían otro asunto que tratar con ella.

67

—Hay algo que tendrías que ver en las catacumbas —dijo Rylen cuando se quedaron a solas.

Ilian, que parecía un poco ido desde que el rey le había informado de su destitución, devolvió su atención a la realidad y se acercó a Ashbree.

Sacando la entereza de su nuevo puesto como emperatriz, ella asintió con la cabeza. Seguía sin recuperarse de la noticia de las masacres, y solo rezaba por que lo que la aguardara allí abajo no supusiera un mazazo más en las costillas.

Mientras bajaban los tres juntos, Ashbree no podía dejar de pensar en el estado precario en el que estaría viviendo el Imperio de Yithia bajo el yugo de su padre. Y eso la llevó a plantearse si no habría sido todo el tiempo así; si Arcaron Aldair siempre había sido un déspota y ella no lo había visto. Saber que su propio padre estaba ajusticiando a sus ciudadanos por tener una opinión diferente, por exigir respuestas, por apoyarla, le ponía mal cuerpo.

Después del desayuno, Ilian le había explicado que Arcaron Aldair había difundido la noticia de su defunción, relatada en primera persona por un superviviente del ataque durante Veturnaetur. ¿Y eso había enfurecido más al pueblo? Ashbree sabía que tenía adeptos mucho antes de que todo se torciese. Pero ¿tan arraigada había estado la palabra de la Hija de la Luz para que se diera aquel baño de sangre?

Sin duda, Cyndra se había dejado la piel en convertirla en una diosa, aunque ahora daba gracias a que no hubiera sido de forma literal. No obstante, los verdaderos dioses no estaban contentos con las hazañas que Ashbree sí había hecho y, además, uno de ellos tenía una misión para ella. Una desconocida y que le desagradaba, porque acrecentaba la sensación de ser un peón. Sabía que debía contárselo a Ilian y profundizar más en el tema con Rylen, pero hacerlo supondría abrir la herida de Elwen y aún no se sentía preparada.

Desconocía qué podía implicar estar en el punto de mira de los dioses, si se involucrarían de forma activa en el conflicto o si lo dejarían pasar a la espera de ver su siguiente movimiento. Y Ashbree lo tenía muy claro: haría lo que fuera para detener la guerra. Estaba harta del sufrimiento, de que se sacrificaran tantas vidas. Lo que había hecho Ilian en Felnor... No podía reprochárselo, era la guerra y estaba convencida de que su gente no habría dudado antes de pasar por la espada a quien fuera. Pero dolía de una forma profunda.

Fue entonces cuando se dio cuenta de que ya habían llegado a las mazmorras. No había electricidad tan abajo, por lo que los pasillos tallados en la piedra estaban iluminados por antorchas colocadas estratégicamente. Le recordaba a las catacumbas del palacio de cuarzo, donde tantas horas había pasado entrenando y perfeccionando sus técnicas de sanación. Aunque antaño hubiera odiado esa vida, ahora la extrañaba. Deseaba volver atrás, cuando todo era más sencillo y no tenía que cargar con el peso de un imperio.

Recorrieron varios pasillos en silencio, tan húmedos que le arrancaban escalofríos. Fue muy consciente de cómo Ilian la miraba de reojo, deseoso de envolverla con el brazo para paliar sus temblores. Pero en aquel momento ella era Ashbree Aldair, la séptima emperatriz, y debía mostrar entereza.

Se detuvieron en un corredor angosto en cuyo centro estaba plantado Haizel, de brazos cruzados. De un vistazo a una de las celdas, reconoció a Calari Laurencil, hecha un ovillo en la esquina más alejada de los barrotes. El corazón le dio un vuelco y no supo si por ver a la responsable de su «muerte» o por comprobar el estado deplorable en el que se encontraba.

—No quiere comer —explicó Haizel, que se había percatado de su escrutinio.

Al margen de lo delgada que se la veía, tenía el pelo blanco enmarañado y los ropajes sucios. Estaba en un estado de deterioro que ni los vagabundos de los suburbios de Kridia.

—Su sentencia es tuya, dragona —comentó Rylen en un murmullo.

Notó su presencia tras ella y Ashbree simplemente asintió con la cabeza. En Milindur, aquella fémina le había inspirado pavor solo con verla de lejos. Y ahora, con el cuerpo maltratado y la mirada perdida..., no era más que un fantasma de la temible asesina que un día fue.

—Calari —la llamó.

La aludida dio un respingo y, muy despacio, giró el rostro en su dirección. Su expresión se tornó sorprendida y la miró de arriba abajo.

—¿Estáis viva? —Ashbree asintió, los labios apretados en una delgada línea—. ¿Cómo? Yo os... —Agrió el rostro, como si el recuerdo le desagradara, pero ¿no había sido ese su cometido?—. Me alivia saber que estáis viva, alteza —suspiró, los hombros más relajados.

—No es gracias a ti.

—Lo sé...

Durante unos segundos, ambas se limitaron a observarse, Ashbree repasando aquellas facciones que siempre le habían resultado familiares de un modo peculiar.

—Sé que las disculpas no sirven de nada a estas alturas —prosiguió, su voz más ronca por la precariedad de su situación—, pero quiero que sepáis que no tenía nada en vuestra contra. Nunca os habría atacado a menos que hubiera tenido la certeza de que poníais al imperio en peligro. Y no era la situación.

Terminó la frase en un murmullo, como si le costara reconocer sus errores. El enfado crecía en el cuerpo de Ashbree a cada segundo que pasaba en su presencia, recordando los horrores que habían vivido por su culpa.

—¿Sabéis qué ha sido de mi hermana? —preguntó entonces, arrancándola de los recuerdos.

—¿Cómo has dicho?

Ashbree se quedó perpleja, creyendo no haberla oído bien.

—Cyndra Daebrin y yo compartimos padre. Es mi hermana. Y yo... Yo...

Ahora entendía por qué siempre le había resultado familiar, y se preguntó si Cyndra lo sabría; si llegaría a saberlo algún día. En los ojos de Calari atisbó un destello de arrepentimiento, tal vez; un algo profundo y demasiado enmascarado como para estar segura de lo que era.

—Está en el continente —dijo sin más, aferrándose a la esperanza. Aun así, había algo que no le cuadraba en esa pregunta que le había hecho—. ¿Por qué preguntas por ella? Hasta donde yo sé, nunca tuvisteis relación.

Calari agrió el rostro y se refugió más en la fortaleza que conformaban sus brazos y piernas.

—Tu emperatriz te ha hecho una pregunta —soltó Ilian en un tono amenazador.

Todo en la asesina se tensó y, muy despacio, devolvió la atención a Ashbree. La estudió una vez más, y ella se esforzó en mantenerse estoica.

—¿Emperatriz?

—Contesta a la pregunta —intervino Rylen.

Calari se tomó unos segundos para pensar antes de que sus hombros se hundieran de nuevo.

—La encontré gracias a un chivatazo del comandante Gandriel y se la entregué al emperador. No supe más de ella. Yo solo cumplía órdenes —añadió en un murmullo.

Calari era incapaz de sostenerle la mirada, aún abrazada a sus piernas.

El enfado invadió a Ashbree y tuvo que tomar aire profundamente para que su luz se mantuviera dentro de su cuerpo. Sabía que era su hermana y, aun así, Calari no había dudado en entregarla a la justicia. Esa fémina era cruel. Y, sin embargo, la emperatriz entendía lo que implicaba moverse por el imperio, intentar hacer lo que una creía correcto, siguiendo una guía que nunca le había fallado. Hasta que llegaba esa primera vez que cambiaba cómo lo veías todo. Con Ashbree había sido el primer golpe procedente de las manos de su padre. Quizá con Calari fuera aquella situación. ¿Estaría dándose cuenta de cómo era el imperio al que había creído servir? Ella misma llevaba semanas haciéndose a la idea, y seguía doliéndole constatar la realidad. Pero Calari llevaba años sirviendo en el ejército, era teniente de la Orden más mortífera de la milicia.

Le tentaba sentenciarla a muerte, aplicar la primera condena que su padre había decretado para su hermana y quitársela de en medio. No obstante, ahora que Cyndra estaba viva, perdida en el continente, no quería tomar aquella decisión sin hablar con ella primero. Resultaba evidente que nunca iban a ser íntimas, pero seguía siendo su familia. Y Ashbree había aprendido a atesorar la importancia de cualquier ser querido.

—¿Cuáles son las sentencias más comunes en el Reino de Lykos? —le preguntó a Rylen, sin girarse a mirarlo.

El cuerpo maltratado de Calari presentaba cierto magnetismo, y cuanto más la miraba, más pena sentía por ella.

—Dependiendo del grado de la falta. Libertad condicional, prisión, cadena perpetua, trabajos forzosos, muerte... Nosotros no exiliamos, si es lo que te estás preguntando. Siempre me resultó ridículo mandar a otras naciones nuestra propia... basura.

Rylen habló con la altanería propia del Rey de los Elfos, un personaje al que había empezado a olvidar. Fallo suyo.

—Calari Laurencil, por los crímenes cometidos, sean intento de regicidio, participación indirecta en el tráfico de miel de plata y homicidio involuntario, yo, Ashbree Aldair, séptima emperatriz de la Era Solar, te condeno a trabajos forzosos con cadena perpetua.

Calari levantó el rostro para mirarla, su gesto tomado por la estupefacción.

—Avisaré de que la trasladen a las minas de Anararca —le informó Haizel.

—Gracias —respondió el rey.

Con un último vistazo, Ashbree se despidió de aquella mancha en su vida y se giró para marcharse, entendiendo que aquello era lo que Rylen quería que viera. No obstante, en cuanto miró más allá, sus pies se quedaron plantados al encontrarse con los iris dorados que la observaban al otro lado de los barrotes contiguos.

—Lorinhan...

Los ojos se le anegaron de lágrimas y sintió una opresión muy fuerte en el pecho. Lorinhan Mebel, su tutor, el varón que había sido como un padre para ella, estaba allí, encerrado. Y justo al otro lado, Thabor Ronnir, agarrado a los barrotes.

Devolvió la atención a su mentor y se acercó al enrejado, repasándolo con la mirada una y otra vez. Parecía ileso, aunque sus ropajes también estaban sucios y su aspecto, desmejorado. Lorinhan la estudiaba con una sonrisa amable en los labios, esa que tantísimas veces le había dedicado, aguardando a que ella dijera algo más.

—¿Cómo...? ¿Qué hacéis encerrados? —Airada, se giró hacia el rey y lo fulminó con la mirada—. Suéltalos. Ahora mismo.

—Ash, no es...

—Me da igual lo que vayas a decir, los quiero fuera de las celdas *ya*.

La rabia tomó el control de su cuerpo de forma tan repentina que apenas fue consciente de que estaba brillando. Ashbree se sentía palpitar, su luz convertida en un pulso que se mecía a su alrededor. No sabía qué aspecto estaría mostrando exactamente, pero le complació reconocer la amenaza en el rostro de los tres varones que la acompañaban. Incluso en Rylen Valandur, Rey de los Elfos.

Fue él quien dio un paso al frente, a pesar de la amenaza de su luz, con las manos alzadas en un gesto de paz.

—No es quien dice ser, Ashbree.

—Qué significa eso. —Su voz estaba tomada por el enfado, pero no le importó.

El rey compartió un vistazo con el preso y fue Lorinhan quien habló.

—Rylen tiene razón, Ashbree. Hay muchas cosas de las que debemos hablar.

—¿Cosas que impiden que te saquen de ahí?

Lorinhan y Rylen volvieron a mirarse, y aquel gesto la desconcertó.

—Yo no lo voy a soltar —afirmó el soberano.

Ashbree miró por encima del hombro del varón, donde Ilian lo observaba todo en silencio. ¿Qué potestad tenía ella para ordenarle *al rey* que liberara a un preso?

—Lorinhan Mebel y Thabor Ronnir son yithianos. Sus vidas me pertenecen y, como tal, ordeno que sean puestos en libertad. Asígnales unas dependencias con custodia, me da igual. Pero los vas a liberar, Rylen.

Su tono no admitía réplica, mucho menos con la amenaza de la luz que la envolvía como un fuego inextinguible, y así lo percibió el rey también, puesto que un músculo en su mandíbula se crispó. Reticente, Rylen miró a Haizel.

—Avisa a la guardia real —le pidió—, que los escolten hasta alguna de las dependencias más altas, en la última planta, y aposten vigilancia en las puertas y balcones. Nadie entra ni sale sin mi autorización.

—O la mía —añadió Ashbree en dirección al conjurador oscuro.

Haizel asintió con cierta reticencia y se marchó, no sin antes lanzarle un vistazo de soslayo a Thabor, quien le sonreía con malicia.

—Hay algo más de lo que quiero hablar con vosotros —les dijo Rylen en un tono confidente que la preocupó.

«Más sorpresas no», pensó con agonía.

—¿No puede esperar a que hable con ellos primero? —Ashbree señaló a Lorinhan, porque se moría por recuperar un pedazo de su antigua vida.

Con los labios apretados, Rylen le lanzó un vistazo extraño a su tutor.

—Os estaré esperando —dijo Lorinhan con su amabilidad característica—. No iré a ninguna parte.

La sonrisilla que su tutor le lanzó al rey hizo que las propias comisuras de Ashbree ascendieran con diversión.

—Os veré luego —fue lo último que alcanzó a decirle antes de que Rylen los sacara de allí envueltos en sus sombras.

68

Cyndra había pasado los ocho días más extenuantes de su vida. Había soportado maltratos en lo que tendría que haber sido su hogar, la habían encarcelado y sometido a aislamiento. Enjuiciado y mandado al exilio con un naufragio de por medio. Y jamás se había sentido tan agotada.

Enil se había tomado muy en serio lo de tutorizarla, porque se negaba a falsificar los documentos que la ratificaran como la aspirante a valquiria más apta de su escuela. Por mucho que la mujer hubiera tomado la decisión de perseguir el amor en lugar del honor, le había resultado doloroso. Y no estaba dispuesta a ensuciar más su nombre ni a robarle el puesto de candidata a una mujer más apta que ella.

Saber que Ash se encontraba en el continente, camino a Oddin para contraer nupcias con el *jarl*, la ponía nerviosa, porque con cada jornada que transcurría, tenía más la sensación de que sus caminos se alejaban. Intentó partir por su cuenta en un momento de desesperación, tras dos días intensos de entrenamientos casi de sol a sol. Pero pronto se dio cuenta de que no sobreviviría. Era una elfa sin collar de esclavo, y eso le concedía cierto estatus, pero la sociedad korkofita no estaba acostumbrada a ver seres libres de su especie. Suscitaría sospechas, pensarían que era una esclava fugada y se enfrentaría a la ley, porque no tenía ninguna forma de demostrar que era libre.

Había terminado dándose cuenta de que el mundo más allá de las fronteras yithianas era tan peligroso como el de su propio hogar. Y si algo le habían enseñado los malos tratos de su padre era a sobrevivir.

Así que Cyndra se volcó de lleno en el entrenamiento. Comía por encima de sus posibilidades y se esforzaba en ayudar a la pareja benefactora en todo lo que pudiera. Había aprendido a pescar con maestría en muy poco tiempo —en parte gracias a esa paciencia poderosa— y ayudaba a la huldra con la artesanía para que tuvieran más productos que vender en los días de mercado. No quería sentirse una lacra, así que se esforzaba al máximo en todos los aspectos. Aunque el más duro fuera el de la academia.

Las estudiantes no se habían tomado a bien que hubiera una nueva postulante, mucho menos que no fuera una mujer, y se ensañaban con ella todo lo que podían y más. Siempre bajo la atenta mirada de Enil, que las incentivaba con combates cuerpo a cuerpo y con armas romas a cada minuto.

Cyndra agradecía esa presión, porque impedía que pensara en la angustia por la separación de Ash, en el dolor de no tener a Seredil a su lado y en el miedo por que las aguas se la hubieran tragado.

Su entrenamiento militar le permitió adaptarse rápido a aquella rutina, a los patrones de movimiento de las valquirias, a sostener armas berserker —más pesadas que las yithianas—. El cuerpo de Cyndra, tan acelerado por su genética, se iba torneando a pasos agigantados e iba ganando la masa muscular que había perdido por su cautiverio y más. En esos ocho días dedicó cada segundo de luz a convertirse en el arma perfecta, sacándole cada vez más brillo.

Las primeras jornadas mordió más polvo que nunca como tiradora. Tuvo el cuerpo magullado y plagado de cardenales ahí donde su piel se había encontrado con las armas de sus adversarias. Cada golpe y herida era un recordatorio de que esa podría haber sido su muerte, y con cada nuevo entrenamiento, regresaba a casa con menos magulladuras. Poco a poco, se iba ganando la admiración de Enil, que hasta le recomendaba que se lo tomara con más calma. Pero no había lugar para la calma cuando la posibilidad de reencontrarse con su hermana de batallas se acercaba y alejaba al mismo tiempo.

En cuestión de cinco días, después de escupir demasiada sangre por los puñetazos recibidos en los entrenamientos y de que siempre se mantuviera en pie, la actitud de sus compañeras empezó a cambiar. Seguía sin entender casi nada de lo que hablaban, aunque reconociera algunos insultos y su nombre, pero dejaron de reírse de ella cuando acababa tirada en el suelo, y algunas incluso la ayudaban a levantarse ofreciéndole la mano antes de reanudar esa danza macabra a la que se había acostumbrado.

Por las noches, en lugar de exprimir cada minuto en sueños reparadores, dedicaba una hora a meditar. Xiana le había explicado cómo lo hacía ella para entrar en sintonía con su yo interior y controlar el burbujeo de un poder que no tenía parangón. Porque lo único que las huldras no podían hacer, con esa magia difícil de comprender, era resucitar a los muertos. Y gracias a esas nociones vagas, empezó a conectar con su dios.

Dalel no había vuelto a mostrarle nada tan claro como el apresamiento de Thabor en los muelles de Kridia, que consiguió evitar, ni alucinó con pedazos de futuros que ya ni recordaba. No obstante, sabía que había algo que el dios del destino pretendía decirle. Con cada nueva meditación, la sensación de que se avecinaba una guerra cruenta crecía más y más. Y aunque preguntaba y rebuscaba entre las madejas de hilos de su mente, no conseguía encontrar el cabo de su propio rol en el porvenir. Sabía que Ash estaría involucrada, una emperatriz reclamando su trono, y que una fuerza mayor estaba por llegar. Pero no conseguía entenderlo.

Ese augurio extraño hacía que sus ansias por reencontrarse con su amiga crecieran, pero sabía que era pronto. Que no estaba a la altura del resto de sus compañeras valquirias y que aún tenían tiempo. No habían fijado fecha de las nupcias todavía, pero sospechaban que se tomarían su tiempo. Y a Cyndra solo le quedaba rezar para que fuera el suficiente como para cruzar Korkof hasta Oddin.

Estaba tan sumida en sus pensamientos que no se dio cuenta del amago que hizo la aspirante a valquiria a la que se enfrentaba, quien la engañó por completo y consiguió colarse en su flanco izquierdo. La golpeó con el escudo, una arremetida potente de madera contra su caja torácica que la lanzó al suelo y la dejó sin aliento.

Cyndra boqueó varias veces, buscando el oxígeno preciado. El dolor era punzante, como si tuviera una aguja clavada en los pulmones. Había resbalado sobre la tierra, porque la espalda le ardía. Y notaba la cabeza pesada.

Aunque sus compañeras nunca se habían refrenado al luchar con ella, aquel golpe había sido brutal y no conseguía sobreponerse al *shock* para respirar.

Vio una decena de cabezas a su alrededor, hablando entre ellas, con preocupación y divertimento a partes iguales, hasta que Enil se abrió paso entre ellas y levantó a Cyndra agarrándola de un brazo. La puso en pie sosteniendo todo su peso, con esos músculos imposiblemente grandes, y cuando la irguió, le dio una palmada en la espalda. Cyndra trastabilló hacia delante, con la espalda ardiendo doblemente, pero el golpe sirvió a su cometido y consiguió que sus pulmones reaccionaran.

—Bien hecho —dijo la valquiria con una risa.

Cyndra había aprendido qué significaba aquello en bersker por las pocas veces que lo pronunciaba. A pesar del dolor, en sus labios se perfiló una media sonrisa orgullosa. Porque estaba convencida de que si esas aspirantes a valquiria no la mataban, no lo haría nadie.

Con el aliento escapando en vaharadas gélidas, se levantó la camisa y el chalequillo de vellón para descubrirse el costado. Un «uh» entremezclado con siseos se alzó entre las estudiantes, además de algunas risillas. Tenía todo el lateral derecho de un feo tono amoratado que no haría más que oscurecer en los próximos días y, además, se le habían marcado los remaches metálicos del escudo en la piel.

—Nada grave —le aseguró Enil en huldrú.

Cyndra rio por la nariz, porque solo una valquiria podría ver esa mácula horrenda y decir que no era grave. Aunque los pulmones le silbaban al respirar, el frío de aquella tierra surtía un extraño efecto insensibilizante que iba bastante bien para paliar los golpes.

Una presencia en la puerta del edificio atrajo la atención de todas y Cyndra reconoció a Xiana en el umbral. Apareció con la respiración agitada, gesto que no escapó al escrutinio de la valquiria, quien se acercó a ella aprisa. Gritó algo por encima del hombro que Cyndra intuyó que significaba que tenían un descanso, porque el resto de los estudiantes dejaron sus armas y se acercaron al cubo de agua escarchada para mojarse los labios.

Con cuidado, se palpó el costado, ignorando las múltiples cicatrices y, sobre todo, la marca que Elegor le había dejado en el abdomen al quemarla con el anillo que podría haberle conseguido un pasaje a la isla. Pasaje que ahora agradecía no haber obtenido, porque la habría alejado de Ash. Tenía la piel hipersensible al tacto, y sabía que le iba a costar sobreponerse a un golpe tan brutal. Dada la diferencia corporal entre aquellas mujeres y las féminas, era toda una suerte que no la hubieran estampado contra una pared al golpearla con el escudo. Ella no pesaba nada en comparación con sus adversarias, por mucho que estuviera ganando músculo. Su único consuelo a aquellas alturas —además de saber que iba progresando— era que ninguna la había vencido en puntería, por mucho que se esforzaran y rabiaran por ello, ni en agilidad.

—¡Cyndra! —la llamó Xiana.

Alertada, miró en su dirección y descubrió a Enil con el semblante serio. La huldra le hizo un gesto con la mano para que se acercara. Mientras avanzaba hacia ellas recolocándose la ropa, no podía dejar de pensar en qué podría haber pasado. En qué noticias crearían esas arrugas de preocupación en su rostro.

«Que Ash esté bien, por favor», les rogó a los dioses en silencio.

—¿Qué tal ha ido el mercado? —le preguntó a la huldra al llegar a la puerta.

Ese fin de semana, habían estado Enil y ella solas en la cabaña, puesto que Xiana había viajado a Jellin para colocar su puestecillo quincenal. La valquiria había querido acompañarla, pero su pareja había terminado convenciéndola de que podía encargarse ella sin problema.

—Bien, bien, lo he vendido todo. Incluso tu manufactura —añadió con una sonrisa tímida.

Cyndra le correspondió el gesto, porque sabía que vender los vasos que había soplado con Xiana era toda una proeza de lo mal que habían quedado.

—Me alegro.

Un silencio expectante se instaló entre las tres, hasta que Xiana suspiró e inclinó la cabeza para poder pasar las astas de ciervo por debajo del marco de la puerta y acercarse a ella.

—Cuando estuvisteis en Jellin, a ninguna se os ocurrió apuntarte en el registro portuario como superviviente de El Lamento de la Sierpe, ¿verdad?

Xiana había hablado en huldrú, para que Enil también la entendiera. Cyndra dudó de si lo había comprendido, pero tanto ella como la valquiria terminaron negando con la cabeza.

—No sabía que había que hacerlo.

—Yo tampoco —confesó Enil.

Una inquietud desconocida se hizo con el cuerpo de Cyndra.

—Después de instalar el puestecillo, me acerqué al registro a preguntar, por si había algún cambio —les explicó Xiana. Con cada palabra que escapaba de esos labios gruesos, Cyndra se tensaba más y más—. Pues resulta que tenían constancia de una superviviente al naufragio. Seredil Gonner. Y que partió hacia Oddin con la próxima emperatriz de Yithia. Con la prometida del *jarl*.

Cyndra se quedó lívida. La conmoción por el golpe recibido no tuvo nada que envidiarle al descubrimiento de que Seredil, la mujer a la que amaba y en la que se había negado a pensar por no ahogarse en su sufrimiento, seguía viva.

Por inercia, sus ojos se clavaron en el áspero anillo de cuerda que le rodeaba el anular. Su prometida, viva.

Su pecho se infló como si respirara por primera vez después de tres semanas y se inundó con la calidez propia de la esperanza. Una esperanza que se extinguió con el amargor de la realidad.

Cyndra Daebrin no había tenido ni paz ni suerte en sus últimos veinte años de vida. ¿Por qué iba a cambiar eso ahora?

69

Ashbree se descubrió sentada en la seguridad de su propia cama, llevada allí por las sombras del rey. Y aunque aún no se acostumbraba a desaparecer y reaparecer, no era en eso en lo que estaba pensando.

Lorinhan y Thabor estaban allí, en Glósvalar; Cyndra se encontraba en algún punto del continente, y no había rastro alguno de Seredil... No todas las noticias eran buenas, pero después de mucho tiempo, un atisbo de esperanza le caldeó el pecho, junto a la luz que llevaba dentro.

No obstante, sabía que algo estaba cambiando; que muchas cosas iban a cambiar, tal vez, porque Rylen observaba fijamente el paisaje a través de los ventanales en un mutismo estoico. Sus ojos permanecían fijos a pesar de la claridad del día soleado —que debería molestarle a la vista— y del ajetreo de unas calles llenas de vida por ser día de mercado. Mientras, Ilian estudiaba a su rey con gesto serio y jugueteando con el pendiente del labio. El exgeneral lo estaba leyendo sin necesidad de palabras, y Ashbree se dio cuenta de que ella también podía hacerlo.

Los tres estaban conectados de una forma que trascendía más allá de sus propias existencias. Porque los tres habían bailado con la muerte: Rylen, al sobrevivir a la traición de Ayrin; Ilian, al resucitar tras el ataque de Arathor; Ashbree, al despertar después del apuñalamiento. Elwen le había dicho que su misión no había terminado, y observando a los dos varones de su vida, se preguntó si esa «casualidad» cósmica estaría relacionada con todo lo que estaban viviendo. Si el cambio que percibía en su interior también lo estaría.

Porque al ver a Lorinhan y sentirlo amenazado, su luz había reaccionado con violencia, una violencia dirigida, en cierto modo, a Rylen. Ella no era así, o no lo había sido hasta no hacía demasiado tiempo. Tenía constancia de que los Efímeros desarrollaban su poder de diferentes maneras, y si ya le estaba costando manejar su don, no podía ni quería imaginar qué sucedería con el transcurso de los años. O qué pasaría cuando se enfrentara a la crudeza de la batalla, porque sabía que ese momento llegaría. ¿Conseguiría refrenar todo el odio que llevaba dentro a tiempo, o se convertiría en un reflejo de Ayrin Wenlion?

En el fondo, estaba aterrada con todo lo que había sucedido y lo que estaba por venir, así que agradeció que Ilian interrumpiera la quietud que los rodeaba preguntando:

—¿De qué querías que habláramos, Rylen?

—De más problemas —respondió en tono monocorde, sin apartar la vista de Glósvalar. Ilian se tensó y un músculo en su mandíbula se crispó—. No vamos a conseguir que el consejo se ponga de parte de Ashbree para introducirla en él.

Al fin, Rylen se giró para mirarlos a una y a otro, con rostro indescifrable.

—Incluso con Orsha de nuestra parte, tendríamos tres votos a favor y tres en contra —le explicó el rey a Ashbree, adelantándose a su desconcierto—. Y los empates son complicados de romper.

Ilian había apretado los puños, incómodo. Ashbree inspiró hondo, porque no tenía motivos para enfadarse con el rey, por mucho que el exgeneral sí los tuviera.

—¿Tu voto no vale más que el del resto? —preguntó con voz neutra.

Rylen negó con la cabeza y una sonrisa amable en el rostro.

—No. Tomé esa decisión en cuanto me hice con la corona porque no quería ser déspota o autoritario.

—Si no me hubieras destituido de todos mis cargos, no tendríamos este problema, porque como general, habría podido votar en los empates —espetó Ilian, mordaz—. Y la nueva general no va a estar en todos los plenos del consejo porque no puede moverse entre sombras. Beneficio que yo sí aportaba —añadió con un deje de sarcasmo.

Ashbree los observó, ambos sosteniéndose la mirada.

—Si no te hubiera destituido de todos tus cargos, ahora estarías muerto. O te habrías dado a la fuga, en el mejor de los casos. Velaré por la integridad de ambos hasta el fin de mis días, así que ya va siendo hora de que te lo metas en ese cabezón tan duro que tienes.

Algo se contrajo en el pecho de Ashbree, y vio el reflejo de ese sentimiento en el rostro de Ilian, quien observaba a Rylen casi sin parpadear. Había mucho en ese silencio, demasiadas palabras no pronunciadas, disculpas intangibles que sobrevolaban el espacio entre ambos.

Percibiendo la agitación en el ambiente, Ashbree se puso en pie y se acercó a Ilian. Él mantenía la vista fija en el rey, el ceño fruncido y los labios apretados con fuerza. En un gesto delicado, ella le acarició el rostro y lo instó a que la mirara. En cuanto sus ojos conectaron, todo en él se dulcificó.

—Sé que te duele la decisión que tuvo que tomar Rylen, que te despojara de todo lo que te has ganado en estos siglos, pero yo no puedo estar más agradecida con él. —Ilian inspiró hondo—. Te necesito a mi lado. Ahora y siempre. Y de no ser por esa decisión, no estarías aquí, de un modo u otro.

Él cerró los ojos y volvió a inspirar hondo. Incapaz de retenerse, Ashbree envolvió los brazos alrededor del cuerpo de Ilian y le alivió que él no tardara ni un segundo en corresponderle el gesto.

—Tienes tal poder sobre mí que me aterra —murmuró el exgeneral sobre su cabeza, una confesión íntima que, de seguro, el rey también habría oído.

Apoyando la barbilla en su pecho, Ashbree volvió a mirarlo con una sonrisa dulce dibujada en los labios.

—Recuerda que es mutuo. No habría desafiado a los dioses de no ser así.

Una de las comisuras de Ilian se curvó de un modo casi imperceptible antes de descender el rostro y hacer que sus labios se encontraran en una caricia tierna.

—Como iba diciendo… —Rylen hizo estallar su burbuja. Cuando Ashbree giró el rostro para observarlo, no encontró los celos esperados, sino una seriedad preocupante. Ilian se recolocó junto a ella hasta envolverle los hombros con un brazo, casi temiendo lo que el rey pudiera decir—. Sin el voto de Ilian, el empate será complicado de romper. Tardaríamos semanas en conseguir que alguno se posicionara a nuestro favor, y no tenemos ese tiempo.

—¿Tan importante es que forme parte del consejo de Lykos? —se atrevió a preguntar.

Rylen chasqueó la lengua y cabeceó de un lado a otro.

—Sí si queremos mostrarnos como una alianza. Te hemos reconocido como séptima emperatriz del Imperio de Yithia, pero eso no sirve de nada sin un ejército que te respalde, sin un consejo que te tenga en consideración. Y vamos a necesitar todo el apoyo posible para ponerle fin a esta guerra.

—¿Qué tienes en mente? —intervino Ilian—. Escúpelo ya, Rylen.

—Hay una forma. —Por primera vez desde que había empezado

aquella conversación, los ojos argénteos del monarca se desviaron hasta Ashbree y se clavaron en ella con solemnidad. Un escalofrío recorrió la espalda de la fémina y sacudió todos sus huesos cuando ella le sostuvo la mirada—. Casarme con Ashbree.

70

Halldan estuvo descansando un par de horas. Quería que el resto de los duques pensaran que se había retirado a liberar la tensión y el subidón de cortar un miembro con ella. Con su cuerpo. Kara no sabía si aquel pensamiento la repugnaba o si simplemente le daba igual, pero cuando Halldan le dijo que necesitaba reposar un rato, con voz más débil de lo que era habitual en él, tan solo pudo asentir.

Él le había dicho que aquellas eran las dependencias del *jarl*, justo en el edificio central de la capital. Aunque en aquel momento sus pertenencias no estuvieran por ninguna parte, no tardaría en recuperarlas y reemplazarlas por las de Eimmark.

—¿Qué hacen los duques aquí? —le preguntó mientras Halldan se retiraba las pieles ceremoniales con las que lo habían cubierto para disimular los vendajes.

—Probablemente, consolidar el mandato de Eimmark. Cuando alguien reclama el puesto de *jarl* sin combate mediante, los duques deben presentarse en la capital para ofrecer al resto de los korkofitas la opción de disputar el papel de Invicto.

—Creía que cualquiera podría optar a ello.

Halldan esbozó una sonrisa sutil mientras se desataba la bota con un gruñido. Rauda, Kara se arrodilló frente a él y apartó sus dedos ásperos para encargarse ella misma y aligerarle la tarea.

—Cualquiera con agallas puede presentarse, sí —respondió Halldan después de varios segundos contemplándola—. Pero el pueblo llano no suele tener los recursos, el entrenamiento y las armas para ello. Por lo general, siempre es un duque o un hijo de duque, como yo, quien ofrece el reto. —Kara tiró del talón de la bota para ayudarlo a sacar el pie—. Por eso, si no ha habido combate para ganarse ser el Invicto, se brinda la posibilidad de que los duques puedan batirse en duelo con el que ha reclamado el puesto a la fuerza. Si sobrevive a los desafíos, será digno de gobernar Korkof.

—Y ahora..., ¿qué? —preguntó, acuclillada sobre los talones.

La pierna derecha le palpitaba con insistencia, pero si él no mostraba el menor indicio de dolor con un tajo en el hombro, ella no sería menos. Los labios de Halldan se estiraron con pillería, un gesto que acentuó la cicatriz sobre su labio de un modo que Kara descubrió que quedaba atractivo.

—Me sigo desnudando.

Kara enrojeció, como si la hubieran acercado al fuego, y le lanzó un manotazo al *jarl*, quien se rio con una carcajada seca.

—Me refería a qué va a pasar a continuación.

—Nada. Sigo siendo el Invicto. Bueno, Doble Invicto.

—¿Y qué significa eso? —Halldan sonrió de nuevo, aunque en aquella ocasión el gesto estuvo cargado de cariño—. ¿Qué? ¿Por qué me miras así?

—Me gusta que te intereses por mi cultura y mi política.

—Bueno, algún día también será la mía, ¿no? —respondió con la boca pequeña. Le ardían tanto las mejillas que hasta los ojos se le cargaron de lágrimas.

—Nada me gustaría más.

Halldan alargó el brazo ileso y tiró de ella hasta colocarla de lado sobre su regazo. Kara ahogó un grito y se sentó sobre él. Era la primera vez que estaban tan cerca, con el cuerpo caliente del *jarl* bajo el suyo y muy poca ropa entre ambos. Porque hasta entonces siempre habían estado protegidos por las tupidas telas del norte, pero con tan solo los ropajes interiores de Halldan...

Kara paseó la vista por el cuerpo de aquel hombre que pronto le pertenecería. A través del fino tejido memorizó al detalle los planos y las durezas de su pecho tatuado, de una rigidez que ella habría considerado imposible. Jamás había visto a un varón, que no fueran sus hermanos, a pecho descubierto, mucho menos desnudo. Y, aun así, por debajo de los finos ropajes yithianos se intuían cuerpos poderosos y fibrados, gráciles y atractivos. Pero lo de Halldan era algo diferente; él era puro músculo ancho y trabajado hasta el exceso, sin un gramo de grasa a la vista. Solo un bíceps de aquel hombre era más grueso que su muslo, y se preguntó si aquella constitución sería lo que lo había salvado de la muerte; lo que había ejercido la resistencia suficiente como para que Eimmark no lo rajara hasta los intestinos.

Tentativa, y temblorosa, acercó la palma al pecho del *jarl*, justo por encima de su corazón, para percibir el tronar errático del órgano que lo mantenía con vida. Había estado tan cerca de perderlo...

—Respondiendo a tu pregunta... —murmuró Halldan junto a su oído, y un escalofrío le descendió por la columna hasta asentarse entre sus piernas. Cuando le hablaba así, un fuego primario y desconocido se encendía en su interior—. Cuando descanse, me reuniré con los duques para que me pongan al día de la situación de Korkof y para informar de los acuerdos cerrados en Yithia.

—¿Qué pasa con los berserkers que enviaste a la isla desde aquí? ¿No recibirían misiva de Eimmark ordenando que regresaran?

La palma de Kara descendió poco a poco, sintiendo cada fibra de la tela que vestía Halldan sobre el pecho, hasta su abdomen prieto y entrenado.

—Habría sido muy estúpido por su parte, porque habría estado alertando de sus movimientos sin haber consolidado el puesto aún.

Halldan hablaba con tranquilidad, cuando dentro de Kara se estaba gestando una tormenta y ni siquiera sabía dónde se encontraba el origen.

—¿Y qué hay de las valquirias?

Despacio, y mordiéndose el labio por dentro, Kara se atrevió a buscar el borde de la camisa con las yemas. No entendía cómo podía estar actuando con tanta valentía, pero después de haberlo visto mortalmente pálido, después de haber presenciado con horror cómo hundían un filo en su cuerpo, necesitaba sentir su calidez, la aspereza del vello cobrizo. Necesitaba sentirlo todo para recordarse que el *jarl* seguía muy vivo.

—¿Qué pasa con ellas? —Kara se encogió de hombros mientras sus dedos encontraban la carne caliente bajo la tela. El tacto era extraño, puesto que los elfos apenas tenían vello, pero se descubrió atesorando aquella sensación—. Las valquirias responden al *jarl*.

—Parecieron posicionarse del lado de Eimmark.

—Porque eran mercenarias.

Los ojos de Kara se encontraron con los de Halldan cuando plantó la palma en el vientre del *jarl*.

—¿Qué significa eso?

—Que, cuando una valquiria pierde su puesto de honor, tiene dos opciones: exiliarse a otra nación o convertirse en mercenaria para trabajar al servicio de quien pague más. Aunque he oído de alguna que ha montado su propia escuela.

—¿Y cómo podrían perder su honor?

La mano de la fémina trepó por aquellos contornos torneados para matar, con lentitud. Percibió un sutil gesto de placer en el rostro de Halldan y el corazón de Kara dio un vuelco.

—Hay muchas formas de perder el honor, pequeña.

El rostro de Halldan se acercó al suyo y buscó su cuello en un movimiento tentativo que convirtió la sangre de Kara en fuego líquido. Él aspiró despacio y luego suspiró, la nariz justo debajo de su oreja, y ella tuvo que apretar los muslos. Halldan lo percibió, a pesar de su sutileza, y le regaló una risilla.

—Creo que esa conversación puede esperar —masculló él contra la piel sensible de su cuello.

Kara sentía que se sofocaba, con la mano aplanada sobre el pecho del *jarl*, percibiendo el tronar desesperado del corazón de aquel hombre que parecía de piedra. Pero que en aquel momento estaba sintiendo, y mucho.

Los labios de Halldan le encontraron el pulso y presionaron contra su piel en un beso corto aunque sentido, y tras ese siguió otro. Y un tercero que le arrancó una exhalación profunda a Kara. Una de esas manos imposiblemente grandes reposó sobre su cadera, mientras ella se quedaba quieta y asustada.

Hasta entonces, solo habían compartido besos. Lo que aquel hombre hacía ahora sobre su piel no tenía nada de pecaminoso, y aun así la estaba prendiendo en llamas. Kara movió la mano hacia abajo, en una caricia torpe que hizo que su propio corazón tropezara consigo mismo.

Halldan le lamió el cuello con lentitud. Ella se estremeció y se retorció entre sus brazos, intentando alejarse de aquel contacto no porque le asqueara, sino porque se sentía sucia hasta el extremo después de tantos días de viaje. No obstante, el agarre férreo del *jarl* no le permitió ir a ninguna parte.

—Halldan, yo no...

—¿No es esto lo que quieres? —Aprovechó para morder el punto en el que había lamido y ella jadeó en respuesta. Le temblaban las piernas, así que podía dar gracias por estar sentada—. No va a pasar nada que tú no quieras, pequeña.

Kara tragó saliva y se atrevió a asentir, su mente hecha un lío, pues nunca había sentido aquel deseo caliente en las entrañas y no sabía cómo gestionarlo.

El *jarl* repartió varios besos húmedos sobre su cuello y coló una mano por debajo de las distintas telas que cubrían el torso menudo de Kara hasta acariciarle la cintura. Piel con piel. Ella suspiró por la calidez y la aspereza de aquella palma que subía por la curva de su cuerpo, amenazando con llegar hasta sus pechos, que sentía pesados por la expectación.

—Tampoco vamos a llegar hasta el final —murmuró bajo su oído antes de morderle el lóbulo y arrancarle un jadeo—. No soy tan inconsciente como para no ver que no estoy en facultades de rendir. Y pretendo que recuerdes el día que te haga mía durante toda tu larga vida.

Kara gimió solo de percibir la profundidad de su voz, con el acento más marcado por la lujuria.

—¿Entonces...? —Tuvo que tragar saliva para paliar los temblores—. ¿Q-qué es lo que quieres?

Los dedos de Halldan juguetearon con la curva de su pecho en un roce sutil que podría haberse imaginado de no ser por el camino incendiario que iba dejando a su paso. Con la mano libre, la del hombro herido, le giró el rostro para que lo mirara de frente. Los ojos del *jarl*, gélidos por lo habitual, se consumían en una pasión reprimida que le enturbiaba la visión.

—Quiero recompensarte. —El rostro de Kara debió de expresar incomprensión, porque él esbozó una sonrisa de medio lado—. Te has enfrentado a mis fieles custodias con uñas y dientes. —Un dedo de Halldan trazó la circunferencia de su pecho y ella emitió un sonidito agudo y ahogado—. Te has abierto paso hasta la primera línea del combate y has gritado por mí, colocándote una diana en la espalda sin siquiera saberlo. —Halldan acercó el rostro al de Kara, sus labios sobrevolando por encima de los de ella—. Has permitido que saquee tu boca frente a mi pueblo, reclamándote así como mía. —Kara suspiró contra esos labios cuando sintió que Halldan amenazaba con agarrarle el pecho—. Y no contenta con todo eso —se lamió el labio y ella percibió la presencia de la lengua a milímetros de su boca— te has enfrentado al duque sin titubear. Tengo motivos más que suficientes para recompensarte por ser la mujer que se espera que seas como esposa del *jarl*.

—¿Y cómo...? —Se atragantó cuando Halldan la tentó con un beso que no llegó a darle, la mano aún jugando con la expectativa sobre su pecho—. ¿Cómo piensas recompensarme?

—¿Quieres esto? —preguntó, refiriéndose a sus besos, y ella solo pudo asentir—. Pues te lo daré.

Los labios de Halldan presionaron sobre los suyos en un beso bruto que la sobresaltó y calentó a partes iguales. Kara reaccionó amoldándose a las exigencias de aquella boca que la conquistó de dos simples pasadas. Si antes tuvo dudas de poder sostenerse en pie, ahora tenía la certeza de que si no se deshacía y sus huesos acababan derretidos por el calor de su cuerpo era por el férreo apriete de la mano de Halldan sobre su cadera, que había acudido a socorrerla al percibir la laxitud de su cuerpo.

Halldan se separó unos milímetros y Kara se descubrió hiperventilando.

—¿Quieres esto? —La mano bajo su ropa trazó un círculo más consciente alrededor de su areola y Kara jadeó en respuesta—. Pues te lo daré.

Halldan reclamó su boca al mismo tiempo que aquella mano le apretaba el pecho. Ella gimió contra su lengua y él gruñó su satisfacción en respuesta. Los dedos del *jarl* jugaron con su pezón ya de por sí endurecido y el calor líquido que le recorría la sangre comenzó a concentrarse en el vértice entre sus piernas. La lengua de Halldan encontró la suya y se adueñó de ella como si le perteneciera, y a Kara le nació el impulso de gritarle que era suya para reclamarla. Los dedos pellizcaban, trazaban círculos y volvían a pellizcar sobre sus pezones sensibles, unos que jamás habían recibido un tacto semejante.

Kara se sentía saturada, la cabeza embotada por los estímulos que avasallaban su cuerpo y que iban generando una concentración placentera desconocida en su bajo vientre.

La mano en su cadera reptó sobre las telas y se coló por la cinturilla de los pantalones, después por la de la ropa interior. Kara ahogó un jadeo cuando percibió aquellos dedos enormes sobre su pubis, aguardando.

—¿Quieres esto?

Un dedo acarició la piel sensible en un movimiento descendente que pretendía indicarle a qué se refería. Ella, temblorosa y con la respiración agitada, con las mejillas y hasta el arco picudo de las orejas enrojecidos, titubeó y Halldan se las apañó para que sus ojos se encontraran.

—¿Qué ocurre?

—Yo nunca... No he...

Sentía la piel en llamas por la vergüenza. ¿Cómo iba a ser una esposa digna cuando nunca había sentido el más mínimo interés por el sexo? Sí, había pensado en ello, porque en su futuro siempre imaginaba hijos y sabía bien cómo se hacían. Pero la idea no la había atraído en lo más mínimo y ni siquiera había explorado consigo misma.

Ahora, sin embargo, con las manos y los labios de Halldan sobre su piel, era como si su cuerpo estuviera despertando de un sueño demasiado profundo. Y la aterraba a la par que aliviaba tener la certeza de que aquello era solo por él. Que nadie más la encendía de ese modo.

—¿Nunca te has tocado? —le preguntó él sin un ápice de reproche. Kara, mordiéndose el labio inferior, negó con la cabeza—. No pasa nada. Podemos parar.

La mano de Halldan abandonó su lugar bajo sus pantalones y Kara se sintió pudiendo respirar de nuevo. No obstante, su corazón se contrajo, no porque fuera cobarde, sino porque se dio cuenta de que hacer feliz a Halldan la hacía inmensamente feliz a ella. Y resultaba evidente que aquello era algo que él quería. Quería complacerlo, no porque le debiera algo, sino porque ese calor que se avivaba en su interior surgía de la expectativa de compartir eso con él. De derrumbar otra barrera entre ambos.

—Quiero... Quiero probar.

—¿Segura? —susurró contra su oído—. No quiero que te sientas obligada a nada.

¿Cómo aquel hombre fiero e indómito podía demostrar más tacto que otros varones con los que se había encontrado en la corte? Había hablado con numerosas féminas de su círculo cortesano que se quejaban de que, a veces, a los varones les costaba entender un «no» por respuesta. Y él, que a sus ojos era la ejemplificación de la barbarie, la estaba apoyando para que dijera que no. Estaba creando un espacio seguro para ella, sin segundas intenciones.

Kara tuvo que cerrar los ojos, sobrepasada por lo mucho que le pesaba el pecho de repente. Porque incluso con el conjunto de imperfecciones que conformaban a Halldan Ruud, su *jarl* seguía siendo perfecto.

—Tócame, Halldan —musitó, la voz pequeña por la vergüenza.

—Si eso es lo que quieres, te lo daré. —La mano volvió a encontrar su sitio bajo sus pantalones—. Te entregaré el mundo entero si es lo que me pides, pequeña.

—Entrégamelo, Halldan.

Y se lo entregó con el movimiento circular de aquel dedo sobre su clítoris. Kara dio un respingo ante la sensación desconocida, casi como si un destello de dolor le recorriera cada terminación nerviosa. Pero no era dolor. Se dio cuenta después de unos segundos, cuando Halldan reclamó su boca y se dilató en esos movimientos lentos, para asegurarse de que ella se acostumbraba a la sensación. Kara suspiró contra sus labios y Halldan se tragó aquel sonido que lo excitó, porque al revolverse sobre sus piernas, sacudida por el placer inesperado, notó una dureza junto a su muslo, una que no había estado ahí antes.

Las pasadas rápidas y violentas de sus lenguas no tenían nada que envidiarles a los jugueteos de aquel único dedo, que ascendía y descendía por los pliegues entre sus piernas, arrancándole sonidos que jamás había proferido. Su cabeza empezaba a embotarse con los estímulos placenteros que la arrastraban hacia un borde que ansiaba cruzar, deseando más y más. Porque una mano de Halldan seguía estimulando su pezón sin clemencia, mientras que la otra tanteaba la entrada hacia su interior.

—¿Quieres esto?

Kara no sabía si lo quería o no. Si le gustaría, en realidad. Pero sí que quería probarlo, y si no lo disfrutaba, poder negarse sabiendo a qué le decía que no.

—Sí, Halldan, sí —suspiró, intentando calmar su propia respiración desatada.

Él leyó la necesidad de su cuerpo y su mente y entonces correspondió.

Ella se tensó cuando Halldan introdujo un dedo en su interior. Lo notó tirante, a pesar de lo empapada que estaba. Él movió la mano despacio, acostumbrándola a la sensación prieta de ese dedo grande.

Kara se deshizo en suspiros atragantados mientras él seguía besándola, como si jamás pudiera cansarse de aquel contacto húmedo y que le estaba dejando los labios enrojecidos y sensibles por la fricción de su barba. Pero no podría importarle menos.

Lo único para lo que había espacio en su mente era para la sensación cálida entre sus piernas, para el picor cuando Halldan le pellizcaba un pezón, para el incendio que desató en su interior al curvar el dedo y llegar a un punto que ella ni sabía que tenía dentro, como un resorte que avivaba su necesidad.

Kara abrió más las piernas, invitándolo a profundizar aquel movimiento, y Halldan se las apañó para rozarle el clítoris al mismo tiempo que conquistaba el resto de su cuerpo y su mente. Y ya no hubo nada más a su alrededor. El mundo dejó de existir, ella misma dejó de existir cuando el calor la sofocó con violencia y la tensión que se había ido enroscando sobre sí misma se liberó. Kara se sacudió sobre el regazo del *jarl* e intentó alejarse, sobrepasada por la sensación explosiva que le lanzaba temblores y hacía que los músculos entre sus piernas se contrajeran en espasmos poderosos.

—¿Quieres que pare? —le preguntó jadeando.

Su instinto fue responder que sí, pero al mismo tiempo se sentía tan bien... Le daba miedo lo que le estaba pasando a su cuerpo y se avergonzaba por los sonidos que escapaban de su garganta. Aun así, quería terminar de descubrir si lo que había más allá era tan horrible como se había imaginado.

—No —suspiró contra sus labios.

Kara gimió con languidez cuando sus dedos siguieron moviéndose, exprimiendo más de aquellos sonidos que salían de su garganta y de su humedad, sin piedad y con pericia.

La vergüenza la arrolló cuando el torrente placentero por fin remitió con un estremecimiento. Con las mejillas enrojecidas, Kara obligó a su respiración a relajarse. Halldan también se había acelerado, y ambos permanecieron recostados sobre el cuerpo del otro, aún sentados, durante tanto tiempo que perdió la cuenta.

Cuando se hubieron calmado, el *jarl* sacó las manos de debajo de las prendas que la vestían y le sonrió con dulzura antes de darle un beso casto en los labios. Uno que envolvió su corazón en un abrazo del que no quería desprenderse jamás.

71

Ninguno se movió, ninguno respiró en los segundos posteriores a la propuesta de matrimonio de Rylen. La rigidez había vuelto a tomar el cuerpo de Ilian, cuyos puños apretados se estaban tornando blancos.

—Es algo que ya barajamos en su momento, Ashbree —añadió el rey.

Ella se quedó de piedra, cobijada bajo el brazo del otro varón, sin parpadear y con los labios entreabiertos.

—No puedes estar hablando en serio —intervino Ilian.

El rey, por su parte, no apartaba los ojos de ella, como si las únicas palabras que pudieran importar fueran las que salieran de su boca.

—Es la única vía de que entres en el consejo automáticamente —le explicó.

Como Ilian echaba chispas por los ojos, Ashbree le acarició el pecho de forma distraída para transmitirle su calma. Que no era fingida, se dio cuenta. Recordaba la conversación que había mantenido con Rylen unas semanas atrás, cuando ambos estaban en un punto muy diferente de su relación. Entonces, la idea la había asqueado y aterrado a partes iguales, pero ahora...

—Como emperatriz de Yithia, mi consejo puede ignorarte. Como reina de Lykos, no.

Hablaba con una calma apabullante, como si la propuesta que lanzaban sus labios no fuera a trastocar sus mundos por completo.

—No es una decisión para tomar a la ligera —dijo Ilian.

Sus palabras iban cargadas de desesperación y temor a partes iguales. A Ashbree le conmovió saber qué significaba eso: que estaba completa e irrevocablemente enamorado de ella. Y ser consciente de la magnitud de aquello la caldeó de un modo que creyó que jamás experimentaría.

—La decisión la tomaremos entre los tres —respondió ella, descendiendo la mano hasta entrelazar sus dedos con los del exgeneral. Ilian clavó los ojos en los suyos y ambos se sumergieron en la profundidad del otro—. Dijimos que estaríamos juntos en esto —prosiguió con voz dulce.

—Ni siquiera sabemos si funcionará —farfulló, frotándose el rostro con la mano—. Si algún elfo de luz más allá de nuestras fronteras se pondrá de su parte.

—¿Qué mejor forma de averiguarlo? —intervino Rylen.

Ilian lo fulminó con la mirada.

—A ti te va de perlas casarte con ella.

—Me casaré contigo —soltó Ashbree.

Los tres se quedaron en silencio, el cuerpo de Ilian se tensó lo indecible e incluso llegó a apretarle la mano que se sostenían. Hasta que ella alzó la palma y lo obligó a mirarla.

—Me casaré *contigo* —le repitió. Él entreabrió los labios y parpadeó varias veces—. Contigo, Ilian.

Ashbree fue muy consciente del modo en el que sus ojos centellearon apenas un segundo, como una estrella fugaz cruzando el firmamento.

—Eso no te convierte en reina —musitó con la voz tomada.

—Puedo casarme con él también si eso te parece justo.

Ilian apretó los labios y miró al rey antes de preguntar:

—¿Es eso posible?

—No veo por qué no —respondió llanamente, encogiéndose de hombros—. No hay ley alguna en contra de la poligamia.

—No se ha hecho nunca —le rebatió—. Ningún rey o reina de Lykos ha sido el segundo plato de nadie.

—No, aunque siempre hay una primera vez para todo.

—Rylen no sería el segundo plato, Ilian —lo reprendió Ashbree para que devolviera su atención a ella—. Me casaría contigo porque te quiero. Porque pasaría tarde o temprano. —Él esbozó una sonrisa tímida—. Pero es indudable que también necesito a Rylen, que los dos lo necesitamos. Cómo manejemos esta... relación es asunto nuestro, pero de cara al público, aceptaría ser la legítima reina de Lykos. Y, también, tu esposa.

—No lo entiendo...

—Que sería *tu* esposa y *mi* reina —explicó Rylen, quien se había acercado a ambos.

—Pero también sería *mi* reina. Y *tu* esposa —dedujo Ilian.

—Exacto —intervino Ashbree.

—Igualdad de condiciones —apuntó el rey.

Ilian inspiró hondo y soltó todo el aire retenido muy despacio.

—¿Está decidido entonces? —preguntó Rylen, para desviar su atención a lo que él consideraba importante.

Ashbree miró a Ilian, quien suspiró de nuevo, y luego al soberano.

—Rylen está en lo cierto —comentó ella—. Si ofrecemos un frente unido en el norte, quizá podamos poner al pueblo de nuestra parte con mayor facilidad. Demostrarles que sigo viva y que voy a luchar por ellos; que ya lo estoy haciendo. Creo que sería un movimiento inteligente.

—No quiero que nuestro matrimonio sea un pretexto político. Quiero que sea una decisión consensuada y de la que no te vayas a arrepentir, dragona.

—En eso estoy de acuerdo con Rylen.

Ella se mordió el labio inferior por dentro y los miró de hito en hito. Era innegable lo que sentía por Ilian, ninguno de los «te quiero» habían sido infundados. Pero casarse con Rylen...

El rey no quería otro matrimonio por conveniencia; ya había escarmentado con el primero y en sus ojos se leía el temor que lo embargaba por dentro. Sin embargo, con las conversaciones mantenidas en las últimas horas, Ashbree intuía que también le estaba ofreciendo la posibilidad de amarlo, de *amarse*, por mucho que él se hubiera mantenido al margen de cualquier relación romántica desde hacía tantos siglos. Estaba dispuesto a enfrentarse a todos sus traumas por un bien mayor.

Las señales eran más que evidentes, y aun así se negaba a aceptar que todo hubiera pasado tan rápido. Que ya estuvieran en ese punto. Le aterraba enfrentarse a esa realidad. No obstante, sí podía enfrentarse a la realidad de que quería a Rylen, aunque quizá aún no fuera con la misma intensidad que con Ilian. Había traído a uno de entre los muertos, captando así la atención y la ira de los dioses, y había estado a punto de morir por el otro. Aquello decía mucho de todo, así que ¿por qué le tenía tanto miedo a enamorarse de ambos?

«Porque todos a quienes he querido me han hecho daño».

Ashbree suspiró para alejar ese pensamiento y alzó la vista con determinación.

—Quiero casarme. Con los dos. En igualdad de condiciones.

Ambos varones asintieron, uno con más firmeza que el otro, y Ashbree extendió el brazo hacia el rey, para sostenerlos a los dos con la misma firmeza. Aquellos varones fieros se iban a convertir en los pilares de su existencia. Estaba a punto de dar un paso que nadie habría aconsejado dar después del encadenamiento de desgracias que habían vivido.

Ninguno se hallaba en sus cabales para tomar decisiones importantes, y ahí estaban, dispuestos a unir sus destinos durante los próximos siglos.

—Hay algo... —empezó Ilian, atrayendo la atención de los otros dos—. No sé cómo voy a gestionar todo esto de los sentimientos. Y no quiero perderme a mí mismo por culpa de los celos. —Ashbree le apretó los dedos, aunque él mantuvo la atención fija en Rylen—. Para mí esto es nuevo, y si siento que siguiendo adelante podría hacerle daño a Ash... No lo quiero. No podría soportarlo.

Aquellas palabras la conmovieron y estuvo tentada de soltar la mano de Rylen para abrazar a Ilian, pero se detuvo a tiempo, pues debía demostrarles que ambos estaban en el mismo nivel.

—¿Qué necesitas que hagamos? —le preguntó el rey.

—Necesito... —Una nueva miradita de reojo a Ashbree—. Necesito que la noche de bodas sea para los tres. Entre los tres.

Ashbree entreabrió los labios, fruto de la sorpresa, y sintió las mejillas enrojecer. Rylen, por su parte, esbozó una media sonrisa ladina y se cruzó de brazos.

—¿Nos estás proponiendo un trío, Ily? —comentó con socarronería.

—El primero de muchos si esto funciona.

72

Un par de golpes firmes en la puerta la despertaron de su duermevela. Después del estallido de placer que las manos de Halldan le habían regalado, Kara se había quedado traspuesta abrazada a él. No obstante, antes casi de que pudiera procesar qué significaba aquel sonido, el hombre ya se había levantado, alerta. Se movía como si sobre el hombro no tuviera un tajo prominente cerrado con puntadas apresuradas, y ella solo pudo admirar su entereza.

Abrió con un movimiento enérgico y Kara lo observó con los ojos irritados por la falta de descanso. Por el hueco que dejaba el enorme cuerpo del *jarl*, distinguió las cabezas de Jonna y Agda. Se acercaron mucho a Halldan, para hablar en un tono confidente que la puso nerviosa, puesto que apenas si conseguía entenderlas. Pero sí comprendió la palabra *brev*, que significaba «carta», y Yithia.

El corazón le dio un vuelco y se puso de pie, ignorando el latigazo que le subió desde la pierna.

—¿Qué ocurre? —preguntó en un bersker poco seguro.

Halldan la miró por encima del hombro y Agda alzó la misiva, que parecía pequeña entre sus manos. Llevaba la larga cabellera rizada y rojiza más alborotada de lo habitual, como si se hubieran dado prisa en llegar hasta allí. Y Jonna, tan seria como siempre, vigilaba el espacio a sus espaldas con gesto adusto, el que siempre ponía antes de lanzarse a un combate. Fuera lo que fuese lo que habían escoltado, era de suma importancia.

—Ha llegado una misiva de tu padre —respondió Halldan en élfico.

Kara se estremeció. En los veintitrés días que hacía que habían partido de Kridia, Arcaron Aldair no se había puesto en contacto con ella. Había esperado recibir nuevas en el puerto de Jellin, puesto que los halcones yithianos volaban más rápido que cualquier barco. Pero su esperanza se había esfumado como el vaho en aquel clima gélido.

—Déjame leerla —le pidió.

Halldan apretó los labios, que casi desaparecieron bajo la barba que aún no había tenido tiempo de arreglarse. Con cierta inquietud, Kara miró a las valquirias, quienes no fueron capaces de sostenerle la vista, y luego distinguió a Seredil al fondo, en la sala donde había tenido lugar el banquete matutino. Le aliviaba verla tranquila y de una pieza, después de lo que había pasado, pero una apariencia no siempre era reflejo del interior, como le estaba sucediendo a ella en ese momento. Por fuera se mantenía en calma, pero por dentro empezaba a despertar el burbujeo propio del nerviosismo.

—Viene a mi nombre, Kara.

El corazón se le desplomó hasta el estómago y se quedó fría. ¿Su padre no estaba interesado en su futuro, pero sí en el del *jarl*? ¿Tan poco le preocupaba su bienestar? Furiosa, Kara apretó los puños y no dejó que ni una sola lágrima de impotencia le manchara el rostro.

—Léela tú primero, pero después, dejarás que la lea.

Jonna gruñó una advertencia, nada agradada por el tono que había empleado con su *jarl*. Y Agda la fulminó con la mirada. Había desarrollado cierta complicidad con ambas mujeres durante los días en barco, gracias a sus entrenamientos precarios; ahora parecía que volvían a ser extrañas. Y le dolió.

Halldan inspiró hondo, la vista clavada en ella. Se estaba debatiendo entre si ceder a sus designios o imponerse como *jarl*, y en un mundo en el que el mandato lo suponía todo, aquello decía mucho de ese hombre. Porque cualquier otro no habría flaqueado antes de ignorarla y reprenderla por obviar la autoridad, lo había visto en su propio padre con Ashbree cuando su hermana exigía más de la cuenta.

Finalmente, el *jarl* emitió un gruñidito y suspiró, y Kara supo que había obtenido una pequeña victoria. Sin dedicarle ninguna palabra, él se giró hacia las valquirias, les agradeció que hubieran entregado la misiva y cerró la puerta para enfrentarse a ella.

—¿Necesitas que te diga lo mal que ha estado eso?

Kara se mordió el labio por dentro y clavó la vista en sus pies, en la prótesis metálica que había atravesado el cuerpo de Eimmark apenas unas horas antes.

—No, me he dado cuenta yo solita —masculló.

—Bien.

Halldan pasó junto a ella y se acercó al hogar, encendido para caldear el ambiente. Los ojos del *jarl* se pasearon por las líneas de las distintas hojas de la misiva, a cada minuto más frenéticos. La sensación de desasosiego volvió a embargarla y el corazón empezó a latirle con demasiada fuerza.

—¿Qué dice? —preguntó con cierto temor.

Halldan inspiró hondo, dejó caer el brazo de la misiva y clavó la vista en las llamas.

—Siéntate, Kara —murmuró.

—¿Qué? ¿Por qué?

Ella dio un paso hacia delante y la pierna se le quejó tanto que a punto estuvo de caer.

—Siéntate, por favor —repitió con voz dócil.

Kara obedeció, sin querer retrasar el momento. El corazón le dolía en el pecho de lo fuerte que le latía. Tenía la sensación de que se iba a asfixiar, y cuando Halldan por fin se giró hacia ella, supo, por el modo de mirarla, que las noticias eran funestas.

—¿Quién? —preguntó con voz rota, las lágrimas abordándola con amargura—. ¿Quién ha muerto?

Tuvo la ínfima esperanza de que fuera su padre, tanto le había dolido que no se pusiera en contacto con ella. Pero desechó esa idea y se odió por ello.

—Tu hermana Ashbree.

—¿Qué...?

El mundo se tambaleó y tuvo que apoyar las manos sobre el colchón para no desplomarse. La tensión cambió en su cuerpo de golpe, puesto que en la periferia de su visión ya de por sí maltratada aparecieron arañas negras que amenazaron con engullirla.

No podía ser. No lo había oído bien, era eso.

Entonces ¿por qué Halldan se había arrodillado frente a ella? ¿Por qué la había agarrado de las manos y le acariciaba la piel con los pulgares? ¿Por qué la observaba con el rostro ladeado, como quien contempla a una muñeca de porcelana rota? ¿Se había roto?

Kara no conseguía procesar la realidad de las tres palabras que Halldan había pronunciado. Era imposible que Ashbree hubiera muerto. La había visto hacía no tanto tiempo; Ilian había ido en su busca para poder avisar a su hermana del destino de Cyndra. Sin embargo, habían pasado veintitrés días, y un lapso tan grande en medio del transcurso de una guerra daba para demasiado.

Kara se desmoronó y lloró como solo había llorado ante la pérdida de su madre. Masculló un «no» errático tras otro mientras Halldan la envolvía entre los brazos y la apretaba con fuerza.

Ashbree no podía haber muerto. No podía haber empezado a trabajar para lograr la paz para morir igualmente. No podía ser cierto. El mundo no podía haber perdido esa luz.

—Creen que fue un accidente —le explicó Halldan, pero ella apenas oía nada con el estruendo de sus sollozos—. Que el equipo que pretendía salvarla cometió un error fatal.

«Un error»; una forma amable de decir que su propia gente la había asesinado.

—¿Quieres leerla? —le preguntó con tacto pasados unos minutos en los que solo se escuchó su llanto.

Kara asintió y él dejó la carta sobre su regazo antes de retomar las caricias sobre su cabello encrespado.

—Tengo que ir a responder la misiva, volveré enseguida.

Ella no pudo articular palabra, la vista clavada en el chisporroteo del fuego. Con un poco de suerte, se le quemaría la retina que le quedaba y podría dejar de contemplar los horrores de aquel mundo.

Escuchó el crujido de la puerta al abrirse, la voz de Halldan —aunque no tenía fuerzas como para molestarse en traducir lo que decían— y luego otras pisadas raudas. Un cuerpo pequeño, en comparación con lo que eran los berserkers, se sentó junto a ella con tiento.

—El *jarl* no quería que te quedaras sola —susurró Seredil a su lado—. He visto a las valquirias con una misiva yithiana. ¿Qué ocurre?

La congoja se le anudó en la garganta. No podía decirle a nadie que su hermana había muerto, no porque su recuerdo debiera ser enterrado, sino porque verbalizarlo lo haría real. Sin leer la misiva siquiera, Kara se la entregó a Seredil, quien desplegó los papeles con cautela.

Lo que estaba haciendo seguro que era un suicidio. Desconocía el mensaje de aquellos documentos más allá del destino de su hermana. Y los estaba compartiendo con una esclava. Pero nada podía importarle ya, no cuando la verdadera razón de que ella se convirtiera en la adulta que era había desaparecido. Sabía que sus caminos se habían bifurcado, aunque jamás podría haber imaginado que aquella despedida apresurada cuando Ilian parecía haber muerto fuera a ser la última. Su hermana le había dicho que la quería, algo que rara vez había hecho, pero ella no había tenido tiempo de responderle nada. Y pensar que no volvería a oírlo nunca más...

Kara se dobló más sobre sí misma. Los brazos de Seredil la envolvieron y le chistó para tranquilizarla. No le pidió que dejara de llorar, el consuelo por excelencia, sino que se mantuvo a su lado, escuchándola maldecir a los dioses, quebrándose una y otra y otra vez mientras renegaba de esa vida miserable que le hacía encadenar desgracias.

Y cuando se quedó sin lágrimas que derramar, aún cobijada por los brazos de la conjuradora, se percató de que ya no cabía posibilidad alguna de esquivar el cargo de heredera. Kara Aldair se convertiría en la próxima emperatriz algún día y no había nada que pudiera hacer para evitarlo.

Su vida, el idilio con el que un día soñó, estaba más que condenada.

73

Lo iban a hacer. Iban a dar un paso más allá en aquella relación a la que aún no se hacía a la idea. Apenas llevaba veinticuatro horas despierta de esa extraña estasis y la rueda de su mundo no hacía más que girar.

Rylen se marchó con Ilian, para aprovechar las horas de luz y ponerse al día del estado real en el que se encontraba Felnor. El exgeneral se mostró reacio a abandonarla, pero Ashbree lo instó a ello, pues necesitaba tiempo para reordenar su mente, que se estaba convirtiendo en un trastero abandonado, con tantas cajas abiertas que no sabía cuál cerrar primero.

Después de haberle presentado a Inara a Ilian, Ashbree se había quedado sentada en la cama, cruzada de piernas, con la dragona tumbada en su regazo, picoteando de la bandeja que Orsha le había llevado para comer. El cuerpo blanco y escamado de su *Fjel*, la forma de las alas y los piquitos de sus espinas la relajaban solo de verlas. Era tan pequeña que resultaba muy fácil olvidar que había un mundo cruel y enorme a su alrededor.

Se preguntó si un *Fjel* podría crecer; si Umbra y Tinta habrían aumentado de tamaño con el paso de los años y, de ser así, cómo terminaría siendo Inara. Deseaba que llegara el día en el que la viera en todo su esplendor, y al mismo tiempo le aterraba que dejara de ser tan adorable, porque se convertiría en un reflejo de lo que ella misma sería capaz de hacer.

Con cuidado, la cogió por debajo de las patas delanteras y la alzó frente a su rostro. Inara conformó una mueca curiosa, dejando caer la lengua por un lateral de la boca. Parecía un cachorro, y la imagen la enterneció. Para su consternación, Inara sí que parecía más grande que la última vez. Soltó a la dragona sobre la cama con un suspiro atragantado y esta, rauda, comenzó a jugar con sus patitas, revolcándose por encima de las sábanas.

Inevitablemente, regresó al pensamiento que ocupaba su mente: el hecho de que se iban a casar. Los tres. Aquella misma noche, puesto que Rylen no quería seguir de brazos cruzados, a la espera del siguiente movimiento de su padre. Y eso significaba que tendría que hablar con Ilian y decirle que Elwen se había convertido en polvo de estrellas. Porque no empezaría su matrimonio con secretos.

Al partir, Rylen le había dicho que él se encargaría de los preparativos de la boda. Sería una ceremonia íntima, con un único testigo de cada facción y al caer la noche. Y después de la ceremonia... Un calor líquido se anidó en su bajo vientre al pensar en lo que Ilian les había pedido que pasara después de casarse. Y muchas otras veces. Un haz de nervios la recorrió de arriba abajo y se puso en pie. Aún quedaban varias horas de día por delante, y si Rylen e Ilian eran capaces de invertir su tiempo en otras tareas, ella no sería menos.

—Pórtate bien, ¿quieres? —le pidió a la dragona.

Inara emitió un gruñidito que bien podría haber sido una negativa y Ashbree rio entre dientes.

Salió de sus dependencias con convicción y empezó a subir planta tras planta. Para cuando llegó a su destino, resollaba y temía echar hasta la primera papilla. Secándose el sudor de la frente, Ashbree se prometió que le pondría remedio a su pésima condición física. Quería recuperar los kilos perdidos, a pesar de que antaño los detestara, porque necesitaba verse como siempre. Reconocerse en su propio cuerpo y encontrar a Cyndra bastaría para dejar de sentirse tan perdida.

Se acercó a los soldados que custodiaban las puertas y se percató de que Haizel estaba hablando con ellos. Él debió de percibir su presencia puesto que miró en su dirección con rapidez.

—Hola —lo saludó con un gesto tímido de la mano.

—¿Necesitáis algo? —le preguntó con esa seriedad característica.

La luz del día incidía sobre sus rasgos de forma maravillosa y lo hacía resplandecer. Haizel no era el tipo de varón que destacara por su belleza grácil y regia, como le sucedía a Rylen, ni siquiera por el salvajismo propio de alguien como Ilian. Sus rasgos eran apuestos de un modo mundano, y los cabellos rojizos, que contrastaban con su piel oscura, hacían que siempre pareciera rodeado de un aura de peligrosidad.

Del todo cierta.

—Venía a hablar con los presos.

—El rey no me ha informado de que nadie tuviera permiso para entrar.

Ashbree frunció el ceño y se mordió el labio, consciente de las miradas de los cuatro soldados custodios del pasillo. Las armaduras negras podrían haber hecho que se mimetizaran con la pared, y ella lo habría agradecido hasta el extremo.

—Son yithianos, sus vidas me pertenecen. ¿O no te ha quedado claro ahí abajo?

Haizel apretó la mandíbula y la miró de arriba abajo antes de suspirar y claudicar.

—¿A quién queréis ver?

—A los dos.

—No al mismo tiempo.

Ashbree estuvo dispuesta a rebatir, pero era consciente de que le estaban concediendo demasiadas peticiones cuando ella no era nadie en el Reino de Lykos y, por muy yithianos que fueran los presos, ni Haizel ni los guardias reales tenían por qué obedecerla. Aún.

—Deseo ver a Thabor primero.

Eligió al conjurador porque sabía que con Lorinhan la conversación sería más sentimental. Hacía demasiado tiempo que no veía a su mentor, y quería enfrascarse en una charla eterna sin dejar abandonado a Thabor, fuera por falta de tiempo o de fuerzas.

Haizel asintió, los labios apretados en una tensa línea, y se dirigió a la puerta de la derecha. Se detuvo con la mano sobre el pomo y la miró por encima del hombro.

—Me alegro de veros de una pieza, majestad.

Aquellas palabras hicieron que un nudo se le cerrara en la garganta. Incapaz de hablar, le dedicó un cabeceo en agradecimiento. Aunque la relación entre ambos fuera tirante, Ashbree se encontró deseando que algún día pudieran llevarse bien. Sabía que era un buen varón, honorable y fiel, y quería rodearse de gente como él.

Haizel abrió sin llamar y entró primero. La imagen de la estancia quedó eclipsada por su espalda cuando el varón se detuvo apenas un paso dentro, evaluando los posibles riesgos. Pero eso no bastó para que Ashbree no escuchara lo que Thabor tenía que decirle.

—¿Has cambiado de opinión y has venido a que te demuestre lo bueno que soy al ajedrez? —comentó con sorna.

Los ojos de Ashbree se empaparon de lágrimas al oír su voz, un timbre que despertó recuerdos de una vida ardua a la que entonces le faltaba mucho por empeorar.

Haizel masculló una negativa y dio un paso a un lado. La estancia que se presentó ante ella era sencilla, unos aposentos de una única habitación dotados de una cama con dosel, un baño independiente anexo y una cuca mesa redonda con dos butacones azules. Uno de los asientos estaba ocupado por Thabor, quien presentaba mejor aspecto que unas horas antes. Se había aseado, y sus cabellos húmedos caían por encima de un hombro, la sien otrora rapada pasando más desapercibida con la nueva longitud.

La mueca socarrona de Thabor se transformó en sorpresa en cuanto se percató de su presencia. Se levantó con presteza, arrastrando el asiento tras de sí, y Haizel se tensó. Antes de darse cuenta siquiera, en su mano había una espada, lista para matar. Thabor miró el arma con impasividad y volvió a centrarse en Ashbree.

—Haizel, baja el arma —le pidió ella, con una mano rodeándole el brazo que la empuñaba. El conjurador oscuro le dedicó un vistazo de soslayo, luego miró a Thabor con una mueca en los labios, y obedeció—. Gracias.

—Hay dos modos de hacer esto, majestad —dijo él en respuesta—. O lo encadeno a algún lado, o me quedo.

Los ojos de Haizel no se apartaban de Thabor, como si lo considerara una amenaza.

—Puedes quedarte.

Haizel cerró la puerta sin dejar de vigilar a Thabor, quien se mantenía estático junto a la mesa decorada con un ajedrez. Después, lanzó un vistazo a la balconada cuyas vistas daban a los picos de las montañas Brinthor, flanqueadas por dos guardias custodios más. No había forma de que Thabor, en caso de querer, pudiera escapar con vida.

Sin detenerse a pensar en lo mucho que aquello la enfurecía, Ashbree avanzó un paso, luego otro, y después corrió hasta él. Thabor extendió los brazos y la acogió en un abrazo que la alzó del suelo y les hizo girar. Ashbree lloraba y reía a partes iguales, emocionada por ese reencuentro, y cuando el varón la dejó en el suelo, se percató de que Haizel estaba a un palmo de ellos, una daga empuñada con violencia. No les importó y ambos se agarraron de los antebrazos, contemplándose de arriba abajo.

—Por favor, soltadlo, majestad.

Ella miró a Haizel. Lejos de enfadarla porque pretendiera coartar su libertad, aquello la enterneció, porque el soldado la estaba protegiendo como haría con su propio rey. Fue ese pensamiento el que la llevó a rodear la mesa y sentarse en la butaca contraria, para que el perro guardián se relajara.

Thabor miró al conjurador de soslayo y le dedicó una sonrisita ladina ante la que Haizel resopló. No sabía qué se traían entre manos, por qué Thabor le había ofrecido jugar una partida de ajedrez a un enemigo y carcelero, y puesto que Haizel estaba dispuesto a quedarse y cotillear su conversación, fue lo primero que le preguntó.

—¿Qué pasa entre vosotros dos?

La sonrisa de Thabor se extendió y la reconoció como esa medio zalamera medio tímida que le había dedicado al tabernero de Milindur.

—Hemos tenido algunas conversaciones de lo más interesantes estos días.

Ashbree abrió más los ojos, fruto de la sorpresa, y el aludido bufó, disconforme con la respuesta.

—Tus intentos por ganarte al enemigo han resultado bastante patéticos —masculló Haizel.

Con cierta indiferencia —fingida, Ashbree lo reconoció—, Thabor fijó su atención en ella y respondió al conjurador como si no estuviera presente.

—Cuando dejemos de estar en bandos enfrentados, se dará cuenta de que no pretendía ganarme al enemigo.

Ashbree apretó los labios, emocionada por aquel pique que arrojaba algo de normalidad a una situación turbulenta.

—Me alegro de que estés bien, Thabor.

—Más me alegro yo de verte viva, Ash.

Haizel soltó un nuevo bufido, su sonido predilecto y por el que hasta Elwen se metía con él. El corazón se le retorció en el pecho y tuvo que sacudirse esos pensamientos de encima.

—¿Cómo has llegado aquí?

Thabor suspiró y se recostó contra el respaldo de la butaca, rompiendo el enlace entre sus manos.

—Es una larga historia.

—Empieza por el principio.

Y así lo hizo.

Ashbree no podía creerse todo lo que habían hecho desde las sombras: estuvieron detrás del rescate a Cyndra cuando la apresaron tras el rapto en Milindur y orquestaron una revuelta liderada por su hermana de batallas. Cuando encontraron un modo de llegar hasta Ashbree, lo dieron todo por ello. Seredil partió a Breros a difundir la palabra de la Hija de la Luz, mientras que Cyndra y Lorinhan avivaban el fuego de la capital. Y, entretanto, a él lo mandaron al norte para participar en el rescate que su padre había organizado.

Ashbree no supo cómo sentirse al respecto. Llevaba un tiempo dejando que el odio por Arcaron se enquistara, y que se hubiese tomado las molestias de mandar a un cuerpo de élite en su búsqueda... No, no lo había hecho por ella, se tuvo que recordar, sino por el bien de un imperio que debía entregar una heredera al *jarl* de los berserkers. Su padre se había visto con el agua al cuello y, con tal de no perder a Kara, había orquestado aquella misión suicida.

—Nunca tuvimos intención de cometer regicidio —le explicó Thabor—. Nos vimos envueltos en eso porque fue la única forma que encontramos de atravesar las montañas.

—Ya, díselo a Calari —refunfuñó, frotándose el pecho.

—Ella se negó la primera. —Ashbree frunció el ceño—. Discutió con el capitán del equipo y estuvo a punto de perder su puesto como teniente por ello. Al final, consiguió que lo sometiéramos a votación y ganó el aceptar el plan.

—No lo entiendo. Siendo como es, ¿por qué no aprovechar la oportunidad de llevarse la gloria?

—Por lo poco que ahora la conozco, no está tan loca como podría parecer. Se la tenía jurada a Cyndra y quería que la encarcelaran, desconozco por qué. —Si de verdad era la hija bastarda de Elegor Daebrin, Ashbree podía hacerse una idea de los motivos—. Pero es bastante cabal en cuanto al trabajo se refiere. Sabía que las posibilidades de sobrevivir a aquello eran más bien nulas, y no quería arriesgar las vidas de los demás. Es buena teniente.

—Pues bien que clavó la daga hasta el fondo.

—Quería acabar con eso cuanto antes para dar con tu paradero y largarnos.

—¿La estás defendiendo, Thabor?

—Para nada. Es una fémina cruel y fría, pero no creo que merezca el odio de toda una nación.

—¿Qué?

Thabor miró hacia el otro conjurador y este suspiró.

—La llaman la Asesina de la Heredera —le explicó Haizel—, se ha extendido por toda la isla que ella es la responsable de tu muerte.

—Es una fiel servidora del imperio —prosiguió Thabor—, no de tu padre. Más de una vez expresó su inconformismo con el mandato de Arcaron y con las decisiones que está tomando.

Ashbree apretó los labios y clavó la vista en los blancos y negros del tablero. Ahora daba gracias por no haber sucumbido más a la sed de sangre con respecto a ella.

—¿Qué hay de Seredil? —preguntó, cambiando de tema.

Thabor suspiró por la nariz y negó con la cabeza.

—No he vuelto a saber nada de ella desde que partí. Le envié una misiva en Milindur, pidiéndole que respondiera en el siguiente pueblo en el que haríamos escala. Pero no lo hizo.

Ashbree tuvo que tragar saliva e inspirar hondo. Había perdido a mucha gente que luego había recuperado, a otra no. Y Seredil, si bien no eran uña y carne, le había demostrado ser fiel, una fémina digna de tener a su lado. Había luchado en esa revolución, había partido al noreste con tal de que el rumor de la Hija de la Luz llegara más lejos, ella sola. Y Cyndra la había aceptado en su vida. Solo por eso ya la consideraba una amiga.

—Tal vez se fuera con Cyndra —sugirió, más por su propia estabilidad que porque lo creyera así realmente.

—¿A qué te refieres?

—Cyndra fue atrapada y condenada.

Thabor se quedó lívido y se frotó el rostro.

—La noche antes de partir hubo una redada. La busqué como pude, y me convencí de que habría escapado, porque es *Cyndra*. Fui un ingenuo.

—A veces necesitamos aferrarnos a la esperanza para no derrumbarnos —comentó ella con voz pequeña—. Imagino que no sería fácil para ti enfrentarte a la tarea que tenías por delante pensando que ella estaba presa y tú libre.

Thabor la miró durante varios segundos, muy serio.

—Ella me salvó de correr la misma suerte. —Ashbree ladeó el rostro con incomprensión—. Estábamos en una azotea, despidiéndonos y hablando de todo lo que estaba por llegar. Y, de repente, se puso muy nerviosa y me dijo que tenía que marcharme, como si la vida le fuera en ello. Fue después de eso cuando escuchamos el jaleo de la redada. Después, no antes de su turbación. No sé cómo lo hizo, pero me salvó. Siempre estaré en deuda con ella.

—La encontraremos. A ambas.

Ashbree volvió a extender el brazo y Thabor entrelazó los dedos con los de ella.

Si lo que decía el conjurador era cierto, y sus recuerdos no se habían visto desvirtuados por el paso de los días, aquella podía ser la confirmación de que Cyndra era una *norna*. Desde que había conocido a Elwen, había tenido aquella convicción, pero ahora quedaba más que patente. Cyndra había visto lo que podía pasar si se quedaban ahí, y había actuado en consecuencia. Había intervenido en el destino, y solo le quedaba rezar para que esa intervención cósmica no tuviera el mismo final que la de Elwen.

Ashbree pasó la siguiente media hora hablando con Thabor bajo la atenta mirada de Haizel, quien se fue relajando hasta el punto de alejarse y quedarse esperando junto a la puerta, en lugar de tras su asiento. Después de ponerse al día de todo lo que ambos habían vivido, Ashbree se despidió de él y siguió a Haizel cuando le pidió ver a Lorinhan. Él enarcó una ceja al escuchar el nombre, pero no hizo mayor comentario antes de conducirla a las dependencias contiguas.

—Mismas condiciones que en el encuentro anterior, majestad. —Ashbree entrecerró los ojos y él añadió—: Por favor.

Suspirando, asintió y aguardó a que él abriera la puerta e inspeccionara el espacio con la vista. Después, se apartó a un lado, concediéndole el paso, y Ashbree se enfrentó a unas dependencias idénticas a las de Thabor. En lugar de encontrar a Lorinhan descansando en una de las butacas, estaba de pie, con las manos entrelazadas a la espalda y mirando a través de los ventanales, ignorando la presencia de los soldados custodios. Al igual que Thabor, presentaba mejor aspecto que unas horas antes, y, aun así, percibió la rigidez en sus hombros.

—Me alegro tantísimo de que estéis bien... —suspiró su mentor, con la vista fija en el paisaje montañoso.

Los ojos de Ashbree se empañaron nuevamente, sobrepasada por ver a Lorinhan allí. Thabor le había contado su historia, cómo había seguido al cuerpo de élite para apoyarlos en el rescate siendo que Cyndra había sido apresada. Pero había una pieza que faltaba en aquella historia, una pieza que Thabor no le había querido contar, aunque ni siquiera hubiera sido explícito en ello. Era una sensación que se le había hundido en el pecho. Y esperaba que hablar con Lorinhan completara el puzle.

—Y yo de verte —respondió con congoja.

Él suspiró de nuevo e inspiró hondo antes de girarse hacia ella. Y cuando se fijó en sus rasgos, el horror la sobrepasó. Aquel no era el rostro de Lorinhan Mebel.

74

Sus ojos debían de estar traicionándola, fue lo primero que pensó al repasar las facciones del varón que la contemplaba con pesar. Tenía ciertas similitudes con el rostro afable que recordaba, y al mismo tiempo eran tan diferentes... Sus ojos dorados seguían ahí, tan únicos como los suyos propios, y su larga cabellera clara. Pero la nariz, la altura de los pómulos, el grosor de los labios... Todo era diferente. Tan diferente y similar... Similar a sus propios rasgos.

Ashbree sintió el pecho pesado y falto de oxígeno, como si le hubieran propinado un mazazo con la intención de quebrarle la caja torácica. En su mente empezaban a gestarse demasiadas posibilidades que eran imposibles. ¿Por qué se parecían tanto físicamente? ¿Acaso estaba alucinando?

Tuvo que extender el brazo para sostenerse de algún modo y Haizel estuvo ahí para ella. Pero también Lorinhan. Lorinhan, quien tenía velocidad y fuerza inmortales, sí, pero semejante destreza —pues recorrió diez metros en un parpadeo— solo la había visto en Rylen e Ilian. Los seres más longevos que conocía. Y Lorinhan no era tan mayor, tenía la edad de sus padres, aproximadamente. Superaba el siglo y medio, y a esa edad era imposible atravesar el espacio a esa velocidad.

El mundo empezó a dar vueltas a su alrededor y las piernas le fallaron. Haizel la sostuvo en el aire sin esfuerzo, poseedor de una fuerza inmortal que se percibía menos fluida que la de Lorinhan. Raudo, se acercó a los butacones y la sentó con delicadeza. Lorinhan le abanicó con las manos y habló con el conjurador, pero ella solo percibía el latido desbocado de su corazón en los oídos.

Después de todo lo que habían sufrido, de lo que había descubierto de su propia existencia, Ashbree creyó que ya nada podría sorprenderla. Y ahí estaba una nueva constatación de que no tenía ni idea de lo que sucedía en su mundo.

El espacio a su alrededor fue adquiriendo consistencia despacio, los bordes difuminados de su visión reafirmándose según la tensión de su cuerpo se iba restableciendo. Lorinhan le tendió una taza humeante y ella le dio un sorbo. El calor del líquido, fuerte y amargo, no la quemó. Pocas cosas podían calentarla siendo que dentro de sí misma llevaba un fuego inextinguible.

Cuando consiguió mantener la cabeza erguida, miró a Lorinhan fijamente. Haizel se había arrodillado frente a ella y le tomaba el pulso en la muñeca, con el ceño fruncido. Pero Ashbree solo podía prestarle atención a quien había sido su mentor durante quince años. La observaba de aquel modo tan paternal que siempre le había dedicado, con los iris dorados brillando por la preocupación. Nada en él era igual a nivel físico, pero su personalidad... Seguía siendo Lorinhan Mebel, aunque no reconociera al varón que tenía frente a ella.

—¿Quién...? ¿Quién eres? —le preguntó con la voz atragantada.

Lorinhan suspiró y la miró como debatiéndose entre si hablar o permanecer callado. Y si elegía la segunda opción, Ashbree temía sentir el impulso de arrancarle las palabras una a una. Estaba tan consternada como enfadada, pero la furia era un sentimiento al que empezaba a acostumbrarse.

—Soy tu mentor. —Por primera vez en quince años, Lorinhan dejó las formalidades a un lado, y aquel cambio le provocó un estremecimiento que recorrió toda su columna—. Soy tu aliado.

Ashbree apretó los puños, las lágrimas contenidas calentándose. Tenía la sensación de saber qué iba a decir a continuación, y la expectación la estaba matando.

—Y también soy tu padre.

Esa sentencia cayó como un jarro de agua fría sobre ella. El ardor de su interior se extinguió y de su cuerpo escapó un vapor sutil que hizo que Haizel le soltara la muñeca.

—Mi padre es Arcaron Aldair.

—Arcaron Aldair te crio, sí —comentó en tono sumiso—. Pero no perteneces a su linaje, Ashbree.

—N-no lo entiendo —balbuceó.

Su mente no hacía más que girar alrededor de los hechos que la habían acompañado toda la vida. El color de ojos no compartido con ningún miembro de su familia, el tono de rubio más oscuro, el no encajar durante los últimos diez años...

Como si las compuertas de su mente se hubieran abierto de par en par, un recuerdo acudió en tromba y la asoló.

Estaban en la playa, celebrando el décimo cumpleaños de Ashbree, antes de que Mebrin naciera. Jugaba con su hermana en la arena, dejando que el mar le lamiera las piernas con cada rielar. Hacían montañitas, construían castillos que prometían proteger, y entonces Kara se quedó muy quieta, mirando al mar.

—¿Qué te pasa? —le preguntó Ashbree, atenta a la construcción arenosa. Se les estaba desmoronando el edificio y no sabía cómo evitarlo.

—¿Eres mi hermana?

Ashbree la miró con el ceño fruncido.

—Pues claro, tonta.

—¿De verdad de la buena?

Kara ladeó el rostro, incrédula, clavando en ella esos ojos esmeralda con el halo dorado, idénticos a los de su madre. Eran hermosos hasta decir basta; su hermana apuntaba a ser una belleza, lo contrario a lo que Ashbree percibía de su propio cuerpo.

—De verdad… —suspiró, retomando las labores de fortificación del castillo de arena.

—¿Y por qué…?

Kara calló y se mordió el labio inferior.

—¿Por qué, qué?

—Oí a mami anoche.

—Ajá… —masculló sin hacerle demasiado caso.

La marea estaba subiendo y las olas golpeaban contra la muralla exterior que habían construido. No tenía manos suficientes para contener la arena que se iba saliendo de su lugar grano a grano.

—Estaba llorando.

Cualquier otra niña quizá se habría preocupado por aquella afirmación, pero Ashbree había visto llorar a su madre demasiadas veces. No entendía los motivos; cuando preguntaba, Celina siempre respondía que el mundo de los adultos era demasiado complicado. Por eso no tenía ninguna prisa en crecer, suficiente tenía ya con las nuevas tareas que le habían puesto al descubrir que dentro de ella había una luz —según decían— muy especial. Su madre le había asignado un nuevo tutor que le caía muy bien, para ayudarla a comprender ese nuevo don. Pero no le gustaba que lo hubieran traído a las vacaciones, porque eso significaba que todos los días tenía deberes. Y en la playa no se hacían deberes.

—Sabes que espiar está mal, Kara —la reprendió, adoptando el papel de hermana mayor.

Kara jugueteó con un dedo sobre la arena, el labio inferior sobresaliendo en un puchero que auguraba lágrimas. Ashbree puso los ojos en blanco y suspiró.

—No me gusta que mami llore —murmuró con la boca pequeña—. No me gusta que *Loriban* la haga llorar.

Ashbree miró a su hermana de nuevo, el interés renovado. Aquello era nuevo.

—¿Lorinhan? —Kara asintió con la cabecita y sorbió por la nariz—. ¿Discutió con mamá?

Desvió la vista hacia los adultos, sentados lejos de la línea del agua. Disfrutaban de manjares estivales y de bebidas frescas. Su padre leía un libro; su madre contemplaba el paisaje distraídamente, con la mano sobre su barriga abultada. Por detrás, varios sirvientes se deleitaban con la caricia del sol en sus ropajes vaporosos e informales; Lorinhan estaba entre ellos, y cuando lo miró, sus ojos —ambos dorados— se encontraron en la profundidad del espacio, como si se hubieran estado buscando.

—No discutían, hablaban muy bajito.

—¿Y de qué?

Ashbree apartó la vista y se centró en un castillo que ya no despertaba su interés. No le importaba que se desmoronara por completo.

—Mami le decía que no aguanta más. —«¿Que no aguanta más, qué?»—. Que quería decir la verdad. Pero *Loriban* le decía que era *pelibroso*. Y yo no quiero que mami esté en *pelibro*.

En aquella ocasión no se molestó en corregir a su hermana. Con sutileza, miró por encima del hombro a su madre, que respondía a algo que le había preguntado su padre. Sin saber por qué, el calor del sol empezó a envidiar al propio de Ashbree.

—Mamá no está en peligro, Kara.

Eso era cierto. Celina Aldair era la emperatriz, el segundo ser más protegido de la isla. Poco sabía ella de la realidad en cuanto a amenazas se refería.

—Dijo que papá merecía saberlo.

Frunció el ceño, molesta con aquella conversación. Kara podía ser un incordio muchas veces, y aquella era una de tantas. No se callaba nunca.

—¿El qué, Kara?

Recogió más arena entre sus manitas y la colocó con cuidado para reparar las grietas sobre la pared del castillo.

—No eres su hija.

Ashbree compuso la mayor expresión de incredulidad que conocían sus facciones pueriles y luego se rio. La extraña preocupación que la había abordado se desvaneció. Era evidente que aquello no era más que un intento de pique entre hermanas, como cuando la propia Ashbree se pasó varias semanas convenciéndola de que era adoptada y la habían encontrado en la basura. Pero no le iba a salir bien la jugada; ella era mayor y sabía más.

—No cuela, Kara —se burló.

Su hermana se enfurruñó y la miró con el ceño fruncido.

—Es lo que oí.

—Mentirosa —la insultó sin prestarle atención.

—¡No miento!

Kara pataleó y Ashbree fue consciente de que su madre las observaba. Si se peleaban, seguro que la riña le caería a ella.

—Mentir está muy mal. Y cuando se lo diga a papá, te castigará.

—No es tu papá.

Aquella sentencia la incomodó más de lo que esperaba.

—Sí lo es.

—Mamá lo dijo.

—Mientes.

—¡Yo no miento!

—¡Pues estabas soñando!

—¡Que no!

—Kara...

Empezaba a enfadarse. Ashbree, en cuanto percibía que Kara se iba a echar a llorar, paraba y no se metía más con ella hasta unos días después. Y su hermana no estaba entendiendo la dinámica de aquel juego entre hermanas. Su paciencia se estaba agotando.

—¡Es lo que oí!

—Cállate, Kara.

—Mamá estaba llorando.

—Me estoy enfadando.

—Y lo repetía.

—Mentirosa...

—¡Es la verdad!

—¡Mentira!

Y Ashbree estalló.

No recordaba mucho después de aquello. Solo que su luz se descontroló en extremo, que compitió con el mismísimo sol, y su madre, a pesar de su embarazo, corrió a arrojarle una toalla por encima. Después de aquello, las vacaciones se cancelaron y regresaron a Kridia. Ashbree se quedó tan triste, se sintió tan mal por haber explotado, que terminó olvidando la discusión con su hermana.

Pero ahora, con las nuevas piezas del puzle encajando, todo cobraba un nuevo sentido. A raíz de entonces, su madre distanció a ambas hermanas. Le decía que se fuera a jugar con Cyndra siempre que pudiera y la relación entre Ashbree y Kara se fue enfriando. ¿Y si su hermana le había contado a su madre lo que había pasado y Celina había temido que la verdad saliera a la luz? ¿Que no era hija de Arcaron Aldair?

Convertida en un mar tormentoso, Ashbree miró a quien había sido su tutor, quien se había comportado como un verdadero padre con ella. Y todo terminó de cobrar sentido.

Lo que Lorinhan le estaba diciendo era cierto. Él era su verdadero padre. Desde que tenía recuerdos, él siempre había estado ahí para ella. Habían pasado horas eternas en la biblioteca, investigando, debatiendo y aprendiendo; habían dado largos paseos, primero en compañía de su madre, después en su honor en los jardines de la emperatriz, charlando de su vida, de los problemas que la aterraban y que no conseguía compartir con quien había creído que era su padre. Lorinhan lo sabía prácticamente todo sobre ella, y lo que no le contaba, lo terminaba averiguando. Como siempre hacían los padres. Algo que Arcaron Aldair no logró desde que falleció Celina.

Los ojos se le anegaron de lágrimas y, una a una, fueron desprendiéndose de sus párpados. No estaba furiosa, eso había quedado ahogado por la confusión. Por un lado, se sentía engañada; toda su vida se había sustentado en mentiras. Pero, por otro, le aliviaba haberlo tenido ahí todo el tiempo; que su padre se hubiera preocupado de acompañarla en cada paso del arduo camino que le había tocado recorrer.

—Cuéntamelo todo —mascculló, la voz tomada por las emociones.

Lorinhan asintió con la cabeza y miró hacia los ventanales, los ojos perdidos en el fondo de su memoria.

—Conocí a tu madre hace casi veintiséis años. Acudió al Archipiélago de Urdú como embajadora del Imperio de Yithia, para estrechar lazos políticos con las huldras. Con el mandato de tu padre más afianzado después de casi medio siglo en el poder, él quiso entablar relaciones con todas las naciones posibles.

Ashbree tuvo que parpadear varias veces, fruto de la consternación.

Sabía que las fronteras estuvieron abiertas durante un tiempo, que los elfos de luz habían sido libres de ir a donde quisieran. Pero le resultaba tan extraño que su padre hubiera volcado esfuerzos en ganar aliados... Era como si no conociera al verdadero Arcaron Aldair.

—Tu madre tenía un don para la palabra y para la gente que Arcaron, muy inteligente, no desaprovechó. Así que convirtió a Celina en su embajadora. Viajaba por toda Narendra, entregando presentes y entablando amistades. No sabes cuánto adoraban a Celina, Ashbree.

Los ojos se le iluminaron con nostalgia y dolor a partes iguales, y Ashbree se vio reflejada en ellos.

—En una de esas misiones diplomáticas, la conocí. Yo trabajaba como investigador en la Biblioteca Magna de Siäl. Llevaba siglos allí.

—¿Siglos? —lo interrumpió, conmocionada por que hubiera vivido tanto tiempo en la capital del Archipiélago de Urdú.

Él se limitó a asentir y, después de más de media vida juntos, en sus ojos leyó el «No hay por qué correr, todo a su debido tiempo» que tantas veces le había dicho.

—Tu madre siempre fue curiosa, y aquel era su segundo viaje al Archipiélago. Durante el primero, sin conocer a sus anfitrionas, no se atrevió a investigar mucho, pero aquella segunda vez sí. Fue así como acabó en la Biblioteca Magna, en busca de nuevas lecturas. Y me encontró a mí. Lo que surgió entre nosotros fue amor a primera vista. No me enamoré de su belleza innegable, sino de su intelecto, de su afán de conocimiento, de su risa estruendosa y de su falta de decoro cuando no había nadie delante. Me enamoré de cómo era ella, de la elfa en la que se convertía cuando me miraba con fuego en los ojos. Y ella también debió de ver algo en mí, porque me propusò quedarse conmigo. Dejar a su marido y vivir juntos en Urdú. —La mirada de Lorinhan se empañó con el pesar—. Pero aquello tan solo era un sueño idílico e inalcanzable.

»Yo no podía ofrecerle a tu madre nada de lo que se merecía, siendo un simple bibliotecario. Y Celina no podía huir de un matrimonio con el emperador. Ambos sabíamos que Arcaron removería cielo y tierra buscándola, que haría lo que fuera por dar con su paradero. Que iniciaría otra guerra en paralelo con tal de encontrarla. Porque los elfos somos así, posesivos y agresivos; no comprendemos las limitaciones y siempre queremos más. Por eso tardamos tanto en engendrar vástagos, porque somos egoístas hasta el extremo, y cuando los tenemos, muchas veces sentimos que han mermado nuestras libertades y todo se retuerce. Solemos condenar a otras razas, retratarlas como bárbaros y casi animales, pero la realidad es que los elfos somos las bestias más incívicas en cuanto hay algún sentimiento involucrado. Y siempre, en todos los aspectos de la vida, hay emoción implicada.

El tono de Lorinhan se había ido amargando con cada palabra que salía de esos labios otrora más delgados. No se acostumbraba a verlo así, tan diferente y tan parecido a ella.

—El mes de misión diplomática llegó a su fin y estuve dispuesto a dejarla marchar, por su propio bien. Fue entonces cuando me dijo que estaba embarazada de ti. Al principio nos asustamos, y consultamos con las huldras distintos métodos de ponerle término al embarazo. Pero, después de meditarlo, acordamos seguir adelante. Con solo dos ciclos al año, concebir es muy complicado, y Celina no soportaba la idea de que, tal vez, esa fuese su única oportunidad de ser madre. —Una sonrisa incrédula tironeó de sus labios—. Y resulta que luego tuvo cuatro hijos más y en muy poco tiempo. Los dioses son caprichosos, supongo.

Lorinhan la miró con un amor que, desde la muerte de su madre, nunca había experimentado.

—El día de su partida, me embarqué junto a ella para poder estar cerca de ti. Celina me encontró un trabajo en palacio, en la biblioteca, y tu padre ni siquiera cuestionó la necesidad de otro bibliotecario. Modifiqué mis rasgos para que nadie pusiera en duda quién era tu padre, por si te parecías a mí al nacer, y dejamos el tiempo correr. Tu madre siempre quiso contárselo a Arcaron, se sentía culpable por esa doble vida que tenía y por verlo tan volcado en ti, como si fueras su pequeño milagro.

»Arcaron te quiso con todas sus fuerzas, Ashbree. Lo sé porque me moría de celos cuando lo veía jugando contigo, cuando te sacaba de paseo o te daba de comer. Tareas que debía haber desempeñado yo. —Lorinhan apretó un puño sobre la mesa y luego lo relajó—. Pero no era inteligente confesar la verdad. La vida acomodada que podrías tener desaparecería, tu madre se enfrentaría a un infierno perpetuo y todo se complicaría. Entonces llegó la pequeña Kara.

—Y Arcaron empezó a olvidarse de mí —completó ella, con un valor que no sabía de dónde salía.

Lorinhan negó con una sonrisa triste.

—Para nada. Tú seguías siendo la niña de sus ojos, pero Celina no lo soportaba. Así que empezó a pasar más tiempo contigo y dejó a Kara al cuidado de Arcaron. Tú tenías ya cinco años, así que tu madre se escudaba en enseñarte a ser una buena fémina, y tu padre, como emperador, claudicó. Cedió espacio para que Celina te convirtiera en la emperatriz que algún día serías. Él siguió tutelándote en política, enseñándote poco a poco, y cada vez más según ibas creciendo. Pero casi todo el día lo pasabas con tu madre, a solas. Y Arcaron volcó todo ese amor arrebatado en tu hermana.

El corazón se le comprimió y tuvo la sensación de que la estancia no contenía el aire suficiente para respirar. ¿Era culpa de su madre? Tenía el vago recuerdo de una infancia feliz que se enfrió con la aparición de Kara. Lo había achacado a las responsabilidades de la heredera, a que su padre quería moldearla como la emperatriz perfecta, ¿y había sido todo obra de su madre? Solo los dioses sabían qué podría haber pasado si Celina no la hubiera separado de Arcaron, pero ¿habría tenido una vida mejor de ser así?

—Cuando demostraste afinidad con la luz, cuando nuestros miedos de que tuvieras el don de los Efímeros se confirmaron, tu madre temió por tu vida. No había explicación posible a tu poder, así que convenció a tu padre de que eras un milagro, de que podría convertirte en un arma. Y así, con esas ansias de dominancia propias de nuestros genes, desvió su atención del origen de tu don y lo achacó a un milagro de los dioses.

»Aunque Arcaron es un gran conjurador, Ayrin se llevó toda la información relativa a los Efímeros consigo, y tu madre lo persuadió para colocarte un tutor que te guiara en la luz. Alguien que llevara años dedicando su tiempo a la investigación de cualquier ámbito.

—Tú...

Lorinhan asintió y clavó la vista en los nudos de la mesa entre ambos.

—Así entré oficialmente en tu vida, cuando acababas de cumplir diez años. Pero mi cercanía, al contrario de lo que ambos habíamos pensado, la alteró aún más. Celina estaba recelosa, no se fiaba ni de su sombra, y con el paso de los años, se alejaba cada vez más de Arcaron. El carácter del emperador empezó a agriarse, saltaba ante la más mínima discordia. Y el único modo que se le ocurrió a tu madre para calmarlo fue darle otro hijo. Con su primer varón, Arcaron volvió a la vida más afable y se olvidó de que Celina ya no estaba tan receptiva, que lloraba más que reía, y ni yo conseguía sacarla de esa depresión profunda en la que se había sumido.

»Cuidar de los jardines que Arcaron plantó para ella ya no la llenaba, ser madre ya no la llenaba, porque ese secreto la estaba consumiendo. Hubo una noche que discutimos. Estábamos en Trihold, celebrando tu décimo cumpleaños.

—L-lo recuerdo...

Lorinhan esbozó una mueca de medio lado.

—Ella quería decírselo a Arcaron, pero eras tan feliz con la vida que llevabas, aunque no me tuvieras a mí como padre, que la convencí de lo contrario. Nació Mebrin, a quien llamó así en honor a Merin, por si servía de algún modo para guiarla en el futuro venidero. Y Mebrin resultó ser un niño... diferente. —Ashbree sabía a qué se refería: a que pasaba más horas del día dentro de sí mismo que fuera, y la única que había conseguido conectar con él era Kara—. No era el varón que Arcaron deseaba, aunque lo tratara con más cariño del que habría cabido esperar. Pero Celina no lo consideraba suficiente como para mantener la atención de Arcaron centrada en otros intereses.

»Cada vez estaba más volcado en exprimir tu potencial, en buscar la forma de que resplandecieras de un modo u otro. Los fracasos por enfrentarte al corazón de piedra lo frustraban y su carácter volvió a agriarse. Y el modo que tu madre tuvo de distraerlo, de nuevo, fue...

—Más hijos.

Lorinhan le dedicó un nuevo asentimiento y Ashbree inspiró hondo. Estaba descubriendo a un nuevo Arcaron Aldair, uno que se alejaba mucho de sus recuerdos. Pero, para su desgracia, también estaba conociendo a una nueva Celina. Ashbree recordaba haber amado a su madre con todas sus fuerzas, y era la responsable directa de todas las desgracias que había vivido.

—E imagino que se lo confesaría todo a mi padre en su lecho de muerte —supuso.

—No tengo forma de saberlo. Lo que sí sé es que llevaba quince años envenenándose con las ansias de decir la verdad, así que supongo que sí. Tu padre ya se había distanciado de ti por influencia de tu madre, por lo que imagino que todo terminó de encajarle.

—¿Y decidió ignorar aquellos primeros años buenos que tuvimos?

—Al principio no, haz memoria. Fue cambiando poco a poco. Tal vez porque también te pareces a tu madre y eres el recordatorio constante de su infidelidad.

Ashbree apretó los puños sobre el regazo.

—No ser su hija no justifica el infierno que me ha hecho vivir estos últimos diez años.

—No soy quién para darte esas respuestas, Ashbree.

—¿Y quién eres entonces? —Lorinhan entreabrió los labios, aunque ella no le dejó hablar—: He oído todo lo que tenías que decir, pero ni una de esas palabras ha respondido a la primera pregunta que te he hecho. *Quién* eres en realidad.

La historia que le había contado la había conducido en una misma dirección, una que respondía a la pregunta de por qué el don de Merin se había manifestado en ella. Porque después de haber estado en su morada, le había quedado más que claro que no era un milagro de los dioses. Que ellos no habían intervenido más que la propia genética. Y la respuesta la aterraba.

—Soy Lorheen Wenlion, hermano de Ayrin y único superviviente de la dinastía Wenlion.

75

Las últimas palabras de Lorinhan resonaban con fuerza en su mente. Las paredes y el techo a su alrededor empezaron a temblar, ¿o era Ashbree la que estaba vibrando?

Ella, una Wenlion.

La respiración se le aceleró, y el vistazo de pavor que Lorinhan le lanzó al techo le confirmó que estaba haciendo vibrar toda la edificación.

—Tienes que calmarte, Ashbree —le suplicó su mentor.

Su padre.

La visión se le emborronó y su cuerpo se sacudió con más fuerza. Las ventanas temblaron y se abrazó a sí misma. Sintió la mano de Haizel sobre el hombro, apretando con fuerza.

—Majestad, tranquilizaos.

Pero no podía. Era superior a ella.

Porque no se trataba solo de que hubiera vivido en un mundo edulcorado, del que la habían mantenido alejada hasta hacía meses, sino que toda su vida había sido una patraña. No era hija de quien creía y, por encima de todo, la responsable había sido su madre. Si su relación con Arcaron se había tornado tan fría, en parte era culpa de ella. Su distanciamiento con Kara era culpa de ella. Su vida dedicada a una misión que le quedaba demasiado grande era culpa de ella.

Una vibración distinta a la suya compitió con las sacudidas con las que golpeaba el edificio sin querer. Ahora comprendía por qué Rylen había hecho estallar las ventanas del palacio que quedaba oculto en la otra cara: necesitaba destruir. Necesitaba sentir que el mundo se hacía añicos bajo su poder. Pero no quería lastimar a nadie y, aun así, no conseguía parar. Tenía la vista clavada en un punto indeterminado de la moqueta, luchando contra sus propios impulsos.

Entonces un aroma a hogar la envolvió y unas manos gráciles le acariciaron los pómulos. Cuando le alzó el rostro, Ashbree se topó con unos ojos plateados que le recordaban a una adicción latente. Sintió la tentación de hundir los dientes en la carne, de exprimir el jugo de la vida que corría por aquellas venas y desatar su poder en todo su esplendor. Si no hubiera Reino de Lykos, si no hubiera Imperio de Yithia, no habría más guerras que luchar. Podía ponerle fin a todo.

—Todo está bien, dragona —susurró Rylen, frente con frente.

Lo notaba vibrando contra ella: dos fuerzas enfrentadas luchando por contener o sobreponerse a la otra. Las sombras del rey los envolvieron en una burbuja, la luz desapareció y el espacio clareó por el titilar de las motitas de plata de la esencia del monarca. Una galaxia solo para ella. Ese era el regalo que siempre le hacía.

Ashbree parpadeó, saliendo del trance de autodestrucción en el que se había sumido, y su luz se enroscó con las hebras oscuras del rey. Ambos suspiraron, un sonido lánguido cuando sus dones puros entraron en contacto, y la burbuja de oscuridad se convirtió en el atardecer. Con ese equilibrio de día y noche conformado por dos cuerpos del todo opuestos.

A su alrededor había desaparecido el mundo, y Ashbree encontró demasiado fácil quedarse a vivir allí, en ese lugar que le recordaba a la mismísima morada de los dioses, en el que nada existía, nada dolía, nada supuraba. Quería eso. Quería dejar de sufrir.

Los pulgares del rey se movieron sobre sus mejillas y se llevaron consigo dos lágrimas rebeldes.

—Nada está bien, Rylen —masculló con voz temblorosa.

Ashbree lo vio tragar saliva, como si estuviese haciendo un esfuerzo atroz por contener todo lo que los rodeaba y, al mismo tiempo, mantenerse sereno. Y a ella le resultaba tan sencillo desatarse y destruir...

Aquel pensamiento le arrancó un escalofrío que amenazó con doblarla por la mitad, pero Rylen la sostenía con fuerza.

Nunca la dejaría caer.

El poder se deshizo a su alrededor, las sombras engullendo la luz como si fueran de su propiedad y, luego, la realidad. En torno a ellos se dibujaron unos aposentos muy diferentes de los que había estado antes. Unos que solo había visitado en una ocasión.

El atardecer moría perezosamente, la noción del tiempo perdida por el ataque de ansiedad. ¿Cuántas horas había pasado hablando con Thabor y Lorinh... con él, en realidad? ¿Cuánto tiempo había estado su mente suspendida en esa frágil línea de destrucción?

Ashbree alzó la vista y descubrió el techo adornado con los frescos de constelaciones pintados por Ires Valandur, madre del varón que se presentaba arrodillado frente a ella. La había dejado sentada en la cama, con él a sus pies, como si la estuviera venerando. Y eso era lo último que se merecía.

Despacio, Ashbree tomó las manos de Rylen y las alejó de su rostro, aunque él no permitió que el nudo entre sus dedos se deshiciera y acabaron reposando en el regazo de Ashbree.

—¿Por qué dices que nada está bien, dragona? —le preguntó con cariño.

La afirmación por la que Rylen preguntaba había abandonado los labios de Ashbree por sí sola, originada de un miedo profundo en el que no se había atrevido a pensar.

Era una Wenlion.

Ashbree Wenlion.

Sobrina de Ayrin Wenlion.

No podía casarse con Rylen. Él no se merecía eso. En cuanto descubriera cuál era su linaje, la repudiaría. Y aunque aquello la aterrara, por la posibilidad de perder el hogar que por fin estaba encontrando, él, más que nadie, más que ella misma incluso, merecía saber la verdad.

—Porque no soy quien creíamos que era —respondió en un hilillo de voz.

Rylen ladeó el rostro y entrecerró los ojos, intentando averiguar qué había más allá de aquellas palabras. Luego, relajó el ceño. Parecía haber llegado a una conclusión, y así lo constató su cuerpo porque suspiró y se sentó del todo sobre los talones.

—¿Lorheen es tu padre?

Ashbree parpadeó varias veces, atónita.

—¿Cómo lo has...?

—Te pareces a él. —Inspiró hondo, con los ojos cerrados, y los abrió despacio para volver a mirarla. No había repudio en esos iris argénteos, ni odio ni desprecio, solo una calma que pretendía transmitir—. Cuando te conocí, tuve la sensación de que te parecías a Ayrin. Tenéis los mismos labios, y tu nariz... también es muy parecida a la de ella. Aunque me convencí de que era producto de mi mente atormentada. Pero después de haber visto a Lorheen tras tantos siglos, siendo ambos adultos... Vuestro parecido es innegable.

—Lo siento... —musitó, las lágrimas picándole en los ojos.

Rylen le apretó las manos con más fuerza.

—No tienes nada de lo que disculparte.

—Entenderé si ya no quieres... Si no puedes..., bueno, casarte conmigo.

El rey frunció el ceño, la calma reemplazada por el enfado.

—No eres responsable de lo que hicieron tus antepasados. Y tu apellido no define quién eres. Son tus actos los que te conforman. Y en ti hay muy poca de la maldad que había en Ayrin.

—Pero la hay...

—Nadie es un ser de luz, Ashbree. Ni siquiera tú, que estás conformada por ella. ¿Dirías que yo soy el mal personificado por tener afinidad con las sombras? —Ella negó con la cabeza, un movimiento leve—. Pues ahí tienes tu respuesta. —Ambos se quedaron en silencio y Rylen apretó los labios antes de volver a hablar—: Este último día has estado más... violenta. Y he de reconocer que he sentido miedo —el corazón le dio un vuelco— por ti.

Esa preposición, esa simple palabra, cambiaba por completo el matiz de la frase y una calidez extraña la invadió por dentro.

—He visto lo que sumirse en la desesperanza y la furia puede hacer en un cuerpo. Y tú también. —Recordó las nuevas marcas que adornaban la piel de Ilian y tragó saliva—. Y me aterra verte ahí. Pero sé que nos sobrepondremos a esto, a todo, juntos.

—¿N-no quieres alejarme de ti? —preguntó, las lágrimas rodando libres sobre sus mejillas.

No terminaba de entender por qué el pecho le pesaba solo de pensar en la posibilidad de no volver a verlo. Por qué el aire se evaporaba de sus pulmones. Por qué el cuerpo le dolía tanto, como si le estuvieran arrancando la piel a tiras.

Ambos se volcaron en los ojos del otro, sin necesidad de separar los labios para entenderse.

—Nunca te apartaré de mí, Ashbree —susurró con voz ronca—. Mi corazón fue tuyo desde el primer momento que le hablaste, y te pertenecerá siempre. Yo no lo quiero.

Rylen la soltó de una mano, hizo un movimiento circular con ella y las sombras envolvieron sus dedos. Cuando extendió la palma, Ashbree ahogó un jadeo y se llevó las manos a los labios. El Rey de los Elfos tenía su órgano, se lo estaba entregando como quien ofrecía un manjar. Y, literalmente, lo hacía con el corazón en la mano. Las lágrimas manaron con más fuerza, silenciosas aún, y desvió la vista de la fría piedra a esos ojos cálidos.

—Esta es la oferta que te hago, Ashbree. Me da igual si eres Aldair, si eres Wenlion, si eres la mismísima vástaga de los dioses o la Hija de la Luz. Te veo a ti por quien eres, por lo que eres. Y a ti consagraré mi vida si me lo permites; si es lo que quieres. Hasta mi último aliento.

Ashbree parpadeó y más lágrimas, gruesas y pesadas, se precipitaron desde sus ojos.

Aquello se parecía demasiado a una confesión de amor y, lejos de aterrarla, se sintió como si hubiera pasado toda una vida esperando a oír esas palabras.

—Hasta mi último aliento —susurró ella, tomando el corazón de piedra entre sus manos.

Lo sintió pesado, más que la última vez que lo había sostenido, y un chisporroteo de corrección le recorrió el cuerpo. Aquel órgano de piedra, frío y duro, latía por y para ella. Y lo único que Ashbree pudo hacer fue apretarlo contra su pecho, como había hecho hacía tanto tiempo, justo por encima de la cicatriz de la puñalada que podría haber acabado con su existencia.

Ambos marcados sobre los órganos que les conferían la vida.

Ambos unidos por toda la eternidad.

La luz de su interior refulgió con fuerza, un astro en sí mismo cuya caricia cálida calmaba el daño soportado. La estancia se iluminó de un blanco prístino, cegándolos a ambos. Apretó el órgano con más fuerza, movida por un instinto que no sabía de dónde nacía.

Y el tiempo se congeló.

76

Seredil, viva. Ash, viva. Ambas juntas y reunidas, a cientos de kilómetros de distancia, sino miles. Cyndra sentía un júbilo interior difícil de explicar, y por primera vez desde que había descubierto su condición de *norna*, aquella noche no trató de forzar la conexión.

Atardecía en el bosque de El Témpano cuando Cyndra les pidió prestado un caballo a Xiana y Enil. Ambas, extrañadas, accedieron, y la fémina no perdió tiempo en cabalgar hacia el oeste, en busca de la línea de costa que le había dado la bienvenida al continente.

Dejó al caballo atado en la linde y, descalza, caminó sobre los guijarros que la acercaban al mar. El frío le arañó las plantas desnudas y no le importó, porque necesitaba sentir estímulos físicos dolorosos para mantenerse impasible. Así había sido toda su infancia: con cada nuevo golpe y maltrato, su coraza de acero se volvía infranqueable.

La templanza personificada, porque ella no se quebraba, no se sometía. Jamás lo haría.

A pesar del frío, se sentó con las piernas cruzadas, las aristas de las piedras clavándose en su anatomía y no le importó. Alzó la vista al cielo e inspiró hondo, permitiendo que la caricia salobre le lamiera las mejillas y le meciera los cabellos cortos. Aquella fragancia fresca le recordaba tanto a Seredil… Y no la había perdido. Su hermana de batallas la había encontrado y le había devuelto un pedazo de entereza sin siquiera saberlo.

A los dioses ponía de testigos de que movería montañas con tal de encontrarlas. Unos dioses con los que, tal vez, podría empezar a estar más en paz.

Ralentizó su respiración todo lo que pudo, entrando en sintonía con la paz que la rodeaba, y simplemente se dejó llevar. El sonido de las olas rompiendo en la orilla lo copaba todo, la caricia fresca del mar en los labios, el ulular de los búhos tempraneros, el crujir de los guijarros movidos por insectos y animalillos.

Por una vez, Cyndra se permitió dejar de ser ella misma para convertirse en vacío y calma.

Y, así, su mente saltó a un lugar jamás explorado. Era el vacío infinito, conformado por estrellas cuyo interior albergaba un millar de imágenes. No reconocía a quienes protagonizaban esas escenas, de tantas que había. Eran futuros, se dio cuenta. Destinos.

Aquello era la morada de los dioses, sin necesidad de que nadie se lo confirmara, pues un tirón primigenio así se lo sugería.

Cyndra caminó en calma, observando aquellos pedazos de sinos encarcelados en burbujas eternas. Se preguntó si podría sostenerlos entre las manos; si podría agitarlos como esos adornos rellenos de agua y purpurina que le regalaban a los infantes. Cuando se acercaba a un destino, las voces de sus moradores se elevaban, pero no comprendía qué sucedía ni cómo afectaría a sus protagonistas. En otras ocasiones, le llegaban ecos de conversaciones fuera de contexto, y algunas de esas estrellas en movimiento se presentaban carentes de audio.

A pesar de que no terminaba de comprender lo que estaba viendo, se sintió a salvo, en casa.

De repente, en el eco del tiempo infinito, reconoció un timbre: su verdadero hogar.

Cuando Ashbree abrió los ojos, no estaba en el palacio de obsidiana, sino en ese vacío etéreo que ya había visitado una vez. Ese punto en el que una amiga se había convertido en polvo de estrellas para sacarla de allí. Pero, en esa ocasión, más que una reclusión era una invitación. Sentía los dedos de la eternidad hurgando en su mente, anclándola en un momento no perecedero y alzándola donde solo unos privilegiados tenían ocasión de acudir.

Porque aquello era el salón de las estrellas, con el millar de ojos divinos oteando el firmamento en busca de nuevas creaciones que moldear.

Se sintió efímera, como su propia condición establecía. El mundo entero podía engullirla y daba igual cuánta luz morara en su interior.

El vacío amenazaba con devorarla hasta que sintió una presencia tras ella. Al girarse, descubrió a Merin y a Artha aguardando, dos caras de la misma moneda. Una pálida y de cabellos rubios; la otra morena y de pelo negro. Bellas hasta el extremo, letales y poderosas. Se sostenían de la mano del modo en el que ella se había agarrado a Ilian tantas veces. Con amor.

La observaban con afabilidad, una sonrisa tímida en los labios de Artha, seriedad en los de Merin.

—Lo has logrado —dijo Artha, su voz un eco etéreo que resonó en toda la infinidad del cosmos.

—¿Qué...?

—Has reunido a las dos razas y las has vuelto a convertir en una —continuó Merin.

Ashbree tuvo la sensación de que miles de mundos, conocidos y desconocidos, colisionaban a su alrededor. Que las estrellas, las vastas constelaciones, se alineaban en aquel momento preciso y fugaz dentro del cómputo de la eternidad.

—Eso es imposible.

—El rey ha entregado su corazón libremente —anunció Artha.

—Y la emperatriz lo ha aceptado de buena fe.

El universo al completo se estaba alterando, y ella no podía sostenerlo entre sus manos.

—Ilian Aedil, Rylen Valandur y tú —continuó la diosa de la luz—. Tres vidas que deberían haberse extinguido. Tres oportunidades que extendimos en pos de un bien mayor. Y lo has logrado.

—Creía que estabais enfadadas conmigo —dijo Ashbree, incapaz de formular otra frase por la incomprensión.

Artha sonrió de medio lado, benevolente aunque su don fuera la oscuridad.

—Así era. Pero has arreglado el mundo sin siquiera saberlo.

Merin miró a su esposa y luego desvió la atención a Ashbree. Un escalofrío le sobrevino con la intensidad de los mundos contenidos en aquellos ojos blancos.

—La raza élfica se dividió por sus ideales racistas y supremacistas, proclamando que una diosa, una afinidad, debía estar por encima de la otra —le explicó la diosa de la luz—. Pero vosotros os habéis sobrepuesto a las diferencias y os habéis entregado mutuamente. Os habéis convertido en lo que concebimos en los albores del tiempo. Dos corazones latiendo por un mismo fin.

—¿Qué significa eso?

—Que estáis cerca de cumplir con vuestro cometido.

—Tu misión no ha terminado, Ashbree de las Dos Dinastías —intervino Artha—. Restaura el equilibrio. Unifica lo que el odio separó.

—Enmienda el error, niña.

—Ya me voy a casar con el rey de Lykos, ¿qué más puedo hacer?

Ansiosa, Cyndra siguió el eco de la voz de Ash, moviéndose por el confín del tiempo sin entender nada más que acercarse a ella.

Y la encontró.

Era Ash, pero al mismo tiempo no. Había perdido peso, sus ojos brillaban con un fuego más maduro, y todo en ella presentaba un porte confidente tan aterrador como hermoso. Estaba acompañada de tres figuras, dos féminas con presencia etérea, de espaldas a Cyndra con las pieles desdibujadas. Como si no fueran reales, menos nítidas que la propia Ash.

—Poner fin a la guerra por tu propia mano si es necesario —dijo la que parecía ser Merin.

Con esa sentencia, Ash desapareció. Cyndra ahogó un jadeo y extendió el brazo hacia delante, como si así hubiera podido retener su presencia.

Una risa masculina hizo eco en la eternidad antes de que las figuras de Artha y Merin se transformaran en humo, desintegradas. Fue entonces cuando Cyndra se fijó en la tercera figura que las había estado acompañando.

Movida por su instinto nato, Cyndra se convirtió en la nada, rodeada de pedazos del manto de estrellas, invisible a una presencia que, de repente, le resultaba amenazadora. Porque no hubo nada de amable en aquella risa, y después de veinte años haciéndose invisible para esquivar tormentos, nadie la encontraría.

Ni siquiera Dalel.

El dios del destino había moldeado a unas Merin y Artha falsas, con pedazos de sombras y luces que arrojaban las estrellas que los rodeaban. Una patraña que había estado hablando con Ash sobre su futuro. Cyndra supo reconocer a aquel dios por lo que verdaderamente era: un embaucador.

—Sabes que tu plan terminará fallando, ¿verdad, hermano?

Dalel se giró hacia una nueva presencia que Cyndra no reconoció en un primer momento, pues ninguna talla de las que ella había visto en los templos se asemejaba a él. Como todos los dioses, presentaba rasgos de belleza infinita, con unos cabellos oscuros desordenados y una sonrisa taimada.

—Métete en tus asuntos, Cronn —respondió Dalel, con hastío.

Cyndra contuvo su sorpresa al escuchar el nombre del dios olvidado, el señor del tiempo. El que había obligado a Sol y Luna a separarse y había sido despojado de su categoría de dios mayor hasta convertirse en la nada.

Cronn llegó junto a su hermano y observaron el punto donde escasos segundos antes había estado Ash, como paladeando esa aparición.

—Si Ayrin falló, ¿qué te hace pensar que Ashbree lo logrará? —preguntó el dios olvidado.

«¿Ayrin? ¿Ayrin Wenlion?». ¿Qué tenía que ver la difunta emperatriz con su hermana de batallas?

—Que Ashbree destruiría el mundo por sus seres queridos. Y Ayrin terminó destruyendo a sus seres queridos para salvar al mundo. Una decepción, lo admito.

Cyndra se quedó de piedra. ¿A qué seres queridos se refería? No entendía nada y, al mismo tiempo, sabía que estaba en una encrucijada de destinos.

—¿Y si tus planes fallan? —quiso saber Cronn.

—Volveré a empezar.

—Eso si Merin y Artha no se enteran de que hoy te has hecho pasar por ellas.

—¿Vas a volver a inmiscuirte?

—Quién sabe. —Cronn se encogió de hombros en un gesto aniñado y peligroso—. La eternidad es muy aburrida, y este es un entretenimiento como otro cualquiera. Tal vez así consiga que aprendas de mis errores: no nos conviene enredarnos con la mortalidad.

—Yo soy más listo, Cronn. No juego con la mortalidad, como hiciste tú, juego con los mortales. Y ahora mismo, lo único que quiero es convertir a los elfos en la raza superior.

—Siempre fueron tus favoritos... —suspiró el dios olvidado.

—Tú también los tenías, hasta que te cansaste de ellos.

—Demasiada magia que controlar. —Hizo un gesto aburrido con la mano y se giró para mirar a su hermano—. Las guerras, por otro lado... Las guerras son mucho más interesantes. Son como el ajedrez.

—Yo domino el ajedrez.

—Claro, claro. Hasta que la reina vuelva a estar en el tablero y te haga jaque una vez más, rey —se burló el dios del tiempo.

El rostro de Dalel se transformó por el enfado.

—No te atreverías.

—¿Quién sabe? —repitió.

Cronn le dedicó una sonrisa sardónica a su hermano y luego, apenas un instante fugaz, sus iris negros se encontraron con los azules de Cyndra.

Descubierta por el dios del tiempo, Cyndra abrió los ojos de repente, jadeando.

La noche la había engullido y en los cabellos, húmedos por la caricia de la brisa, ahora había cristalitos de escarcha. El corazón le latía demasiado despacio, como si estuviera reacostumbrándose a funcionar tras una vida parado. Ahí, en el firmamento, el reloj de arena de la constelación de Cronn parpadeaba para ella.

Por primera vez en veintiséis años, no fue el dios del destino el que le devolvió la mirada, sino el del tiempo. Y Cyndra entendió el mensaje, alto y claro.

Ahora, más que nunca, tenía que encontrar a su hermana de batallas. Porque fueran cuales fueran los planes de los dioses, no permitiría que estos engañaran a Ash para manejarla a su antojo en su estúpido juego.

77

Cuando Ashbree abrió los ojos una vez más, ya no se encontraba en la morada de los dioses, sino en los aposentos del rey. Su luz regresó a su interior como la marea replegándose y la noche natural tomó poder en la estancia. Por el modo que Rylen tenía de mirarla a pesar de la oscuridad que los rodeaba, apenas habían transcurrido unos segundos.

Entonces ambos descendieron la vista y encontraron las manos de la fémina vacías.

Rylen contuvo el aliento, y Ashbree hizo todo lo contrario: no había aire suficiente para inflar sus pulmones. Con la desaparición del órgano, su propio cuerpo percibió una realidad diferente. El pecho le pesaba más, como si dentro de ella se hubiera instalado una carga nueva, y si se concentraba...

Bumbum, bumbum. Bumbum, bumbum.

Su corazón latía doble, un pulso que se hacía eco a sí mismo. Temerosa, plantó la mano de Rylen en su propio pecho, para que él le confirmara que no era una alucinación. Con los labios entreabiertos y la mirada desencajada, él sintió el doble latido de Ashbree y sus ojos conectaron.

Pero si ahondaba más adentro, si se centraba en ese pozo que había en su interior, ahora... Ahora no solo había luz, sino que también había un hilo de sombras que, durante quinientos años, se había encargado de proteger el corazón de piedra que se había asentado dentro de su cuerpo.

Ashbree le pidió a Inara que saliera, aunque la hubiera dejado jugueteando en sus aposentos. Tardó en reaccionar, como si su don se estuviera reacomodando a esa extrañeza en su propio ser, y cuando Inara tomó forma frente a ambos, fue el turno de Ashbree de contener el aliento.

Ya no era de una blancura impoluta, sino de una parcheada que se asemejaba a las volutas intrincadas que le recorrían el brazo. Atónitos, observaron a la dragona, que se miraba a sí misma como si no se reconociera. Retorcía el cuello lo máximo que le permitían las alas, giraba sobre sí misma y rodaba sobre la espalda para intentar deshacerse de esas manchas negras.

—¿Qué hemos hecho? —preguntó Rylen con una nota de pavor.

—Al parecer, restaurar el equilibrio.

—¿Qué...?

—Han sido las diosas —le explicó, atenta a Inara—. Las he... Las he visto. Esto es lo que debía pasar para restaurar el equilibrio de la raza.

—¿Estás segura? —Rylen parecía tan sorprendido como aterrado.

—Sí, me lo dejaron muy claro. Hemos derribado las barreras que quedaban entre elfos de luz y elfos de oscuridad, y ahora solo tenemos que reunirlos bajo la misma bandera.

—Dicho así suena fácil —comentó con diversión fingida.

—No sé qué tendrán planeado para nosotros los dioses, Rylen, pero vamos por buen camino. El sufrimiento se verá recompensado.

—Pero ¿a qué coste? —cuestionó él.

Ashbree hundió un poco los hombros y negó con la cabeza.

—No sé cuánto más nos quedará por pagar. Pero estoy dispuesta a ofrecerlo.

Rylen suspiró por la nariz. Sabía que eran palabras demasiado peligrosas para pronunciarlas a la ligera, sobre todo si los dioses estaban involucrados. Pero lo decía sin un ápice de duda.

—Sabes que ahora mismo tienes mi vida en tu poder, ¿verdad?

Ella lo miró con una incomprensión que se desvaneció al entender las implicaciones de que su propio corazón, con sus sombras, estuviera ahora dentro de su cuerpo. Conmovida, se llevó las manos al pecho y apretó con fuerza.

—Lo protegeré hasta mi último aliento —susurró, los ojos brillando por la emoción.

—No me cabe duda, dragona —dijo en el mismo tono confidente.

Sin pensarlo, considerado ya como un gesto natural, Rylen se inclinó hacia ella y la besó en los labios para sellar una promesa que ni siquiera habían pronunciado aún.

78

Felnor era un absoluto caos. Veinticuatro horas después de la conquista, las calles continuaban atestadas de los cadáveres que él mismo había dejado a su paso. Sus soldados se afanaban en recuperar los cuerpos de sus compañeros, para darles un final digno o para sanarlos, pero seguía habiendo demasiada muerte sobre los adoquines.

Por primera vez en todos los años que llevaba a la espalda, Ilian Aedil sintió remordimientos por las vidas arrebatadas. Toda su existencia había estado enfocada en la muerte y la conquista, por lo que nunca había llegado a sentirse mal por el destino de sus enemigos. Entendía cómo funcionaba la guerra, aunque eso no significara que le gustase. Pero ahora...

Ilian se había desatado de un modo inusitado. Jamás se había convertido en esa bestia de guerra que hacía que hasta sus propios soldados lo miraran con recelo. Había perdido parte del respeto que, año a año, había ido puliendo, como el arma perfecta. Aunque ya no importara, porque había dejado de ser su general.

El miedo a los Efímeros estaba muy extendido, no solo en territorio yithiano, aunque sus enemigos no lo supieran. El único motivo por el que no lo habían considerado un monstruo, a pesar de saber el don que llevaba en la sangre, era porque los últimos siglos siempre se había mantenido sereno, como Rylen le había mostrado. No obstante, la posibilidad de que un Efímero estallase y se llevase por delante a su propia gente permanecía latente. E Ilian debía reconocer que había estado demasiado cerca.

Caminó por las calles empinadas de Felnor, cruzando muralla tras muralla que él había procurado abrir, memorizando los rostros de los caídos, aliados o enemigos. Todo aquello era su culpa, llevaba la impronta de su decisión tatuada en la piel. Y aunque siempre que había usado su poder lo había hecho con la seguridad de que actuaría de idéntica forma en caso de ser necesario, ahora no estaba tan convencido. El no saber qué había sido de Ash lo había cegado tanto que se había convertido... en eso. Y aquello lo aterraba.

Los cadáveres de los berserkers destacaban contra los gráciles de los elfos, fueran de luz u oscuros, con sus cuerpos bañados en la sangre plateada de su propia gente. Aquello no era más que un primer avistamiento de lo que estaba por venir. Y solo los dioses sabían qué más planes estaba urdiendo Arcaron Aldair en la sombra, mientras esperaban a que la noticia de la derrota aplastante de Felnor llamara a sus puertas.

Porque lo haría. Ahora que Arcaron había abierto las fronteras, él sabía que llegaría el día en el que el emperador diera un golpe maestro. Y solo le quedaba desear estar lo suficientemente preparados para enfrentarse a un enemigo desconocido. Porque no quería volver a convertirse en ese monstruo que dejaba un rastro de muerte a su paso.

Al llegar a la segunda residencia imperial, en lo más alto de la fortificación, Ilian se recostó en la muralla y alzó la vista al cielo. Faltaba poco para la hora acordada de su recogida, y exprimió esos últimos minutos en memorizar el estado de descomposición en el que había dejado a la segunda ciudad más importante del Imperio de Yithia. Él solo la había arrasado por completo, y eso lo llevó a preguntarse qué habría pasado de haber sido un asedio a una ciudad habitada por civiles; si habría conseguido razonar lo suficiente como para no matar a inocentes sin más.

Lo peor de todo era que no tenía una respuesta clara, porque si Ash estaba involucrada en sus pensamientos, perdía la razón.

Tal vez Rylen hubiera hecho bien en despojarlo de sus títulos y en degradarlo. Odiaba la idea de no poder comandar a sus tropas, pero si este era su futuro, si estaba condenado a convertirse en una bestia incontrolable... No, definitivamente no lo quería, y no solo porque ya percibiera cierta pérdida de respeto entre sus soldados, sino porque parte de esa destrucción se vería volcada en el pueblo de Ash. Y no quería tener la responsabilidad de ordenar a su gente que destrozara una parte de la integridad de su futura... esposa.

—¿Listo para casarte? —preguntó el rey a su lado.

Los últimos coletazos de sus sombras regresaron a él con los movimientos serpenteantes del humo.

Ilian lo miró de reojo. La luz de las estrellas incidía de un modo majestuoso sobre sus rasgos regios, pero lo que le llamó la atención fue que en sus ojos no brillara la socarronería que lo caracterizaba. El Rylen Valandur que había soportado una guerra de quinientos años con estoicismo iba desapareciendo, e Ilian sintió pena por que el conflicto lo estuviera cambiando; por que los estuviera cambiando a ambos.

—Si te soy sincero, siempre creí que sería un lobo solitario —le respondió.

—Si te soy sincero, siempre creí que solo con pensar en casarme de nuevo me cagaría de miedo.

En aquella ocasión, su tono sí que estuvo matizado por el divertimento, uno que contagió a Ilian y le hizo sonreír de medio lado.

—Míranos ahora —comentó Ilian—. Yo, indiferente al amor, estoy a punto de casarme con la fémina de mi vida. Y tú, reacio al matrimonio, a punto de casarte con…

Dejó la frase a medias a propósito, a la espera de que el rey la finalizara.

—A punto de casarme con mi esperanza.

Rylen lo miró sin vacilar y algo dentro del pecho de Ilian se comprimió. ¿Eran celos?, no supo decirlo. Lo que sí tuvo claro fue que el rey lo había pronunciado con una solemnidad que lo atravesó, porque hasta él mismo se había referido a Ash en esos términos. Ella también era su propia esperanza. Y si los dos sentían lo mismo por ella…

Ilian se frotó el rostro y suspiró.

No sabía cómo iba a acabar gestionando todo lo que envolvía a una relación sentimental, pero saber que Rylen protegería a Ash con la misma ferocidad que él calmaba algo dentro de su ser. No era un rival, no era una amenaza, era… Era un compañero. Un igual que cuidaría de aquello a lo que más quería del mismo modo que lo haría él mismo.

—Creo que estoy todo lo listo que se puede para una situación como esta —terminó reconociendo.

—Suenas como si fueras directo al matadero, y yo tengo muchos más traumas que cualquiera como para verlo de ese modo.

Ilian rio por la nariz y negó con la cabeza.

—Pensar en casarme con Ash me hace infinitamente feliz. Es lo que os podría hacer yo a vosotros lo que me aterra.

—¿A qué te refieres?

—¿Y si no lo llevo bien? ¿Y si me vuelvo un completo capullo?

—¿Más? —La sonrisa que Rylen le dedicó podría haber deslumbrado a cualquiera. Ilian le propinó un puñetazo en el hombro en respuesta—. Si te soy sincero, creo que cuando veas que ella accede a casarse contigo libremente, que te acepta por quien eres, te quedarás más tranquilo.

—Contigo fue todo lo contrario. En cuanto diste el sí quiero la última vez, te volviste un imbécil. *Más* imbécil.

—Yo era un crío, no tenía la cabeza sobre los hombros. Tú sí. Y sé que el amor que sientes por Ash será más fuerte que cualquier otro sentimiento negativo. Lo gestionarás.

—¿Y si no?

—No concibo otra alternativa, porque no pienso dejar que te alejes de mí.

La diversión había desaparecido del rostro de Rylen. Aquel era el verdadero rey de Lykos.

—Sé que me quieres, Ilian —la garganta se le secó al instante—, igual que yo te quiero a ti. Y eso ya estaba ahí antes de que Ashbree entrara en la ecuación. Si hace trescientos años hubiéramos puesto en palabras lo que sentíamos después de aquella noche, quizá estaríamos aquí de otro modo, quizá no. Pero es innegable que entre nosotros hay unos sentimientos mucho más fuertes que un simple romanticismo.

—Lo de Ash no es un simple romanticismo.

—No me refería a ella. Si dos elfos cualesquiera son capaces de compartir una vida juntos en armonía sin que entre ellos se haya forjado un vínculo de casi quinientos años, ¿de verdad crees que vas a fracasar? ¿De verdad crees que *vamos* a fracasar?

—Pero nos estamos enfrentando a lo desconocido…

—¿Acaso cualquiera de los retos anteriores que se han presentado en nuestras vidas eran conocidos? —El silencio de Ilian sirvió como respuesta—. Ninguno sabía lo que estaba por venir, y nos enfrentamos a ello como supimos. Pero siempre juntos. Eso no va a cambiar, Ilian. Esté Ash en medio o no. *Yo* no dejaré que pase. Porque si tengo el más mínimo indicio de que la situación te supera, lo solucionaré. Créeme cuando te digo que tú me importas tanto o más que Ash.

Ilian tuvo que tragar saliva para pasar el nudo que se le había formado en la garganta. Si gestionar lo que sentía por Ash le había resultado difícil, sumando lo de Rylen a la ecuación todo se había vuelto más complicado. Pero después de oírlo, después de que el rey se abriera a él con tanta facilidad, Ilian se dio cuenta de que tener a su hermano de batallas a su lado de un modo diferente aportaba valor al conjunto. No era una complicación en el camino, era un nuevo aspecto por el que estar agradecido.

—Después de la chapa que te he soltado, ¿sabrás gestionar toda esa toxicidad varonil? —preguntó el rey con una sonrisa maliciosa.

Los labios de Ilian se estiraron por inercia y, por primera vez, fue consciente del cambio del lenguaje corporal del rey, de cómo sus ojos se fijaban en sus labios un segundo de más antes de volver en sí.

—Eres imbécil, Rylen —rezongó riendo entre dientes.

No entendía cómo podía haber dudado de su reacción por tener a Rylen tan cerca, cuando adoraba hasta ese humor estúpido tan suyo y que se presentaba en los momentos más inconvenientes.

—Y tú un capullo, Ilian —le respondió empujándolo del hombro—. Anda, volvamos a casa.

—A casa.

A Ash, porque allá donde estuviera ella, Ilian sabía que encontraría su hogar.

79

Después de que Rylen le explicara cómo había recuperado su corazón, y ella le hubiera contado todo lo que había hablado con Lorheen, el rey se marchó en busca de Ilian. El tiempo se les había echado encima y eso hacía que el nudo de ansiedad en su estómago se apretara más.

Ashbree había optado por darse un baño, pero ni siquiera el agua caliente la calmaba. Le había confesado a Rylen que no quería que Lorheen actuara como testigo, porque no estaba preparada para gestionar el hecho de que fuera su verdadero padre.

—No seré yo quien te empuje a forjar una relación con él o a perdonarlo —le había respondido el monarca.

—Si las decisiones de Ayrin no me definen, tampoco deberían definir a Lorin... Lorheen.

—Por supuesto que no. Pero aún no sabemos qué papel real tuvo él en la historia, porque no habéis hablado de eso, ¿verdad? —Ella había negado con la cabeza—. Y tampoco es inocente de lo que te han hecho a ti durante estos años. Te han ocultado la verdad y, de forma indirecta, es responsable de la situación en la que estás envuelta. No puedo fiarme de él porque era el hermano de Ayrin, e ignoro si él era conocedor de los planes de su hermana. Pero jamás le perdonaré las decisiones que tomó con respecto a ti. Así que agradezco que no aparezca en nuestra boda, por egoísta que suene.

En el rato que tuvo de soledad, repasó lo que Merin y Artha le habían dicho. Lo que la propia Elwen le había explicado en su anterior visita a la morada de los dioses. Los secretos que le ocultaba a Ilian. Aún tenían demasiadas conversaciones pendientes, pero solo llevaba un día y medio despierta y se sentía abrumada.

Se estaba secando el pelo con una toalla, envuelta en el albornoz, cuando unos golpes suaves en la puerta la sobresaltaron. Inquieta porque intuía quién podría ser, abrió la puerta. Antes de verlo siquiera, una mano amplia le tapó los ojos.

—Prométeme que no los abrirás.

—Ilian... —suspiró. Lejos de calmarla, constatar que se trataba de él la alteró más todavía.

—Prométemelo.

—Te lo prometo...

Él la agarró de la mano y la llevó hasta sus aposentos, la guio para que se sentara en la cama y desapareció por detrás de ella. Escuchaba sus pasos cerca del biombo, cómo trasteaba con lo que fuera que no quería que viera.

—Oye, Ilian, tengo que hablar contigo...

—Si es por lo del corazón de Rylen, ya me lo ha contado.

Ashbree estuvo tentada a abrir los ojos, sorprendida por la naturalidad con la que lo había dicho.

—No es eso, pero ¿cómo lo llevas? —preguntó, jugueteando con sus propios dedos.

—Lo único que me preocupa es la posibilidad de perderos a ambos al mismo tiempo si a ti te sucediera algo.

Ambos corazones de Ashbree se contrajeron al mismo tiempo, dolida por esa certeza. No había pensado en las implicaciones que esa nueva condición tenían para Ilian.

—Sabes que lo protegeré con mi vida —musitó, con un nuevo miedo recorriéndole las entrañas.

—Y nosotros a ti, cariño.

Ilian plantó un besito suave sobre la punta de su nariz que la enterneció, antes de retomar lo que fuera que estuviera haciendo. Ashbree escuchó telas frotándose entre sí y aquello despertó su curiosidad.

—¿Te ha dicho lo del plan de los dioses? —tanteó, porque eso la dejaba un poco más cerca del verdadero tema a tratar.

—Sí, y aunque me preocupa, no creo que sea lo más importante ahora mismo. —Ashbree puso los ojos en blanco incluso con los párpados cerrados—. Lo que importa es nuestra boda. Y si lo que quieres es hablar sobre mi posible pésima gestión de los sentimientos, creo que ya lo tengo todo más claro.

—¿Tan rápido? ¿Has tenido alguna clase de epifanía? —preguntó con un toque de humor.

Las manos de Ilian envolvieron las suyas una vez más.

—Ya puedes abrir los ojos.

Ashbree lo hizo y lo encontró acuclillado frente a ella, sus dedos entrelazados. Llevaba el cabello anudado de ese modo tan suyo, con una camisa suelta blanca y remangada y unos pantalones sencillos oscuros.

—Digamos que sí —respondió con la más sutil de las sonrisas—. He estado hablando con Rylen y me he dado cuenta de que nunca podría ser un rival para mí. Le quie... —Ilian calló un segundo y Ashbree intuyó qué quería decir en realidad, solo que no se atrevía—. Lo que siento por Rylen estaba ahí antes de que tú llegaras, y eso no va a cambiar después de todo lo que hemos pasado juntos.

Ashbree le dedicó una sonrisa dulce, conmovida por el carácter de Ilian. No tenía ningún problema en confesarle a ella sus sentimientos y, sin embargo, cuando se trataba de Rylen, se cohibía. Como si le diera vergüenza reconocer lo que podría haber estado escondido durante demasiados años.

—Igualmente, seguiremos trabajando en cada paso del camino —concluyó él antes de besarle los nudillos.

La sonrisa ladeada que él le dedicó le pareció sincera, así que ella se armó de valor.

—Antes... —Ashbree tuvo que carraspear para aclararse la garganta—. Antes de casarnos, hay algo que tienes que saber.

—Te escucho, mi reina.

El corazón se le comprimió, y no supo decir si había sido el suyo propio o el de Rylen.

—Cuando estuve en la morada de los dioses durante mi estasis, vi... vi a Elwen. —Ilian se tensó—. Ella fue la que me trajo de vuelta.

—No lo entiendo, las almas no pisan la morada de los dioses.

Ashbree le dedicó una sonrisa triste a la par que tirante.

—Un dios la dejó entrar para ayudarme a salir de esa reclusión. Fue por ella por quien desperté.

—¿Qué me estás queriendo decir, Ash?

Las lágrimas le picaban en los ojos y se vio obligada a respirar hondo para tragárselas.

—Si un alma escapa de sus dominios para entrar en la morada de los dioses, no puede regresar a donde pertenece, Ilian. Elwen, lo que quedaba de ella, se sacrificó por mí. Para que llegara hasta ti. Y-ya no queda nada de ella, ni siquiera su alma —lo último lo pronunció con un sollozo atragantado.

Ilian se dejó caer y apoyó las rodillas contra el suelo, la mirada perdida en el infinito.

—¿Estás segura? —Ashbree asintió en un movimiento trémulo—. Joder...

Él se llevó las manos al rostro y negó con la cabeza. Ashbree, sin poder evitarlo, se lanzó a su cuello a estrecharlo en un abrazo prieto con el que pretendía recomponer el alma que se estaba fragmentando.

—Lo siento. Lo siento tantísimo... —Ilian temblaba entre sus brazos, y Ashbree no podía enfrentarse a la idea de que un varón tan salvaje y fiero como él estuviera llorando. Aquello amenazó con desmoronar todas sus murallas propias—. Lo siento mucho, Ilian. Es mi culpa. Es mi culpa que Elwen...

—No.

Ilian la miró con intensidad, y aunque sus ojos brillaban, no había indicio de que hubiera soltado ni una lágrima.

—Si yo no...

—No, Ash, no es tu culpa. —La voz le salía arrastrada, contenida a duras penas—. Elwen supo lo que estaba haciendo.

—Aun así, lo siento...

Ilian se inclinó hacia delante y la besó, un contacto triste y necesitado para lamerse sus propias heridas.

—No sé si conseguiré perdonarla algún día.

—¿Qué? ¿Por qué?

—Por haber abrazado su propia muerte con tanta facilidad.

—Lo hizo para proteger a Rylen...

—Lo sé. Entiendo cuáles eran sus intenciones, pero no puedo evitar sentirme dolido por esas decisiones que, al final, me han arrebatado a mi hermana de todas las formas posibles. Su alma ya ni siquiera pisará este plano en Veturnaetur. Nos ha abandonado para siempre...

Había enfado contenido en aquella voz poderosa.

—Ilian, no creo...

—Sé que no es justo y que es un pensamiento egoísta. Pero me habría gustado poder hacer algo por ella, no simplemente verla morir entre mis manos. Y ahora... Ahora ya no queda nada de ella.

El silencio entre ambos se hizo pesado. Ashbree giró el rostro para mirar a través de los amplios ventanales.

—Se convirtió en polvo de estrellas. Así que, siempre que mires el cielo nocturno —lo señaló—, ella estará ahí. —Devolvió su atención a Ilian y lo encontró observándola con admiración—. Ella siempre va a estar con nosotros, Ilian. Aquí.

Alzó la mano y la colocó sobre el pecho del varón, para sentir el tronar poderoso de su corazón.

—Aquí —repitió él.

Despacio, levantó la palma y la puso en el pecho de Ashbree. Ilian contuvo el aliento al percibir el doble latido al que ella todavía no se había acostumbrado. En aquella ocasión, fue Ashbree la que se inclinó hacia delante para besarlo con dedicación. Y solo cuando tuvo la certeza de que lo había calmado un poco, se separó de él.

—Te he traído un regalo —murmuró Ilian contra sus labios.

Era evidente que lo que el varón buscaba era dejar de pensar en el dolor, así que Ashbree sonrió y, en su lugar, preguntó:

—¿Un regalo? ¿Por qué? No es mi cumpleaños.

—Cierra los ojos.

—No hace falta que me...

—Cierra los ojos, Ash.

Había un deje de súplica en su voz, así que obedeció. Escuchó a Ilian moviéndose junto al biombo y luego regresar frente a ella.

—Ya puedes abrirlos.

Cuando lo hizo, Ashbree vio ante sí el vestido más majestuoso. Era blanco por completo, con un corpiño en forma de mariposa plagado de diminutas plumas blancas. Y la unión con los hombros generaba una caída en cascada gracias a unas mangas de gasa suelta y vaporosa, casi a modo de capa. La falda, del tul más delicado, era tan fluida que parecía etérea.

Un vestido de novia.

—¿De dónde lo has...?

—Era de la madre de Elwen.

—Creía que el padre de Elwen...

—Sí, era mi padre. Pero Galadil estuvo casada antes de tener a Wen. Fue su primer y gran amor hasta que nació mi hermana.

—¿Qué le pasó?

—Murió en la guerra.

—Ilian, no puedo aceptarlo.

—Galadil se lo regaló a Elwen para que algún día lo usara si quisiera, y estoy convencido de que ella querría que te lo pusieras. —Los ojos de Ilian brillaban con intensidad—. Y más, después de todo lo que ha hecho por nosotros.

No pudo contenerlo más y las lágrimas se desbordaron de sus ojos. Se puso en pie con energía y abrazó a Ilian, quien le rodeó el cuerpo con el brazo que no sostenía la percha.

—Gracias.

—No tienes por qué darlas —murmuró contra su cabeza. Ashbree separó el rostro para mirarlo y él se inclinó hacia ella—. Así, un pedacito de Elwen seguirá con nosotros.

80

Gracias a unos ajustes que Orsha le hizo al vestido con unos imperdibles que disimuló a la perfección, la prenda le quedaba como un guante.

En el Reino de Lykos, Ashbree había recibido dos de los vestidos más magníficos de toda su vida, ambos de manos de los hermanos Aedil. Si se lo hubieran dicho a la Ashbree de hacía unos meses, no se lo habría creído.

—Estáis esplendorosa, majestad —le dijo Orsha desde detrás.

Sus ojos se encontraron con los negros de la troll a través del espejo y los encontró aguados.

—Gracias. —Su voz sonó tan trémula que temió que no la hubiera oído.

Orsha negó con la cabeza y terminó de asentar las diminutas flores blancas del semirrecogido que le había hecho, con sus bucles dorados cayendo sobre la espalda parcialmente desnuda.

Después, la troll abandonó sus aposentos y Ashbree se miró al espejo una vez más. Resplandecía como solo la noche de Veturnaetur había hecho, y únicamente le quedaba rezar para que el final fuera todo lo opuesto.

El maquillaje era llamativo, sus ojos delineados con kohl y con unas sombras color crema que acentuaban su mirada. Y sus labios, de un rojo profundo, le recordaron al tono predilecto de Elwen. El corazón se le estrujó doblemente ante el recuerdo de su amiga perdida y los ojos se le anegaron de lágrimas. Cuando volvió a alzar la vista hacia el espejo, se imaginó flanqueada por la fémina de sonrisa sempiterna y, en el lado contrario, por Cyndra. Sus dos únicas amigas, y ninguna estaba con ella para acompañarla.

Miró al techo para contener las lágrimas y no arruinar el trabajo de

Orsha. Las extrañaba con todas sus fuerzas. Que Elwen pudiera estar allí era un anhelo imposible, pero Cyndra... Dioses, le dolía el pecho de lo mucho que la echaba de menos. Cuánto estaba cambiando su vida y no tenía a su hermana de batallas para compartirlo con ella. Y el día que la encontrara, les faltarían horas para contarse todo lo que no habían podido decirse en esos meses.

Una lágrima rebelde se precipitó de sus ojos y la limpió casi de un manotazo.

No podía llorar.

No se permitiría derramar lágrimas en un momento que la colmaba de felicidad.

Porque aunque se hubiera quedado en *shock* al principio, era indudable que amaba a aquellos dos varones por igual.

«No te quiebras», se dijo, sintiendo a Cyndra más cerca que nunca en esas semanas.

Unos toques suaves en la puerta atrajeron su atención.

—Adelante.

Al abrirse, el rostro que asomó fue el de Haizel. El varón abrió más los ojos, la miró de arriba abajo y, seguro que sin pretenderlo, una sonrisa diminuta se dibujó en sus labios.

—Estás muy guapa.

«Guapa» era lo máximo que el conjurador podría decirle, dada su relación, pero a ella le sonó como el cumplido más esplendoroso, sobre todo porque había abandonado las formas de cortesía con ella.

—Gracias —le respondió con un ligero rubor—. Tú también.

No fueron palabras fingidas. Haizel iba vestido con una camisa pulcra y negra, con los puños adornados por hilo de oro, y unos elegantes pantalones a juego. Arreglado, aunque con su toque informal habitual.

—Rylen está fuera. Me ha pedido que te ponga esto. —Le enseñó una tira de terciopelo negro—. No quiere que lo veas.

—Entonces él tampoco puede verme a mí.

Los labios de Haizel se estiraron con sutileza.

—Ya lo tenía controlado. Está esperándote con los ojos vendados.

—Qué considerado.

Haizel le vendó los ojos con delicadeza. Cuando se hubo asegurado de que no veía nada, la tomó del brazo y la guio hasta el pasillo.

—Dioses, estás preciosa —dijo Rylen en cuanto Ashbree sintió que habían abandonado sus dependencias.

—¡Rylen!

Estuvo a punto de quitarse la tira que le impedía verlo del modo que él la veía a ella, pero Haizel se lo impidió.

—Está bromeando. No ve nada.

La risilla de fondo de Rylen se lo confirmó. Sin saber realmente dónde estaban colocados cada uno, Ashbree dio un paso al frente y lanzó un manotazo que impactó directo en su objetivo.

—¡Ay!

—Te lo mereces.

—Me merezco lo que tú quieras, dragona —ronroneó, más cerca de ella de lo que habría esperado.

—¿Y ahora qué? —preguntó, cambiando de tema para impedir que el rubor le tiñera las mejillas más de lo que hacían los polvos de maquillaje.

—Nos traslado a la ceremonia. Aunque esta vez necesito tocaros, porque no os veo.

Los dedos de Rylen se enroscaron en los de ella como si hubiera sabido exactamente dónde estaban, y luego sintió el tacto áspero pero agradable de las sombras a su alrededor. Casi tan rápido como había llegado, el contacto desapareció y Ashbree tuvo la sensación de estar en un espacio mucho más amplio, antiguo y con eco.

—Espera aquí, majestad.

—¿Qué? ¿A dónde vais?

—Tengo que acompañar a Rylen a su puesto de honor.

En la isla, la tradición era que la persona a la que le habían ofrecido el casamiento entrara en el último lugar. Así, el pedidor siempre debía estar esperando a ser correspondido. Y, en aquel caso, ese puesto lo ostentaba Rylen, e Ilian por extensión.

En soledad, Ashbree inspiró hondo, intentando controlar los temblores de su respiración. La realidad de sus decisiones la abordó con fuerza y sintió que se asfixiaba. Se iba a casar. Con los dos amores de su vida. Uno, el rey de Lykos. El otro, el mejor amigo que hubiera podido pedir.

Soltó el aire en una exhalación temblorosa y se agarró los dedos, intentando evitar juguetear con ellos.

—Creo que ya os podéis quitar la venda.

Ashbree se la arrancó de un tirón al reconocer la voz de Thabor.

—¿Qué...? ¿Qué haces aquí? —preguntó, repasándolo con la mirada.

Era evidente que le habían cedido los ropajes que llevaba —una túnica elegante de un verde intenso que se ceñía a su cuerpo musculado y unos pantalones beige—, pero verlo tan lleno de vitalidad, en lugar de con las secuelas del cautiverio latentes, la reconfortó.

—Necesitabas un testigo, ¿no? —Thabor se encogió de un hombro y le dedicó una sonrisa sagaz.

Ashbree correspondió al gesto y los ojos se le anegaron de lágrimas una vez más. No sabía cuánto tiempo conseguiría mantener las emociones a raya, pero lo seguiría intentando.

—Sí, lo necesitaba... —susurró.

—Pues aquí me tienes, Ash.

Siempre dispuesto a ayudarla, siempre dispuesto a rescatarla. Los recuerdos de Milindur, de la taberna, de la subasta..., todos acudieron en tropel. Apenas se conocían, y sin embargo su presencia le había calado tan hondo que le alegraba tenerlo con ella.

—Ojalá Cyndra pudiera verte.

Todas las contenciones de Ashbree se quebraron y dos lágrimas le surcaron las mejillas. Thabor, tan diligente como siempre, se las limpió mientras ella ahogaba un sollozo a medio camino de risa avergonzada.

—Algún día te verá —añadió—, no me cabe la menor duda.

Las manos de Ashbree se colocaron sobre las de Thabor y sorbió por la nariz de una forma muy poco elegante que le arrancó una risilla al conjurador.

—Y Seredil. Las encontraremos.

—Hasta el final —susurró él con cierta tristeza, las palabras que más de una vez había oído que ambos conjuradores se dedicaban.

—Hasta el final —replicó en el mismo tono.

—¿Lista para entrar?

Ashbree se agarró a él con un asentimiento sonriente y caminaron hacia las puertas de mármol. Eran de una altura imposible, con vetas negras y doradas que serpenteaban alrededor de unos relieves que le recordaban a las distintas constelaciones de los dioses.

Los portones se abrieron con el estruendo de piedra contra piedra y Ashbree tuvo que contener el aliento. Frente a ella se encontraba una majestuosa sala diáfana con suelos de aspecto casi transparente y enormes columnas traslúcidas que se le asemejaban a las columnas de luz de la cueva del rey. Las paredes eran prístinas, y en el techo, una enorme claraboya se abría al infinito cielo nocturno, con sus estrellas observándolos. Con la constelación de Merin guiándola.

No obstante, lo que la dejó congelada en el sitio no fue la esplendidez de aquel templo erigido en honor a Artha y a Merin, ambas diosas compartiendo lugar sacro como nunca había visto. No. Fue ver a Ilian y a Rylen, tan… guapos.

Ashbree se dio cuenta de que aquella palabra, por simple que resultara, los definía a la perfección. Mientras caminaba hasta el altar, donde ambos aguardaban con gestos indescifrables, se empapó de sus estampas de igual modo que ellos se la estaban bebiendo con la mirada.

Ilian iba vestido de negro por completo, con un esmoquin con arabescos de terciopelo, chaleco de doble botonadura con solapas, camisa y corbata de seda con un patrón geométrico plateado. Presentaba el mismo desafío que el del breve momento que pudo contemplarlo en Veturnaetur, con los cabellos pulcramente retirados del rostro, los ojos delineados con kohl y pendientes más elegantes. Sin llegar a verle las manos, estaba convencida de que tendría los dedos cargados de anillos.

Un corazón se comprimió por él. El otro, por el rey.

Rylen llevaba un traje de un azul marino profundo, con la chaqueta entallada bordada con motivos florales plateados en las solapas. La camisa, de un blanco perla con brocados, deslumbraba por sí misma. Y el pañuelo de seda que lucía al cuello quedaba anudado por un broche en cuyo interior le pareció distinguir el escudo del Reino de Lykos.

Ambos estaban despampanantes, y cuando se plantó frente a ellos, se percató de que los ojos de los dos brillaban con la misma intensidad. Los ojos de los tres, en realidad. Thabor extendió la mano y se la cedió a Ilian, quien la tomó con una firmeza que ella estaba lejos de sentir.

El conjurador se colocó a la derecha, con Haizel en el lado opuesto, flanqueándolos. Incluso a pesar de su estupor, Ashbree percibió el repaso que se daban con la mirada el uno al otro, cómo los labios de Thabor se curvaban con ligereza y el modo descarado en el que Haizel apartó la vista. Pero cuando Rylen le tomó la otra mano, ya no pudo mirar nada más.

Sus ojos se encontraron con los plateados del rey, quien parecía haber contenido el aliento, y los dos corazones que llevaba dentro latieron con la misma fuerza e intensidad. Después, giró el rostro hacia el varón a su derecha, quien la observaba con un embelesamiento sacro. Sin importarle el protocolo, se inclinó hacia ella para susurrarle:

—Esta noche, las estrellas brillan por ti, mi reina.

Las mismas palabras que le había dedicado en Veturnaetur, una promesa de lo que les habían arrebatado e iban a recuperar.

Ambos varones se giraron hacia el púlpito, donde había una hermosa fémina en la que no había reparado antes, ataviada con la túnica de las sacerdotisas y una intrincada diadema en la frente con dos lunas enfrentadas que caían justo en el centro de esta. Su piel aceitunada relucía con los aceites ceremoniales que la impregnaban, y sus cabellos, que se intuían de un negro profundo bajo el velo azul, parecían húmedos. Era la Suma Sacerdotisa de algún templo, y a pesar de ese puesto honorífico, a pesar de la diferencia en el tono de sus pieles, la fémina le dedicó una sonrisa cordial antes de empezar con la ceremonia.

Su voz era profunda y rica, un cántico dedicado a los dioses. Las palmas, alzadas hacia arriba en un gesto solemne, invitaban a quienes los observaran a unirse a ellos. Su canto se elevó hacia el firmamento, todos los presentes con la vista clavada en la claraboya, y fue cobrando intensidad a medida que los ruegos por bendiciones, por vidas longevas en la mejor compañía y por futuros fértiles se hacían más y más apasionados. Y cuando el cuerpo menudo de la fémina se revolvió con unos espasmos vigorosos, el conjunto de velas que había tras ella se encendió con una sacudida que confirmaba el beneplácito de quienes moraban por encima de todos.

Ashbree sentía a Merin dándole su reconocimiento, a Artha sonriéndole desde la infinidad de las estrellas, a Cyndra apretándole el hombro, a Elwen llorando de emoción. A todos los seres queridos que había dejado atrás, a todos por los que estaba luchando y por los que lo seguiría haciendo. A las vidas que pretendía salvar, las otras tantas que honraría.

Y entonces el silencio inundó la estancia.

A diferencia de en otras culturas, los elfos no se prometían nada con palabras que se pudiera llevar el viento. Lo hacían con el corazón, en su propia paz, conectando a nivel espiritual. Y Ashbree se encontró sin promesas que pronunciar en silencio, pues todo lo que contenía su corazón, sus dos corazones, se recordó, ya era de Rylen e Ilian, de Ilian y Rylen, mucho tiempo antes de darse cuenta siquiera.

Transcurridos unos segundos de silencio, Rylen se apartó a un lado, dejándole el protagonismo a su hermano de batallas. Ilian y ella se miraron un instante, y luego él sacó una cajita de terciopelo negro del interior de su chaqueta. La abrió y extrajo un delicado anillo de plata, con varias hebras que se enlazaban entre sí. Sin mediar palabra, la agarró de la mano izquierda antes de colocarle el anillo, que le quedaba a la perfección, con una promesa solemne dibujada en los ojos. Después, le mostró la caja y Ashbree sacó de ella un anillo igual de elegante, aunque algo más tosco, en cuyo interior grueso estaba tallado el mismo patrón del de Ashbree. Dos alianzas a juego, preciosas por sí mismas y delicadas en conjunto.

Con la respiración atascada, le colocó la alianza en el anular izquierdo, que él había dejado sin adornar de forma deliberada, y el resto de sus anillos palidecieron en comparación con aquel nuevo. Ashbree sentía que se ahogaba en lo mucho que quería a aquel varón, en lo mucho que lo admiraba mientras sus ojos se negaban a separarse.

Aquel gesto era un juramento mudo de que siempre estarían juntos y que quedó sellado con un beso largo y casto, en el que ambos volcaron el contenido de sus propias almas. Al separarse, los ojos de Ashbree brillaban con tanta intensidad que la visión se le volvió borrosa. Ilian le dedicó una media sonrisa con la que pretendía alentarla y le entregó la mano en la que acababa de ponerle el anillo a Rylen, quien se acercó un paso.

Tampoco hubo palabras en aquella ocasión, mientras el rey le mostraba una cajita de terciopelo azul, en cuyo interior había otros dos anillos a juego. Estos presentaban un patrón enraizado, con el anillo de Ashbree engarzado en un zafiro flanqueado por dos lunas enfrentadas. Esos anillos eran tan Rylen y tan Ilian respectivamente...

El rey le colocó el anillo por encima del de Ilian, en el mismo dedo, y cuando lo introdujo hasta el final, Ashbree se dio cuenta de que encajaban a la perfección. No sabía cuándo ni cómo lo habían hecho, pero aquellas piezas que, a simple vista, parecían tan distintas, conformaban un todo que prometía que estarían siempre juntos. Los tres.

Incapaz de contener las lágrimas, Ashbree permitió que cayeran en silencio, convirtiéndolo simplemente en un rastro de agua que adornaba su rostro ya de por sí hermoso. Cuando ella le puso la alianza a juego al rey, se volcó de lleno en todo lo que le quería decir, en todo lo que le quería agradecer y ambos sonrieron.

Entonces Rylen se giró hacia la sacerdotisa, quien sostenía un almohadón con sendas coronas de obsidiana, la que le correspondería a Ashbree más delicada. Con una sola respiración temblorosa, sobre sus hombros recayó el peso de toda la isla. El rey se acercó a la fémina y, en un gesto solemne, se colocó la corona sobre la cabeza. Le sentaba de maravilla, dotándolo de más belleza todavía aunque resultara imposible. Y, después, sostuvo la corona de Ashbree frente a ella.

La emperatriz se arrodilló, su vestido cayendo con gracia a su alrededor, y clavó la vista en el suelo. Lo único que oía era el retumbar errático de los dos corazones contra sus costillas, pero inspiró hondo y se mantuvo con la espalda erguida.

—Ahora el Reino de Lykos es tan tuyo como mío, mi reina. No como mi consorte. —Emocionada, Ashbree buscó sus ojos, en cuyos iris tan solo encontró determinación—. Sino como mi igual.

Las mismas palabras de Veturnaetur. La misma promesa de conquista.

Ashbree volvió a agachar la cabeza y el rey la coronó con solemnidad. Jamás había portado una corona, ni siquiera la de cuarzo que pretendía recuperar del sur, y se encontró descubriendo que aquella pieza delicada contenía todo un conjunto de juramentos en pos de un pueblo al que debía honrar.

—Aquí, frente a los dioses, yo, Rylen Valandur, primero de mi nombre, te declaro a ti, Ashbree Wenlion-Aldair, cuarta reina de Lykos. Larga vida a la reina.

—Larga vida a la reina —se hicieron eco los demás.

Y así, en esa ceremonia íntima y sencilla, con tan solo dos testigos que dieran fe de lo que había acontecido, Rylen Valandur, Ilian Aedil y Ashbree Wenlion-Aldair iniciaron un nuevo capítulo de la historia.

Una promesa de cambio.

81

Ashbree jamás imaginó que beber con Rylen e Ilian fuese tan divertido y agotador a partes iguales. Había tenido ocasión de divertirse de forma similar con Cyndra algunas veces, aunque la mayoría había sido en la clandestinidad de las catacumbas del palacio de cuarzo, pero aquello no se le acercaba ni remotamente.

Después de la ceremonia, Rylen les había confesado que quería convertir el palacio de Ayrin —aunque odió que lo llamara así— en la nueva residencia real. El templo en honor a Artha y a Merin se encontraba en lo más alto, construido para formalizar las nupcias entre el rey y la emperatriz difunta hacía tanto tiempo, hito que no llegó a tener lugar. Era ese el motivo por el que Ashbree había sido coronada como cuarta reina de Lykos, y no como la quinta. Y ostentar un puesto que Ayrin —con todo el daño que le había hecho a Rylen— jamás conquistó dejó en Ashbree un regusto cálido.

Rylen les había confesado que, a lo largo de la tarde, había encargado unas modificaciones para que ese palacio cobrara vida.

—Mandé construir este edificio —dijo el rey, empapándose de la belleza a su alrededor— para formar una vida en familia. Y si bien Ayrin no era la adecuada para ello, vosotros sí. —Los miró con una intensidad que cerró un nudo en la garganta de Ashbree—. Separar el reino de la familia es lo que siempre he querido.

—¿Y por qué no habéis vivido aquí antes?

—Porque no era capaz de enfrentarme a los recuerdos. Supongo que es hora de cerrar etapas definitivamente. Podéis invitar a vivir aquí a quien queráis, con la única condición de que nunca se hablará de trabajo. Este edificio es... un espacio seguro.

Aprovechando la ocasión, Ashbree decretó que Thabor quedaría exento del confinamiento —porque aún tenía que decidir qué hacer con Lorheen—, orden que Haizel no se tomó demasiado bien.

Thabor le agradeció el gesto con un apretón cómplice de manos y una sonrisa antes de marcharse en busca de unos aposentos libres.

—Voy a vigilarlo, no me fio —declaró Haizel.

Aunque los tres compartieron un vistazo malicioso mientras veían a ambos conjuradores marchar, uno detrás del otro, ninguno comentó nada. Porque aquel silencio decía incluso más.

Una vez a solas, Rylen los llevó a un salón privado dentro del propio palacio, decorado con paredes de madera y regios asientos tan cómodos que parecían nubes. Y el mismísimo rey, desprovisto de la corona y del pañuelo al cuello, había asumido la labor de barman. Había preparado cócteles deliciosos que inundaron las papilas gustativas de Ashbree y habían charlado y jugado a un absurdo juego de beber chupitos cuyas reglas Ilian y Rylen parecían inventarse a cada paso.

—Tú pierdes, Ash —le recriminó Ilian, sosteniendo un vasito vacío. En su mano, parecía enorme.

—Vale, ¿y ahora qué? ¿Salto tres veces a la pata coja, trepo al respaldo del sillón o bailo sobre la barra? —dijo entre risas.

—No te has enterado de nada, ¿eh? —bromeó el rey. Sus ojos brillaban achispados por el alcohol.

—O te bebes esa copa del tirón… —intervino Ilian, señalando un mejunje que Rylen había preparado combinando demasiadas bebidas. Presentaba un extraño tono verdoso que le revolvía las tripas solo de mirarlo—. O aceptas un reto.

Sopesó la propuesta, estudiando la bebida unos segundos de más. A pesar de la sombrillita que Rylen le había puesto, tenía el aspecto de bomba estomacal. Y sabía que no le apetecía vomitar en su noche de bodas.

—Reto, sin duda.

—Tú mandas, Rylen.

Aún no sabía cómo ni por qué, pero el rey había ganado la ronda, así que él ponía el reto.

—Te reto a que, con los ojos cerrados y sin tocar, averigües quién te está besando.

Ashbree fue a rebatir, las mejillas ardiendo de repente. Aquel reto era… facilísimo. Con los pendientes de la lengua y del labio de Ilian, era sencillo distinguirlos. No obstante, se calló a tiempo y una parte morbosa de ella la llevó a asentir.

El rey la agarró por los hombros y la guio hasta que sus corvas se encontraron con un sillón y la sentó.

—Quietecita y sin mirar —le recriminó Rylen.

Ashbree cerró los ojos, nerviosa y expectante a partes iguales, mientras los escuchaba cuchichear. El reto era ofensivamente sencillo y, aun así, la anticipación de lo que iba a suceder provocaba un incendio entre sus piernas.

Notó la presencia de ambos varones junto a ella, su calor reconfortante, y aunque había esperado contar con el sentido del olfato para ayudarse a distinguirlos, ambos olores se entremezclaron y no supo ubicar dónde estaba cada uno.

—¿Lista? —le susurró Rylen al oído.

Él estaba a su izquierda, entonces.

Asintió con la cabeza y percibió movimiento. Habían intercambiado posiciones. No sabía si era el alcohol o que les daba igual que superara el reto, pero se lo estaban sirviendo en bandeja.

Un rostro se inclinó sobre el suyo y, tras unos segundos anhelantes en los que sus respiraciones se enlazaron, sintió la presión de una boca. Fue un gesto dulce, mero contacto de labios. Y, aun así, la encendió lo indecible, porque el otro estaba al lado, observando de cerca.

Pasados unos segundos estáticos, él se separó.

—¿Tu apuesta? —le preguntó el rey, su aliento acariciándole el cuello y arrancándole un escalofrío.

No había sentido el aro del labio, la respuesta era sencilla.

—Rylen.

Hubo un segundo de silencio y la boca la reclamó de nuevo, aquella vez con mayor ferocidad. Sus labios se abrieron y se buscaron, acoplándose a un mismo ritmo en el que sus lenguas se mantenían al margen. Y, aun así, sus venas estaban colmadas de calor líquido en lugar de sangre.

La privación de la vista y aquel jugueteo que nada tenía de inocente la calentaban con cada segundo de contacto de sus bocas. Alzó las palmas para buscar el cuerpo de Rylen, para repasarlo con las yemas, y unas manos la agarraron por las muñecas. Seguía siendo el rey, sus manos más pequeñas que las de Ilian. Cómo supo él que pretendía tocarlo, no lo sabía.

Sus labios se separaron y sus frentes se encontraron, aún manteniendo los ojos cerrados aunque le tentara abrirlos.

—¿Quieres cambiar de opinión? —insistió Rylen, con la respiración ligeramente alterada.

Ella negó con la cabeza, intentando recobrar un pulso normal; dos corazones en su pecho hacían que percibiera todo con más intensidad.

Aquella boca que adoraba volvió a reclamarla, las manos aún retenidas por las muñecas. El beso se tornó pasional en cuestión de dos pasadas, ambos volcados en la lujuria y el deseo. Que Ilian estuviera a su lado, mirándolos, despertaba en ella sentimientos encontrados. Por un lado, la encendía más y, por otro, le preocupaba que se sintiera desplazado.

Hasta que sus lenguas se encontraron en una caricia lenta que le arrancó un jadeo. Porque tenía un *piercing*. Aquellos labios eran los de Ilian, lo habían sido desde el principio.

—Respuesta incorrecta, dragona —murmuró Rylen contra su piel, las muñecas aún retenidas, mientras Ilian la besaba con desenfreno.

Había confiado tanto en los estímulos externos, en la seguridad de distinguir la fragancia y los pendientes, que había bloqueado las sensaciones que aquel beso le transmitía. Y ahora que se las habían señalado, todo estalló con fuerza. Reconoció el modo salvaje de besar de Ilian, cómo su lengua daba pasadas cortas pero eficaces contra la suya. Cómo la derretía pedazo a pedazo.

Y entonces los labios de Rylen se encontraron con la piel sensible bajo su lóbulo. Un beso lento e inesperado que le arrancó un suspiro de placer que Ilian engulló gustoso. Ashbree hizo amago de soltarse, deseosa de explorar aquellos cuerpos con las manos, pero Rylen la reprendió chasqueando la lengua.

—No puedes tocar, ¿recuerdas?

Como si quisiera refrescarle la memoria, Rylen le movió los brazos y se los apresó de tal modo que sus manos quedaron a su espalda, desprovista del todo de la capacidad de tocarlos. Ashbree soltó un sonidito disconforme, sin que Ilian dejara de besarla, y una vez más se lo tragó entero.

Con la mano libre, Rylen jugueteó a acariciarle la mandíbula, el lóbulo, el cuello... Repasó el contorno del escote corazón del vestido y volvió a subir por su piel expuesta. A su paso, iba despertando un camino de fuego que estaba a punto de hacerla temblar. Era como si hubieran intercambiado posiciones, Ilian tan dado a tocar y el rey tan volcado en besar de forma habitual.

Rylen le encerró un lóbulo entre los dientes y tiró, lo justo para arrancarle el primer jadeo, ante el que Ilian soltó un gruñidito conforme.

—¿Sabes lo que va a pasar ahora? —murmuró Rylen contra su oído, con un deje posesivo.

Ashbree tuvo que apretar los muslos, porque a su mente acudieron demasiadas respuestas que le encantaría explorar. Sin embargo, aunque quisiera responder, Ilian no se lo permitió, puesto que profundizó el beso y se inclinó más sobre ella. Apretada contra el asiento, Rylen ya no necesitaba sostenerle las muñecas, y la exploración con una mano pasó a ser con dos en cuestión de un segundo.

—Dímelo, dragona —ronroneó sobre su cuello antes de lamerlo despacio y hacer que la piel se le erizara—. ¿Lo sabes?

En una breve tregua que le concedió la boca de Ilian, Ashbree masculló un «sí» arrastrado que la abochornó de lo necesitado que sonaba.

Claro que sabía lo que iba a pasar. Había estado temiéndolo y deseándolo toda la tarde, y el mero pensamiento hizo que se retorciera contra el asiento con tanta necesidad que Ilian tuvo que empujarla de los hombros para mantenerla quieta.

De repente, los labios de Rylen estaban en todas partes, en cada centímetro de su piel expuesta por el vestido, e Ilian abandonó su boca. Ashbree estiró la cabeza hacia atrás, extasiada con las caricias sobre su cuerpo cuando las manos del exgeneral se unieron a los labios de Rylen.

Sintió las palmas grandes repasar su figura, apretar en las caderas y ascender despacio, por encima del vestido, hasta rozar los contornos de sus pechos. Habían recuperado sus funciones, y aquel pensamiento, la confirmación de que los conocía muy bien, la conmovió.

Abrió los ojos y miró entre las pestañas, obnubilada, para descubrir a Rylen enterrado en su cuello, dedicándose por completo a él, y a Ilian contemplando las maravillas de su cuerpo. Sin el aro del labio. Se lo había quitado para confundirla y jugar con ella, para encenderla, volcado de lleno en compartirla.

Y, aquello... Dioses, la constatación de que a él le parecía bien, de que se sentía cómodo con esa dinámica, arrojó unas lágrimas de calma a sus ojos.

—Ilian... —masculló, la voz tomada por el placer y los sentimientos.

Raudo, sus miradas se encontraron y él pareció entender la montaña de emociones que la embargaba, porque dijo, con cierto arrastre fruto de la lujuria:

—Rylen, sácanos de aquí.

Y el rey obedeció.

82

En un segundo habían estado en la butaca, al siguiente se encontraban de pie en el centro de una estancia espaciosa, con una enorme cama de cuatro postes en la que cabrían los tres de sobra. Y cómo deseaba que llegara ese momento.

La caricia de las sombras del rey la relajó y su propia luz se enroscó en su estómago en respuesta, tan saturada de estímulos que apenas si sabía cómo proceder. Ilian se colocó a su espalda, y Rylen tomó su boca como si hubiera pasado la noche entera pensando en aquel momento.

Ashbree se inclinó hacia delante, atraída por el reclamo de aquellos labios, mientras los dedos de Ilian paseaban por su cuello, por su clavícula. Le enroscó la mano alrededor del cuello con cierta posesividad a la vez que envolvía su cintura con el brazo contrario y la atraía contra su pecho. Él la apretó contra sí, mientras la boca del rey seguía reclamándola, mordiéndole el labio inferior a ratos, succionando a otros, y el conjunto de las caricias de ambos varones hizo que sus bragas se empaparan y tuviera que luchar contra la necesidad de frotar los muslos.

Incapaz de permanecer quieta, Ashbree alzó las manos y rozó la nuca de Ilian, enredó los dedos en sus cabellos y subió hasta el arco picudo de la oreja, adornado por tanto metal. Ilian gruñó cuando el placer le recorrió cada terminación nerviosa; Ashbree sonrió con deleite. Ajeno a ello, Rylen le acarició el rostro a la par que Ilian le soltaba el cuello, pasaba los dedos en una caricia sutil sobre sus hombros expuestos y luego le apartaba el pelo a un lado para plantar un mordisco en su nuca: una advertencia. Después, siguieron su camino por su espalda, mientras los labios de Rylen recorrían su piel expuesta.

Ashbree se había convertido en arcilla maleable ante aquellos varones que deseaban consumirla por completo. Y si después de que acabaran con ella no quedaban ni sus restos, abandonaría el mundo en el mayor de los gozos.

Ilian soltó los imperdibles que le ajustaban el vestido y lo cerraban a la espalda, encontrándolos como si hubiera sabido exactamente dónde estaban. El sonido amortiguado que hicieron al caer sobre la moqueta era la cuenta atrás perfecta para transformar los rápidos latidos de sus corazones en frenéticos.

Con cierta desesperación, Ashbree cerró los dedos sobre las solapas de la chaqueta de Rylen y se deshizo de ella. Cuando solo una camisa se interponía con el contacto de aquel pecho esculpido en mármol, su propia espalda quedó liberada y el vestido cayó a plomo al suelo. Contuvo la respiración, avergonzada por la exposición inesperada a pesar de ser muy consciente del lento descenso de los dedos de Ilian sobre su vestido. Pero con una prenda como aquella, no había podido usar sostén, por lo que se presentó ante ellos tan solo con unas bragas delicadas y blancas y un liguero del mismo color —cortesía de Elwen semanas atrás— que sostenía una de las muchas medias que su amiga le había comprado.

Rylen dejó de respirar y se deleitó con la visión de su cuerpo. Las mejillas de Ashbree enrojecieron, y aunque su impulso fue cubrirse, alzó la barbilla y se mantuvo estoica. Cuando sus miradas se encontraron de nuevo, el rey tragó saliva y miró por encima del hombro, hasta Ilian. Sin mediar palabra, intercambiaron posiciones.

Cuando apareció frente a ella, inspiró una brusca bocanada de aire y Ashbree se percató de la ligera palpitación del bulto en su entrepierna, complacido con lo que veía. Le tendió la mano y ella la aceptó para salir del batiburrillo de tela a sus pies. En cuanto estuvo fuera, los brazos del rey la envolvieron desde atrás. Se había quitado la camisa, y su pecho entró en contacto con la espalda hipersensibilizada de Ashbree. Ella jadeó ante el calor del cuerpo de Rylen, quien encajó los labios en el hueco entre su cuello y hombro y lo besó, mientras sus manos, perezosas, repasaban los contornos de sus pechos, descendían por el centro de su abdomen y volvían a subir. Ashbree se perdió en la intensidad violeta de la mirada de Ilian al tiempo que sus propios dedos paseaban por la ropa del varón para desnudarlo. Con cada prenda que desaparecía entre ambos, ella respiraba con más fuerza.

Y cuando los tres estuvieron desnudos de cintura para arriba, en igualdad de condiciones, las barreras invisibles que mantenían a los dos varones controlados se vinieron abajo. Los dedos de Rylen trazaron círculos sobre sus pezones antes de pellizcarlos a la vez que Ilian se inclinaba sobre ella y la besaba con fuerza. Se había colocado el pendiente nuevamente y aquello lanzó un chispazo de normalidad por todo su cuerpo. Era su Ilian, el que tan bien conocía.

Ashbree gimoteó ante los pellizcos del rey, quien había empezado a trazar un camino descendente de besos por su espalda, hasta quedar arrodillado tras ella. Ilian siguió explorando su boca, como si pretendiera memorizar cada recoveco, y ella le acariciaba el torso y jugaba a detenerse a milímetros de la cinturilla del pantalón, estirando la expectación propia y ajena. Porque Ashbree ya sentía que no podía más; que ningún aire que inspirara la llenaba tanto como la llenaban ellos dos. Que en cualquier momento vencería al otro lado del precipicio.

En cuanto las manos de Rylen se anclaron en las caderas de la fémina, su don se desató y los envolvió a los tres. Ilian gruñó contra su boca, satisfecho por el contacto, mientras que Rylen suspiró. Como si la caricia de su luz hubiera servido de detonante, el rey le bajó las bragas de un tirón, dejándola vestida con el liguero y las medias. Ashbree ahogó un jadeo, en parte por la presencia de la lengua adornada por el metal en su boca.

Las manos de Rylen la instaron a girarse, para quedar de cara a él. Lejos de molestarse por la privación del sabor de su boca, Ilian no perdió el tiempo y la abrazó por la espalda, estrechándola contra sus durezas, contra una que sintió claramente entre las nalgas, recluida por el pantalón. Las manos grandes de Ilian envolvieron sus pechos y apretaron antes de jugar con ellos. Rylen le lanzó una mirada extasiada a Ashbree, arrodillado frente a ella, y le dedicó una sonrisa que prometía la mayor de las conquistas.

Se puso de pie con esa velocidad inmortal suya y la empujó por la cintura, ella e Ilian trastabillaron hacia atrás, hasta encontrar la pared con la espalda del varón. Ambos bufaron, un sonido que a Ashbree le sonó a cántico celestial. Rylen la presionó contra la dureza del miembro de Ilian —al tiempo que se recolocaba la suya propia— y luego le movió las caderas para que se frotara contra el exgeneral. Ilian ahogó un ruido extasiado y Ashbree jadeó, perdida en la intensidad de los ojos de Rylen, fijos en ella. Y después de darle un último beso juguetón, retomó su posición arrodillado frente a su reina.

Las manos de Ilian no se detenían, estaban en todas partes, y Ashbree se sentía cada vez más abajo, más y más profundo mientras el placer empezaba a coletear en su cuerpo, pequeñas sacudidas que le advertían de lo que estaba a punto de suceder. Fue ese deseo incontrolable lo que la llevó a colar la mano a su espalda, justo sobre el bulto que presionaba contra sus nalgas, para frotarlo arriba y abajo. Ilian le mordió el cuello, intentando contener los sonidos que escapaban de su garganta.

El rey volvió a mirarla entre las pestañas, un aviso y una petición, y ella asintió casi imperceptiblemente, sin dejar de frotar la palma sobre la erección de Ilian. Entretanto Rylen pasaba las manos por un muslo, una de las de Ilian abandonaba un pecho y bajaba por su abdomen, ambas palmas retándose a encontrarse. Y entonces el rey colocó la pierna de la fémina sobre su hombro y los dedos de Ilian encontraron la humedad entre sus piernas.

Ashbree se tensó, sin esperar que el contacto llegara tan rápido, y dio un respingo contra Ilian, quien agradeció el roce regalándole un beso sentido en la sien. Aquel dedo trazó círculos sobre su clítoris a la vez que el rostro del rey se acercaba a sus otros labios. Sin pudor, Rylen la abrió para Ilian, quien introdujo el dedo fugazmente antes de volver al vértice más arriba. Cuando la lengua del rey dio una simple pasada y se llevó una parte de los fluidos que aquellos dos varones habían provocado, las piernas le fallaron e Ilian la sostuvo con un brazo contra su cuerpo, sin que sus dedos dejaran de trazar aquellos gloriosos círculos.

El placer se iba enroscando en una espiral que amenazaba con desmoronar su mundo, y ella solo podía dejarse hacer, tan cegada por el deseo, la lujuria y el deleite. Y entonces llegó la segunda pasada de la lengua del rey, y la tercera, y Ashbree se deshizo en gemidos, contoneando las caderas contra su boca, buscando su propio placer en la lengua y en esos dos dedos, mientras se apretaba contra la erección de Ilian y frotaba y este bufaba en su oído.

La mano libre del exgeneral le giró el rostro para que lo mirara y la besó con violencia. Y ya no hubo contención posible que pudiera frenar la oleada de placer. Ashbree se tensó y languideció a partes iguales, estallando en un orgasmo como nunca había sentido cuyas sacudidas amenazaban con doblarla por la mitad. Pero Rylen no se lo permitió, mientras se empachaba del sabor de entre sus piernas, apretándola contra el cuerpo de Ilian con una mano en su abdomen, haciendo que los contoneos erráticos del cuerpo de Ashbree provocaran que sus nalgas frotaran contra la erección de su amigo.

Cuando las sacudidas empezaron a remitir, Ilian le dio un último beso y le permitió recobrar el aliento. No obstante, el rey seguía arrodillado frente a ella y, sin esperarlo ninguno, agarró a Ilian por la muñeca y se introdujo los dedos con los que la había estado tocando en la boca. Ashbree contuvo la respiración ante la sensualidad del gesto, por lo mucho que la encendió ver al rey haciendo aquello a pesar de que acabara de romperse con el orgasmo. Y a Ilian también lo complació, porque apoyó la frente contra la cabeza de Ashbree y bufó con fuerza.

Satisfecho, el rey se puso en pie, pasándose la lengua por los labios para reclamar hasta la última gota del sabor de su reina, y le tendió la mano para guiarla hasta la cama. Ashbree se separó del cuerpo de Ilian y lo agarró de la muñeca para que la acompañara, porque jamás lo dejaría atrás.

Estaba convencida, ahora más que nunca, de que los tres estaban hechos para encajar.

Ash y Rylen eran todo lo que estaba bien en el mundo, y había tardado demasiado en darse cuenta. El modo en el que sus manos y sus bocas encajaban, los gemidos que se arrancaban unos a otros... Ilian creyó haber visitado la morada de los dioses de no saber que aquello era imposible.

Rylen los condujo hasta la cama, sus manos entrelazadas, construyendo un puente que nadie conseguiría derrumbar. El rey empujó a Ash sobre el colchón y los dos varones compartieron un vistazo intenso. Rylen se mordió el labio inferior, sus ojos fijos en la boca de Ilian. Ambos estaban al límite; incluso aunque apenas tenía sombras en su interior, sentía las de Rylen vibrando, las del propio rey dentro de Ash. Y a pesar de que sus cuerpos ya se hubieran encontrado en el pasado y supiera que aquello también le gustaría, en aquel momento solo quería centrarse en Ash. Y él debió de entenderlo, porque se giró hacia ella y se acercó al borde de la cama.

—Desnúdame, dragona —le ordenó con la voz teñida de deseo.

Aquella vibración especial en el timbre melódico del rey encendió algo primario en su cuerpo. Tuvo que rotar los hombros para aliviar la tensión acumulada y recolocarse el paquete, que le palpitaba con insistencia y amenazaba con reclamar toda la sangre de su organismo.

Ash obedeció, las manos temblorosas de nervios, deseo y expectación. Los pantalones del rey cayeron y la fémina contempló la erección que se presentó ante ella con los labios entreabiertos. Complacido con su obediencia, Rylen se subió a la cama y se sentó tras ella, envolviéndola con los brazos, pecho contra espalda.

—Ahora a Ilian —susurró contra el oído de la fémina, apartándole el pelo a un lado.

Verlos a los dos gloriosamente desnudos frente a él despertó en Ilian un conjunto de impulsos que tuvo que esforzarse en retener. Sentía la línea del control a punto de quebrarse, pero quería aguantar más, extasiarse de aquella noche antes de liberarse complacido.

Los dedos de Ash le rozaron la cintura, pasearon por las nuevas marcas negras a las que aún no se había acostumbrado, y luego desabrocharon los botones uno a uno. Lo miró entre las pestañas, los labios húmedos de Rylen susurrándole al oído los dioses sabían qué. Las miradas de ambos varones se encontraron y entre los dos saltaron chispas. Ilian no podía sostenérsela, así que se centró en el jugueteo nervioso de los dedos de Ash hasta que liberó toda su erección y ella ahogó un jadeo.

Nunca se acostumbraría a aquel sonido sorprendido, como si olvidara la pieza de joyería que le adornaba la punta o el grosor de su miembro. Percibió los bisbiseos de Rylen antes de que las manos del rey rodearan el cuerpo de la fémina y le envolvieran los pechos al tiempo que Ash agarraba a Ilian desde la base del pene. Él siseó ante el contacto y dejó caer la cabeza hacia atrás, sobrepasado. Tuvo que apretar los puños para concentrarse, sobre todo cuando percibió la humedad de la boca de la fémina, cuando su lengua dio una pasada lenta y pecaminosa que se llevó su líquido preseminal.

Un nuevo sonido escapó de sus labios, y Rylen, el muy condenado, le sonrió de medio lado. Estaba disfrutando viéndolo sufrir por contenerse, tan perdido en el placer. Los labios de Ash envolvieron su erección y lamieron despacio, acostumbrándose al grosor, a la sensación del metal a punto de rozarle la campanilla.

Ilian le colocó la palma sobre la cabeza, para darse estabilidad y sentir los movimientos profundos que Ash le estaba regalando. Entonces, la fémina gimió contra su miembro e Ilian gruñó ante la reverberación placentera. Descendió la vista y descubrió los dedos de Rylen entrando y saliendo con facilidad gracias a la humedad entre las piernas de Ash. Ilian tuvo que contener la respiración para no correrse al presenciar la imagen, apretando los dientes con todas sus fuerzas mientras Ash profundizaba la felación a unos niveles que había considerado imposible y que lo estaban volviendo loco.

—Es suficiente.

Fue Rylen quien le lanzó la advertencia a Ash, e Ilian se lo agradeció con un gesto cómplice por evitar que se corriera tan pronto. La fémina obedeció y se pasó la lengua por los labios.

Ilian se inclinó hacia delante, acorralándola contra el cuerpo de Rylen, y los tres se movieron hacia atrás sobre la cama, hasta que el rey acabó recostado contra el cabecero, con el cuerpo de Ash sobre el suyo e Ilian cerniéndose encima de ambos.

La respiración de la fémina se tornó temblorosa cuando sus labios se encontraron una vez, más aún cuando descendió por su mandíbula, entre sus pechos y más abajo. Pero no se iba a quedar quieta, no; alargó la mano para apresarlo por la erección de nuevo y masturbarlo muy despacio. Ilian sentía la cabeza embotada, toda la sangre acumulada en un punto muy diferente. Ash buscaba hacer que se corriera, mientras sus lenguas volvían a enfrentarse y Rylen la masturbaba a ella. No obstante, él no quería dejarse arrastrar tan pronto, no cuando necesitaba empaparse de aquel sabor que lo volvía loco. Así que puso distancia entre sus caderas y esa mano que podría ser su perdición, y descendió hasta la línea del pubis, donde los dedos de Rylen seguían jugando con una Ash empapada. Estaba tan hermosa así, arrasada por el placer...

La besó ahí, luego en una ingle, después en la otra. Y entonces apartó los dedos de Rylen para dar una pasada profunda entre sus labios, para que sintiera a la perfección el metal que le adornaba la lengua. Ash se deshizo en un gemido que, lejos de calmarlo —como pretendía al bajar entre sus piernas— lo calentó más todavía. Ilian soltó la mano de Rylen y se empapó del sabor de los fluidos de la fémina mientras el rey jugaba con ella y la mojaba para él más y más.

—¿Te gustaría que Ilian te follara, dragona? —ronroneó contra su oído en el tono confidente justo para asegurarse de que él se enterara. Y él se tensó por completo de deseo—. ¿Es lo que quieres?

Ilian no escuchó la respuesta, tan sordo como creía haberse quedado ante la constatación de que iba a poder hundirse dentro de ella.

—No te ve, así que díselo. A él, no a mí. ¿Es lo que quieres?

El «sí» tembloroso que escapó de aquellos labios que adoraba lo instó a abandonar sus otros labios y a erguirse sobre ella para reclamar su boca. Que a ella no le importara saborearse a sí misma lo calentó tanto que sintió un mareo incipiente. Se apoyó con una mano en el cabecero, junto al rostro de Rylen, y se recolocó para tantear la entrada al cuerpo de Ash con la punta de su erección.

—Hazlo —suspiró ella contra su boca.

Ilian apretó los dientes, conteniéndose, y al mover su pene para asegurarse de que estaba en el lugar apropiado, rozó los dedos de Rylen, que seguían volcados de lleno en el clítoris de Ash. Ilian se separó de los labios de la fémina y miró al rey, quien lo contemplaba con deleite y le regaló una caricia fugaz que lo hizo temblar.

No iba a aguantar, no iba a llegar a hundirse en ella. Entendiendo su preocupación, los dedos de Rylen volvieron a Ash e Ilian se introdujo despacio dentro de ella. Con lo empapada que estaba, su cuerpo abrazó la gruesa erección de Ilian, aunque seguía estando prieta. Él bufó, rechinando los dientes y luchando por no morderse la lengua con la oleada de placer que le subió por la columna, erizándole toda la piel. Ash jadeó, un sonido alargado e intenso, mientras se arqueaba contra el pecho del rey ante la presión de su miembro dentro de ella.

—¿Sientes cómo Ilian te llena? —ronroneó Rylen contra su oído.

El aludido gruñó, un sonido profundo que reverberó en su pecho. Rylen siempre había tenido la boca sucia en la cama, pero oírlo hablar así de él, que se lo dijera a ella para encenderla...

Se movió despacio, permitiendo que Ash se acostumbrara a su grosor, e Ilian percibió los dedos de Rylen regalándole caricias que la dejaban laxa. Era como si el rey la estuviera preparando para él, y cuando sus ojos se encontraron, se le escapó un gemido conforme. Ilian movió el brazo apoyado contra el cabecero y sostuvo a Rylen por la nuca. Se dijeron tanto sin pronunciar palabra que Ilian aumentó el ritmo de las embestidas, perdido en aquella mirada incendiaria. Y cuando recolocó la palma en la posición inicial para ganar estabilidad, agarrándose al cabecero, se preocupó de que sus yemas rozaran el arco picudo de las orejas del rey en una caricia efímera. Él también sabía jugar a aquel juego de roces sutiles.

Rylen se apretó contra Ash, meciendo las caderas con el ansia que le corría por el cuerpo. Sucumbiendo al deseo, Rylen le giró el rostro a Ash para besarla con desenfreno. Las acometidas de Ilian aumentaron de intensidad al ver el movimiento de sus bocas, los atisbos de sus lenguas, y los tres se mecieron contra el cabecero, que golpeaba la pared en un ritmo que le encendía la sangre.

—No... —musitó Ash contra la boca del rey, y los dos varones se detuvieron al instante—. Así no —consiguió añadir.

Ilian salió de ella y los miró mientras Ash y Rylen se contemplaban a los ojos.

—¿Cómo quieres hacerlo, dragona?

Su corazón se calmó lo justo para entender que ella se refería a que quería probar otra postura. Con movimientos perezosos, como si le costara controlar sus propios músculos, Ash se recolocó entre ambos. Quedó de espaldas a Ilian, y cuando se inclinó hacia delante, ofreciéndole que la tomara a cuatro patas, el varón fiero y entrenado para el combate se sintió inexperto. Tuvo que cerrar los ojos y respirar hondo varias veces para evitar correrse.

Rylen la observaba con los ojos empañados por el placer, y cuando Ilian recobró el aliento y se deleitó con la suavidad de la espalda de Ashbree, lo hizo mirándola del mismo modo.

La estampa que el rey tenía frente a sí era grandiosa, un puto milagro colocado ante él por los mismísimos dioses. Ashbree solo vestida con el liguero y las medias, de rodillas sobre la cama delante de él. Ilian asomando por detrás, deseando hundirse en la calidez entre sus piernas otra vez.

La fémina se inclinó hacia delante y sostuvo su erección con la mano antes de subirla y bajarla despacio. Rylen siseó y temió haber puesto los ojos en blanco por el placer. En cuanto Ashbree estuvo colocada para Ilian, el varón se cernió sobre ella y presionó despacio. Los labios de Ashbree se entreabrieron, cada vez más, y frunció el ceño, de seguro incómoda con la presión de aquella posición. Rylen estuvo a punto de decirle a Ilian que parara cuando este le rodeó las caderas con un brazo y jugó con los dedos sobre su clítoris para relajarla.

El breve estallido de pánico se evaporó en cuanto constató que las facciones de Ashbree se suavizaban, en cuanto ella se centró en masturbarlo a él. Ilian se movió tan despacio que Rylen incluso dudó de que estuviera haciendo algo realmente, pero los gemiditos que ella emitía le hicieron ver que el contoneo de sus caderas estaba siendo de lo más acertado.

La fémina se inclinó sobre su erección y pasó la lengua por la punta, trazando una circunferencia antes de introducírsela entera en la boca, hasta el fondo y ahuecando las mejillas. Rylen se agarró a las sábanas, desquiciado por el placer que se había ido enroscando en su cuerpo con el transcurso de los minutos.

Se acoplaron a un mismo ritmo tan placentero que colocó al rey al borde del orgasmo en cuestión de segundos.

—Levántate, Rylen —le ordenó Ilian, y él obedeció.

Se quedó de rodillas y Ash se acopló al cambio de postura. Y entonces Ilian la embistió con más fuerza. Los movimientos potentes de sus caderas se trasladaron al modo que Ashbree tenía de hacerle la mamada, convirtiéndose en un conjunto perfecto en el que los tres se contoneaban al mismo ritmo. Los gemidos de placer de la fémina quedaban ahogados por su propia erección, y el mero pensamiento hizo que sus sombras corrieran raudas al cuerpo de los otros dos, que los envolvieran y acariciaran y arañaran y arrastraran al borde del deseo.

Las caderas de Rylen se movieron, incapaz de contenerse, y folló la boca de Ashbree con la delicadeza justa para que no se atragantara, mientras Ilian hacía lo propio hasta que se corrió, apenas unos instantes después de sentir la caricia de terciopelo de la oscuridad. Soltó un sonido profundo y gutural, y aunque el ritmo cayó un poco al principio, lo reanudó cuando recuperó la concentración, dispuesto a que los otros dos encontraran su propio placer.

La lengua de la fémina jugueteaba con él, ahogándose con sus propios jadeos, y cuando, sin querer, sus dientes dieron una pasada por toda su longitud más fuerte de lo que cualquiera podría haber esperado, fue el turno de Rylen de correrse, con el tiempo justo de avisarla. Ashbree acogió todos sus fluidos y se los tragó, lo que lo estremeció de placer aunque ya hubiera hallado su propio orgasmo. Rylen la guio para que dejara de mamársela y, tras un breve vistazo compartido entre Ilian y él, la ayudaron a que se recolocara en una nueva postura que pintaba imposible, aunque funcionó.

Ashbree consiguió sentarse sobre el regazo de Ilian, espalda contra pecho, sin que él dejara de penetrarla en ningún momento. Ella ahogó varios jadeos de sorpresa, pero se dejó hacer mientras se movían como la maquinaria perfecta que habían demostrado ser. Y con el cambio de posición de aquella dureza dentro de su cuerpo, con el modo en el que el rey reclamó su boca gracias a haberle facilitado el acceso y con los círculos que sus dedos trazaron sobre su clítoris, Ash disfrutó de su segundo orgasmo de la noche.

Y Rylen solo pudo desear que no fuera el último.

83

Habían pasado dos semanas desde que Halldan recibiera la misiva del trágico desenlace de su hermana. Según le contó el *jarl*, la carta llevaba varios días en Oddin. ¿Por qué Eimmark no la había destruido? Lo ignoraban. Lo que Kara sí sabía era que el mero recuerdo de ese final seguía doliendo como el primer día.

Se volcó de lleno en sus clases de bersker, en aprender todo lo que podía de la cultura y de las costumbres korkofitas, siempre acompañada de Seredil. Había impuesto aquel mandato con firmeza, casi retando al mismísimo *jarl*. No iría a ningún lado sin su «esclava». Era el único vínculo que le quedaba con su hermana allí en Korkof, y estar junto a la fémina hacía que la pérdida se mitigara.

El poquísimo tiempo libre del que Kara se permitía disfrutar lo pasaban juntas, regodeándose en las experiencias compartidas con Cyndra y Ashbree. Casi siempre hablaba más ella, porque Seredil no quería desligarse del recuerdo de alguien a quien había querido. Le narraba anécdotas de los breves años en los que Ashbree la llevaba con Cyndra, su forma bruta de jugar que siempre terminaba haciéndola llorar. Y Seredil se reía, con lágrimas contenidas en los ojos, ante la imagen tan vívida de la fémina.

En esos días de luto, Kara se dedicó a convertirse en lo que se esperaba de ella. Entrenó con Jonna y Agda más de lo que jamás había imaginado, decidida a adquirir masa muscular y resistencia. Su nivel de bersker, en apenas dos semanas de aprendizaje intensivo, le permitía mantener extensas conversaciones con las valquirias, quienes la habían apodado «Culebrilla». Tardó un par de días en entender qué significaba esa palabra en bersker, pero luego le agradó.

—Te revolvías como una culebra —bromeó Agda después de uno de los entrenamientos intensivos.

Jonna asintió mientras limpiaba el filo de su espada.

—Cuando te cases con el *jarl* —comentó esta, atrayendo su atención por lo raro que era oírla hablar—, no permitiremos esos comportamientos.

Kara había descubierto que aquellas valquirias custodias, las más fieles de toda la cohorte de Halldan, no le debían nada. Por eso les había indignado su insistencia en que el *jarl* le enseñara la misiva, porque aún no se había ganado su puesto de honor. Pero estaban a casi tres semanas de que eso cambiara, y una vez que contrajeran nupcias, ambos quedarían al mismo nivel y, según las circunstancias, la defenderían a ella por encima del hombre.

Circunstancias que posteriormente descubrió que se referían al embarazo.

Kara no se permitió pensar en eso, porque la idea la emocionaba y generaba pavor a partes iguales. Sabía que a las elfas les resultaba complicado quedarse encinta, de ahí que, aunque el promedio de hijos por pareja fuera de entre seis y ocho, la isla no estuviera superpoblada con una nación que vivía varios siglos. Con sus dos ciclos al año, se enfrentaban a una casi esterilidad que algunas féminas habían llevado muy mal. Y ella no sabía si habría heredado la fertilidad de su madre, que proveyó a Arcaron Aldair con un hijo cada cinco años, hasta que falleció en el parto de los mellizos.

Deseaba formar una familia grande, colmar a Halldan de vástagos, pero le aterraba no poder tenerlos por infertilidad o incompatibilidad genética. Llegó a hablarlo con él, una noche que cenaron juntos y que ella probó la rica cerveza del norte por primera vez.

—¿Y si entre berserkers y elfos es imposible reproducirse, Halldan?

Calló la parte en la que le preguntaba si le daría la patada y la cambiaría por otra, porque el trato aceptado con su padre implicaba que los hipotéticos hijos del *jarl* heredarían el trono de cuarzo algún día. Y con Ashbree muerta, ahora aquello era una certeza.

—La verdad es que nunca he visto un mestizo así —le respondió en bersker. Habían llegado a ese punto en el que él se negaba a hablarle en élfico para que ella practicara—. Los cruces entre elfos y trolls dan frutos.

—Porque ambos somos *muy* longevos. Ellos más que nosotros. Igual que entre enanos y berserkers funciona. Pero esto…

Kara se mordió el labio y apartó la vista. El frescor de la noche sobre el rostro calmó el calor que estalló en su cuerpo de repente, temerosa por todo lo que no estaba diciendo. Los dedos toscos de Halldan se encontraron con su barbilla y la instaron a mirarlo. Y ella se perdió un poco en aquellos dos pozos azules que tanto le gustaban.

—Ya lo solucionaremos, pequeña.

El *jarl* le acarició el labio inferior, la mirada fija en su boca redondeada. El tacto áspero sobre su piel sedosa la encendió de otro modo, de uno que recordaba a la perfección cada vez que Halldan exploraba su cuerpo, cada vez que la desnudaba prenda a prenda y hundía las manos entre sus piernas. En esas dos semanas, habían tenido tres encuentros más como el primero, en los que ella acababa extasiada solo con las caricias de sus manos y él no la dejaba tocarlo. Decía que, si lo hacía, no conseguiría parar, y la realidad fuera dicha, ninguno de aquellos encuentros furtivos habría sido idílico para que culminara en la primera vez de Kara.

Con el tiempo, Kara se había ido sintiendo cada vez más cómoda, más suelta y a gusto con el contacto de sus pieles desnudas. Halldan la llenaba de tal modo que hasta ella misma se moría por descubrir qué se escondía bajo aquellos pantalones toscos, cuando eran cuestiones que jamás habían despertado su interés.

Ahora, después de cinco días sin ver a Halldan, esa necesidad se iba apagando poco a poco y eclipsándose por el temor de no volver a verlo.

Después de la afrenta que había propiciado que el duque Kolblyd perdiera una mano, Halldan cumplió con su promesa y partió de la capital a reclamar el ducado. Le había dicho que sería una expedición corta, puesto que el hombre sería un necio si se decidiera a retarlo por el puesto de Invicto con la reciente pérdida del miembro. Con suerte, habría cicatrizado lo suficiente como para no padecer fiebres. Y aquel era el único modo de no perder sus tierras: enfrentándose al *jarl*.

Kara detestaba aquello, lo mal que se le quedaba el cuerpo al pensar en la cantidad de veces que Halldan tendría que enfrentarse en combate singular para defender su posición; en todas esas ocasiones en las que su vida estaría en verdadero peligro mientras ella se convertía en una mera espectadora. Por eso entrenaba tanto, cada nueva jornada un poquito más. Por eso exprimía su cerebro con clases de lengua, protocolo, historia, cultura y demás ámbitos que la próxima esposa del *jarl* debería conocer.

En aquel momento, Kara se encontraba a la entrada del edificio central, propiedad del *jarl* aunque sirviera como lugar de reunión para algunos privilegiados. Sentada junto a la puerta, de la que escapaba el calor del interior, Kara afilaba la daga que Agda le había regalado, para que siempre estuviera protegida. Le habían enseñado cómo hacerlo, y la fémina encontraba algo tranquilizador en aquel acto metódico.

A su lado, Seredil zurcía unos calcetines. Se pinchó el dedo y maldijo.

—Siendo soldado del ejército, te imaginaba sabiendo coser —bromeó Kara sin dejar de pasar la piedra húmeda por el filo—. Dudo mucho que en el frente pudierais comprar calcetines nuevos.

Seredil rio entre dientes y negó con la cabeza.

—Nunca se me dio bien esa labor. Soy más hábil zurciendo redes y atando cabos que con un hilo tan fino —añadió con un deje de añoranza. Al mencionar las cuerdas, Kara detuvo sus movimientos metódicos y la miró, pues sabía que le había regalado un anillo de cabos a Cyndra—. Además, era Thabor el que se encargaba de remendar los míos cuando se me hacía algún agujero.

Seredil recuperó su jovialidad neutra habitual, escondiéndose de los sentimientos detrás de las anécdotas compartidas con su mejor amigo.

—Si quieres, puedo enseñarte.

Como dama de la corte, Kara había perdido la cuenta de la cantidad de veces que había pasado tardes enteras bordando tapices con otras nobles de la corte. Seredil sopesó su propuesta y terminó asintiendo con la cabeza.

Contenta con el acercamiento que se estaba dando entre ambas, Kara se sentó junto a Seredil y pasaron un rato agradable compartiendo conocimientos sobre los tipos de punto y el modo más efectivo de remendar ropa.

Era última hora de la tarde, y hacía un frío infernal. La nieve caía como una lluvia escasa de la que ya ni se percataba, acostumbrada a que siempre hiciera ese clima. Jonna y Agda combatían un poco más allá, en un espacio abierto. Sus gruñidos de esfuerzo habían atraído a algunos curiosos, como cada vez que ambas valquirias entrenaban tan a la vista. Aprovechaban cualquier ocasión que tenían para pulir sus cuerpos, por lo que no era de extrañar que se hubieran convertido en las mujeres de confianza del *jarl*.

Seredil las miraba de refilón con admiración, una que llegaba más profundo que la de la propia Kara. Recordaba aquella tarde ociosa en la que Kara le había pedido a Seredil que se uniera a su entrenamiento. Como miembro antaño activo del ejército, sabía que la fémina disfrutaba moldeando su cuerpo, otra libertad de la que la habían privado.

Las mujeres se habían negado en redondo, hasta que Kara, cabezota como era, las había amenazado con que si Seredil no practicaba contra las valquirias, lo haría luchando contra ella misma. Ante la perspectiva de que la futura esposa del *jarl* luchara contra una esclava, habían terminado claudicando. Aunque al principio Seredil no había podido seguirles el ritmo y había recibido golpes a mansalva, lo hizo con una sonrisa en los labios.

Fue observando a las valquirias cuando Kara percibió el sonido de los cascos contra la tierra helada y, rauda, miró al frente. Su vista privilegiada, incluso a pesar de la pérdida del ojo, le permitió ver a la comitiva de berserkers avanzando por la vía principal de la ciudad. Con Halldan a la cabeza. Y parecía de una pieza.

Un alivio inusitado la invadió de repente y se levantó de golpe, guardó la daga en el cinturón que ahora siempre llevaba y dio varios pasos hacia delante. Con el entrenamiento diario, atrás habían quedado los días de cojera, y Kara se alegró por poder presentarse con entereza ante su *jarl*.

Aguardó mientras llegaban hasta ella, unos segundos después escoltada por Jonna y Agda. Que Halldan les hubiera ordenado quedarse allí en lugar de que lo acompañaran decía mucho del inmenso amor que le profesaba, aunque ella se sintiera abrumada ante esa perspectiva. Por eso, Kara percibió que las dos valquirias casi temblaban de contención, quizá con algo de resentimiento por haberlas dejado abandonadas, pero estaban tan deseosas de hablar con él como ella misma.

Halldan se bajó del caballo con gracia, con la prótesis tosca adornando su extremidad. Ya ni recordaba los días en los que lo había visto con calzado en ambos pies. Y, para su alivio, lo primero que hizo el *jarl* nada más llegar hasta ella fue envolverle el rostro entre las manos y besarla con fuerza.

Lo había extrañado tanto aunque hubieran pasado solo cinco días... Y ahora que lo tenía en casa, Kara podía respirar de nuevo. No le importó que hubiera una multitud expectante mirándolos, que Agda y Jonna pasaran junto a ellos para recibir el informe de la valquiria al mando, ni que el mundo estuviera desmoronándose a su alrededor. Lo único que le importó fue el sabor rico de aquellos labios gruesos, el tacto áspero de la barba contra su piel, la firmeza con la que Halldan la sostenía contra sí.

Si aquel beso fuera una palabra habría sido «amor». Un amor puro que Kara ni siquiera había visto entre sus padres. Un amor puro que había podido atisbar en el modo en que Ashbree había luchado por salvar la vida de Ilian. Un amor puro que ella abrazaba gustosa.

Halldan se separó y lo miró a los ojos. Le encantaba ese modo que tenía de no hacer de menos el iris opacado, de entenderlo como parte de su ser y amarlo del mismo modo que al iris de esmeralda y oro.

—¿Qué tal ha ido?

La pregunta le sonó extasiada de lo mucho que le había gustado el beso, y Halldan esbozó una sonrisita sutil en respuesta, solo para ella.

—Nuevo duque en Norfryd sin ningún inconveniente.

—Me alegro mucho.

—Y traigo noticias de Yithia. —La sangre se le heló en las venas cuando Halldan le mostró la misiva con el lacre del sol llameante—. El ataque a Felnor fue todo un éxito.

84

Definir las siguientes dos semanas como caóticas habría supuesto quedarse muy corta, en opinión de Ashbree. La misma tarde tras las nupcias, después de pasar toda una mañana con sus cuerpos encontrándose de las formas más imaginativas, Rylen los convenció para salir de la cama e informar al consejo de la proclamación de la nueva reina de Lykos. Y ninguno se tomó a bien que su rey se hubiera casado en la clandestinidad.

Aquella primera sesión del consejo fue tensa, una en la que Ashbree se hizo valer explicándoles que, con el nombramiento, esperaban que más yithianos, al margen de los rebeldes, apoyaran su candidatura. Aunque de momento mantendrían la noticia en secreto, mientras hacían balance de equipamiento y soldados en activo.

En los días posteriores, Ashbree descubrió que los tres en soledad eran insaciables. En cuanto tenían un minuto de descanso y coincidían juntos, se dejaban arrastrar por la lujuria. Y ella no podía sino adorar aquel nuevo despertar. Así, terminaron sumiéndose en una rutina que la tenía extasiada: entrenamiento físico con Ilian por las mañanas, mágico con Rylen por las tardes e intensas sesiones carnales por la noche.

Al tercer día, le propusieron a Orsha que formara parte del consejo. Según Ilian y Rylen, fue un momento emotivo e íntimo que acabó con el rey al borde del llanto. Después de mucho hablar, Orsha claudicó, y así, sin pretenderlo, Rylen Valandur había formado el primer consejo mixto de Narendra. Un hito histórico.

Mientras tanto, Ashbree se atrevió a visitar a Lorheen. Le había llevado un par de libros para que se entretuviera, porque aún no sabía qué hacer con él. Tenía demasiadas preguntas y mucho miedo de las respuestas.

—Ashbree —suspiró Lorheen en cuanto la vio.

—Hola —se limitó a responder.

Estaba tensa, rota la confianza que habían construido durante quince años. Las mentiras se enconaban en su pecho, y cada vez que pensaba en lo diferente que podría haber sido su vida, la rabia bullía en su interior.

Desde que había despertado, se sentía inestable. Como si todo lo que le había tocado vivir empezase a pesar demasiado. Y sabía bien quién era el culpable. No obstante, se obligó a cerrar los ojos y a respirar hondo antes de acercarse a su mentor, quien aguardaba sentado junto a la mesita.

—Te he traído esto.

Dejó los libros sobre la superficie y se sentó en la butaca al otro lado. Lorheen los observó unos segundos y luego devolvió su atención a ella.

—Gracias —musitó con una sonrisa cálida que Ashbree no pudo sostener, por lo que apartó la vista—. ¿Eso significa lo que creo?

Confusa, ella se fijó en lo que había atraído su atención y ambos corazones le dieron un vuelco al comprender que se refería a los dos anillos que adornaban su anular izquierdo y que, juntos, parecían una única pieza perfecta. Ashbree apartó las manos y las ocultó bajo la mesa.

—Eres la nueva reina de Lykos. —No era una pregunta, pero ella asintió igualmente—. No sabes cuánto tiempo llevo buscando esto.

Ashbree frunció el ceño, y no porque no terminara de acostumbrarse a que la tuteara.

—¿Qué?

Lorheen suspiró y se recostó contra la butaca, apretándose el puente de la nariz.

—Recuerdas quién encerró el corazón de Rylen en el sauce milenario, ¿verdad?

—Sí, Ayrin, para mantenerlo a buen recaudo.

Él asintió.

—Desde que los Wenlion desaparecimos de Yithia, nadie consiguió abrir el sauce para intentar dominar al Rey de los Elfos.

—El conjuro de las huldras, lo sé.

—Así es. Es un hechizo que solo responde a nuestra dinastía, Ashbree. Solo un Wenlion lo puede abrir.

—Por eso tú... —Dejó la frase inconclusa, porque no tenía sentido pronunciar semejante obviedad.

—Sí. Cuando regresé a la isla, fue una de las primeras cosas que hice: cerciorarme de que seguía a salvo. Y cuando llegó tu despertar, y confirmé que eras una Efímera, quise comprobar si el conjuro también respondía a ti.

—Por eso se lo propusiste a... Arcaron.

—La única forma que tuve para que te dejara cruzar el bosque conmigo fue convencerlo de que quizá podríamos destrozar ese corazón.

—¿Y mi padre no sospechó de que tú pudieras abrir el sauce y el resto no?

Hubo un segundo de silencio entre ambos cuando se refirió a Arcaron en aquellos términos, que le habían salido naturales, pero lo obviaron.

—No cuando encontré un libro en el que se hablaba de un posible contrahechizo.

—Libro que falsificaste —supuso.

En los labios del varón se dibujó una sonrisa taimada muy breve.

—Llevaba mucho tiempo dedicándome a documentar y a catalogar la extensa biblioteca imperial. Ahí dentro hay libros perdidos tiempo atrás, muchos ni siquiera se han abierto en el último milenio. Y eso no es mentira, Ashbree. Cada día encontraba tomos que ni sabía que existían. Así que cualquiera se lo habría creído.

—Sigo sin saber a dónde quieres llegar con...

—Una mañana —la interrumpió—, tu madre nos encubrió y te llevé junto al sauce a escondidas. Necesitaba ver qué sucedía sin escoltas que pudieran relatarle al emperador lo que fuera. Y cuando llegamos, puse aquel corazón en tus manos.

Ashbree contuvo el aliento. Habían pasado toda su vida adoctrinándola y diciéndole que tocarlo podría ser mortal para ella. Y no era más que otra patraña. Lorheen debió de intuir hacia dónde habían ido sus pensamientos, porque añadió:

—Tu poder se multiplicó al contacto con la piedra y estallaste en un haz lumínico como nunca había visto. Ni siquiera yo había sido capaz de brillar tanto. Y cuando conseguí calmarte, después del susto que te habías llevado, no hacías más que decir que alguien te había hablado. Que un varón te había preguntado quién eras. Entonces lo comprendí.

—¿El qué?

—Que vuestros dones son complementarios. Que el equilibrio estaba ahí.

—¿A qué te refieres?

—Fueron una Wenlion y un Valandur quienes decidieron dividir la raza, los dos linajes más poderosos que hayan existido. Antes de eso, vivían en armonía. Antaño, la raza era tan próspera, tan poderosa, que, cuando cruzaron el Bosque de la Plata, eligieron aislarse del resto de los vaettir en una isla de dominio propio, nada de compartir fronteras con otros. Éramos imparables, Ashbree. Hasta que nos separamos. Pero eso no hizo que esos dos linajes primigenios dejaran de encajar. Que tú, y solo tú, pudieras comunicarte con el corazón me sugería que tal vez esa era la solución a la guerra: volver a unir las estirpes.

»Perdimos mucho con la separación de la raza, no solo afinidad con los dioses. Milenios atrás, no había elfos de luz o de oscuridad. Solo elfos que tenían mayor control sobre la luz o sobre la oscuridad. Pero no exclusivo. Esos eran nuestros elementos, así como los trolls dominan la naturaleza, o las huldras la magia etérea. Cualquiera podía usar ambos poderes, con mayor o menor fuerza dependiendo de su rango. Y los Efímeros estaban en la cima de la pirámide, aunque no se libraran de ser más afines a una vertiente u otra.

—No lo entiendo... —Ashbree se frotó las sienes para intentar paliar el incipiente dolor de cabeza—. ¿Cómo sabes todo esto, para empezar? En Yithia nunca hubo rastro alguno de lo que yo podía ser, de lo que yo puedo hacer. ¿O es otra mentira?

—No, no te mentí en eso. No había libros al respecto, pero yo era tu fuente de conocimiento. Pasé siglos viviendo con las huldras, investigando en la Biblioteca Magna. Y las huldras, además de todopoderosas, son las guardianas del conocimiento. Se mantienen al margen de los conflictos bélicos para no alterar la historia, y la recogen tal y como es. Sin mentiras ni modificaciones por parte de los vencedores. Sus registros se remontan a los albores del tiempo, cuando Sol y Luna fueron separados por su hijo. Todo lo que ha sucedido en Narendra se encuentra allí. Y tuve mucho tiempo para leer. Muchísimo, a decir verdad.

»Tu poder no tiene parangón, Ashbree. Y creo que vio un equilibrio en el de Rylen. Es eso o que vuestra conexión sea fruto de intervención divina —añadió con jocosidad, para restarle tensión a la conversación.

No obstante, surtió el efecto contrario en Ashbree. Él no sabía todo lo que ella sí sobre los dioses, sobre cumplir su plan y restaurar el equilibrio. Tal vez aquella fuera la respuesta que habían estado buscando: que los dioses habían ido allanándoles el camino, por mucho que hubieran tardado demasiado tiempo en darse cuenta.

—No lo entiendo, no tiene sentido que creáis que mi poder no tiene parangón. Solo tengo veinticinco años, apenas he empezado a despertar.

—Y aun así, has resucitado a los muertos, ¿verdad? —Ashbree cerró los labios de golpe—. En las mazmorras no hay muchos entretenimientos. Y cuando los guardias se aburren, son dados a hablar.

—Son los rumores que vosotros difundisteis en el imperio —se apresuró a negar. Nadie, salvo los implicados en curar a Ilian, sabía lo que ella había hecho.

—Ashbree, soy tu padre. Aunque tú no lo sientas así, yo sí, y te conozco. Los dos sabemos que me estás mintiendo.

Ella apretó los dientes y apartó la mirada.

—Ya lo intuí cuando te convertiste en un astro al tocar el corazón de Rylen —prosiguió—, y ahora tú misma me lo estás confirmando. Tus actos lo confirman. Desde la escisión de la raza, siempre se ha buscado forjar las mejores alianzas. Matrimonios de conveniencia que se preveían fructíferos, que enriquecían las arcas de un modo u otro. Por no hablar de que los Wenlion no se casaban con nadie que no perteneciera al linaje porque creían que aquello nos fortalecía. Y todo lo contrario.

—¿A dónde quieres llegar?

—Eres la primera Wenlion en nacer fruto del amor, Ashbree. No por un enlace arreglado. El amor es poder en sí mismo. Y tú eres el reflejo de eso. Tu madre y yo nos amábamos, y cuando comprendimos que eras nuestro regalo, estuvimos dispuestos a hacerlo todo por ti. ¿Cuántos padres abandonan a sus hijos? —La imagen de la madre de Cyndra acudió a su mente, dejando a su hija a merced de un padre maltratador—. ¿Cuántas parejas se rompen a la más mínima diferencia? —Los divorcios estaban a la orden del día, siendo que los elfos disfrutaban de vidas tan longevas—. Pero Celina y yo estuvimos juntos ante la adversidad. Lo nuestro... —Lorheen sacudió la cabeza, perdido en sus pensamientos—. Lo que sentíamos el uno por el otro no se puede describir con palabras, y tú eres el fruto de ese amor. Lo que llevas dentro es poder líquido. Así que no es de extrañar que estés evolucionando tan rápido.

Era demasiada información que gestionar, por lo que se mantuvo unos instantes en silencio antes de formularle otra cuestión:

—¿Y por qué no me enseñaste a dominar mi poder? ¿Por qué no me guiaste para no sentirme tan inútil? ¿Por qué no me hablaste de mi *Fjel*?

Con cada nueva pregunta que escapaba de sus labios, Ashbree se sentía más dolida.

—Porque la Biblioteca Magna recoge conocimiento, no práctica. Yo apenas tenía quince años cuando huimos. Sabes lo que yo sé, que no es demasiado. Ayrin... —Lorheen hizo una pausa y suspiró por la nariz—. Me puso a salvo en Siäl, suplicó por mi protección y desapareció. Y nuestros padres no tuvieron tiempo de adoctrinarme.

»Se esperaba que tuviéramos siglos por delante, pero no fue así. Mi padre murió por la pena de la caída en desgracia, apenas un año después. Y mi madre abrazó la muerte al poco de su pérdida, incapaz de ver cómo los Aldair se alzaban. Me dejaron a mi suerte, y no fue fácil para mí sobrevivir a aquello —añadió con cierto resquemor. Ashbree sabía que los elfos, en su mayoría, eran egoístas por naturaleza. Lo veía en lo mucho que sufrían los pobres mientras los ricos se lucraban con la guerra. Pero nunca había pensado en su raza de ese modo.

»Sabía que tenías un *Fjel* dentro, claro que lo sabía. Pero desconocía cómo hacerte conectar con él porque no recordaba cómo lo había logrado yo. Sé muchas cosas, aunque no todo. Y esperaba que algún día sintieras esa presencia dentro de ti. Imagino que, como te pusieron tantas cargas encima, no conseguiste conectar con tu *Fjel*. ¿Qué te hizo conocerlo?

—Rylen. —Lorheen esbozó una sonrisa amable a la par que satisfecha—. Podrías haberme contado algo de todo esto —le recriminó—. Haber suavizado la situación para que no lo odiara, o no empujarme a destrozar su corazón, si tanto querías que nuestros caminos se encontraran.

—¿Alguna vez te dije que lo destrozaras? ¿Que lo mataras? —Ashbree sabía que la respuesta era no—. Quería que te sobrepusieras y formaras tu propia opinión. Tu corazón es fuerte, ¿recuerdas?

Ashbree clavó la vista en las vetas de la madera. Aquella frase que le había repetido hasta la saciedad había cobrado un nuevo sentido, puesto que su corazón se había recuperado de una puñalada, igual que el de Rylen había sobrevivido a que se lo arrancaran del pecho y el de Ilian había regresado de la muerte.

—Yo nunca te insté a odiarlo —prosiguió—. Te pedía que tuvieras paciencia, que escucharas y fueras despacio. Era Arcaron quien emponzoñaba esa parte de la ecuación. Y tampoco estaba convencido de que no fueras a delatarme si te contaba la verdad.

Algo en el pecho de Ashbree se contrajo y aspiró una amplia bocanada de aire.

—Yo nunca habría hecho eso.

—La Ashbree que conozco ahora no. Pero la que buscaba el amor de un padre que la despreciaba tal vez habría hecho lo que fuera para lograrlo. No podía correr ese riesgo.

—Así que preferiste quedarte al margen. Ignorar lo que ese varón me hacía, los golpes que me daba. ¡Los que le viste darme! —La rabia trepó por su espalda tan rápido que no pudo contenerse—. ¡Eres mi padre, joder! ¡¿Qué clase de padre permite eso?!

Las lágrimas se acumularon al borde de sus ojos y se sintió vibrar, aunque en aquella ocasión consiguió que los temblores se limitaran a su cuerpo, y no al palacio entero.

—Uno terriblemente malo.

Aquella confesión rompió algo dentro de ella y las lágrimas se precipitaron sobre sus mejillas. Escucharlo reconocer sus errores, algo que Arcaron jamás había hecho ni haría, sentaba bien.

—No creas que no tuve que hacer acopio de todo mi autocontrol para no matarlo, Ashbree. No lo dudes ni por un segundo. Pero si me enfrentaba a Arcaron, las consecuencias podrían haber sido nefastas. Podría haber intentado matarme, aunque no lo habría logrado. Sí habría conseguido apartarme de tu lado, porque si no me echaba, yo lo habría matado. Y, de un modo u otro, te habría perdido. Y necesitaba estar cerca de ti.

La respiración se le había acelerado por la intensidad de sus palabras.

—¿Porque lo afín acaba encontrándose? —bufó.

—Porque te quiero, hija mía. —Ashbree se quedó lívida—. Y le prometí a tu madre que estaría a tu lado, pasara lo que pasase.

—Eso suena a que estuviste con ella en su lecho de muerte —lo acusó—. Y más te vale que no fuera así, que no estuvieras presente y permitieras que los dioses se la llevaran —escupió con desprecio.

El rostro de Lorheen se endureció.

—Habría dado mi vida por Celina, ¿me oyes? Lo que fuera con tal de que ella siguiera en este mundo. Me enteré de que había muerto cuando colgaron los crespones negros de las ventanas. Cuando ya era demasiado tarde para intervenir.

Ambos se sostuvieron la mirada, oro contra oro, padre contra hija. Demasiados dolores, resquemores y palabras no dichas como para gestionarlos.

—Aquella noche tu madre me dijo que no se encontraba bien. Le empezaron a dar contracciones, aunque los sanadores afirmaron que eran las falsas, las que preparan el cuerpo de la fémina para el parto. Pero Celina estaba asustada, y los partos conllevan riesgos, todos lo sabemos. En el paseo de aquella tarde, me hizo prometer que si un día le pasaba algo, yo me quedaría contigo y cuidaría de ti. Que te protegería de la verdad hasta que estuvieras preparada. —Lorheen apartó la vista, sus ojos empañados por las lágrimas—. Le dije que no fuera ridícula, que encontraríamos el momento de contártelo juntos. Pero tu madre estaba alterada por el dolor y no se calmó hasta que le di mi palabra. Y jamás rompería la última promesa que le hice a tu madre. Lo último que hablé con ella.

Con una inspiración corta, Lorheen se limpió una lágrima de la mejilla antes de que sus miradas se encontraran de nuevo.

—La echo tanto de menos... —se sinceró él.

Lo que Lorheen destilaba era amor en estado puro, uno tan arraigado que lo había llevado a vivir a la sombra de su hija, con un padre maltratador, con tal de protegerla. De preservar su identidad. A cualquier coste.

Era una Wenlion, y ya no tenía sentido seguir escondiéndose de aquella realidad.

—Yo también la extraño.

Después de aquella conversación, Ashbree no soportó quedarse mucho más a su lado. Se sentía dolida y quebrada, como si el mantra de Cyndra no hubiera calado en ella nunca. Y aunque sabía que perdonaría a Lorheen, a Lorinhan, aún no había llegado ese momento.

Los siguientes días prefirió olvidar su existencia, intentando gestionar los sentimientos que despertaba en su interior la mera presencia de su padre en el palacio de obsidiana, y se centró en el entrenamiento. En comer por encima de sus posibilidades. Engullía más que Rylen —y aquello eran palabras mayores— por orden de Ilian, aunque la realidad fuera que ella le había pedido que la ayudara a recuperar su físico.

Extrañaba el grosor de sus piernas, que antaño había odiado, y que no se le marcaran los huesos de las costillas ni de las caderas. Cada vez que se miraba al espejo desnuda, la imagen la horrorizaba, aunque aquel fuera el cuerpo que había perseguido durante años. Uno mucho más parecido al de su hermana, la elegante y dulce Kara. Y, poco a poco, lo iba consiguiendo, aunque adquiriendo más músculo gracias a los duros entrenamientos de Ilian.

Al quinto día, Ashbree quiso tratar el tema de encontrar a Cyndra y a Seredil —estaba convencida de que habían partido juntas—, puesto que la situación parecía haberse calmado lo mínimo como para trazar un plan que no fuera suicida, como todos los que se le habían ocurrido a ella. No quería repetir los errores del pasado, así que en aquella ocasión contaría con las mentes despiertas de sus dos... esposos. No obstante, cuando se hallaba reunida con ellos en el despacho oficial de Rylen, tras una intensa sesión del consejo, Haizel les informó de que Silvari había dado con la fórmula del primer prototipo de cura.

Los registros en las propiedades de Tharin Bellion, ahora con la inestimable ayuda de Thabor Ronnir, habían conducido a desmantelar un laboratorio asentado en la profundidad de las montañas. Y aunque Haizel tiraba de aquel hilo, todos sabían que estaban lejos de acabar con el problema. Por eso las buenas nuevas de Silvari renovaron sus ánimos.

Lo malo de aquel descubrimiento era que la sanadora quería empezar con las pruebas con sujetos cuanto antes, y eso significaba que tanto Ilian como Rylen tendrían que ir a diario a Rimbalan a donar sangre para crear más dosis de la primera posible cura.

Ashbree terminó asumiendo que no era justo para ellos ponerlos en la tesitura de tener que elegir entre salvar a gran parte de la población de aquella lacra o complacerla a ella, porque elegirían la segunda opción, no le cabía duda, aunque aquello matara a Rylen por dentro. Ilian aceptaría sin dudar, lo conocía bien como para saber que prendería el mundo en llamas solo por contentarla.

Cada noche, antes de cerrar los ojos en los aposentos que compartían los tres, en el palacio de cristal —así lo habían bautizado después de que el rey ordenara recubrir el edificio con una aleación de nácar y cristal que lo hacía parecer prístino—, se repetía una y otra vez lo mismo, tratando de autoconvencerse:

Cyndra estaba viva.

Cyndra estaba bien.

Cyndra estaba en el continente, donde la ley no la perseguía.

Cyndra estaba con Seredil, la fémina a la que quizá había empezado a amar.

Cyndra la estaría buscando.

Y, un día, no muy lejano, se decía, la encontraría. Cuando la situación se asentara, que de seguro sucedería pronto.

O eso pensó hasta que, cuando se cumplían dos semanas desde sus nupcias, Felnor, el otrora bastión inexpugnable, cayó por tercera vez.

85

Ilian había estado en tantos campos de batalla que le resultaba imposible contarlos. Y nunca había sentido escalofríos por lo que sus ojos captaron en aquel momento.

Se había despertado al alba, después de apenas haber dormido en toda la noche. Llevaba dos semanas volcado en los entrenamientos con Ash mientras intentaba sonsacarle información a la nueva general de las tropas oscuras, la antigua comandante de la Orden de los Espadachines. La fémina recibía misivas de diferentes puntos del reino informando de la situación, pero no soltaba prenda. Sabía, gracias a Rylen, que la frontera estaba asegurada, no había habido ningún altercado ni intento de represalia por lo que habían hecho en Felnor. Lo que él había hecho en Felnor. Un silencio inquietante que cada vez lo tenía más nervioso.

A lo largo de los siglos, habían disfrutado de numerosas pausas imprevistas, en las que los soldados podían descansar hasta varios meses seguidos mientras el rival ideaba la jugada perfecta. Era más que evidente que Arcaron había sufrido un grave revés en Felnor y que estaría pensando en su próximo movimiento. Pero mientras siguieran llegando misivas, todo iría bien, le aseguró Rylen.

Eso, sin embargo, no tranquilizó a Ilian, quien conocía a sus soldados como a sus propios hermanos. Como último precepto al frente de las tropas, había dejado a la comandante de la Orden de los Conjuradores al mando de la ciudad, una fémina en la que confiaba y con la que había luchado, hombro con hombro, en numerosas escaramuzas. Y después de conseguir leer las misivas informativas, recurriendo a sus artimañas de espionaje como asesino, Ilian tenía la sensación de que aquellas no eran las palabras de su comandante. No sabía cómo explicarlo, y Rylen lo tacharía de paranoico, sobre todo teniendo en cuenta lo dominante que se sentía con Ash y que estaba saltándose todas las órdenes de su rey. No obstante, con cada día que esa incertidumbre se enconaba, él estaba más irascible.

Así que aquella mañana no lo soportó más y se trasladó a Felnor para comprobar por sí mismo que todo estuviera en orden.

En cuanto Ilian apareció en la plaza de la residencia imperial, el hedor a muerte lo golpeó en el rostro. Parpadeó varias veces seguidas, por si su visión lo estaba engañando. Pero no tuvo esa suerte.

Las calles de Felnor estaban atestadas de cadáveres con armaduras negras, y pieles y cabelleras oscuras. Ni un solo superviviente, todo cáscaras vacías a las que los insectos y las aves de carroña empezaban a picotear. Ilian se dejó caer sobre el adoquinado, clavando las rodillas contra la piedra dura. El ramalazo de dolor que le subió por los huesos quedó eclipsado por el horror en el que se había zambullido su mente.

Su ejército, sus féminas y varones, compañeros de batalla a los que conocía, exterminados. Cuando encontró el valor para alzarse en pie, paseó por las calles, en busca de algún superviviente, el que fuera. Y volvió a no tener suerte.

Llegó a la parte alta, donde se criaba a las aves de mensajería, y se encontró con un cementerio de cuervos. Miró el campo que daba al norte y no encontró rastro alguno de asedio. Pero más allá, entre la hierba alta, le pareció ver un pequeño bulto negro. Se teletransportó allí y encontró un cuervo muerto, en avanzado estado de descomposición. El corazón se le apretó en un puño al reconocer las heridas que lo habían matado: garras de un ave de presa mayor. Imposible que fuera obra de los halcones yithianos.

Siguió la dirección que solían llevar sus cuervos emisarios y encontró cinco más, todos con las mismas heridas fatales. No le cabía duda de que alguien había estado evitando la comunicación con la capital.

La rabia empezó a treparle por la espalda. Aquel golpe... Aquel golpe había sido maestro. Demasiado inteligente para estar perpetrado únicamente por Arcaron Aldair.

Regresó a la fortaleza y la exploró a fondo, teletransportándose aquí y allá para llegar a alguna conclusión antes de volver a casa e informar. Las puertas estaban cerradas, restauradas después de su propia incursión; todo apuntaba a un ataque desde dentro. ¿Acaso habían conseguido comprar a su propio ejército y había sido una batalla de hermanos contra hermanos?

No, Ilian tenía el pálpito de que no. Había mucho hollín por doquier, por eso no se dio cuenta de que las manchas oscuras sobre el pavimento no eran barro, sino sangre roja descompuesta y disimulada. Ilian se quedó de piedra cuando concluyó que aquello no había sido una sublevación de su gente. Allí había habido otros vaettir. Era imposible distinguir cuál con la sangre tan coagulada. La de los elfos de luz era mucho más líquida que la de los berserkers, aunque ambos sangraban rojo. Pero todo estaba extremadamente limpio...

No había muertos enemigos ni armas que los delataran, solo un cementerio de cadáveres lykenses, con las miradas perdidas y atestados de moscas.

Siguió bajando las empinadas calles de la ciudad y entonces se dio cuenta de que, en la muralla, había pequeñas marcas de impacto. Nadie que no hubiera sido él podría haberlo percibido, pues se habían molestado en cubrir su rastro. El suelo... El suelo sobre el que caminaba tenía otro tacto bajo la bota, sonaba diferente. Se agachó y pasó la mano por la superficie. Parecía una piedra menos desgastada, pero era imposible de discernir con la cantidad de suciedad, cuerpos y hollín. Todo teñido de negro y ningún indicio de fuego...

Miró hacia su derecha, a la muralla. Las pequeñas hendiduras en los sillares indicaban impacto de proyectiles, tal vez de otras piedras. Ilian se puso en pie y se separó algunos pasos. Parecía... Parecía un círculo.

En su mente, toda la información se estaba moviendo y reorganizando. Un ataque desde dentro. La piedra más nueva. Los impactos en la muralla sin que hubiera ni un solo indicio de qué la había golpeado en el interior...

Y entonces cayó en la cuenta.

El emperador de Yithia había pactado con los enanos de Dundran, los vaettir más aventajados en minería. Y, por primera vez desde que él recordaba, parecía que aquellos seres habían decidido involucrarse activamente en una guerra que no fuera la suya.

Una alianza berserker ya de por sí era mala, pero ¿enanos, elfos de luz y berserkers? ¿Qué más habría conseguido Arcaron Aldair mientras ellos miraban hacia otro lado?

86

Ni siquiera el horror de la emboscada a los sanadores le generó tanto impacto como ver con sus propios ojos cómo había quedado Felnor.

Aquella mañana, Rylen y Ashbree habían despertado solos, y aunque se habían cuestionado la ausencia de Ilian, ninguno imaginó que había aprovechado su descanso para acudir a Felnor. Ashbree sabía que su esposo había estado inquieto, pero lo había achacado a verse apartado del ejército que tanto amaba, y no a que sus pálpitos fueran ciertos.

Después de que apareciera en sus aposentos con el rostro descompuesto por el dolor y les relatara lo que había visto, Rylen convocó al consejo y los trasladó a todos a la ciudad fantasma.

Recorrieron las callejuelas que Ashbree recordaba con cariño, llenas de casas pintorescas encaladas de un blanco ahora sucio, con sus anillos de murallas imponentes sobre las que caminó una vez, de la mano de su padre. Ubicó la vieja tienda de música, donde su madre le había comprado su primer violín, y contempló la horrible estampa de la plaza principal atestada de cadáveres. La primera y única vez que había estado allí había escuchado a una banda tocar con tanta pasión que, con apenas seis años, había decidido que ella quería ser violinista.

No quedaba ni un resquicio de la felicidad que nutría sus recuerdos, solo muerte y destrucción. De la mano de Ilian, se agachó junto a los cuerpos que presentaban mejor aspecto, rezando por hallar una simple hebra de vida en su interior para avivarla y ayudarlos con su don. Pero ninguna plegaria fue escuchada aquella mañana. No había ni un solo superviviente.

Ilian condujo al consejo y a la nueva general hasta el punto en el que creía que se había iniciado el ataque, en la parte baja de la ciudad, pero solo encontraron el mismo deterioro plagado de cadáveres que en el resto de la ciudad.

Rylen se agachó y pasó la mano por la suciedad embarrada de la calzada antes de olfatearla. En aquel momento, no era el rey quien se encontraba frente a ellos, sino un asesino experimentado que estaba analizando la escena sin que Ilian compartiera sus propias conclusiones. Porque Ashbree lo conocía, y el modo que tenía de jugar con el pendiente del labio le sugería que él ya había formado su propia opinión.

Los cinco consejeros se movieron por los alrededores, mostrando diferentes grados de repudio y rabia. Lindari, la de Justicia, era la más afectada, y lejos de mostrar tristeza o pesar, su rostro estaba contraído por la ira más profunda. Durante las últimas semanas, Ashbree había participado en todas las sesiones del consejo y empezaba a conocer a sus integrantes. Aquella era la primera vez que veía a la fémina en un estado que no fuera la calma fría.

—Esto es sangre disimulada. —La mirada del rey se encontró con la de Ilian y este último asintió—. Hay demasiado hollín, pero ningún indicio del origen del fuego ni sus consecuencias. Y esta piedra es más nueva que la del resto de la calzada. —Deslizó la vista a la muralla colindante—. ¿Qué crees que ha pasado?

Orsha, abrazada a sí misma con esos brazos imposiblemente largos, se agachó donde segundos antes había estado el rey y pasó dos dedos por encima de la sangre teñida de negro.

—Atacaron la ciudad desde el subsuelo —dijo Ilian.

Los consejeros, que se habían reunido a su alrededor, se quedaron de piedra.

—Explícate —le pidió Rylen en su tono más regio.

—Me juego lo que sea a que si abrimos un agujero justo aquí —señaló el amplio círculo de piedras menos desgastadas—, encontraremos un túnel. Y me puedo hacer una idea de quién lo habrá construido.

—Enanos... —murmuró Ashbree, intentando encajar todas las piezas del rompecabezas.

—No solo enanos —intervino Orsha, aún acuclillada. Todas las miradas se clavaron en ella, pero la hembra no apartó la vista del hollín—. Esto es obra de trolls.

—Lo que me temía —mascculló Ilian, apretando los puños.

—¿Trolls? —preguntó la nueva general con incredulidad.

En su rostro no se leía nada. Era la primera vez que Ashbree coincidía con ella, una mujer fornida de corto cabello negro y ojos marrones. A juzgar por su rictus, no estaba contenta con que Ilian se hubiera saltado la escala de mando. O tal vez se estuviera martirizando por no haber descubierto ella lo que había pasado en Felnor.

—Sí, trolls —confirmó Orsha, sin dejarse amilanar—. ¿Conocéis a alguna otra raza de vaettir que pueda crear fuego fuera de la fortaleza y concentrar el humo y el hollín aquí dentro? Porque es evidente que el incendio no se desató intramuros.

La general apartó la mirada, con los labios apretados; Orsha le había golpeado directamente en su ego sin faltarle al respeto.

—Dinos qué opinas —le pidió Ilian a su nana.

—Forma parte de las tácticas bélicas de los trolls. Para evitar daños en las estructuras que, en el futuro, podrían necesitar, se provoca un incendio en una zona colindante y, mediante el control del viento, se inunda la aldea con el humo para cegar.

—Pero cualquier troll podría manejar el viento y sacar el humo de la aldea, es una táctica nefasta —comentó Cordal, Consejero de Políticas Exteriores.

—No sé cuánto sabéis de la magia troll, consejero —empezó diciendo Orsha—, pero en Shazaak hay chamanes muy poderosos. Y si quien controla los elementos es de categoría alta, da igual que alguien de categoría baja intente reclamar el poder de la naturaleza, que no lo conseguirá. Y aquí no había nadie con influjo sobre la madre tierra.

Clavó la vista de nuevo en la capa polvorienta y negra que cubría los cuerpos.

—Creo que emplearon magia para cegar a nuestros soldados mientras entraban a través del túnel que, de seguro, habrá aquí abajo —les explicó Ilian—. Cegados y ahogados por el humo, no serían un rival demasiado beligerante.

—Si aquí hubiera habido conjuradores de luz... —comentó Ashbree en voz baja, pero calló al ser consciente de las miradas atraídas.

—¿Qué decíais, majestad? —Rylen la instó a que hablara.

—Si resulta que mi pa... —Inspiró hondo—. Si resulta que Arcaron ha pactado también con trolls y esta es una táctica que vayan a usar en el futuro, solo el manejo de los cristales de luz de los conjuradores podría arrojar claridad al campo de batalla. Y nosotros usamos máscaras con filtros para repeler el influjo de vuestra sangre sobre el organismo, que servirían a su vez para no ahogarse con el humo. Una legión de elfos de luz estaría mejor preparada. Necesitamos un ejército mixto para sobreponernos a esta amenaza.

—Prometimos a la gente de las colonias que nunca los reclutaríamos para acudir al frente —intervino Lindari, con la voz tensa.

—No estoy sugiriendo que los reclutemos a la fuerza. Pero sí que les informemos de la situación y pidamos voluntarios para complementar a las tropas oscuras. ¿Qué creéis que pasará si Arcaron conquista la isla? —La pregunta se instaló a su alrededor como una carga pesada—. No perdonará a nadie de las colonias. Ni uno. Ya está matando a su propia gente solo por creer en la palabra de la Hija de la Luz. ¿Las colonias? Las colonias son una traición directa a su mandato. Las erradicará.

Saeros suspiró audiblemente, y Ashbree prefirió que no fuera alivio por no tener que seguir sustentando a las colonias. No obstante, lo ignoró.

—Es evidente que no podemos seguir enfrentándonos a este conflicto como hasta ahora —dijo Galania, Consejera de Comercio, con pesar.

—Retomemos esta conversación en la sala del consejo. General Marniel, traiga tropas que se encarguen de los muertos y un equipo de sanadores, por si… —El rey dejó la frase a medias, porque era una esperanza vana encontrar algún superviviente. Aun así, Rylen nunca perdía la fe—. Hablaré con el comandante de la Orden de los Sanadores para que os asista y evalúe los daños en los cuerpos. Cualquier pista que pueda arrojar sobre el método de combate será bienvenida. —Dirigió la vista hacia Ilian, con el rostro propio de un rey—. ¿Dejarías a Umbra aquí para informarnos?

El aludido inspiró hondo y Ashbree le dio un apretón cómplice en la mano. Ya no era el general, por mucho que el hallazgo fuera suyo, por lo que no podía quedarse allí y encargarse de aquellas tareas.

—Por supuesto, majestad.

Las sombras de Ilian se removieron en su pecho y de su interior salió el cuervo que la había vigilado en varias ocasiones. Sin poder reprimirse, pasó los dedos por la cabeza aterciopelada, con el tacto propio de las sombras entremezclado con la suavidad de unas plumas de sombras. El animal emitió un graznido y se alejó volando, evaluando el perímetro.

—¿Alguno necesita recabar más información sobre lo que ha sucedido? —preguntó entonces el rey.

—Sacadnos ya de aquí, majestad —le pidió Saeros con el rostro contraído por el hedor.

Rylen inspiró hondo y convocó a sus sombras, que los envolvieron hasta convertir el día en noche y teletransportarlos a la seguridad de Glósvalar. Durante ese trayecto fugaz, Ashbree no hizo más que preguntarse por qué el enemigo había dejado la ciudad abandonada después de haberla barrido por completo.

87

Rylen sabía que aquella sesión del consejo iba a ser de las duras. Durante quinientos años, se había mantenido en la victoria justa, pero aquel ataque suponía un gran revés. Tenía constancia de que en Felnor había destinados cientos de soldados valerosos que se habían enfrentado a numerosas batallas. Eran la élite de su ejército, y habían caído. Tuvo que reprimir el escalofrío que le recorrió la espalda mientras esperaba a que todos tomaran asiento.

La presencia de su esposa a su vera lo tranquilizaba. Que ella tuviese una mente inteligente y valiente como para proponer mezclar ejércitos lo llenaba de orgullo. Ashbree tan solo había participado en una batalla —y una menor—, y le había servido para aprender lo suficiente como para recordar sus propios métodos de combate. La habían entrenado para ser una sanadora formidable, pero también para convertirse en la mejor emperatriz que el Imperio de Yithia pudiera tener. Y lo estaba demostrando con creces.

Sin embargo, cada vez que la miraba, Rylen se percataba del fuego que vibraba tras sus iris dorados. Ashbree Wenlion-Aldair estaba al borde de estallar, y él solo podía pedirle a los dioses que dieran con una forma de aplacar esa ira antes de que se desatara.

—Necesitamos confirmación de que alguna hueste troll se haya sumado al ejército yithiano —empezó diciendo Rylen, de pie junto a Ashbree.

No podía sentarse, no cuando la ansiedad le hacía frente al burbujeo de sus sombras, sobre todo después de haber tenido que dejar a Ilian al otro lado de la puerta. Había perdido todos sus títulos, y con eso su puesto en el consejo. Si los altos cargos de su corte no le exigían represalias por haber ido a Felnor sin autorización sería por la consternación de su descubrimiento.

—Mandaré a mi gente a investigar —le aseguró Cordal Borovalar, Consejero de Políticas Exteriores, atrayendo su atención.

—No lo entiendo… —musitó Ashbree, capturando todas las miradas—. Llevas quinientos años ganando la guerra y gobernando con rectitud, ¿eso no te ha granjeado aliados?

Rylen intercambió un vistazo con Cordal y luego devolvió la atención a la fémina. Era normal que tuviera dudas, pero no sabía si era el momento adecuado de responderlas. No obstante, jamás la ignoraría ni la dejaría con la palabra en la boca.

—Sí y no. Aunque a lo largo de los años hemos cerrado buenos contratos comerciales que beneficiaban a ambas partes, la historia de la isla se ha empeñado en hacerme parecer el malo. No nos negaban el comercio porque habrían sido unos necios, pero ¿forjar alianzas políticas? —Rylen negó con la cabeza, un suspiro retenido en los labios—. Lo he intentado varias veces, y nunca llegaron a buen puerto.

—Eso es muy hipócrita.

—La política debe serlo para que funcione.

—¿Y no hay nada que podamos ofrecerles para ponerlos de nuestra parte? —preguntó con un deje de desesperación.

Rylen apretó los labios y lanzó un vistazo a los Consejeros de Comercio y Políticas Exteriores. En aquella ocasión, fue Galania quien habló:

—Por lo que sabemos, Arcaron acordó ceder todo el oro que los enanos pudieran encontrar en Milindur y Breros. Es una oferta que no podemos igualar.

—¿Por qué? —quiso saber Ashbree.

—Porque no es sensato —le explicó Rylen—. Arcaron está desesperado por ganar. Pero recobrarse de una guerra conlleva casi más recursos que ganarla, y cuando esto acabe, si gana, se dará cuenta de que no tendrá oro con el que recuperar a la población. No es algo que yo esté dispuesto a asumir. No jugaré con la vida de mi gente de ese modo.

Ashbree calló y clavó la vista en la mesa. Sus dedos jugueteaban por debajo de la madera y a Rylen le nació el impulso de detenerla para que no se hiciera daño, pero no podía al estar de pie. Así que se limitó a darle un apretón en el hombro que ella entendió.

—¿Qué pueden haberles ofrecido a los trolls?

Rylen miró a Orsha, a la espera de una respuesta. La hembra sopesó sus palabras unos segundos antes de suspirar y mirar al rey.

—No lo sé, majestad. Lo único que se me ocurre es que negociaran con los cristales de luz.

—¿Con los cristales? ¿Por qué? —intervino Ash.

—Son canalizadores de energía muy potente, por eso brillan. Los chamanes más poderosos son los que han tenido la suerte de cruzarse con un cristal de luz en su vida. Sirve como catalizador para avivar las fuerzas de la naturaleza.

—Y con cristales de luz en su poder —apuntó Saeros, con rostro indescifrable—, los trolls podrían intentar expandir su territorio más al norte.

—Eso significaría invadir Dundran —dijo Ashbree mirando al rey, y este asintió—. ¿Por qué narices iban a mantener la alianza los enanos sabiendo que los trolls forman parte de esto?

—Los trolls se agrupan en clanes —le explicó Orsha—. Hay numerosos líderes chamanes en Shazaak, y para subir al norte, primero tendrían que conquistar los clanes que les impidan el paso. No sé quién habrá pactado con Arcaron Aldair, solo espero que no sea Oggul.

—¿Quién...? ¿Quién es ese? —Ashbree parecía un poco abochornada por su falta de conocimiento, pero se sobreponía de todos modos.

—Oggul Makog es el hermano de Orsha —le explicó Rylen—. Y el chamán más poderoso de Shazaak.

—Y si es tan poderoso, ¿por qué no ha conquistado el resto del territorio de los clanes?

El rey miró a Orsha y esta asintió con gesto solemne.

—Porque sabe que, si lo intenta, Orsha regresará para reclamar su puesto al mando del clan a la fuerza.

—¿Qué?

La hembra suspiró mientras se subía las gafas, que le habían caído hasta la punta de la nariz.

—En Shazaak, cada clan lo gobierna quien mayor influjo sobre la naturaleza presenta. Y ese puesto era mío. Pero yo nunca quise asumir el cargo, no era la vida que quería para mí. Viajé y viví en distintas partes de Narendra, para conocer mundo, y cuando llegué aquí... No pude marcharme.

Por el brillo en los ojos de Ashbree, Rylen supo que había entendido que no pudo dejar a Ilian atrás. Orsha había entrado al servicio de la casa Aedil antes de que Ilian naciera. Su padre era codicioso, por lo que siempre buscaba contratar la mano de obra más barata, que solía venir de los inmigrantes continentales. Y cuando lady Thordani, la madre de Ilian, se deshizo de él por ser un bastardo, y lord Aedil se desentendió de su hijo porque tenía cosas más interesantes que hacer, Orsha no pudo dejar al pobre niño desatendido y lo crio como si fuera suyo.

—Pacté con él: si se convertía en un conquistador, regresaría para ponerlo en su lugar. Y, hasta ahora, ha cumplido con su palabra.

—¿Es que los trolls sois pacíficos? —preguntó Ashbree.

—No —respondió Orsha con una sonrisa triste—. Nos gusta guerrear e imponernos sobre otros clanes, pero más como una muestra de poder que con intencionalidad real de anexionar territorios. Aunque después de tanto tiempo sin ponerme en contacto con mi hermano, temo que piense que estoy muerta y que haya decidido actuar en consecuencia.

—Creo que lo primero que deberíamos hacer —intervino Cordal— es jugar esa baza. Poneos en contacto con él, Orsha, y apelad al pacto que hicisteis. Quizá revoquen su ayuda a tiempo.

Ella asintió, un gesto solemne, pero Rylen sabía que las misivas entre Lykos y Shazaak tardaban mucho en llegar. Era un tiempo demasiado valioso que no podían malgastar.

Un par de toques en la puerta los alertaron antes de que Ilian asomara por el resquicio.

—Umbra ya tiene los primeros informes —comunicó en tono firme—. En una valoración superficial, el comandante de la Orden de los Sanadores ha sugerido que las heridas presentadas son de índole berserker. Son laceraciones profundas que las armas yithianas no habrían podido provocar. La general... —Apretó los dientes—. La general ha puesto a un equipo especial a buscar el origen del túnel.

—Gracias, Ilian. —Rylen desvió la atención hacia su consejo, consciente de que Ilian no había abandonado la estancia—. ¿Alguna sugerencia de qué hacer a continuación?

Él tenía sus propias ideas, pero quería escuchar las de sus consejeros antes de contaminarlas con su perspectiva.

—Blindar la frontera con el imperio —sugirió Saeros, lanzándole una mirada reprobatoria a Ilian.

—Eso ya se hizo cuando reconquistamos Felnor —les informó el exgeneral.

—Quizá no fue de la forma más eficiente, teniendo en cuenta lo que ha pasado —le recordó Rylen. No quería amonestarlo, puesto que no era su culpa, pero era evidente que se habían relajado demasiado—. Quiero movilizar a todo el ejército, que ni un solo pueblo, ciudad o aldea de la frontera esté exento de presencia militar. El toque de queda por el problema de la droga se cumplirá a rajatabla. Todo el comercio por tierra que pretenda cruzar la frontera será registrado a conciencia. Ni uno solo de los túneles conocidos a Glósvalar será cruzado sin el conocimiento de la corona.

—Las arcas soportarán el desplazamiento de tropas —le aseguró Saeros, a quien le dedicó un asentimiento agradecido—. Llevamos años ahorrando para un golpe maestro.

Rylen agradecía que, en los momentos de mayor tensión, su consejo dejara las disputas habituales a un lado y trabajara como engranajes perfectos.

—Las medidas nacionales están claras —intervino el Consejero de Políticas Exteriores—, pero ¿qué hay de las amenazas continentales?

El rey apretó los labios y se apoyó contra la mesa, sopesando sus palabras. A esas alturas del conflicto, conseguir pactar con berserkers, enanos u otro clan troll era más que complicado, aunque no podía volverse derrotista.

—¿Y si buscamos el apoyo de las huldras? —propuso Ashbree.

Galania, su Consejera de Comercio, soltó una risita condescendiente.

—Sé que son neutrales —apuntó su esposa de mal humor—, pero tal vez estén dispuestas a cambiar de parecer.

—Os escucho, majestad —intervino Rylen.

—¿Qué pasará si Arcaron Aldair gana la guerra? —Obtuvo silencio como respuesta—. No creo que sus ansias de expansión acaben ahí. ¿Y qué territorio es el más cercano si el ejército parte desde el norte?

—El Archipiélago de Urdú —murmuró Ilian, con la mirada perdida, como si intentara adelantarse a su razonamiento.

—Las huldras son invencibles —dijo Lindari—. No temerán a la amenaza yithiana.

—Por muy todopoderosas que sean, jamás han reclamado ningún otro territorio —prosiguió Ashbree—. Son felices viviendo en paz. Pero esa paz amenazaría con terminar.

—Arcaron ha mantenido las fronteras comerciales controladas todos estos años. El bloqueo naval le hizo un flaco favor —comentó Galania.

—¿Tú crees? Porque yo lo que veo es a un emperador blindando sus fronteras para que sus enemigos no lo conozcan.

Rylen apretó los labios: Ashbree tenía razón. Aunque ellos supieran que las intenciones tras aquella decisión no fueran esas, los vaettir del continente no. Y el desconocimiento era un arma tan poderosa como cualquier filo.

Los consejeros meditaron sus palabras y Ashbree miró a Ilian.

—¿Tú qué opinas?

Un silencio tenso se adueñó de la sala. No obstante, por mucho que Ilian ya no fuera el general, sí lo había sido durante varios siglos que los habían mantenido en el lado de la victoria.

—Viendo cómo ha actuado Arcaron directamente y lo que sabemos de su personalidad, no resultaría descabellado que ni siquiera pretendiera honrar ninguno de los pactos que ha hecho por el momento.

—Tengo clarísimo que no va a ceder el imperio al control berserker —apuntó Ashbree—. Tampoco creo que le agrade la idea de que los hipotéticos mestizos de Kara se sienten en el trono de cuarzo.

—El Imperio de Yithia es tuyo por derecho de nacimiento, Ashbree —le recordó el rey—. Y el Reino de Lykos ya difundió su apoyo sobre ti.

—Pero el pueblo cree que estoy muerta.

—¿Y si les demostramos que estás muy viva y que vas a recuperar lo que te pertenece? —soltó Ilian, sus iris violeta ardiendo de determinación.

88

Aquella sentencia encendió un fuego extraño en su interior. La habían criado para convertirse en la próxima emperatriz de Yithia, y aunque en su juventud no hubiera comprendido qué suponía realmente el puesto, llevaba los últimos cinco años asimilando esa idea y preparándose para ello. Quizá ya hubiera llegado el momento de coger lo que le pertenecía, siendo que su padre parecía querer negárselo.

—¿Qué tienes en mente? —le preguntó.

La sonrisa de Ilian se tornó más salvaje, un gesto que no había llegado a dedicarle a ella nunca. Aquel era el general de las tropas oscuras que Rylen había destituido, el que inspiraba pavor en los campos de batalla. El varón que necesitaban en aquel momento.

Rylen pareció adelantarse a sus pensamientos, porque tomó la palabra y dijo con voz solemne:

—Vas a participar en todas las batallas que queden por venir. Y cuando las ganemos —Ilian soltó una risa por la nariz, complacido—, los supervivientes tendrán un mensaje que enviar. Que la Hija de la Luz está muy viva y dispuesta a luchar. Nuestras tácticas de combate serán las mismas. —Fulminó a Ilian con la mirada, cuya sonrisa se ensombreció—. Nada de matar por matar, solo por sobrevivir. Dejaremos todos los supervivientes posibles no para poblar las colonias, sino para convertirlos a tu causa.

Cuando clavó aquellos ojos argénteos en ella, lo hizo con una solemnidad que la traspasó y que le hinchó el pecho con las convicciones propias del rey.

—Les demostrarás la clemencia que su actual emperador no les está brindando —prosiguió Rylen—. Serás la esperanza en medio del mar de desolación. El faro que los guíe fuera de ese pozo de muerte y destrucción. Quizá no consigamos encontrar aliados más allá del continente, ni que los trolls se retiren del tablero, pero sí podemos ganarnos al pueblo. Ya lo empezó a conseguir Cyndra Daebrin, no dejaremos que ese trabajo se desperdicie.

Los ojos de los consejeros brillaban con la determinación transmitida por las palabras regias de Rylen Valandur, y ella misma se sentía al borde del llanto. Se habían plantado en la mayor encrucijada de su vida, y ya era momento de actuar. Ashbree sabía que aquello era lo que querían los dioses, que le habían pedido que actuara a cualquier coste. ¿Qué más estaba dispuesta a sacrificar?

Todo, se dio cuenta.

Había perdido a su hermana, anclada en un matrimonio en el continente.

Cyndra estaba en los dioses sabían dónde. Y prefería que siguiera así. Suficiente miseria había soportado para enfrentarse a otra guerra tan cruda. La encontraría, sí, cuando todo hubiera acabado.

Había perdido a Elwen, aunque dicha pérdida pesara más en los corazones de los varones con los que ahora compartía su existencia.

Y no iba a perder nada más. Se perdería a sí misma con tal de garantizar la integridad de sus seres queridos y de quienes confiaban en ella para ponerle fin al conflicto.

Ashbree Wenlion-Aldair había tomado una decisión sin siquiera saberlo, y cuando Rylen clavó los ojos en ella, encontró el reflejo de su propia determinación. Dos reyes que se desvivirían por la paz.

Dieron la sesión del consejo por concluida media hora después. Hasta que no hubiera algún avance en la investigación de Felnor, estaban atados de pies y manos.

—Me gustaría hablar con vosotros —les dijo a Ilian y a Rylen en cuanto se quedaron a solas.

Ambos varones compartieron un vistazo antes de devolver su atención a la fémina.

—¿Es una idea potencialmente peligrosa? —quiso saber el rey.

—Puede.

—Entonces hablemos en otra parte. No me gustaría que hubiera oídos no deseados.

—¿Vamos a casa? —propuso Ashbree.

«Casa». Así habían empezado a llamar al palacio de cristal. Porque aquel edificio era su hogar, donde se dejaban llevar por sus sentimientos, donde hablaban sin tapujos y desnudaban sus cuerpos y sus almas.

Ashbree por fin había encontrado un lugar al que regresar cuando se sintiera perdida, y quedaba muy lejos del Imperio de Yithia.

—No, allí no hablamos de trabajo. Vamos al despacho de mis antiguos aposentos.

Antes de poder objetar, los tres estaban envueltos en las sombras del rey, quien los teletransportó en esa nube de oscuridad.

Ashbree solo había estado allí en un par de ocasiones, tras despertar de la estasis. Sus ojos se deslizaron a la butaca que había frente a la chimenea, en la que ambos se habían convertido en un embrollo de brazos y piernas y se habían reencontrado después de ese tiempo separados. También era donde habían visto a Ilian enfundado en la piel de la propia Celes.

—¿De qué querías que habláramos?

Rylen tomó asiento tras el escritorio y le señaló la butaca para que hiciera lo mismo, con la imponente presencia del exgeneral a su lado, aunque ella prefería mantenerse en pie para gestionar los nervios. Sabía que lo que iba a proponer no iba a gustarle al rey, pero no podían desaprovechar esa baza.

—Creo que vamos a necesitar aliados. Que nosotros solos no podremos enfrentarnos a esta amenaza.

—No va a ser fácil conseguir esos aliados, Ash.

No se giró hacia Ilian, sino que mantuvo la vista fija en el rey, quien la observaba con paciencia.

—Sé que las huldras no interceden en los conflictos —continuó—, pero ¿y si hubiera alguien que pudiera hablar en nuestro favor? ¿Que pudiera contarle nuestros planes de no masacrar y de garantizar la paz?

—Te escucho —murmuró Rylen con interés.

Ashbree tomó aire para armarse de fuerzas y le relató la historia de Lorheen Wenlion, lo que su verdadero padre solo había compartido con ella. Aunque la fémina los había puesto al día de su situación sentimental con su progenitor, no había entrado en detalles. Pero aquel era el momento idóneo, porque Lorheen Wenlion había pasado casi quinientos años trabajando en la Biblioteca Magna de Siäl.

—¿Qué? —masculló Rylen, cuando hubo terminado—. ¿Estuvo en la capital del Archipiélago?

—Todo el tiempo. Y estoy convencida de que tuvo que entablar relación con alguna huldra. Cinco siglos dan para mucho.

Ilian se cruzó de brazos y cambió el peso de un pie a otro.

—¿Quieres que intentemos aprovecharlo?

—Eso supondría darle libre albedrío —apuntó Rylen. Ashbree asintió ante ambas cuestiones—. No es algo con lo que esté cómodo, la verdad. No me fío de él.

—Yo sí —le rebatió, aunque con voz temblorosa—. Siempre pensé que Lorinhan era más padre para mí que mi propio padre. Y a pesar de las mentiras y los secretos, ha resultado ser mi progenitor. No creo... No creo que pueda olvidar que Arcaron también fue una figura paterna para mí, pero Lorinhan me aportó todo lo bueno de la paternidad. Le confío mi propia vida, Rylen. Sé que haría lo que fuera por protegerme, y hablar con las huldras serviría a ese fin.

—No perdemos nada por intentarlo, y lo sabes.

Ashbree deslizó la vista hasta Ilian, quien se presentaba más relajado ahora, apoyándola de forma incondicional, como siempre. Le había costado verbalizar aquello porque aún albergaba sentimientos encontrados por Lorheen. Pero las diosas, aunque al principio se presentaron molestas por su alteración del cosmos, se habían dado cuenta de que lo que estaban haciendo uniría a la raza élfica bajo una sola bandera. No podía olvidar todo lo que su padre biológico sí había hecho por ella en esos quince años; no podía olvidar que había arriesgado mucho orquestando el traslado del corazón de piedra por ella. No podía olvidar demasiadas cosas.

Rylen se masajeó el puente de la nariz y suspiró.

—Está bien. Si él no es capaz de dar saltos largos, porque no sepa hacerlo, lo llevaré al puerto de Aldame para que embarque en el primer barco rumbo al Archipiélago de Urdú. Hablaremos con él para que lo tenga todo claro y entienda con qué negociar.

Ilian asintió y Ashbree se relajó.

—Gracias... —murmuró. Rylen la miró con extrañeza—. Gracias por escucharme.

En los labios del rey se dibujó una sonrisa dulce.

—Siempre te escucharé, dragona.

Ella le dedicó un gesto idéntico, cargado de amor, hasta que Ilian se movió por el espacio y se cruzó de brazos mirando a través de la balconada.

—Sois conscientes de que nos vamos a enfrentar al momento más crudo de la Tercera Guerra, ¿verdad?

—Sí —musitó el rey.

Ashbree no tenía derecho a responder, puesto que no se había enfrentado a la verdadera guerra. Y, aun así, la mera idea la aterraba.

—Los berserkers son un enemigo desconocido nada desdeñable

—prosiguió Ilian—. Con un solo ataque, han demostrado ser una potencia casi perfecta.

—Le he estado dando vueltas todo el rato... —Se atrevió a intervenir Ashbree, atrayendo la atención de ambos varones—. ¿Por qué dejar Felnor abandonada? Es un enclave muy jugoso que ha ido pasando de manos en los últimos años.

—Yo me he estado preguntando lo mismo —admitió Rylen, con la vista clavada en la mesa atestada de papeles.

—Felnor es un enclave jugoso, sí —empezó explicándole Ilian—, pero difícil de controlar. Su situación geográfica brinda una panorámica perfecta para ver al enemigo acercarse, aunque, al estar en un promontorio, es fácil someterla a asedio ya que no resulta sencillo obtener los recursos necesarios para sobrevivir a un sitio. No cuenta con acceso directo a campos de cultivo, sino que están extramuros. Tampoco tiene fáciles vías de escape. Y puesto que no existe ninguna otra ciudad grande cercana con la que abastecer Felnor con rapidez... —Dejó la frase a medias, sopesando sus próximas palabras—. Se habrán dado cuenta de que no les sirve de nada mantener esa fortificación alimentada y protegida, estando como está ahora dentro de nuestras fronteras. Y creo que incluso la primera toma de Felnor después de que la abandonáramos fue para transmitir un mensaje.

—¿Un mensaje? —Se hizo eco Ashbree.

Ilian y el rey intercambiaron un vistazo apesadumbrado.

—Que están preparados y no nos tienen miedo —aseveró el exgeneral—. Que se han convertido en un oponente digno.

—Lo que más me preocupa —intervino Rylen, intentando que aquellas palabras no adquirieran importancia— es que no proclamaran a los cuatro vientos lo que han hecho. Que hayan mantenido la boca cerrada hasta que nosotros lo hemos visto.

—Ya no me cabe duda de que falsificaron las misivas de la comandante Linwen.

—¿Por qué? —preguntó Ashbree, entendiendo que se refería a la difunta comandante de los conjuradores—. ¿Por qué tomarse esas molestias?

—Probablemente para retrasar el momento en el que nos diéramos cuenta del golpe —le explicó Ilian—. Para hacer lo mismo en otros puntos de nuestra frontera.

—Pero ahora que lo sabemos, podremos prepararnos, ¿no?

Ashbree buscó la mirada del rey, aunque este la tenía clavada en los papeles de la mesa, con el ceño fruncido, así que se fijó en Ilian. Él también se había percatado de la extraña ausencia de Rylen, y por eso fue el exgeneral quien despejó sus dudas.

—Sí, podemos adaptar nuestros métodos de defensa. Creo que tu propuesta de implementar las máscaras yithianas es muy buena, Ash. En cuanto a los cristales y los elfos de luz... Eso es decisión vuestra.

A Ashbree le conmovió esa deferencia, que la colocara al mismo nivel que a Rylen.

—¿Qué? Perdonad, he perdido el hilo de la conversación.

Ilian frunció el ceño y compartió un vistazo con Ashbree.

—¿Estás bien? —quiso saber ella.

—Sí... Es que estaba pensando... —Rylen se frotó el mentón y clavó la vista en ellos—. Sé que Merin y Artha te dijeron que este era el camino para acabar con todo, pero no me deshago de la sensación de que hay algo que se nos escapa.

Ashbree los había puesto al corriente, con pelos y señales, de lo que tanto Elwen como las diosas le habían transmitido. Y que sacara a colación esa conversación despertó un estremecimiento en sus entrañas. Ashbree deseaba, con todas sus fuerzas, no haber malinterpretado los planes divinos y no estar condenando a toda la isla con sus decisiones.

Tal vez por ese motivo, buscando reafirmarse, le lanzó un vistazo a Ilian, quien se había recostado contra el escritorio con rostro serio y los brazos cruzados al pecho.

—Esto es lo que los dioses quieren que hagamos, Rylen —dijo el exgeneral—. Llevamos mil cuatrocientos años encadenando una guerra tras otra. Y ahora, por primera vez, la situación se está agravando hasta el punto de involucrar a los continentales. Tenemos que detenerlo. Juntos, podemos crear una raza más poderosa. Volver a los orígenes.

—Eso supondría recrudecer la guerra antes de que termine —caviló Rylen—, y no sé si estoy preparado para soportar esa carga.

—El peso de la corona ya no recae únicamente en ti —le rebatió Ilian—. Nunca lo ha hecho, en realidad, aunque te empeñases en verlo así. Y quinientos años de enfrentarnos al conflicto de puntillas nos ha traído hasta aquí. Si esto es lo que quieren los dioses...

Guardó silencio, porque esas palabras eran tan poderosas como aterradoras.

—Está bien —suspiró Rylen—. Pero tal y como está el panorama, no veo una victoria posible. Y solo se me ocurre intentar pactar con Arcaron, aunque yo mismo sepa que sería inútil.

—Quizá haya otra opción —dijo Ilian, atrayendo las miradas de ambos—. Con todo lo que ha pasado hasta ahora, lo había olvidado, pero la última vez que estuve en Kridia, hablé con tu hermana, Ash. Y, por lo que me dijo, accedió al matrimonio con el *jarl* por voluntad propia. Tal vez sea algo que podamos aprovechar en nuestro favor.

89

En veintiún días no era que Cyndra Daebrin hubiera recuperado su forma física, sino que había superado cualquier marca. Jamás se había dejado tanto la piel en entrenar, en convertirse en la mejor. Pero eso había cambiado.

Había terminado comprendiendo que su única posibilidad de llegar a Oddin de una pieza era siendo la mejor aspirante a valquiria de la escuela de Enil. Y ahora que había descubierto que Dalel estaba jugando con Ash en su propio beneficio, no podía permitirse fallar.

Todas las postulantes ignoraban en qué consistiría la evaluación para representar a la escuela en los festejos por las nupcias del *jarl*, solo que debían superar una prueba misteriosa. Muchas jóvenes habían probado a sonsacarle información a Enil, con preguntas zalameras que Cyndra cada vez entendía mejor. Pero sabía que esa valquiria no era dada a charlar, por lo que mucho menos confesaría algo que pondría a unas en ventaja sobre otras. Así que solo podían prepararse en todas las aptitudes del combate: agilidad, puntería, fuerza, resistencia...

Cyndra había ido puliendo cada una de ellas, como el arma afilada que se había empeñado en ser. Y así había terminado llegando la semana del examen. Podía dar gracias al metabolismo de los elfos —superior al de los berserkers, que tomaban más tiempo en fortalecerse—, porque de no haber tenido la genética de su parte, habría resultado inútil cualquier esfuerzo.

Y eso tenía a las aspirantes a valquiria muy mosqueadas.

No se habían tomado a bien la noticia de que Cyndra se presentaría a la evaluación, pues, a fin de cuentas, era una nueva rival a la que vencer. Y con el transcurso de los días había demostrado ser una más que digna.

Desde que había descubierto los planes de Dalel, había intentado regresar a lo que había entendido que era la morada de los dioses en busca de pedazos de futuro que contemplar para terminar de entender a qué se enfrentaban. Se hacía con el caballo de Xiana, cabalgaba hasta la línea de la costa y se sentaba sobre los guijarros con el rostro inclinado hacia el cielo nocturno en busca de una predicción. Se había convertido en una rutina que todo su entorno conocía.

El entrenamiento de aquel día había sido intenso, y le dolía hasta la raíz del cabello. Lo único que quería era resguardarse bajo la pila de mantas del sofá de sus anfitrionas y desmayarse hasta la mañana siguiente. Pero tenía que intentarlo, tenía que seguir hurgando en el firmamento. Ver a Ash había sido tan emotivo como doloroso. Tan cerca y a la vez tan lejos... Llevaban casi tres meses sin verse, y si bien no era un tiempo demasiado excesivo, para ellas resultaba un mundo, teniendo en cuenta que se habían visto casi todos los días desde que tenían seis y siete años.

El único consuelo que le quedaba era la certeza de que Ash se encontraba bien; de que su hermana de batallas estaba luchando por lo que creía correcto, por mucho que los dioses estuvieran jugando con ella. Pero la ayudaría. Cruzaría Korkof entero hasta hallarla y arrancarla de los estúpidos planes que tuvieran los dioses.

Su instinto se activó tres preciados segundos antes de que una maza cruzara el espacio en el que había estado su cabeza. Rodó por el suelo, clavándose los guijarros a pesar de las gruesas telas que la protegían del clima. La respiración se le aceleró cuando sus oídos captaron los chasquidos de las piedras al ser pisoteadas a la carrera.

Sin perder un solo instante, Cyndra se puso en pie, maldiciéndose por haber estado buscando una predicción, porque eso le había hecho bajar la guardia. A pesar de la oscuridad propia de la noche, descubrió que estaba rodeada por tres mujeres: tres de sus compañeras más aventajadas.

Cyndra apretó los dientes y los puños, sin perder de vista a ninguna mientras se movían en círculos, midiéndose y controlando dónde ponían los pies. En los rostros de las mujeres —cuyos nombres no se había molestado en aprender— había pintadas sonrisas satisfechas. La del mazo —rubia y más alta que las demás— jugueteaba con el arma, partiendo el aire anticipando la victoria. A su izquierda, una morena corpulenta golpeaba su escudo con la espada roma; a la derecha, una pelirroja la apuntaba directamente con una flecha.

Y lo único que tenía ella a su disposición era el cuchillo que Enil le había regalado para destripar pescado.

Cyndra Daebrin olía la amenaza, el hedor de la muerte antes siquiera de que se hubiera derramado sangre. Y aunque sentía el miedo arañándole la nuca, junto a la desesperación, la adrenalina que corría por sus venas era mucho más poderosa.

Porque ella no huía de la adversidad, ya no.

Encomiándose a sus piernas, se dio la vuelta y echó a correr, poniendo tierra de por medio entre sus tres atacantes, cuchillo en mano. Tras tantos días caminando por la costa de guijarros, sus pies se volvieron livianos. Apenas hacía ruido, apenas encontró resistencia, y les sacó más y más ventaja hasta llegar a la linde del bosque.

Con gruñidos de esfuerzo, las tres aspirantes a valquirias la siguieron a la carrera, gritándole que se detuviera, que no huyera, que era una cobarde.

Y lo que Cyndra era, en realidad, era inteligente.

Una flecha surcó el aire y le arañó la oreja, sangre roja y caliente tiñéndole el lateral del rostro. Apretó los dientes y la marcha, y en cuestión de medio minuto ya les había sacado la ventaja suficiente como para buscar un árbol lo bastante protegido y saltar hacia él.

Gracias al cuchillo destripador, Cyndra trepó por la corteza como una ardilla, dejándose los dedos en el proceso. La sangre escapaba de su cuerpo por distintos cortes y raspaduras, y ni siquiera el dolor le robó el ánimo para subir más y más alto. Y, entonces, quietud.

Ralentizó su respiración hasta tornarla invisible, la espalda pegada contra la rugosidad de la corteza. En el bosque de árboles gruesos e imponentes, la oscuridad era más acuciante. No era tan ingenua como para creer que vencería en un combate cuerpo a cuerpo tres contra una frente a mujeres que llevaban años entrenando en aquella climatología. Pero allí dentro… Allí dentro, donde su vista más desarrollada que la de los berserkers le ofrecía una ventaja…

Las mujeres entraron en el bosque en tropel, los rostros perlados de sudor por correr sobre un terreno inestable, las respiraciones agitadas por la rabia.

—¡Sal, cobarde! —rugió una de ellas, Cyndra no supo cuál.

Aplastada contra el árbol, su respiración convertida en un suspiro, Cyndra las observó moverse entre los árboles, buscándola. Rodeaban los troncos más gruesos, los golpeaban antes siquiera de comprobar que pudiera estar escondida detrás. Y no miraron hacia arriba ni una sola vez, porque los cuerpos como los de las berserkers no habrían tenido las capacidades como para subir a un árbol tan rápido; el de un elfo, no obstante, sí.

Cyndra aguardó y aguardó, hasta que las aspirantes se separaron, buscando entre la foresta. Su pulgar rozaba la circunferencia de cuerda del anular compulsivamente. La rabia la carcomía por dentro, la angustia de saberse acechada por sus compañeras, que querían deshacerse de una rival antes de que tuvieran lugar las pruebas. Y aquello no hizo más que redoblar su confianza: podía lograrlo; podía ganarse ese puesto y marchar hacia Oddin; podía encontrar a Ash y a Seredil. Lo haría, lo lograría.

Ningún mortal, inmortal o dios le impediría reunirse con las féminas a las que amaba.

Con un giro de mano, cambió el agarre sobre el cuchillo y lo asió de la punta. Tenía a una de las mujeres justo bajo su árbol, a otra un poco más allá; no veía a la tercera. Pero sería un problema para su futuro yo.

Sin pensarlo, lanzó el arma, convirtiéndola en un proyectil certero que se hundió en el muslo de la de la maza. Profirió un alarido que alertó a las otras dos, tiempo que Cyndra aprovechó para dejarse caer sobre la que había bajo el árbol. Surcó el aire con la misma violencia que su arma e impactó sobre los hombros de la del arco. Ambas gritaron por el encontronazo y se revolvieron sobre el suelo, clavándose arbustos, ramas y piedras.

Cyndra fue la primera en ponerse en pie, preparada para el golpe, arco en ristre. Había aprovechado la embestida para arrebatarle el arma de las manos y no titubeó antes de recolocar la flecha sobre la cuerda y lanzarla cortando el aire. En esta ocasión, fue el brazo de su adversaria el que quedó atravesado por el proyectil. Su alarido terminó de espantar a las pocas aves que quedaban por allí y Cyndra se dio la vuelta a tiempo de desviar la acometida de una espada roma con el arco.

La madera curvada se partió por el impacto, pero había salvado a Cyndra de un golpe que le habría destrozado las clavículas. La atacante no había esperado encontrar resistencia y trastabilló, movimiento que Cyndra aprovechó para agacharse y barrer el suelo bajo sus pies. La tumbó con una facilidad apabullante, y antes siquiera de que la mujer pudiera recuperar el aliento, Cyndra saltó sobre ella.

La aspirante reaccionó, rodó sobre la tierra gélida, y esquivó el ataque al tiempo que intentaba propinarle un escudazo. Cyndra lo esquivó por muy poco, el aire cortando justo a unos centímetros de su nariz. Se midieron durante unos segundos en los que se percató de que la arquera se ponía en pie. La de la maza tenía la pierna inutilizada y gruñía su frustración.

—¡Acaba con ella!

Había flechas en el suelo, una mujer delante de Cyndra, otra detrás. Una con el escudo aferrado como arma, otra con la maza recuperada de su amiga; Cyndra, con una espada de entrenamiento. Dos contra una, pues.

Corrió hacia la del escudo, espada en ristre. La mujer se protegió detrás de la madera, justo lo que Cyndra esperaba, y cuando esta embistió para propinarle un escudazo, Cyndra saltó y aprovechó el empuje y la inercia. El impacto del escudo la mandó en la otra dirección en un movimiento controlado, directa hacia la mujer de la maza, rasgando el viento como si de una flecha se tratara, tal era la potencia de los músculos de esas mujeres. Ninguna esperó esa maniobra, por lo que no tuvo ocasión de cubrirse cuando la pierna de Cyndra impactó contra el rostro de la mujer. El sonido fue brutal y le dio la impresión de que un diente salió volando. Pero no había terminado, estaba lejos de hacerlo.

Se revolvió sobre la tierra, sus dedos encontraron una flecha y la lanzó contra la del escudo. Esta se protegió, el acero astillando la madera. Le arrojó una segunda, una tercera, una cuarta, los proyectiles incrustados como las púas de un puercoespín mientras la mujer se acercaba, agazapada y protegida por el escudo.

Sus dedos revolvieron la tierra, en busca de más flechas, pero se habían agotado. Espada roma en mano, Cyndra se puso en pie, la del escudo la imitó como fiel reflejo, una sonrisa macabra en sus labios. Estaba rebozada en tierra y ramitas, el aspecto de la propia Cyndra, y ambas se midieron unos segundos en los que la quietud del bosque lo dominó todo. La mujer afianzó las piernas sobre el terreno, preparada para usar el escudo como arma; toda ella convertida en arma, en realidad. Y lo único con lo que contaba Cyndra era una espada roma que no conseguiría atravesar la guardia del escudo.

No tuvo tiempo para pensar, no cuando la mujer se abalanzó sobre ella. Movida por su instinto de supervivencia, Cyndra cruzó el espacio en su dirección, una mueca de determinación feroz contrayéndole el rostro. Cuando estuvieron a punto de encontrarse a medio camino, Cyndra se dejó caer, patinó sobre el suelo a causa de la inercia y se coló por el hueco entre las piernas abiertas de la mujer. Esta intentó cubrirse bajando el escudo, pero no lo hizo a tiempo y Cyndra, tan ágil, tan pequeña y desesperada, llegó hasta la espalda expuesta de la mujer. Se incorporó lo mínimo indispensable, espada en ristre, y la golpeó con toda la fuerza recuperada. El acero encajó contra las costillas de la mujer, que aulló cuando los huesos chasquearon y la postraron de rodillas.

Podía dar gracias a que la espada no tuviese filo, porque la habría incrustado en sus vísceras sin titubear. Con el aliento escapando en vaharadas frenéticas frente a su rostro, Cyndra se puso en pie, aún empuñando la espada, dispuesta a dar un golpe determinante y motivado por la furia.

La que había llevado la maza en primer lugar se arrastraba hacia ellas, gritando y soltando espumarajos de rabia. La que había empuñado el arco estaba inconsciente. Y la del escudo se revolvía sobre la tierra, intentando recuperar un aliento que le alancearía los pulmones en cuanto lo hiciera.

Cyndra levantó la espada sobre la cabeza, el cuerpo en tensión absoluta, preparada para acabar con todo, cuando un escudo surcó el aire e impactó sobre el filo que sostenía. El arma escapó de sus manos con violencia, los músculos de la muñeca se le quejaron por el impacto y soltó un gruñido de dolor.

Si había una cuarta atacante...

—Es suficiente —proclamó una voz de mujer.

Cyndra contuvo el aliento cuando miró por encima del hombro y vio aparecer a Enil, espada afilada en mano. Su imponente figura se abría paso con gracia y maestría, el andar propio de una verdadera guerrera, de una vencedora nata. Con una mirada cargada de rechazo, observó a las tres mujeres a los pies de Cyndra y luego clavó la vista en ella.

Cyndra se estremeció y, aun así, le sostuvo la mirada. No sabía qué pensaría sobre que hubiera inutilizado a sus tres mejores aspirantes, si la ira bulliría en su interior o si, por el contrario, encontraría un ápice de orgullo. Pero ella tenía la conciencia tranquila; había hecho lo necesario para sobrevivir y lo seguiría haciendo.

Enil terminó de acortar la distancia que las separaba con pasos decididos y, una vez a su lado, la sostuvo por la muñeca para examinársela. Empezaba a tornarse morada, pero a Cyndra no le importó, no cuando el silencio de la valquiria parecía decir más que cualquier palabra. Porque los combates fuera de la academia estaban terminantemente prohibidos, y ellas se habían enfrascado en una pelea que, de haber utilizado otras armas, podría haber sido a muerte.

—Quedáis expulsadas de la academia —soltó Enil sin un ápice de emoción.

El corazón de Cyndra dio un vuelco, las lágrimas de frustración se acumularon en sus ojos, porque con la expulsión, cualquier oportunidad de subir al norte de forma segura quedaba aniquilada. Pero lo haría, llegaría hasta Oddin fuese como fuese, ayuda de Enil mediante o no.

Cyndra se cuadró, como tantas otras veces había hecho en los entrenamientos militares, sus músculos prietos y preparados para un nuevo combate. Se convirtió en la soldado perfecta, una que ya estaba trazando un plan para cruzar las inhóspitas tierras de Korkof, que la masticarían y engullirían casi con total seguridad.

Hasta que Enil clavó los ojos en los de Cyndra.

—Tú representarás a la academia.

Y así, sin más, la valquiria se dio la vuelta y se marchó.

Cyndra recobró el aliento, tan consternada como estupefacta, y la vio caminar sin parpadear.

No sabía bien por qué, qué hilos del destino se estarían cruzando para que la hubiera elegido a ella a pesar de haberse enfrentado a tres de sus alumnas. Pero la decisión estaba ahí, clara y firme. Y con ella, su viaje a Oddin quedaba asegurado.

90

Ashbree, Rylen e Ilian dedicaron un par de días a redactar una misiva para Kara. Tenía que ser concisa y lo suficientemente críptica como para que su hermana lo entendiera, pero que no resultara delatora si era interceptada.

«Es lo que quiero», le había manifestado Kara a Ilian con convicción, según su esposo. Y no solo eso:

—Le expliqué que si se casaba con el *jarl* la considerarían la próxima heredera, incluso aunque tú siguieras viva y luchando por la isla —le había dicho Ilian—. Que no los habías olvidado ni lo ibas a hacer. Y no dudó ni un instante cuando me aseguró que no quería ser emperatriz, que el puesto era tuyo y que daría con el modo de demostrártelo.

Ashbree no había querido aferrarse a la esperanza de encontrar un nuevo aliado, porque era una idea peligrosa. Por mucho que Kara hubiera accedido a contraer nupcias, eso no significaba que tuviera potestad de decisión sobre Korkof ni sobre su gente. Si lo que había estudiado en los libros de historia era cierto, ningún *jarl* se dejaría embaucar por su consorte.

—No todo es como lo pintan en los libros —le había recordado Rylen, meditando al respecto—. Te recuerdo que la Historia siempre me ha pintado como el villano.

Rylen estaba en lo cierto, no podía juzgar dejándose llevar por prejuicios. Narendra era vasta, y eso significaba que podía encerrar muchas realidades más allá de la suya.

Una vez enviada la misiva —que tardaría cinco días en llegar—, empezaron los preparativos para la siguiente estrategia bélica. Lorheen se veía en plenas facultades para teletransportarse directamente a Siäl e intentar convencer a las huldras. Y de no lograrlo —que era lo más factible—, creía poder acceder a la Biblioteca Magna para estudiar otros conflictos que pudieran servir de ayuda de cara al futuro.

Un par de días después de mandar la misiva, Ashbree acudió al salón del trono del palacio de obsidiana para despedirse de él. Apenas habían hablado fuera de las sesiones para ultimar los detalles de su partida. Porque cada vez que miraba a Lorheen, el resquemor subía a la superficie. Sabía todo lo bueno que aquel varón había hecho por ella, pero también había empañado el recuerdo de su madre y la había obligado a ver a Arcaron de otro modo. Uno que, en realidad, le resultaba más doloroso. Porque la sangre no lo era todo para conformar una familia, y cuando ese varón había descubierto que no era su hija biológica, la había desechado como a la basura.

—Ten mucho cuidado —le dijo Lorheen al despedirse—. Recuerda que tu corazón es fuerte.

Ashbree no supo a qué se refería en aquel momento, pero asintió con la cabeza de igual modo.

—Nunca entendí por qué Ayrin hizo lo que hizo —le confesó Lorheen—. Por qué atacó de aquel modo a Rylen.

—Porque ansiaba el poder.

Lorheen chasqueó la lengua y negó con la cabeza.

—Yo también creí que estaba enamorada. Todos lo creímos, Ashbree. Y aunque cuando regresó a casa con el corazón en la mano le pregunté por qué lo había hecho, nunca me respondió. Pero su rostro estaba marcado por el dolor. Fueron muchas las noches que la vi llorando en soledad, con el rostro vuelto hacia el norte. Y con el paso de los años, se fue encerrando más en sí misma. No volvió a reír. No volvió a sonreír. Lo que hizo... Lo que hizo la marcó.

—No hay nada que puedas decir para justificar esa atrocidad —aseveró Ashbree, molesta por el comentario.

—No pretendo defenderla. Solo quiero que sepas que es difícil comprender la historia cuando no se tiene a disposición todas las versiones. Lo que sí sé es que ella se casó porque quería lo mismo que tú: la unión de la raza. Y tal vez esa presión fuera lo que acabara volviéndola... *así*. Quizá enfrentarse a ese cambio la sobrepasó, no lo sé. Pero quería compartirlo contigo para que no te perdieras en el proceso tú también.

—No me convertiré en Ayrin Wenlion.

—Vas a enfrentarte abiertamente a tu padre, Ashbree. Y si Ayrin de verdad quería a Rylen, ¿cuánta diferencia hay con lo que tú vas a hacer?

—Yo no voy a...

—¿No vas a matarlo? —dedujo por ella. Ashbree apretó los labios—.

¿No lo harías por Ilian?, ¿por Rylen? —Molesta por el rumbo que estaba llevando la conversación, ella se limitó a callar—. ¿Sabes qué fue lo último que me dijo Ayrin?, ¿la última vez que la vi?

—¿Que ojalá los dioses la perdonaran? —replicó con sarcasmo.

Lorheen rio por la nariz y negó con la cabeza.

—Que el fin siempre justifica los medios. Y creo que es lo único en lo que mi hermana se equivocó de verdad en cuanto a ideales. No sucumbas a lo mismo que ella.

Ashbree no supo qué responder, así que se limitó a devolverle el abrazo antes de verlo desaparecer en un haz de luz moteada de dorado.

Pasaron cuatro días más de entrenamientos intensos y reuniones tácticas para perfilar el próximo ataque a Breros, enclave que jamás había estado bajo el dominio de los elfos oscuros. La ciudad más al este de Yithia había sido el lugar de origen de los túneles que habían abierto hasta Felnor. Aunque habían encontrado diferentes ramificaciones que se adentraban en territorio lykense, no se habían dado nuevos altercados. Era como si el Imperio de Yithia estuviera aguardando a su próximo movimiento, aunque en Lykos sabían qué hacían en realidad: organizarse para la revancha.

En esos días en los que todos se volcaron en los preparativos, Silvari perfiló la segunda cura y procedió a probar con sujetos. Fue la buena noticia de la semana, pues todo apuntaba a que tendría más éxito que con el excipiente anterior. Como Ilian y Rylen cedieron grandes dosis de su sangre para producir la cura a mayor escala, se encontraban débiles y se permitieron tener una noche de descanso.

Durante los días previos, apenas habían pasado tiempo de calidad juntos, tan centrados como estaban en los planes bélicos. Y aquella noche se convirtió en la ocasión perfecta para reconectar como matrimonio a tres. Se dejaron llevar por los sentimientos, por los nervios y la necesidad de sentirse vivos. De recordarse lo efímera que era la existencia y ahogar la presión de los planes estelares.

Se limitaron a ser Rylen, Ilian y Ash, sin títulos ni coronas, arrastrados por el salvajismo de la desesperación. Porque incluso con los años de experiencia en combate de los varones, nada garantizaba que el sitio a Breros fuera a salir bien.

Y tal vez fuera esa desesperación entremezclada con el miedo, el pesar, la incertidumbre y otras inquietudes lo que llevó a Ashbree a tomar una decisión de la que debería mantenerse apartada: la reafirmación de que haría *lo que fuera* en pos de la paz.

Después de aquella noche de desenfreno insaciable, se volcaron en los entrenamientos. Ya no se limitaban a que Ashbree mejorara sus tácticas de combate y defensa, sino que los tres se implicaban para aprender a luchar entre ellos, para protegerse en medio de los combates que estaban por llegar. Rylen e Ilian estaban acostumbrados a cubrirse las espaldas, y ahora tenían un nuevo vértice que defender con sus propias vidas. Porque los tres tenían la certeza de que lo darían todo por proteger a los otros.

Poco a poco, volvieron a la normalidad frágil que se puede experimentar en medio de un conflicto bélico y su vida se convirtió en una sucesión tras otra de jornadas idénticas a la anterior. Hasta que llegó el día y Ashbree tuvo que prepararse para su segunda batalla, una en la que harían caer Breros.

91

Prepararse para la contienda nunca lo había aterrado tanto, y no porque su propia vida estuviera en juego, sino por la de Ash. La había conocido en medio de la batalla de la emboscada, en la que se había resistido a su poder de sombras cuando ella ni siquiera era consciente de su condición. Y ahora habían pasado las últimas semanas entrenando a un ritmo que ni en la milicia. Sabía que su esposa estaba preparada para enfrentarse a aquello; aun así, no conseguía desprenderse de la capa pegajosa y asfixiante que se adhería a su piel.

Ansiedad, lo había llamado Rylen cuando se lo había confesado.

El rey estaba más que familiarizado con aquel pesar, pero él no, y se sentía extraño. Cuando miraba a Ash mientras los tres se ataviaban con las armaduras, ayudándose unos a otros en la intimidad de los aposentos que compartían en el palacio de cristal, solo veía una determinación férrea en ella.

—No le pasará nada —le aseguró Rylen en un murmullo cómplice.

Le creía, los dioses sabían que sí. Y, aun así...

—Deja de mirarme de ese modo —le reprochó Ash, cuando se quedó absorto pensando en el miedo que le daba aquella batalla.

La fémina tiró con fuerza de la correa que aseguraba las hombreras de Ilian y sus miradas se cruzaron.

—Prométeme que no harás ninguna tontería —le pidió él, perdiéndose un poco en el fuego que refulgía tras aquella pátina dorada—. Prométemelo, Ash.

Él sabía lo fácil que se perdía la noción de uno mismo cuando se luchaba por la supervivencia, pero si encima se llegaba al punto de no temer por la propia vida, porque uno se sentía todopoderoso... No había control alguno sobre las lesiones recibidas. Y le aterraba que Ash acabara en ese estado de inconsciencia por usar su don.

Ella cogió aire despacio y dejó caer ambas manos, los cintos de Ilian bien asegurados.

—Te lo prometo —rezongó.

—Gracias, cariño.

Ilian le acunó el rostro entre las manos y se inclinó sobre ella para robarle un beso, de esos que le gritaban que ella era su mundo.

—¿Estáis listos? —les preguntó Rylen a la espalda.

Él se cercioró una última vez de que las placas de Ash estuvieran bien aseguradas y la observó. La armadura negra, con el escudo del Reino de Lykos en el pecho, le sentaba muy bien. Llevaba una espada al cinto y varios cinturones con cristales, solo por si su don se desgastaba demasiado como para generar luz propia. Habían entrenado con todo tipo de armas, y él sabía que su reina no necesitaba acero lykense para defenderse, que disponía de sus propias guadañas de luz. Pero le había pedido, encarecidamente, que, si tenía que matar, lo hiciera a la vieja usanza.

Después de mirarse durante varios segundos más, ambos se giraron hacia Rylen.

—Todo lo listos que se puede estar —respondió Ilian, un paso por delante de Ash.

Rylen le dedicó una sonrisa de medio lado, esa que siempre presagiaba muerte, y los envolvió en sus sombras antes de teletransportarlos bien lejos de la seguridad de Glósvalar.

La noche anterior, Rylen había trasladado al grueso de su ejército a las inmediaciones de la ciudad portuaria. Había requerido consumir gran parte de su poder, sobre todo después de haber reabastecido los suministros de pozos de sombras con su don, pero no era lo único que debía hacer para facilitar el asedio. Aunque tenía el plan claro, mientras oteaban el relieve de la ciudad lo repasó mentalmente una vez más.

Miró a Ilian y a Ashbree de reojo, su amigo como fiel guardián de su esposa, y comprobó que ella llevara la máscara con filtros puesta. Gracias a la petición de más máscaras filtradas a la mina de Anararca, había podido proveer a todos los nuevos soldados que se habían sumado a sus filas. Y con esa protección extra, Rylen esperaba que no hubiera demasiadas bajas a causa de la tentación de probar la sangre «normal», por mucho que la cura pareciera funcionar. Thabor, tras ellos, también la llevaba puesta, así como el centenar de elfos de luz que se les había unido desde las colonias.

Ashbree había estado en lo cierto: si el pueblo sabía a qué se estaba enfrentando, se sumaría a la guerra para preservar su libertad. La mayoría ya eran soldados que habían desertado del ejército yithiano para vivir en calma, y quienes no habían dedicado su vida a la guerra en el pasado, pero querían luchar igualmente, habían sido destinados a las defensas de las aldeas fronterizas.

El ejército que había reunido era fuerte, Rylen lo sabía, y sin embargo temía perder aunque fuera a uno solo de sus soldados.

—Está todo listo —le susurró Haizel a la espalda.

El recién nombrado comandante de la Orden de Conjuradores, junto a Thabor —quien se había convertido en su sombra—, llevaba los últimos días vigilando la ciudad. Al principio, Haizel había rechazado heredar el cargo de Linwen, quien había perecido en el exterminio a Felnor, pero terminó comprendiendo que Rylen necesitaba a su gente de confianza ocupando altos cargos. Lo necesitaba a él a su lado en las batallas que estaban por venir, por eso había accedido a convertirse en los ojos del rey en la distancia.

Por su situación geográfica, Breros nunca se había considerado un enclave de interés bélico. Estaba protegida por montañas, como le pasaba a Glósvalar, y por el mar. Mantener el sitio, con el consecuente traslado de suministros y de tropas, era demasiado costoso, y teniendo en cuenta que hasta hacía escasos meses el Imperio de Yithia había estado sometido a un bloqueo naval, requisar su puerto tampoco había sido prioritario.

Ahora, no obstante, necesitaban mandar un mensaje, uno que se escuchara alto y claro: estaban preparados para acabar con la guerra, y tenían a la Hija de la Luz de su lado. Breros era la segunda ciudad más devota de todo el imperio, por eso mismo Lorheen había pensado difundir la palabra de la Hija de la Luz allí, cuando Kridia dejó de ser segura. Y debían seguir exprimiendo su potencial.

Según los informes de su nuevo comandante, más allá del muro exterior de defensa, la ciudad no parecía fortificada ni salvaguardada por otros vaettir. Aunque no hubiera indicios de una posible respuesta por parte del ejército yithiano, no podían fiarse. Por eso, Rylen se concentró y convocó todas las sombras que le quedaban, sin poner su vida en peligro, y las mandó por la red de túneles que llegaban hasta Breros. Si los habían excavado desde ahí, aunque no los vieran, debía de haber enanos como mínimo. Y Rylen no era tan tonto como para tragarse que habían dejado la tercera ciudad más importante del imperio desprotegida.

La oscuridad se moldeó y conformó un ejército en sí mismo, con los contornos de los cuerpos de varones y féminas que conocía bien para hacerse pasar por ellos y que inundaran los túneles. Así, con ese extraño espejismo, atraerían la atención en aquella dirección, en lugar de sobre el pedazo de muralla que pretendían hacer estallar.

Dejaron que los minutos pasaran, perezosos y asfixiantes, hasta que les llegó el rumor del acero desenvainando, de pisadas apresuradas sobre la piedra de las calzadas. Se estaban preparando para enfrentarse a la amenaza sinuosa que pretendía colarse por debajo de sus pies.

—Es la hora —proclamó Rylen.

Ilian asintió en su dirección y una sonrisa aterradora se perfiló en sus labios. Aunque hubo esperado discutir con él por no comandar al ejército, Ilian había llegado a la conclusión de que el puesto de general lo habría alejado de Ashbree. Y se alegraba de que estuvieran de acuerdo en eso.

Haizel se adelantó, a paso raudo, seguido de Thabor a la zaga, y se perdieron en la oscuridad de la noche junto con una veintena de conjuradores, en dirección al muro norte que protegía Breros.

Diez segundos después, llegó la explosión.

92

El ejército se movió sin necesidad de orden, pues todos conocían el plan, y los terrenos colindantes a Breros se vieron inundados por una marea de cientos de armaduras negras que rugían, un sonido que no tenía nada que envidiarle a la tormenta más fiera.

Ashbree tuvo la sensación de viajar al pasado, a aquella fatídica noche en la que despertó en mitad del sueño con los clarines de batalla resonando en la inmensidad de la oscuridad. No obstante, el sitio a Breros pintaba mil veces peor.

No permitió que el miedo la dominara y reprimió el sentimiento hasta arrojarlo a lo más hondo de su ser.

Rylen, Ilian y ella se lanzaron a la batalla en silencio, corriendo tras sus fieros soldados. Al traspasar el agujero que habían abierto en la muralla, Ashbree se percató de que varios cascotes se habían repartido por los tejados colindantes, y solo le quedó rezar para que no hubiera civiles heridos.

Deseaba vengarse de su padre, pretendía pagarle con la misma moneda y arrancarle de entre los dedos un bien preciado, como él le había hecho al exiliar a Cyndra al continente. Pero no quería que su pueblo sufriera.

Los soldados lykenses se convirtieron en una ola difícil de contener cuando sus armas y armaduras entrechocaron contra la de los pocos yithianos que se habían quedado atrás, en lugar de investigar la falsa amenaza de los túneles. Apenas si tuvieron tiempo de reaccionar ante la embestida, y para cuando los reyes e Ilian se plantaron en medio de la ciudad, ya habían reducido a los primeros enemigos. Para su alivio, los soldados oscuros no iban a matar, sino a neutralizar. Sentía las vidas palpitando en los corazones colindantes, un eco imposible de reprimir.

Alzó la vista al cielo y se encontró con Merin, sus estrellas reunidas formando un rayo muy característico. La diosa velaba por ella, la alentaba a seguir adelante, y así sería. A cualquier coste.

Un estruendo llamó su atención y devolvió la atención al frente. La falta de claridad dificultaba su visión, pero no lo suficiente como para no distinguir que sus tropas habían encontrado resistencia. Al fondo, entreveía cuerpos poderosos, de más dos metros de alto cada uno, con fuertes brazos armados con filos que agitaban a su alrededor, segando por doquier y casi de forma indiscriminada.

Berserkers.

Era la primera vez que veía a uno en persona, y lejos de quedarse helada por la estampa de puro músculo y ferocidad, la rabia burbujeó en su interior. No le importó estar brillando cuando se lanzó a la carrera para sumergirse de lleno en la batalla.

Era difícil distinguir amigo de enemigo en el caos que ellos mismos habían originado. Rylen tenía a Ilian controlado gracias a su visión periférica, convertido en el mortífero general de las tropas oscuras que siempre había sido. Sabía que su amigo no apuntaba a zonas vitales, pero quienes se cruzaban en su camino no permanecían en pie.

En el lado contrario, Ashbree lo observaba todo con horror, intentando mentalizarse de dónde se habían metido. Debía de ser un *shock* para ella, siendo solo su segunda batalla, y la prefería mil veces así, aturdida y en el hueco entre Ilian y él, a salvo.

Pero no duró.

Ashbree echó a correr hacia el frente, sus piernas moviéndose más rápido que el viento, como si unas alas a su espalda la impulsaran.

—¡Ilian! —consiguió rugir, mientras se deshacía de un elfo de luz que había intentado pillarlo desprevenido.

El exgeneral se volvió hacia él con ímpetu, y luego localizó la amenaza. No era que no se fiaran de que Ashbree pudiera garantizar su seguridad, no tenían dudas de ello; el problema era que se desatara y perdiera de vista que *ella* no debía convertirse en algo a lo que el pueblo temiera.

Con una maldición atragantada, Ilian corrió tras la estela lumínica que Ashbree iba dejando a su paso y se introdujo, de lleno, en las fauces de la muerte.

Las tropas oscuras estaban cayendo como hojas de papel soltadas al viento, incapaces de sobreponerse a la fuerza pétrea de los berserkers incluso aunque muchos disfrutaran de los dones inmortales. La sangre salpicaba por doquier, plateada y roja, teñía los cuerpos bestiales de sus enemigos y empapaba las calles en penumbra. El olor era repugnante incluso llevando la máscara sobre la nariz y la boca, que con tanto aroma ferroso apenas conseguía filtrar. Esperaba que los elfos de luz no sucumbieran al dulzor empalagoso y que la adrenalina en sus venas lo eclipsara, porque no podían enfrentarse al problema de la adicción en aquel momento.

Ashbree, espada en mano, se abrió camino repartiendo tajos a diestra y siniestra. Su manejo del acero había mejorado y, aun así, sus músculos se quejaban con los barridos que se veía obligada a lanzar. Su respiración se había acelerado, y la máscara le hacía un flaco favor para paliar la sensación de asfixia. Agobiada, se la arrancó del rostro y la lanzó a un lado al tiempo que esquivaba un ataque rodando por el suelo. Cuando se puso en pie, Haizel estaba ahí, protegiéndola con el manejo de la oscuridad generada por los pozos. Thabor, fiel sombra del nuevo comandante, le dedicó un asentimiento quedo antes de interceptar a otro soldado que pretendía llegar hasta ella.

Las tropas yithianas se habían percatado del engaño en los túneles y la ciudad estaba inundada de placas color bronce y negras. Más berserkers llegaron en tropel, arrasando con los pobres soldados que cruzaban a su paso.

Ashbree consiguió detenerse en una zona relativamente segura y patinó sobre el suelo, levantando nubes de polvo con la inercia. Sin perder ni un segundo, alzó las manos por encima de la cabeza y, con un gruñido, convocó su don. La luz serpenteó por el suelo, entre piernas y cuerpos caídos cuyos corazones aún palpitaban, y se enredó sobre su objetivo. Su primer instinto fue dañar, acabar con la amenaza berserker y convertirlos en polvo con el calor que había descubierto que podía generar su poder. Pero no era aquella la imagen que debía transmitir, no.

Con un movimiento ágil de manos, el don formó burbujas por encima de los soldados lykenses que se enfrentaban a los berserkers, para protegerlos de los ataques de sus espadas. Los golpes rebotaban contra las capas etéreas y lumínicas y lanzaban temblores sobre el cuerpo de Ashbree, concentrada en que las burbujas no mermaran.

Había tenido un día para explicarles a los conjuradores y a los sanadores oscuros cómo moldear la oscuridad para proteger, aunque no había sido tiempo suficiente. Y aunque percibía el sutil aroma de los pozos de sombras estallando a su alrededor, aunque escuchaba el quebrar de la cerámica contra el suelo, aquellas salvaguardas no resistían lo suficiente. Los dones oscuros nunca se habían empleado para proteger del mismo modo que lo habían hecho los sanadores de luz, y solo le quedaba desear que no pagaran las consecuencias de aquella diferenciación en el desarrollo bélico.

Ilian apareció a su lado un instante después, interponiendo su espada entre el cuerpo de Ashbree y un enemigo que se había dado cuenta de lo que podía hacer con su poder interno. Él le lanzó una mirada furibunda que chispeaba con una reprimenda que ella ignoró, centrada de nuevo en su misión. Más pedazos de su luz se disgregaron para cubrir a otros soldados y salvarlos de la muerte, quienes, valerosos, la enfrentaban cara a cara.

Y entonces el humo eclipsó a la noche.

En menos de dos semanas, no habían tenido tiempo de crear máscaras con filtros suficientes para todo un ejército, resistían con las solicitadas a las minas y que protegían a los presos que trabajaban en las vetas de gas, por lo que habían sido destinadas a los elfos de luz, quienes se enfrentaban a una amenaza doble. Ilian se cubrió los ojos con el brazo y tosió un par de veces en cuanto el humo entró en sus pulmones. El varón apenas encontró los reflejos necesarios para esquivar a un enemigo al que derribó con una maniobra maestra.

A su alrededor, los soldados oscuros se movían con torpeza, asfixiándose con aquel hollín denso que los privaba del sentido de la vista. Con un gruñido frustrado, Ashbree convocó a su luz de vuelta a su interior, un movimiento arriesgado y que esperaba que valiera la pena.

Al pensar en cómo proceder para enfrentarse a ese poder en los días previos, Ashbree había dado con una idea, una que no le había contado a Rylen ni a Ilian por temor a que le respondieran con una negativa. Porque lo que iba a hacer era arriesgado.

—¡Inara, fuera!

Su luz salió de su pecho con un tirón violento y se moldeó hasta crear a una dragona del tamaño de un poni, tanto había crecido en las últimas semanas. Había concentrado todo su poder en su *Fjel*, quedándose ella sin nada, pero si no le regalaba hasta el último resquicio de su luz, aquello no funcionaría.

—¡No! —gritó Ilian.

Ella no se dejó distraer. La dragona alzó el vuelo con un batir poderoso de las alas, un rugido abandonando sus fauces escamadas. El espacio vibró a su alrededor con el sonido y amortiguó el entrechocar del acero, los gritos de horror. Subió más y más alto, hasta sobrevolar a unos cuatro metros por encima de sus cabezas, y entonces agitó las alas, una y otra vez. Inara convocó una ventolera que arrastró el humo en dirección contraria, otorgándoles un espacio y un aire preciado del que sus soldados tomaron ventaja.

Los trolls, que trabajaban desde la seguridad de la muralla a lo lejos, enfurecieron por ver su poder mermado y cargaron contra Inara. Una salva de fuego llovió desde el cielo, directa a la dragona.

—¡No! —gritó Ashbree.

Su *Fjel* no pareció darse cuenta, puesto que seguía agitando las alas con insistencia, para garantizar la supervivencia de los elfos oscuros. Ashbree desconocía si podían dañarla, pero un miedo intrínseco le arañó los huesos e hizo que corriera en dirección a la dragona, con la vista clavada en los arcos que el fuego describía sobre el cielo, acercándose a la piel de su *Fjel*.

Ashbree intentó convocar algo de luz, la que fuera, para protegerla de cualquier mal, pero estaba vacía. Un soldado la embistió con fuerza, tan centrada en la dragona que no lo vio venir. Ashbree rodó por el suelo, el aire de los pulmones desvanecido, la cabeza palpitando a pesar de la protección del casco. El mundo daba vueltas a su alrededor, y lo único que podía ver no era el fulgor de las estrellas, sino esa estela rojiza que se acercaba a Inara, cada vez más rápido. La imagen del impacto sobre las alas de su dragona quedó eclipsada por el rostro de un berserker, cuyas barbas estaban empapadas de sangre y le gotearon en el rostro.

El hombre sonrió, un gesto macabro que habría relajado los esfínteres de cualquiera; no obstante, ella estaba demasiado cegada por la preocupación como para tenerlo en consideración. Él dijo algo que Ashbree no entendió y levantó el arma por encima de ella para acabar con su vida.

—Inara… —masculló.

El fuego había estado demasiado cerca la última vez que lo había visto, pero no había percibido ningún estallido de dolor. ¿Significaba eso que ya había pasado la fase de sentir el cuerpo de la dragona? Tan aturdida por el impacto contra la mole berserker, Ashbree no hizo amago ni de ponerse en pie, tan solo respiró hondo, para mentalizarse de cara a la evisceración, y esperó.

Pero el dolor no llegó.

Abrió los ojos de nuevo y encontró al berserker a dos pasos de distancia, en lugar de cerniéndose sobre ella.

El temible Rey de los Elfos la había encontrado a pesar de la oscuridad, a pesar del humo que se negaba a abandonar del todo las calles de Breros, y se enfrentaba al berserker con fiereza. Estaba salpicado de sangre enemiga por completo, las placas negras de su pecho brillando por el rojo. Su rostro se contraía por el esfuerzo mientras sus espadas se encontraban una y otra vez, Rylen sin perder terreno a pesar de que el berserker le sacara una cabeza y más de medio metro de cuerpo.

Era fácil olvidar que Rylen Valandur, Rey de los Elfos y Señor de Sombras, se había graduado como uno de los asesinos más mortíferos del ejército oscuro. Y aquella fue la prueba visual que Ashbree necesitaba para recordar bien con quiénes se había casado. Se movía con la misma letalidad que Ilian, si es que no más: como una serpiente tanteando a su enemigo, sin perder la gracia felina que lo caracterizaba, pendiente de todo lo que sucedía a su alrededor. Porque incluso cuando alguien intentaba abordarlo por la espalda, él ya estaba ahí para defender su flanco expuesto. Pero no estuvo mucho más tiempo solo.

Haizel, salido de la neblina más profunda, se sumó al combate para proteger a su rey, una lealtad ganada por respeto, no por temor.

Un brazo tiró de Ashbree hasta incorporarla. Los sonidos de la guerra llenaron sus oídos embotados una vez más. El caos había dominado la ciudad, con soldados moribundos rezando sus últimas plegarias, otros corriendo por sus vidas, más soldados gritando de dolor. El estómago se le revolvió al sentarse erguida y temió vomitar. Miró hacia la mano que le sostenía el brazo y tuvo la sensación de que era Cyndra quien la alzaba del suelo.

«No te sometes», reverberó en su mente.

Parpadeó unas cuantas veces y reconoció a Thabor, quien la instaba a ponerse en pie, no su hermana de batallas.

—¿Estás estable? —le preguntó el conjurador, su voz extraña a través de la máscara.

Ashbree se examinó el cuerpo brevemente y asintió. Un segundo después, Thabor la había soltado y se había girado para interponerse entre ella y cualquier enemigo.

—Inara... —balbuceó.

Dirigió la vista al cielo y la dragona seguía ahí, sobrevolando Breros para apartar el humo reticente a marcharse.

Con el corazón en la garganta, Ashbree miró hacia la muralla, donde Ilian, solo, se enfrentaba a la cuadrilla de cinco chamanes troll. Su esposo se había convertido en el mismísimo emisario de Celes. Sus brazos se movían con pericia, a izquierda y derecha, y vuelta a empezar.

Fintaba, saltaba, esquivaba, sin un solo segundo de descanso, su armadura plagada de plumas que antes no habían estado ahí. Eran sus sombras, que le granjeaban una protección extra mientras se dejaba arrastrar por el frenesí de la muerte.

El humo se replegó como la neblina a lo largo de la mañana cuando Ilian acabó con el último de los chamanes y dejó a la vista la cuadrilla de enanos que, ataviados con hachas, esperaban el momento de gracia. Ashbree recordaba el ambiente angustioso de los túneles de Milindur, la dificultad para respirar y la baja visibilidad a la que estarían acostumbrados. Ellos eran los que acabarían con las vidas de los suyos cuando estuvieran lo suficientemente aturdidos, pero Ashbree no les dio esa oportunidad.

Lanzó un grito enfurecido que se hizo eco en el rugir salvaje de Inara sobre el cielo nocturno. Los enanos se lo pensaron bien antes de lanzarse a la batalla, y aquella duda colocó una sonrisa satisfecha en el rostro de Ashbree.

La fémina controló el influjo de la luz que Inara había reclamado cuando la dragona surcó los cielos y viajó más allá, dejando tras de sí una estela lumínica a medida que se iba haciendo más y más pequeña, drenándose a sí misma para que el don cubriera a los soldados que se habían lanzado de nuevo a la batalla.

Los enanos salieron en estampida contra ellos, montados en aquellos lobos huargos que tanto la habían impresionado. Los animales ladraban y abrían las fauces a su paso, llevándose pedazos de carne yithiana y lykense por igual. Ni a ellos ni a los berserkers les preocupaba garantizar la supervivencia de ese ejército mixto, solo acabar con la guerra para cobrarse su parte del pastel.

Los animales cabalgaron con la potencia de tres caballos cada uno, dispuestos a arrollar a los valerosos soldados que intentaban reducir a los gigantes del norte. Y cuando estaban a punto de llegar al epicentro del conflicto, Ashbree reclamó la oscuridad de su interior. Su cuerpo palpitó con un estremecimiento al controlar la noche que moraba en ella. Varios hilillos de sombras moteadas de plata se entremezclaron con sus destellos dorados y conformaron un muro insalvable que dejó a los enanos aislados del conflicto. Empujaban y arremetían contra el muro etéreo una y otra vez, desquiciados ante la imposibilidad de franquearlo.

Y Ashbree resistió.

Con los dientes apretados de puro esfuerzo, se centró en mantener la barrera alzada, a pesar de las vibraciones en su don. Sintió a Rylen antes de verlo, a su vera, convertido en un ciclón de destrucción para protegerla. Sus ojos se encontraron durante un instante fugaz y saltaron chispas entre los dos. Porque él la había encontrado, a pesar de todo, y no había dudado ni un solo segundo antes de enfrentarse a un berserker por ella.

Ashbree se permitió mirar por encima del hombro, hacia la muralla varias calles más allá. Trolls, había más trolls plantados en los muros, con las manos alzadas al cielo y los labios, surcados de colmillos imposibles, murmurando plegarias a la madre naturaleza. Pero ella tenía a los dioses de su parte, la tierra no encontraría rival en ella y no permitiría que Ilian volviera a ponerse tan en peligro enfrentándose a ellos.

—¡Thabor!

El conjurador seguía combatiendo a su alrededor, hombro con hombro con Haizel, y con solo llamarlo a voz en grito, decenas de cristales de luz estallaron a los pies de Ashbree. Ella inspiró hondo, asimilando el poder desatado a su alrededor. Fue como esnifar la droga más pura: sus músculos, que flaqueaban, adquirieron resistencia y se sintió llena, como si no estuviese drenándose siquiera.

Rylen había creado una pantalla a su alrededor, una que engullía enemigos y los escupía, tan selectivo como era el rey, pero que servía como protección contra el nuevo fuego que llovía sobre sus cabezas, cuyo origen se encontraba en los trolls. Ilian se había teletransportado junto a ellos, puesto que sabía que su rey debía de estar al borde del drenaje, para socorrerlo aportando sus propias sombras.

A pesar de los esfuerzos de ambos varones, se alzaron más quejidos de dolor, alaridos despavoridos por verse prendidos en llamas. Ashbree miró a su alrededor, el doble repiqueteo de sus corazones amenazando con ensordecerla. No sabía si estaban ganando o perdiendo, pero lo que sí sabía era que estaba muriendo gente, *su* gente. Elfos oscuros y elfos de luz por igual, y estos últimos no estaban encontrando la muerte a manos de los primeros.

Había llegado el momento de ponerle fin.

Intentando no perder la concentración, se giró hacia Ilian. Sus ojos se encontraron en medio de la batalla sin necesidad de pronunciar palabra. Dos almas unidas con un poder más peligroso que el de los dioses. Rylen no estaría de acuerdo con su decisión, pero Ilian...

Encontró un aliado en su primer esposo y sus cuerpos corrieron a su encuentro. Antes de detenerse siquiera, Ilian ya se había pasado el filo de la daga por el dorso de la mano —siendo la palma demasiado valiosa como para dañarla— y le había entregado la sangre plateada que le manaba de la herida.

El mundo se detuvo ante el sabor dulce de aquel líquido vital. No había guerra a su alrededor, no estaban en el campo de la muerte, tan solo existía aquella exquisitez que le llenó cada vena y cada nervio del cuerpo, que la incendió con un fuego poderoso que la obligó a apretar las piernas cuando la quemazón se hizo insoportable, apenas dos segundos después. Ashbree besó el sol y se lo tragó por completo, mientras Rylen, Haizel, Thabor y otros soldados combatían en torno a ella, garantizando su supervivencia.

Los berserkers habían llegado hasta ellos, los enanos estaban haciendo temblar la barricada de sus sombras y sus luces, y los trolls se habían propuesto reducir Breros a cenizas con todo el que hubiera dentro.

En cuanto Ashbree abrió los párpados, percibió el ritmo al que el mundo se movía, la consistencia pastosa propia de quienes tienen ojos que todo lo ven. Ahora nada escapaba a su escrutinio.

Se giró hacia la batalla y, con un mero pensamiento, sin necesidad de usar las manos, toda luz y sombra en la ciudad, procediera de cristales o de pozos, respondió a su clamor. El poder estalló a su alrededor, convirtiéndose a sí misma en el epicentro, y barrió a cualquiera que se sostuviera en pie hasta postrarlo de rodillas. Después, volvió a ella en un torrente que la sacudió y que le arrancó de las entrañas a Inara.

Cuando la dragona escapó de su pecho, lo hizo como una bestia enorme, de dos pisos de alto, cuyas garras blancas y negras inspiraban temor. Y en cuanto se alzó nuevamente al cielo e inundó las calles de Breros con su fuego blanco, la batalla encontró su fin.

93

El estallido de poder de Ashbree mandó a ambos ejércitos al suelo. Y Rylen Valandur no fue una excepción. Creía que todo había terminado, cuando consiguió levantar la cabeza y mirar en dirección a su esposa, pero nada más lejos de la realidad. El poder regresó en una segunda oleada que se concentró en el pecho de Ashbree y explotó dando forma a una Inara descomunal, una dragona propiamente conformada, como las de las leyendas, con sus cuatro patas fieras, las escamas como cuero y dos filas de dientes capaces de desmenuzar cualquier cuerpo.

Cuando alzó el vuelo, Rylen ya se estaba incorporando, sobreponiéndose al estupor del barrido de poder. Pero antes de darse cuenta siquiera, Inara se estaba preparando para rociar la ciudad por completo con su fuego.

—¡No! —se descubrió gritando.

Las llamas escaparon de las fauces de la criatura y serpentearon por el pavimento. Las lenguas blancas, moteadas de destellos de oro que le hacían parecer fuego real, engulleron a cualquier ser vivo de Breros. Rylen se lanzó al suelo de nuevo, con el tiempo justo de cubrirse la cabeza. No le quedaban sombras con las que protegerse si quería que la sangre siguiera corriendo por su organismo, y solo pudo encomiarse a los dioses para que lo protegieran.

Sin embargo, cuando el fuego perló su piel, tan solo percibió un calor agradable y reconfortante que se transformó en un picor intenso. El propio de la curación del don de Ashbree.

Rylen se sentó, sus sombras internas revueltas por la preocupación, y se palpó el cuerpo. Las heridas sobre su piel se cerraron en cuestión de unos segundos, y cuando miró más allá, se dio cuenta de que su estupefacción se iba reflejando en todos los soldados, lykenses o yithianos. El fuego... El fuego los estaba curando.

Fue entonces cuando se alzaron los gritos de dolor descarnado. Más allá, donde berserkers y enanos se habían enfrentado a sus tropas, los soldados enemigos se desplomaban sobre las rodillas antes de yacer muertos. Y sobre las murallas, donde habían estado los trolls, sucedía lo mismo.

Un miedo atroz le recorrió el estómago y sus ojos encontraron a Ashbree con premura. Brillaba como un astro del cielo, con las manos alzadas por encima de la cabeza mientras Inara se deshacía en una bocanada flagrante que calcinaba a los enemigos continentales y sanaba a los insulares.

De repente, como si nada hubiera sucedido, el fuego se extinguió, evaporándose en la nada, y Ashbree cayó sobre las rodillas. Antes de que su cuerpo se desplomara del todo, Ilian estaba ahí para sostenerla y que no se golpeara la cabeza. La agarró como pudo y ambos cayeron al suelo, tan falto de energías como el propio rey. Rylen se levantó con premura, el miedo cerrándole un nudo en la garganta, y corrió en su búsqueda. Se dejó caer junto a ellos, casi derrapando sobre las rodilleras de la armadura, mientras Ilian le daba golpecitos en el rostro, su propia expresión contraída por la preocupación.

—Vamos, Ash, despierta —le suplicaba, la voz teñida de pánico.

Sin dudar, Rylen desenvainó una de sus múltiples dagas de asesino y la pasó por el interior de su muñeca antes de colocarla sobre los labios entreabiertos de Ashbree. La sangre se coló en su interior y Rylen experimentó el característico estallido placentero, solo que mucho más diluido a causa de la adrenalina. Su cuerpo sabía que aquel no era ni el momento ni el lugar para desatar la lujuria. Los labios de Ashbree reaccionaron antes que el resto de su cuerpo, pero tan solo un par de segundos después la fémina ya se había aferrado al brazo del rey para succionar con más fuerza.

Ilian la agarró del mentón y la obligó a apartar la cabeza, para que no bebiera más de aquel manjar que desataba su poder, por mucho que Rylen quisiera que siguiera succionando. No habían terminado, aún tenían que transmitir un mensaje que debía sonar alto y claro. Y si Ashbree se dejaba arrastrar por esa necesidad de poder, podría convertirse en una amenaza, en lugar de la Hija de la Luz que venía a salvar a la isla.

La fémina recobró el sentido y se sentó con ímpetu, mirando a su alrededor con ojos frenéticos. El agobio y la ansiedad que Ashbree emanaba se trasladó al propio cuerpo de Rylen, e incluso Ilian debió de percibirlo, pues se removió en el sitio, incómodo.

—¿Ya está? ¿Ha terminado?

Ilian y él compartieron un vistazo.

—Aún no.

Y era cierto. La conmoción por el ataque de Inara empezaba a difuminarse, por lo que había llegado el momento de dar explicaciones y ponerle fin a la batalla sin derramar más sangre.

Entre Ilian y Rylen ayudaron a Ashbree a ponerse en pie, y cuando se hubieron asegurado de que las piernas no le fallarían, le señalaron un edificio alto y grácil, con pináculos imposiblemente largos y una cúpula de cristal que se abría al firmamento nocturno: un templo.

Si la palabra de Ashbree de que los dioses estaban de su parte no era confirmación suficiente, aquello debía serlo, pues la insignia del rayo que pendía sobre las enormes puertas apuntaladas indicaba que el edificio estaba destinado a venerar a Merin, aunque hubiera desaparecido del panteón hasta hacía escasos meses.

Ashbree cogió aire y, sin dejarse vencer por la incertidumbre, se trasladó al tejado del edificio, un lugar desde el que cualquiera que alzara la vista la vería. Ilian la siguió unos segundos después, y Rylen pudo dar gracias a que hubiera pensado en llevárselo, porque él no tenía poder suficiente para hacerlo por sí mismo.

Con la respiración agitada, Ashbree se colocó en el borde del edificio, entre los pináculos más grandes, y oteó el panorama a sus pies.

—Este es el primer paso del cambio... —murmuró para nadie en particular.

Ilian y él intercambiaron un vistazo antes de que su amigo lo empujara por la espalda para hacerlo avanzar y colocarlo a la altura de la emperatriz.

—¡Yithianos! —proclamó ella cuando los soldados empezaban a recuperar sus armas, pero su voz no había llegado lo lejos que quería—. ¡Pueblo de Yithia!

En aquella ocasión, su voz sonó cavernosa, como si hubieran instalado una caja de resonancia en su garganta. Por instinto, Rylen alzó la vista al cielo, en busca de una guía o una respuesta para aquel sonido más divino que mundano. Y ahí, entre el millar de estrellas, el rey encontró a Merin brillando para él, por primera vez en su vida.

Cuando descendió la mirada, se dio cuenta de que Ashbree irradiaba luz propia, que se había convertido en un faro al que admirar, con sus cabellos, sueltos de la trenza de combate, ondeando a su alrededor.

Sus ojos, de un dorado meloso que había memorizado, tenían un brillo diferente, uno que ni siquiera se le podía achacar al consumo de sangre plateada de Efímeros. Era como si la mismísima Merin hubiera descendido de los cielos para demostrar su apoyo incondicional.

—Para quienes no me conozcáis —prosiguió, siendo que había atraído la atención de todos. Las miradas que les lanzaban eran recelosas y se dividían entre su presencia todopoderosa y los cuerpos calcinados a su alrededor—, soy Ashbree Aldair, hija de Arcaron Aldair, y emperatriz del Imperio de Yithia. Hace unas semanas, mi padre os comunicó con gran pesar que yo había muerto en territorio del Reino de Lykos. He venido a demostraros que estoy muy viva y que pienso luchar por vosotros.

Hizo una pausa dramática durante la cual sus ojos chispearon.

—Ha llegado a mis oídos que el mandato de mi padre está rozando la demencia, que se está dejando arrastrar por la misma enfermedad que infectó a Ayrin Wenlion tantos años atrás: el ansia de poder y dominancia. Y eso ha supuesto que se vuelva contra su propio pueblo, que arranque las gargantas de quienes se atreven a alzar la voz, que cuelgue las cabezas en las murallas de Kridia para aleccionar a quienes están dispuestos a luchar por el cambio.

Un escalofrío recorrió la espalda de Rylen y se fijó en la belleza que Ashbree rezumaba cuando se dirigía a su pueblo. Cuando luchaba por lo que era justo y lo hacía sin cargo de conciencia. Ella era la reina que la isla merecía, lo supo antes de casarse, pero lo constató en aquel momento. Ilian había estado en lo cierto, y le dolía que su hermano de batallas lo hubiera visto tan pronto y que él se hubiera cerrado a ello.

Tal vez, si lo hubiera aceptado antes, la situación habría sido muy distinta. Tal vez, si no hubiera tenido tanto miedo a que la historia se repitiera, a que aquella fémina le destrozara el poco corazón que le quedaba, la guerra ya habría encontrado su fin. Tal vez, no habría otros vaettir involucrados.

Rylen se dio cuenta de que los «tal vez» no ganaban guerras, pero la fémina que se mantenía erguida junto a él sí. Piedra a piedra, derribaría los cimientos de Arcaron Aldair y reclamaría lo que le pertenecía por derecho, y no por ser una Aldair, sino por pertenecer al linaje Wenlion.

—Esta noche, no hemos venido a masacraros. No hemos venido a arrebataros vuestro hogar ni a acabar con vuestras familias. No hemos venido a perpetuar la guerra, aunque pueda parecerlo. Hemos venido a deciros que no estáis solos. Que los berserkers, enanos y trolls —señaló los distintos cadáveres— no temblarán antes de quitaros de en medio si así consiguen los beneficios de los pactos que mi padre ha firmado con ellos.

»Vuestros ojos y las estrellas son testigos de ello, pues hay más armas continentales teñidas con el rojo de vuestra sangre que las lykenses. Mirad a vuestro alrededor —la gente obedeció con cautela—, examinad los semblantes de vuestros supuestos enemigos y encontraréis rostros hermanos en ellos.

Los soldados del ejército oscuro se quitaron los cascos y los dejaron caer sobre el suelo. Aquel gesto se fue extendiendo por la totalidad de los presentes, hasta que la estupefacción por descubrir que aquel ejército estaba conformado por elfos de luz y elfos oscuros se hizo palpable. Se alzaron algunos murmullos, recelosos y confusos, y Ashbree lo entendió como el momento de dar una explicación:

—Rylen Valandur lleva años enfrascado en una guerra a la que no ha querido ponerle fin porque eso habría supuesto cobrarse demasiadas vidas yithianas. —Señaló al rey y él se mantuvo estoico, con su rostro más regio aunque las piernas estuvieran al borde de temblarle—. Lleva siglos conquistando aldeas y dejándolas vacías. Eso os suena, ¿verdad? —Un silencio para que sus palabras calasen hondo—. Esto es lo que ha estado haciendo: dándoles una segunda oportunidad a sus habitantes, abandonados por mi padre para que se protegieran por sus propios medios, sin recursos ni víveres para enfrentarse a su amenaza. Les ha proporcionado un hogar, les ha permitido formar familias al norte de la isla. Y ahora ellos eligen, libremente, luchar por que vosotros también encontréis la paz que ellos han estado disfrutando estos siglos.

»Son más yithianos los que combaten hoy aquí, no traidores, sino hermanos libres. Y si apoyáis el régimen de Arcaron Aldair, esto es lo que os esperará: ser la carroña de la guerra, que los berserkers, enanos y trolls pasen por encima de vosotros. Para ellos suponéis lo más bajo del escalafón militar, pero no para mí. Para mí sois mi pueblo, mi gente. Sois lo que siempre he ansiado proteger y comandar. Y con la ayuda de Rylen Valandur —extendió el brazo hacia él— podemos ponerle fin a siglos de contiendas y de escisión.

Ashbree guardó silencio, mientras inhalaba hondo, dejando que sus palabras calaran en las mentes de los yithianos.

—Esta noche no he venido a conquistaros. He venido a deciros que la Hija de la Luz está viva y que no se olvida de vosotros. Que la Bendecida por los Dioses pondrá fin a esta contienda y reinstaurará la paz. Que Ashbree Aldair reclama su derecho sobre el trono de cuarzo y protegerá a todos los que se posicionen de su lado. Ya lo he hecho hoy, he sanado vuestras heridas y he diezmado a vuestros enemigos, quienes hoy por hoy conviven con vosotros, no quienes se refugian tras las montañas. Y esta solo es una pequeña muestra de mi poder.

»No quiero acabar con vidas inocentes, es algo que evitaré a cualquier coste. Por eso, os pido que difundáis este mensaje: que la Hija de la Luz no se detendrá hasta poner fin a la tiranía de Arcaron Aldair, y quienes se crucen en su camino, quienes alcen armas contra ella, acabarán calcinados en pos de lograr la paz verdadera de una vez por todas.

Sin dar tiempo a escuchar la respuesta, sin permitir que los puños se alzaran en su contra ante la amenaza velada, Ashbree les demostró que no había ido allí para terminar con ellos. Envolviéndolos a todos en ese poder de luces y sombras, con la ayuda del don que Ilian aún albergaba, Ashbree Wenlion-Aldair retiró al ejército oscuro de las calles de Breros con la intención de no regresar.

94

Estaba hecho: Ashbree Aldair le había declarado la guerra abiertamente a su padre. No porque apoyara a Rylen Valandur y se hubiera convertido en una aliada del Rey de los Elfos, sino porque ella misma lo había desafiado por su derecho sobre el trono de cuarzo.

Con la ayuda de Ilian, habían dejado al ejército en los campos de entrenamiento al norte de Glósvalar, por detrás de las Bronthir, donde la milicia se asentaba. A ellos tres los había trasladado directamente al palacio de cristal, necesitada de escapar de la realidad que acababa de conformar.

En cuanto aparecieron en ese dormitorio que se había convertido en su espacio seguro, ambos varones, fieros e indómitos, se lanzaron a los brazos de Ashbree. Se abrazaron con fuerza, las respiraciones agitadas y temblando tanto que los tres acabaron de rodillas. Se repartieron besos, caricias y comprobaciones de que se encontraban ilesos. Y aunque así era, había sido por poco.

Ashbree se dio cuenta de que estaba llorando cuando Rylen le limpió las lágrimas a besos mientras que Ilian le acariciaba la cabeza, acunándola con fuerza.

—No vuelvas a hacer eso, dragona —le suplicó Rylen, sosteniéndole el rostro.

—¿Qué? Yo he... He acabado con todo...

—Eso no —la interrumpió—. Ir por tu cuenta, salir corriendo sin pensar.

La comprensión se abrió paso por su mente y Ashbree se sintió muy mal. Aunque hubiera entrenado, aunque las últimas semanas las hubiera dedicado a perfeccionar su cuerpo, no estaba tan formada a nivel militar como ellos. Y ni siquiera había pensado en qué supondría para sus esposos que abandonara su posición en pos de sus propios planes.

Había actuado como una inconsciente, por muy bien que hubiera resultado todo. Y si no tuviera a las diosas de su parte, estaba convencida de que el final bien podría haber sido otro muy diferente. No obstante, le había prometido a las diosas que le pondría fin a aquello, y no había podido quedarse quieta cuando tanta gente estaba sufriendo.

Ashbree entendió que no hacía falta que se excusara, que ambos sabían bien por qué había tomado aquella decisión apresurada, y que su reproche nacía del temor más puro y visceral. Habían dado un salto de fe enorme al confiar en ella y lanzarla a la batalla, algo que sabía que otras parejas no habrían permitido, y no podía jugar de ese modo con su estabilidad emocional.

—Lo siento, no pensé...

—Lo sabemos —la cortó Ilian—. Lo sabemos, Ash.

Rylen se inclinó sobre ella y la besó en los labios, un roce desesperado y hambriento con el que buscar recordarse que todos estaban vivos.

Pasaron los siguientes minutos en silencio, despojándose de las armaduras y lavándose, entre besos y caricias castos con los que pretendían expresarse el amor que se profesaban, el miedo que los tres habían experimentado en la batalla. Durante aquellos minutos, sus manos hablaron más que sus labios y, pedazo a pedazo, desnudaron sus almas.

Ashbree deseó que el mundo se quedara pausado para siempre; que pudiese sostener aquel instante fugaz en la palma de la mano y tenerlo a su alcance para contemplarlo siempre que quisiera, encerrado en una bola de cristal dentro del infinito de sus recuerdos. Pero sabía que al otro lado había una guerra esperando, cientos de miles de vidas aguardando el próximo movimiento de aquella partida de ajedrez maestra.

—¿Qué vamos a hacer ahora? —se atrevió a preguntar, acurrucada entre los cuerpos cálidos de Rylen e Ilian, ya en la cama.

Fue el rey quien inspiró hondo para tomar la palabra:

—Has dado un muy buen discurso. De los más épicos que he oído en mucho tiempo. —Ilian asintió con la cabeza, otorgándole la razón—. Y los has curado a todos con tu don, coronándote como la verdadera Hija de la Luz. Espero que eso cause algún efecto.

—Entonces... ¿esperamos sin más?

Rylen e Ilian compartieron un vistazo.

—No, planeamos la siguiente jugada —contestó el exgeneral—. Nos anticipamos a los contraataques y pensamos un paso más allá. Esto solo acaba de empezar.

—Después de lo de hoy… —Ashbree cogió aire para apartar la ansiedad a un lado—. Después de lo que he hecho, mi padre no se detendrá.

La fémina lanzó una mirada a su hombro desnudo, cuya mácula había crecido hasta enredarse en la piel expuesta y más abajo, hasta tocar la clavícula izquierda. Había acudido a Breros mentalizada para no matar así; para no matar en la medida de lo posible, en realidad. Sin embargo, algo en su fuero interno le había dicho que estaban perdiendo, que se estaban sacrificando demasiadas vidas con el mero pretexto de mandar un mensaje, y había sido superior a ella.

—Contamos con ello, Ash. —Ilian le acarició las nuevas marcas, como si hubiera leído sus pensamientos—. Llevamos siglos jugando al gato y al ratón.

—Quizá… —Tragó saliva, temerosa de verbalizar lo que tenía en la mente. Pero era lo que sentía, y no quería esconderse de los dos varones a los que amaba—. Quizá sea hora de que el gato se coma al ratón.

95

Kara había descubierto otro de los inconvenientes de vivir en el continente: las noticias insulares tardaban más en llegar.

Habían transcurrido nueve días desde que Halldan regresara de Norfryd y le informara de que Felnor había sido sitiada por los yithianos y, posteriormente, abandonada. Kara no entendía gran cosa de la guerra, porque nunca se había molestado en aprender al respecto, y ahora se arrepentía. Estar tan lejos, con varios mares de por medio, significaba no saber qué sucedía en la isla en un tiempo medianamente real. Los búhos nivales iban y venían, llevando y trayendo misivas, pero nada de su amada Yithia desde entonces. Y eso la tenía inquieta.

Su prometido le había asegurado que, en tiempos de guerra, el silencio era más alentador, porque solía significar que no había nada nuevo que contar. Pero en el caso de Arcaron Aldair, la ausencia de palabras bien podía traducirse en problemas. Lo había visto tras el secuestro de Ashbree, en cómo se había esforzado su padre en ocultar la verdad. Y ahora le preocupaba la situación de sus hermanos.

Lo peor era que, durante la nueva ausencia de Halldan, había llegado una misiva, aunque desconocía su origen. Había intentado leerla, pero no le habían dejado acercarse al edificio anexo del correo, que, además, cuidaba de los pájaros que llevaban la correspondencia. Así que, frustrada, solo le quedaba acallar ese pálpito extraño que le decía que algo no iba bien y esperar a que Halldan regresara.

Kolblyd, el duque que había perdido la mano, seguía dando problemas. Aunque el *jarl* le había cedido su ducado a otro, Kolblyd no parecía conforme con la decisión, y había organizado una revuelta que manchaba la reputación del Invicto. En Korkof, la palabra del *jarl* era la ley, y desobedecerla tan abiertamente era una afrenta que no se podía ignorar.

Ya no bastaba con la pérdida de la mano, de sus terrenos y de su puesto como duque, no; ahora debía pagarlo con la vida. Y el mismísimo *jarl* era el encargado de ejecutar la sentencia.

Hacía un par de días que se había marchado, y no se lo esperaba hasta dentro de dos o tres más, si la situación se resolvía con fluidez. Como ya era habitual, había dejado a Jonna y a Agda para protegerla y, de nuevo, las valquirias no se habían tomado demasiado a bien la decisión de su *jarl*.

Por lo que había aprendido en esas semanas, la gloria estaba junto al líder de Korkof, librando sus batallas codo con codo, y suficientemente molestas se sentían ya por que fueran los hombres berserkers los que luchaban en la isla. Por mucho que entendieran que ellas eran la élite y debían proteger a los korkofitas, amaban la guerra por encima de cualquier cosa. Jonna y Agda, siendo las mejores de entre las valquirias del *jarl*, se habían quedado con el rol de niñeras. Y Kara empezaba a asfixiarse con sus refunfuños y malas caras.

Cuando el *jarl* no estaba en Oddin —y como aún no habían contraído nupcias—, sus dependencias eran otras más frías y pequeñas, unas que le recordaban la ausencia de Halldan, cuyo calor siempre conseguía templarla. Por eso, siempre retrasaba el momento de retirarse a dormir, porque en el edificio central, con las grandes hogueras abiertas para todo el mundo, se estaba mucho más a gusto. Aquella noche no. Aquella noche no aguantaba más a Jonna y Agda y se marchó pronto a la cama.

Seredil ya le había caldeado la habitación, ahuecado las mantas y colocado carbones bajo el colchón para que no pasara frío. El invierno estaba a las puertas, deseando entrar, y las temperaturas, de por sí gélidas, se estaban convirtiendo en mortales. Kara dudó si sería capaz de resistir aquel clima, por mucho que todo el mundo le dijera que se acostumbraría. Por eso siempre iba al baño antes de meterse en la cama, porque una vez que su cuerpo entraba en calor, no le gustaba abandonarlo por nada del mundo.

En compañía de Seredil, se dirigió a la parte trasera del edificio central, salió y se encaminó hacia la construcción adyacente que hacía las veces de baño. Kara extrañaba algunos lujos de la vida en palacio, pero, por encima de todo, echaba de menos los sistemas de alcantarillado y tuberías, las comodidades de un váter de porcelana y de un lavabo con agua corriente. Allí, tenían edificios apartados en los que hacían sus necesidades en un cubo, con el culo al aire y expuesto a la mordida del viento.

—Os espero aquí —le dijo Seredil, aguardando fuera del edificio de baños.

Malhumorada, Kara entró, se bajó los pantalones sosteniendo precariamente todas las telas que la envolvían, y se acuclilló para hacer sus necesidades. Muchas veces, solo del frío se le quitaban las ganas de orinar, así que tardaba lo suyo en conseguir relajar los esfínteres. Era mejor eso que levantarse en medio de la noche.

Tardó un total de cinco minutos en orinar. Cinco minutos en los que las nalgas —y lo que no eran las nalgas— amenazaron con congelársele. Cuando salió del cubículo, dispuesta a encerrarse en el calor que Seredil había preparado para ella, se encontró con una estampa muy diferente. Una a oscuras.

Las antorchas que iluminaban el camino hacia los aseos se habían apagado, aunque no corriera ni una pizca de aire, y en el espacio a su alrededor imperaba un silencio sepulcral. El miedo le sacudió los huesos y Kara se abrazó a sí misma.

—¿Seredil? —preguntó a la noche, porque no había ni rastro de la fémina.

Dio dos pasos hacia delante, un nuevo estremecimiento sacudiéndole el cuerpo. Miró más allá, al perímetro de antorchas que rodeaban al edificio central. La diferencia de luz entre el núcleo urbano y la zona de los baños acrecentaba la oscuridad, pues su vista se acostumbraba a esa claridad y, cuando miraba a su alrededor, lo veía todo demasiado negro.

Fue entonces cuando lo oyó: un murmullo, ajetreo por detrás del pequeño edificio de los baños. Agitación, tanta como la del propio corazón de Kara, que se puso a latir de forma frenética.

—¿Hola? —preguntó en bersker.

De repente, su mundo se tambaleó, la cabeza le golpeó contra el suelo y las estrellas negras que le empañaron la periferia no tuvieron nada que envidiarle a las que brillaban en el firmamento.

Un hombre se había abalanzado sobre ella y la retenía contra el suelo, aparecido por su flanco izquierdo, siempre expuesto por la falta de visión. Kara se revolvió bajo él, pero su peso la asfixiaba. Era una mole de más de dos metros de alto, de más de cien kilos de peso contra su cuerpo escuálido. Aunque intentó gritar, los pulmones no podían hincharse para superar esa presión y, al mismo tiempo, forcejear para librarse de su atacante.

Pataleó con todas sus fuerzas, a pesar de la falta de oxígeno, y arañó carne blanda. El hombre soltó un improperio y la cabeza de Kara se sacudió hacia un lado cuando le llegó una bofetada. Los oídos le pitaron, el mundo giraba a su alrededor con violencia, tal había sido el golpe que había recibido en medio rostro. La presión sobre su pecho se atenuó, pero estaba tan ida por la primera bofetada —brutal— que había recibido en su vida, que apenas si pudo oponer resistencia cuando la levantaron como a un fardo.

Estaba mareada, el corazón le latía más rápido de lo que su cuerpo menudo podría soportar, y ahora lo percibía todo del revés. La habían colocado sobre un hombro, veía a Seredil forcejeando con dos hombres, otros tres cubrían la retaguardia. Uno más se plantó en el centro de la visión precaria de Kara, con una sonrisa asquerosa en los labios, y lo reconoció.

Kolblyd.

El antiguo duque le fue a atar las manos con un pedazo de cuerda, justo antes de ver las intenciones de gritar de Kara y taparle la boca con ella. Con una única mano, tenía que elegir entre silenciarla o maniatarla, y parecía haber hecho su elección.

Kara se revolvió sobre el hombre que la mantenía colgada al hombro, con la manaza de Kolblyd tapándole la boca y privándola de la respiración una vez más. Mordió, mordió con saña hasta que las papilas gustativas se le inundaron del sabor ferroso de la sangre. Kolblyd endureció el rostro, soportando el dolor, tan acostumbrado como estaría al sufrimiento.

Kara usó las uñas para seguir atacándolo, también al que la cargaba sobre el hombro, pataleó y encontró músculos duros. Otro hombre se acercó y la sostuvo de las muñecas, uno más de los tobillos. Un tercero traía una mordaza que le incrustó sobre las comisuras de la boca. Su saliva empapó la tela fría y se mezcló con las lágrimas que le corrían por la mejilla.

—El *jarl* pagará por lo que me hizo —siseó Kolblyd, o eso creyó entender, porque con la hiperventilación, apenas le llegaba oxígeno al cerebro.

Un empellón por la espalda desestabilizó a Kolblyd, que cayó sobre el berserker que la sostenía al hombro. Como piezas de dominó, de tan apiñados como estaban para retenerla, todos cayeron en un batiburrillo de brazos y piernas. Alzó la vista y vio a Seredil encajando nuevos golpes. No sabía cómo, pero había conseguido zafarse de los dos hombres que la habían mantenido presa y había empujado al antiguo duque antes de que se le echaran encima de nuevo.

—¡Corre! —le gritó en élfico.

Kara reaccionó como pudo, su cuerpo pequeño mucho más ágil que aquellas moles. No les había dado tiempo de atarle los tobillos, aunque sí las manos. No obstante, eso no le impidió asir el cuchillo que sus valquirias le habían regalado y que llevaba siempre al cinto e incrustarlo en la yugular del que la había llevado al hombro. La sangre manó como la lava de un volcán, a chorro, empapándole la cara con su calidez ferrosa.

El temor la bloqueó un segundo antes de, cuchillo en mano, echar a correr. La pierna derecha le aulló por la lesión, pero no dejó que la cojera la frenara. Se tragó el dolor, se tragó las lágrimas, se tragó el miedo mientras ponía un pie por delante de otro, todo lo rápido que podía, al tiempo que se arrancaba la mordaza de la cara con las muñecas apresadas entre sí.

Ya casi lo había logrado, casi había puesto la distancia suficiente, cuando una nueva embestida la tumbó al suelo. Sus pulmones se quedaron sin aire, y la bocanada siguiente fue tan gélida que creyó que la quemaría por dentro.

—No vas a ir a ninguna parte —le pareció entender.

Con la parte frontal del cuerpo apresada contra la nieve embarrada, no había mucho que hacer. Y menos cuando sintió la amenaza de un filo contra el cuello.

—Yo que tú no me movería —la amenazó Kolblyd.

Kara se quedó totalmente quieta, ni siquiera se atrevió a respirar, la mordaza resbalada de sus labios. Podía gritar. Podía volcar todos sus esfuerzos en alertar a las valquirias. Y sería su fin.

Kolblyd le dio la vuelta y ella se dejó hacer, convertida de repente en una muñeca de trapo. Su mirada se detuvo un par de segundos en el firmamento nocturno, donde Celes brillaba para ella, antes de desviarse hacia el antiguo duque.

—Eres un premio demasiado hermoso como para echarlo a perder.

La vista de Kolblyd se clavó en su ojo opaco con una sonrisa lasciva en los labios.

Jonna y Agda ya le habían advertido lo que le sucedería en caso de que Halldan perdiera al disputar el puesto de Invicto. Lo que muchos querrían hacerle ahora que ella era su punto débil. Tan cerca como había llegado de las antorchas que rodeaban al edificio principal, lleno de conversaciones entre korkofitas que eclipsaban los ruidos del exterior, Kara vio las facciones de Kolblyd a la perfección. Cómo su barba despeluchada le cubría el rostro de un modo macabro, la piel sudada, quemada por el frío, envejecida y cuarteada. Y sabía lo que iba a hacerle.

Kolblyd la tenía apresada con los muslos, las manos atadas, el cuchillo que podría haberle granjeado una oportunidad perdido. El metal enemigo seguía aplastado contra su garganta, el muñón palmeándola toscamente, buscando sus senos, su entrepierna. Pero ella permaneció quieta, dándole a entender que se había rendido.

Nada más lejos de la realidad.

En cuanto Kolblyd se inclinó del todo sobre ella, para reclamar su boca, le propinó una patada al pie de forja que sostenía una de las antorchas y venció sobre ellos. Prefería arder en el infierno antes que quedarse quieta.

Las llamas lamieron la espalda de Kolblyd al tiempo que este soltaba un alarido. Se levantó, intentando palmearse la espalda para sofocarlas, pero estas corrían raudas por las telas tupidas que los protegían del frío. El fuego le calentó la piel a Kara, creyó que se la derretiría, hasta que Kolblyd, aullando, se golpeó contra la pared del edificio central.

La madera empezó a arder en cuestión de segundos, pero ella no había terminado. Ignorando el dolor punzante de la pierna, recuperó su cuchillo ensangrentado y corrió hasta Kolblyd, quien se revolcaba sobre la nieve, apagando las llamas sobre su cuerpo.

El mundo se había convertido en una luciérnaga de fuego, la oscuridad desaparecida, engullida por las lenguas de la pira que se alzaba más y más alto. Sin perder un segundo, Kara se sentó sobre el abdomen de Kolblyd.

—Larga vida al Invicto —escupió sobre su rostro antes de clavarle el cuchillo en el ojo.

El antiguo duque se llevó la mano al rostro, retorciéndose de dolor bajo su cuerpo. La adrenalina bombeaba con tanta fuerza por su torrente sanguíneo que hasta disfrutó de la agonía del hombre, quien no tardó en quedarse tan quieto como ella instantes antes.

Alguien la agarró del hombro, Kara arrancó el arma del ojo y estuvo a punto de atacar hasta que vio a Agda, con el rostro manchado de sangre y feroz. Jonna apareció a su lado en un segundo y le cortó las cuerdas. Agda le pasó la mano por el rostro, emborronándole la sangre que la cubría, antes de que Jonna se inclinara y obligara a Kara a sentarse sobre su hombro.

La alzó como si fuera un trofeo. Y allí, sobre el hombro de la valquiria, fue cuando se percató de que la pelea se había avivado, solo que ella había estado tan centrada en su propia supervivencia que no se había dado cuenta.

Seredil parecía haber conseguido dar la voz de alarma, y ahora había una valquiria palmeándole la espalda mientras esta se limpiaba la sangre de la nariz. Una multitud se había congregado en el espacio, sin importar la cantidad de hombres muertos a sus pies. El fuego seguía rugiendo a sus espaldas, y había saltado al edificio de la correspondencia. Los búhos nivales volaban libres a su alrededor, trazando círculos sobre el cielo estrellado, donde Celes seguía brillando.

Había echado un pulso con la muerte y había vencido, solo los dioses sabían cómo.

—¡Culebra! ¡Culebra! —vitorearon Jonna y Agda. El mote que le habían puesto, un rasgo que le había garantizado la supervivencia un día más.

—¡Culebra! ¡Culebra! —les siguió el pueblo de Oddin.

Una sonrisa temblorosa se hizo con las comisuras de Kara, y luego adoptó un gesto fiero y serio. Se llevó la mano al pecho y se golpeó con el puño varias veces, gritando, presa de la euforia, jaleando a la gente que se acercó a ella coreando su título, proclamándola y alabando su resistencia, su fuerza y su valentía.

Ella era Kara Aldair, la Culebra. Y si bien ignoraba si aquel ataque la ayudaría para que el pueblo korkofita la reconociera como digna esposa del *jarl*, seguiría luchando, día a día, para demostrar su valía.

96

Amanecía el cuarto día desde el ataque a Breros, una cuarta mañana de relativa calma. Durante los tres días previos, Ashbree, Rylen y la nueva general se habían dedicado a hacer cuentas. Ponderaron las bajas de la batalla, quiénes podían combatir nuevamente a pesar de las heridas y quiénes se sumarían a las tropas en el siguiente ataque.

Pasearon por el campamento militar al norte de Glósvalar, para que los soldados los vieran, hablaran con ellos y transmitieran sus incertidumbres. Todos se quedaban maravillados por la presencia de Ashbree, algunos con recelo, otros con devoción.

El rumor de lo que ella había hecho, de cómo los había salvado, se había extendido con rapidez, y ahora el ejército al completo, elfos de luz y elfos oscuros por igual, quería trasladarle su gratitud. Después de recorrer el campamento, hicieron lo mismo por la capital. Visitó a las familias de los caídos para expresarles su pesar e infundirles ánimos, aceptó los apretones de mano y los abrazos inesperados, dedicó palabras de aliento a los heridos del hospital de Glósvalar y regaló dulces a los niños que la miraban con cierto temor.

Aquello había sido idea de Rylen, una costumbre que tenía el rey después de cada batalla, y aunque Ashbree no perdió la sonrisa en ningún momento, con cada minuto que pasó en esos dos días eternos, se sintió más pesada.

Estaba comprobando, con sus propios ojos, la magnitud de una guerra. Como asistente al consejo de su padre, se había acostumbrado a oír hablar de ello, a contar bajas, a estipular provisiones y a redistribuir recursos. No obstante, las palabras pesaban muy poco en comparación con la imagen que se había grabado en su mente.

En esos tres días, no habían tenido noticias de Breros, ni para bien ni para mal. Se habían mantenido en un mutismo estoico en el que ni los espías más fieles de Ilian conseguían infiltrarse. Era como si nadie quisiera alzar la voz, como si ningún soldado se atreviera a ser el primero en unirse a su causa.

Lo más preocupante, no obstante, era la falta de respuesta por parte de Kara. Habían pasado once días desde que enviaran la misiva, tiempo de sobra para que la correspondencia llegara, redactaran una respuesta y la mandaran de vuelta. Ashbree, como hermana mayor, no podía evitar estar inquieta. La incertidumbre de si su hermana estaría de una pieza la carcomía por dentro, y eso la llevaba a pensar en cómo lo estarían gestionando todo Mebrin y los pequeños, Elros y Cadia. Ese sentimiento más maternal que había desarrollado hacia ellos se había visto magnificado por la ausencia de noticias de Kara, porque sabía que su hermana habría respondido de tener la ocasión.

Y aun así, no podía permitirse el lujo de dejarse arrastrar por los temores.

El consejo se había reunido para valorar el siguiente golpe, pero los ánimos estaban un poco de capa caída. Ashbree creía haberlo hecho bien, creía haber convencido a la ciudad portuaria de que se pusiera de su parte. Y esa falta de reacción hacía que el fuego en su interior se avivara. Su mente rondaba alrededor de la peligrosa idea de que la benevolencia no había surtido efecto; de que su padre tenía a su pueblo demasiado atemorizado como para entender las magnitudes de lo que el Reino de Lykos, respaldado por su nueva emperatriz, les había ofrecido.

—Deberíamos atacar Milindur —propuso Ashbree, aunque la idea la quemara por dentro.

Los ojos de los consejeros se clavaron en ella, pero los que más pesaron fueron los de Rylen. Extrañaba la presencia de Ilian en las sesiones, por mucho que supiera que el rey había hecho bien echándolo. Él, con su salvajismo característico, le habría ofrecido el apoyo que necesitaba para no sentirse un monstruo por lo que estaba proponiendo.

No obstante, la guerra consistía en eso, en arrancarse pedazos de uno mismo y de compasión en pos de un bien mayor.

—Con Milindur en nuestro poder, cortaríamos el abastecimiento de cristales de luz y podríamos usarlo en nuestro favor, para nuestros propios soldados.

—Nuestros soldados no los necesitan —la interrumpió Saeros.

Ashbree apretó los puños y lo fulminó con la mirada. Odiaba a ese varón racista y reacio a tener un ejército mixto.

—Me veo en la obligación de recordaros, consejero —intervino Rylen, con esa voz de monarca que despertaba escalofríos—, que ahora nuestro ejército está formado por elfos de luz que merecen nuestro abastecimiento y protección tanto como los elfos oscuros.

El consejero hizo una mueca y se entretuvo bebiendo de su vino.

—Podéis continuar, majestad —la alentó el rey.

Ella le dedicó un asentimiento cortés, nada de sonrisas agradecidas cuando sostenían coronas fantasma sobre las cabezas.

—Además de los cristales de luz, en Milindur podremos reabastecernos de máscaras de filtros. Aunque se solicitaran las de las minas de Anararca, siguen siendo pocas. Y con la amenaza troll en el horizonte, serán vitales incluso para los elfos oscuros.

Rylen ya había puesto a una comitiva de ingenieros a fabricar nuevas máscaras, y aunque iban todo lo rápido que podían, continuaban resultando insuficientes.

Además de la ausencia de noticias desde Breros y de Kara, tampoco habían obtenido respuesta de Oggul Makog, el hermano de Orsha, aunque no era de extrañar porque era muy probable que el cuervo mensajero aún no hubiera alcanzado Shazaak. Y tampoco tenían la certeza de que estuviera allí y no hubiera viajado a la isla, sobreponiéndose a su temor al mar, como habían hecho otros tantos trolls.

—Estoy de acuerdo con Su Majestad —dijo Lindari. Al contrario que con Saeros, Ashbree adoraba a aquella fémina—. Si queremos proteger a nuestros soldados y minimizar bajas, necesitamos un buen equipamiento. Aunque no deberíamos perder de vista la búsqueda de aliados.

—¿Ha habido alguna noticia del emisario de Urdú? —preguntó Galania, Consejera de Comercio.

Rylen y Ashbree intercambiaron un vistazo. Habían pasado nueve días desde que le perdieran la pista a Lorheen, y aunque Ashbree quería confiar en que su tutor estuviera trabajando en lo prometido, era difícil aferrarse a esa convicción cuando Rylen recelaba tanto de los Wenlion. Y no lo culpaba.

—Nada por el momento —reconoció Rylen—. Pero no descarto seguir buscando aliados donde sea.

Ashbree sabía que se refería a que no perdía la esperanza de contactar con Kara y conseguir que el *jarl* cambiara de bando.

La puerta de la sala del consejo se abrió con estrépito y apareció un Ilian agitado que se ganó todas las miradas de preocupación.

—Ha llegado una misiva —anunció con la respiración agitada.

La esperanza avivó el fuego interno de Ashbree y miró a su primer esposo fijamente, intentando leer lo que ocultaban esos ojos violetas: de dónde procedía la misiva.

Todos contuvieron el aliento mientras el rey rompía el lacre anodino y repasaba las líneas de texto a toda velocidad. La ausencia de distintivo cerrando la cera bien podría significar que procedía de Breros o que Kara no disponía de sello.

—La ciudad es nuestra —suspiró el rey.

—¡¿Qué?! —preguntó Cordal Borovalar.

Rylen le entregó la carta al Consejero de Políticas Exteriores mientras les hacía un resumen a los demás:

—El pueblo yithiano apoyará a Ashbree Aldair en su postulación al trono. A ella, no al Rey de los Elfos.

—Es lo que pretendíamos, ¿no? —intervino Lindari, con un asomo de sonrisa en los labios.

—¿Han echado a los continentales? —preguntó Ilian, recibiendo la carta de manos del consejero.

—A los pocos que quedaban, sí. Se han sublevado y reforzado la vigilancia, gracias a que Ashbree los curó después del ataque. Se han iniciado labores de restauración en la muralla y han tapiado los túneles. Si Arcaron quiere la ciudad, y su puerto, tendrá que luchar contra ellos.

—Hay que mandar tropas para afianzar la conquista —intervino Saeros.

—También podemos dispensarles una partida de suministros con víveres para soportar un posible asedio —dijo Orsha, su primera propuesta oficial como miembro del consejo.

Rylen asintió con la cabeza, de acuerdo con su Consejera de Agricultura, y miró al exgeneral.

—Ilian, informa a la general de los nuevos planes: que destine tropas yithianas, en su mayoría, a Breros. Que partan cuanto antes con algunos de los mejores soldados lykenses. Quiero que una sanadora de confianza de Silvari los acompañe y lleve consigo un lote del primer prototipo de la cura contra la miel de plata. Aunque aún no tengamos la confirmación de que funciona al cien por cien, pretendo que vean lo que estamos haciendo por ellos; que lo entiendan como un acto de buena fe por parte de los elfos oscuros. Que ofrezca la introducción al programa de rehabilitación a quien se presente voluntario. Pero es muy importante que lo asocien con otro de los milagros de la Hija de la Luz. Y aprovecha el viaje a Rimbalan para proveer a Silvari con más de tu sangre.

Hacía un par de días que habían estado en la colonia para ponerse al día con Silvari, las únicas buenas noticias en tiempos tan convulsos.

—Los primeros sujetos son capaces de oler la sangre pura sin intentar atacarnos o chantajearnos para conseguir una dosis —les había informado Silvari—. Si logramos llegar a la tercera fase, podremos considerarlo un éxito, majestades.

Ashbree tenía grabadas en la memoria las palabras de la sanadora, una esperanza a la que aferrarse. Sabía que erradicar esa amenaza sería más complicado que enfrentarse a cualquier batalla, puesto que siempre habría elfos de luz que sufrieran por la desesperación. Sin embargo, el mero hecho de disponer de una cura ya era un hito histórico. Gracias a los registros intensivos que Haizel había liderado en todas las propiedades de Tharin Bellion, habían desmantelado tres laboratorios más. No era suficiente, lo sabía, puesto que en la propia Yithia tenían sus propios cárteles, pero era un paso.

Con un asentimiento de cabeza, Ilian abandonó la sala del consejo. Ashbree agradecía lo que Rylen, en el fondo, estaba haciendo por su hermano de batallas. No podía devolverle el puesto de general, pero con su poder para teletransportarse donde quisiera, lo había convertido en su recadero oficial. Así, siempre tendría información de primera mano y lo mandaría a los enclaves más jugosos, como si siguiera siendo su mano derecha pero sin desafiar abiertamente al consejo.

—Ahora, más que nunca, debemos hacernos con el control de Milindur —retomó el tema Ashbree.

Que Breros se colocara de su lado, y que hubieran echado a los continentales de la ciudad, era una declaración de intenciones en toda regla. Una que esperaba que desestabilizara un poco a Arcaron Aldair. Las tropas oscuras habían afianzado el control de Felnor, y la única gran ciudad que se interponía entre la capital lykense y la yithiana era Milindur. Si conseguían someterla al asedio, si cortaban el suministro de cristales de luz, así como habían dificultado el acceso de otros vaettir al tomar Breros…

Conquistando Dortrid, al oeste, podrían establecer una nueva frontera que cruzara la isla de lado a lado. El problema era que Dortrid, con sus amplios terrenos de cultivo, no resultaba de interés por el momento, así que, aunque estuviera algo más al sur, el siguiente punto importante era Milindur. Resultaba lo más inteligente.

—Hablemos de guerra, pues —atajó Rylen.

97

—Hay algo que me gustaría comentar con vosotros —dijo Rylen en cuanto se quedaron a solas.

La sesión del consejo se había alargado tanto, cerrando el próximo ataque a Milindur, que habían almorzado, estaban a punto de recibir la cena e Ilian había tenido tiempo de regresar después de cumplir con lo que le había pedido.

Ashbree e Ilian compartieron un vistazo y luego, su amigo se recostó contra la mesa central, con los brazos cruzados ante el pecho.

—La última vez que nos dijiste eso, le pediste matrimonio a Ash —bromeó, con la ceja del pendiente arqueada.

Rylen reprimió una sonrisilla y negó con la cabeza.

—Me temo que siguen siendo temas serios —admitió, para su desgracia.

Llevaba varios días dándole vueltas a lo mismo, y con cada jornada sin respuesta, estaba más convencido de que era lo que debía hacer. Además, con la confirmación de que Breros se había puesto de su parte y el consecuente ataque a Milindur...

—¿De qué se trata? —le preguntó Ashbree con tiento.

Rylen tamborileó con los dedos sobre la mesa, sopesando cómo abordar el tema, antes de inspirar hondo y soltarlo todo del tirón.

—Por mucho que tengamos Breros, el ataque a Milindur no está asegurado. Podemos ganar como podemos perder. Pero perder sin tener un plan B podría ser un suicidio táctico. Destinaremos muchas fuerzas y recursos a conquistar la ciudad minera sin ninguna garantía, y no me gustaría arriesgarlo todo a un único movimiento.

—Hemos vencido en Breros, también lo haremos en Milindur —lo interrumpió Ilian con derroche de confianza en las que seguía considerando sus tropas.

—La realidad es que Milindur es mucho más grande, y aunque no tenga protección natural, sí está mejor preparada para sobrevivir a un asedio. Arcaron Aldair estará esperando el revés. Lo de Breros fue un movimiento arriesgado en el que nadie había pensado por lo lejos que nos queda el territorio y lo difícil que va a resultar defenderlo si el emperador apuesta tropas en las zonas de alrededor.

—Seguimos controlando su puerto —añadió Ilian.

—Sí, pero tener Breros no nos concede un acceso fácil a la capital.

—Por eso vamos a conquistar Milindur —atajó el exgeneral.

Rylen se masajeó el puente de la nariz y contó mentalmente hacia atrás para no perder la calma.

Ashbree, tan atenta como siempre, extendió la mano sobre la superficie de la mesa hasta entrelazar sus dedos con los del rey, atrayendo su atención. Cuando sus ojos se encontraron con los dorados de su esposa, la paz lo inundó por dentro.

—¿Qué nos quieres decir en realidad?

Rylen suspiró y lo dejó salir:

—Si perdemos Milindur, con la gran apuesta que vamos a hacer, nos quedaremos demasiado desprotegidos, por mucho que Felnor se interponga en el paso hacia la capital. Por eso, me gustaría encontrar nuevos aliados.

Ilian y Ashbree volvieron a intercambiar un vistazo, esta vez cargado de incomprensión.

—Estamos trabajando en ello —intervino Ilian—, tenemos a Lorheen...

—No. Quiero a los berserkers de nuestro lado.

—Pero Kara no ha respondido —apuntó Ashbree.

Rylen guardó silencio, incapaz de pronunciar las palabras. Como rey, sabía lo que quería, y lucharía por conseguirlo. Como esposo, no obstante...

—No —atajó Ilian, atrayendo la atención de Ashbree, que aún no había llegado a la misma conclusión que el exgeneral—. No irás a Korkof.

No era de extrañar que su hermano de batallas pareciera haberle leído la mente. Una Ashbree desencajada los miró de hito en hito, casi como si no comprendiera qué significaban esas palabras.

—Los soldados rasos encuentran resistencia al enfrentarse a los berserkers —empezó explicando Rylen—, pero las batallas en las que hemos contado con fuerzas Efímeras han resultado victoriosas para nosotros.

—Sí, aniquilándolos y cobrándonos esas muertes en la piel —añadió Ilian, molesto.

A él no le importaba que su cuerpo se viera teñido por nuevas máculas, pero ambos sabían lo mucho que aquello pesaba en la conciencia de Ashbree. Lo sucia que se sentía a pesar de tener la certeza de que era necesario.

—Nadie fuera de nuestras fronteras sabe que no atacamos a matar. Podemos jugar con ese desconocimiento frente al *jarl*. Estoy convencido de que sabrá qué pasó en Felnor la primera vez que tú te involucraste —clavó los ojos en Ilian—, y lo que sucedió en Breros. No sé cómo de dispuesto estará a seguir perdiendo tropas a ese ritmo y sin posibilidad de defensa.

—Ya hemos intentado contactar con mi hermana, y no ha servido de nada.

—Por eso me gustaría hablar directamente con el *jarl*. Negociar con él y ofrecerle un trato mucho mejor que el que Arcaron le pueda garantizar.

—Le ha prometido el imperio, ¿qué puedes darle tú? —preguntó Ilian con acritud.

—Algo más efectivo a corto plazo: ingeniería.

—¿A qué te refieres? —quiso saber Ashbree.

—Los berserkers llevan años luchando contra su climatología. No tienen el conocimiento ni los recursos necesarios para prosperar a nivel tecnológico. Y aunque ha habido ocasiones en las que *jarl* anteriores han intentado comerciar con el conocimiento, siempre nos hemos negado por temor a que eso los convierta en una potencia mucho más fuerte. No les ofrecería un imperio, pero sí la posibilidad de evolucionar. De no quedarse a la zaga en cuanto a inteligencia tecnológica.

—De momento les va muy bien con sus métodos brutos —apostilló el exgeneral con sarcasmo.

—Pero llegará un día en el que se encontrarán demasiado atrás. Y creo que por eso el *jarl* actual pactó con Yithia, no por el imperio en sí, sino por su conocimiento.

—Entonces ya tienen lo que quieren —dijo Ashbree, sus ojos perdidos en la nada.

—¿Lo tienen? —cuestionó el rey, atrayendo las miradas de ambos—. Juraría que los mejores ingenieros siempre han sido lykenses, y que nuestro clima es mucho más parecido al korkofita. A diferencia de en Yithia, nosotros sabemos lo que es el frío, las heladas, los cortes de caminos por nevadas. Y, aun así, no perdemos los lujos como el agua corriente o la electricidad. Mi intención es buscar una alianza directa, y si queremos crear un pueblo mixto, sin fronteras entre elfos oscuros y elfos de luz, que tu hermana sea la consorte podría jugar a nuestro favor.

—Pero mi hermana no ha respondido… —insistió Ashbree, con un brillo de dolor en los ojos.

A aquellas alturas, no sabían qué era peor para ella: que no hubiera respondido por rechazo a la figura de su hermana, que le hubiera dado la espalda o que le hubiera pasado algo a la joven Aldair.

Rylen afianzó el agarre entre sus manos y le dio un apretoncito de aliento.

—Por eso quiero ir a Oddin, para encontrar a Kara y hablar con ella y el *jarl* en persona.

Los ojos de Ashbree se empañaron y tragó saliva, pero Rylen sabía que no lloraría. Que no se permitiría derramar lágrimas cuando aún llevaba la corona fantasma sobre la cabeza.

—Te has vuelto loco —bufó Ilian—. ¿El rey de Lykos en Korkof?

—Tampoco sería la primera vez —atajó, cansado del sarcasmo de su amigo—. Ya he estado en Oddin, varias veces, en misiones diplomáticas previas. Reconozco que hace un par de siglos de eso, pero recuerdo el edificio donde nos alojaron y podría teletransportarme allí directamente.

—¿Y si ese edificio ya no existe? —inquirió Ilian—. ¿Y si en su lugar, qué sé yo, han plantado una estatua de piedra en honor a cualquier dios pagano y acabas emparedado?

—Correré el riesgo.

—Sigo pensando que es demasiado peligroso —intervino Ilian con voz monocorde—. No podemos dejar el Reino de Lykos sin regente durante un tiempo indeterminado.

—No olvides quién se sienta a tu derecha, Ilian.

Ilian estaba al borde de estallar, lo percibía en el modo en el que sus sombras palpitaban dentro de su cuerpo.

—No me olvido de quién se sienta a mi derecha, maldita sea —masculló—. Pero vuestro casamiento no se ha hecho oficial. Ella no es reina de Lykos a ojos de quienes no lo presenciaron. Solo el consejo lo sabe.

—Le pondremos remedio —convino Rylen.

—Manda todas las misivas que quieras —le rebatió—, que eso no hará que el pueblo la respete como reina. Tú tardaste años en ganarte su favor, ¿qué te hace pensar que con ella será diferente?

—No necesito que sea diferente. Solo necesito que Ashbree esté arropada por el consejo y por ti. ¿No la vas a respaldar, hermano?

—Rylen… —le advirtió Ashbree.

Ilian inspiró con fuerza y clavó los ojos en su rey, de seguro planteándose si el estamparle la cabeza contra la mesa le resultaría satisfactorio o no lo suficiente.

—Haz lo que quieras —terminó claudicando—. Eres un maldito grano en el culo, Rylen.

—Uno muy apuesto.

Ilian entrecerró los ojos y lo repasó de arriba abajo antes de dejarse caer en un asiento, los brazos cruzados ante el pecho.

—Tampoco sé de qué te sorprendes —añadió el soberano—. Hemos tenido la misma conversación antes de cada batalla en la que he querido participar.

—Tenía la esperanza de que tu situación actual te hiciera cambiar de parecer.

—¿Qué situación?

—Que estás casado, joder. Que, si te pasa algo, destrozarás a Ash.

—¿Y cuál es la otra opción? Porque necesitamos aliados. ¿Dejamos que vayas tú y que, si sucede algo, la destroces igual? Ya te ha perdido una vez, Ilian. No permitiré que pase por lo mismo.

El ambiente se caldeó de un modo diferente, cargado de unos sentimientos que se les estaban escapando de las manos.

—No quiero perderos a ninguno. Y no os perderé a ninguno. —Los dos la miraron como si hubieran olvidado que estaban hablando de ella en su presencia—. Pero no hace falta que...

—Sí, hace falta —atajó Rylen con firmeza.

Ashbree llevaba demasiados días sin conciliar bien el sueño, y ya no era solo por la preocupación por el paradero de Cyndra. Estaba acumulando demasiadas desgracias e incertidumbres y su carácter se estaba agriando a pasos agigantados. Tampoco era de extrañar; todos los seres queridos de Rylen habían estado a su vera siempre, así que él no podía hacerse una idea de qué se sentía ante la ausencia de noticias de los suyos.

Por mucho que supiera que Kara y ella no eran las hermanas más íntimas, el consuelo de que Cyndra estaba exiliada, en lugar de muerta, era demasiado vano. Y el sentido de la responsabilidad que Ashbree tenía hacia su familia se había reavivado al constatar la crudeza de la guerra.

Ashbree no estaba bien mentalmente, y él haría lo que fuera por concederle algo de paz. Sobre todo, sabiendo que una mente inestable en el combate era peligrosa. Su hazaña de Breros había salido muy bien, y también podría haberse descontrolado con demasiada facilidad. No obstante, no era eso lo único que lo movía a tomar aquella decisión.

—No puedes dejar que el amor te ciegue otra vez y que cometas estupideces por ello —murmuró Ilian.

Rylen estalló y estampó las manos con violencia sobre la mesa, alzándose sobre ella en gesto amenazador, su ira dirigida a Ilian. Porque aquello había sido un golpe directo a lo que había sucedido con Ayrin.

—¡Y tú no seas tan hipócrita! Dices que yo no puedo ir porque gustoso irías tú mismo, te enfrentarías a semanas de inclemencias climáticas y caminatas extenuantes y te dejarías la piel por ella. Pero ahí está la diferencia, Ilian —siseó—. Tú solo lo harías para que Ashbree no sufriera. Yo lo haría por tener un as con el que negociar a favor de *mi* reino. Y no te atrevas a poner en duda, ni por un solo segundo, cuál es mi prioridad en todo esto. Sí, reduciría el mundo a cenizas y se las entregaría a Ashbree para que reinara sobre ellas, pero no a costa de *mi* gente. Y si este viaje evita muertes, aunque sea solo una, ten por seguro que me dejaré el alma en el proceso.

Ilian apretó la mandíbula y lo fulminó con la mirada antes de cerrar los ojos e inspirar hondo.

—Con la guerra a las puertas de nuestro hogar, no voy a permitir que os peléis —intervino Ashbree—. No cuando el mundo se sostiene sobre nuestros hombros y debemos permanecer unidos. —Ambos varones la miraron con el mismo deje de orgullo—. ¿Cómo de peligroso sería el viaje *hipotético* a Oddin?

A Rylen le enterneció el énfasis en esa palabra. Las siguientes horas las dedicaron a idear un nuevo plan que, si los dioses proveían, podía brindarles un aliado que tal vez pusiera en jaque la guerra de una vez por todas.

98

Los siguientes tres días disfrutaron de una extraña calma en la que Ash no pudo descansar. A todas las incertidumbres que llevaba sobre la espalda, ahora debían sumarle el estúpido viaje de Rylen. Por mucho que Ilian hubiera terminado claudicando y aceptando que necesitaban un plan B, eso no significaba que estuviera cómodo con la situación.

Ilian y Rylen habían pasado grandes periodos separados por la guerra y por las misiones diplomáticas, pero se enfrentaban al punto más álgido. Tenía la imperiosa sensación de que el fin se acercaba, y solo le quedaba rezar para que ellos terminaran como los vencedores.

Aun así, ninguno perdió de vista el norte y se centraron en la guerra. Se enviaron suministros y tropas a Breros mediante las sombras de Ilian y las luces de Ash, quien, gracias a las prácticas previas con el rey, había dominado aquella habilidad. En esos días, no obstante, los entrenamientos mágicos se suspendieron, y la preparación física se limitó a largas carreras por los túneles de las montañas.

Rylen necesitaba acumular todo el poder posible para los saltos que tenía que dar en su viaje, guardando cada gota de sombras que podía. Cada día, se sumergía más y más hondo en su poder. Pasó muchas horas encerrado en la pequeña capilla en honor a Artha que había en el palacio de obsidiana, en silencio y meditando. Aunque Ash e Ilian añoraran su presencia sarcástica y socarrona, entendían que lo que estaba por venir era crucial, y que cualquier imprevisto podría mermar las reservas del rey y que todo se fuera al traste.

Ash también empezó a hacer acopio de su poder, preparándose para los posibles reveses. Antes de salir a correr por las mañanas, ella e Ilian subían al templo del palacio de cristal, donde se casaron, y ofrecían plegarias a las diosas para que les sirvieran de guía.

Ilian, por su parte, se volcó en asistir a la nueva general planeando el próximo golpe del ejército. Se había aferrado a la excusa de que necesitaban sus sombras para muchos aspectos y colarse de esa manera en conversaciones en las que, aunque no era bien recibido, sí era necesario. Y eso aplacaba un poco su angustia por no ser general.

Así llegó la última mañana en la que estarían los tres juntos durante los próximos días, si todo iba según lo planeado.

Tras haber despertado enredados como la madeja más desordenada, con brazos y piernas entrelazados, desayunaron con calma, charlando de cualquier tema para retrasar el momento de la despedida todo lo posible. Ilian aún no sabía cómo gestionar ese cambio que se había ido produciendo en él sin apenas darse cuenta. Cómo la noche anterior había supuesto un antes y un después en el que ya no le importaba de quién era cada extremidad cuando se abrazaban.

No obstante, no podrían disfrutar de ese regusto especial y cálido, puesto que Rylen debía prepararse para su marcha. El rey se atavió con los ropajes más tupidos de su armario, a la par que discretos. No viajaría como Rey de los Elfos, sino como un simple elfo oscuro más, y eso suponía incluso dejar atrás su alianza de boda, demasiado llamativa y elegante para un elfo común que no podría permitirse una pieza de joyería como esa.

Con los labios apretados y los ojos vidriosos, Rylen se quitó el anillo y se lo entregó a Ash. Esta lo aceptó y se lo colgó al cuello, con movimientos temblorosos que el rey se apresuró en calmar. Envolvió sus manos con las suyas y se acercó más a ella. A pesar de que aquel fuera su momento íntimo, Ilian no se apartó y le colocó una palma en la espalda a Ash.

La noche anterior, los tres habían terminado derrumbando otra de las muchas barreras que se alzaban en su relación, justo cuando Ilian se dio cuenta de que la ansiedad por la marcha de Rylen procedía de que ya no eran un «dos y dos», sino un conjunto, y que en ningún momento sobraría el tercer eje.

—He estado pensando en dónde están las limitaciones entre nosotros —había comentado Rylen al terminar de cenar, después de apurar su copa de vino.

—¿A qué te refieres? —había preguntado Ash.

—Somos dos matrimonios, ¿no? Dos parejas —había intervenido Ilian, señalándolos a Ash y a él primero, y luego a ella y a Rylen.

—¿Tú crees? —El rey se había servido otra copa y agitado el líquido con aire distraído—. ¿Qué pasaría si un buen día os dijese que me gusta otro varón?

Rylen había mirado a Ilian de soslayo, y luego a ella.

—A mí... Bueno, creo que me molestaría —se había atrevido a decir Ash, aunque pareció contrariada con su propio comentario—. Pero supongo que terminaría aceptándolo, si es lo que de verdad quisieras.

El rey había asentido con la cabeza y centrado su atención en Ilian, quien se había mantenido callado.

—La respuesta interesante aquí es la de Ilian. Si somos dos parejas, con Ashbree como núcleo, a ti debería de darte igual, ¿no, Ilian?

Él había apretado los dientes y refrenado el jugueteo nervioso con el pendiente del labio.

Por mucho que Rylen hubiera disfrutado de todo tipo de amantes a lo largo de su longeva existencia, varón o fémina sin distinción, Ilian no. Él había creído tener muy clara su orientación sexual, y aunque tras aquel primer y único encuentro entre ambos hubiera albergado dudas al respecto, no le había dado importancia, ya que ninguno había sacado el tema. Lo había considerado como un desliz sin relevancia, motivado por una noche de juerga desenfrenada en la que los dos bebieron más de la cuenta y se dejaron llevar por el calor del momento. Ahora, siglos después, lo veía de un modo completamente diferente. Uno que le seguía aterrando, porque tenía la respuesta muy clara.

—Estoy con Ash. Creo que también me molestaría, aunque lo aceptaría tarde o temprano.

—Lo que me lleva al meollo de la cuestión. No creo que seamos dos parejas con un mismo núcleo, sino que los tres nos hemos comprometido entre nosotros, aunque tú y yo no llevemos alianzas, Ilian.

Él había apartado la mirada, azorado por el extraño peso que se había asentado en su pecho de repente. Sabía que Rylen estaba en lo cierto, que algo había cambiado en las últimas semanas, y ya no tenía sentido seguir negándolo.

—¿Estaremos juntos hasta el final? —les había preguntado Ash pasados unos segundos.

Rylen había levantado la vista de su copa e Ilian había entrelazado los dedos de una mano con los de Ash con una naturalidad en la que ya ni siquiera pensaba, los celos desaparecidos por completo.

—Hasta mi último aliento —le había asegurado Rylen con solemnidad.

—Ahora y siempre —había murmurado Ilian. Y aunque esa fuera la promesa que él siempre le hacía, en aquella ocasión lo había dicho mirando al rey.

Un compromiso, por fin, formulado con palabras, no solo con sentimientos mudos. Después de aquello, la cena quedó relegada a un segundo plano y los tres se fundieron de un modo diferente al de entonces, despacio y sentido, volcando todos sus sentimientos en el roce de sus pieles. Un encuentro que, a pesar de las diferencias, Ilian había disfrutado tanto como los anteriores, en los que no habían sido un triángulo perfecto.

—Estaré de vuelta antes de que te des cuenta, mi dragona —le aseguró Rylen a Ash con cariño, trayéndolo de vuelta al presente. Luego, le acarició el rostro y ella se reclinó para conseguir más de aquel contacto. Cerró los ojos e inspiró hondo antes de volver a mirar a su rey.

—No te has ido y ya te echo de menos —murmuró con la voz tomada por la congoja.

Rylen le sonrió, un gesto triste y conmovido al mismo tiempo. Se acercó a ella y la besó en la frente, antes de juntar ambas y suspirar contra sus labios.

—Volveré lo más rápido que pueda.

—No quiero que corras riesgos innecesarios —le pidió, un murmullo que sonó más bien a súplica—. Te estaré esperando el tiempo que haga falta, tu reino te esperará. Así que no tengas prisa y actúa con cabeza.

Rylen volvió a sonreír, esta vez de medio lado, y asintió en una promesa muda. Después, respiró hondo y parpadeó varias veces. Era evidente que no encontraba las palabras adecuadas para despedirse, y aquello era un hito raro en el Rey de los Elfos. Pero cuando Rylen Valandur se despojaba de aquella máscara artificiosa, se convertía en un varón muy diferente.

—Te quiero, Ashbree Wenlion-Aldair —consiguió susurrar antes de besarla.

Ilian tuvo que apartar la vista, no porque le asqueara el gesto, sino por todo lo contrario. Se verían en cuestión de días, no era nada teniendo en cuenta que había batallas que lo habían reclamado mucho más tiempo. Pero ahora era diferente, y hasta él empezaba a sentir el amargor característico del llanto reprimido.

Cuando Ash se apartó un poco, Ilian entendió que era su turno de despedirse. Los dos varones se contemplaron durante tantos segundos que parecieron horas. Los ojos de Rylen brillaban con la misma intensidad y el mismo pesar. No quería marcharse, no quería dejarlos allí, pero era lo que tenía que hacer. Por eso, Ilian se forzó a mantenerse estoico, porque uno de los tres debía hacerlo antes de convertir aquella despedida momentánea en una lacrimógena.

—Quiero que te lleves esto —consiguió decir Ilian. Rylen descendió la vista hacia lo que le entregaba y, raudos, sus ojos volvieron a encontrarse—. Te protegerá.

Rylen aceptó la daga curva con la empuñadura del cuervo, el regalo que el mismísimo rey le había hecho al nombrarlo general y que lo había acompañado en los momentos más complicados.

—Yo no puedo darte mi corazón para que te lo lleves —prosiguió—, pero será como si te llevaras a Umbra contigo.

El rey inspiró y cerró los ojos, apretando con fuerza el arma, antes de soltar el aire despacio y colocarse la daga al cinto. Con un valor que no sabía de dónde salía, uno muy diferente al de mirar a Celes a la cara, Ilian se acercó a Rylen y lo agarró de la nuca, como tantas otras veces había hecho su rey con él, hasta que sus frentes se tocaron.

—Si no regresas en el tiempo acordado —murmuró Ilian, con voz temblorosa—, pondré el maldito continente patas arriba para encontrarte. ¿Me oyes, Rylen? Me importarán una mierda las amenazas de más guerra o destruir el puto mundo. Eres mi hermano de batallas y te buscaré hasta el final.

Rylen temblaba contra su cuerpo, agarrado a sus brazos para darse estabilidad. El impasible Rey de los Elfos desmoronándose, un hito digno de contemplar.

Incapaz de contenerse, Ilian se inclinó sobre él hasta que sus labios se encontraron en un beso tímido y dulce al mismo tiempo, uno que pilló a Rylen desprevenido. Ilian lo agarró de las mejillas y se pegó más a él, pretendiendo decirle todo lo que no se atrevía a pronunciar en voz alta. Y cuando sus bocas se abrieron, mandó una porción de sus sombras al interior del cuerpo del rey, quien gruñó por la nueva presión.

Rylen estaba hasta arriba de poder, lo sentía en el aura que irradiaba. Y aunque fuera cargado con veinte pozos de sombras, cualquier gota extra que pudiera darle sería bien recibida. Se separaron y se envolvieron en un abrazo prieto que le supo a hogar. Ilian inspiró hondo, memorizando su fragancia, y se atrevió a separarse de él después de unos segundos.

—Vuelve a casa de una pieza, por mi bien y por el de todos —le pidió.

El rey asintió, los ojos invadidos por unas lágrimas que se negaba a soltar. Carraspeó y puso distancia entre ambos. Ilian se acercó a Ash y le envolvió los hombros con un brazo.

—Regresa con nosotros —le pidió ella una última vez.

Los tres eran muy conscientes de que Rylen se iba a meter de lleno en territorio enemigo. Si los berserkers daban con él y descubrían quién era antes de tener tiempo de explicarse, antes de parlamentar... Dioses, Ilian ni siquiera podía pensar en esa posibilidad.

—Volveré. Es mi promesa.

Rylen se llevó la mano al pecho, justo encima de donde debería haber un corazón, antes de envolverse en sus sombras y desaparecer, dejando tras de sí una estela de destellos plateados.

Ilian se giró hacia Ash y le acunó el rostro con las manos. Había dejado caer una lágrima, ahora que Rylen no podía presenciarlo, y él se la enjugó con premura.

—Estará bien.

—Lo sé, es solo que... —Suspiró y cerró los ojos—. Siento que se lleva un pedazo de mi corazón consigo, y eso que yo tengo el suyo en el pecho —añadió con una risilla incrédula.

Ilian le sonrió y le regaló un beso fugaz antes de estrecharla entre sus brazos.

—Te entiendo, cariño. Yo también me siento igual.

Ash se agarró a él con más fuerza y se recolocó hasta escuchar el repiqueteo acelerado de su corazón. Se quedaron así en silencio tanto rato que cuando unos golpes resonaron contra la puerta, hasta él se sobresaltó.

Con el ceño fruncido, se separó de su esposa y abrió la puerta para encontrar a un Haizel con semblante pétreo.

—Odio haceros esto justo ahora y en este palacio —comenzó diciendo—, pero ha llegado esto.

Ash apareció a su lado, el rostro surcado por la preocupación, porque lo que Haizel sostenía entre las manos era una carta cerrada con el escudo imperial de Yithia.

99

Para Ashbree, era imposible no distinguir el sol llameante del Imperio de Yithia con apenas un vistazo. Y solo con ese breve atisbo, el temor tomó fuerza en su cuerpo. No era de allí de donde esperaban noticias, sino de un punto separado por varios mares. Y Breros, ahora que no era una ciudad yithiana, no sellaba las cartas con su escudo. Aquello solo podía significar que la misiva venía de parte del imperio.

—Aquí no —le dijo Ilian a Haizel.

Sus dedos se encontraron con naturalidad, para transmitirse su apoyo, y los tres se plantaron en uno de los muchos salones del palacio, que habían establecido como biblioteca. Ilian se había encargado de trasladar todos sus libros de romántica a aquellas estanterías, que aún estaban un poco vacías aunque se habían propuesto rellenarlas juntos, como una familia.

—¿Dónde está Thabor? —preguntó Ashbree mientras tomaban asiento.

Era una cuestión estúpida, tal vez, pero aquel varón era el único enlace que le quedaba con Yithia. Y pensar en esa ausencia era más fácil que en la posibilidad de que su padre se hubiera puesto en contacto con ella.

—Él no… Aún no… Seguía durmiendo —casi balbuceó.

Ojalá hubieran sido otras las circunstancias, ojalá hubiera tenido tiempo de sentarse a hablar con el conjurador y contagiarse de la emoción de algo que empezaba a nacer, porque no cabía duda de que entre ambos varones había saltado una chispa. El azoramiento de Haizel no era propio en él, mucho menos la vergüenza que leía en su lenguaje corporal, pero no tenían tiempo para aquello.

Armándose de valor para enfrentarse a lo desconocido, alargó el brazo en dirección al comandante. No se permitió pensar en qué mensaje podría ocultar aquella misiva, porque la ansiedad, a esas alturas, le haría un flaco favor. Con una entereza que no sabía de dónde salía —puesto que la despedida con Rylen la había desestabilizado emocionalmente—, rasgó el lacre de bronce y sus ojos volaron frenéticos sobre una caligrafía que reconocía.

Y que le hizo contener el aliento, porque no era de quien esperaba.

A la atención de Su Majestad Imperial, séptima emperatriz de Yithia y nueva Reina de Lykos:

Si bien me colmó de alegría descubrir que no habíais perecido, como vuestro padre nos hizo creer, me pongo en contacto con vos para trasmitiros unas nuevas más bien funestas. En parte, desesperada por que esta misiva encuentre su destinataria y podáis interceder en los planes de vuestro progenitor.

Recientemente, hemos descubierto que vuestro hermano Mebrin ha sido detenido por tener en su poder documentación que apoya el régimen de los Wenlion. Aunque desconozco el contenido que albergan dichos documentos, ni si la acusación es acertada siquiera, lo que sí es cierto es que Mebrin Aldair ha supuesto un activo importante en el desarrollo de la rebelión. Y no puedo abandonarlo a su suerte cuando muchos de los rebeldes sobrevivieron por los avisos de redadas que él mismo nos comunicó.

Con la mano en el corazón, os ruego profundamente que consideréis la posibilidad de enviar vuestro apoyo, del modo que sea, para evitar la próxima ejecución de Mebrin Aldair, que se celebrará en la tarde de Yule.

Fue vuestra hermana Kara la que me aseguró que no os habíais olvidado del Imperio de Yithia, varios meses atrás, y vuestro hermano Mebrin también me lo manifestó un día, antes de recibir las noticias de vuestro erróneo fallecimiento. Ya solo me queda desear que estas palabras encuentren su destino.

Atentamente,

Brelian Aldadriel

A Ashbree se le cortó la respiración, porque si lo que su teniente decía era cierto... Apenas faltaban unos días para Yule, su festividad del año favorita. Y su padre lo sabía.

Aquello era un mensaje, uno alto y claro. Ella podría arrebatarle territorios, pero Arcaron Aldair podía darle donde más le dolía: en su familia. Tantos años de protegerlos, de criarlos, de educarlos hasta que su propio mundo empezó a desmoronarse se recargaron sobre sus hombros.

Los Aldair formaban una familia desestructurada, nunca había sido la más cercana. Y aun así... Aun así, Ashbree quería a Mebrin. Lo había sostenido en sus brazos recién nacido, le había enseñado a hablar y a leer cuando los tutores se cansaban de él. Era... A pesar de todo, a pesar del distanciamiento, seguía siendo su hermano pequeño...

El papel se mojó con las primeras lágrimas que dejó caer sin darse cuenta; contrariada, se las limpió de un par de manotazos antes de arrugar la carta entre los puños. Estuvo tentada de romperla, fruto de la ira, pero sabía que era importante que más gente la leyera, así que se la entregó a Ilian con un movimiento brusco. Este la aceptó, sin pronunciar palabra, y la leyó con premura.

—Lo voy a matar... —masculló Ashbree, las uñas clavadas en las palmas con tanta fuerza que le dolía. No obstante, ese dolor era mucho más placentero que el que la corroía por dentro—. Acabaré con su miserable existencia de la forma más cruel, dilatada e imaginativa que se me ocurra.

Se sentía ardiendo, la sangre en sus venas convertida en magma. Su luz se revolvía en su interior con una amenaza de exterminio que le costó todo su esfuerzo y concentración reprimir, para que no escapara en una llamarada furibunda que calcinaría a los inocentes que la estaban ayudando. No podía; debía acumular toda la luz posible para destrozar el palacio de cuarzo hasta los cimientos con su padre y cualquiera que se interpusiera en su camino dentro.

Se iba a convertir en una bomba que arrasaría con la capital al completo si hacía falta.

—Ash, basta —atajó Ilian en tono firme.

Volvió a la realidad y sus ojos se encontraron con la violencia de un latigazo rasgando el cielo. Percibió el ambiente cargado de estática, las butacas del salón volcadas de cualquier forma, Haizel, alejado en posición defensiva. Ilian, conciliador, se había plantado frente a ella, las manos alzadas para tranquilizarla. El modo que tenía de interponerse entre ella y el mundo, como si no le importara morir en el proceso, la calmó lo suficiente como para permitirse respirar de nuevo y que la nube de venganza se abriera un poco.

—Voy a ir a por mi hermano —sentenció ella—. Y después, acabaré con mi padre.

—¿Qué?

—Lo que oyes, Ilian. Me he cansado de que juegue conmigo.

—No puedo permitir que lo hagas.

Ella respondió con una risa, más cerca de un bufido incrédulo, y él frunció el ceño.

—No puedes detenerme.

—No quieres comprobarlo, Ash. —El tono del exgeneral se volvió peligroso. En aquel momento, no eran dos amantes que darían la vida por el otro, sino dos fuerzas enfrentadas. Ella, dispuesta a calcinar el mundo; él, dispuesto a impedirlo. Dos claros opuestos—. Mañana es el ataque a Milindur, y te necesitamos en el combate. No puedes perder de vista el objetivo.

—Mi objetivo es aniquilarlo y hacerle pagar por todo. Porque ya me he cansado. ¡Es su hijo, por el amor de los dioses!

La voz se le atragantó, las lágrimas corriendo raudas por sus mejillas hasta que se evaporaban de lo mucho que ardía. Si lo que decía la teniente Aldadriel era cierto, si su hermano había estado ayudando a la rebelión y su padre lo iba a enjuiciar por ello…

No solo era un mensaje para ella, se dio cuenta, sino para el pueblo: nadie es intocable.

—¿Quién es esa tal Brelian Aldadriel? —preguntó Haizel, en tono taciturno.

Ashbree devolvió su atención al comandante, quien examinaba la misiva una vez más.

—Fue mi teniente en el ejército. No éramos íntimas, pero sí me tenía cariño. Ella se encargó de mis enseñanzas como sanadora. En parte, le debo ser quien soy.

Reconocerlo en voz alta fue duro. Hasta hacía unos meses, había disfrutado de una vida demasiado acomodada en la que no le arrojaba el valor suficiente a lo que otros habían hecho por ella. Y la teniente Brelian Aldadriel, sin saberlo, había moldeado una parte muy importante de su vida. Una que le había ofrecido los conocimientos médicos necesarios como para usar su don para sanar.

—Eso explicaría por qué tiene un sello imperial —meditó Haizel, más para sí mismo—. Pero ¿cómo sabemos que es ella?

—Reconozco su letra.

Habían repasado demasiados apuntes y notas juntas como para no haberla memorizado. Y siendo que la misiva admitía su implicación en la rebelión, dudaba mucho de que la carta fuera falsa.

—Iré yo a Kridia —sentenció Ilian, quien se había mantenido inusualmente callado. Ahora entendía por qué.

Ashbree desvió su atención a su esposo, el enfado congelado de repente.

—¿Qué?

—Te has vuelto loco —apuntó Haizel, recolocando los butacones tumbados.

Aquella conversación le recordó a la que habían compartido con Rylen días atrás.

—Iré a por tu hermano y lo traeré aquí —aseguró, ignorando al comandante—. Ya no soy el general de las tropas oscuras, mis soldados no me siguen a mí. Deja que me encargue yo.

Ashbree miró a Haizel con estupefacción, creyendo no haberlo oído bien. A juzgar por el ceño fruncido del varón y sus brazos cruzados ante el pecho, sus oídos funcionaban a la perfección.

—El ejército te necesita a ti más que a mí —dijo Ashbree, intentando meterse en el papel de reina y emperatriz.

Sin Rylen allí, ella era la máxima autoridad de Lykos, ahora que habían difundido la noticia por toda Narendra. Tal y como les había dicho Ilian, tardaría un tiempo en ganarse el favor de su pueblo, pero de momento le bastaba con el apoyo del consejo. Un consejo al que no podía acudir si no querían que se enterara de la ausencia de Rylen. A sabiendas de que no apoyarían la decisión, y de que la próxima reunión sería para reportar informes tras el ataque a Milindur, habían decidido mantenerlo en secreto. Y cuando a Ashbree le tocara reunirse con aquellos varones y féminas... Con un poco de suerte, el viaje de su segundo esposo no se alargaría demasiado y ya estaría de vuelta.

—El ejército te necesita a *ti* —respondió Ilian—. Necesita a la guerrera, a la sanadora, a la Efímera, a su reina, a su emperatriz, a su Hija de la Luz y a la de las Dos Dinastías.

—Cuántos títulos... —masculló Haizel por lo bajo, ante lo que se ganó una sonrisilla de Ashbree. Ilian, por su parte, volvió a ignorarlo.

—No eres solo una elfa más, Ash. Eres la esperanza de la isla al completo, y tu papel en Milindur es mucho más importante que el mío. Tienes que dejarte ver en las batallas para que más elfos de luz se sumen a nuestra causa. Y no solo eso —añadió cuando vio que ella iba a rebatir—, sino que tienes que protegerlos con tu don. No podemos permitirnos tener grandes bajas.

Ashbree apretó los dientes y deslizó la vista hacia la carta, que había terminado en la mesita de centro entre los butacones. Aunque en sus sesiones de prácticas de magia Ashbree había intentado enseñarles a Rylen y a Ilian a curar, su don de sombras no era afín con la sanación.

Al igual que le pasaba a ella al dañar, ellos sufrían al curar; totalmente opuestos. Y eso significaba que el poder de Ilian no servía para reforzar a las tropas en vías menos destructivas.

—No puedo dejar la protección de mi hermano en ti. Es mi responsabilidad, es mi f...

—¿Tu familia? ¿Ibas a decir eso? —Ashbree calló cuando Ilian le mostró el anillo que llevaba al dedo—. Porque esto significa que ahora también es mi familia. Déjame ir a mí. Soy asesino, llevo años entrenándome para esto. Entraré y saldré sin que nadie se entere, traeré a tu hermano de vuelta y pensaremos el siguiente paso.

La razón se iba imponiendo sobre la rabia. Ashbree tenía mucha menos experiencia en combate que Ilian, pero siendo que su intención no era arrebatar vidas, casi que les venía mejor. Porque Ilian causaría más bajas en las tropas que ahora eran sus enemigas; Ashbree las protegería. Y no solo eso, sino que permanecería en todo momento rodeada de un ejército que la defendería. Aun así, no estaba cómoda con la idea.

—Creo que deberíamos empezar a pensar más a lo grande —apuntó Haizel, recostado contra la parte alta de un butacón—. Rylen tenía razón. Nunca nos hemos planteado planes B porque dominábamos la situación, pero las reglas del juego han cambiado. Aunque resulte doloroso, ganar Milindur es más importante que salvar una única vida. Porque con Milindur salvaríamos cientos.

El enfado cobró nuevas fuerzas en Ashbree y se sintió palpitar. Fulminó a Haizel con la mirada, pero Ilian se interpuso en la trayectoria y lo único que pudo ver fueron esos iris violetas que tanto le gustaban.

—Confía en mí, Ash. Traeré a tu hermano antes incluso de que haya terminado la batalla.

—Tú no conoces tan bien la ciudad —le rebatió, la frustración anidándose alrededor de su pecho.

—No creo que tu padre tenga a tu hermano en el presidio, pero incluso de ser así, sé dónde está, Ash.

El recordatorio de su última excursión juntos a Kridia la golpeó con la fuerza de un bofetón. Lejos de tranquilizarla, aquello le hizo temer más, porque Ilian había terminado muriendo.

—Yo iré contigo —dijo Haizel, y algo se comprimió dentro del pecho de Ashbree.

—No. Te quiero al lado de tu reina para protegerla. De nadie me fío tanto como de ti, Haizel.

Ambos varones se sostuvieron la mirada, diciéndose más con ese gesto que con palabras. Ashbree sabía que Haizel era un gran guerrero —no en vano se había ganado el puesto de comandante de la Orden de los Conjuradores y la confianza plena de Rylen—, pero Ilian no se estaba refiriendo solo a esa confianza. Con el paso de los días, Ilian había terminado confesándole lo que le habían hecho a Calari, si bien no entró en detalles. Y era a esa confianza a la que, de seguro, se estaría refiriendo: a la que traspasaría fronteras morales.

—Llévate a Calari —dijo Ashbree entonces, con una nueva idea—. Ofrécele la libertad plena a cambio de su ayuda.

—Ash, te apuñaló.

—Me da igual, Ilian. Como asesina, ella conoce la red de túneles de Kridia, sabrá cómo entrar y salir del palacio, de las mazmorras, sin ser vista. Es mi condición para acceder a toda esta locura.

Ilian suspiró y jugueteó con el aro del labio unos segundos antes de asentir con la cabeza.

Y con ese simple gesto, entre ambos habían sellado que sus caminos se bifurcaran.

100

Despertar abrazado a Ash debería considerarse una de las maravillas del mundo, por eso le costó tanto separarse de ella poco después de que llegara el alba. La noche anterior la habían pasado haciendo que sus pieles se encontraran desnudas, la misma despedida que le habían ofrecido a Rylen. Y ahora que sus caminos se iban a separar, Ilian imaginaba qué debió de sentir su hermano de batallas.

No quería abandonar la fortaleza de sus brazos, alejarse de la suavidad de su piel, apartar esas curvas que Ash por fin había recuperado. Quería exprimir ese momento entre las sábanas y fingir que el mundo no estaba en guerra, soñar con cómo habría sido su primera celebración de Yule, que tenía lugar al día siguiente, y haber dispuesto de tiempo para hacerle el mejor regalo del mundo. Y aunque no pudiera darle nada material para celebrar la llegada del invierno, Ilian pretendía devolverle a su hermano. Por eso no podían quedarse en la cama.

Hasta entonces, la mayoría de los ataques por parte de los elfos oscuros habían tenido lugar durante la noche, cuando la vista de los elfos de luz flaqueaba. Sin embargo, ahora que su ejército era mixto, no podían hacerle eso a sus propios soldados. Así que la hora estimada para el golpe a Milindur era a plena luz del día, momento en el que los yithianos tampoco esperarían verse asediados.

Tomaron un desayuno escueto en el que apenas pronunciaron palabra y, después de vestir a Ash con la armadura de placas y a Ilian con la de cuero —para mayor sigilo—, se tomaron de la mano e Ilian los trasladó a la zona escarpada en la que aguardaban las tropas seleccionadas.

Junto a la general Marniel, Ash pasó revista entre sus comandantes, y cuando se hubo cerciorado de que todos estaban preparados con las máscaras filtradas y con un buen suministro de cristales de luz para guiarse entre el humo, se reunió con él en la intimidad de una tienda militar.

—Prométeme que no harás ninguna estupidez —le pidió Ilian.

—Esas palabras me suenan —respondió Ash con una sonrisa de medio lado.

Ilian se inclinó sobre ella y la besó, sus manos acariciando sus mejillas. Ella se aferró a él y profundizó el roce de sus labios, como si pretendieran memorizar su sabor, y se separaron con los ojos centelleando de anhelo.

—Espero verte mañana —dijo Ash en un murmullo.

Él asintió con la cabeza, sin querer soltarla todavía, y repasó sus rasgos de varios vistazos. Las miradas de ambos vibraban con una mezcolanza de sentimientos, entre los que reinaba el temor. Se habían despedido de Rylen hacía muy poco, y solo les quedaba rezar para que todo le fuera bien, puesto que no tenían forma de comunicarse con él. Y ahora sus vidas tomaban nuevos rumbos.

Ilian Aedil jamás se había considerado devoto, pero en aquel momento lanzó todas sus plegarias para que no estuvieran cometiendo un error. Para estar haciendo lo que los dioses querían y que aquello favoreciera su sino.

Después de un nuevo beso con el regusto amargo de la despedida, Ilian desenvainó el cuchillo que Ash llevaba al cinto y la miró fijamente.

—¿Preparada?

Ash se iba a meter en la boca del lobo, y la propia condición que Ilian había puesto para que marchara sin él era que lo hiciera habiendo consumido su sangre y con un par de frascos más por si acaso. Tras el asentimiento de la fémina, pasó la hoja por el dorso de la mano y la acercó a sus labios. Ella lo agarró de la muñeca y succionó con fuerza, empapándose del sabor dulce del fluido. Ilian siseó ante el placer y cerró los ojos, la cabeza un poco echada hacia atrás. No se acostumbraba al estallido de calor que le inundaba el pecho cada vez que ella tomaba su sangre, y tampoco quería acostumbrarse.

Bebió más de él, hasta el punto de que la respiración de Ilian se aceleró y adoptó el ritmo de la de Ash. Sus cuerpos se pegaron y él pasó las manos por el relieve de su esposa, memorizando la forma de sus pechos y el tacto de su trasero, hasta que ella gimió, con la mano aún aplastada contra sus labios. Ilian la retiró, considerando que ya había ingerido suficiente, y la besó con violencia. El sabor dulzón de su sangre le invadió la boca, pero no le importó. La agarró de la nuca y sus lenguas se enroscaron en un beso húmedo que terminó de arrancarle el orgasmo a Ash.

—Menuda indecencia acabamos de hacer —masculló ella contra su boca, la voz arrastrada.

Sentía el poder acumulado alrededor de su esposa, fuerte y divina. Cuando abrió los ojos, estos brillaban con una pátina blanquecina remarcando los iris, como un resplandor celestial que le indicaba que estaba más que lista para reducir montañas a escombros si así lo quería.

—Contigo cerca soy incapaz de mantenerme decente —le respondió, robándole otro beso.

Cuando Ash se rio por su broma, sus cabellos ondearon sutilmente, como si toda su esencia estuviera envuelta en el mismísimo poder creador de los dioses. Sin mediar más palabras, Ash le acogió la mano entre las suyas y él sintió el picor característico de la sanación.

Así, agarrados de la mano, abandonaron la tienda militar y se dispusieron a enfrentarse a sus deberes. Como habían acordado, Ilian dejó salir cerca de la mitad de sus sombras. Siendo que Ash había ingerido su sangre, no le costó lo más mínimo dominarlas, como si fueran suyas, y moldearlas hasta que, entremezcladas con su luz, sobrevolaron por encima de las cuatro legiones que la acompañarían, que aguardaba en formación. El máximo de tropas que podían transportar entre ambos dones Efímeros. Después de una exhalación, el poder empezó a caer sobre los soldados como una lluvia de estrellas fluidas.

Con un nudo en la garganta, se giró hacia Ash, incapaz de soltarle la mano.

—No me falles, general —le dijo, con esa voz que tronaba con el eco de los dioses.

—Jamás.

Se inclinó sobre ella para besarla una última vez antes de que cada uno desapareciera en su propia dirección.

101

Los últimos días se habían convertido en una sucesión frenética de acontecimientos que, en la mente de la joven Kara Aldair, se tornó en un borrón difícil de entender.

Halldan regresó a Oddin dos días después del ataque, dos días en los que Kara había dormido inquieta, por mucho que hubiera terminado de ganarse el respeto incondicional de Jonna y Agda. Pero la muerte y la ferocidad que había tenido que demostrar —por desesperación pura y dura— habían hecho mella en ella.

No descansaba por las noches y apenas comía, tan distraída como estaba por todo lo que quedaba por venir. Seredil —con el rostro y el cuerpo plagado de magulladuras— la alentaba a seguir estudiando, luchando por lo que había demostrado que le pertenecía. Pero lo único que Kara quería era regresar a los brazos de su *jarl*.

Cuando este descubrió las intenciones de Kolblyd, aceleró su vuelta a casa todo lo posible. Y al verlo aparecer por la vía principal, Kara tuvo que hacer acopio de todo su autocontrol para no echarse a llorar en sus brazos.

Halldan la consoló y la mimó como nunca había hecho nadie, todo cargado con un orgullo que la traspasaba. De no haber matado a Kolblyd ella misma, lo habría hecho su prometido, despellejándolo milímetro a milímetro —en palabras del hombre—. Pero se alegraba de que ella hubiera demostrado su valía, puesto que ahora su gente la veía de otro modo.

Con Halldan a su vera, las fuerzas de Kara regresaron y se esforzó todavía más en aprender todo lo que pudiera. Y así, cuando llegó el día de la boda, su nivel de bersker se había vuelto tan aceptable que ya era el único idioma que usaba —a excepción de con Seredil—. Su conocimiento sobre Korkof era casi superior al que tenía sobre Yithia, puesto que desde que había puesto un pie en la embarcación que la llevó a su nuevo hogar, había terminado asimilando todo lo que había pasado por sus manos, como los aspectos culturales.

En Oddin, era costumbre que los festejos duraran varios días. Con el alba del primero, la pareja se sometía al escrutinio del consejo de la ciudad, para determinar si aquel matrimonio realmente era consentido. Por lo que había aprendido en sus lecciones de historia, era una deferencia que se había instaurado con el predecesor de Halldan y que él había mantenido. Si aquella entrevista se hubiera realizado un par de meses antes, Kara habría albergado muchas dudas en cuanto a su verdadera disponibilidad a casarse. Ahora tenía la respuesta muy clara.

Tras el beneplácito del consejo de ancianos, además de repasar los esponsales que habían negociado entre su padre y Halldan previa a su partida de la isla, Kara llegó al examen individual hecha un manojo de nervios.

Halldan le mandó ánimos en el breve momento en el que coincidieron tras su entrevista con el consejo, y Seredil le dedicó una sonrisa y levantó ambos pulgares en su dirección antes de seguir ayudando a preparar el banquete. Todos confiaban en que lo haría a la perfección, pero era la primera vez que la examinaban en cualquier ámbito.

En Kridia, se aprendía las lecciones de memoria y las recitaba de carrerilla, muchas veces sin entender qué estaba diciendo. Su hermana siempre le había insistido en que no tenía sentido no comprender esa información, pero era el único modo que Kara encontraba para que los maestros no la sermonearan por tener la cabeza en las nubes. Su corazón se comprimió con fuerza al pensar en Ashbree.

No había vuelto a saber nada de la isla desde que su padre le había comunicado el fallecimiento de la antigua heredera del imperio. Cuando arreglaron el puesto de correo tras haberse quemado, consiguieron reestablecer las comunicaciones con el imperio.

Fue entonces cuando se enteraron de la caída de Breros, el contraataque maestro orquestado por el Rey de los Elfos. Halldan se puso hecho una furia al recibir la noticia, puesto que las explicaciones de su padre fueron tan vagas como parcas. Se le informó del número de bajas —cincuenta berserkers, veinte enanos y diez trolls— y se solicitó que el *jarl* repusiera las tropas a la mayor brevedad posible, cosa que Halldan no hizo sin recibir más explicaciones. Unas que aún no habían llegado y que hacían que siguieran sin saber cómo Rylen Valandur se había anotado una victoria tan aplastante. Ese era el motivo que tenía al *jarl* planteándose seriamente regresar a la isla y tomar el control de sus propias tropas por sí mismo, porque estaba muy descontento con la forma de actuar de su padre.

En Korkof, los enfrentamientos bélicos eran brutales, apenas duraban unos días con suerte. Y parte de su ejército ya llevaba meses fuera del continente y de su control. Había destinado a sus embajadores más experimentados para aquella tarea, pero parecía que no estaban rindiendo al nivel que el *jarl* exigía.

La idea de volver a Yithia la animaba y aterraba a partes iguales. Sabía que después de contraer nupcias en el continente, tendrían que regresar para hacer lo propio en su nación, pero no quería encontrarse tan pronto con un padre al que empezaba a ver con otros ojos. Y ahora, después de casi dos meses en el norte del continente, cuando empezaba a apreciar cierto encanto en aquel clima gélido que había empeorado con la inminente llegada del invierno, esperaba que el momento de regresar se retrasara todo lo posible.

—¿Kara? —preguntó alguien a su izquierda.

Sobresaltada, volvió en sí y dirigió la mirada hacia el hombre enjuto que la había llamado. Era uno de los ancianos del consejo, seleccionados por el *jarl* para asegurarse de que las costumbres se protegían y honraban. Uno de los elegidos para examinarla.

—Disculpad —respondió ella con una sonrisa tensa.

La elección del idioma le salió sola, y sintió una punzada de ánimos.

Kara siguió al hombre al interior de la choza y el intenso olor a incienso, entremezclado con distintas hierbas rituales, la abofeteó. Los otros seis miembros de aquel examen la estaban esperando alrededor de una hoguera, dentro de la caseta de las tres *nornas* de Korkof, unas señoras que se habían desplazado hasta Oddin desde distintos ducados para asistir a las nupcias. En todas las grandes ciudades había un espacio destinado a ellas, mujeres que tenían una conexión directa con sus dioses y que se dedicaban a viajar por toda la nación ofreciendo su buenaventura.

Ocultaban sus rostros con capuchas y túnicas oscuras, adornadas por un grueso cinturón de cadenas oxidadas, aunque bajo la tela, su vista privilegiada intuía piel marchita. Estaban en el centro, y a ambos lados de aquella tríada había otros tres varones, siendo siete testigos ancianos en total.

El que la había llamado señaló el punto al otro lado del semicírculo que conformaban sus propias sillas, para que la joven aguardara de pie. Así eran aquellas reuniones: quien tenía poder, permanecía sentado. Y ella no albergaba poder alguno. Todavía.

Entrelazó las manos y resistió con estoicidad las miradas enjuiciadoras. Había ganado cuerpo en esas semanas, aunque seguía siendo delgada como un junco y espigada. Sus muslos no eran gruesos y fuertes, ni sus pechos prominentes, tampoco tenía amplias caderas para facilitar el parto de unos vaettir tan grandes como los berserkers. Físicamente, ella había hecho todo lo posible para encajar, pero sus huesos no podían cambiar, por mucho que lo intentara. Por eso se había esmerado en acicalarse y trenzarse el cabello como lo hacían las mujeres de allí, domando el encrespamiento de un clima más húmedo incluso que el del sur de Yithia. Adornaba su cuerpo con joyería robusta, dejando bien claro que su estatus le permitía disponer de ello en cualquier momento. Y lucía ropajes ricos y bien trabajados, gustosos y tupidos para protegerla del frío. Su esencia era lo que se esperaba de la esposa del *jarl*, y ya solo quedaba comprobar que su mente también estuviera a la altura.

Le hicieron permanecer en pie lo que se le antojó una eternidad. El sudor le corría por la espalda, tenía los hombros tensos por mantener la postura erguida y la pierna derecha cargada. Podía dar gracias a haberse acostumbrado a la ausencia de un ojo y que la falta de profundidad no la golpeara en aquel momento.

Cuando por fin se decidieron a hablarle, lo hicieron a un ritmo rápido, para cerciorarse de que los comprendiera a la perfección. No querían a una mujer que no entendiera lo que se hablara en su presencia al lado de su *jarl*, pues sería ella la que se encargaría de algunas de las funciones de su marido si este tenía que viajar a cualquier ducado. Y, gracias a los dioses, Kara lo entendió todo.

Fue respondiendo a las preguntas de historia, sobre *jarls* previos y sus conquistas, con voz calmada y aportando todo lujo de detalles. Fue capaz de narrar todas las proezas de Ivein Geirrhall, el primer *jarl* de Korkof; relató cómo Halldan se convirtió en Invicto como si ella misma lo hubiera presenciado, y después, cómo consiguió su título de Doble Invicto. Recitó leyes de memoria, enumeró las distintas festividades de su cultura, señaló las fechas de cultivo y habló de las tierras fértiles al sur, de los víveres que se plantaban y de cuándo era propicio recoger la cosecha; contó las historias y leyendas que se escondían detrás de algunas criaturas que Kara solo podía desear que no existieran, y enumeró la lista completa de dioses según su importancia.

Para cuando terminó la sesión de cinco horas a la que la sometieron, Kara estaba empapada de sudor, las mejillas arreboladas por el calor de la estancia, sus sentidos embotados por el intenso aroma a incienso que casi hacía que empezara a alucinar y las rodillas temblorosas. Le habían subido calambres desde las piernas a los riñones y los hombros. Todo su cuerpo se había convertido en un amasijo rígido que temía no poder volver a mover nunca.

Se sentía al borde del llanto, los ojos opacados por lágrimas de extenuación, cuando la *norna* del centro, la que se suponía que era la más anciana de todas, cogió la madeja que había estado enrollando durante esas cinco horas y la guardó en un cofrecito tallado con esmero y lujo. Las otras dos mujeres hicieron lo mismo y cerraron el cofre con un chasquido que la estremeció de los pies a la cabeza.

Los varones, meros testigos y examinadores en aquella tarea, pues eran ellas quienes decidirían su futuro, se levantaron y se marcharon de la casucha sin despedirse siquiera. La decisión había sido tomada, y a Kara solo le quedaba rezar para que no arrojaran el baulcito a las llamas frente a ellas, porque eso significaría que no daban el visto bueno a su enlace.

Con un crujido de rodillas, la mujer de la izquierda se levantó, con lo que parecía ser un manojo de salvia seca en la mano. La de la derecha hizo lo propio, y Kara la miró de reojo mientras, de entre los pliegues de su túnica, sacaba un cuchillo fino y muy afilado. Ella se tensó y, por instinto, su palma sobrevoló a la altura de su cadera, donde ella misma llevaba su daga escondida. Siguió los movimientos de ambas según se deslizaban a su alrededor, estudiándola de arriba abajo por aquella estancia circular cuya única entrada de luz natural era el respiradero del techo.

—Extiende la palma, chica —dijo la de la derecha.

Los ojos de Kara se desviaron hacia la anciana que permanecía sentada, aún sosteniendo el cofre que determinaría su futuro. Después de un segundo de duda, obedeció; acto seguido, la *norna* de la derecha la agarró por la muñeca con fuerza y hundió la punta del filo en la yema de su dedo índice. Kara se tragó el siseo de dolor y se dejó hacer cuando la mujer dirigió su mano para que varias gotas de sangre cayeran en las llamas. El fuego crepitó y, durante un segundo, tuvo la sensación de que sus lenguas candentes se tornaban de un rojo vívido antinatural que desapareció con el siguiente parpadeo. ¿Le estaría jugando una mala pasada su falta de ojo?

Las mujeres se miraron entre sí antes de que la de la izquierda paseara el manojo de salvia por las puntas de las llamas y este se prendiera, liberando un humo denso y blanquecino que la *norna* se encargó de distribuir por toda la estancia. Los sentidos de Kara se embotaron más todavía, la cabeza empezó a darle vueltas y el estómago se le contrajo. Parpadeó varias veces, intentando ver a través de la neblina que opacaba su vista, aunque resultó inútil. El mundo daba vueltas a su alrededor y no supo cómo permaneció en pie cuando su cuerpo le pedía que se doblara hacia delante y vomitara hasta la primera papilla. No obstante, cuando el vómito le trepó por la garganta, se lo tragó. Nadie la había advertido de aquello, pero si era una especie de prueba para demostrar su valía y su entereza, pretendía superarla.

La *norna* de la izquierda paseó el manojo de salvia humeante por debajo de su nariz, mientras la de la derecha observaba la mácula de su sangre sobre la punta del arma a la luz del fuego.

—Aspira con fuerza, chica —le ordenó la de la salvia.

Sus pulmones se inundaron con la presencia espesa del humo, la llenó por completo y temió no ser capaz de respirar de nuevo. Pero cuando se acordó de soltar el aire, todo volvió a la normalidad, salvo porque su vista se había nublado del todo.

—Cuéntanos qué ves —dijo la *norna* del centro.

Kara no las veía; ya no se encontraba en la casucha de las ancianas, rodeada de su presencia asfixiante. Se encontraba en la oscuridad más profunda, y así se lo hizo saber a las mujeres.

—Sombras. Sombras que aparecen y desaparecen; no, desaparecen y aparecen. Se llevan a alguien… No a mí, sino a otra… mujer, una de cabellos cortos y negros que lucha. Unos ojos plateados que me buscan. —Kara se estremeció cuando dio una segunda bocanada profunda y las ganas de vomitar aumentaron—. Un palacio reconstruyéndose.

Intentó aguzar los sentidos para reconocer el edificio, pero no pudo, pues las sombras la engulleron de nuevo.

—Sigue escarbando, niña. No es eso lo que queremos saber.

El espacio se quedó en calma y una luz prístina brilló al fondo. Kara la siguió, cegada por aquel fulgor cuando ningún otro lo había hecho antes. Un día de júbilo la esperaba al otro lado. La gente se reunía alrededor del edificio principal de… ¿De dónde? Aquello no era Oddin, ni ninguna otra ciudad del norte del continente. El ambiente olía al salitre del mar, a pescado recién llegado al puerto y a azahar. Le sonaba aquella fragancia, aunque hacía años que no la olía. Le recordaba a su hogar, pero su hogar ahora era otro. ¿Y cuándo era *ahora*? Los vapores de la salvia empezaban a desvanecerse y, tras parpadear, vio a las tres *nornas*. Cerró los ojos y aspiró hondo, porque su corazón le pedía que siguiera mirando entre aquellos vapores.

Había mucha gente en las calles bien adoquinadas, con el sol brillando con fuerza. Su cuerpo flotó por encima de la calzada y se coló en un palacio otrora frío y ahora colmado de vida. Llegó a una sala del trono y se vio a sí misma, en el centro de la estancia.

Halldan estaba junto a ella, su presencia reconfortante envolviéndola. Y a su alrededor, correteando entre sus faldas, sacando de quicio al hombre... Los ojos de Kara no pudieron retener más las lágrimas y dejaron que cayeran libremente. Porque había dos retoños con ellos, de cabellos cobrizos y belleza etérea, orejas redondeadas y preciosas mejillas pecosas. Una, la mayor, tenía los ojos verdes de Kara; el otro, el mediano, tenía unos ojos de un azul profundo que le recordaban a los de Halldan. Y en brazos de esa otra Kara, un bebé que jugueteaba con los cabellos sueltos de su madre.

—Yo también tengo que presentarte a alguien —dijo una voz femenina por delante de ella.

Pero cuando alzó la vista para identificar de quién se trataba, la alucinación desapareció y el mundo retomó su consistencia propia.

—¡No! —gritó Kara por inercia.

La estancia se quedó en un silencio tan solo roto por el chisporroteo del fuego. Las *nornas* compartieron un vistazo imperceptible por las sombras que ocultaban su rostro y volvieron a sus asientos. Frustrada por no haber descubierto más, se pasó las manos por las mejillas para apartar las lágrimas que habían corrido libres por ellas.

—Un futuro se nos ha mostrado —dijo la de la derecha.

Al parecer, Kara había seguido relatándoles lo que había visto. Eso o ellas mismas habían sido testigos de su designio.

—Uno que solo tú podrías cambiar —añadió la de la izquierda.

—Una decisión ha sido tomada, Kara Aldair —sentenció la del centro.

Y sin decir nada más, sostuvo el cofre sobre el fuego, los brazos extendidos en toda su longitud. El corazón de Kara se contrajo, a la espera de que los dedos se abrieran y chamuscaran todas sus esperanzas. Hasta que comprendió que le estaban entregando el baúl. Que estaban dejando su futuro en sus manos, pues ellas le brindaban su beneplácito.

Kara abandonó la casucha de las *nornas* con piernas temblorosas y el cofrecito entre las manos, sostenido frente a su cuerpo. No apartaba la vista de él, en cuyo interior había tres madejas enrolladas en esas cinco horas que había pasado ahí dentro. Sabía que simbolizaba que veían tres futuros para su matrimonio, y dependía de ella cuál escoger. Sin duda, quería el que había presenciado.

Hijos... Iba a tener hijos. Tres retoños preciosos que presentaban la fiereza de su futuro padre y su propia gracilidad y hermosura. Tres niños ricos y achuchables. Su propia familia, lo que siempre había deseado.

Sin poder contenerse, Kara dejó que las lágrimas fluyeran, acompañando los sollozos de júbilo con una risilla que cualquiera pensaría que era desquiciada. Antes de darse cuenta siquiera, unas manos le acunaron el rostro y la instaron a alzarlo hasta encontrarse con dos zafiros que brillaban con fuerza.

—No, Kara... —mascultó Halldan con pesar, los labios apretados por el dolor de lo que había interpretado en su llanto.

Ella se apresuró a negar con la cabeza y le rodeó el cuerpo con sus brazos menudos, apoyando la mejilla sobre aquel pecho que ya reconocía. Halldan se quedó quieto unos segundos, consternado por esa muestra de afecto pública, pero luego abandonó sus reticencias y la envolvió con fuerza.

—Encontraremos el modo de buscar su bendición, pequeña —susurró contra su oreja.

El hombre se había alterado tanto al verla llorando que ni siquiera se había dado cuenta de que entre las manos sostenía el cofre que marcaba su futuro. Negó con la cabeza una vez más y se separó lo suficiente como para mirarlo a la cara. Ella le dedicó la mayor sonrisa de felicidad que hubiera esbozado nunca. Ni siquiera con la llegada de Mebrin a su familia, un hermano ansiado visto el distanciamiento de su hermana mayor, Kara había sentido tanto regocijo.

—Hijos, Halldan... —murmuró, la voz temblorosa por el llanto. Él le limpió un par de lágrimas con los pulgares.

—¿Qué dices, pequeña?

—Tendremos... Tendremos tres hijos, Halldan.

Él abrió mucho los ojos y se quedó de piedra. Kara, con una palma sobre su corazón, se percató del salto que dio su órgano, de cómo empezó a bombear con mucha más fuerza.

—¿Significa eso...?

—Tenemos su bendición, Halldan Ruud.

—Oh, Kara —mascultó él antes de agacharse y envolverle las piernas y alzarla del suelo.

La elevó agarrándola por debajo de los glúteos y giraron juntos, riendo y sollozando —ella— a partes iguales. El corazón de Kara estalló al escuchar las carcajadas colmadas de alegría de su futuro marido, a quien, en aquel momento, no le importaba la imagen que pudiera dar. La estrechó con fuerza y la paseó durante el camino entre la casucha y el edificio central, sin dejar de reír y repetirle lo mucho que la quería. Cuando llegaron a las puertas de su destino, la dejó en el suelo y capturó sus labios. Fue un beso apasionado, uno que le arrebató la respiración y devolvió el temblor a sus rodillas; uno cargado de promesas que pretendía cumplir esa noche.

—Pienso honrarte todos y cada uno de nuestros días, Kara Aldair —murmuró contra sus labios.

—A partir de esta noche... me gustaría ser Kara Ruud.

Halldan se quedó perplejo, sus ojos perdidos en la infinidad de los de Kara.

—¿Qué?

Era algo de lo que no habían hablado, porque él había asumido que, como heredera Aldair, mantendría su apellido. En el Imperio de Yithia, era costumbre conservar el apellido más poderoso de la pareja, el que tuviera más historia. Su madre así lo había hecho al casarse con su padre. Y después de lo que había visto, ya no le quedaba ninguna duda.

—Si nuestros hijos se sientan algún día en el trono de cuarzo, no será con mi apellido o una mezcla de ambos. Sino con el del hombre al que amo.

«El del hombre que me va a regalar mi sueño más preciado», pensó.

—Creía que no podías hacerme más feliz después de todo esto, pero me equivocaba. —Sonrió contra sus labios, un gesto solo para ella, antes de volver a besarla con un cariño desbordado—. Eres toda una caja de sorpresas.

—Todas para ti, mi *jarl*.

102

Ilian apareció a las puertas de la mina de Anararca y contempló el agujero en el que se iba a meter. Construida durante los tumultos del Siglo Cero, la mina funcionaba como un presidio subterráneo. Dada la falta de espacio explotable en una isla masificada, asediada por guerras y más guerras y con una orografía tan montañosa, el primer rey de la Era Lunar, Ruash Valandur, abuelo de Rylen, ordenó construir la mayor cárcel habida en el Reino de Lykos. Existían pequeños presidios por toda la nación, dedicados a presos menores o de corta estancia, pero necesitaban un lugar inexpugnable en el que recluir a la peor calaña de la sociedad, entre los que se encontraban los traficantes de droga. Un lugar protegido de los posibles sitios si la guerra ascendía demasiado al norte, para evitar que esos despojos escaparan. Y sin terrenos libres o llanos que dedicar a una construcción de semejante envergadura, se recurrió a la montaña más profunda de toda la isla.

Ilian se adentró en la mina con paso firme, observando a los presos encadenados entre sí por un tobillo, alzando los picos por encima de sus cabezas. Se identificó en la garita de entrada y el capataz le indicó cómo llegar hasta la sección en la que trabajaba la presa en cuestión, pero no se molestó en ofrecerle su guía, así que Ilian inspiró hondo una última vez y se dirigió a las profundidades.

Los reos se movían en silencio, acongojados por su propio suplicio. Ilian caminó cuesta abajo; el olor cambió a uno más agrio, más antiguo, cargado de sufrimiento y muerte confinada en las entrañas de la tierra. Un escalofrío le recorrió el cuerpo y tuvo el impulso estúpido de echar a correr y salir de allí cuanto antes, tal era el nivel de aprehensión que generaba aquella monstruosidad de lugar.

Tragó saliva y lo observó todo a su alrededor, siendo la primera vez que iba tan adentro. La piedra era la más negra que hubiera visto nunca, clareada por las vetas de mineral en distintos puntos, y con un sinfín de túneles que partían del camino principal hacia las profundidades. Había carretas atestadas de hierro que se almacenaría durante los dioses sabían cuánto tiempo. Las minas de Lykos eran ricas en aquel mineral que los korkofitas empleaban para tantos aspectos cotidianos, como para marcar a sus esclavos. Y con el posicionamiento de los berserkers en favor de los yithianos, la línea de comercio con el norte del continente se había extinguido. Aunque esperaban que eso cambiase.

Un par de presos empezaron a cuchichear, el rumor de su presencia extendiéndose por los recovecos de la mina. Se alzó algo de jaleo y entonces escuchó el primer látigo restallar. El frío le aterió los dientes, le atravesó las raíces hasta incrustarse en la profundidad de su cráneo ante aquel sonido inconfundible. Ilian no era ajeno a los latigazos, y con cada nuevo restallido que cortaba el viento, la espalda le picaba más y más. No habían dejado cicatriz, él mismo se había encargado de ello, pues no quería llevar en la piel la marca de la tortura, pero había sido la misma fémina a la que ahora venía a buscar quien le había hendido la carne de la espalda con violencia, intentando sonsacarle información.

Continuó por un pasillo angosto hasta que llegó al verdadero complejo del presidio minero, cuyo olor a cerrado se inundó con el hedor de la sangre de los flagelados, el del sudor de los días de trabajo extenuante y el del orín de los presos que no soportaban la presión.

Había una oquedad descomunal y circular excavada en la tierra, y aprovechando al límite el espacio, filas y filas de pasillos curvos, unos por encima de otros, que conformaban los corredores de las celdas, también horadadas en la pared. Avanzó por el pasillo circular, asomándose por encima de la baranda que impedía la caída de cientos de metros. En algunos puntos estratégicos, había extrañas puertas excavadas en la pared, y se fijó en las marcas del metal hasta que encontró la que buscaba, la número trece.

Golpeó la puerta con fuerza y una pieza rectangular se deslizó hacia un lado para revelar unos ojos castaños que lo observaron con hostilidad.

—Qué quieres —le espetó.

Ilian tiró de la insignia de general de la que no se había deshecho y la compuerta se cerró antes de escuchar el traqueteo característico de los cerrojos abriéndose. El túnel que se extendía ante él era tan estrecho que tuvo que caminar inclinado hacia delante.

—Busco a una presa. Calari Laurencil.

El varón, ancho y fornido, se protegía el rostro con una máscara filtrada, una de las pocas que habrían sobrevivido al requisamiento por orden del Rey de los Elfos. Armado con espada y látigo para contener, se giró y repasó unos documentos.

—Está por aquí, sígueme.

Ilian sintió alivio por no tener que apañárselas él solo de nuevo, pero esa sensación desapareció en cuanto se adentraron aún más en las entrañas de la montaña y un aroma viciado y turbulento le abofeteó las fosas nasales. Con un gruñido, se llevó la mano a la nariz y a la boca, intentando protegerse de aquella sensación.

—Son los gases que desprende esta zona. Es donde más hierro hay, pero el aire es tóxico —le explicó el trabajador. Ilian se detuvo y el varón se dio cuenta—. No te preocupes, tendrías que pasar el día entero aquí metido para sufrir los efectos.

—¿Y cuánto tiempo pasan los presos? —preguntó al retomar la marcha.

El varón respondió con una tos y más silencio interrumpido por el soniquete de los picos clavándose en la piedra. Tras recorrer unos doscientos metros, el trabajador se detuvo y señaló a una fémina por delante de él.

Llevaba el mono de presidiaria varias tallas más grandes, los cabellos blancos y empapados de sudor adheridos al cuello y a la frente, y sostenía el pico con fuerza, levantándolo por encima de la cabeza hasta clavarlo en la piedra. Su piel clara presentaba un tono macilento, e Ilian no supo decir si había estado mejor allí o abandonada en las catacumbas del palacio de obsidiana. Parecía haber ganado algo de músculo después de semanas de movimiento, pero esa era toda la mejoría que veía en su aspecto maltrecho.

—Calari —la llamó en tono firme, ante lo que la fémina se sobresaltó.

Apoyó el pico sobre el suelo y lo observó con esos ojos gélidos y carentes de vida y el ceño fruncido. Ilian tuvo la sensación de que tardó en reconocerlo, la razón probablemente turbada por trabajar entre aquellos gases nocivos.

—Vienes conmigo.

—¿A dónde? —le preguntó con la voz más ronca de lo que le recordaba. El trabajador se agachó junto a ella y abrió el grillete que llevaba al pie. A pesar de la libertad en sus extremidades, Calari no se movió—. Creía que me habíais condenado a cadena perpetua.

—Considera que tu suerte ha cambiado —masculló con indiferencia.

El Efímero echó a andar hacia la salida y Calari se quedó atrás, recelosa de aquel cambio de planes. En las últimas semanas había visitado el mismísimo infierno y se estaba dejando la piel allí, pero que él viniera a buscarla después de lo que compartían...

El trabajador la empujó por el hombro y Calari trastabilló. Le costaba mover los pies con la nueva libertad. Llevaba tantos días con la articulación mordida por el frío del hierro que era extraño dar una zancada sin el peso extra.

Cuando el trabajador cerró la puerta de metal tras ellos, que impedía que gran parte de los gases tóxicos inundara las entradas de la mina, el Efímero se giró hacia ella para fulminarla con la mirada. Antaño, Calari Laurencil ni se habría inmutado con aquel escrutinio agresivo; no obstante, habían apaleado su entereza de una forma tan brutal que cualquier figura de autoridad le inspiraba cierto pavor que se obligó a tragarse.

—Tienes dos opciones —le dijo—: ayudarme a infiltrarme en Kridia, ganándote así tu libertad, o seguir pudriéndote de asco ahí dentro hasta que mueras intoxicada.

Calari parpadeó varias veces seguidas, sin comprender lo que estaba oyendo. Dudó de si los vómitos, las náuseas y los dolores de cabeza serían los únicos síntomas de intoxicación o si podría sumarle alucinaciones a esa lista que empezaba a descubrir.

—¿Qué...? ¿Por qué...?

—Necesito a un elfo de luz que me guíe por los túneles subterráneos de Kridia —la interrumpió.

—¿Y quieres que sea yo? —Ilian asintió, y después de unos segundos de silencio, Calari rompió a reír, un sonido desquiciado y chirriante—. Soy la Asesina de la Heredera, ¿crees que no me van a reconocer en cuanto pongamos un pie en la capital?

—Con un poco de suerte, no. Creo que no te has mirado en un espejo últimamente.

Calari cerró la boca. No, no sabía qué aspecto tenía, aunque podía imaginarlo. La bravuconería de aquel varón la molestó, pero estaba demasiado cansada como para encontrar el genio que siempre la había caracterizado.

—¿Por qué? —preguntó pasados unos segundos.

El Efímero leyó su desesperación y apretó un músculo en la mandíbula.

—Tu emperatriz tiene un corazón que no le cabe en el pecho, por eso.

Ashbree Aldair estaba dispuesta a liberarla después de lo que le había hecho. Y eso... Eso removía demasiadas cosas en el interior de Calari. No obstante, no tuvo tiempo de pensar en ello antes de que un conjunto de sombras moteadas de violeta los engullera y los sacara del infierno de las minas de Anararca.

103

Necesitaron de varios saltos hasta llegar a Kridia. Ilian sabía que, concentrándose, podría alcanzar la capital en un visto y no visto, lo había hecho antes. Pero en aquellas situaciones, había estado lleno de sus sombras y las había podido usar a demanda, lujo con el que ahora no contaba. Así que hizo un primer salto a la falda de las montañas Brinthor, un segundo a la zona llana donde instalaron el campamento a las afueras de Milindur, al este de Felnor, y un tercero al lugar de la emboscada a los sanadores. En cada uno de ellos, descansó durante una hora, para evitar drenarse en la medida de lo posible.

Durante esas tres horas de viaje, Calari Laurencil le hizo preguntas sobre el estado actual de la guerra. Quería ponerse al día para mentalizarse de lo que pudieran encontrarse. Y cuando Ilian le confesó la crueldad demostrada por Arcaron Aldair, no se lo creyó.

—Ya lo verás con tus propios ojos —le aseguró.

Ella hizo un mohín en respuesta y, después de un silencio prudente, le preguntó por Cyndra Daebrin. La sorpresa amenazó con dominar el rostro de Ilian, salvo que él lo impidió. No quería demostrar ninguna emoción en su presencia más allá de la figura autoritaria y amenazante en la que se había convertido, para disuadirla de dar problemas. Cuando le explicó todo lo que sabían —y creían— que había pasado con Cyndra, Ilian distinguió un ápice de alivio en los ojos fríos de Calari, uno que se evaporó con tanta rapidez que temió haberlo imaginado.

Después de aquello, se mantuvieron en absoluto silencio hasta que llegó la hora de hacer el último salto.

El sol ya estaba en su punto más elevado, y si sus cálculos no fallaban, en cuestión de un par de horas o tres, Kridia recibiría la noticia del ataque a Milindur. Para entonces, esperaba que sus tropas hubieran tomado la mayor parte de la ciudad. Con la noticia del sitio, Ilian y Ash habían confiado en que la capital yithiana estuviera más preocupada en esa cuestión que en preparar la ejecución de su hermano, que tendría lugar a la tarde siguiente.

Calari, que había estado disfrutando de la caricia del viento y del sol, suspiró, reticente a alejarse de la paz que ellos mismos le habían negado durante las últimas semanas. Pero se lo merecía, se obligaba a pensar Ilian constantemente. A pesar de todo lo que aquella fémina les había hecho, le costaba no verla como una chica descarriada. Con el mono de presidiaria y la piel sucia y maltratada, parecía mucho más pequeña, menos letal. No obstante, en cuanto abrió los ojos y los clavó en él, la gelidez característica en ella regresó y las inquietudes de Ilian se desvanecieron.

—¿A dónde iremos primero? —le preguntó, tal vez retrasando el momento de enfrentarse a la misión.

—Nos moveremos por los tejados. —Lo había elegido como primer paso por la cantidad de veces que había estado en aquellas azoteas en los últimos meses—. Te conduciré al presidio primero.

—No va a estar allí.

—Lo sé.

—¿Entonces?

—Quiero conseguir toda la información posible.

—¿Todo esto es por la heredera?

—Tu emperatriz —la corrigió Ilian. Ella apretó los dientes y achicó los ojos antes de apartar la mirada—. Y no es de tu incumbencia.

El exgeneral extendió el brazo hacia ella y, con un refunfuño, se puso en pie. Tras agarrarla del codo, los envolvió en sus sombras, que los engulleron y escupieron en Kridia.

Estaban en el tejado en el que se parapetó la última vez que vigiló el palacio de cuarzo, cuando la comitiva berserker se estaba preparando para partir al continente. Con un barrido rápido, Ilian estudió los alrededores. Si la memoria no le fallaba, aquella mañana debería haber sido de mercado, pero las calles estaban prácticamente vacías.

—¿Qué narices...? —masculló Calari.

Alertado, miró en la dirección en la que la fémina se había quedado absorta, justo a las puertas del palacio. Las murallas que protegían la construcción estaban rematadas por una serie de picas de metal... adornadas con cabezas cercenadas.

Ilian apretó los dientes y jugueteó con el *piercing* del labio. A Arcaron Aldair se le estaba yendo de las manos su política de meter en vereda a cualquiera. A aquel ritmo, no quedarían yithianos en la capital.

—Te lo dije —le respondió él en un murmullo.

Ilian observó a Calari con verdadero interés. En sus ojos brillaba un atisbo de desesperación entremezclado con incomprensión.

—Son los efectos de la guerra.

Ella lo miró, el ceño fruncido y los labios apretados.

—No soy nueva en esto, chaval. —Ilian tuvo que reprimir la sonrisilla de medio lado ante el apelativo—. Llevo muchos años enfrascada en la guerra. Y eso —señaló al frente— no tiene nada que ver.

—¿Cuántas guerras civiles has visto?

—¿Guerra civil? —La comprensión se abrió paso por la mente de Calari, quien cerró los labios y clavó la vista de nuevo en las cabezas en avanzado estado de putrefacción—. Es por mostrar su apoyo a la Hija de la Luz —dedujo.

—O por pedir que se ponga fin a la guerra. O porque los yithianos no quieren ser carne de cañón mientras otros vaettir se llevan la gloria. Hay demasiadas causas posibles. Pero la responsable de todas ellas no es Ashbree, quien hace todo lo posible por que la gente no sufra, sino el monstruo que se sienta en ese trono. —Calari se quedó callada, mordiéndose el labio inferior con gesto indescifrable—. Venga, no podemos perder más tiempo.

Ilian se dio la vuelta, para saltar por los tejados de la capital.

—Espera. —Él se giró a mirarla—. Así vestida no pasaré desapercibida. —Se señaló el mono gris de presidiaria—. Necesito cambiarme de ropa y asearme. Nadie a quien le pregunte dirá una palabra si piensa que soy una vagabunda.

Reticente, Ilian asintió y la siguió en dirección este, alejándose del palacio de cuarzo, aunque supiera que, tarde o temprano, acabarían regresando.

Calari se detuvo en el tejado de su apartamento. Usando las cañerías de la fachada como apoyo, llegó hasta el alféizar de la última planta del edificio y forzó el cierre de una ventana. Por lo que Ilian había visto, se trataba de un complejo de apartamentos modesto, cerca de los barrios bajos de la capital pero sin llegar a estar dentro de ellos. En la planta baja, una taberna presentaba un cartel de SE VENDE con aspecto de llevar poco tiempo ahí.

Ilian, sin querer entrar por si la asesina tenía planeada alguna artimaña para deshacerse de él, se agachó en la azotea del edificio colindante, desde el que veía a la perfección el interior del apartamento. Parecía constar de una única estancia amplia y otra sala en la que Calari se adentró en cuanto puso un pie en el interior.

Pasados unos minutos demasiado largos, Calari salió de lo que resultó ser el baño, envuelta en una toalla y con los cabellos empapados. Sintió un atisbo de lástima al pensar en que la fémina llevaba casi dos meses sin poder asearse. Sin pudor alguno, y siendo consciente de que él la veía, Ilian lo sabía, se desprendió de la toalla y la dejó sobre la cama. Él no apartó la mirada, a sabiendas de que podría estar buscando la oportunidad de despistarlo y escapar.

Se tomó su tiempo en vestirse, rebuscando entre su ropa con el culo en pompa. Ilian apretó los dientes y estuvo tentado de arrojarle la daga con la que jugueteaba en pleno blanco. Cuando Calari se giró hacia la ventana mientras meneaba las caderas para subirse las bragas, en sus labios había dibujada una sonrisa desdeñosa. Las comisuras de Ilian se curvaron de medio lado y, sabiendo que ella lo estaba mirando, le enseñó los dedos medios de ambas manos.

Cuando se hubo vestido con sus ropajes militares de calle, salió por donde había entrado y se reunió con él en la azotea de enfrente antes de lanzarle una capa a la cara, que él atrapó al vuelo.

—Imaginé que necesitarías esto.

Ilian apretó los dientes. Sí, la necesitaba para cubrir sus rasgos, pero pretendía robar una de algún tendedero. El exgeneral se tragó el agradecimiento que le nació del pecho y se la echó por los hombros. Después, la agarró del brazo y la colocó frente a él, extendiéndole las extremidades en cruz. La cacheó con minuciosidad, los labios apretados en una delgada línea, en busca de cualquier arma que hubiera cogido, pero no había nada.

—¿Y ahora?

—Al presidio.

104

Saltando de azotea en azotea, Calari se fijó en lo mucho que había cambiado la capital. Las calles estaban prácticamente vacías, sin rastro de la vida habitual en un día de mercado, y había más guardias patrullando. Cuando pasaron junto al teatro, lo vieron clausurado, con las ventanas tapiadas con maderos.

Calari no detestaba a la gente, aunque hubiera aprendido que cerrarse a ellos le evitaba sufrimiento innecesario. Le gustaba la vida en la ciudad, ir de tabernas, disfrutar de los espectáculos nocturnos y pasear por la orilla del mar. No había dudado ni un segundo en aceptar la misión de infiltración, y hasta se había sentido un poco orgullosa de ello, aunque ahora se preguntaba cómo se habría enfrentado ella a este cambio de haber seguido en la capital.

Arcaron Aldair nunca había sido plato de buen gusto, pero Calari había nacido para cumplir órdenes, y lo que dijera su emperador era ley. No obstante, ¿hasta dónde debía llegar su sentimiento de lealtad? ¿Qué sentido tenía el ejército si no priorizaba la protección del pueblo? Si bien ella no pertenecía a la guardia imperial, que eran quienes patrullaban las ciudades, ahora veía a miembros de la milicia pateando las calles de la capital. ¿Serían ellos los ejecutores de los pobres detractores clavados en las picas?

Apretó los dientes cuando las piernas se le resintieron en un último salto. Aunque había comido algunas galletas rancias en su apartamento, estaba desnutrida, y eso le estaba pasando factura. Por mucho que fuera enfundada en sus ropajes militares de calle, no le conferían la fuerza que había perdido. Solo esperaba no flaquear cuando encontrara el momento de usar el pequeño puñal que había escondido en un compartimento secreto de los pantalones, justo en la vaina blanda entre sus nalgas, mientras le enseñaba el trasero en todo su esplendor al Efímero. No había sido tan tonta como para no prepararse para escapar a la mínima de cambio —porque no se fiaba de su palabra—, y aquel artilugio estaba tan bien guardado que solo ella sabía que lo llevaba, como ya había comprobado.

Aun así, a pesar de que esa arma pequeña e inofensiva en manos inexpertas le diera cierta seguridad, debía tener mucho cuidado con dónde pisaba. Después de media hora de trayecto casi haciendo acrobacias, el sudor le perlaba la frente y tenía la sensación de haberse bañado para nada. Desde el edificio colindante al presidio, se atisbaban los pináculos bulbosos del palacio de cuarzo, tan altos que pretendían rozar el mismísimo cielo. Allí dentro se ocultaba el varón que estaba matando a su ciudad, la misma que la había visto crecer. Por un instante, la imagen de su madre apareció en su mente. Para Calari, había sido un *shock* que el Efímero le dijera que Elegor había sido asesinado —no sabían a manos de quién—, y no habría terminado de creerlo de no haber visto con sus propios ojos que el horror al que se enfrentaba Kridia era cierto. ¿Cómo habría reaccionado su madre ante la muerte de Elegor? ¿Habría llegado hasta allí el rumor de que ella era la Asesina de la Heredera, por mucho que esta ya no estuviera muerta? ¿Qué pensaría de ello? ¿Seguiría viva siquiera? ¿Acaso le importaba realmente?

A pesar de que su madre nunca había sido modélica, era ese sentimiento de rectitud lo que llevaba a Calari a destinar parte de su sueldo a cuidarla, aunque se negara a aceptarlo. No podía desentenderse de ella como había hecho su difunto padre. Y quizá fuera ese mismo sentimiento de rectitud el que le susurraba que lo que Arcaron Aldair estaba haciendo con su pueblo, por muy emperador que fuera, estaba mal. No se podía construir un imperio sobre los huesos de sus ciudadanos; hasta ella lo entendía. Y tal vez alguien como Ashbree Aldair trajera consigo vientos de cambio.

Aunque quería, no podía culparla por haberla sentenciado a cadena perpetua en la mina de Anararca. Había fallado estrepitosamente en su misión de rescate, todo por dejarse convencer por la mayoría y sumarse al estúpido plan de regicidio. Y que Ashbree, a pesar de su intento de matar al rey, a pesar de haberle clavado un puñal en el pecho, le hubiera perdonado la vida... Calari sentía que tenía una deuda muy grande con la joven.

Por eso acompañó al Efímero por los tejados de la ciudad, sin rechistar ni plantear más dudas de las estrictamente necesarias. Entró en los calabozos con porte altivo y seguro e hizo las preguntas pertinentes. Con su uniforme, ninguna cuestión quedó sin responder. Podía dar gracias por que su orden fuera más bien esquiva y que la gente de a pie, fuera del ejército, no la reconociera.

—Al palacio, entonces —dijo el Efímero, en tono monocorde, cuando Calari le confirmó que Mebrin Aldair no había abandonado su residencia.

El humor del varón se agrió y no le dedicó ni una palabra más hasta que llegaron al siguiente edificio. El sol seguía avanzando por el horizonte, calentándoles los cogotes sin clemencia, y aunque Calari lo agradecía, comparado con el frío de las minas del norte, el varón estaba sudando copiosamente.

—Puedo conseguirte algo de agua —se ofreció con la boca pequeña.

Teniendo en cuenta el infierno que ella misma le había hecho vivir en Milindur, cualquiera habría pensado que se había vuelto demasiado dócil y servicial; que las semanas en la mina la habían machacado. Nada más lejos de la realidad. Calari había estudiado cada oportunidad posible de escapar, pero él era tan asesino como ella, y le sacaba muchas horas de descanso, nutrición eficiente y entrenamiento. Tenía que pillarlo con la guardia baja.

—Sigue caminando —le espetó de mala gana.

Con la vista al frente, Calari esbozó una sonrisa trémula y afilada. Sabía que iba a rechazar su ofrecimiento por orgullo, y era demasiado peligroso que él mismo bajara a las calles a beber de una fuente. Eso significaba que en algún momento la deshidratación le empezaría a pasar factura, puesto que los grajos no estaban acostumbrados a la humedad pegajosa del sur ni a sudar tantísimo. Aquello jugaría a su favor tarde o temprano, sin duda, por muy acostumbrado que estuviera a pasar horas y horas combatiendo en el frente.

A juzgar por la altura del sol, debía de faltar poco para que la noticia del ataque a Milindur llegara a la capital y que cayera la noche, y si bien a Ilian le convenía el caos que aquello provocaría, sabía que la espera tampoco era la mejor opción. Incluso a un día de que llegara la primavera, para él hacía un calor de mil demonios, y con la armadura de cuero y la capa, estaba sudando por encima de lo que resultaba conveniente.

Las veces anteriores en las que había estado en la capital, no le había dado tanta importancia al malestar físico por la exposición al sol sofocante. Sin embargo, ahora sus reservas de sombras estaban bajo mínimos, y aquello le traía un regusto de familiaridad demasiado amargo.

Con el corazón en un puño, Ilian siguió a Calari por los tejados y azoteas, saltando y caminando agachados según lo requerían, sus pies silenciosos sobre las tejas de color bronce, hasta la zona más al norte, fuera de los límites de la ciudad.

—Esta es la entrada más discreta a la red de túneles de alcantarillado. Desde aquí, creo que solo hay un camino hasta llegar al núcleo del centro de la ciudad.

—¿Crees? —inquirió Ilian, receloso.

—Sí, creo. Nunca he tenido que usar estos túneles. Se puede entrar a las alcantarillas desde los callejones del centro de la ciudad o los barrios bajos, pero todos esos accesos están a plena vista. Y siendo que hay una guerra civil, como tú dices, seguro que esas entradas están más transitadas. Si prefieres alguna de esas rutas, ya de paso te coloco la diana a la espalda yo misma.

Ilian ignoró la sonrisa maliciosa que se perfiló en sus labios y la siguió a regañadientes. Aunque fuera arriesgado, no había hecho todo aquello para regresar a casa con las manos vacías.

Le pidió a Umbra que saliera, aunque eso lo dejara con un pedazo de sombras menos a su disposición, y lo mandó a que explorara los túneles por delante de ellos mientras avanzaban en silencio.

El olor ahí abajo le hacía competencia al de las minas de Anararca, e Ilian pensó que ya había tenido suficientes hedores para toda la semana. Siguió a Calari por el estrecho pasillo de piedra junto al río de aguas residuales, vigilando bien dónde ponía los pies la fémina.

La oscuridad se acrecentó a su alrededor y Calari redujo el paso, caminando con una mano apoyada en la piedra para guiarse. De vez en cuando, alguna alcantarilla enrejada ofrecía algo de luz para que la fémina se guiara. Ilian aguzó los sentidos y cuando se cercioró de que solo oía el crujir sigiloso de sus pisadas, le preguntó en un murmullo:

—¿Sabrás llegar a las catacumbas desde aquí?

Asintió con la cabeza, e Ilian solo lo vio gracias a su genética privilegiada.

—Cuando lleguemos al subterráneo del palacio, te darás cuenta. Desde ahí, hay varias entradas y todas conducen a los pasillos de servicio y de traslado de presos tras los juicios.

Los recordaba, había estado en ellos en su búsqueda frenética de Cyndra justo antes... justo antes de que él mismo muriera y luego resucitara.

Umbra regresó hasta ellos, trazó dos círculos y volvió por donde había llegado. Ilian se adelantó y agarró a Calari del brazo para apretarla contra la pared antes de asomarse por la esquina. Más adelante, un par de guardias que portaban cristales de luz para guiarse caminaban por otra intersección, tan en silencio como ellos mismos. Después de unos segundos de vigilancia, se perdieron por otro túnel.

—Despejado.

Le dio un empujoncito en el hombro para que siguiera caminando y ella le lanzó una mirada furibunda a la que él contestó con una sonrisilla.

—¿Qué pasará si rescatamos a Mebrin? ¿Qué hará la here... la emperatriz?

—Seguramente, se centre en el bienestar de su hermano unos días. Pero después golpeará a su padre con fuerza y meditación. Pondrá fin a esta guerra de una vez por todas.

—¿Y si no lo logramos? ¿Y si mintió y ya lo ha enjuiciado?

—Entonces, tal vez destruya la capital entera en cuanto se lo cuente esta noche.

Calari lo miró por encima del hombro.

—Tenéis demasiadas esperanzas puestas en lo que una chiquilla puede hacer, ¿no?

Ilian frunció el ceño, molesto por el insulto velado. La agarró del brazo con fuerza y tiró de ella para encararla, sus rostros a menos de un palmo de distancia.

—Esa *chiquilla* me trajo de vuelta de entre los putos muertos, sobrevivió cuando tú misma le clavaste un puñal en el corazón, le ha plantado cara a los mismísimos dioses y ha encontrado una cura para la adicción a la miel de plata. —Los ojos de Calari se abrieron por la impresión—. No es ninguna chiquilla. Estás hablando de Ashbree Aldair, tu legítima emperatriz, la única que podría ponerle fin a esta Tercera Guerra y a cualquiera que esté por venir; la única que quebraría la escisión de la raza; la única capaz de invocar a un dragón. No tienes ni idea del alcance de su poder, Calari, y más te vale recordarlo.

La asesina puso una cara de incredulidad digna de enmarcar.

—Tal y como lo pintas, si no rescatamos a Mebrin, ella podría ser mil veces peor que Arcaron Aldair.

—Y lo será. Si yo no estoy ahí para impedirlo.

—¿Tú? —preguntó con una risilla incrédula.

—Sí, yo —espetó contra su cara, realmente molesto por su condescendencia.

Calari alzó una ceja, escéptica, y lo repasó con la mirada. Entonces se fijó en la alianza que llevaba en el anular izquierdo y sus cejas volvieron a su posición natural.

—Ya entiendo.

Siguieron caminando en silencio, sin encontrarse con nadie más, y el túnel empezó a transformarse. Las paredes y el suelo cambiaron de piedra maciza a ladrillo, y cada ciertos metros, había antorchas apagadas y preparadas para ser utilizadas en caso de emergencia. Claramente, habían llegado a la sección más cercana al palacio.

Calari hizo amago de coger una, pero Ilian la detuvo.

—A oscuras.

—No veo una mierda —susurró.

Al estar bajo el palacio, habían dejado atrás las escasas alcantarillas que arrojaban algo de luz.

—¿Hacia dónde?

Calari apretó los dientes y señaló una bifurcación a la izquierda. Agarrándola por el brazo, siguió sus indicaciones hasta que Umbra regresó a ellos volando. Cuando se introdujo dentro de él e Ilian recuperó ese trozo de sus sombras, supo que el resto de los túneles estaban despejados. Su *Fjel* había creado un mapa apresurado para él, y más adelante, sin necesitar la guía de Calari, llegaron hasta un tramo en el que había unas escaleras que ascendían hacia palacio, flanqueadas por antorchas encendidas.

—Es por ahí —murmuró Calari, la tensión siendo dueña de su cuerpo.

Los nervios invadieron el cuerpo de Ilian y rotó los hombros para relajarse. Todo iría bien. Tan solo era una misión de infiltración por unas zonas que, si Mebrin estaba arrestado en sus dependencias, probablemente se encontraran vacías. Y si se equivocaba y había demasiada vigilancia, siempre podía volver atrás y trazar un plan meditado, habiendo estudiado el terreno.

En cuanto llegaron al final de las escaleras, dieron a un pasillo de piedra bien trabajado, aunque se alejaba de los lujos propios del palacio de cuarzo. El ambiente allí era más limpio, e Ilian se permitió dar una bocanada de aire profunda antes de retomar la marcha.

Siguieron avanzando sin encontrarse con nadie, estudiando las vías en ambas direcciones. Estuvo tentado de sacar a Umbra para que vigilara el camino; no obstante, allí dentro sería demasiado fácil que lo vieran y levantara sospechas. Así que tocaba hacerlo todo al modo mortal, al menos hasta que necesitara emplear el refuerzo de sus sombras.

Con cada zancada en dirección a los calabozos, la sensación de malestar en Ilian crecía más y más. Ya no era por el influjo del sol y el cansancio, sino algo diferente, muy parecido al ardor de estómago propio de una comida copiosa.

—Tenemos que irnos cuanto antes —le indicó el exgeneral.

—Casi hemos llegado —susurró ella en respuesta.

Algo iba mal. Aunque habría esperado que no hubiese vigilancia allí abajo si no había preso que custodiar —nada raro siendo un miembro de la familia imperial y que era probable que lo hubieran recluido en sus aposentos—, que no hubiera *nadie* le daba muy mala espina.

Llegaron a una puerta robusta, con un ventanuco adornado con tres barrotes gruesos: los calabozos. Calari se asomó por la ventana y abrió la puerta, que soltó un gemido muy molesto. La dejaron abierta, garantizándose una fácil huida, y se adentraron en el pasillo. Era evidente que aquella sección del palacio estaba abandonada, las paredes cubiertas de humedad. Pero no fue eso lo que lo alertó, sino la extraña impresión de que había una fuerza empujando contra sus hombros. Como si el aire a su alrededor estuviera comprimido y le apretara los músculos, la garganta y todo su ser.

—Allí empiezan las celdas. —Calari señaló más adelante, donde se atisbaban las rejas enfrentadas a ambos lados del pasillo.

—Aquí no hay nadie, vámonos —farfulló Ilian, el malestar aumentaba a pasos agigantados.

Calari, no obstante, echó a correr para revisar cada celda de un vistazo rápido. Y cuando Ilian intentó darse la vuelta para abandonarla a su suerte, se descubrió carente de fuerzas. Dar una sola zancada le costó un esfuerzo atroz, la sensación de opresión creciendo en sus pulmones, alrededor de sus músculos. Era como si una mano invisible y gigante sobre su cabeza pretendiera aplastarlo contra el suelo. Y cuando alzó la vista al techo...

—Mierda —masculló, justo antes de escuchar pisadas apresuradas llegando hasta ellos.

Con un gruñido atragantado, Ilian luchó contra su propio cuerpo para dar un paso, luego otro. Calari regresó hasta él, el rostro contraído por la incomprensión.

—Está vacío —le aseguró.

Era una trampa. En el momento en el que Ilian había visto los glifos troll trazados en tiza negra en el techo lo supo. Y que aparecieran diez guardias imperiales en tropel tan solo era la confirmación que no necesitaba.

Se lanzaron contra ellos en tromba, Ilian con la espada y una daga en las manos. Calari, indefensa y aprovechando su falta de concentración, le arrebató un arma a Ilian y se lanzó a la batalla. No contra él, se dio cuenta, sino contra los guardias. Porque había entrado con él; ella lo había conducido hasta ahí. Estaría cambiando unos grilletes por otros.

A pesar de la fuerza mágica que lo empujaba hacia el suelo, que le arrebataba el aire de los pulmones por momentos, detuvo la acometida del primer soldado. Dada la estrechez del pasillo, no podían atacar todos a la vez, e Ilian tenía que dar gracias por ello.

Calari se colaba entre su cuerpo y el de los enemigos según Ilian iba moviendo los brazos a un lado y a otro, gruñendo cada vez más fuerte. Lanzó un tajo poderoso que abrió el abdomen de un guardia de lado a lado, a pesar de la armadura. Su fuerza inmortal seguía resistiendo, pero la sentía abandonando su cuerpo con cada inspiración. Tenían que salir de allí, tenían que alejarse de los glifos que lo estaban debilitando a tanta velocidad que solo había matado a tres guardias cuando empezó a ver destellos negros en su visión.

Calari, con solo un puñal, había acabado con dos, su rostro pintado con la sangre de sus congéneres. Parecía disfrutar del encuentro, sin importarle la torpeza en sus movimientos por la falta de entrenamiento y de alimento. Pero ella, a pesar de sus lacras previas, estaba de una pieza. Aquello, fuera lo que fuera, solo le afectaba a él.

Con un grito de frustración, Ilian barrió con el brazo y consiguió despegar la cabeza del cuerpo de otro oponente, las paredes teñidas de rojo. Una rodilla le venció bajo aquel poder imposible y la clavó en la piedra, le cayó un puñetazo que lo desestabilizó. Calari, habiendo terminado con el séptimo guardia, lanzó el cuchillo directo a su atacante. Resbaló por el suelo, en el parco hueco que su cuerpo dejaba, con una pierna por delante directa a la espinilla del guardia que había al lado del que acababa de matar. El chasquido de hueso fue estremecedor.

Un guardia más avanzó entre los cuerpos acumulados mientras Ilian luchaba por ponerse en pie, pero le resultaba imposible. Apenas si podía respirar. No podía retrasarlo más, era inútil seguir allí. Calari no había visto a nadie.

Con un pensamiento, reclamó a sus sombras para que lo envolvieran y lo sacaran de allí. A donde fuera.

Y no sucedió nada.

Otro puñetazo le impactó en la mandíbula y le giró el rostro, las armas perdidas. La cabeza le daba vueltas, el mundo se estaba volviendo negro. La oscuridad nunca le había aterrado, entonces ¿por qué sentía tanto miedo?

Porque aquello había sido una trampa y él se había metido de lleno hasta el fondo, como un necio.

Un nuevo golpe en la cara lo lanzó al suelo, boca abajo. Intentó luchar contra la presión de la espalda, pero los brazos le temblaban, el pecho le pesaba, su corazón se ralentizaba. Sentía los límites de la inconsciencia acariciándolo. Calari mató a los dos guardias que quedaban en pie.

Frente a ellos había una auténtica carnicería de la que ella era la mayor responsable, con apenas un cuchillo para defenderse. Nunca había dudado de la letalidad de la asesina, pero aquello era un recordatorio demasiado escalofriante. Ilian ahora estaba a su merced. Podía matarlo muy fácilmente.

Como si ella misma se hubiera dado cuenta, se inclinó para recoger una espada con premura. No obstante, no la alzó en su contra, no hizo amago de ponerle fin a su vida, sino que, de repente, se quedó muy quieta. Luego, sus dedos se aflojaron alrededor de la empuñadura y dejaron caer el arma.

Su mente estaba tan desvaída que no había oído llegar a los nuevos guardias. Todos armados con ballestas y arcos que los apuntaban directamente a ellos. Ilian parpadeó una vez más con pesadez, lo justo para ver aparecer a Arcaron Aldair. Y entonces la oscuridad lo reclamó.

105

Habían caído en una trampa. Como unos estúpidos, se habían metido de lleno en las fauces del emperador. Estúpida, había sido una estúpida por dejarse enredar en aquello, por mucho que se hubiera erigido como su única posibilidad de librarse de una condena eterna. No había encontrado ocasión alguna de escapar, y había esperado poder hacerlo al salir. La suerte no estaba de su parte.

Los labios de Arcaron Aldair se curvaron solo de un lado. Llevaba los cabellos claros pulcramente peinados, lacios sobre sus hombros, y una túnica exquisita ribeteada con hilo color bronce, con el escudo del sol llameante sobre el corazón. Todo su porte gritaba amenaza, por mucho que en su rostro hubiera dibujada una expresión dulce.

De un vistazo fugaz, Calari confirmó que el Efímero no se movía. Se había percatado de las marcas en el techo tan tarde como él. No sabía de dónde salía aquella magia, porque no la había visto nunca. Hasta que un troll apareció por detrás del emperador. Sus cabellos negros y largos casi se perdían sobre su cuerpo a causa de la profundidad del tono azul de su piel. Los brazos, demasiado largos para resultar naturales, se cruzaron ante un pecho estrecho en gesto de deleite. Pero lo que llamó su atención fue la sonrisa de colmillos de jabalí que le dedicó.

Era la primera vez que Calari veía un troll en su vida, y si la presencia del emperador le había generado malestar, ver a aquel vaettir la dejó de piedra. ¿Qué narices estaba pasando con su imperio?

—Pero ¡¿qué tenemos aquí?! —dijo Arcaron con sorpresa, dando una palmada que la sobresaltó. Nunca había oído aquel tono de júbilo en el emperador, y aquello le revolvió el estómago—. Me ha costado reconocerte, Calari Laurencil. Qué caprichosos son los dioses… —añadió más para sí mismo que para ella, repasándola una vez más con la mirada—. Te hacía muerta en Glósvalar.

—Mala hierba nunca muere —se atrevió a replicar con sorna.

Quizá, si se ganaba al emperador, se le presentara una oportunidad de escapar.

La sonrisa de Arcaron se estiró un ápice antes de chasquear los dedos y que los guardias se acercaran a ella, ballestas en ristre. No, su deseo no iba a hacerse realidad.

—Encerradlos —ordenó el emperador con su voz pétrea característica.

La cogieron por los brazos e intentó zafarse del agarre, pero apenas le quedaban fuerzas tras haber luchado contra tantos guardias. Después de revolverse por inercia, respiró hondo y dejó la mente en blanco. Era una máquina de matar, había nacido para ello. Esperaría y encontraría la ocasión de atacar, como hacían las serpientes. Así había sido ella siempre, meditabunda. No iba a sucumbir al miedo de verse enjaulada de nuevo.

La arrojaron tras los barrotes y trastabilló, tan cansada como estaba, aunque se mantuvo en pie. La ansiedad le revolvió el estómago e hizo que una náusea le trepara por la garganta, pero se la tragó.

«Otra vez no, otra vez no», le gritó su subconsciente.

No mostró atisbo de pavor cuando se giró a mirar a los guardias que habían entrado tras ella. Con movimientos rudos, le exigieron que se quitara los zapatos —que lanzó de mala gana— y le extendieron los brazos y separaron las piernas para cachearla a fondo. Palmearon sus brazos y sus piernas, y cuando llegaron a su torso, se dilataron más tiempo del decoroso en sus pechos, estrujándolos con fuerza; ella se tragó el siseo de dolor. Lo que no se tragó fue la saliva, que escupió a la cara del sobón. El bofetón que le regalaron la tumbó de golpe, la sangre le inundó la lengua y la escupió al suelo, reprimiendo una sonrisa. Después de sus pechos, sabía bien dónde iban a meterle mano, y no podía permitir que descubrieran el cuchillo guardado a buen recaudo entre sus nalgas.

Cuando se quedó sentada en el suelo, el que la había tocado donde no debía le escupió a los pies, y ella le regaló una sonrisa de dientes teñidos de rojo. Tras dedicarle una mueca, salieron de su celda y cerraron tras ellos. En la continua, escuchó el sonido característico de las rejas al cerrarse. También habían encarcelado al Efímero, lo que significaba que lo querían vivo. Al menos, de momento.

—Que nadie entre ni salga de los calabozos hasta nueva orden —dijo el emperador sin siquiera plantarse frente a su celda—. No me gustaría que os convenciera de que la soltéis con esa lengua afilada que tiene.

Por una vez, Calari se alegró de que la trataran como a un despojo, porque aquella indiferencia le concedería tiempo para forzar la cerradura con el cuchillo que llevaba guardado.

Los ojos de Ilian se abrieron apenas un segundo después de cerrarse, o al menos esa fue la impresión que tuvo. Sin embargo, en cuanto consiguió separar los párpados un resquicio, se dio cuenta de que no estaba en el pasillo de los calabozos, sino en una celda. Soltó un gruñido, a medio camino entre frustrado y dolorido, y movió la cabeza todo lo posible para observar a su alrededor.

La presión invisible seguía ahí, y solo cuando intentaba luchar contra ella sentía la sensación de asfixia que lo había mandado a la inconsciencia. Mientras tanto, no había fuerza en su cuerpo capaz de alzarlo en pie, aunque al menos seguía respirando. Observó la celda y en el techo vio más de aquellos glifos. No sabía qué hechizo tendrían asociados, pero estaba claro que solo ejercía influencia en él, y dudaba mucho que fuera algo en contra de los elfos oscuros en sí. Debía de afectar a los Efímeros, porque al emperador ya no debía de quedarle duda de que su hija era como ellos, después de lo que había hecho en Breros. O tal vez no lo supiera, y era una precaución por si venía acompañada. Sea como fuere, había sido un golpe maestro del que tenía que librarse.

Con un breve vistazo a su cuerpo, se percató de que lo habían despojado de todas sus armas. Hasta sus botas, donde guardaba un juego de cuchillos, habían desaparecido.

Unas toses estrepitosas lo sobresaltaron; lo que llamó su atención, sin embargo, fue el leve chasquido metálico que escuchó por debajo, apenas audible de no ser porque provenía de la celda contigua. Intentando ponerse en pie, lo único que Ilian consiguió fue arrastrarse unos centímetros hasta los barrotes, gruñendo por el esfuerzo. Unos pies se detuvieron frente a él: Calari.

La fémina lo observaba con una sonrisa tan afilada como la mirada que le dedicó, jugueteando con un puñal tan pequeño como puntiagudo. Ilian apretó los dientes, la mayor muestra de desprecio que podía dedicarle. Calari, por su parte, se acuclilló para quedar más cerca de él.

—Sácame de aquí —masculló, y su sonrisa se estiró aún más.

—Espero que disfrutes de tu cautiverio, Efímero.

—Calari…

Ella se despidió de él con un gesto de la mano y una sonrisa de lado a lado. Después, Calari miró por el ventanuco de la puerta. Inspiró hondo y, con movimientos ágiles, pasó la mano entre los barrotes, cuchillo en ristre, y lo clavó en carne. Se escuchó un gruñido profundo, pero Calari no dio tiempo a que alertaran a más guardias, porque abrió la puerta con brusquedad, estampándola en el otro soldado, y salió a toda velocidad para enfrentarse a él. Se oyeron forcejeos, un segundo cuerpo desplomándose y pasos a la carrera. Luego, nada.

Ilian no supo medir el tiempo encerrado en los calabozos. Durante el rato que estuvo solo, trató con todas sus fuerzas de llegar hasta la puerta. Tenía que tomar descansos para que la visión no se le nublara y lo mandara de nuevo a la inconsciencia, pero al fin logró enroscar los dedos alrededor del frío de los barrotes.

Demasiado tarde, se dio cuenta, puesto que al otro lado de la puerta entreabierta resonaron gritos de alarma y pisadas apresuradas. Minutos después, más guardias entraron en los calabozos, entre órdenes, miradas frenéticas y maldiciones. Calari Laurencil se había escapado, y ya podía implorarles a los dioses para que la encontraran los soldados de palacio, porque si no lo hacían e Ilian salía con vida de aquella, la despellejaría viva.

Ignoraron la presencia del exgeneral mientras avisaban al emperador de lo que había sucedido, e instantes después, este apareció por los calabozos. Su gesto era altivo, como el de quien se enfrentaba al aleteo molesto de una mosca que, al final, desaparecía.

—Tal vez deberías replantearte quién te es leal, Efímero —le dijo el emperador con hastío. Ilian apretó los dientes hasta el punto de que le dolieron las muelas—. Imagino que, a partir de ahora, esto será entre tú y yo. Una pena que la Asesina de la Heredera piense más en sí misma que en el bien común, ¿eh?

Ilian enroscó los dedos alrededor de los barrotes y miró al techo, deseando que aquellos glifos desaparecieran para arrancarle la tráquea con sus propias manos.

—Ah, sí. Un truquito de los trolls. Impresionante, ¿verdad? Me preocupé de fortificar el palacio entero con marcas como esta, en previsión de que Ashbree apareciera por aquí con compañía no deseada. —Arcaron esbozó una media sonrisa afilada—. No eres lo que yo esperaba, pero creo que me servirás. Imagino que si estás tú aquí en lugar de ella será porque confía en ti.

Ilian gruñó, un sonido profundo y cargado de muerte. Arcaron se pasó la lengua por los labios, saboreando su victoria.

—Voy a suponer que tú no eres Rylen Valandur. No creo que semejante alimaña encontrara el valor para resolver sus problemas por sí mismo, teniendo en cuenta que se escuda detrás de la imagen de una cría.

Ilian tragó saliva y reunió todas sus fuerzas para hablar.

—Esa cría te está arrebatando ciudades enteras con solo chasquear los dedos.

Su voz sonó de ultratumba, teñida por la rabia, el enfado y el dolor de aquella extraña magia, contra la que se revolvía internamente, manteniéndose al borde de la consciencia. El rostro de Arcaron se quedó lívido unos segundos, antes de recolocarse la máscara de indiferencia previa. No sabía cómo se estaba desarrollando la batalla en Milindur, si habría terminado siquiera, pero era evidente que el emperador había recibido la noticia.

—Tú y yo nos vamos a llevar muy bien —murmuró el emperador, paseando la vista sobre su cuerpo—. Y cuando mi hija venga a por ti, solo encontrará tus restos.

106

Al caer la tarde, Seredil y otras esclavas ayudaron a Kara a ponerse su vestido blanco y sencillo, adornado con pieles níveas a modo de capa en los hombros. Su cintura estaba embellecida por unos abalorios de oro que tintineaban a su paso, además de una cadena de la que colgaba la vaina de una daga selecta. Sobre sus cabellos rubios platino descansaba una diadema de oro, a la que engancharían la corona de astas una vez que la hubieran nombrado esposa del *jarl*.

El interior del edificio central estaba atestado de sillas y mesas colmadas de viandas y jarras espumosas. Muchos de los asistentes tenían las mejillas arreboladas por los vapores del alcohol y jaleaban, alegrando el ambiente. La fiesta ya había comenzado y ni siquiera había tenido lugar la ceremonia.

Cuando llegó la hora, Kara no pudo apartar la mirada de Halldan. Llevaba los cabellos pelirrojos adornados con trenzas minuciosas cargadas de abalorios. La barba, cuidada hasta el extremo, enmarcaba sus rasgos y los dotaba de una fiereza sin parangón. Llevaba una especie de armadura ceremonial, para demostrar que casarse no lo hacía más débil, sino todo lo contrario, pero ella apenas pudo prestarle atención a su indumentaria, por muy apuesto que se presentara. Kara quedó prendida del modo que tenía de mirarla avanzar hasta él, cómo sus ojos la repasaban de arriba abajo y la sutil curvatura en la esquina de esos labios gruesos, el de arriba atravesado por una cicatriz. Tan solo se dedicaron un par de palabras escuetas en las que se juraban apoyo incondicional y fortaleza, nada de prometer amor eterno ni fidelidad, pues eran unos preceptos que no tenían en tanta estima, antes de que el *jarl* proclamara que la fiesta podía continuar.

Sin tener todas las miradas puestas en ellos, Halldan la agarró de las manos y le acarició los nudillos con el pulgar.

—Sé que también iremos a Yithia a formalizar el casamiento ante tus dioses, pero mientras quería que tuvieras esto.

De un bolsillo sacó una cajita de madera tallada con esmero que abrió para ella. En su interior descansaban dos anillos idénticos de oro. Sencillos, sin florituras ni remates, tan solo dos alianzas doradas de diferentes tamaños.

—Si no me equivoco, en tu cultura se intercambian anillos.

Los ojos de Kara se anegaron de lágrimas, aunque se había prometido no llorar más en aquel día tan hermoso. No obstante, la constatación de que Halldan había seguido estudiando también, para comprenderla mejor y saber de dónde venía, le estaba poniendo las cosas muy difíciles.

—Desde este día hasta el último, soy tuyo, Kara Ruud —le juró, poniéndole el anillo en el dedo anular.

Ella sorbió por la nariz y se limpió una lágrima rebelde antes de coger el anillo que quedaba en la cajita y sostener los dedos grandes del *jarl*.

—Desde este día hasta el último, soy tuya, Halldan Ruud.

En cuanto le colocó la alianza, su marido se inclinó sobre ella y la besó. En aquel momento no hubo contención de sentimientos, sino todo lo contrario, y el público los recompensó con vítores, silbidos y palmas. Aquella tarde, Kara se permitiría demostrar su afecto todo lo que quisiera y más, tan colmada de gloria como se sentía.

Los recién casados se sumaron a la celebración, brindaron con sus conciudadanos, comieron hasta reventar, rieron y bebieron más y más. La tarde se estiró entre sus dedos, y al llegar la noche, la fiesta no había bajado de intensidad ni apuntaba a hacerlo pronto. Kara intuía que el ritmo decaería cerca del alba, en el momento en el que la gente ya no pudiera ni sostenerse sobre sus pies borrachos y dormirían la mona para prepararse de cara al segundo día de festejo, cuando se celebraban los juegos en honor a la recién formada pareja.

Bailaron como nunca lo había hecho, escucharon los poemas rápidamente compuestos en su honor y disfrutaron de las melodías de los músicos más selectos de Korkof, a los que le habría encantado sumarse. Echaba de menos los recitales de piano, violín y arpa con sus hermanos, y no pudo evitar preguntarse si en ese tiempo Elros, el menor de los gemelos, habría seguido oponiéndose a tocar el xilófono; si Cadia seguiría desafinando tanto con la flauta. Sintió un pellizco de nostalgia en el corazón, pero eso no la apagó.

Tuvo un breve instante, en privado, en el que encontrarse con Seredil, que había estado atareada sirviendo mesas.

—Tómate un descanso —le pidió.

La conjuradora puso cara de espanto y negó con la cabeza. Insistente, Kara la agarró de las manos y clavó la vista en ella.

—Por favor. Eres mi única amiga, y me gustaría disfrutar de este día contigo.

Algo en la mirada de Seredil se reblandeció, sus ojos dorados reluciendo con lágrimas contenidas.

—Tu hermana estaría muy orgullosa de la fémina en la que te has convertido, Kara.

La joven, conmovida por que hubiera dejado las formalidades atrás y sus palabras, estrechó a Seredil en un abrazo como nunca había dado. Uno colmado de una amistad incipiente que, con cada día que pasaba, se hacía más fuerte.

Así, Kara pasó las horas charlando con Seredil, riendo y bailando, buscando a Halldan para festejar con él y dejándose llevar por los vapores del alcohol.

Cuando llegó la medianoche, Halldan la cargó sobre su hombro como si fuera un saco de patatas sin necesidad de explicación. Los invitados golpearon las mesas, gritaron y aplaudieron; algunos hasta aullaron emocionados cuando presenciaron cómo el *jarl* se la llevaba al dormitorio como si fuera su trofeo. Y ella, entre risas y con las mejillas teñidas por el rubor del alcohol y la vergüenza, se dejó hacer, más que complacida.

Halldan la arrojó sobre la cama y ella rebotó un par de veces, riendo, mientras él cerraba la puerta de un taconazo.

—No habrá nada que me retenga esta noche, Kara Ruud.

—Ni yo quiero que lo hagas, esposo mío —respondió con una picardía que no supo de dónde salía, los ojos clavados en los de él.

Después de una inspiración profunda, Halldan se deshizo de la placa dura que adornaba su pecho, la arrojó a un lado de cualquier manera y se abalanzó sobre Kara con fiereza. Ella rio, pataleando, juguetona, a la par que él la besuqueaba sin tacto por todas partes. Sus dedos toscos se enredaron en sus cabellos, enmarañados después de tantos festejos, y la despojó de la corona y de la tiara. Le siguieron las joyas que impedían que sus labios encontraran la piel de su mujer, y ella se dejó hacer, entre risas y más risas mientras escuchaba las palabras apresuradas de deseo de su esposo. Por primera vez en aquel largo día, hubo cosas que no entendió, tan poco habituada a aquel vocabulario sucio y caliente. Y, aun así, sus mejillas se incendiaron con la expectación del deseo corroyéndole las venas.

Solo cuando Halldan se deshizo de todos los abalorios ornamentales se calmó lo suficiente como para mirar a Kara a los ojos y apartarle algunos cabellos sudorosos de la frente. Repasó cada una de sus facciones, sin detenerse en ese iris opacado y lechoso por la pérdida. El modo que tenía de que aquella lacra no le molestara la hacía sentirse divinamente hermosa. Él era el recordatorio constante de que una lesión no le restaba belleza y con esa mirada que le lanzó, Kara se sintió más dichosa que nunca por haber encontrado un hombre que la quisiera por quien era, y no por el premio que trajera bajo el brazo.

Era tan afortunada que no se reprimió cuando los dedos le picaron con ganas de tocarlo. Pasó las yemas por su frente, sus párpados cerrados, su nariz y se detuvieron en esos labios carnosos y que sabían a invierno y hogar. Kara alzó la cabeza y redujo la distancia entre sus bocas para regalarle un beso lento al que Halldan se sumó gustoso. Sus lenguas se encontraron de un modo diferente, más sentido y cargado de amor, colmado de palabras que él jamás sería capaz de pronunciar pero sí de demostrarle con sus actos. Y con sus manos.

Halldan se recostó sobre un codo, intentando no aplastarla aunque fuera complicado, y le acarició la mandíbula sin dejar de besarla. Esa mano tosca se movió con la delicadeza de una pluma por sus curvas sutiles. Le acarició los pechos por encima de la ropa y suspiró complacido cuando percibió la dureza de sus pezones, aunque no se detuvo ahí, sino que siguió más abajo, hasta repasar la figura de su cintura, sus caderas y la redondez de sus nalgas. Y vuelta a empezar.

No era la primera vez que él la tocaba con tanta intimidad, pero sí había una diferencia sutil en el tiempo que se tomó sobre ella. Exploró su boca como si aquel fuera su primer beso, aumentando y ralentizando la velocidad para encender un fuego en las entrañas de Kara, quien empezó a contonearse, deseosa de experimentar el estallido que solo él sabía darle y al que había terminado acostumbrándose. No obstante, aquella noche no era ella la única protagonista, sino que había llegado su propio momento.

Con un valor originado por el alcohol, Kara se incorporó, obligando al *jarl* a retirarse. Se movieron sin dejar de besarse, de modo que ella acabó a horcajadas sobre él. Su cuerpo era tan ancho que las caderas de Kara estaban abiertas más allá de su límite natural, aunque no le importaba. No cuando estaba degustando el sabor de su marido con tanta devoción. No cuando las manos de Halldan se asentaron en sus caderas y la apretaron contra la protuberancia dura y alargada que sintió en el punto justo entre sus piernas. Ambos jadearon en la boca del otro y, por inercia, ella movió las caderas adelante y atrás. No sabía de dónde nacía aquel impulso, pero sentaba tan bien que tuvo que retirarse de la boca de su marido y erguirse cuan larga era para profundizar la sensación.

—Dioses, Kara, me vas a matar... —masculló él con la voz arrastrada.

Ella se movió con mayor vehemencia y lo vio poner los ojos en blanco, un gesto que despertó el deseo de sus entrañas con más fuerza.

—Quiero tomarte así —le confesó a su marido.

Halldan se quedó muy quieto, a pesar de los movimientos sobre su erección, observándola con incredulidad.

—Hoy... —Reprimió un gruñido cuando Kara se movió de un modo que descubrió que a él le gustaba mucho—. Hoy no, pequeña —consiguió decir.

—¿Qué? ¿Por qué? —Kara le demostró lo mucho que lo quería moviendo las caderas en círculo, ante lo que él bufó con sonoridad.

—Porque así... —Tuvo que tragar saliva con un sonidito grave escapando de sus labios—. Así se llega a mayor profundidad, y te dolerá.

—No me importa.

Kara descubrió que no había mentira en sus palabras. Lo deseaba tanto, lo deseaba con tantas fuerzas, que soportaría el dolor en pos de concederle a él el orgasmo que tanto tiempo se había estado negando.

—Pero a mí sí.

Con un movimiento maestro, Halldan hizo que intercambiaran posiciones, quedando ella bajo el cuerpo del *jarl*, con su erección apretando justo en el centro de Kara. Ella gimió, un sonido atragantado y bochornoso al que no le dedicó un segundo pensamiento, no cuando las manos de su marido serpentearon hasta sus hombros para abrir los broches que cerraban su vestido. Deslizó la tela sobre su cuerpo con lentitud, saboreando cada centímetro de piel pálida que iba quedando al descubierto. Después de deshacerse también de su ropa interior sin un solo atisbo de duda, no hubo nada que contuviera las manos ni la boca de su recién nombrado marido.

Kara se contoneó, jadeó y gimió cuando sus labios la besaron por el cuello, las clavículas y culminaron en sus pechos. Jugueteó con la lengua en los pezones y ella apretó los ojos con fuerza, rompiéndose por el deseo y la necesidad que se acumulaba entre sus piernas en forma de humedad.

Incapaz de quedarse quieta, se deshizo del peto rígido que Halldan había llevado bajo la placa ceremonial, y luego de la camisa empapada en sudor. Cuando lo tuvo desnudo de cintura para arriba, suspiró ante la estampa de sus músculos fuertes, duros y tatuados con decenas de runas que ahora sabía identificar. Fortaleza, valor, inteligencia… Todo eso y más era su esposo.

Kara alzó la cabeza y lo besó sobre la herida del hombro, ya de un sano color rosado, y luego siguió hasta el pectoral. El tacto del vello contra sus labios fue extraño, aunque no desagradable, y pasó la palma por su pecho para acostumbrarse al cuerpo de su marido.

Halldan retomó sus tareas y la besó con pasión, mientras una mano viajaba entre los pequeños montículos de sus senos, por su abdomen plano y hundido y más allá del ombligo. Se instaló en ese punto que ya conocía tan bien y sonrió contra su boca al constatar lo mojada que estaba. Un asomo de vergüenza tiñó las mejillas de Kara, pero este desapareció cuando un dedo sobrevoló por encima de sus pliegues. Ella suspiró de deseo, ansiosa por que la tocara de verdad, y se lo hizo saber cuando, armándose de valor, paseó una mano por el cuerpo de su *jarl* hasta acariciar su erección por encima del pantalón.

Él suspiró en sus labios y profundizó el beso hasta un nivel que ella había creído imposible. Cuando, por fin, un dedo de Halldan se posó sobre su clítoris y trazó unos círculos que le supieron a gloria, abrió más las piernas para él, deseando que la intensidad aumentara. Y como tener iniciativa ya le había funcionado, coló la mano dentro del pantalón y acarició la erección de su marido.

No sabía qué debería haber esperado de aquello, pero de igual modo le sorprendió el tacto suave, la gota que ya coronaba la punta y que le mojó los dedos. Halldan gruñó y se deshizo de sus pantalones de un par de patadas apresuradas antes de volver a colocarse sobre ella y besarla del cuello hasta la dureza de sus pezones. Un segundo dedo se sumó a los jugueteos sobre su clítoris y Kara gimió con más fuerza, sus caderas moviéndose por iniciativa propia, cuando los introdujo en su interior muy despacio. Ya estaba acostumbrada a esa tirantez, pero la desarmó de igual manera.

Probablemente a la mañana siguiente se avergonzaría de su arrojo; no obstante, en aquel momento, se tomó unos segundos para admirar lo que estaban haciendo. El modo en el que los dedos de Halldan se perdían entre sus piernas; cómo su lengua empapada jugaba con sus pezones. Repasó el cuerpo musculado de su marido, el vello que corría desde sus pectorales, por su abdomen y más abajo. Tenía unos oblicuos muy marcados, como si señalaran el camino a la morada de los dioses, y la sangre de Kara la incendió desde dentro amenazando con calcinarla. En el centro de su bajo vientre se empezaba a tensar un nudo de nervios que ya reconocía, pero que no quería deshacer tan pronto.

No sabía decir si su marido estaba bien dotado o no para la media, pues no tenía nada con lo que comparar, pero a ella le resultó enorme, a juego con el resto de su cuerpo, y dudó de que aquello le cupiera dentro. El miedo empezaba a abrirse paso por su mente ebria, aunque lo apartó a un lado cuando Halldan curvó los dedos dentro de ella lo justo para rozar el punto rugoso de su interior.

El *jarl* ascendió de nuevo hasta su boca y Kara envolvió su erección con su mano pequeña. La movió arriba y abajo, sin saber lo que hacía, pero algo debía de ir bien, porque él apoyó la frente contra la de ella, recobrando la respiración según sus movimientos se iban acelerando. Con cierto temor, Kara tragó saliva y se atrevió a abrir los ojos. Y ahí estaba él, observándola a esa distancia tan ínfima como íntima entre los elfos. Él era su hogar. Él era su todo. Y el mundo por fin estaba completo.

—Eres mío, Halldan —susurró contra sus labios, como si necesitara pronunciarlo en voz alta para recordárselo.

Él sonrió contra su boca, justo cuando introdujo un tercer dedo en su interior y le arrancó una exhalación placentera, con la presión y la tensión copándolo todo en su mente.

—Y tú eres mía. —Le regaló dos besos más antes de recolocarse sobre su cuerpo, con las piernas de Kara flexionadas a ambos lados, concediéndole pleno acceso—. ¿Lista? —Ella asintió, unos movimientos rápidos a la par que temblorosos, muy nerviosa de repente—. Puede que te duela un poco, pero pasará rápido, te lo prometo.

Halldan se inclinó sobre ella para besarla, bebiendo de su lengua, mientras acercaba su erección. Colocó la punta y empujó muy poco, apenas unos milímetros, pero Kara contuvo el aliento por inercia. Le había dicho que no le importaba el dolor con tal de conseguir aquello, y ahora empezaba a arrepentirse.

—Podemos esperar a otro día —le susurró él contra el cuello, sin moverse lo más mínimo—. Olvida lo que te dije al principio.

—N-no... Quiero esto. Te quiero a ti.

Kara enroscó los brazos alrededor del cuello de Halldan y tiró de él, pidiéndole que se hundiera dentro de ella pronto. Y él lo hizo.

Muy despacio, para que se acostumbrara, fue inclinando las caderas hacia ella. Kara sintió cada milímetro que recorrió la dureza de Halldan en su interior, cómo sus músculos se apretaban a su alrededor, tirantes y resentidos. Abrió la boca, con un quejido atragantado, cuando Halldan coló la mano entre sus cuerpos y trazó círculos amables sobre su clítoris. Acto seguido, su cuerpo se relajó lo suficiente como para que el paso fuera más agradable y Halldan gruñó contra su cuello. Kara siguió con los ojos apretados con fuerza; la presión aumentó y aumentó hasta que, de repente, con un último coletazo doloroso, se desvaneció casi por completo.

—Ya está dentro —le informó Halldan, apartándole mechones sudorosos del rostro antes de besarla en la frente—. ¿Estás bien?

Ella asintió con la cabeza, incapaz de pronunciar palabra por culpa del nudo que se había cerrado en su garganta. Sentía el regusto amargo del dolor, pero también había placer, mucho placer procedente de los movimientos circulares de ese dedo que no le había dado tregua, asegurándose de que el primer momento le fuera lo más llevadero posible.

—¿Crees que aguantarás que me mueva? —le preguntó con todo el cariño que pudo reunir.

Parecía que él no podía resistirse a no moverse, y aun así le preguntó. ¿Se tomarían aquella deferencia todos los hombres?

Kara asintió de nuevo y las caderas de Halldan se balancearon adelante y atrás, muy despacio. Ella gruñó por la presión momentánea que, con cada nueva embestida, se iba evaporando. Pronto, las caderas de Kara se sumaron a los contoneos dilatados de su marido, quien se hundía dentro de ella con profundidad y lentitud, en un ritmo que rápidamente empezó a extasiarla.

El calor de su cuerpo se concentró en un punto maravilloso que la llevó a enroscar las piernas alrededor de su *jarl*, quien la agarró del trasero con una posesividad que la incendió. El ritmo aumentó y Kara temió que la rompiera, pero el pensamiento se desvaneció con el placer que la inundó cuando tiró un poco hacia arriba de ella, haciendo que sus acometidas llegaran a una nueva profundidad que la trasladó a la morada de los dioses.

Kara alcanzó el orgasmo sin darse cuenta siquiera, sacudiéndose con una sucesión de espasmos que hacían que sus músculos se contrajeran alrededor del miembro de Halldan. Este gruñó contra su cuerpo, sin dejar de penetrarla en ese ritmo que estaba a medio camino entre la lentitud y la crudeza. La cabeza de Kara daba vueltas por el placer, su orgasmo alargándose más allá de lo que había experimentado nunca gracias a que él no se detenía. Aumentó el ritmo un ápice al tiempo que se recolocaba sobre ella para reclamar su boca y besarla sin tacto. Sus lenguas enfrentadas se retaban con cada pasada, hasta que Kara le mordió el labio inferior y tiró de él. Halldan soltó un sonido profundo y provocador que le lanzó un escalofrío por todo el cuerpo, y se introdujo dentro de ella con violencia un par de veces hasta deshacerse en su propio orgasmo.

Ella apretó los ojos, un poco dolorida por esas últimas acometidas, pero tan saciada que las piernas no la sostendrían si intentaba ponerse en pie. Halldan salió de su interior despacio, después de recobrar el aliento sobre su cuerpo, y Kara apretó los dientes. Había una mezcla interesante entre dolor y placer en su cuerpo, pero lo que tenía más que claro era que quería repetirlo. Una y mil veces, siempre que fuera con él y solo con él.

—¿Te he hecho mucho daño? —le preguntó cuando hubo salido del todo, acariciándole la mejilla. Ella negó con la cabeza, una sonrisa en sus labios—. ¿De verdad? He perdido el control un poco al final, lo siento.

—Estoy bien, Halldan. De verdad.

Él le dedicó una sonrisa tímida y volvió a besarla. Le maravillaba lo fiero que era en el combate, el modo que tenía de contemplar el mundo con dureza y altivez, y lo diferente que era allí, para ella y con ella.

—Bien.

La besó en la frente y se levantó de la cama. Cuando abrió la puerta, sin pudor alguno de mostrar sus genitales al público, al otro lado había un esclavo con una palangana de agua y un par de paños. Halldan los aceptó y volvió a cerrar antes de dejarlos sobre la cama.

—Abre las piernas —le pidió.

Ella se ruborizó, desvanecido el momento de lujuria, aunque obedeció. Con cariño, Halldan la limpio con el agua tibia y el paño suave. Tuvo que morderse el labio inferior cuando el alivio se transformó en un nuevo deseo que Halldan tendría que calmar muy pronto. Pero ya no había prisa, no cuando había demostrado que aquel era el hombre de sus sueños y tenían una vida longeva por delante.

107

La batalla en Milindur había durado más que la de Breros, si bien había sido menos explosiva. Siendo Breros una ciudad portuaria, muchos barcos continentales llegaban allí, en lugar de a Kridia, dependiendo de dónde quisiera colocar su padre las tropas. Pero Milindur estaba mayormente reforzada por elfos de luz y enanos mineros.

En aquella ocasión, y con un mayor número de tropas de su parte, Ashbree no empleó su don para matar, sino que centró todos sus esfuerzos en proteger y sanar. Cuando veía a un yithiano malherido, ahí estaba ella para procurarle alivio, y con solo ver los milagros de su don, la mayoría dejaban las armas.

Aun así, Milindur era una ciudad el doble de grande que Breros, y con la mayor excavación minera de cristales de luz, los conjuradores yithianos estaban bien servidos.

Fue una batalla ardua que no estuvo exenta de bajas por ambos bandos, pero cuando llegó el mediodía y por fin hubieron apresado al último de los yithianos, Ashbree se permitió respirar.

Había pasado veinticuatro horas sin parar, en una carrera constante, luchando y exprimiendo su poder con cabeza, aprovechando la sangre que Ilian le había dado para alargar sus capacidades. Ya solo le quedaba un frasquito, con el que sus dedos jugueteaban en el interior de uno de los bolsillos de su cinto. Estaba paseando por la ciudad minera conquistada, en cuyas murallas ondeaban banderas lykenses, el azul del blasón confundiéndose con el del cielo.

Había heridos por doquier, los sanadores no daban abasto, y el hospital en el que un día ella asistió estaba hasta los topes. Su instinto le pedía atender a los heridos, pero había dejado de ser una sanadora para convertirse en la reina de Lykos. Así que siguió a la general Marniel mientras esta hacía balance de pérdidas, de recursos, de presos y de nuevos adeptos a su causa, que le habían jurado lealtad —aunque aún debían probarla—. Habían mandado a una comitiva de expedición a las minas y justo en aquel momento estaban cruzando los portones, escoltando a más presos políticos, en su mayoría enanos.

—Pero si es la voluntaria —murmuró una voz ronca.

La familiaridad del timbre se enroscó en la nuca de Ashbree y desvió la atención en su dirección. Sus ojos se toparon con una enana fornida, de cabellera cobriza encrespada, que reconoció: Ennigra Picodeoro.

Una sonrisa trémula asomó a los labios de Ashbree y se acercó a ellos. Por mucho que antaño le hubieran inspirado temor, habían pasado demasiadas cosas desde que los conociera. La capataz iba seguida de su cuadrilla al completo, todo rostros arrugados, cuerpos bajitos y oriundos, cabelleras encrespadas en distintos tonos. Pero en los ojos de los cinco enanos brillaba el mismo destello codicioso propio de su raza.

—Háblale con más respeto. Estás ante Ashbree Aldair, cuarta reina de Lykos y séptima emperatriz de Yithia —atajó la general Marniel en tono amenazador.

—Descanse, general —dijo Ashbree en su lugar.

Los labios de Ennigra se curvaron tanto que casi se perdieron entre los pliegues de su rostro y luego miró a Ashbree de arriba abajo.

—Parece que te has ganado tu nombre, entonces.

Ashbree rio por la nariz y asintió con la cabeza, bajo la atenta mirada de Borrinn Dientesmolidos, Ogda y Ogram Salvatormentas, Vinnin Pieldeseda y Ennigra Picodeoro.

—Vosotros podéis llamarme Ash —reconoció con un deje divertido al que Ennigra respondió aullando una carcajada—. Aunque eso no impedirá que acabéis en un calabozo.

—Hemos oído que hay quien le jura lealtad a la nueva reina a cambio de ciertas libertades —dejó caer Ennigra, como si no estuviese hablando de la supervivencia de sus enanos.

Ashbree paseó la vista por todos ellos, por los nuevos que llegaban en fila de a uno, acompañados por más yithianos. Lo realmente sorprendente de aquello era que hubieran conseguido encadenar a los lobos huargos, apresados y amenazados con lanzas. La general Marniel daba indicaciones de que los encerraran en los calabozos hasta saber qué hacer con ellos, si sacrificarlos o no.

Entonces, los ojos dorados de Ashbree se encontraron con los entrecerrados de Ennigra antes de preguntarle, con la voz de una reina:

—¿Tienes algo que ofrecerme?

La mañana dio paso a la primera hora de la tarde y Ashbree estaba de los nervios. La hora de la ejecución de Mebrin se acercaba y no había ni rastro ni noticias de Ilian, tampoco de su padre, que de seguro se habría enterado de la conquista de Milindur.

—Me voy a Kridia —atajó con convicción.

Había terminado de hablar con los enanos y había informado a la general de su decisión antes de buscar a Haizel y Thabor, los soldados más fieles a su disposición. Ambos conjuradores intercambiaron un vistazo cómplice, un poco distinto de los que Ashbree le había visto compartir con Seredil.

—Tal vez Ilian haya ido a Glósvalar a poner a salvo a tu hermano —dijo Thabor, tan optimista como siempre.

Ashbree apretó los labios, disconforme, aunque pudiera tener razón. Si su hermano llevaba apresado varios días, Ashbree creía que Ilian habría tenido la consideración de ponerlo a salvo antes de teletransportarse a Milindur, puesto que su esposo no sabría que ya habían conquistado la ciudad, por mucho que esos hubieran sido sus planes. No habría sacado a Mebrin de un calabozo para llevarlo a la guerra sin garantías de poder protegerlo.

—Tenéis razón, lo buscaré en Glósvalar primero.

—Vamos contigo —aseguró Haizel, con la determinación centelleando en sus iris rosas—. Prometimos protegerte, y eso haremos. Aquí, en Glósvalar o en el mismísimo infierno.

El corazón de Ashbree se comprimió por lo mucho que habían cambiado las cosas entre ambos, pero solo le dedicó un asentimiento escueto antes de dirigirse hacia donde aguardaban los enanos.

—¿Listos para el viaje más extraño de vuestras vidas?

Los cinco enanos intercambiaron miradas, Borrinn Dientesmolidos le dedicó una sonrisa chueca, los mellizos asintieron con convicción, Vinnin Pieldeseda acarició a su huargo y Ennigra Picodeoro asintió con la cabeza.

—Nacimos listos para la aventura.

108

Rylen Valandur percibía en su interior que algo no iba bien. Por mucho que su corazón se hubiera quedado dentro de su esposa, tenía la impresión de que su propio pecho pesaba más. Y después de un mes compartiendo emociones con Ashbree, lo identificaba como inquietud, desasosiego, nerviosismo.

La ansiedad burbujeaba en su interior, una sensación nada deseada por mucho que estuviera acostumbrada a ella.

Había previsto viajar a Oddin esa misma noche, al amparo de la oscuridad que el firmamento estrellado le confería. Con el sol presente, tendría que hacer uso de sus sombras para pasar desapercibido, lo que lo drenaría más de lo necesario. Pero ahora le tentaba regresar a casa sin más, olvidarse de lo que había ido a hacer allí, y descubrir qué tenía a su esposa tan inquieta.

Abrazado a sí mismo, observó a través de la ventana del cuartucho que había reservado para pasar desapercibido. El traslado a Jellin había salido mejor de lo previsto, en parte por la practicidad propia de los berserkers, que abrazaban el estilo de vida de «si algo funciona, para qué cambiarlo».

Viajar a Korkof era como retroceder en el tiempo, a un mundo antiguo en el que no disponían de los lujos del agua corriente, la electricidad ni muchos otros avances a los que estaba acostumbrado. Pero eso mismo fue lo que le permitió aparecer en un muelle que no había cambiado nada.

Su primera parada, en Siäl, no había sido fructífera, aunque las huldras tampoco lo habían tratado mal. Lorheen había hecho todo lo que estaba en su mano por convencerlas, pero la presencia de Rylen se entendió como una forma de presionarlas, aunque se esforzara en explicarles a qué se debía su aparición. No podía culparlas por ser tan recelosas, era lo que las había mantenido a salvo durante tantos milenios, imperturbables después de que las expulsaran del sur del continente por belicosas, igual que al resto de los vaettir.

Al fin y al cabo, ellas parecían ser las únicas que habían aprendido la lección.

—No hay nada más que podamos hacer —le dijo Lorheen antes de que sus caminos se bifurcaran—. No intervendrán en el curso de la guerra, ni para bien, ni para mal.

—Imagino que debería aliviarme que Arcaron no haya conseguido comprarlas.

—Todos deberíamos dar gracias a los dioses por ello.

Después de eso, amparado por la noche, Rylen había saltado a Jellin. Pensar en regresar a casa en aquel mismo momento, sin la ayuda de las huldras, sin que hubiera respuesta del hermano de Orsha y sin Kara, sumado a que solo las estrellas sabían qué estaba pasando en la isla... El ataque a Milindur se había organizado para la víspera de Yule, para el día anterior, y eso ya habría tenido lugar. Lo habían decidido así porque, aunque rastrero, sabían que habría gente con la cabeza puesta en los festejos más que en la vigilancia. Y aunque Ashbree había odiado manchar de esa manera su festividad favorita, había terminado claudicando.

Rylen soltó un suspiro profundo. No podía regresar sin más, aunque fuera eso lo que le pidiera el cuerpo, la mente y un corazón que no tenía en el pecho. Porque aquel era su plan B. Aquel era el plan de contingencia por si no habían conseguido conquistar Milindur. Su plan. Y no volvería a casa con las manos vacías. Sin una nueva alianza que los colocara un paso más cerca del fin de la Tercera Guerra.

A pesar de que el sol le complicara la misión, Rylen no lo pensó más y saltó hasta Oddin.

109

Kara despertó acompañada del cuerpo reconfortante de su... marido. La palabra le sonaba extraña y perfecta. Como si todo ese tiempo hubiera estado esperando a referirse a él con aquel término. Se abrazó a Halldan e inspiró su aroma a invierno con subtono mentolado, la fragancia de su nuevo hogar.

Después de haberse acostado juntos la noche anterior, había esperado repetir varias veces, porque aquello era lo que comentaban las nobles de palacio recién casadas. Que la noche de bodas estaba llena de desenfreno y que todas despertaban doloridas y sin ganas de repetir en una temporada. Pero con Halldan fue todo lo contrario: se quedaron mirándose y hablando durante tanto rato que Kara no sabría decir cuándo se había dormido.

Después de unos arrumacos mañaneros —aunque despertaran pasado el mediodía—, se prepararon para continuar con las celebraciones por sus nupcias. Aquel día estaba dedicado a los juegos, por lo que les esperaba una larga jornada por delante. Empezarían con una comida amenizada por los combates entre valquirias, novicias y aspirantes al puesto. Se aprovechaban ocasiones como aquellas, en las que las mujeres tenían la opción de demostrar su valía frente a su *jarl*, para buscar nuevos miembros a aquella legión de élite. Jonna y Agda eran las encargadas, y se las veía ansiosas por disfrutar del espectáculo.

Tras los combates, había distintos juegos que Kara había estudiado pero que aún no había tenido el gusto de presenciar: juego de pelota, lanzamiento de troncos, voleas con piedras. Halldan le aseguró que no se parecían en nada a lo que su padre había organizado meses atrás. Por lo que estaba emocionada por descubrir un pedazo más de la que se iba a convertir en su cultura y por grabar esos nuevos recuerdos en su memoria. En compañía de su marido.

No obstante, antes de eso, Kara salió del dormitorio de Halldan —que ahora era de ambos— para descubrir que en medio del edificio central había un enorme árbol decorado con bolas de cristal y un regalo bajo el mismo.

Los ojos de Kara se anegaron de lágrimas y se llevó las manos a los labios para contener un sollozo de emoción. La presencia imponente de su marido la reconfortó cuando le envolvió la cintura con un brazo y la atrajo hacia él.

—Feliz Yule, esposa mía.

Halldan la instó a acercarse al árbol y a abrir el paquete que la esperaba. Un sinfín de recuerdos con su familia la abordaron, y el amargor por la pérdida de Ashbree, por la ausencia de noticias de sus hermanos, le cerró un nudo en la garganta. Se preguntó si los pequeños habrían abierto ya sus presentes allá en la casita de Trihold, si Mebrin habría vuelto a encerrarse en su dormitorio hasta que el salón familiar se quedara vacío para abrir sus regalos en soledad —aunque Kara lo espiara muchas veces—.

Se negó a llorar y abrió la caja alargada que su *jarl* le había entregado. Se trataba de un rico cinturón de cuero cuya hebilla le arrancó destellos dorados al fuego que siempre ardía en el interior del edificio.

—Es... Es magnífico.

Kara pasó los dedos por los relieves de la figura serpenteante, que se enroscaba sobre sí misma hasta formar la figura de un ocho tumbado.

—Es para que todo el mundo recuerde que te ganaste un título antes incluso de conseguir mi mano, Kara Ruud.

Los labios de la fémina se estiraron de gozo y volvió a clavar los ojos en la culebra de oro después de deleitarse con la estampa de su esposo feliz. Juntos, cerraron el cinturón alrededor de la cadera de Kara y engancharon la daga que las valquirias le regalaron tanto tiempo atrás, un accesorio que, supo, ya nunca se quitaría.

Para cuando llegaron al espacio destinado a los festejos, una zona gélida rodeada de bancos y toldos para cubrirse del frío, ya estaba atestado de gente deseosa de disfrutar de los espectáculos. Habían aprovechado la hendidura en la tierra y el relieve de las montañas para conformar una especie de gradas al aire libre, muy diferentes del monstruoso anfiteatro que su padre había ordenado construir en honor a los berserkers. Tal y como le había dicho Halldan entonces, aquello no tenía nada que ver con su verdadera cultura. Y a Kara le gustaba más así, al aire libre de un día que se había presentado especialmente soleado, como si quisiera compartir la dicha que llevaba ella por dentro con el resto del mundo.

Se acomodaron en la zona reservada a ellos, con regios asientos tallados en madera y tapizados en terciopelo mullido y rojo, acompañados por unas mantas que les ayudarían a protegerse del frío mientras comían disfrutando del espectáculo. Este dio comienzo tras unas palabras de Halldan deseando que todos se divirtieran en los festejos que él mismo estaba patrocinando.

Durante los tres días de celebración, la ciudad entera disfrutaba de vacaciones en las que se comía y se bebía en exceso, bienes que salían de las arcas directas del *jarl* para compartir la buena nueva con su gente, que debía luchar por él en las batallas venideras. Y culminaba con un tercer día de festejos, en el que los excesos se limitaban y se dedicaban a recibir al pueblo en el edificio central para aceptar sus presentes, después de que el *jarl* les hubiera dado tanta diversión, comida y bebida gratis.

Seredil se encargó de servirles el almuerzo, acompañada de esa huldra con la que había hecho buenas migas en las últimas semanas. Por lo que le había contado la fémina, se llamaba Navia, y su historia era tan trágica como la del resto de los esclavos por los que Kara intentaba hacer todo lo que estaba en su mano. Había escuchado decenas de historias más que Seredil le contaba en sus reuniones diarias, una rutina que Kara se negaba a perder.

—Gracias —le dijo cuando descubrió el plato frente a ella.

Halldan no se sentía cómodo con aquellas muestras de gratitud públicas, puesto que podría hacer que los más obtusos pensaran que eran débiles, pero se había cansado de decírselo y había terminado resignándose. Una pequeña victoria para Kara. Seredil, en respuesta, le dedicó una sonrisa escueta antes de quedarse de pie detrás de su asiento, en caso de que necesitara algo.

Los combates dieron comienzo y dos valquirias impresionantemente enormes, incluso para los estándares berserkers, ocuparon el centro del espacio. A pesar del frío, sus espaldas emplumadas en tinta quedaban al descubierto, tapando sus pechos con unas láminas de cuero cerradas por detrás con unas tiras muy finas. Una de ellas luchaba a espada y escudo, mientras que la otra prefería el hacha. Ambas mujeres le recordaron a Agda y a Jonna, pero el parecido terminaba ahí. Después de haber entrenado con ellas durante todo ese tiempo, el ojo de Kara se había afilado y ahora reconocía que sus valquirias le daban mil vueltas a cualquiera de las otras mujeres que fueron pasando por esa arena gélida improvisada. Tal vez por eso no participaran, porque el espectáculo sería aburrido. A menos que lucharan entre ellas.

Observándolas mientras comía, Kara se preguntó si alguna vez habían puesto a prueba sus verdaderas capacidades; si sabrían quién era mejor de las dos o si estaban empatadas en todos los aspectos.

Tras tres rondas de combates entre valquirias, les siguieron dos más entre novicias que apuntaban maneras. Reconoció a una de ellas de su viaje en barco desde Kridia. Por aquel entonces, le había parecido que esas mujeres eran las más fieras que hubiera visto; sin embargo, ahora sus movimientos empalidecían en comparación con el espectáculo que habían dado sus maestras antes.

Una vez que llegó el turno de las aspirantes a valquirias, las conversaciones se alzaron, el alcohol corrió con más velocidad y el ambiente se relajó. El espectáculo iba perdiendo interés cuanto más borracha estaba la gente, por eso empezaban con el plato fuerte, le explicó Halldan, para que los recuerdos que mantuvieran a la mañana siguiente fueran memorables.

No obstante, ella estaba ilusionada por todo lo que tenía lugar a sus pies y lo vivía con la misma intensidad, algo que agradaba a su marido y dibujaba un asomo de sonrisa en sus labios. Él disfrutaba viéndola feliz, y Kara se preguntó si habría mayor ejemplificación del amor que esa.

Dos chicas se detuvieron en el centro de la zona de combates. Una, la que quedaba de cara a ellos, era rubia y musculosa, un portento cortado por el mismo patrón de las valquirias, y Kara supo, sin siquiera empezar, que llamaría la atención de Jonna y Agda. Sin embargo, en quien ella se fijó de verdad fue en la otra mujer. Era menuda, de cintura estrecha, todo lo contrario de lo que estaba acostumbrada, aunque tampoco era de extrañar. Ella misma tenía una hermana que se alejaba de los cánones de la belleza clásica de los elfos, y eso no la hacía menos válida o menos hermosa a su juicio.

Pero había algo diferente en aquella mujer de cabellos cortos y de un negro profundo. Kara dejó los cubiertos sobre la mesa, atenta a cómo sus cuerpos se movían casi en lo que parecía un baile ensayado. La mujer pequeña resistía las estocadas de la otra con ferocidad, sin retroceder ni un centímetro. Y con el transcurso de los minutos, con cómo su cuerpo se movía, moldeando unos músculos tonificados, Kara pensó en que aquella mujer era como la tormenta perfecta contenida en un frasco diminuto.

Jonna y Agda habían dejado de hablar, concentradas en el encuentro a sus pies; Halldan también lo observaba con interés, hasta el público había reducido el volumen de sus conversaciones para contemplar cómo esa mujer pequeña, por la que nadie habría apostado lo más mínimo, le iba ganando terreno a la que todos habían dado por vencedora.

Sus aceros se encontraban una y otra vez, con movimientos gráciles y fluidos por parte de la morena, que se movía como si fuera una serpiente enroscándose alrededor de su presa. El corazón de Kara se fue acelerando, metida de lleno en la euforia del combate cuando los asistentes empezaron a jalearlas, tan sumergidos en el subidón de adrenalina como ella. Habían esperado amenizar el rato con charlas, y aquella mujer les estaba ofreciendo un espectáculo tan interesante como el de las propias valquirias.

Sus armas encontraban carne en puntos poco vitales, pero la rubia empezaba a resollar, mientras que la otra parecía igual de fresca que al principio, aunque sus cabellos se hubieran empapado de sudor y se le adhirieran a la cara. Y entonces, con un movimiento maestro que hizo que hasta Agda diera un respingo, girando sobre sus pies como si caminara sobre las nubes, la pequeña consiguió que su contrincante cayera al suelo, la desarmó, le apuntó al cuello con su propia espada y se proclamó como vencedora del primer combate de postulantes.

Hubo un segundo de consternación en el que los asistentes asimilaron lo que acababan de ver antes de que prorrumpieran en vítores, aplausos y silbidos. La mujer morena le tendió la mano a la otra, quien aceptó su ayuda para ponerse en pie. Cuando la vencedora se giró hacia el lugar en el que el *jarl* y su esposa contemplaban el espectáculo, un estruendo metálico a su espalda sobresaltó a Kara. Seredil había dejado caer su bandeja, los ojos como platos clavados en el centro de la arena.

—Es... —musitó.

Kara se giró de nuevo hacia el centro, el corazón acelerado de repente. Y cuando se fijó en ella una vez más, con la alarma instalada en su mente, se quedó de piedra.

—Cyndra.

110

Aquella noche, a Cyndra le costó más de lo que debería llegar a casa de Xiana y Enil. Se había quedado plantada en medio del bosque, igual que las tres excompañeras que la habían atacado, perpleja por la declaración de su maestra. Y para cuando quiso darse cuenta de que permanecer allí seguía siendo peligroso, Enil ya había desaparecido. Tuvo que regresar a la línea de la costa, el terreno que Cyndra conocía bien, recuperar al caballo y luego cabalgar hasta Snordrin.

Después del combate tres contra una, a Cyndra no solo le dolía la muñeca a causa de la intervención de Enil. Tenía las manos llenas de cortes por trepar al árbol, y la suela de sus botas poco habían hecho por proteger sus pies. Además, le habían salido moratones aquí y allá, fruto de rodar sobre los guijarros y la tierra dura del bosque de El Témpano. Pero estaba de una pieza, cosa que no podían afirmar sus atacantes.

Cuando llegó a la choza de sus anfitrionas, Cyndra encontró a Enil sentada en las escaleritas del porche. No se veía luz en el interior, así que intuyó que Xiana estaba dormida.

—¿No me expulsas a mí también? —le preguntó nada más verla, en una mezcla de huldrú y bersker.

Le quitó las bridas al caballo y lo dejó bebiendo de un agua demasiado gélida para ella, pero no para esos animales recios del norte.

—Ellas te atacaron —creyó entender. Cyndra, frotándose la muñeca magullada, tomó asiento junto a Enil y volvió la vista al cielo, a la constelación de Dalel—. Las oí planearlo.

Sorprendida por la confesión, Cyndra estudió a la valquiria. Su rostro, generalmente indescifrable, transmitía cierto enfado.

—Las tres ya habían probado su valía, tenían muy buena puntuación, pero faltabas tú por examinarte. Y les preocupaba que las superaras.

—¿Ellas no sabían su puntuación?

Enil negó con la cabeza, los brazos apoyados sobre las rodillas flexionadas en una postura que resultaría relajada de no ser por la rigidez en sus hombros.

—Igual que no se comunica la prueba de cada una, tampoco se desvela la puntuación individual, solo la de la vencedora. Temieron por su posición y decidieron darte un susto para que rindieras peor en tu prueba.

—Entonces ¿por qué me has elegido sin probarme?

—Porque sobrevivir a una emboscada de esas tres me demuestra lo suficiente. Eres inteligente, ágil, rápida y fuerte. El miedo no te ciega, sino que te activa. —Cyndra apretó los labios, sobrepasada por sus palabras. Mal que le pesara, el carácter que había forjado sobreviviendo a años de maltrato era lo que la mantenía viva. Lo que la convertía en un verdadero peligro—. Pero, sobre todo, eres capaz de no mostrar misericordia a quienes no se la merecen.

Ambas guardaron un silencio cómplice en el que tan solo se escuchaba el ulular de los búhos nivales.

—No me sorprende tener tres aprendices deshonrosas teniendo en cuenta que su maestra también lo es —reconoció Enil en un murmullo.

Algo se contrajo en el interior de Cyndra y se sintió con la necesidad de consolarla.

—No he conocido muchas valquirias en mi vida —Enil rio por la nariz, a sabiendas de que era la única—, pero eres la mujer más digna que conozco. Y el amor por tu pareja no resta ni un ápice de dignidad.

Enil, emocionada por sus palabras, le dio un apretón en el hombro en agradecimiento y se adentró en la casita.

A la mañana siguiente, después de que Xiana la ayudara a teñirse el pelo de negro, Cyndra se sentó sobre el tocón para cortar leña. Se pasó los dedos sobre las puntas negras, recordando lo extraña que se había sentido al mirarse en el espejo por primera vez. Aunque en sus once años de edad adulta Cyndra hubiera pasado por muchos tonos de cabello, era la primera vez que se deshacía de cualquier rastro de rubio. Según Enil, con el negro dotaría de fiereza unos rasgos que, aunque fríos en comparación con otros elfos, resultarían demasiado amables en el norte.

—¿Estás segura? —le preguntó Enil por décima vez, atrayendo su atención.

—Sí, córtalas ya, por favor.

La mujer sacó el cuchillo que habían dejado en la hoguera al otro lado del jardín, se acercó a ella y le tendió un palo.

—Muerde.

Cyndra obedeció y apretó los dientes al tiempo que el filo candente le cortaba la punta de las orejas. El olor a carne quemada lo colmó todo y gruñó con fuerza, negándose a gritar cuando no lo había hecho en situaciones peores. Ni siquiera cuando una maldita elfa de sangre se le había enganchado a la yugular.

En el momento en el que Enil se encargó de la segunda oreja, Cyndra creyó que se desmayaría. Había soportado el mismísimo infierno en su propia casa, pero llevaba demasiado tiempo sin sentir tanto dolor y se había desacostumbrado.

«No te quiebras, no te quiebras», se repitió una y otra vez.

Y, cuando quiso darse cuenta, todo había terminado.

Xiana, contraria a que Cyndra mutilara su cuerpo «solo» para pasar desapercibida, no pudo ignorarla cuando la vio acercarse al enorme cubo de agua que había en el exterior de la casucha para lavarse las orejas ensangrentadas.

—Ven, déjame a mí.

Cyndra le dedicó una sonrisa agradecida y la huldra colocó las manos a ambos lados de su cabeza. Los ojos se le volvieron de ese color iridiscente y, unos segundos después, el ardor había desaparecido. Con cuidado, la fémina pasó las yemas por la curva redonda de sus orejas, ahora cicatrizadas.

—Gracias.

Después, Enil y Cyndra empaquetaron algunos víveres para el ascenso hacia Oddin y la valquiria se despidió de su pareja con el primer beso que las había visto darse. No se dedicaron palabras de despedida, pues en cuestión de tres semanas sus caminos volverían a encontrarse. Pero sí las hubo para Cyndra:

—Tal vez la historia no se haga eco de tus proezas, pero yo sí recordaré tu nombre, Cyndra Daebrin —le dijo antes de darle un abrazo.

Fue un viaje duro en el que Cyndra pasó más frío que en toda su vida y hasta odió montar a caballo, algo que antaño siempre le había agradado. Hablaron poco en esos días, pero consiguieron destinar una hora diaria a profundizar en el aprendizaje de Cyndra.

Diez días después, y sin incidentes por una vez en su vida, llegaron a Oddin. Aquel día se celebraban las nupcias, a las que no tenían permitido asistir. Se hospedaron en una pequeña casa de acogida que les cobró muy poco por su estancia, y aunque Cyndra se moría de ganas de irrumpir en el edificio central en busca de Ash, tuvo que centrarse en las pruebas de aptitud: puntería, fuerza y resistencia.

El tiro al blanco lo bordó, la única de las postulantes que lo hizo perfecto. Cyndra suspiró de alivio al constatar que no había perdido su puntería amada. En fuerza, aunque tuvo alguna dificultad al arrojar las hachas más pesadas por encima de la cabeza, acabó teniendo el visto bueno de la examinadora. Resistencia era la que más le preocupaba, puesto que consistía en aguantar un puñetazo directo en la cara de una de las valquirias más veteranas. Si ese golpe la tumbaba, no aguantaría un combate entero, por muy aspirantes que fueran las demás.

Enil ya la había golpeado en alguno de sus entrenamientos, y había visto las estrellas y acabado comiendo barro, pero confiaba en su mejoría de las últimas semanas. Dejó la mente en blanco cuando se plantó delante de la mujer con la espalda tatuada, ajena al frío que la rodeaba. La valquiria le sonrió con altanería y le dijo algo que Cyndra fingió ignorar, aunque la realidad fuera que no la había entendido. Y aquello no debió de sentarle demasiado bien a la mujer, puesto que le golpeó en el pómulo con más fuerza de la que le había visto emplear con las chicas que habían pasado la prueba antes que ella.

El golpe le giró el cuerpo con violencia, Cyndra trastabilló varias veces, a punto de besar el suelo con los dientes, pero en el último segundo consiguió estabilizarse y mantenerse en pie. No iba a fallar cuando estaba tan cerca de reunirse con Ash, porque aquel era el único modo seguro de acercarse a su hermana de batallas. Y después de lo que Enil y Xiana habían hecho por ella, no quería poner la vida de la valquiria en peligro.

Cuando Cyndra se irguió de nuevo, la examinadora curvó los labios hacia abajo, con sorpresa genuina, y le palmeó la espalda en un gesto cómplice ante el que Cyndra sonrió.

Todo eso la había llevado hasta el día del combate. Aunque tenía el beneplácito de luchar por un puesto como novicia, no se le permitía acercarse al lugar del evento, ni a ella ni a ninguna de las postulantes. No disfrutarían del honor de codearse con esas mujeres fieras hasta que ellas les dieran el visto bueno. Enil le aseguró que era una fémina la que se sentaba junto a su *jarl*, pero a la distancia a la que había podido acercarse, los rasgos que sus ojos menos desarrollados habían captado podrían encajar con Ash y con mil elfas más.

Al entrar en la zona de combate, intentó echar un vistazo hacia el toldo del *jarl*, pero el sol le daba de lleno en los ojos y no tuvo tiempo de percibir con nitidez los rasgos antes de que la pelea empezara, apenas un segundo después. No obstante, cuando todo terminó, cuando se proclamó victoriosa, ayudó a la berserker a levantarse del suelo y se giró hacia el lugar de honor, con quien se encontró fue con Kara Aldair.

111

En cuanto pusieron un pie en Glósvalar y la luz de Ashbree regresó a su interior, Haizel y Thabor condujeron a los enanos y a sus huargos al cuartel en el que el comandante había estado llevando a cabo su investigación.

Ashbree no solo les había ofrecido perdonarles la vida, sino que había llegado a un acuerdo bastante lucrativo con ellos. No resultaba tan beneficioso como el que habían pactado con Arcaron —todo el oro que encontraran—, pero sus propias vidas aportaban valor al mismo. A cambio de su ayuda peinando la red de túneles de Glósvalar en busca de restos del narcotráfico y de los laboratorios restantes, los enanos se quedarían con todo el hierro excedente que Ashbree sabía que se había extraído de las minas de Anararca, así como una buena suma de oro.

Por lo que Haizel le había contado cuando le había pedido opinión sobre qué solicitar a los enanos a cambio, estos necesitaban hierro para reforzar la arquitectura de Morainn, el Bastión bajo la Montaña, al este de la Cordillera Nisgurg. Con la cantidad de rencillas entre berserkers y enanos, la fachada y las puertas de la capital de Dundran se estaban viniendo abajo, y un revestimiento de hierro les daría los refuerzos que necesitaban para resistir mejor ante la brutalidad korkofita.

Ashbree no perdió tiempo y recorrió el palacio de obsidiana de arriba abajo, intercalando carreras con saltos lumínicos cortos en busca de Ilian, de su hermano, de quien fuera que pudiera arrojar algo de luz sobre el paradero de su esposo. Pero no encontró nada.

Plantada en el centro del salón del trono, con la vista clavada en el trono de mármol que estaban construyendo para ella, Ashbree sintió que sus corazones se desmoronarían, fruto de la ansiedad pura y dura.

Porque Ilian encontraría el modo de hacerle saber que estaba bien en caso de demorarse. Y eso solo podía significar que había tenido problemas, fueran del modo que fueran.

—Majestad, ¿va todo bien?

Ashbree se crispó al reconocer el timbre maternal de Orsha. Había albergado la esperanza de no cruzarse con ella, puesto que no se veía capaz de mantener sus temores a raya, pero no tuvo esa suerte.

—Es... Es Ilian.

El recuerdo de la vez anterior que tuvo que contarle que su pequeño había estado en apuros casi le hizo echarse a temblar, pero cuando Orsha la agarró de las manos con la preocupación marcando sus facciones angulosas, se tragó la desesperación.

Con tiento, y tratando de no sonar alarmista o desesperada, se sinceró con la nana de su esposo y le transmitió su preocupación.

—No creo que estéis exagerando —suspiró Orsha, con los ojos cargados de lágrimas retenidas—. Ilian habría contactado con vos a la más mínima oportunidad.

Que sus temores se vieran reafirmados le hicieron un flaco favor, pues resultaba mucho más sencillo albergar la esperanza de que se estuviera volviendo paranoica antes de que alguien más confirmara sus preocupaciones.

—Lo encontraremos —aseguró la troll, dándole un apretón en sus manos aún entrelazadas. Un nudo se cerró en la garganta de Ashbree, quien tan solo pudo asentir—. Removeremos cielo y tierra por nuestro chico.

Con una sonrisa tan triste como agradecida por ofrecerse a acompañarla, Ashbree informó a Haizel y a Thabor de sus intenciones. Ninguno pensaba dejarla atrás, así que, tras cambiar las armaduras abolladas tras el ataque a Milindur por otras, los cuatro volvieron a reunirse en el salón del trono, frente al estandarte con el escudo del Reino de Lykos.

—Casi con total probabilidad, hoy bailaremos con Celes una vez más —les dijo Ashbree, asegurándose de que la acompañaban sabiendo que podrían enfrentarse a la muerte.

Los miró uno a uno, con una entereza brillando en sus iris que estaba lejos de sentir realmente. Era la primera crisis a la que se enfrentaba como reina de Lykos, y aunque su mundo se estuviera desmoronando, debía reunir la valentía desde lo más profundo de su ser para que nadie se viniera abajo.

Y aunque en los semblantes de todos se leyera una preocupación profunda, Thabor, con su optimismo habitual, le dedicó una sonrisa confiada antes de decir:

—Una suerte que seamos excelentes compañeros de baile.

Ashbree los trasladó a una de las azoteas colindantes a la plaza central de Kridia, para observar el palacio por fuera primero.

Desde donde estaban, gracias a la altura del edificio, tenía una panorámica de la ciudad al completo. Se veía a la perfección la reja principal del palacio, fortificada por las amplias murallas que una vez estallaron por orden de uno de sus esposos. Había cambiado tanto desde entonces... Y, sin embargo, el palacio permanecía inalterable, con sus paredes de cuarzo prístino que cegaban a la vista bajo el influjo del sol tardío, sus altos torreones coronados por cúpulas bulbosas en tonos terracota y sus numerosas ventanas. Se preguntó si su padre habría desplegado crespones negros por ella, como sucedió con el fallecimiento de su madre, o si la habría ignorado.

Nada de eso tenía sentido ya, no cuando las murallas que protegían el palacio estaban culminadas con una miríada de picas con cabezas ensartadas. Aunque presentaban distintos grados de putrefacción, no distinguió a su hermano Mebrin en ninguna de ellas. El alivio la invadió momentáneamente, porque eso podía significar que aún estaban a tiempo de salvarlo.

—Mirad, allí —señaló Thabor.

Ashbree siguió el recorrido de su dedo y entonces lo vio: un patíbulo enorme en el que varios trabajadores estaban terminando de perfilar algunos detalles.

Asqueada por la estampa, Ashbree apartó la vista. Gracias a su vista privilegiada, atisbaba a ver los restos de pintadas que se habían esforzado en limpiar, los destrozos de algún altercado reciente y, más allá, donde la cúpula de cristal del templo a Merin debería haber destacado por encima de los tejados broncíneos, no distinguió nada. Como si aquello también fuera una protesta hacia los dioses y se hubieran ensañado con la claraboya hasta destrozarla.

Los muelles al otro lado del palacio, desde donde habría partido el barco que se llevó a Cyndra, estaban demasiado vacíos, sin el trajín característico de los pescadores regresando de sus labores. Kridia estaba sucumbiendo, y su padre no era el único responsable. La verdadera cuestión, sin embargo, era si ella la dejaría morir del todo. Y eso dependía de lo que encontrara una vez que volviera a lo que un día consideró su hogar.

—Tienen buena seguridad en todo el perímetro —apuntó Haizel, tan centrado como siempre.

Estudiaba el entorno con ojo analítico, sin perder detalle de aquella ciudad que tal vez solo hubiera visto una vez, si es que él no había participado en el ataque al palacio que lo detonó todo. Thabor, por su parte, admiraba las calles con una pizca de añoranza centelleando en sus ojos verdes. Él sí había vuelto a casa, algo que quizá hubiera considerado imposible.

—No será fácil enfrentarse a todo eso —comentó Orsha, empleando la mano a modo de visera.

Ashbree los miró de soslayo. Aquel era su equipo. Dos soldados entrenados y una troll que hacía siglos que no empleaba su magia para combatir. La fémina sabía que estaban abocados al fracaso, pero ni la certeza de que no saldrían vivos de aquella la detendría. No cuando su padre quería matar a su hermano e Ilian estaba desaparecido.

Una treintena de guardias imperiales patrullaba sobre el adarve, además de los soldados del ejército que rondaban por las calles. También distinguió a una pareja de trolls a lo lejos, recorriendo los jardines imperiales. Estaba convencida de que en el interior del palacio habría berserkers, puesto que dudaba de que su padre los hubiera mandado a todos al frente. Los enanos... Sí, Arcaron los consideraría prescindibles, sobre todo si la mayoría se estaban dedicando a la minería.

No era solo que los superaran en número, sino que no tenían posibilidad alguna de dar más de dos pasos sin ser vistos. O habría sido así de no haberse criado allí; de no saber dónde estaría su padre. Encontrarían obstáculos en el camino, sí, pero menos que si el ataque estuviera perpetrado por cualquier otro. Sobre todo, si lo que tenía en mente funcionaba.

—Voy a crear una distracción —dijo Ashbree en tono neutro. Aunque intentaba arrojar una chispa de sentimiento a su voz, se veía incapaz—. Pero antes tengo que avisar al pueblo de lo que va a pasar.

Ashbree no le dio tiempo a ninguno a preguntar antes de desaparecer y reaparecer en el centro de la plaza. Se subió al bordillo de la fuente y aguardó unos segundos mientras la escasa gente que hacía recados en la calle —poquísima en comparación con lo viva que había estado Kridia antaño— reparaba en su presencia. Primero se escucharon cuchicheos asustados, curiosos, recelosos y, después, el escaso bullicio de ese espectro de ciudad guardó silencio ante la inesperada presencia de la reina que se alzaba frente a ellos.

—¡Gente de Kridia! —proclamó en voz alta—. Soy Ashbree Wenlion-Aldair, Hija de la Luz, la de las Dos Dinastías, séptima emperatriz del Imperio de Yithia, cuarta reina del Reino de Lykos o simplemente Ash. Cómo queráis llamarme no tiene importancia, pero he venido hoy aquí a ponerle punto y final a la Tercera Guerra. —Se tomó un segundo para tragar saliva, la garganta más seca que los desiertos de Dundran. A lo lejos, se oía el eco de pisadas a la carrera—. No voy a aniquilaros, como mi propio padre está haciendo con vosotros. Ni a calmar mi ira con vuestra sangre. No soy vuestra enemiga. Pero sí soy una amenaza.

Entre el pueblo se alzaron murmullos aterrados, muchos huyeron directamente, otros se asomaron por las ventanas de las decenas de casas colindantes, llenas de familias observándola.

—No toméis las calles, no luchéis contra lo que está por venir, y permaneceréis a salvo. —Por el final de la avenida principal empezaron a relucir los cascos broncíneos de los soldados del ejército—. Alzad las armas contra mí y no veréis un nuevo amanecer. —Se llevó la mano al pecho en un gesto solemne, la mirada incendiaria mientras los soldados se abrían paso a través de la multitud congregada usando la violencia—. Esta es mi promesa.

Como si se tratara de un alud, la luz que quedaba en su interior se desplegó por la plaza y giró y giró hasta convertirse en una dragona que había crecido desde la última vez que la había visto. El pánico prendió como la pólvora y la gente corrió atemorizada, casi provocando una estampida. Pero los soldados estaban maltratando a su pueblo, y era algo que no iba a consentir.

Tal y como había hecho en Breros, la llamarada blanca que manó de las fauces de Inara serpenteó sobre los adoquines, envolviendo a los inocentes en una salvaguarda y quemando a quienes la apuntaban con arcos y ballestas. Los proyectiles volaron directos hacia ella al tiempo que el fuego blanco llegaba a los pies de los soldados, como si intercambiaran ataques. Con un movimiento vigoroso de la cola, Inara los apartó todos antes de batir las alas, levantando una polvareda y agitando los naranjos que adornaban la plaza. Se alzó por encima de la ciudad y el rugido que soltó hizo temblar las tejas de los edificios.

Algunos soldados arrojaron sus armas al suelo al ver cómo sus compañeros se retorcían, quemándose vivos. Ashbree sintió la quemazón de la marca creciente sobre su clavícula, el propio dolor de los moribundos expandiéndose dentro de su pecho. Y aunque lamentara esas pérdidas, aunque se odiara por lo que las circunstancias la estaban obligando a hacer, no mudó la expresión pétrea, no flaqueó.

Apenas un parpadeo después, Ashbree había regresado con sus compañeros. Haizel y Thabor se mostraban tan inexpresivos como ella, pero Orsha lo observaba todo con horror. Inara no estaba dañando a los inocentes, aunque no fuera esa la impresión que daba al ver el fuego envolviéndolos a todos por igual. Solo cuando las primeras llamaradas de su dragona se extinguieron y revelaron a unos ciudadanos que se ponían en pie trastabillando y comprobando que estaban ilesos, la troll se permitió respirar.

—¿Cuál es tu plan? —le preguntó Haizel.

—Nos traslado dentro, a una zona que creo que será segura, y de ahí avanzamos.

—¿Y ya está? —intervino Thabor, acariciando los cristales de luz de sus cinturones.

—Mmm... Sí.

Su determinación flaqueó un poco, sobre todo cuando Haizel suspiró. Resultaba evidente que ella era la más inexperta de todos, pero no podía dejar que eso la amedrentara, no cuando tenía un dragón de diez metros aterrorizando a una ciudad entera.

—Es probable que hayan grabado glifos troll —dijo Orsha, la vista fija en el palacio.

—¿Qué? —Thabor expresó su incomprensión.

—Son trampas de distinta índole. Usan los elementos para atacar.

—Como con el humo en los asedios —apuntó Haizel.

—Sí. Barreras de fuego, derrumbamientos, cascadas de agua, alteración en la presión del aire... El límite está en el poder del chamán al cargo.

—¿Hay algo que podamos hacer para contrarrestarlo? —preguntó Ashbree.

—Vosotros no. Yo sí. Puedo romper los sellos de cada ritual, aunque... lleva su tiempo.

—Te daremos ese tiempo en caso de que lo necesites —le garantizó el comandante.

—¿Estás segura de esto, Ashbree? —Ella clavó la vista en Thabor—. Solo somos cuatro.

—Te olvidas de la dragona.

Ashbree señaló a Inara con el pulgar, quien estaba proyectando una lengua de fuego a lo largo de toda una calle. Se protegía de las flechas y los virotes esquivando, lanzando coletazos o batiendo las alas. De vez en cuando, Ashbree sentía los picotazos de los impactos sobre la piel dura de la dragona como si llegaran a su propia piel, sumado al ardor de estómago atroz por las vidas aniquiladas. No sabía hasta dónde llegarían las marcas en su cuerpo, pero la culpabilidad no era un sentimiento con el que pudiera lidiar en aquel momento.

—Entonces ¿estamos listos?

Haizel desenvainó la espada tras lanzar la pregunta, su rostro inmutable. Asintiendo en su dirección, Ashbree sacó el frasco con sangre plateada y se lo llevó a los labios. Ingirió la mitad del contenido, que no era mucho, y cerró los ojos. El frenesí la golpeó al instante, un calor concentrándose en su bajo vientre. Sabía a Ilian, a sol puro, y al mismo tiempo no era él por no ser sangre fresca. Sentir un reflejo de su sabor en la boca atrajo nuevas lágrimas a sus ojos, pero se las tragó, junto con el estallido placentero que le erizó la piel.

—Estamos listos.

Con un chispazo de la poca luz que le quedaba, los cuatro desaparecieron en las profundidades del palacio.

112

Calari Laurencil llevaba todo el día ignorando el molesto runrún del fondo de su mente, una voz insidiosa a la que muchos se referían como conciencia. No estaba acostumbrada a sentir remordimientos por sus actos, pero, hasta entonces, esos actos habían sido nimios en comparación con lo que había hecho el día anterior. Arrebatar una sola vida por encargo o torturar a alguien para obtener información no era nada comparado con condenar a una ciudad entera. Porque sabía que era eso lo que había hecho al dejar al Efímero atrás.

En cuanto se había sentido libre por fin, había vuelto a su casa y había preparado una maleta. Después, se había quedado mirándola fijamente durante tanto tiempo que la noche la encontró sentada en el borde de la cama, quieta. Su única opción de sobrevivir era exiliarse al continente, y no quería. Ella amaba Yithia, le había servido fielmente durante toda su vida, y era una *teniente.* No podía irse a escondidas, como si lo hiciera con el rabo entre las piernas.

No obstante, el emperador la había visto, y la había reconocido, que era peor, por lo que no encontraría su redención allí, menos si quedaba algo de Kridia en pie cuando Ashbree Aldair pasara por la capital a rescatar a su amante. Porque no le cabía ninguna duda de que lo haría.

A la mañana siguiente, después de una noche de dar vueltas y más vueltas, acudió a su taberna favorita, para ahogar la voz de la conciencia en alcohol mientras esperaba la hora de partida del barco que la llevaría a Dundran. Ni siquiera fue capaz de estar a la altura de los flirteos de un varón apuesto que se le acercó a causa de esa vocecilla que le gritaba que era una cobarde; que lo que pasase a partir de entonces sería culpa suya.

Fue al caer la tarde cuando Calari, cagándose en su propia conciencia, se enfundó en su traje de asesina: ropajes oscuros, pegados a la piel para garantizar la fluidez de movimiento en las misiones de espionaje o de asesinato. Era la tercera vez que lo usaba en todos los años que llevaba en el ejército. Su último encargo, por designio del emperador, había puesto fin a la vida del predecesor de Arathor Gandriel como comandante de la Orden de los Espadachines. Un hueso duro de roer y, al parecer, un grano en el culo en la vida del emperador. Así de caprichoso había sido Arcaron Aldair siempre, y Calari había tardado demasiado tiempo en darse cuenta de lo mal que estaba aquello.

Acuclillada en los tejados de bronce de su ciudad natal, de su hogar, Calari observó el palacio durante un largo rato, valorando las posibles entradas y salidas para rescatar al Efímero. Podía recurrir a los túneles subterráneos, pero ahora que era evidente que habían usado esa vía para entrar, no esperaba que estuvieran desprovistos de vigilancia.

Tragó saliva e inspiró hondo. Calari sabía que introducirse en el palacio, tal y como estaban las cosas, era un suicidio casi asegurado, pero el imperio por el que siempre había luchado lo merecía.

Se puso en pie, rotó las dagas con las que había estado jugueteando sobre las manos y las enfundó en las caderas, lista para entrar en acción. Sin embargo, sus piernas se paralizaron al ver a una criatura aparecer en medio de la plaza central.

El corazón de Calari se detuvo y se volvió frenético al mismo tiempo.

Un. Dragón.

Una bestia descomunal, blanca con manchas negras, piel dura y hocico alargado. Pero era imposible, los dragones llevaban mucho tiempo extintos... Y, aun así, el mismo Efímero se lo había asegurado, aunque ella no lo hubiera creído: Ashbree Aldair podía invocar dragones.

Escuchó el fuego, incapaz de verlo desde su posición, y un escalofrío le recorrió la piel. Era demasiado tarde, entonces. Ya no había nada que hacer y sería mejor que se marchara...

Le llegó el eco de los gritos de los calcinados y la culpabilidad la golpeó con fuerza. Si no hubiera dejado abandonado al Efímero, quizá nada de eso estaría pasando.

Calari lanzó la vista al cielo, en busca de guía en las estrellas, pero la luz del sol impedía conectar con sus dioses. Con un suspiro atragantado, se persignó en señal de respeto y se lanzó a la carrera en dirección al dragón.

Si aquello era designio de los dioses, que así fuera.

113

Cada músculo del cuerpo de Rylen se quejaba por la extenuación, y sus sombras burbujeaban inquietas, haciéndose eco de esas sensaciones agonizantes. A pesar del frío de Oddin, el sudor le bajaba por las sienes y por la espalda, pero no podía echarse atrás. No ahora que estaba tan cerca de llegar hasta Kara.

Se había envuelto en un manto de sombras que lo hacía invisible, aunque sus movimientos siguieran oyéndose a su alrededor. Prefería eso antes que ocultarlo todo, lo que supondría un mayor desgaste. No obstante, podía dar gracias a los dioses, porque aquel día estaba teniendo lugar un festejo de algún tipo y sus pisadas sobre la nieve pasaban desapercibidas entre tantísimo movimiento.

Si Kara estaba comprometida con el *jarl*, Rylen suponía que la fémina estaría pegada a él. Y con la cantidad de gente que había en las calles, donde fueran ellos, esperaba encontrar al *jarl*. Así que Rylen siguió el trajín de berserkers hasta dejar atrás el edificio central y llegar al punto de interés de toda Oddin. Rylen saltó al tejado del edificio más cercano, para poder evaluar lo que sucedía desde las alturas, sin que todas esas cabezas que le sacaban un palmo le entorpecieran la visión.

Había distintos toldos colocados en la falda de la montaña, reservados para los duques, probablemente. Y para su *jarl*.

Rylen encontró a Kara en cuestión de segundos, y no porque la reconociera, sino porque supo identificar al enorme hombre al mando de aquella nación. Y la elfa de luz sentada junto a él solo podía ser Kara. Había esperado verla con un parche, como Ashbree le había mencionado alguna vez, pero observaba el espectáculo sin esconder sus heridas. Era una joven fuerte, como su hermana.

Envuelto en oscuridad, Rylen se trasladó detrás de ella, al hueco tras los asientos que parecían tronos de madera, entre las dos esclavas que esperaban más órdenes.

Un parpadeo después, ya tenía a Kara al alcance de la mano. De haber sido otras las circunstancias, se la habría llevado con un pensamiento para hablar en privado, pero estaba agotado, sus reservas de sombras bajo mínimos. Y si pretendía saltar a Glósvalar directamente, en lugar de hacer una parada de descanso en medio —porque no pensaba retrasar el momento de reunirse con Ashbree teniendo ese extraño pálpito—, necesitaba tocarla. Y, aun así, Rylen no tenía claro que no se fuera a consumir por completo con el salto. Pero correría el riesgo.

—Es... —musitó la fémina a su izquierda.

—Cyndra —concluyó Kara.

Raudo, Rylen miró al frente. En el centro de la extraña arena había una joven de cabellos cortos y morenos, menuda y con los ojos azules clavados en Kara. Aunque Rylen había visto a Cyndra al sacar a Ashbree de Milindur, apenas habían sido unos segundos, y ni siquiera le había prestado atención a ella, sino a Arathor, puesto que a él sí lo reconoció. Por sí mismo, Rylen no podía confirmar que fuera quien decían, por no hablar de que a través de su pelo no sobresalía el arco picudo de unas orejas; era imposible que aquella combatiente fuera Cyndra. Pero el modo anhelante en el que Kara lo pronunció, la crispación de la esclava a su lado...

Kara se puso en pie con ímpetu, el *jarl* se tensó y la imitó. La fémina habló en bersker y él respondió, aunque ella no esperó a terminar de escucharlo antes de salir corriendo por el camino anexo al palco, con la intención de rodear la improvisada arena. Dos valquirias enormes la siguieron a la carrera, la alcanzaron en apenas unos segundos y una de ellas la agarró de un brazo. Estaban discutiendo, aunque solo era una suposición, puesto que Rylen no entendía gran cosa a causa de su bersker oxidado. Las había seguido, sin querer despegarse de Kara ahora que la había encontrado.

El *jarl* llegó hasta la fémina y habló en un tono monocorde y bajo, manteniendo la calma para no atraer más miradas indiscretas. Una de las valquirias se marchó ante la orden del hombre y Kara se cruzó de brazos, molesta. Con cada segundo que transcurría, sus sombras se drenaban más, pero por primera vez en su existencia, Rylen no sabía qué hacer.

Entonces, Kara corrió hacia delante y él la siguió por inercia. El *jarl* llegó hasta ella al tiempo que la otra valquiria y cada uno la agarró de un brazo.

—¡Cyndra! —gritó Kara, los ojos anegados de lágrimas.

El *jarl* le habló a la fémina al oído, sus ojos azules deslizándose sobre la nieve a su espalda. Kara asintió con la cabeza y ambos la soltaron. La valquiria que había conducido a la joven hasta allí también la soltó.

—¿De verdad eres tú?

—Kara... —suspiró la joven—. ¿Qué haces tú...? ¿Cómo...? ¿Dónde está tu hermana?

—¿Qué?

—La elfa consorte..., ¿eres tú?

Kara se mordió el labio inferior, los ojos anegados de lágrimas contenidas a duras penas.

—S-sí. Este es mi esposo, Halldan.

El aludido no dio muestra alguna de comprensión, el ceño fruncido y su cuerpo tenso.

Las piernas de Cyndra cedieron y se dejó caer sobre la nieve. Sin pensarlo siquiera, Kara avanzó hasta ella y se colocó a la misma altura. El corazón se le habría contraído en el pecho de tenerlo, porque estaba frente a la hermana de batallas de su esposa, la fémina que le había regalado una rebelión.

—Déjate ver, intruso —siseó Halldan, en un élfico cargado de acento.

De reojo, Rylen comprobó que el *jarl* se había movido con sigilo felino y que había apoyado una espada contra el cuello del rey sin siquiera llegar a verlo. Podía desaparecer sin más, volver a casa con las manos vacías y con la cabeza sobre los hombros. Lanzó un vistazo fugaz a las féminas, que observaban desde el suelo, con gestos sorprendidos, cómo el hombre apuntaba con su espada a la nada. Rylen hizo amago de dar un paso atrás para recolocarse, pero la nieve crujió y el *jarl* chasqueó la lengua con reprobación.

Otra espada apareció por encima de su hombro, lo habían acorralado y ni se había dado cuenta, tan cansado como estaba. Su cuello se encontraba ahora entre dos filos, el del *jarl* y el de la valquiria rubia con una cinta en la frente. La otra, la pelirroja, había levantado a Kara del suelo y la protegía interponiéndose con su cuerpo.

No quería marcharse sin ellas, y la opción de desaparecer siempre estaría ahí. Sus sombras serían más rápidas que cualquier filo. Así que la única opción que le quedaba era descubrirse, aunque no fuera la situación idónea para parlamentar.

La oscuridad se desprendió de su piel y dejó de ser invisible. Halldan sonrió de medio lado, un gesto letal, y Kara ahogó un grito.

—Tú... —masculló Cyndra.

La fémina se levantó e hizo amago de acercarse a él, con muerte en los ojos, pero la valquiria pelirroja la detuvo.

—¿Quién eres? —le preguntó el *jarl*.

—Rylen Valandur —respondió Cyndra antes de que el aludido pudiera abrir la boca.

No era de extrañar que Cyndra Daebrin hubiera memorizado sus rasgos y que lo reconociera. El rostro de Halldan mutó de la fanfarronería a la estupefacción en un segundo.

—¿Qué...? —farfulló Kara.

—Él es quien secuestró a tu hermana en Milindur —le explicó la tiradora.

Los ojos del *jarl* volaron de él a Cyndra, y viceversa.

—¿Es eso cierto? ¿Eres el Rey de los Elfos?

Rylen tragó saliva antes de asentir con la cabeza, un movimiento trémulo.

—¿Tú...? —murmuró Kara, atrayendo todas las miradas—. ¿Estuviste con mi hermana cuando...? —Sorbió por la nariz—. ¿Tuvo una muerte rápida?

—¿Qué? —espetaron Rylen y Cyndra al mismo tiempo.

El rey se tensó, la ansiedad acomodándose sobre sus hombros. Había sido mala idea. Si ellos sabían algo que él no... Pero hacía dos días que había abandonado Glósvalar, era imposible que la noticia hubiera llegado hasta allí tan pronto. Y, por encima de todo, él seguía vivo, lo que significaba que Ashbree también.

—Mi hermana murió hace unas semanas —musitó Kara, las lágrimas rodando libremente sobre sus mejillas.

El alivio invadió a Rylen y se permitió respirar de nuevo.

—No... —balbuceó Cyndra—. Es imposible. Ash no...

—Ashbree está viva —la interrumpió antes de que el pesar hurgara demasiado hondo—. Y es ella quien me envía.

—¿Cómo sabemos que es cierto? —preguntó Halldan, moviendo el filo unos milímetros más contra su cuello.

—Porque es mi esposa, y si un elfo de luz la hubiera matado, créeme que tus tropas y el ejército yithiano al completo habrían sido aniquilados en cuestión de un segundo.

Se abstuvo de hacer comentario alguno sobre que sus vidas ahora estaban enlazadas.

—¿Cómo dices? —inquirió Kara, con voz chillona—. ¿Tu esposa?

—Mientes —masculló Cyndra—. Ella nunca...

—¿Qué? ¿Confraternizaría con *grajos*?

Cyndra se mordió el labio inferior. Ambos conocían la historia de Ash, cómo había ayudado a Ilian en todo lo que había podido, incluso antes de saber qué era ella realmente.

—Pero Ilian… —musitó Kara. Dio un paso al frente y apoyó la mano sobre el brazo extendido de su marido—. ¿Qué pasa con Ilian? Creía que mi hermana estaba con él.

Rylen hizo una mueca. Explicar de primeras que estaban en una relación a tres no era lo más sencillo.

—Han pasado muchas cosas desde que lo viste por última vez.

Rylen empuñó la daga con las guardas de cuervo que tanto tiempo atrás le había regalado a Ilian, que había perdido en Kridia y Kara le había guardado hasta poder devolvérsela la tarde de Veturnaetur. Entonces, algo cambió en la expresión de la fémina, algo que se parecía demasiado a la confianza.

—Kara, ¿de qué está hablando?

La fémina miró a su marido con velocidad, como si hubiera olvidado que estaba allí. O contarle algo, a juzgar por cómo sus cejas se curvaron con pesar.

—Baja el arma, Halldan.

—¿Qué?

La valquiria a su espalda habló y apretó más el filo contra su cuello, arrancándole un siseo.

—¿Sabes qué es Rylen Valandur? ¿Lo que puede hacer? —intervino Kara en tono pausado. Despacio, Halldan volvió a clavar sus ojos gélidos en él—. Si quisiera matarnos o hacernos daño, ya lo habría hecho. No está aquí para eso, ¿verdad?

Kara desvió su atención hasta él, un ojo reluciendo en color verde intenso y el otro opacado por una capa lechosa.

—Verdad.

Halldan gruñó algo ininteligible y, reticente, bajó el arma. La valquiria hizo lo propio, aunque la sentía al acecho, a ella y a la pelirroja.

—Llevamos semanas esperando vuestra respuesta, y al no obtenerla, he venido a buscarla por mí mismo. Nada más.

—¿Respuesta? —preguntó Kara antes de interrogar con la mirada al *jarl*, quien parecía igual de confundido que ella.

—Os escribimos para pactar una nueva alianza.

El rostro de Kara cambió, puso los ojos como platos y luego volvió a mirar a su marido.

—El puesto de mensajería… —musitó y dudó si continuar. Halldan apretó los labios y asintió con la cabeza—. Hace algo más de una semana hubo un incendio en el puesto de mensajería y se perdieron todas las misivas que estaban aguardando a ser leídas.

Rylen sintió un ápice de alivio, porque aquello —junto a la sorpresa e incomprensión por verlo allí— podía significar que no habían leído su carta, y no que le estaban negando su ayuda o que Kara no se encontraba en una situación de poder.

—Como os decía, vengo en son de paz. Y si la respuesta a la propuesta de la alianza es una negativa, me marcharé por donde he venido, llevándome a Cyndra.

—Y una mierda —respondió la aludida, claramente sin fiarse de él.

Rylen apretó los labios. Tuvo que recordarse que debía mostrar la faceta amable del Rey de los Elfos para no fulminarla con palabras.

—¿Ella convocó al dragón? —intervino Halldan, en tono taciturno.

—¿Qué? —musitó Kara.

—Hubo un superviviente de la batalla de Breros, él me informó de que una fémina había convocado a un dragón.

—¿Sabías que mi hermana estaba viva y no me lo dijiste?

—Era la declaración de un superviviente aturdido por el *shock* que afirmaba haber visto un dragón. No me creí ni una sola palabra de esa misiva. Pero ahora…

—Sí. Fue ella. Su poder no tiene parangón. Vais a perder esta guerra, *jarl*. Siempre y cuando sigáis siendo aliados del Imperio de Yithia —añadió en el último momento.

Halldan pareció meditar sus palabras unos segundos antes de mirarlo con otra determinación centelleando en sus ojos.

—Hablemos, entonces —resolvió.

114

A pesar de que Rylen le hubiera dado su beneplácito para marcharse de Siäl, Lorheen no podía hacerlo, aún no. Conseguir el apoyo de las huldras había sido un idilio, y aun así había pasado catorce días intentándolo, investigando en la Biblioteca Magna y buscando aliados. Todo en vano.

Lorheen sabía que, aunque había cuidado de Ashbree todo lo posible, había fallado como padre. Y no quería regresar a Glósvalar, junto a su hija, con las manos vacías. Por eso, la última semana había centrado su investigación en otro aspecto que, si bien no estaba relacionado con la guerra, era igual de importante: la adicción a la miel de plata.

Cuando le había hablado al respecto, Ashbree no había entrado en demasiados detalles, pero sí le había dado los suficientes como para saber que la sangre de los Efímeros de Sombras presentaba un componente que neutralizaba la toxicidad de la sangre común. Y la Biblioteca Magna era un vergel de conocimiento que tal vez pudiera arrojar algo de luz sobre el asunto.

Pasear por los laberintos de estanterías lo trasladó a otros tiempos más felices, acompañado de la risa de Celina, de sus confidencias, sus sonrisas y sus besos. Y aunque resultaba doloroso pasar días enteros allí encerrado, dedicó cada hora despierto a buscar más y más información.

Fue así como descubrió que en el Archipiélago de Urdú y en Shazaak crecía una planta única, un híbrido entre girasol y gazania llamado girania, que era muy resistente al sol y daba flor casi todo el año. Algunos manuales sobre medicina troll usaban los pétalos de la flor en pacientes que, por causas diversas, habían pasado demasiado tiempo sin exponerse a la radiación solar y habían enfermado por ello.

Lorheen no era experto en botánica, pero sus años de estudio en la

Biblioteca Magna le habían servido para confiar de lleno en el poder curativo de las plantas. Por eso, en aquella fría mañana de Yule, Lorheen salió de expedición al campo, atravesando los valles de Siäl en busca de la girania.

En el Archipiélago de Urdú había verde se mirara donde se mirase, incluso sobre la arquitectura de líneas redondeadas que caracterizaba a las huldras. Era un paraje frondoso, húmedo, de tonos esmeralda que lo enamoraron desde que puso un pie sobre él a la edad de quince años.

Dedicó largas horas a caminar bajo el sol, examinando las plantas que se encontraba en el camino. No sabía si aquello funcionaría, pero sí quería que Silvari, la sanadora que se estaba encargando de formular la cura a la adicción, confirmara si la planta resultaría de algún valor. Quería regresar a Glósvalar con una posible ayuda bajo el brazo, aunque no fuera en forma de aliados, para recuperar parte de la confianza de su hija.

Así, llegó la tarde sin siquiera darse cuenta y aún no había encontrado nada. Estudió el mapa que había llevado consigo, intentando ubicarse entre tanto árbol, pero era una tarea que había dado por perdida. Sin grandes cadenas montañosas, ríos o lagos era complicado situarse, aunque tampoco le preocupaba demasiado perderse, puesto que cuando cayera la noche, simplemente se teletransportaría de nuevo a Siäl usando su poder.

Había sacado a su *Fjel* para que lo ayudara a rastrear, y ni siquiera su gorrión blanco estaba arrojando algo de luz sobre la búsqueda. Estaba dispuesto a resignarse y tirar la toalla cuando escuchó el piar característico de Pompón —era una bolita suave, redondita y blanca— llamándolo. Lorheen lo siguió bosque a través, con la esperanza de que hubiera encontrado algo, y se detuvo frente a una hendidura en la tierra.

Se trataba de un promontorio poco más alto que él, una colina sembrada de césped en cuyo centro había una abertura oscura que se adentraba en las profundidades de la tierra. Extrañado, Lorheen consultó el mapa, intentando ubicarse. Pero sobre el papel no había rastro de aquella gruta.

Pompón pio una vez más, atrayendo su atención, y revoloteó sobre un arbusto cargado de flores de un amarillo anaranjado que recordaba al color del propio sol. La esperanza inundó el pecho de Lorheen y, raudo, se acercó a examinarlas. Sacó el libro de botánica troll que llevaba consigo y lo abrió por la parte de la girania. Allí estaba, la flor de los pétalos de sol que tanto había estado buscando.

Con emoción y cuidado a partes iguales, cortó las flores y las guardó con tacto para preservarlas todo lo posible. Cuando hubo llenado su macuto, con el sudor perlándole la frente, Lorheen estaba listo para saltar a Siäl a recoger sus pertenencias y regresar a Glósvalar. En silencio, les pedía a los dioses que aquella planta sirviera para luchar contra la adicción de la miel de plata.

No obstante, al ponerse en pie, una extraña sensación lo mantuvo anclado en el sitio. Ya era bien entrada la tarde, el sol golpeaba con fuerza en esos últimos minutos antes de empezar a esconderse por el horizonte. Y los rayos del astro rey que se colaban entre las frondosas copas de los árboles incidían de lleno en la abertura de la gruta.

Del interior escapaba una palpitación familiar, un tirón esencial que lo invitaba a entrar. Incapaz de reprimirse, Lorheen siguió ese tirón, gruta abajo. La diferencia de temperatura era abismal, y su cuerpo empezó a temblar en cuanto se adentró veinte metros. Pompón tomó la delantera y se sumergió en la oscuridad; Lorheen, por su parte, avanzó con tiento, iluminándose con una esfera de luz que él mismo había convocado.

Así, se internó en las entrañas del Archipiélago de Urdú, unas cavidades atestadas de minerales que refulgían en una miríada de colores al verse expuestos a su propia luz. Las paredes húmedas de la gruta pronto estuvieron surcadas por arcoíris. Pero ahí, al fondo, bien profundo, había un foco de luz que él no estaba provocando.

Siguiendo ese extraño tirón, Lorheen fue más y más abajo, hasta llegar a los pies de un enorme cristal de luz que irradiaba tanto como el propio sol. Tan ensimismado como estaba por su presencia, no fue consciente de que la gruta estuvo habitada tiempo atrás; de que junto a la pared accidentada del fondo había baúles maltratados por el tiempo y un esqueleto abandonado. Tampoco de que en el interior del cristal se entreveía una silueta.

Atraído por el magnetismo y el calor que irradiaba, la respiración contenida por la presencia poderosa del mineral, Lorheen colocó la palma sobre la superficie cálida del cristal. Y, entonces, dejó de ser él.

Los hilos del destino eran caprichosos, todos los dioses, y no solo Dalel, lo sabían. Por mucho que su hermano tuviera el control sobre el pasado, el presente y el futuro, en sus distintas versiones, ese sinfín de posibilidades cósmicas hacía que Dalel no lo supiera todo. Y para que el destino funcionara, algo que siempre tenía que pasar era tiempo.

Cronn estaba mucho más habituado a esperar que su hermano. La paciencia era una de las muchas virtudes para un dios que, literalmente, controlaba el ritmo de la vida. Pero eso no significaba que le gustase quedarse parado viendo cómo transcurrían las horas, como sí hacía Dalel. Cronn era un dios curioso, uno al que le gustaba jugar con la mortalidad. No en vano, había pasado un siglo enredando en las vidas de otras criaturas que lo habían recordado más que estas. Pero siendo que el plan que Dalel llevaba tantos siglos perfilando estaba a punto de cumplirse, encontró una buena excusa para interceder: fastidiar a su hermano.

Así, buscando de qué hilos tirar, encontró a la diminuta figura de Lorheen Wenlion. Qué caprichoso era el destino, que lo había conducido a la misma gruta de la que él mismo extrajo uno de los diarios perdidos. Y una oportunidad como esa no se podía desaprovechar.

Su esencia se comprimió hasta convertirse en una mota diminuta que cruzó el cosmos como una estrella fugaz, directa hasta mezclarse con la propia esencia de Lorheen Wenlion. Los dioses, incorpóreos como eran en realidad, no podían bajar al plano mortal, no sin un recipiente que habitar. Y por segunda vez en milenios, Cronn habitó un cuerpo mortal.

El calor de la palma contra el cristal era reconfortante, y se centró en esa sensación para mandar su poder astral hacia el mineral. Este vibró, el mundo se estremeció cuando la luz se intensificó tanto que se convirtió en su propia estrella.

—Despierta —dijo con la voz de Lorheen y del dios al mismo tiempo.

La palabra retumbó, el cristal se agrietó y el interior se sacudió. Varios siglos en estasis, varios siglos esperando a regresar al tablero. Y ya era el momento.

—Cuánto tiempo sin vernos —la saludó en cuanto la fémina abrió los ojos.

Sus iris dorados se encontraron con los de su marioneta, pero no dijo nada. No había necesidad, en realidad. Ambos llevaban siglos compartiendo este secreto, uno que había escapado al escrutinio de Dalel. Porque fue la consejera conectada con su hermano, esa simple elfa sin poderes Efímeros, la que se ofreció en sacrificio por su emperatriz, a cambio de una vida en pausa en pos de un bien mayor. Y fue Cronn quien accedió a recluirla ahí, anclada, hasta que él mismo quisiera jugar con los mortales de Narendra una vez más. Por eso Dalel nunca la había encontrado.

Con una sonrisa satisfecha, Cronn abandonó el cuerpo de Lorheen Wenlion, quien trastabilló y parpadeó conmocionado. En el interior del cristal de luz apagado ahora había una grieta y un hueco enormes, como si hubiera sido un sarcófago cuya moradora por fin había escapado. Cuando fue consciente de lo que había sucedido, de lo que había presenciado mientras su esencia observaba atónito, Lorheen se echó a temblar. Porque lo afín acababa encontrándose. Y él había encontrado y despertado a Ayrin Wenlion.

115

Ashbree los hizo aparecer en la sala de entrenamiento de las catacumbas que había usado durante tanto tiempo. Había pensado en trasladarlos a cualquiera de las dependencias más accesibles de palacio, pero habría sido demasiado previsible. Dudaba incluso de que su padre supiera dónde había estado formándose todos esos años.

En cuanto se materializaron en aquella sala amplia y oscura, Ashbree sintió una opresión muy molesta sobre los hombros y soltó un gruñido.

Orsha, tan atenta como era, se centró en ella y luego, con el ceño fruncido, alzó la vista al techo.

—Oggul… —musitó.

—¿Qué ocurre? —le preguntó Ashbree.

—Eso de ahí es un sello troll. —Señaló hacia arriba, donde había dibujado un círculo con extrañas figuras que no entendía—. Y lleva la firma de mi hermano.

—¿Por eso no respondió a nuestra petición, porque ya estaba ayudando a mi padre?

Ashbree se pasó la mano por la frente para secarse el sudor. Los coletazos de su poder burbujeaban en su interior, pero su cuerpo se sentía peor con cada segundo que pasaba. Orsha hizo una serie de movimientos con las manos, los dientes apretados con tanta fuerza que Ashbree no supo cómo no se clavó los colmillos sobresalientes en la carne.

—Eso parece.

Unos segundos después, el sello refulgió en un tono violáceo y la tiza desapareció, llevándose consigo la presión inexplicable de Ashbree. La troll respiró con agitación y le dedicó una sonrisa muy sutil.

—Gracias.

—Este era pequeño —les informó Orsha mientras se ponían en marcha—. Tiene que haber un sello mayor por alguna parte que actúe como conductor. Si no rompo ese, aunque ahora sientas alivio, acabarás cayendo. Es una magia muy poderosa, hacía demasiado tiempo que no la veía.

—¿Qué efectos tendrá en mí?

Haizel se asomó por la puerta de la sala y miró a ambos lados antes de hacerles un gesto para que siguieran andando.

—Es de aire, y va dirigido a elfos con magia. El aire a vuestro alrededor cambia de presión, empujando hacia abajo para que vuestro don no salga del cuerpo.

Ashbree cerró los ojos y se concentró en sacar lo que le quedaba de su luz. Ni siquiera con el estallido de la sangre plateada corriendo por sus venas consiguió liberar una chispa. La fémina soltó una maldición y desenvainó su espada. Los planes habían cambiado drásticamente. Sin su poder... Miró a los otros tres de reojo. Sin su poder, ella no era más que una simple sanadora con entrenamiento militar precario. Pero eso no la iba a detener.

Los condujo por el entramado de túneles hasta que llegaron a la altura principal. En el pasillo que conectaba los de servicio con los normales, había otro sello que Orsha tuvo que reducir. La presión sobre el cuerpo de Ashbree ascendió, haciéndola sentir febril. Con cada paso que daban dentro de la construcción, estaba más débil, y algo dentro de ella le decía que si seguía en pie, era gracias al influjo de la droga.

Unos metros más adelante, escucharon pisadas corriendo en su dirección.

—Lo que imaginaba —murmuró Orsha—. Los sellos tienen sistema de alarma ante presencias. Si los glifos se activan al percibir tu presencia, mi hermano sabrá dónde estás en todo momento.

Ashbree apretó los dientes, molesta por la inteligencia de las defensas de su padre.

—¿Tiene forma de saber si se ha desactivado ya algún sello?

Orsha pensó durante unos segundos, segundos que no tenían.

—No.

—Bien. Pues si es a mí a quien quiere, me tendrá.

—¿Qué? —inquirió el comandante.

—Haizel, Thabor, proteged a Orsha con vuestra vida. —Ambos fruncieron el ceño, pero Ashbree clavó los ojos en la troll—. Mientras buscáis a mi hermano, encontrad el sello mayor y rompedlo. Idos, ¡ya!

Hubo duda en sus compañeros, hasta que Thabor, tan fiel y obediente, agarró a la hembra del brazo, y luego a Haizel.

—No voy a dejar a mi reina sola —gruñó el comandante.

Algo se reblandeció dentro de Ashbree, quien suavizó el rostro y se acercó a él.

—Contábamos con mi poder para entrar, y ahora no puedo sacaros. Si no encontráis y rompéis el sello, estamos muertos. Todos. Os conseguiré todo el tiempo que pueda. ¡Vamos!

Haizel apretó los labios, soltó una maldición que no encajaba con su personalidad y los tres echaron a correr en dirección contraria. Ashbree cerró los ojos y descorchó el frasco que llevaba consigo. Cuando vio a los soldados aparecer frente a ella, ya había ingerido la mitad restante del contenido y sentía la vibración reconfortante y poderosa de aquel elixir dentro de su cuerpo.

Alzó la espada y los soldados se detuvieron, expectantes. En sus ojos destellaba el temor, porque sabían perfectamente quién era ella.

«Bien», pensó con regocijo.

Abrió los dedos y el arma repiqueteó contra el suelo pulido.

—Llevadme con mi padre.

Los soldados la condujeron hasta el salón del trono. Qué prepotente por parte de Arcaron haber estado ahí esperándola, como si la recibiera en audiencia. En cuanto entró en el imponente salón, los ojos de Ashbree se fijaron en un punto muy concreto, en un bulto maltrecho que había a los pies de los doce escalones que conducían a la plataforma del trono de cuarzo. Sus corazones se detuvieron y una rabia visceral, al rojo vivo, hizo que le hirviera la sangre.

Lo mataría. Lo destrozaría y lo despellejaría poco a poco. Aniquilaría la mísera existencia de Arcaron Aldair como descubriera que Ilian no respiraba.

La presión contra sus huesos apenas era soportable allí, y no le importó lo más mínimo cuando echó a correr en dirección al cuerpo de su esposo. Se derrumbó junto a él y le dio la vuelta, el olor dulzón de su sangre copando sus sentidos.

Los ojos de Ashbree no sabían dónde detenerse a mirar: a las magulladuras por palizas, a los dedos retorcidos en ángulos extraños, a las quemaduras sobre su pecho descubierto o a los cortes de distintas profundidades que las acompañaban y que le habían teñido el cuerpo de plateado. Pero lo que más le dolía mirar era su cara. Su precioso rostro estaba demacrado por los golpes, hinchado de un modo cruel y violento. Ashbree le apartó los cabellos de la frente, las manos temblorosas y con negativas de pánico atravesadas en la garganta.

El mundo se hizo muy pequeño a su alrededor, comprimiendo sus huesos con tanta fuerza que temió que se quebraran. Pero ni un ápice de ella se quebraría. Aún no.

—Ilian, por favor... —susurró, frente contra frente.

Abrió los ojos, en busca de esa conexión en el alma, y percibió el movimiento tras los párpados cerrados de su esposo. Ashbree soltó un sollozo de alivio que aumentó de intensidad cuando esos iris violetas la buscaron a través de la neblina de la muerte.

—Estoy aquí. Estoy contigo —masculló contra su boca antes de darle un beso fugaz—. Ahora y siempre, ¿me oyes? Así que no me abandones.

—Ash... —murmuró Ilian con voz maltratada.

Lo que le había hecho su padre... Dioses, lo que había visto en el cuerpo de Ilian después de pasar por manos de Calari Laurencil no era nada en comparación con lo que le había hecho su padre. Si seguía respirando era solo por intervención divina.

—¿Estoy muerto?

—No, mi vida, no. Te pondrás bien, te lo prometo.

Ilian abrió más los ojos, con una inspiración profunda, y usó el ápice de fuerzas que le quedaba para intentar ponerse en pie.

—Para, por favor. Te harás más daño.

—Vete. Tienes que irte. No puedes...

Terminó la frase con un gruñido profundo que erizó la piel de Ashbree. La respiración de Ilian se aceleró, como si estuviera luchando contra sí mismo, o contra la fuerza del glifo, para ponerla a salvo.

Unos aplausos lentos resonaron desde el trono y cuando ella alzó la vista en dirección a Arcaron Aldair, lo hizo con una sentencia de muerte centelleando en los ojos.

Ashbree se puso en pie mientras el emperador descendía escalón a escalón, acompañando sus movimientos con una nueva palmada.

—Qué enternecedor. Los amantes reunidos.

—Pagarás por lo que le has hecho —gruñó ella.

Necesitaba cada pizca de concentración para no postrarse de rodillas frente a él, tal era el empuje de los glifos sobre su cabeza. Con un vistazo fugaz al techo, Ashbree descubrió que había un sello enorme pintado con tiza blanca, mimetizado con la piedra. Ese debía de ser el sello mayor, y ella había mandado a Orsha a rebuscar por el resto del palacio.

Los dioses eran caprichosos.

—Oh, no lo creo. Pero ¿sabes lo que sí creo?

—Ilumíname, *padre*.

Los ojos de Arcaron mostraron una sorpresa que disimuló con una sonrisa taimada.

—Lo sabes, entonces.

—Eres un ser despreciable.

Arcaron se detuvo frente a ella, el cabello lacio cayéndole por encima de los hombros, tan imperturbable en sus ropajes pulcros de siempre. No se había preparado para la guerra; se sentía tan seguro de sí mismo que ni siquiera los soldados estaban lo suficientemente cerca como para salvaguardarlo de un ataque rápido. Y tampoco se había molestado en colocarse una máscara con filtros para protegerse del influjo de la sangre plateada, tal nivel de adrenalina debía de correr en su interior.

—¿Por qué lo dices? ¿Por haber criado a una bastarda como si fuera mía? ¿Por haberle ofrecido mi imperio de todos modos? ¿O por no haber matado a tu hermano a pesar de ser un traidor al imperio? ¿Qué, de todo eso, me hace despreciable, Ashbree? Dime.

Arcaron se paseó por su alrededor, evaluándola. Ella apretó los puños, concentrada en respirar. El sudor le caía por las sienes, el canalillo y la espalda, pero no permitiría que ningún hechizo mágico la tumbara. No mientras sintiera el tronar poderoso en sus venas.

Y el único consuelo que le quedaba era que Mebrin seguía vivo, aunque eso avivara su enfado. Porque todo había sido un engaño, ya no le cabía duda. Una trampa muy bien orquestada, solo que quien había caído en ella había sido su esposo.

—Hiciste de mis diez últimos años de vida un infierno —le respondió.

—Y, aun así, nunca te faltó de nada, ¿me equivoco?

—Sí. Un padre.

—Una pena que tu madre no te dijera quién te engendró para que ahora pudieras rendirle cuentas a él.

«¿No lo sabe?». No dejó que la sorpresa se reflejara en su rostro. Porque si ignoraba la verdad tras Lorheen, desconocía cuál era el verdadero alcance de su poder. Que era una Wenlion, en realidad.

—Un movimiento muy estúpido por tu parte mandar a tu amante a hacer el trabajo sucio —comentó Arcaron con hastío.

Ashbree miró a Ilian de soslayo, para asegurarse de que siguiera respirando. Se debatía entre la consciencia y la inconsciencia, pero su pecho aún subía y bajaba.

—Un movimiento muy estúpido por tu parte amenazarme con la ejecución de mi hermano.

El rostro del emperador se ensombreció, sus ojos gélidos oscurecidos de repente. Sin contenerse un segundo más, Ashbree se abalanzó sobre Arcaron. Él esquivó el puñetazo con gracia animal. Los soldados a su alrededor —enmascarados— hicieron amago de intervenir, aunque se detuvieron ante una orden de su emperador, que mostraba esa confianza desbordante que terminaría matándolo.

Era la primera vez que le alzaba el puño a su padre, pero ese puñetazo no fue el último. Ashbree se movió alrededor de él como tantas veces había entrenado con Ilian, anticipando los movimientos del emperador por analizar su postura, cómo fluía y llevaba el ritmo intentando mantenerse a la altura de ella.

Cuando Arcaron se dio cuenta de que aquello no era un juego, de que Ashbree se deslizaba sobre el suelo a una velocidad que no encajaba con su edad, se sobrepuso al estupor y se lanzó de lleno en el combate. Arcaron se movía tan deprisa que, en cuestión de segundos, a Ashbree le costó esfuerzo saber por dónde aparecía de nuevo.

Los esquives del emperador se transformaron en acometidas fieras que ella apenas si conseguía ver. El primer impacto llegó contra su pómulo, un puñetazo que le giró el rostro con violencia. Para aquel varón, golpear era tan natural como respirar; sin embargo, para Ashbree lo natural era resistir. Se sobrepuso y se centró de nuevo en la pelea.

Sentía el influjo de la sangre desvaneciéndose a pasos agigantados, motivado por la presión del sello sobre su cabeza. Fue ese malestar el que provocó que su padre le encajara el segundo golpe, directo en la nariz, que chorreó sangre al instante. Ashbree dio un tumbo, nada acostumbrada a que le pegara con todo su potencial inmortal. Cuando alzó de nuevo el rostro hacia él, en los labios del varón había perfilada una sonrisa satisfecha.

—Esto no ha hecho más que empezar, *hija mía*.

Arcaron se abalanzó sobre ella, maniobrando para intentar tirarla al suelo, pero las tácticas de defensa eran su especialidad y consiguió zafarse girando sobre sí misma, moviéndose con elegancia fluida. Se colocó a la espalda del emperador y le dio una patada que lo hizo trastabillar hacia delante. Los cabellos se le revolvieron, y cuando se giró para mirarla, en su rostro solo se leía una furia que nunca había visto en él.

Se enzarzaron de nuevo, Ashbree encajando más golpes de los que había recibido nunca. Para cuando llevaban cinco minutos —o una eternidad— enfrentándose, el rostro de Ashbree palpitaba, la visión se le había emborronado y le costaba hasta respirar. Tuvo que dar dos pasos hacia atrás, mareada, el mundo combándose a su alrededor. Se limpió la sangre de la nariz con la manga y se llevó una mano a las costillas, para aliviar el pinchazo que parecía apuñalarle los pulmones con cada respiración temblorosa.

A lo lejos, un jaleo llegó a sus oídos, como el zumbido de moscas molestas. Hasta eso le estaba fallando. Y lo único que había conseguido hacerle a Arcaron, empleando todo su ser en la pelea, era abrirle el pómulo. Ashbree sabía que iba a morir, pero lo haría luchando.

—Ash, vete... —mascculló Ilian.

Sus ojos se desviaron hacia él, la preocupación nublando su juicio. Porque si ella moría, Ilian moriría.

Arcaron aprovechó su distracción para arremeter contra ella, el puño lanzado con tanta fuerza que cuando impactó en su pómulo la tumbó de espaldas.

—¡No! —rugió Ilian.

Ashbree se deslizó unos centímetros sobre el suelo pulido, el quejido de dolor atravesado en sus labios a causa de la privación de aire por el *shock* y el dolor. Las puertas dobles del salón del trono se abrieron con estrépito y el emperador se detuvo, dispuesto a saltar sobre ella para terminar el trabajo.

—Han... Han tomado el palacio —informó un guardia imperial con la respiración agitada.

Arcaron se enderezó, su rostro crispado por la incomprensión.

—¿Cómo dices?

—Los ciudadanos... Los ciudadanos se han sublevado. Han entrado por los túneles subterráneos.

Cómo era eso posible, Ashbree lo desconocía.

—Emplead todas vuestras fuerzas. Que no quede nadie con vida. Me da igual si son inocentes, varón o fémina. ¡Acabad con todos!

—S-sí, majestad.

El guardia se marchó y los diez soldados allí apostados con ellos hicieron intención de retirarse, mientras Ashbree se apoyaba sobre las palmas buscando incorporarse. La cabeza le pesaba demasiado, el aire apenas entraba en sus pulmones, y la presión sobre sus huesos dolía más que los golpes recibidos. No conseguiría levantarse, no una segunda vez. Pero mientras las piernas la sostuvieran, mientras quedara un ápice de conciencia en su interior, ella lucharía. Cyndra se lo había enseñado bien.

No se quebraba.

No se sometía.

Porque, por encima de todo, ella sobrevivía.

Siempre.

Se puso en pie, las piernas temblándole, los pulmones empezando a fallar. Pero no importaba. No cuando había tanto que perder. No cuando había luchado con sudor y lágrimas por un imperio mejor. No cuando miles de personas, una isla entera, dependían de lo que sucediera a continuación.

Alzó la vista al techo, mirando a los ojos a los dioses más allá, que dormían durante el día.

—A cualquier coste —murmuró para sí misma, para ellos, para quien quisiera escuchar.

Los guardias se habían quedado, probablemente porque la entereza de Arcaron empezaba a fallar. No sabía quién había guiado a la gente hasta el mismísimo palacio, pero deseaba poder darle las gracias algún día. En esta vida o en la otra.

—Acabemos con esto —le dijo su padre.

—Matarme a mí no condena el reino —le recordó Ashbree—. Sigue habiendo un rey de Lykos.

—Me pregunto qué pensará cuando le envíe tu cabeza.

Arcaron se abalanzó sobre ella, dejándose arrastrar por toda la ira que llevaba dentro. Años de criarla como su primogénita, años de arroparla, años de su orgullo, para descubrir que era el fruto de una aventura. Que su estirpe no era poderosa, que los dones de su hija no eran una bendición de los dioses por su buen mandato. Todo eso se reflejó en su rostro cuando la golpeó con fuerza desmedida.

Ashbree se movió con la poca gracia que le permitían sus piernas temblorosas y consiguió que el impacto no le diera en la cara, sino en el hombro. Los guardias estaban nerviosos, y su padre, atento a cualquier movimiento, desvió la mirada apenas unos centímetros cuando uno de ellos se revolvió incómodo. Aprovechó la oportunidad, su puño conectó con la mandíbula de Arcaron, quien ladeó el rostro. No se detuvo. Lo golpeó en el estómago con los vestigios de su fuerza inmortal, lo que lo dobló hacia delante, concediéndole pleno acceso a su nariz con un rodillazo. Arcaron trastabilló, una mano en el rostro por inercia al sentir la hemorragia. Ashbree avanzó, una patada giratoria lista para impactar contra su cara. Pero Arcaron leyó el movimiento en su cuerpo y la interceptó.

Bloqueó la patada con fuerza y, para desgracia de Ashbree, no la soltó. Arcaron aprovechó la inercia y giró, su tobillo presa de sus manos, para lanzarla por los aires. La fémina impactó de lleno contra una columna, sin que nada ni nadie pudiera frenarla. El chasquido fue ensordecedor y el dolor, atroz. Gritó, un alarido animal, sobrepasada y perdido cualquier control. Ashbree sintió que su cuerpo se desmoronaba por dentro, que su columna se convertía en gelatina. Intentó ponerse en pie de nuevo, pero unas agujas candentes le atravesaron las vértebras.

—No... —musitó, aunque en realidad la palabra escapó de labios de Ilian.

No podía mover las piernas. La columna, fracturada.

Apoyó las palmas en el suelo y tiró de su cuerpo, arrastrándose sobre las baldosas pulidas teñidas con su sangre.

Arcaron Aldair se acercó a ella a paso lento, saboreando el terror que debía de estar leyendo en sus ojos.

El mareo que dominaba la mente de Ashbree bien podía ser por el influjo del sello o por la pérdida de sangre, no lo sabía. Lo que sí sabía era que no podía quedarse quieta. Y, sin embargo, sus piernas no obedecían. No obedecerían de nuevo.

Arcaron se cernió sobre ella y la alzó de la pechera de la armadura.

—Cuánto voy a disfrutar con esto —masculló sobre su cara, gotas de esa saliva emponzoñada impactando sobre sus mejillas—. Saluda a tu madre de mi parte.

El primer puñetazo dolió más que cualquiera de los anteriores e hizo que su cabeza venciera hacia atrás. Sin embargo, bajo el agarre férreo de Arcaron, no había lugar al que ir.

—¡Basta! —rugió Ilian cuando la golpeó por segunda vez.

A pesar de todos sus golpes, de los cortes, de las quemaduras, de la magia sobre sus cabezas, Ilian se revolvió y plantó las manos en el suelo, incluso con los huesos de los dedos retorcidos, para servirse de punto de apoyo e intentar ponerse en pie.

El tercer golpe dolió menos que el anterior, su mente cayendo en la inconsciencia lentamente. Los ojos de Ashbree estaban fijos en Ilian, en cómo luchaba contra su propio cuerpo impotente para llegar hasta ellos, dejando un rastro de sangre plateada tras de sí.

—¡No!

El impacto del cuarto golpe sacudió el contenido de su cráneo y tuvo la sensación de que el cerebro escapaba por sus oídos.

—¡Para, por favor, para! —rugía Ilian, arrastrándose centímetro a centímetro.

Ashbree quería gritarle que se detuviera, que se estaba matando a sí mismo con cada movimiento. Las heridas de Ilian se reabrieron y chorrearon sobre el blanco del suelo, desgarrándose a sí mismo con tal de llegar a ella.

No pudo contener las lágrimas, que se entremezclaron con toda la sangre que le teñía el rostro.

Con el quinto golpe, Ashbree perdió el sentido durante unos segundos. Ya no había fuerza alguna en su cuerpo quebrado capaz de retenerla en ese mundo. Y, aun así, cuando abrió los ojos de nuevo, lo único que le importó fue encontrar aquellos iris violetas que la habían conquistado tiempo atrás. Lo primero que había visto de él en el frente, cuando los hilos de su destino se entretejieron de forma irrevocable.

Ilian consiguió levantar el tronco del suelo, pero aún había cinco metros de distancia entre ambos. Una distancia que se convertiría en insalvable cuando el puño de Arcaron conectara contra su rostro, con su fuerza inmortal aún casi intacta.

—Te entregaremos el reino —le suplicó Ilian—. Es todo tuyo si paras.

Arcaron se detuvo justo antes de que el puño impactara por sexta vez. Una tregua que Ashbree no quería por lo mucho que le dolía todo.

—Tú no tienes potestad para eso —rezongó Arcaron con altanería.

Ilian gruñó y se arrastró más cerca, el charco bajo su torso convirtiéndose en un estanque plateado. Si seguía así... Si no encontraba la forma de detenerlo, Ilian moriría.

—Yo... Yo sí... —masculló Ashbree. Tragó saliva, o lo intentó, aunque por su garganta solo pasó más sangre que le arrancó una tos—. Busca a un sanador, sálvalo y el reino es tuyo.

Arcaron sonrió, el gesto macabro del depredador que ha conquistado a su presa.

—Tu vida acabará aquí igual. Eres un peligro —prosiguió su padre con la negociación.

—¡No!

—Sálvalo y es tuyo —respondió Ashbree, ignorando los gritos de Ilian—. No más guerras. No más muertes.

—¿Qué pasa con Rylen? —preguntó el emperador con inquina.

Ashbree inspiró hondo, aunque doliera como mil infiernos. Sabía que si ella moría, que si su corazón se paraba, el de Rylen también. Sus vidas habían quedado ligadas desde el momento en el que el rey le había ofrecido su corazón. Pero también sabía que Rylen haría lo que fuera por salvar a su hermano de batallas, igual que ella sacrificaría cualquier cosa por Cyndra. Sin necesidad de palabras entre los regentes, Ashbree tomó la decisión de salvar a Ilian por encima de todo.

—Si yo muero, él muere. Su corazón ahora está en mi pecho —confesó con voz trémula, porque era el único modo de convencerlo.

—¡No! —gritó Ilian.

Con el ceño fruncido, Arcaron plantó la mano libre sobre el pecho de Ashbree y aguardó unos instantes, hasta percibir el doble repiqueteo de sus corazones. La estupefacción golpeó el rostro del emperador unos segundos antes de que sus comisuras se curvaran en una sonrisa satisfecha.

—Trato hecho —ronroneó.

—¡No! ¡No, Ash, no me hagas esto! ¡No! ¡Para!

Ashbree alzó la mano todo lo que pudo, apenas cinco centímetros, para pedirle que se detuviera, porque iba a terminar matándose. Pero todo pesaba demasiado. El mundo se desvanecía en la periferia de su visión cuando su antiguo padre levantó el puño y...

Las puertas del salón del trono se abrieron de nuevo, un estruendo lo colmó todo y luego, silencio.

116

El puñetazo que habría terminado de convertir el rostro de Ashbree en un amasijo sanguinolento e irreconocible no impactó con la potencia que Arcaron habría esperado, culpa de una daga minúscula y afilada que lo había distraído, porque había ido directa a su propia cabeza y había tenido que esquivarla.

Ciudadanos y soldados entraron en tropel por igual, luchando los unos contra los otros arrastrando al salón del trono el oleaje de insurgencia que había nacido de sus calles. Y la responsable no era otra sino Calari Laurencil, quien los había conducido al mismísimo centro del Imperio de Yithia a través de los túneles subterráneos.

Lanzó otra daga al emperador, quien tuvo que inclinarse hacia atrás a gran velocidad. Y antes siquiera de que se hubiera erguido de nuevo, ella ya estaba sobre él, lista para luchar contra el dueño del imperio al que había servido tan fielmente.

Su intención había sido enfrentarse al dragón, por muy estúpido que fuera, para acallar ese remordimiento de conciencia tan molesto que la había tenido en vela. Hasta que había descubierto que no estaba dañando a los inocentes y que estos se habían posicionado de parte de la criatura, comandados por Brelian Aldadriel, para hacerle frente a los soldados y guardias que habían inundado las calles. La otrora teniente había desertado tras las últimas decisiones de Arcaron Aldair, claramente en contra de su hija, y se había unido a la rebelión.

Ver esa unidad, esa fe ciega que le profesaban a pesar de que hubiera un dragón en sus calles, fue el detonante que le ratificó que Ashbree Aldair no había perdido la cordura y había acudido a conquistar, no a aniquilar.

Y esa sí era una emperatriz por la que merecía la pena luchar.

Los movimientos de Calari se volvieron letales en cuestión de segundos, imponiéndose sobre el cuerpo inmortal del emperador con maestría. Ashbree había resistido a él, y solo los dioses sabían cómo una chiquilla de veinticinco años había sobrevivido a ese enfrentamiento, porque su pecho aún se elevaba en la más sutil de las respiraciones.

No obstante, la asesina había combatido demasiadas veces como para saber que solo estaba ganando terreno por la conmoción inicial del emperador. Y, a pesar de eso, no conseguía hundir su filo en ningún punto vital, apenas rozándole la piel para abrir cortes superficiales.

Gruñó por el esfuerzo y le lanzó un vistazo a la emperatriz, inerte. No podía haber muerto. Había llegado a tiempo. No podía haber sido tan inepta como para, después de todo, llegar tarde. Esa no era una posibilidad.

Se centró en su contrincante, quien se movía con fluidez, reculando cada vez que tenía la ocasión. A su alrededor se estaba desatando una batalla campal, y era difícil saber quién iba ganando, no sin distinguir a los soldados que se habían sumado a su causa de los que le eran leales al emperador. Brelian Aldadriel intentaba reanimar a Ashbree, mientras el Efímero le gritaba que la salvara. Los cristales de luz estallaban, inundándolo todo con haces lumínicos que se empleaban contra sus propios hermanos; llovían gritos desesperados, gemidos de esfuerzos y alaridos de último aliento. La sala del trono fue testigo de cómo se hacía historia. Una historia que esperaba que los colocara como vencedores. Pero no había modo de saberlo, no cuando era casi imposible distinguir amigo de enemigo en aquella batalla tan cruel y sangrienta como las de las mayores epopeyas.

Si tan solo hubieran podido contar con la ayuda del dragón... Pero en cuanto había entrado en el palacio, se había desvanecido, como un diente de león soplado al viento.

El emperador tropezó con un cuerpo en el suelo y cayó hacia atrás. Era... Era el Efímero quien yacía tumbado boca abajo, con el brazo extendido hacia la emperatriz, respirando trabajosamente. Parecía estar asfixiándose con su propia sangre, y una parte minúscula de ella le imploró a los dioses por que no muriera.

Ese momento de distracción le bastó al emperador para hacerse con una espada caída. Y cuando Calari lo vio empuñándola, enfundó sus dagas, esas extensiones de sus propios brazos que la habían llevado hasta allí, convertida en un torbellino de aceros afilados, para desenvainar su propia espada.

Se lanzó al ataque una vez más, dispuesta a cortarle la cabeza a la serpiente, por mucho que tuviera que bailar a su alrededor para embaucarla. El emperador resistió, los labios apretados con fuerza, el rostro desprovisto de color por la concentración. Sus aceros entrechocaban con tanta violencia que saltaban chispas, el sonido del metal martilleando sus tímpanos. Una y otra vez, una y otra vez.

Calari desenfundó una de las dagas en un giro para librarse de su estocada y la arrojó hacia su cuello, pero él la desvió con la espada en un movimiento instintivo, lo que le confirió a Calari un flanco expuesto.

El techo crujió sobre sus cabezas, un sonido amenazador, de piedra contra piedra. Y cuando alzó la vista, una gruesa grieta serpenteaba por el cuarzo, haciendo que lloviera polvo por doquier. El techo se había partido en dos, quebrando las extrañas figuras dibujadas con tiza blanca.

Sintió el metal viniendo hacia ella más que verlo, y aquello le concedió el tiempo suficiente para dar un paso atrás y que solo la punta de la espada la rozara, en lugar de cortarla por la mitad. Gritó de dolor, un sonido involuntario que nació de sus entrañas, y se llevó la mano izquierda al abdomen, tratando de contener la hemorragia. Su traje de asesina le había brindado la amplitud de movimientos y la velocidad que la habían llevado hasta allí, pero flaqueaba en protección.

Resollando, Calari alzó la espada de nuevo, moviéndose hacia atrás para evaluar la situación. No podía correr, no cuando las tripas casi escapaban de su cuerpo. Estaba perdiendo sangre a demasiada velocidad, lo sabía por cómo su visión empezaba a empañarse.

Fue eso lo que hizo que no viera la mancha plateada sobre la que caminaba, lo que hizo que resbalara y cayera de espaldas. El golpe le arrebató el aire de los pulmones. Devolvió la vista al frente y el emperador levantó el brazo, el rostro teñido de rojo. Había llegado el golpe final, esa era su muerte, pero al menos lo haría con la conciencia tranquila.

No obstante, los dioses eran caprichosos, y Celes no la reclamó gracias a la guadaña blanca que seccionó la extremidad enarbolada del emperador.

117

Ashbree había dejado de existir, debía de ser eso, porque si no, no había explicación posible de por qué el dolor en su cuerpo iba remitiendo poco a poco. Por qué los huesos ya no le pesaban y el aire entraba en sus pulmones sin que estuviese viciado y fuese asfixiante. Por qué sus vértebras chasqueaban y se movían en contra de su voluntad. Por qué todo se recolocaba en su sitio y su pecho burbujeaba con un poder desatado que le quemaba la piel.

Aquello se sentía peor que la mismísima muerte, pero lo que sucedía sobre su cuerpo era todo lo contrario. Estaba sanando. Inara la estaba sanando. Su *Fjel* siempre la protegería, siempre... *fiel.*

Ashbree consiguió abrir los ojos para descubrir que el pueblo había tomado el palacio. Se enfrentaban a los soldados con ferocidad; un poco más allá, Haizel y Thabor protegían a Mebrin —por los dioses, su hermano estaba a salvo— y a Orsha, mientras esta intentaba ponerse en pie. Su cuerpo estaba teñido de una sustancia del mismo color de su piel, ¿sangre tal vez? Y más allá, por el pasillo que conducía al salón del trono, la situación era la misma.

Los suelos otrora impolutos del palacio de cuarzo estaban empapados de sangre roja, de cuerpos de distintas razas.

Siguió con su escrutinio y sus ojos se encontraron con el rostro destrozado de Ilian. El corazón le dio un vuelco y todo regresó a ella en tropel. Recuperó el oído, el olfato, su visión se amplió y su cuerpo sanó por completo. No quedaría rastro alguno del influjo de la sangre plateada en su organismo, y tampoco lo necesitaba. No ahora que el sello mayor estaba roto.

Buscó el origen del mal y lo encontró a poca distancia del cuerpo inerte de Ilian. Tenía que ponerle fin antes de regresar con él. Tenía que detener aquella batalla campal que ella misma había empezado. No más muertes, no más sufrimiento.

Entonces reconoció a la fémina a la que su padre se enfrentaba. Era... Cyndra. Pero no, sus rasgos se parecían y sus esperanzas la habían traicionado una vez más. Calari Laurencil estaba tirada en el suelo, un brazo sosteniendo la hemorragia en su abdomen. Y cuando Arcaron alzó la espada para rematar el trabajo, Ashbree, sin siquiera pensarlo, lanzó una guadaña de luz que cercenó esa extremidad.

Su propio brazo se quedó sin circulación, un reflejo de lo que le había hecho. Se agarró el hombro, con la sensación de que se lo había dislocado, mientras caminaba hacia Arcaron, asegurándose de que las piernas la sostuvieran después de haberse partido la columna y sanado por instinto.

Arcaron gritó, la mano aferrándose al hombro contrario, como si así pudiera contener la hemorragia. Ashbree lo repasó con la vista, muerta por dentro. No iba a acabar con su sufrimiento de manera rápida, no. Miró a Ilian una vez más, sin saber si estaba vivo o no, con Brelian Aldadriel tratando algunas de sus heridas, y extendió los brazos a los costados de su cuerpo. Un fuego blanco chisporroteó sobre su piel y de sus manos surgieron dos espadas de luz prístina, cuya hoja curvada recordaba a guadañas pequeñas.

Ella segaba, extensión de la mano de Celes. ¿Tenía sentido alargar la existencia miserable de un varón que había puesto el mundo en jaque en pos de un ansia de conquista demasiado ambiciosa? Terminó de acercarse a Arcaron, mirándolo a los ojos mientras él sollozaba y suplicaba clemencia. Una clemencia que no había demostrado ni un solo día de su vida. Aquel varón no conocía el significado de la palabra misericordia, y decían que los hijos eran el reflejo de los padres.

Alzó ambas manos, dispuesta a decapitarlo con un movimiento de aspas, cuando sintió una presión en el pecho, unas sombras que se arremolinaban cerca. ¿Ilian estaba vivo? No podía mirar a otro lado, no cuando el mundo se había detenido y allí solo quedaban Arcaron, el recuerdo del padre que tuvo y perdió, y ella.

Una infancia arrebatada por el deseo de convertirla en emperatriz antes que en ser vivo.

Una adolescencia relegada por una madre que solo quería protegerla.

Una adultez pasada por golpes de quien debía quererla.

Ashbree le pidió a sus músculos que se movieran y decapitaran cuando un cuerpo impactó contra el suyo con violencia. No un placaje, no, sino un abrazo. Tan prieto como desesperado, tan reconfortante como familiar.

—Cyndra —jadeó Ashbree contra su cabeza.

Porque cómo no reconocer el aroma floral que la acompañaba a todas partes. Cómo no reconocer la forma en la que esos brazos pequeños y musculados se envolvían a su alrededor. Ashbree podía contar con los dedos de las manos cuántas veces sus cuerpos se habían enroscado, y en cada una de esas ocasiones, había memorizado la sensación de hogar.

—No lo hagas —murmuró Cyndra contra ella, temblando—. No lo hagas, Ash. No lleves esa carga.

Las guadañas desaparecieron de las manos de Ashbree y enroscó los brazos alrededor de su amiga, de su hermana de batallas, del verdadero amor de su vida, y la estrechó con tanta fuerza que podría haberla partido en dos. Le acarició los cabellos, oscuros ahora, y sus ojos se encontraron. No había olvidado ni una sola de las facciones de Cyndra, sus pecas seguían ahí, el arco de sus cejas era el mismo, la nariz respingona. Era Cyndra, su Cyndra.

—Dioses, Cyndra... —sollozó.

Los ojos de ambas vibraban con intensidad, ambas llorando en silencio. Tan distintas y, al mismo tiempo, tan iguales a cuando se conocieron. Dos niñas descarriadas que encontraron su mitad en una amiga.

—Ashbree, te necesito.

El tronar de aquella voz lanzó un escalofrío por su columna.

Rylen. Rylen estaba allí. Rylen había encontrado a su hermana de batallas y se la había devuelto. Pero cuando lo miró, se dio cuenta de que el rey estaba vivo a duras penas, todo sudoroso y demacrado. Se hallaba junto a Ilian, tratando de salvarlo, empleando el resquicio de sombras que le quedaba para curar aunque eso le generara dolor.

Ashbree sabía que el rey estaba al borde de la muerte por extenuación, lo percibía en el latido errático de su corazón negro dentro del pecho.

Tenía que ponerle fin a aquello.

Se separó de Cyndra y miró a su alrededor, a la batalla detenida, a sus aliados y enemigos. No, a su pueblo al completo.

—El imperio ahora es mío —proclamó con voz regia. Deslizó la mirada hacia su padre—. Te regalo la misericordia que tú no me has brindado, pero más te vale desaparecer. —Devolvió la atención a los soldados, quienes soltaban las armas e hincaban la rodilla frente a ella, conscientes de lo que le habían visto hacer—. Regresaré a por vosotros, a por mi pueblo, y, juntos, forjaremos un nuevo imperio. Una nueva isla y una nueva era. Proteged mi mandato de los insurgentes y vuestra voluntad no será ignorada. Ya no.

Sin perder más tiempo, arropó a quienes le importaban con lo último que quedaba de su luz y los trasladó a su verdadero hogar.

118

Había esperado encontrar el salón del trono tal y como lo recordaba, y nada más lejos de la realidad.

Sus pisadas crujían mientras avanzaba sobre los restos de la batalla que había llegado a presenciar, resguardada en una esquina. Había pasado mucho tiempo, demasiado, y la situación pintaba muy parecida a la que ella misma intentó impedir quinientos años atrás: las dos razas élficas unidas como una sola.

Se detuvo a los pies de los doce escalones que conducían al trono de cuarzo, donde tantas veces se había sentado, y desvió la vista hacia la triste figura que boqueaba, sollozaba y soltaba esputos de sangre mientras trataba de contener la hemorragia de un miembro seccionado.

Con un mero pensamiento, la luz que tanto tiempo llevaba acumulando salió de su interior y cauterizó la herida, aunque no supiera si serviría para salvarlo de la muerte. Solo así atrajo la atención de quienes se encontraban en el salón del trono. El silencio se hizo tangible y ella paseó la vista por los soldados heridos, por la sangre roja que manchaba el suelo, por la grieta enorme del techo sobre un glifo troll.

—¿Quién...? ¿Quién eres? —le preguntó el varón al que había salvado.

Sus ojos dorados se encontraron con los fríos del elfo de luz.

—La salvadora de Narendra.

119

Ashbree había tenido que elegir entre ponerlos a todos a salvo o curar solo a Ilian, y con tantos amigos —su familia— heridos, no había querido arriesgarse a gastar su poder en sanar a su esposo y quedarse en Kridia sin poder mágico para respaldar su soberanía sobre la capital. Porque los insurgentes tal vez no habrían sido suficientes como para defenderlos del ejército del emperador y de su consejo, que bien podrían haber respondido a su golpe de Estado. Así que se la había jugado, por el bien de Ilian y de Rylen, cuyo estado de salud desconocía, y los había trasladado a todos a Rimbalan, a sabiendas de que allí se encontraba la mejor sanadora que hubiera conocido.

Y mientras parpadeaban a través del plano físico, Ashbree solo pudo rezar para que Ilian aguantara un poco más y el salto no acabara con él, tal y como le había dicho Rylen que podía pasar, tiempo atrás, en cierta cueva secreta.

Al llegar, Ashbree lo hizo vacía de poder. Un Rylen extenuado y agonizante —apoyado sobre los hombros de Haizel— dio órdenes como el rey que era. Entre Thabor, Brelian y un par de ciudadanos levantaron a un Ilian inconsciente, a cuya mano Orsha se aferraba murmurando en su idioma. Otros acudieron a ayudar a transportar a Calari al interior del centro de desintoxicación. Mebrin y Cyndra no sabían a dónde mirar entre tantos estímulos, un reflejo de la consternación de la propia Ashbree la primera vez que pisó la colonia.

Ashbree corrió en busca de Ilian, lanzando una última mirada a su hermano y a su mejor amiga. Habían colocado al exgeneral sobre una mesa; por el pasillo se escuchaban los gritos desesperados de Calari, pero su esposo no emitía ningún sonido.

Temblando y con una amarga sensación de *déjà vu*, Ashbree le tomó las constantes y suspiró de alivio al percibir el trémulo aleteo de su corazón. Varias asistentes de Silvari, féminas a las que conocía de vista y que habían estado ayudando a la sanadora a desarrollar una cura, atendieron a Ashbree mientras curaban a Ilian.

Ojalá no se hubiera quedado vacía. Ojalá en su interior quedara una pizca de poder para curar el cuerpo maltratado de su esposo. Le recolocaron los huesos de los dedos, y Ashbree solo pudo rezar para que sanaran bien; le suturaron las heridas más grandes, las desinfectaron y le suministraron líquidos por vía intravenosa. Hicieron todo lo que estuvo en sus manos convencionales para tratar al paciente.

Para cuando las sanadoras —con su ayuda— terminaron y Ashbree abandonó esa sala que olía a sangre y a antiséptico, la noche ya había caído, y lo único que ella supo hacer fue desmoronarse.

Se derrumbó sobre la alfombra de la recepción y lloró por la presión, la ansiedad y el estrés soportado. Por el miedo de luchar en Milindur. Por la incertidumbre de perder a un hermano. Por la angustia de no saber dónde se hallaba Ilian. Por haberse enfrentado a su padre y haber estado a punto de matarlo. Por haber visto a su esposo al borde de la muerte. Por los golpes que ella misma había recibido y el dolor correoso de partirse la espalda.

Unos brazos fuertes la rodearon y la apretaron contra sí.

—Ya está, dragona. Todo ha terminado.

Ashbree sollozó contra el pecho de Rylen, quien las había observado trabajar; se abrazó a él como si estuviera ante una alucinación que desaparecería muy pronto.

La voz de su esposo sonaba trémula, y cuando Ashbree se separó para mirarlo a la cara, se dio cuenta de las terribles ojeras que adornaban su rostro, de lo hundido de sus mejillas, del sudor febril de su frente, lo revuelto de sus cabellos. Temblando, colocó la palma sobre el pecho de su rey y se concentró en percibir el ronroneo de sus sombras bombeando la sangre. Era casi imperceptible, un susurro atragantado que le recordaba a un último estertor.

Todos habían estado a punto de morir en esa última batalla. Pero lo habían logrado. Le habían puesto fin a la Tercera Guerra. Habían cumplido el plan de los dioses.

Una presencia familiar se agachó junto a ella, una sonrisa trémula en los labios. Cyndra estaba ahí, a su lado, de carne y hueso aunque muy distinta a su último recuerdo.

—Siento ser portadora de malas noticias —dijo en un susurro. Cuánto había extrañado su voz, dura y jovial al mismo tiempo—. Pero no creo que esto haya terminado.

Rylen frunció el ceño, el agobio contrayendo sus facciones, y nuevas lágrimas rodaron sobre las mejillas de Ashbree.

—¿A qué te refieres?

—A que los dioses han estado jugando contigo, Ash.

120

La recepcionista del centro de desintoxicación los condujo a una pequeña sala de juntas para que pudieran hablar. Rylen apenas se sostenía en pie, y aunque lo único que deseaba era dormir y no despertar hasta tres días después, se dejó ayudar por Haizel y Thabor para llegar a esa estancia.

Ashbree, que no se separaba de él, le lanzaba miradas furtivas a su hermana de batallas, tal vez valorando la posibilidad de que se hubiera vuelto loca. Algo que Rylen no descartaba.

Después de una hora negociando con el *jarl*, habían acordado posponer las negociaciones a un momento en el que el Rey de los Elfos no estuviera más pendiente de regresar a su hogar que de parlamentar, porque se había notado demasiado que quería quitárselo rápidamente de en medio. La sensación de angustia no había hecho sino crecer, y tal vez hubiese sido esa desesperación lo que había terminado de convencer a Cyndra para que lo acompañara. No se fiaba de él, lo leía en su expresión seria, pero había demostrado que haría lo que fuera por su hermana de batallas.

Enganchado a una vía, Rylen les relató lo que él había vivido. Cuando el *jarl* había accedido a dejarlo marchar, él y Cyndra habían viajado a Milindur, una apuesta arriesgada —siendo que desconocía si habrían conquistado la ciudad minera— y un salto demente. Para llegar hasta Oddin, Rylen había hecho escalas largas y así recuperaba parte de su poder. Pero en un único salto había cruzado la mitad de Narendra, y eso lo dejó más vacío de lo que le gustaba. No pudo evitar acordarse de la sensación de asfixia cuando sacó a las tropas de la ciudad minera al descubrir que tenían a Ilian preso. Y cuando la general Marniel le explicó que la reina había ido a la capital enemiga, a Rylen no le importaron los riesgos de volver a saltar con tal de llegar hasta su esposa.

Había cometido una estupidez que lo había drenado más allá de cualquier límite razonable. Y lo volvería a hacer, porque había encontrado a la hermana de batallas de Ashbree.

Después, fue el turno de su esposa de explicar lo sucedido. Y a cada palabra que salía de esos labios que se moría por besar, Rylen no sabía si se calmaba o si se angustiaba más. Porque habían conquistado Milindur, pero había estado a punto de perder a su propio hermano de batallas sin siquiera saberlo.

Cuando Ashbree hubo terminado, Cyndra les contó brevemente qué había sido de ella en esos meses, sin entrar en demasiados detalles.

—Resulta que soy… que soy una *norna* —reconoció con voz arrastrada—. Las *nornas* son…

—Lo sabemos —la interrumpió Ashbree. En los ojos de ambas brillaron un sinfín de sentimientos que Rylen no supo descifrar.

—Pues en una ocasión te vi. A ti, Ash. Hablando con quien tú creíste que eran Artha y Merin.

—¿Cómo dices? —inquirió Thabor.

El conjurador se había sentado a un lado de Cyndra, su rostro más aliviado desde que había descubierto que Seredil, su amiga perdida en el continente, estaba viva.

Rylen había sido testigo del reencuentro de lo que había entendido que eran dos amantes. Del modo en el que Cyndra se había abrazado a Seredil como si fuera su único madero en medio de un naufragio; de las lágrimas de Seredil mientras la apretaba con fuerza contra su cuerpo. Del anillo de cuerda que Seredil señaló que Cyndra llevaba y que esta le aseguró que jamás se lo quitaría. Y aunque Cyndra le había pedido que se llevaran a Seredil con ellos, Rylen no había tenido las sombras suficientes como para teletransportar a más de una persona consigo.

—Dalel creó una ilusión para ti —explicó en un silencio sepulcral—. Para manejarte para sus propios planes. Lo oí hablando con Cronn sobre sus esperanzas de que tú cumplieras ahí donde Ayrin falló. —Rylen frunció el ceño ante la mención de la fémina—. De que tú convertirías a los elfos en la raza superior.

«Tu misión no ha terminado», recordaba que le habían dicho las diosas a Ashbree. Se habían centrado en ponerle fin a la guerra cuando, tal vez, las cosas fueran mucho más allá.

—¿Y qué problema hay en que los elfos nos convirtamos en seres superiores? —inquirió Haizel con su timbre sombrío habitual.

—No lo sé —respondió Cyndra—. Pero si un dios está urdiendo

mentiras para convencer a Ash de que esto es lo correcto es que esto *no* es lo correcto.

—Convertirnos en una única raza solo traería cosas buenas —intervino Thabor, esperanzado—. Adiós a las guerras. Prosperidad agrícola, avances tecnológicos, nuevas vías comerciales y de tránsito continental. Verdadera paz. No lo entiendo.

—Es evidente que algo se nos está escapando —meditó Orsha.

La hembra había curado sus heridas, producidas al luchar contra varios guardias imperiales para llegar hasta Mebrin, y ahora parecía más interesada en la conversación que en sus propias lesiones.

—La unión de la raza supondría la caída de Narendra —sentenció Mebrin.

Raudo, Rylen dirigió la vista hacia el mediano de los Aldair, cuya presencia silenciosa había pasado a un segundo plano. El parecido con su hermana Kara era indudable, pero ahí donde la fémina se había demostrado dicharachera e incapaz de morderse la lengua, Mebrin era todo lo contrario.

La exteniente que se había presentado como Brelian Aldadriel, al lado del joven, frunció el ceño.

—¿A qué os referís? —lo alentó.

Mebrin se mordió el labio inferior y tamborileó con los dedos sobre la mesa. Rylen le lanzó un vistazo fugaz a su esposa, quien se mantenía hierática.

—Encontré... Encontré un diario de Ayrin.

Las palabras de Mebrin impactaron directas contra el pecho de Rylen y este contuvo la respiración.

—¿Son esos los documentos con los que os pilló el emperador? —quiso saber la teniente.

Mebrin asintió, y el tamborileo de sus dedos se vio acompañado por el bailoteo nervioso de una pierna. La exteniente les había contado su implicación en la rebelión, su deserción del ejército para apoyar el régimen de Ashbree y cómo su camino se había cruzado en el de Mebrin. El mediano de los Aldair, tan callado y en su mundo como se lo veía, era el responsable de que cientos de simpatizantes de la Hija de la Luz hubieran sobrevivido a lo largo de las últimas semanas.

Con su presencia invisible y su asistencia a los consejos imperiales, había alertado a la rebelión de las posibles redadas y los movimientos de la guardia imperial. Y sin siquiera pretenderlo, se había convertido en un héroe.

—¿Los habéis podido traer con vos?

Mebrin parecía hipersaturado por los estímulos externos. Aun así, con movimientos metódicos, sacó un viejo cuaderno de la bandolera que llevaba colgada y lo deslizó sobre la mesa hasta que se detuvo en el centro.

Todos se quedaron estáticos, como esperando que ese pedazo de cuero saltara por los aires en cualquier momento. Rylen, por su parte, temió que el corazón que su esposa guardaba para él se detuviera de repente.

Porque reconocía ese cuaderno, había visto a Ayrin grabando tinta sobre él en demasiadas ocasiones como para olvidarlo.

121

Ash estaba en completo estado de *shock*, no solo por lo que la propia Cyndra les había contado, sino también por el contenido del diario de Ayrin. Mebrin —parco en palabras— les había explicado sus hallazgos: que Ayrin Wenlion había traicionado al Rey de los Elfos para proteger a Narendra.

Era tan ridículo como inverosímil, pero el propio rey —demacrado y descompuesto— había confirmado que aquella era la caligrafía de la antigua emperatriz. En cuanto había visto el diario sobre la mesa, Rylen Valandur había entrelazado los dedos con los de su hermana de batallas, como si necesitara de su ancla para no resbalarse del mundo, y había pasado páginas y más páginas, sus pupilas volando raudas sobre las líneas.

Lo que Mebrin sugería... Dioses, eran palabras mayores. Todo por lo que su amiga había estado trabajando resultaba ser en balde, porque si lo que el diario de Ayrin decía era verdad, no existía la paz. No, al menos, tal y como la habían concebido todo este tiempo: como un mismo pueblo unido.

—Voy a ser práctico —dijo Haizel, atrayendo todas las miradas— y a recordaros que, si esto es cierto, con que no tengáis hijos bastaría.

Cyndra se mantuvo atenta a la reacción de Ash: ninguna. También captó la del Rey de los Elfos: un sutil fruncimiento de ceño.

—Tal vez —caviló Brelian—. Pero los accidentes ocurren, y los métodos anticonceptivos no son infalibles. ¿Y si su majestad se quedara encinta?

—Pues que abort...

—No termines esa frase, muchachito —atajó Orsha, interrumpiendo a Haizel. Cyndra aún no se hacía a la idea de estar hablando con una troll, por mucho que hubiera visto a varios en Korkof—. No creo que esta sea una conversación que nos ataña a nosotros. Es asunto de sus majestades.

Todas las miradas se clavaron en ambas figuras de poder, uno en mayor estado catatónico que la otra.

—Creo que deberíamos posponer esta reunión para cuando hayamos descansado un poco —propuso Cyndra.

El primero en abandonar la sala fue Mebrin, en estricto silencio, seguido de Brelian y de los demás.

A la propia Cyndra le costaba asimilar todo lo que se había hablado en las tres horas que llevaban reunidos, poniendo en común las vivencias de cada uno y lo que habían tenido que sufrir en soledad. Pero ahora estaban juntos, ahora podían presentarse como un frente unido.

—Daremos con la solución —murmuró, intentando atraer la atención de Ash.

Rylen continuaba leyendo el diario, con la cabeza apoyada en una mano y el rostro desencajado. Por parte de Ash seguía sin haber una sola reacción, algo inusual en ella. La había visto enfrentarse a su padre, en combate abierto en mitad del campamento, salvando al Efímero con el que resultaba que se había casado. La había visto peleando en cada segundo de su existencia, y ahora parecía tan tan cansada de luchar...

—No te quiebras —dijo con voz firme. Un parpadeo como respuesta, Rylen dejó de leer—. No te sometes. —Rylen alzó la vista. Ash giró el rostro hacia ella y, por fin, la miró—. Sobrevives, Ash. Sobrevivimos. Lo hemos hecho siempre y lo seguiremos haciendo hasta el fin de nuestros días. Lucharemos con uñas y dientes, contra nuestros enemigos, contra el destino, contra el mundo y contra los putísimos dioses si hace falta. —Una lágrima cruzó una de las mejillas de Ash y Cyndra se apresuró a limpiarla—. Siempre hemos sido tú y yo contra el mundo, pero ahora no estamos solas. Y eso nos hace fuertes. —Una nueva lágrima y la voz de la propia Cyndra se tornó temblorosa—. Hemos atravesado distintos infiernos para llegar hasta aquí, y cruzaremos uno más si hace falta. Pero, de momento, has logrado la paz. Permítete descansar.

—Te he echado tanto de menos —susurró Ash, la voz rota por completo.

Algo se fracturó en el interior de Cyndra, quien no pudo reprimir la necesidad de estrechar con fuerza a su hermana de batallas. Buscándose la una a la otra, se fundieron en uno de esos abrazos que reconfortan el alma. Uno que calmó la inquietud con la que ambas habían cargado durante los noventa y cinco días que llevaban separadas.

—Eres mi mejor regalo de Yule —murmuró Cyndra contra el oído de Ash, cuyo llanto se vio entremezclado con una risa corta cargada de alivio.

122

Ilian despertó la mañana siguiente de Yule, dolorido pero con la reconfortante presencia de su esposa junto a él. El simple recuerdo del chasquido de su espalda, sus gemidos de dolor, lo cerca que había estado de perderla por segunda vez... Ilian se echaba a temblar y las ganas de llorar lo abordaban con fuerza.

Estaba cansado. Muy cansado, y no solo por la pesadez general de las heridas.

Cuando abrió los ojos, se descubrió tumbado en una cama estrecha, con Ash durmiendo en una silla cercana, recostada sobre el regazo de Ilian y con la palma apoyada sobre su pectoral izquierdo, como queriendo asegurarse de que siguiera latiendo. Al otro lado, en otra silla, Rylen descansaba hecho un ovillo, enganchado a una vía. Los tres estaban para el arrastre, pero al menos seguían juntos y de una pieza.

El despertar fue emotivo, y aunque hubiera esperado encontrar reproches por que lo hubieran apresado —otra vez—, no los hubo. Dejaron de ser rey, emperatriz y exgeneral para simplemente ser una familia que había sufrido demasiado.

Pasaron esa mañana poniéndose al día de los descubrimientos en aquella pequeña habitación del centro de desintoxicación. Sabían que debían regresar a Glósvalar para luego reclamar verdaderamente su dominio sobre Yithia, terminar el balance del ataque a Milindur e informar de los cambios por venir. Pero ninguno tenía ninguna prisa.

—Ayrin me quería —masculló Rylen, con la mirada perdida.

La tarde había empezado su descenso y ellos seguían refugiados en aquella habitación. Ash e Ilian intercambiaron un vistazo, casi preguntándose quién debía consolarlo; le tocaba a él.

—¿Cambia eso algo de tu situación actual?

—Sí. No. N-no lo sé... —Rylen se pasó la mano por el pelo y se retrepó en la silla—. La sigo odiando, porque su amor y su afán por salvar Narendra no justifican lo que me hizo. Pero...

—Pero la traición no fue tan profunda —completó Ilian por él.

Rylen asintió, sus labios convertidos en una línea tensa.

—Podría haberlo hablado conmigo. La habría terminado entendiendo.

—El Rylen de ahora la habría terminado entendiendo —dijo Ilian con tacto—. El treintañero, no lo tengo tan claro.

El soberano chasqueó la lengua y cerró los ojos con un suspiro profundo, porque sabía que tenía razón. Resultaba evidente que no era el único cansado. Aunque llevaran quinientos años en guerra, desde que sus caminos se habían cruzado con Ash hacía casi cinco meses, su vida se había vuelto frenética, tan cargada de dolor como de dicha. Y ese sufrimiento, mal que les pesara, les recordaba lo mucho que llevaban luchando por una paz que, por fin, parecían haber logrado, al menos momentáneamente.

Dos días después del ataque a Kridia, con Ilian más recuperado gracias a su sanación inmortal, decidieron viajar a Oddin. A diferencia de Rylen y de Ash, él no había llegado a agotar su don del todo, así que, después de comprar algo de ropa de invierno en la modista local, Ilian volcó todo su poder al interior de Rylen.

—Estaremos bien —le aseguró Ilian a Orsha, que los observaba con la preocupación propia de una madre.

—Más te vale, Ilian Aedil —le reprochó antes de darle uno de sus característicos abrazos reconfortantes.

Ilian se tragó el quejido por la presión en los huesos, que aún se resentían, y esbozó una media sonrisa. Después, agarró a Rylen de la mano y miró a los demás. Entre él, Rylen, Ash y Cyndra formaban una cadena prieta que el soberano teletransportó a las gélidas tierras de Korkof.

La más impresionada por verlo todo teñido de un blanco prístino fue Ash, que ahogó una exhalación mientras sus ojos privilegiados repasaban la arquitectura cubierta de nieve espesa.

—¿Glósvalar se pone así en invierno? —preguntó en un murmullo asombrado.

Rylen rio por la nariz.

—Sí, dragona. —Se inclinó hacia su esposa—. Aunque nuestros edificios son mucho más bonitos.

Ilian sonrió de medio lado mientras echaban a andar. Rylen encaminaba la marcha, seguido de Cyndra, quien parecía tener prisa por reencontrarse con su pareja. Ilian, por su parte, fue al encuentro de Ash y la agarró de la mano. Después de lo que Arcaron le había hecho, no quería separarse de ella.

—¿Estás bien? —le preguntó en un tono confidente.

Los ojos de la fémina viajaban de acá para allá, emocionados y cautelosos al mismo tiempo. Habían aparecido en una zona apartada de demasiadas miradas, pero resultaba evidente que habían atraído la atención de muchos berserkers, quienes se iban haciendo eco de su llegada.

Ash se limitó a asentir con la cabeza, los labios sellados una vez más. Desde que todo había terminado, su esposa había hablado más bien poco. Y aunque lo entendía, pues era mucho que procesar, le dolía que tuviera abierta una herida tan profunda.

Iban de camino al edificio más grande cuando Ash se detuvo en mitad del sendero. Allí, a las puertas del edificio, los esperaba el *jarl* de Korkof, escoltado por dos valquirias. A su lado, Kara Aldair.

Ashbree se quedó clavada en el sitio, los pies hundidos en unas nieves que habían intentado retirar del camino, en vano. Había pasado una eternidad desde la última vez que había visto a Kara, en aquella noche fatal en la que Ilian había muerto y ella misma había acabado con la vida de Arathor.

Ahora, daba la impresión de que Kara hubiera vivido mil vidas, y no era la única. Había ganado masa muscular con respecto a su recuerdo, su porte era más erguido, no se escondía tras un parche y se vestía como las mujeres korkofitas.

Por primera vez, Ashbree se dio cuenta de que Kara hacía tiempo que había dejado de ser su hermanita para convertirse en una fémina fuerte y de la que estar orgullosa.

Durante unos instantes, ambas se limitaron a contemplarse, e incluso con la distancia que las separaba, Ashbree alcanzó a oír el sollozo de Kara. Apenas unos segundos después, la joven Aldair dio un paso adelante, luego otro, todos quietos observando sus movimientos. Y luego echó a correr en su dirección.

Ashbree abrió los brazos en el último momento y acogió la embestida de su hermana trastabillando hacia atrás. Giraron por la inercia, Kara riendo de júbilo puro y Ashbree en completo estado de *shock* por verla.

—Creía que habías muerto —gimoteó Kara sobre el hombro de su hermana, sin una pizca de decoro.

A aquellas alturas, la mera mención de la palabra «muerte» le arrancaba escalofríos y se le clavaba en las entrañas. Era un término demasiado peligroso para lo frágil que sentía su estabilidad mental después de todo lo vivido, de lo cerca que había estado de traspasar la barrera del parricidio. Porque por mucho que estuviera convencida de que Arcaron era el mal de la isla, y la ira la hubiera cegado, habría sido una mancha sobre su corazón difícil de limpiar.

¿Cómo podría haber mirado a su hermana a la cara en aquel momento de haberlo hecho? ¿Cómo habría podido mirar a Mebrin, o darle la noticia a sus hermanos pequeños?

Ashbree estaba aterrada por lo dispuesta que había estado de convertirse en alguien muy distinto a quien creía ser; alguien que siempre había luchado por la justicia, que había puesto la otra mejilla y había luchado por la paz.

La realidad, la aterradora realidad, era que se había convertido en la instigadora de la guerra. Y aquello era muy difícil de gestionar sin dejar pasar un tiempo prudencial para que los sentimientos se asentaran.

—Ya está... —le susurró en respuesta, acariciándole los cabellos adornados con pequeñas trenzas—. Ya ha pasado.

—Me alegro tanto de que estés bien... —suspiró Kara, sorbiendo mocos.

Ashbree tragó saliva y clavó los ojos en los de Ilian, sin saber bien qué decir. Porque no estaba bien, ninguno lo estaba. La sonrisa ladeada que su esposo le dedicó le confirmó que la había leído sin problema, y que no había necesidad de contestar ni consolar a su hermana

Abrazando a Kara por los hombros, retomaron la marcha y entraron en el edificio principal. Un espacio diáfano los acogió al calor de una enorme hoguera que, aunque pintaba amenazadora, parecía controlada. El *jarl* los condujo hasta una mesa alargada y tomó asiento en un lateral. Kara, reticente a separarse de Ashbree, compartió un vistazo largo con ella.

—Voy con él —murmuró, casi con vergüenza.

Ella le respondió con una sonrisa amable y asintió. Frente al *jarl* y Kara, Ashbree, Rylen e Ilian tomaron asiento. No había ni rastro de Cyndra, y eso la llevó a preguntarse si habría ido en busca de Seredil. Si su necesidad de estar siempre cerca de su amada sería tan fuerte como la que ella misma sentía.

—Aunque nuestra situación ha cambiado y ya no necesitamos vuestras tropas —empezó diciendo Rylen, directo al grano—, estamos dispuestos a mantener el acuerdo.

Halldan entrecerró los ojos y estudió a ambos soberanos.

—¿Qué quiere decir eso exactamente?

—Ashbree Wenlion-Aldair —Kara puso los ojos como platos— ha conquistado el Imperio de Yithia y ahora le pertenece. Ha logrado la paz.

—¿Qué...?

Kara no sabía dónde mirar, mientras que el *jarl* permanecía inmutable. Con una breve exposición que Ashbree no se vio con fuerzas a dar, Rylen los puso al día de lo sucedido y sobre su parentesco, aunque no entró en demasiados detalles. Estaba demasiado cansada de hablar, de contar la misma historia una y otra vez y, sobre todo, de enfrentarse al recordatorio de que estaba emparentada con Ayrin Wenlion. Ahora que sabían la aterradora verdad que contenía el diario de la difunta emperatriz, sus fuerzas para enfrentarse a todas las decisiones tomadas habían empezado a flaquear. Porque si lo que habían estado haciendo no había sido para perseguir la verdadera paz, ¿qué le quedaba?

—Nada de esto cambia lo que siento por ti —dijo Kara, atrayendo su atención. Extendió las manos sobre la mesa y rodeó las de Ashbree para darle un apretón—. Sigues siendo mi hermana, y lo serás siempre.

Enternecida por el comentario, Ashbree sonrió de medio lado, la mayor muestra de divertimento de los últimos días.

—No hacía falta que me lo recordaras. Compartimos madre, así que seguimos siendo hermanas, boba.

Kara enrojeció y fue a apartar las manos, pero ella se lo impidió. El ambiente se aligeró cuando todos compartieron unas risas escuetas.

—Os honra que queráis ser fiel a vuestra palabra —dijo el *jarl*, atrayendo todas las miradas—, pero no necesitamos vuestra caridad.

—No es caridad —matizó Rylen en un tono neutro—, sino apoyo mutuo en lo venidero. Queremos forjar una alianza duradera, no una que fluctúe con los vientos del cambio. Una que vaya más allá del comercio. Nosotros aportamos a nuestros mejores ingenieros, que empezarán a trabajar en planos e infraestructura para vuestras ciudades. Vosotros aportáis inteligencia militar. Y cuando cualquiera de las naciones esté en apuros de verdad, socorreremos a un hermano.

—¿A qué os referís con inteligencia militar?

Cuando habían estado debatiendo sobre cómo abordar la conversación con el *jarl*, Cyndra les había hablado de lo aventajado del entrenamiento de las valquirias. Para su desgracia, todos habían visto lo poderosos que eran los berserkers en combate, lo útiles que eran algunas de sus prácticas. Pero lo que Cyndra les había contado iba más allá. Fue entonces cuando recordaron que solo se habían estado enfrentando a la parte débil del ejército berserker.

—A que vuestras valquirias enseñen algunas tácticas de combate a nuestro ejército.

Aquella petición cayó a plomo sobre los hombros del *jarl*, quien, por primera vez en toda la reunión, mostró sorpresa.

—Imposible. Ninguna valquiria abandonará a su *jarl* durante periodos indeterminados.

—¿Qué hay de las retiradas o las expulsadas? —intervino Cyndra por detrás de ellos.

Rylen, Ashbree e Ilian se giraron para mirarla. Había aparecido seguida de una imponente valquiria y de Seredil. Ashbree se quedó anclada en esos ojos dorados durante varios segundos, unos que relucían con el brillo de las lágrimas de emoción, reflejo de los de la propia Ashbree. Sabía lo importante que era Seredil para su hermana de batallas, y verlas juntas, verlas lado a lado después de todo lo que la propia Seredil había hecho por Ashbree, por el imperio y por Cyndra...

Empezó a ahogarse en sus propios sentimientos, en la tormenta oscura que llevaba por dentro desde hacía unos días, y solo la voz de Cyndra la sacó de esa espiral.

—Os presento a Enil, mi instructora —comentó, evitando que el *jarl* expresara su disconformidad—. Si ella ha podido hacer que una elfa como yo venza en los juegos de las aspirantes a valquirias, muchas otras mujeres podrían aportar los conocimientos necesarios.

—La mayoría de esas mujeres de las que hablas son mercenarias, valquirias deshonradas que no merecen nuestro respeto.

Las palabras del *jarl* fueron tan frías que Cyndra endureció el rostro, como si la hubieran golpeado a ella, cuando en realidad iban dirigidas a la mujer que la acompañaba.

—A muchas no les queda otra opción, Halldan —intervino Kara con voz dulce. El *jarl*, atraído por su magnetismo, la miró de un modo muy diferente al que empleaba con los demás: cargado de amor y admiración, y se alegró de que, tras una vida soñando con ello, su hermana hubiera encontrado la felicidad en su pareja—. Gran parte de esas valquirias son expulsadas por perseguir formar una familia.

Ambos guardaron silencio, hablándose con la mirada, y luego el *jarl* suspiró. Fue en ese momento en el que Ashbree se percató del enorme poder que su hermana sostenía entre sus manos: el de una nación al completo. Un poder que Kara estaba más que preparada para gestionar.

—Las valquirias expulsadas son libres de hacer lo que quieran, siempre lo han sido —dijo Halldan.

—No de compartir información táctica con otras razas de vaettir —apuntó la exvalquiria con un acento mucho más arrastrado que el de Halldan.

El *jarl* y ella se sostuvieron la mirada.

—Sí con los aliados —claudicó—. Y, a partir de hoy, los elfos lo serán.

123

Habían hecho noche en Oddin para descansar y que el rey, Ash e Ilian recuperaran parte de su don para poder llevarlos de vuelta a Rimbalan.

Cyndra recordaba los últimos tres días como en una neblina a la que aún no se había hecho a la idea. Después de que la sanadora, Silvari, pasara ocho horas cerrando la herida de Calari, Cyndra se había quedado con ella hasta que había despertado.

—Estás viva —había murmurado Calari con la voz ronca.

—Mala hierba nunca muere —había respondido con la vista clavada en la ventana—. A los hechos me remito.

Cyndra había señalado a Calari con un movimiento vago de la mano y esta había reído por la nariz, gesto del que se había arrepentido. Ella no había podido evitar sonreír al recordar esa sensación de querer vivir y que tu abdomen te lo impidiera. Algo nuevo que ahora compartían, más allá del progenitor.

—Elegor está muerto —había dicho Cyndra entonces.

—Lo sé. —Silencio—. ¿Fuiste tú? —Más silencio—. Bien.

Cyndra no sabía por qué había ido a ver a Calari, qué la había movido a enfrentarse a la culpable de parte del infierno que habían vivido. Lo que sí sabía era que las últimas semanas la habían cambiado. Al mirar a Calari, maltrecha sobre el camastro, con el rostro relajado, algo le decía que ella también lo había hecho. Que ya no eran las mismas féminas que cuando se vieron por última vez, ambas centradas en defender los intereses propios.

Porque Cyndra siempre había buscado proteger a Ash no en beneficio de la isla, sino porque quería reunirse con su hermana de batallas. Y Calari se la había jurado para enorgullecer a un padre que la había ignorado. Comprendía qué se sentía al buscar el amor de un progenitor, se reconocía en ello. Tal vez, por eso le había dicho:

—No te pediré que te disculpes, porque no sería justo para ninguna. —Calari había clavado esos ojos fríos, los mismos que ella tenía, los mismos de Elegor, en Cyndra—. Pero quería que supieras que me alegro de que no nos dieras la espalda.

Más silencio.

Cuando se había atrevido a mirar a Calari, la había encontrado observándola.

—No lo hice por ti.

Cyndra había puesto los ojos en blanco y había suspirado.

—Ya lo sé. No era un plural mayestático.

En los labios de Calari se había perfilado la más sutil de las sonrisas.

—Yo también me alegro de no haberos dado la espalda.

Se habían sostenido la mirada un instante antes de que Calari la apartara.

—He hablado con Ash y la oferta que te hizo sigue en pie.

—Abandoné al Efímero.

—Y volviste con refuerzos.

Un nuevo silencio se había instaurado entre ambas. Cyndra se había dado cuenta de que siempre sería así: nunca llegarían a ser hermanas, pero, forjaran la relación que forjasen, los silencios formarían parte de ella.

—Eres libre de ir a donde quieras —había concluido, mientras se ponía en pie para abandonar la estancia—. Pero no nos des más problemas.

Ya con el picaporte en la mano, Cyndra se había detenido al escuchar a Calari decir:

—Gracias.

No había añadido nada más, y tampoco había hecho falta.

Cyndra había ocupado el resto de la jornada intentando ponerse al día de todo lo que le faltaba por saber. Había pasado un rato con Ash, un silencio compartido a la intemperie, con vaharadas cálidas escapando de sus cuerpos. Ambas habían necesitado un momento de paz y se habían sentado en un banco de la plaza de Rimbalan, al amparo de las estrellas que las habían engañado.

Aunque había tanto que decirse, ninguna había abierto la boca. No hubo necesidad, en realidad. Por fin estaban juntas, y eso era lo que importaba.

Y al día siguiente habían viajado a Oddin.

Había buscado a Seredil nada más llegar, sus corazones aleteando por encontrar a la otra hasta que se habían topado de bruces, literalmente. Cyndra había lanzado los brazos alrededor del cuello de Seredil y esta había encajado sus manos sobre su cintura antes de fundirse en un beso tan ansiado como necesitado.

En el breve reencuentro del que habían disfrutado dos días antes, apenas habían tenido tiempo de empaparse de la presencia de la otra. Había sido un momento frenético, cargado de descubrimientos y preocupaciones, empañado por una nueva marcha que Seredil, tan comprensible como siempre, había apoyado sin dudar. Pero en ese momento... En ese momento el tiempo volvía a ser suyo. Así que, cuando se reencontraron, sus bocas se habían acoplado a un mismo ritmo, como si no hubieran permanecido casi dos meses separadas, sin saber si la otra realmente estaba viva. Solo cuando Cyndra recordó lo que quería proponer había conseguido despegarse de los labios de su pareja.

No había tenido mucho tiempo para hablar con Enil, ni siquiera sabía si ella y Xiana accederían o querrían viajar a la isla, pero sí que era una valquiria digna de reconocimiento, por mucho que el *jarl* no se lo demostrara. Lo que Enil había hecho, sin pretenderlo, sentaba un precedente: las mujeres berserkers no eran invencibles. Y aunando conocimientos, podían convertirse en una potencia que no tuviera que temer nunca por otra guerra.

Tras haber perfilado las bases de la alianza —entre cuyas peticiones había estado liberar a Seredil—, todos habían celebrado la unión a la manera korkofita: con mucha cerveza y comida. En cuanto había tenido ocasión, Cyndra se había escaqueado de la fiesta improvisada, con sus dedos aferrados con fuerza a los de Seredil, y habían recuperado —con creces— el tiempo perdido.

Amanecieron enredadas en las piernas de la otra, embutidas en el estrecho camastro que Seredil, como esclava, había tenido a su disposición. Pero no necesitaban más, no cuando habían dedicado la noche entera a refrescar lo bien que se acoplaban sus cuerpos, el sabor de sus pieles y los sonidos de sus orgasmos. Si por Cyndra hubiera sido, habría seguido allí durante toda la eternidad. Pero la realidad llamaba a su puerta y tenían que regresar a Glósvalar.

Habían disfrutado de una tregua maravillosa en la que el resto del mundo había dejado de existir; no obstante, la isla no se detendría porque ellos así lo quisieran, por muy rodeada de soberanos que estuviera.

—Te quiero, Ash. Volveremos a vernos muy pronto —le aseguró Kara a Ash, apretándola con toda la fuerza que albergaban sus bracillos.

Sonó más a consuelo propio que hacia su hermana, pero lo decía de corazón, y era lo que importaba. Ash había pasado demasiados años cuidando de los demás, y ya iba siendo hora de que su familia empezara a cuidar de ella.

El rey y el *jarl* se estrecharon la mano, de ese modo regio y cargado de autoridad que sellaba destinos, antes de desaparecer y reaparecer en Rimbalan.

Cyndra aún no se había acostumbrado a ver elfos oscuros y elfos de luz entremezclados, sin diferencias y viviendo en armonía. Era un claro reflejo del mundo por el que llevaba luchando el Rey de los Elfos. Quinientos años volcado en la unión de las razas. Y aunque aquello fuera lo que Dalel quería, aunque el diario de Ayrin afirmara que la unión abocaría a la extinción de Narendra, era difícil desprenderse de esa ilusión que tanto esfuerzo, sudor y lágrimas debía de haberle costado.

«Nahilia me habló de la devastación», había escrito Ayrin, refiriéndose —según las anotaciones de Mebrin—, a su propia bisabuela, Nahilia Eanil. «De la conquista de territorios y la erradicación de las otras razas de vaettir». Había afirmado que la mera existencia de Rylen Valandur podría provocar el fin del mundo, que la unión de yithianos y lykenses los llevaría a convertirse en una raza tan superior como implacable, tal y como habían sido milenios atrás. Hablaba también de los impulsos que cambiaban el destino, de las decisiones aisladas e imprevisibles que cambiaban el cosmos, y Cyndra se preguntó cuántas de las decisiones instintivas que ella misma había tomado —que todos habían tomado, en realidad— influirían en el porvenir.

Entendía por qué ninguno de los líderes de la isla quería enfrentarse a esa realidad, al modo de mantener la paz sin que la predicción de su propia bisabuela se cumpliera. Tal vez, el mero hecho de que las piezas clave del tablero hubieran cambiado implicara un futuro diferente. Pero el instinto de Cyndra le decía que era bastante improbable.

No se había atrevido a sumergirse de nuevo en el mar de estrellas por temor a lo que pudiera ver; por temor a haber alterado el futuro para peor solo por haberle confesado a Ash el engaño de los dioses. Y eso la dejaba con una sensación de incertidumbre nada deseable.

Reunidos en la plaza central de Rimbalan, con una muchedumbre de curiosos a su alrededor, Cyndra paseó la vista por los nuevos aliados: Haizel y Thabor, el segundo chinchando al primero; Orsha abrazando a Ilian; Brelian vigilando a un Mebrin que, sentado en un banco, repasaba el contenido del diario una vez más; Rylen e Ilian intentando arrancarle alguna palabra a Ash; Seredil de nuevo a su lado.

Elfos de luz y elfos oscuros. Trolls en el consejo de la antigua Lykos. En la distancia, enanos trabajando para ellos erradicando la amenaza del cártel. También berserkers que ofrecerían su apoyo en el futuro venidero. Y por mucho que las huldras se mantuvieran neutrales, Cyndra tenía el apoyo y el recuerdo de la suya propia. Las seis, no, las cinco razas de Narendra reunidas por fin.

Rylen les pidió que se tomaran de las manos y todos obedecieron en un nuevo silencio. Cyndra lanzó un último vistazo a la puerta del centro de desintoxicación, donde Silvari se despedía de ellos con una sonrisa cansada en los labios. A su lado, en una silla de ruedas, Calari los observaba marchar. Sus ojos se encontraron con los de Cyndra un instante y la asesina asintió, el último gesto que le dedicaría.

Antes de poder devolvérselo siquiera, un velo de luces y sombras, moteadas de dorado, violeta y plateado, los envolvió y los teletransportó hasta el salón del trono de un palacio colmado de oscuridad. Uno en cuyo centro se encontraba un preocupado Lorheen.

—¿Qué ocurre? —preguntó Ilian, acercándose a él el primero.

Unas oscuras ojeras marcaban el rostro del antiguo tutor, el ceño fruncido hasta que las cejas casi se tocaban. Ignoró a Ilian y caminó hasta Ash, su atención fija en su hija.

—Es Ayrin. —Rylen contuvo el aliento—. Ha vuelto.

124

Habían arrojado a Rylen a su peor pesadilla, debía de ser eso. Era imposible que lo que Lorheen acababa de soltar fuera verdad. Pero lo había dicho con tanta convicción... Todos se quedaron congelados, el silencio tornándose asfixiante a su alrededor.

Rylen sentía el retumbar errático de su corazón en el pecho de su esposa; cómo conseguía mantener ella la calma, él no lo sabía. Pero la realidad era que su mundo se estaba resquebrajando, transformándose en esquirlas que le helaban la sangre y amenazaban con convertirlo a él en retales de lo que debía ser: un soberano hecho y derecho; uno que no le temía a nada.

Pero, por encima de todo, Rylen le temía a Ayrin.

—Explícate —le pidió Ilian, reuniendo la voz que a todos les había faltado.

Ashbree tiró de Rylen cuando se movieron, como una maquinaria perfecta, hacia la sala del consejo. Lorheen no dejaba de hablar, narrando lo que había vivido. Esa experiencia extracorpórea en la que un dios había tomado su cuerpo para sus propios planes... era imposible de creer. Y, al mismo tiempo, cuadraba con cómo los dioses habían estado jugando con ellos, meras marionetas en la infinidad de sus existencias aburridas.

La ansiedad se enroscaba en su pecho, una espiral oscura que se entremezclaba con las pocas sombras que había conseguido reunir. Si era cierto, si Ayrin de verdad había vuelto y decidía atacar, no tendrían lo necesario para hacerle frente. En aquella ocasión, caerían, justo cuando empezaban a asimilar el dulce sabor de la paz.

Una vez más, Ayrin Wenlion le arrancaría la estabilidad con unas garras disfrazadas con la protección del bien mayor; el amor que le había profesado ignorado.

—¿Y tú no sabías que Ayrin estaba ahí? —le increpó Ilian, el único que se atrevía a demostrar su enfado.

Ash seguía tan encerrada en sí misma como tres días atrás, sobrepasada por la situación, por todo lo vivido, por lo mucho que había estado a punto de cambiar al casi asesinar a su padre. Era muy joven para gestionar todas esas emociones. Y Rylen, por el contrario, era demasiado viejo como para sobrevivir a un revés de estas magnitudes. Ilian, con ese carácter y ese salvajismo que tantos siglos le había costado dominar, se dejaba arrastrar por la ira como método de sanación. Y, por una vez, Rylen lo agradecía. Agradecía tener a su lado a su general, aunque ya no lo fuera, a su hermano de batallas, a su compañero para el resto de la vida.

—No tenía ni idea. Ayrin desapareció un día, y pensamos que había ido en busca de su propia muerte.

—Muchos elfos lo hacen así —intervino Orsha, siendo siempre la voz de la razón—. Deciden que su vida ha llegado a su fin y la encuentran por sus propios medios.

Rylen, quien había tenido la vista clavada en las vetas de la mesa frente a él, miró a Orsha de soslayo. No era la primera vez que aquella idea resultaba tentadora en su mente, y no supo si tendría las fuerzas necesarias para desecharla una vez más.

—¿De verdad estás diciendo que Ayrin Wenlion lleva, qué, unos cuatrocientos cincuenta años, acumulando poder en estasis? —Haizel se hizo eco de sus preocupaciones.

El silencio fue respuesta suficiente.

—Hay una carta… —dijo Mebrin. Guardó silencio, como para acostumbrarse a la atención que había atraído de golpe, que no era poca—. La última carta de Ayrin podría confirmarlo.

Cuando Mebrin hizo resbalar el diario en dirección a Rylen —en un gesto que empezaba a odiar—, este sintió que lo acercaban a brasas candentes. No había tenido ocasión de terminar la lectura —ni agallas, la verdad fuera dicha—, así que no había llegado a la parte a la que Mebrin aludía.

Y ahí, al final, en esa caligrafía inclinada arrancada de sus pesadillas más profundas, estaba la confirmación:

Mientras tanto, sacrificaré lo que me queda de existencia en pos de esa nueva esperanza. Solo espero no tener que regresar a ponerle fin.

La ansiedad tomó control sobre su cuerpo, mantenida a raya simplemente porque no terminaba de creerse que aquello estuviera ocurriendo de verdad. Pero así era. Y malditos fueran los dioses por ello.

Empezó a faltarle la respiración, por mucho que sus pulmones se inflaran con normalidad; no le llegaba sangre suficiente al cerebro y su visión se plagó de arañas negras. Unas arañas que desearía que lo engulleran para no tener que enfrentarse a aquello.

Su hermano de batallas se agachó junto a él, lo agarró de la nuca para inclinarle la cabeza y colocarla entre las piernas, obligándolo a hacerse un ovillo sobre sí mismo. Habían vivido demasiados ataques de pánico como para que Ilian no supiera cómo abordar la situación. Un sudor frío le perlaba la piel cuando su hermano de batallas lo guio para salir de esa espiral. «Cinco cosas que puedas ver», le pidió que nombrara. Lo último fueron los ojos preocupados de Ash. «Cuatro cosas que puedas oír»; lo último fue el ritmo pausado de la respiración de Ilian. «Tres cosas que puedas tocar»; lo último fue el peso reconfortante de la mano de Orsha sobre su hombro.

No le hizo falta llegar al final del conteo para darse cuenta de que el pánico no lo iba a llevar a ningún lado. Que la situación era muy diferente a la última vez que había tenido que enfrentarse a Ayrin Wenlion. Su familia —aunque con faltas dolorosas— ahora era mucho más grande que entonces. Fuera como fuese, encontrarían una solución.

El resto del día, la calma dejó de existir.

Cuando Lorheen terminó de explicarles todo, convocaron al consejo para abordar la situación. Les costó creerlo tanto como al propio Rylen, pero una vez despejada la estupefacción, se volcaron en repasar cuentas, ubicación de tropas, recuento de suministros y mandaron misivas a las distintas ciudades conquistadas para informar de la situación.

Desconocían qué haría Ayrin, si realmente se implicaría de nuevo o no. No sabían dónde estaba, en qué condiciones ni sus intenciones. Pero lo que sí tenían claro era que resistirían y le harían frente.

Después, prepararon un paquete con las giranias que Lorheen había recolectado y las mandaron a Silvari junto a una misiva explicativa, con la esperanza de que pudieran perfilar la solución a un problema que seguiría ahí siempre, hipotética intervención de Ayrin mediante o no.

Rylen ni siquiera se había atrevido a disfrutar del alivio que iba de la mano de una noticia como aquella, tampoco del informe de los enanos que, tras tres días de caza exhaustivos, afirmaban haber localizado diez laboratorios, algunos con aspecto de abandonados, otros no tanto. Con su vasto conocimiento minero, cualquier montaña era como caminar por casa para ellos. Se ubicaban con pasmosa facilidad, y con sus lobos huargos a su disposición, cruzaban grandes distancias en muy poco tiempo. Además, estaban dibujándoles un mapa de la extensa red de túneles que rodeaba Glósvalar.

Lo que Ashbree había logrado con esos enanos era digno de alabar. Y lo habría hecho de tener fuerzas.

Todos se habían retirado a descansar hasta la mañana siguiente, pero Rylen no había conseguido conciliar el sueño. Había salido de la cama con la intención de serenarse, y para no despertar a Ilian y a Ash con la de vueltas que estaba dando en la cama. A ambos les había costado dormirse, todos demasiado preocupados por el porvenir, pero la tormenta que Rylen llevaba en su interior era una mucho más desgarradora. Tal vez por eso sus pies lo habían conducido hasta el templo en la parte alta del palacio de cristal.

En el interior, reinaba un silencio sepulcral. Al fondo, decenas de velas encendidas por la sacerdotisa mayor titilaban, el único punto de luz más allá del de las estrellas. Descalzo como iba, sus pisadas no hicieron ruido alguno cuando se plantó en el centro de la cúpula de cristal. Alzó la vista al cielo y ahí, entre las nubes plomizas que auguraban tormenta, los astros brillaban para él. Fue el rayo de Merin la primera constelación que vio, pero apenas duró un parpadeo fugaz antes de dejar de distinguir nada.

De igual modo, los dioses en los que siempre había creído, los dioses a los que tantas veces había rezado, le importaban bien poco a aquellas alturas. Estaba demasiado cansado de todo como para molestarse en dirigirles su odio siquiera.

—No esperaba verte aquí.

Ni Rylen habría esperado, jamás, volver a oír su voz.

125

Rylen se quedó completamente rígido, la respiración contenida, incluso. Con su propio corazón bombeando con fuerza, Ayrin dio dos pasos hacia él, y al ver que no se apartaba, que no la rehuía, terminó de acortar la distancia que los separaba.

En cuanto se colocó a su espalda, inhaló hondo, aspirando esa fragancia que la había cautivado, que despertaba en ella tantísimos buenos recuerdos. Que la transportaba a tiempos remotos en los que le habría gustado permanecer de haber sido egoísta. Pero Ayrin Wenlion no lo era.

Abrió los ojos con nueva entereza, el sentimentalismo arrojado a las profundidades de su propio ser por mucho que se muriera por tocarlo. Por mucho que se muriera por abrazarlo y rememorar lo bien que se sentían sus músculos contra su cuerpo. Pero no podía.

—¿No vas a decir nada? —preguntó con un deje tembloroso que se esforzó en no repetir.

La rigidez en los hombros de Rylen se atenuó y la miró por encima del hombro. El corazón de Ayrin se detuvo ante la fiereza con la que la contempló, nada del amor que habían compartido, y no lo culpaba. Las ganas de llorar la abordaron y no pudo sostenerle más la mirada.

En todo el tiempo que había pasado ignorándolo, visitándolo a escondidas para vivir del fantasma de lo compartido, jamás habían vuelto a mirarse. Y aunque ella hubiera atesorado nuevos recuerdos robados en la clandestinidad de sus viajes fugaces a Glósvalar, lo último que él había visto era su rostro contraído por el dolor mientras le arrancaba el corazón del pecho.

—¿Qué haces aquí? —murmuró con voz muerta.

Ese timbre, ese desprecio, se le clavó en lo más hondo y la sacudió de arriba abajo. Con la valentía que la había llevado a traicionar al amor de su vida, Ayrin se atrevió a mirarlo a los ojos una vez más. La luna arrancaba destellos de plata a aquellos iris que había memorizado y le dolió aún más.

—Te estaba buscando —confesó.

Después de tanto tiempo encerrada en la luz, después de haber pausado su propia existencia por voluntad propia con la esperanza de no tener que regresar nunca, había querido verlo. Verlo una última vez antes de que todo terminara. Quería darle una última oportunidad para que no condenara a Narendra entera.

Pero sabía que no iba a cambiar de parecer. Porque se había enamorado. La había olvidado como bien se merecía. Y aunque no quisiera robarle eso, arrancarle de nuevo el corazón —esta vez en un sentido metafórico—, tenía que hacerlo.

—Puedes dar gracias por que esté prácticamente seco —la amenazó.

Ayrin apretó los puños y se mordió el labio por dentro, buscando cualquier dolor físico que eclipsara lo desgarrado de su corazón.

—Lo sé.

—¿Lo sabes?

—Arcaron Aldair resultó ser un buen conversador con la motivación adecuada. Por lo menos, hasta que murió por la pérdida de sangre. No llegué a tiempo de salvarlo.

Rylen se giró y la encaró. El espacio entre ambos era tan escaso que quemaba. Sin poder evitarlo, Ayrin paseó la vista por su cuerpo, inalterable a pesar del tiempo. Recordaba a la perfección la distancia entre sus hombros, la plenitud de su pecho y la dureza de su abdomen. Resultaba terriblemente doloroso tenerlo tan cerca, y empezaba a pensar que acudir a Glósvalar había sido mala idea, pero entonces él volvió a hablar y cualquier duda se esfumó.

—¿Con qué lo engañaste para que te ayudara? ¿Qué nueva patraña has construido a tu alrededor?

—No he necesitado ninguna. Su sed de erradicación era lo suficientemente fuerte como para contármelo todo y pedirme que acabara con tu existencia. —Rylen contuvo el aliento una vez más, sus pupilas vibrando de pura contención—. Y nada de lo que viste fue una patraña —confesó en un susurro quebrado.

Los ojos de Rylen se anegaron de lágrimas, así como los de Ayrin. Oro contra plata, un corazón arrancado contra uno que aún palpitaba por él. Los dos se ahogaban en los sentimientos y temían no volver a respirar. Y si no fuera por los dioses, por los malditos dioses que le habían demostrado que no cejarían en su empeño, nada de aquello habría sucedido.

—Di lo que hayas venido a decir y lárgate —masculló, las sílabas arrastradas por la furia que lo corroía por dentro.

Ayrin se tragó el sollozo que le trepó por la garganta, inspiró hondo con los ojos cerrados y puso un paso de distancia entre ambos.

—Si no os rendís, si no abandonáis vuestros planes de unificar la isla, cruzaré los túneles de la mano del ejército yithiano, enano, troll y berserker y destruiré Glósvalar.

Rylen soltó una risa incrédula, gesto que murió al ver la seriedad en el rostro de Ayrin.

—El ejército yithiano ahora le pertenece a Ashbree Aldair —atajó con convicción.

Lo había visto. La había visto, más bien, a esa joven poderosa que le recordaba tanto a su hermano pequeño. A la que había sollozado por el rey y por su fiel hermano de batallas, al que también recordaba.

—Habría sido así de haber afianzado su control sobre él —respondió, intentando con todas sus fuerzas que no lo tomara como un ataque. Porque sabía que le había hecho demasiado daño, y aún tenía que hacerle mucho más—. Se marchó con tan solo una amenaza como garantía, y al sanar a las pobres víctimas que dejasteis allí y demostrarles quién era yo, no dudaron mucho en ponerse de mi parte. En seguir a una emperatriz que estaba ahí para socorrerlos y que no los abandonó. Una que la historia les ha recordado que era verdaderamente fuerte. Que sobrevivió a un secuestro y a demasiados siglos posteriores de existencia.

Rylen inspiró hondo, contención en estado puro.

—No lo hagas, Ayrin. Por favor.

Una súplica cargada de dolor que se le hundió entre las costillas.

—No me obligues. Tienes tres días.

Incapaz de dedicarle ni una palabra más, Ayrin lanzó un último vistazo al que habría sido el santuario de sus nupcias, al que había sido su hogar durante un tiempo tan efímero como preciado, al que fue y seguía siendo el amor de su vida, y se marchó envuelta en un manto de luz.

126

Ayrin había estado en el palacio de cristal. Había mancillado su hogar con su presencia. Y lo peor de todo no era eso, sino que Rylen había tenido que enfrentarse a ella él solo.

Había amenazado la ciudad que los había visto nacer. Había amenazado su paz. Había amenazado con destruir la estabilidad emocional de los dos seres que más le importaban a Ilian, y eso no quedaría impune.

Ash se había echado a llorar en cuanto Rylen, en la intimidad de su dormitorio, les había contado lo que había pasado. El destino de su padre, después de todo.

—No puedo más —repetía entre sollozos.

Porque había estado a punto de matarlo a sangre fría, pero había recapacitado en el último momento. Y, aun así, su misericordia no había servido de nada. Tenía las manos manchadas con su sangre igualmente, una nueva muerte que pesaría sobre su corazón.

Rylen también lloraba, abrazado a Ash intentando ofrecerle un consuelo que él estaba lejos de sentir. Ilian besó la cabeza de uno y de otra antes de ponerse en pie y mirar por la ventana. Su cuerpo le pedía saltar, viajar a Kridia y enfrentarse a ella. Matarla, evaporarla de un plumazo.

Pero por muy salvaje que pudiera ser Ilian, también era calculador. Medía las batallas antes de abordarlas, y sabía que esa no era una que pudiera ganar.

—Le plantaremos cara —atajó, con la vista clavada en las estrellas que los habían condenado—. Le haremos frente, como siempre hemos hecho. Ahora y siempre.

Su voz sonaba dura, pero era lo que necesitaban en aquel momento.

Un pilar al que aferrarse para no hundirse, y en eso se convertiría Ilian. Sostendría sus cimientos con sus propias manos con tal de que no se desmoronaran.

—Apenas tenemos poder —dijo Rylen con la atención fija en Ash, manteniendo una conversación en paralelo con sus miradas—. No podemos ganar.

—¿Sabes lo que sí tenemos? Aliados.

Ash y Rylen lo observaron con detenimiento, tal vez planteándose si se había vuelto loco, tal vez valorando si podían ganar. Y él creía fervientemente que podían hacerlo.

—Te dijo que cruzaría los túneles y conquistaría la capital, ¿cierto? —Rylen asintió—. ¿Sabes por qué? Porque no tiene lugar material para meter al ejército en las calles de Glósvalar.

Trasladar tropas, sobre todo si pretendía usar toda esa armada de la que había alardeado, resultaba costoso, y no solo por el drenaje en su don. Requería de una gran precisión que tal vez Ayrin pudiese dominar, pero era inviable que fuese capaz de teletransportar a cada ser vivo en un espacio útil sin emparedarlo en el proceso. Era lo bueno de una ciudad como Glósvalar, encajonada entre montañas y sin un solo hueco construible. Apenas había espacio para nada. Por eso mismo habían atacado Milindur con unas cuantas legiones, y no con el grueso del ejército, porque resultaba imposible movilizar a tantas tropas con el don de los Efímeros. Y Milindur, a pesar de emplazarse en la falda de una montaña, era mucho más amplia que Glósvalar. Una ciudad militar que se había adaptado a la practicidad con el transcurso de los siglos, todo lo contrario de la capital lykense. Era la única explicación que Ilian le veía a que no plantara el ejército en sus calles directamente.

—Que intente cruzar los túneles si es lo que pretende. Con la ayuda de los enanos, Orsha podría trazar decenas de glifos con los que sepultar al ejército entero bajo piedra.

—No podemos hacerlo —musitó Ash—. Se perderían demasiadas vidas.

—Prefiero que se pierdan vidas militares antes que inocentes.

—¿De verdad crees que podemos ganar? —preguntó Rylen.

—Sin duda alguna. Somos cuatro Efímeros contra una.

—No sé si Lorheen estaría dispuesto a luchar contra su hermana —murmuró Ashbree.

—Da igual si lucha o no, porque no tiene los conocimientos bélicos necesarios, ni tampoco la experiencia —rebatió Rylen—. Y nosotros estamos lejos de recuperarnos.

—Tenemos tres días para acumular todo el poder que podamos —argumentó Ilian.

—Que seguirá sin ser infinito.

—Pero bastará para apoyar a nuestro ejército.

—De una inferioridad numérica notable. No hemos podido ir a por las tropas simpatizantes de la Hija de la Luz. Ni usando pozos de sombras creo que tuviéramos la energía suficiente como para traer una legión de berserkers que nos apoyara. Tampoco podemos ir a por Halldan Ruud y meterlo en territorio yithiano para que ordene a sus hombres que no peleen contra nosotros. Somos menos de los que crees, Ilian.

—Pero luchamos por un dogma mucho más fuerte.

—¿Tú crees? —preguntó Ash, atrayendo las miradas de ambos—. Ayrin Wenlion lo hace por preservar Narendra. ¿Por qué combatimos nosotros?

—Por un mundo mejor —dijo Ilian. Se arrodilló frente a Ash y le acunó el rostro entre las manos—. Si algo me enseñó Wen es que el destino da mil vueltas, y lo que Ayrin vio fue hace siglos. Cada acto, cada decisión tomada por cada individuo de este tiempo, puede haber alterado ese futuro. Nada nos garantiza que nuestra felicidad vaya a suponer el fin de nuestro mundo.

—Tampoco nos garantiza lo contrario —murmuró, más para sí misma que para ellos.

Rylen e Ilian intercambiaron un vistazo preocupado. Desde que se había enfrentado a su padre, Ash no había levantado cabeza. Se había perdido en sí misma, sus ojos habían dejado de brillar, y ninguno de los dos conseguía llegar al interior de ese corazón que atesoraban.

—Creo que, después de todo lo que hemos vivido —susurró Ilian, cargado de cariño—, nos merecemos pelear por la paz. Por nuestra paz, Ash. Por la vida con la que hemos soñado. Siempre lucharé por tu felicidad, cariño. —La voz se le quebró y tuvo que tragar saliva—. Y cuando no tengas fuerzas para perseguirla por ti misma, yo estaré ahí para entregarte todas las mías. Ahora y siempre, era una promesa, ¿recuerdas?

Los ojos de Ash se inundaron de lágrimas de nuevo, y cuando estas se precipitaron de sus ojos, Ilian las limpió con sus labios.

—Combatiremos —sentenció Rylen—. A cualquier coste.

Al mirarlo, en los iris plateados de su rey brillaba una determinación como pocas veces hubiera visto antes. Aquel era el verdadero Rey de los Elfos, el que no se rendía por muy apaleado que estuviera su espíritu; el que luchaba por imposibles hasta su último aliento.

—Juntos —añadió, esta vez en dirección a Ash, que seguía llorando en silencio—. Una última vez. Una última batalla. Por nosotros. Por nuestro futuro.

Ash los miró a uno y a otro, mordiéndose el labio inferior, y luego asintió con la cabeza, un movimiento apenas perceptible.

—Una última batalla. Por un mundo más justo.

127

Los tres días de tregua habían llegado a su fin. Habían sido tres jornadas frenéticas en las que habían repasado planes y más planes, y Ashbree apenas les había podido prestar atención.

Habían concluido en ir en busca del ejército yithiano a los pies de las Brinthor, en lugar de dejar que atravesara las montañas. Rylen había estado de acuerdo en que habrían sido demasiadas bajas y había preferido dejarlo como último recurso. Aunque habían aprovechado esos días para evacuar la ciudad, cruzando la frontera norte de la cordillera, entre Orsha y los enanos habían diseñado una red de glifos que hundirían la entrada a la montaña en caso de ser necesario. No les permitirían avanzar más al norte.

Además, con las pocas sombras que Rylen había recuperado, había viajado a Oddin en un único salto para informar al *jarl* de la situación. Había tenido que emplear cien pozos de sombras y asimilar su oscuridad antes del salto, lo que dejaba las ya de por sí escasas provisiones para los conjuradores bajo mínimos. Las semanas previas habían sido tan frenéticas que Rylen no había tenido ni un solo segundo de descanso como para reabastecer los pozos. Así que tendrían que depender en mayor medida de los cristales de luz y de su fuerza física.

La ausencia de Rylen se dilató más de lo previsto, unas horas que a Ilian se le antojaron agónicas. Ashbree, por su parte, no dejaba de darle vueltas a todos los sucesos aislados que los habían conducido hasta allí. Desde que se había enfrentado a su padre, desde que había estado a punto de traspasar la frontera infranqueable del asesinato a sangre fría, su mente giraba alrededor de lo mismo. Y había llegado un punto en el que no podía detener esa rueda.

Cyndra había intentado hablar con ella, llegar a lo más profundo de su mente, como otras tantas veces había hecho, pero se había blindado a todos. Y estaba mejor así, sin dejar salir toda la rabia que se le iba enquistando por dentro. Porque si lo hacía, si permitía que su coraza se abriera aunque fuera un poco, lo reduciría todo a cenizas.

Rylen regresó con mejores noticias de las esperadas: Halldan Ruud lo había acompañado. Aunque ninguno hubiera esperado tener que recurrir a la alianza tan pronto, el *jarl* de Korkof era un hombre de palabra, uno que no rehuía una batalla. Y junto a él, cincuenta valquirias, lo máximo que Rylen había podido trasladar sin quedarse seco. Halldan esperaba que su presencia y la de las valquirias sirviera como disuasorio para sus hombres; que, al verlos allí, lucharan junto a él.

Kara, como nueva esposa del *jarl*, había permanecido en Oddin, guardando el lugar del Invicto y afianzando su poder sobre los berserkers. Cuando pensaba en lo fuerte que se había vuelto su hermana pequeña, los ojos se le inundaban de lágrimas de puro orgullo.

El último día previo a la tregua, Ilian, con las sombras que había recuperado y cincuenta pozos de sombras menos en el arsenal, había vaciado Milindur de tropas, elfos de luz y elfos oscuros que apoyarían al Reino de Lykos hasta el final. Además, Brelian Aldadriel había mandado cuervos a los miembros de la rebelión, pidiéndoles que, en la medida de lo posible, inutilizaran el armamento yithiano que encontraran.

Siendo que Halldan no cruzaría la frontera de que las propias valquirias transmitieran su conocimiento, Cyndra se dedicó a compartir su aprendizaje con todo el que pudo, todo lo rápido que pudo, empezando con Ilian.

El campamento militar al norte de Glósvalar se había trasladado al sur, a la frontera con las montañas, a la espera de la aparición del ejército de Ayrin. Y, mientras tanto, con sus tropas casi triplicadas al reunir las distintas legiones dispersas por la isla, las hileras infinitas de tiendas militares se veían rodeadas de las cacofonías de los entrenamientos. Todos y cada uno de ellos aportaron su granito de arena para luchar una última vez, para defender su hogar con uñas y dientes.

—Estoy muy orgulloso de ti —se despidió de ella Lorheen, con un abrazo que a Ashbree le hubiera gustado que durara una eternidad.

Aunque no hubiera sido capaz de perdonar a su padre, lamentaba no haber tenido tiempo de cerrar sus heridas. Lamentaba tener que marchar al frente sin la seguridad de si volvería, como había hecho en cada batalla.

—Cuida de Mebrin —le pidió en un sollozo atragantado.

—Tú misma lo harás.

—Por favor —lo cortó—. Necesito saber que cuidarás de él si me pasa algo.

Lorheen y Ashbree le lanzaron un vistazo al joven Aldair, quien no despegaba los ojos del diario de Ayrin. La propia Ashbree lo había leído un par de veces, intentando entender, pero Mebrin pronto lo había recuperado para seguir estudiándolo, por si había algo que se le hubiera escapado. Aunque Ashbree también había meditado largo y tendido al respecto, había concluido que no tenía sentido imaginar distintos futuros. Cuanto más lo pensaba, más creía estar haciendo justo lo que Dalel quería. Así que había terminado por dejar de pensar.

—Prométeme que buscarás a Elros y a Cadia y que les darás la educación que se merecen.

El oro de Ashbree se encontró con el de Lorheen, con el de los Wenlion, y su padre le dedicó un asentimiento con la cabeza antes de retirarse. Haciendo de tripas corazón, Ashbree se acercó a su hermano.

—Si pasa lo peor... —dijo, acuclillándose frente a él. Aunque dejó de pasar páginas, no la miró a los ojos—, Lorheen estará contigo. Y si lo que quieres es ir con Kara, él te llevará. Siempre tendrás un hogar allá donde esté ella.

Con semblante solemne, Mebrin despegó la vista de las páginas y miró a su hermana como hacía mucho tiempo que no hacía: con admiración.

—Y donde tú estés —dijo sin tapujos, sin emoción. Una verdad cruda.

Los corazones de Ashbree se comprimieron con fuerza y temió que se le partieran. De un manotazo, se limpió la lágrima rebelde que se había escapado de su jaula y asintió con la cabeza, en sus labios plantada una sonrisa triste.

—Sí, donde yo esté, también tendrás un hogar.

Incluso sabiendo que su hermano rechazaría el gesto, Ashbree se incorporó y depositó un beso en su cabellera platino, idéntica a la de todos los Aldair.

—Te quiero, Mebrin —susurró contra su cabeza.

Antes justo de separarse, el diario de Ayrin cayó al suelo y Mebrin la estrechó entre sus brazos, temblando contra su hermana. Ashbree se aferró a él con fuerza, el temor por lo desconocido, por la batalla más cruda a la que se fuera a enfrentar jamás, dominando su entereza.

Y así, dio comienzo el último día del año 1400 de la Era Solar. El día que se disputaría la que sería la última batalla de la Tercera Guerra.

Los nervios los carcomían mientras aguardaban la llegada de las tropas enemigas, todos preparados para entrar en combate. La caballería avanzaría primero, barriendo las primeras filas de atacantes, que de seguro llegarían a pie. Después, los tiradores, apostados en la seguridad de una ladera al oeste, acribillarían los cuerpos yithianos con sus proyectiles. Y una vez que hubieran ejecutado los dos primeros actos de la batalla, sería el turno de la infantería, una mezcolanza de elfos de luz, oscuros, cinco enanos a lomos de huargos y valquirias.

Cyndra, a su derecha, jugueteaba con un virote de ballesta, la mirada clavada en las tierras infinitas.

—Después de esto, después de toda esta mierda, veré tu jardín florecer, Ash —dijo su hermana de batallas, la voz temblorosa por la emoción y los nervios.

Ashbree fijó la vista en ella, los ojos anegados de lágrimas, y después de unos segundos de escrutinio, Cyndra también la miró.

—Floreció, Cyndra —reconoció en un murmullo—. Durante un periodo breve, pero intenso, fui feliz de verdad.

Una lágrima resbaló por la mejilla de Cyndra y se la limpió de un manotazo furioso.

—Volverás a serlo. Volveremos a serlo.

Cyndra entrelazó sus dedos y le dio un apretón fuerte que la removió por dentro. Ella también había cambiado mucho. La distancia y la vida las había cambiado. Cuando alzó la vista para mirarla de nuevo, Seredil estaba detrás de su hermana de batallas, Thabor junto a ella. Los cuatro reunidos, como en esos días fáciles en la taberna de Milindur. Ya no eran las dos solas contra el mundo, y nunca volverían a serlo. Haizel apareció detrás de Thabor, acompañado de Ilian y de Rylen, quienes envolvieron a Ashbree por la espalda. Orsha, junto a Ilian, lucharía por primera vez.

Con la congoja cerrándole un nudo en la garganta, miró más allá, hacia Brelian Aldadriel, la teniente que la había convertido en la sanadora que era. Sus ojos se encontraron a pesar de la distancia y la fémina le dedicó un cabeceo de reconocimiento.

Ilian, Ashbree y Rylen juntaron sus cabezas, apoyando unas frentes en las otras en un triángulo perfecto y mirándose de aquel modo que solo ellos conocían.

—Estáis aquí —susurró Ashbree, tan bajito que la brisa invernal podría haber arrastrado sus palabras.

—Estamos aquí —respondió Rylen, la confirmación yithiana de lo mucho que se amaban. De lo unidos que estaban los tres.

—Ahora y siempre —añadió Ilian—. Juntos.

Ashbree miró a uno y a otro, empapándose de sus presencias poderosas, antes de volver a despegar sus frentes.

Entonces, cuando volvió la vista al frente, los campos vacíos de Lykos se presentaron llenos de tropas yithianas. La tregua ofrecida por Ayrin Wenlion había llegado a su fin.

128

En cuestión de minutos, de instantes, la batalla se tornó cruenta. Tal y como tenían planeado, la caballería no dio tiempo a que las tropas yithianas se prepararan para la embestida y los espadachines más versados en el arte de la monta se lanzaron al combate.

El sonido del metal entrechocando sustituyó al piar de los pájaros con brutalidad. El de los cascos sobre la tierra le recordaba a montañas enteras partiéndose por la mitad. Resonaba tan fuerte que ni siquiera alcanzaba a oír el retumbar de sus corazones. Y cuando la caballería se hubo entremezclado con las primeras líneas de combate embestidas, los tiradores, a una orden de la general Marniel, atacaron la retaguardia.

Norte y sur del ejército yithiano se vio asediado por un ataque tan coordinado como perfecto. Entonces llegó su turno.

La infantería, comandada por el grito de guerra de Rylen, se lanzó de lleno a la batalla. Asesinos, espadachines y conjuradores por igual volcaron su potencia contra la marea de bronce que se les venía encima. Los cuerpos entrechocaron, un sonido que se le hundió en las raíces de los dientes, uno primitivo que bien podría haber sido el propio de un mundo colisionando.

Ashbree se sumó a la batalla con toda la pericia que pudo, la espada una extensión de su propio brazo, con Ilian y Rylen protegiéndose mutuamente en un triángulo perfecto que en varias ocasiones habían ensayado. El arma de Ashbree se encontraba con otros aceros, con flancos expuestos, con carne tierna que sucumbía bajo su filo. Apenas unos minutos después, se encontraba resollando, luchando por volcar un poco más de aire a sus pulmones, un poco más de fuerza a los brazos.

Ilian se movía con su salvajismo característico, lanzando cuchillos y dagas, sus filos cruzando el aire con la precisión de un pájaro surcando el cielo. Rylen se movía a un lado y a otro con gracilidad, convertido en una tormenta que ya no la asustaba.

Cyndra cruzó por delante de Ashbree justo para interceptar a un berserker que había llegado hasta ella e interpuso su espada contra el hacha del hombre. El grito de esfuerzo que profirió la estremeció, pero no había tiempo para dilatarse en observar lo que sucedía a su alrededor. No había tiempo para observar nada.

Los cuerpos caían con la facilidad de las hojas sopladas por el viento. Sangre y fluidos le empapaban la armadura, le adherían la trenza al cuello. En cuestión de una hora, la batalla se convirtió en una carnicería, y allí, más allá, una leona de pura luz iba saltando de una presa a otra, arrancando pedazos de carne entre sus fauces. Después de trasladar al ejército al completo, era sorprendente que pudiera seguir usando a su *Fjel*. Y casi con total probabilidad, eso era lo único de luz que le quedaba.

Ashbree tuvo la sensación de que sus ojos se encontraban con los de Ayrin, a pesar de las decenas de metros que las separaban. Era la primera vez que la veía, la primera vez que tenía ante sí a la fémina a la que había admirado durante tantísimos años. Acompañada de la leona con la que se la representaba en el momento de gracia. Ashbree se dio cuenta entonces de que tal vez fueran dos caras de la misma moneda; de que quizá no fueran tan diferentes la una de la otra. Hubo una conexión entre ambas en ese microsegundo en el que sus atenciones conectaron y Ashbree supo que tenía que ponerle fin. Que no podía permitir que más inocentes murieran de esa forma.

Sin pensarlo, echó a correr, alejándose todo lo posible del grueso de la batalla, y liberó a Inara en todo su esplendor. Las tropas —aliadas y enemigas— gritaron de pavor cuando la descomunal dragona tomó forma.

A diferencia de Ilian y de Rylen, Ashbree llevaba seis días haciendo acopio de su poder. Seis días encerrada en sí misma, hablando con su luz, acumulando y acumulando. Yendo cada vez más profundo en el pozo que era su don. Y cuando Inara terminó de formarse sobre su cabeza, Ashbree saltó con toda la potencia de sus piernas. Inara, a ras del suelo, la agarró entre las patas y alzó el vuelo, levantándose por encima del ejército, de la sangre, de la muerte en estado puro.

El viento le azotó el rostro mientras trepaba por la pata de Inara y, ayudada de su dragona, se encaramaba a su lomo. La trenza se le deshizo en cuestión de segundos y su pelo bailó al son de las poderosas batidas de las alas de su dragona. Montada a lomos de Inara, Ashbree contempló la destrucción a la que habían sometido a dos pueblos.

No solo a dos pueblos, se dio cuenta.

Las valquirias luchaban con una ferocidad digna de los mismísimos dioses, con el *jarl* rodeado de las dos mujeres fieras que siempre lo acompañaban. En cuanto se cruzaba en el camino de otros berserkers, estos reconocían a su *jarl* y cambiaban de bando, así de fuertes eran las lealtades. Cyndra, una mancha apenas perceptible, les seguía el ritmo a las valquirias con una determinación inquebrantable. Sola ante el peligro más visceral. Como siempre había sido. Como siempre se había movido. Solo que ya no. Tenía a Seredil protegiéndola, los cristales de luz a su disposición estallando a diestra y siniestra. Y junto a ellas, Thabor y Haizel, empapados en sangre roja, luces y sombras serpenteando a su alrededor.

Inara trazó un nuevo círculo sobre los dos kilómetros de devastación, oteando, preparándose para lanzarse a la batalla.

En esa nueva pasada, ubicó a Ilian, quien cubría la espalda de Rylen, fieles hermanos de batalla frente a cualquier adversidad. Quinientos años de existencia compartida de forma incondicional. La ejemplificación perfecta de lo que significaba el amor. Y a su lado, Orsha dominaba los elementos. Fuego, tierra y aire se plegaban a sus designios, abriendo cráteres, privando del oxígeno, lloviendo ascuas del cielo. Los huargos saltaron una pared de fuego, las fauces abiertas por delante, encontrando carne de un modo tan feroz como la propia leona de Ayrin.

Ashbree cerró los ojos, se dejó acariciar por el viento, las lágrimas corriendo raudas y libres por sus mejillas. Tan libres como ella no lo sería nunca.

Le pidió a Inara que ascendiera. Más y más arriba. Intentando convertirse en su propia estrella, mientras en su mente, se reproducía cada instante de genuina felicidad vivida en veinticinco años.

Las vacaciones con su familia. Las juergas clandestinas con Cyndra. La amistad con Elwen. La sensación de haber recuperado a una madre que le ofrecía Orsha. Haber hecho amigos tan importantes como la familia. Enamorarse. Y luego una vez más. Su boda. Los besos de Rylen, las caricias de Ilian. Las confidencias y las risas compartidas. Estrechar a Kara entre sus brazos. Que Mebrin le demostrara su amor. Encontrar el verdadero hogar.

Estaba tan tan cansada.

Y entre todo, entre todo el caos interior que le hacía frente al estruendo bajo sus pies, una voz consiguió abrirse paso. Una cuya dueña no hacía distinciones en cuanto a sonrisas. Sintió la presencia de Elwen a su lado, el polvo de estrellas que conformaba el universo.

«Le pondrás fin a todo, te lo prometo. Harás lo correcto. Por tus propias manos». La amabilidad en su rostro. Esa última oportunidad que ella, y no los dioses, les había regalado. «Recuerda lo fuerte que has sido, el poder que has demostrado, porque solo tú podrás ponerle fin a todo. No caigas en sus redes, Ashbree Aldair. No caigas en el juego de los dioses».

Y no iba a caer.

«Ilian Aedil, Rylen Valandur y tú», le dijo una diosa suplantada por Dalel. «Tres oportunidades que extendimos en pos de un bien mayor». Uno que no sería el que el dios del destino quería. Una oportunidad aprovechada con creces. Porque aquel era su impulso. Los actos que, tal y como Ayrin mencionaba en su diario, verdaderamente cambiaban el destino. Como el de Elwen al hacerle la predicción. Como el suyo propio al interponerse entre la daga y el rey.

Ashbree estrechó a Inara una última vez y le pidió que descendiera en picado. Ella se soltó y abrazó la ingravidez, viendo a su dragona marchar. Con ella se marchaba su poder, todo lo que siempre había querido ser y que no había llegado a entender hasta demasiado tarde. Su amiga imaginaria, una parte de su ser, cruzaba el espacio como una estrella fugaz a plena luz del día, guardando en su interior un deseo pedido por pura desesperación. Por hacer lo que su compañera consideraba justo. Y cuando Inara estuvo a punto de estrellarse contra los cuerpos combatientes, se convirtió en un mar de fuego que serpenteó buscando poder. Porque los opuestos se atraían. Y lo afín, irremediablemente, acababa encontrándose.

La primera fue Ayrin, quien acogió su fuego gustosa y se dejó calcinar, comprendiendo las intenciones de la reina verdadera.

Ashbree siguió cayendo, cruzando el cielo como una flecha perdida, sus corazones tronando como los tambores más fieros.

—Así es como debe ser —murmuró para nadie en concreto.

Para Dalel tal vez, que la observaría desde el firmamento.

Porque al verlo con sus propios ojos, había comprendido que Ayrin estaba en lo cierto. Que la guerra tomaría Narendra tarde o temprano. Porque los Efímeros eran demasiado peligrosos para existir. Ilian así se lo había demostrado al arrasar con Felnor por completo. Así se lo había demostrado el temor de los consejeros. Así se lo había demostrado su propia rabia por calcinar y reducir el mundo a cenizas en pos de salvar a sus seres queridos.

Mientras Ashbree exprimía cada fibra de su ser en buscar a sus afines y sus opuestos, lloró en silencio. Porque lo justo nunca era lo sencillo. Y la presencia de los Efímeros en un mundo que ya no estaba preparado para esa magia siempre amenazaría la estabilidad del resto de las razas.

Fue entonces cuando conectó con la presencia de Rylen, para ella un faro en mitad de la tormenta. El rey alzó la vista al cielo, directo a ella, el semblante colmado por una paz que nunca le había visto. Dejó caer las armas, a sí mismo incluso, las rodillas encontrándose con el suelo duro. Porque compartían corazón y podían leer las sensaciones del otro, y él estaba igual de cansado que Ashbree. Ilian miró a Rylen con el temor surcándole el rostro, y cuando sus ojos ubicaron el fuego que corría a buscarlos, la comprensión se abrió paso en su mente. Antes de que las llamas de luz pura llegaran a tocarlo, desapareció. Rylen exhaló un último aliento y abrazó toda la luz de Ashbree para dejarse mecer, de la mano de su verdadero hogar, hasta la muerte y con un agradecimiento infinito reluciendo en aquellos iris de plata que tanto había temido y amado.

Los brazos de Ilian rodearon a Ashbree, ambos cayendo desde el cielo como un meteorito buscando tierra.

—Estoy aquí —creyó oír Ashbree.

Abrió los ojos una última vez y se encontró con una galaxia violeta solo para ella.

—Ahora y siempre, Ilian Aedil —respondió con entereza, adueñándose de sus palabras.

Él le dedicó esa media sonrisa que la había cautivado desde el principio y asintió con la cabeza, el suelo cada vez más cerca.

—Te buscaré en la otra vida.

Sus labios se encontraron, sellando sus destinos como lo habían hecho desde el primer instante en el que sus caminos se cruzaron.

Con ellos dos había empezado la historia, y con ellos dos terminaría.

Y cuando ambos impactaron, cuando luces y sombras convertidas en un astro mismo colisionaron con la tierra, una onda expansiva recorrió Narendra, segando cualquier rastro de existencia Efímera del universo.

Porque así tendría que haber sido siempre: un momento fugaz que exprimir al máximo. La justicia que Narendra al completo merecía.

Epílogo

Regresar a la isla le resultaba extraño. Aunque había esperado que la acompañara la sensación de estar volviendo al hogar, su verdadero hogar ahora se encontraba a miles de kilómetros de distancia. De lo que no podía desprenderse era de la nostalgia que la embargaba mientras caminaban por las calles de la capital, sin escoltas ni vigilancia. Tan solo una familia que disfrutaba del calor del verano, del rico aroma a azahar y salitre. Incluso le agradaba el matiz agrio del pescado.

Cómo habían cambiado las cosas en tan poco tiempo... Si se lo hubieran dicho diez años atrás, jamás se hubiera creído que aquellas mismas calles que la vieron nacer y crecer un día estarían cargadas de vidas tan diferentes, exprimiendo su estancia en Kridia.

La ciudad había prosperado mucho en esos diez años, y se había recuperado por completo de la destrucción que una dragona había provocado a su paso en una batalla que ella se alegraba de no haber presenciado. No obstante, como tras la tempestad siempre terminaba llegando la calma, se había aprovechado ese proceso de reconstrucción de una parte de la ciudad para instalar lo que habían denominado como «suministro eléctrico», aunque ella siguiera sin comprender bien cómo funcionaba esa magia.

Ese era uno de los motivos de aquel viaje —aunque no el principal—, para intentar adoptar esa ingeniería a sus propias tierras.

Disfrutó del paseo por Kridia con un nudo de congoja y añoranza instalado en la garganta, regalando sonrisas a los curiosos que se asomaban a su paso, a los niños que los saludaban desde la seguridad de sus casas. Y cuando llegaron a la plaza principal, Kara se detuvo.

Mebrin ya le había hablado de la estatua que construirían en recordatorio de la Última Gran Batalla —como la habían apodado con el tiempo—, y aun así le impactó. Porque allí, esculpida en bronce, estaba plantada su hermana, tan realista que dolía mirarla. Era obra de Necil Gandriel, y había volcado todo su arte en retratar a la reina caída, la liberadora de pueblos, de rodillas, ofreciendo un corazón al cielo.

Habían pasado casi diez años desde que, después de semanas de angustiosa espera, Halldan Ruud regresara a casa y le diera la peor noticia de todas: que su hermana había muerto, y esa vez, de verdad. Y seguía doliendo como el primer día.

Ashbree se había sacrificado por el bien de Narendra. Se había inmolado y había arrasado con cualquier existencia Efímera en pos de la paz. Y aunque fueran a reunirse para expresarle su agradecimiento —a ella, a Ilian, a Rylen y a todos los caídos— en una festividad que, aunque desconocida, la mitad de la población élfica deseaba recuperar, le dolía estar allí.

Con lágrimas pintando sus mejillas, dejaron atrás la plaza central y se abrieron paso por las atestadas calles de la ciudad hasta llegar al palacio, cuyos muros habían sido derruidos tiempo atrás. Aquella construcción ahora no era una fortificación que marcara un estatus, sino un lugar de reunión al que el pueblo acudía dos veces por semana para buscar consejo y guía.

Mebrin fue el primero en recibirlos, con esa sonrisa ladeada que tan pocas veces sacaba a relucir. El corazón se le hinchó con cariño cuando fue su propio hermano quien acudió a abrazarla por iniciativa propia.

—Yo también te he echado de menos —le dijo Kara al oído, la voz temblorosa, aunque su hermano no hubiera abierto la boca.

Llevaban cinco años sin verse. Cinco años desde que Mebrin decidiera volver a Kridia después de haber vivido en Oddin otros cinco. Su hermano no había cambiado mucho físicamente, por más que ahora tuviera veinticinco años, pero sí lo había hecho en esencia. Todos lo habían hecho.

Cuando se separaron, el joven le dedicó un asentimiento cortés a Halldan y él le devolvió el gesto. Le conmovió que la sonrisa que Mebrin le regaló al retoño que el *jarl* sostenía fuera más sincera todavía.

—¿Dónde están Elros y Cadia?

Mebrin se encogió de hombros, deseoso de irse, Kara lo sabía.

—Creo que decidieron quedarse en Trihold.

Kara hizo un mohín. Desde que habían alcanzado la mayoría de edad, hacía cinco años, no habían dejado de viajar por toda Narendra. Aunque dado que nunca habían sido muy cercanos con Ashbree, tampoco le sorprendía que faltaran al homenaje. Por mucho que fueran sus hermanos, sabía que eran demasiado egoístas, tal vez porque lo crudo de la guerra les pillara en una edad muy temprana como para recordar bien lo vivido.

Sin despedirse siquiera, Mebrin pasó por su lado y se marchó en dirección al ala familiar.

—Tu hermano nunca cambiará, ¿eh? —comentó Halldan en tono jocoso.

—Ni falta que hace —respondió Kara con cierta añoranza.

Era él quien se encargaba de las audiencias en palacio, con su infinita paciencia para escuchar y su pragmatismo a la hora de resolver problemas. No hablaba mucho, nunca lo hacía, pero todo el que pasaba por palacio en busca de consejo lo adoraba.

Se dirigieron a la sala del trono, como era costumbre, y Halldan le entregó a Sigrid para que ella la sostuviera en brazos. Astrid e Ivar, de cinco y tres años respectivamente, correteaban alrededor de sus faldas, escondiéndose del otro por detrás de sus piernas.

—Niños, comportaos… —los reprendió Halldan con dulzura.

Le encantaba el hombre en el que se convertía su marido cuando viajaban fuera de Korkof, mucho más dulce y amable. El verdadero Halldan Ruud, el que se ocultaba bajo las capas de las responsabilidades.

—¿Esa es la pequeña Sigrid? —preguntó una fémina frente a ellos.

Kara alzó la vista y se encontró con unos iris dorados que resplandecían de amor al ver a su niña, de apenas nueve meses, que jugueteaba con los cabellos de Kara. Ella se recolocó el peso de su hija entre los brazos y la agarró de la mano para saludar a Seredil con ella.

—Sí. Saluda a tu tía, Sigrid.

Desde que Seredil había dejado de ser esclava, su relación no se había enfriado lo más mínimo. No había lazos de servidumbre que las atara, pero se dieron cuenta de que nunca los hubo. De que la amistad que forjaron en su tiempo juntas en Oddin era verdadera, sensación que se reafirmó durante los años que Seredil y Cyndra pasaron viviendo en Korkof.

—¿Y qué hay de mis dos monstruitos? —preguntó su mejor amiga.

Seredil se agachó, los brazos extendidos con amplitud, y sus hijos corrieron a los brazos de su tía, que aunque no lo fuera de sangre, sí lo era en espíritu. Seredil repartió besos muy sonoros sobre las cabelleras rojizas hasta que, saturados de tanto amor, sus hijos regresaron a sus piernas.

—Yo también tengo que presentarte a alguien.

Por el pasillo adyacente, el que conducía a lo que antaño fue el despacho de su padre, salió Cyndra, con un paquetito precioso y envuelto en una sábana fina entre los brazos.

—Oh... —suspiró Kara, entregándole su hija a su marido—. Hola, pequeñín, soy tu tía Kara —la saludó, con esa voz impostada que se dedicaba a los infantes.

—Dile: «Hola, tía Kara. Yo soy Asher» —dijo Cyndra con voz aniñada—. Ash para los amigos.

—Kara, ¿estás llorando? —le preguntó Seredil.

—No.

La aludida sorbió por la nariz y se limpió una lágrima, intentando fingir dignidad. Seredil se rio y luego suspiró. Cyndra recolocó al niño en sus brazos y se lo enseñó mejor. Tenía la piel oscura y una espesa cabellera negra y corta. Cuando separó los párpados para mirarla, Kara se encontró con unos hermosos ojos morados que le recordaron a otros.

—Bueno, hechas las presentaciones, me gustaría hablar de negocios —intervino Halldan, tan pragmático como siempre—. ¿Dónde está Haizel?

—Ha ido a buscar a...

Seredil se interrumpió cuando las puertas del salón del trono se abrieron.

—¡Tío Thabor! —gritaron Ivar y Sigrid al unísono, corriendo hacia la entrada como si les quemaran los pies.

El varón se acuclilló y recibió a ambos torbellinos entre sus brazos con una risotada, se puso en pie y les hizo girar varias veces antes de dejarlos de nuevo en el suelo. Haizel, a su lado, soltó una risa comedida y se acercó a ellas.

—Me alegro de verte, Kara.

—Y yo a ti —respondió, casi sonrojándose.

Haizel era de esos varones que mejoraba con cada año que pasaba, aunque resultaba imposible. Habían hecho migas en esos seis meses en los que él y Thabor estuvieron viviendo en Oddin, acompañando a Seredil y a Cyndra.

Ivar se aferró a la mano del que consideraban su tío y empezó a tirar de él, queriendo atraer su atención mientras caminaba hasta Kara y escuchaba atentamente la verborrea de Astrid. Kara y Thabor se saludaron con un abrazo ladeado, procurando no estrujar a Sigrid entre sus cuerpos.

Durante unos minutos, entre los chillidos entusiasmados de sus niños, se dedicaron a ponerse al día y a charlar insustancialmente.

—¿Queréis que me los lleve? —sugirió Thabor, quien aún no se había librado de los tirones de Ivar—. Así podéis hablar tranquilas. La tía Seredil conoce la mejor pastelería de toda la isla.

—¡Sí!

—¡Yo quiero!

—¡Llévame a caballito!

—¡No, a mí!

—¡Yo lo he dicho primero!

Thabor rio, negando con la cabeza, y tomó a Sigrid de los brazos de Kara, acompañado de Seredil y Asher. No confiaba sus hijos a nadie, tan recelosa que se había vuelto después de diez años viviendo en el norte. Pero ellos eran una excepción, porque eran su familia.

—Tú y yo podemos hablar de negocios, *jarl* —propuso Haizel, ante lo que Halldan asintió.

Desde que todo había terminado, y una vez controlada la adicción a la miel de plata con la ayuda de las flores que Lorheen había descubierto, Haizel había renunciado al ejército. Ahora tenían una nueva línea de comercio con el Archipiélago de Urdú, que los proveía de giranias siempre que lo necesitaban. Aunque el segundo prototipo de la cura de Silvari resultara efectivo, sin sangre Efímera a su disposición no había material del que inocular la sustancia que neutralizaba la toxina. Hasta que dieron con la dosis adecuada de dicha planta, que aportaba los mismos valores y nutrientes que la sangre. Así, y siendo que el nuevo consejo mixto no quería perder los conocimientos y la sabiduría de Haizel, le habían dado el puesto de emisario entre los ingenieros y la alianza berserker.

Cuando ambos varones se marcharon —no sin que su marido la besara en la cabeza por última vez—, el silencio entre Cyndra y Kara fue denso.

Seredil y Cyndra pasaban muchos meses en Oddin, no solo por la amistad entre Kara y la antigua conjuradora, sino por la admiración de Cyndra hacia las valquirias. Ella se había convertido en la primera fémina en graduarse con honores en la escuela de valquirias, un título honorífico a ojos de los berserkers, pero de corazón para Enil, quien se había desplazado desde la isla para verla graduarse.

La escuela de Enil era la única que había abierto en Lythia, motivada por la insistencia de Cyndra. Así que un par de años después, la berserker y su pareja —una huldra a la que Kara nunca conseguía dejar de mirar— se mudaron a la isla y, con la ayuda de Cyndra, abrieron un local. Al principio no tuvo mucho éxito, pero poco a poco iba atrayendo más adeptas.

Cyndra y Kara pasearon por los jardines de Celina hasta llegar a un coqueto cenador en el que un hombre y una fémina empezaron a enamorarse diez años atrás. Kara lo recordaba con cariño, observándolo todo con la pátina de la nostalgia.

—¿Qué tal lleva Calari su nuevo cargo? —le preguntó con genuino interés.

—Como anillo al dedo —soltó Cyndra con una risa.

Hacía varios meses que, en conmemoración por su inestimable ayuda para que el pueblo tomara el palacio de cuarzo por la fuerza, alentados por Calari Laurencil, la otrora Asesina de la Heredera había ascendido a comandante de la Orden de los Asesinos, aunque ya no hubiera enemigo al que... *asesinar*. Se dedicaban, sobre todo, a recabar información sobre el resto de las razas, a asegurarse de que no se fraguara ningún posible conflicto que perturbara su paz ni en Lythia —el nuevo nombre de la isla— ni en el resto de Narendra. Por lo que Cyndra le había contado en su última carta —y tampoco era una fuente muy fiable, puesto que Calari y ella no eran íntimas—, creía que estaba en Dundran, vigilando a los enanos. Perdieron a muchos mineros y soldados sin ver ni una sola pepita de oro, y sabían que aquello acabaría enquistándose. Salvo Ennigra Picodeoro y su cuadrilla, afincados en las montañas Brinthor, los enanos se la tenían jurada.

Los trolls también eran una amenaza potencial, aunque Orsha mantenía al clan Makog controlado, ahora que había emigrado a su nación natal y había asumido el mando de su tribu, como le correspondía por derecho. Según le había contado Cyndra, había sido su propio hermano el que había pactado con Arcaron, y Orsha no había dudado antes de matarlo con sus propias manos.

Siguieron hablando tanto rato que perdieron la noción del tiempo, poniéndose al día de los planes de la noche y zambulléndose en los recuerdos de una vida complicada pero que las había conducido hasta aquel preciso momento. Porque aunque los dioses los hubieran abandonado, como le había confesado la *norna*, el destino seguía ahí. Intangible e infinito, sin estrellas a las que consultar, pero aún existía; tejiéndose con cada decisión tomada hasta crear un tapiz extenso.

Ahí era donde residía la verdadera magia —que solo se apreciaba con la perspectiva del tiempo—, y no en unos dioses que proveían a su antojo: en cómo el cúmulo de decisiones imperfectas podía conformar el conjunto de unas vidas tan ansiadas como completas.

Kara Ruud, por suerte o por desgracia, había aprendido mucho sobre imperfecciones. Y sabía lo bellas que estas podían llegar a ser.

La fiesta había ido como la seda. Aunque la capital de Lythia ahora estuviera ubicada en Felnor, un punto intermedio entre norte y sur, habían elegido el palacio de cuarzo para celebrar el primer Veturnaetur en diez años como símbolo de la unión de la nueva nación.

Entre las paredes del palacio había una mezcolanza de tonos de piel, así como de miembros de otras razas de vaettir a las que Cyndra ya no era ajena. El alcohol corría libre, sin temor a que se repitiera lo del Veturnaetur anterior ahora que el consejo estaba formado por varones y féminas dignos. Los consejeros del Imperio de Yithia desaparecieron sin dejar rastro, probablemente exiliados o refugiados en segundas o terceras residencias. Aunque se había valorado la posibilidad de buscarlos y enjuiciarlos, no tenía sentido, puesto que muchas de las decisiones en las que se habían visto involucrados eran culpa de la influencia del difunto emperador.

El consejo del Reino de Lykos, como único cuerpo líder restante, votó si continuar con el cargo o abandonarlo. Salvo un tal Saeros, todos prefirieron hacerse a un lado y dejar espacio a las voces del cambio. Después de unas tediosas candidaturas y periodo electoral, el pueblo de Lythia, sin fronteras de por medio, eligió a sus nuevos representantes, que ahora reían y charlaban en el salón del trono, todos protegidos por máscaras festivas.

Faltaba poco para la medianoche, y Cyndra quería algo de privacidad para el ritual que estaba por venir.

Salió a los jardines en busca de algo de calma y se detuvo frente a donde antaño hubo una muralla, una que selló sus destinos. Con un nudo en la garganta, Cyndra alzó la vista al cielo. En aquella ocasión, ninguna constelación brilló para ella. Los dioses les habían dado la espalda, y ella no podía sino sentir alivio, por mucho que eso significara que la isla seguía condenada a vivir con dos ciclos de estaciones diferentes que separaran el norte del sur.

Del interior de uno de los bolsillos de su vestido de gala, Cyndra sacó una caja de cerillas, se acuclilló y prendió una de ellas. Tomó aire una última vez y encendió el farolillo de papel que tenía frente a ella, en cuyo centro estaba dibujado el nuevo escudo de Lythia: una figura mitad sol llameante, mitad luna llena. Con el corazón en un puño, alzó las manos y el farolillo flotó movido por la brisa cálida de una noche que en el sur era veraniega, aunque en el norte fuera otoñal.

Cyndra cerró los ojos para paliar el picor que la abordó y entonces sintió una presencia familiar tras ella. El nudo en su garganta se apretó con más fuerza, y fue lo único que impidió que el sollozo escapara.

—Te echo tanto de menos… —murmuró al aire.

El tacto fantasma sobre su hombro la estremeció, y cuando Cyndra se atrevió a darse la vuelta, ahí estaba Ash. Un fantasma de lo que su emperatriz un día fue. Detrás de ella, Ilian y Rylen la protegían con el rostro en calma absoluta.

Una lágrima se desprendió de los ojos fríos de Cyndra, que ahora brillaban con una calidez que le estaba costando gestionar. Por lo que le habían explicado algunos elfos, los fantasmas de Veturnaetur no podían hablar, pero no había necesidad de que lo hicieran. Se los veía tan en paz que Cyndra, después de diez años de inquietud y cierto remordimiento, por fin comprendió que su amiga había hecho lo correcto.

—Siempre serás mi hermana de batallas —admitió con la voz temblorosa, las lágrimas rodando libres por sus mejillas.

Ash sonrió con dulzura, se llevó una mano al pecho y asintió con la cabeza. Cyndra también sería siempre su hermana de batallas, aunque la propia existencia las separara.

—Allá donde estéis, cuidad de ella —les pidió a Rylen y a Ilian. Ambos varones intercambiaron un vistazo y se acercaron más a Ash, como si le estuvieran prometiendo que así lo harían—. Gracias.

Por proteger a Ash, por su sacrificio, por haber colmado su vida de dicha. Por todo. Sobrepasada por sus propios sentimientos, Cyndra cerró los ojos, las lágrimas aún desprendiéndose de sus párpados.

El tacto cálido de una caricia fantasma le rozó la mejilla en una despedida, y cuando volvió a separar los párpados, Ash, Rylen e Ilian habían desaparecido. Pero había algo nuevo a sus pies.

Ahí, radiante y hermosa, despuntando entre las briznas de hierba en medio de la noche, había una girania azul.

Ashbree Wenlion-Aldair, después de todo, había terminado echando flores por Cyndra Daebrin.

Los dioses

Diez años atrás

—Se ve que has perdido, otra vez —se burló Cronn.

Dalel estaba que echaba chispas, el mundo a su alrededor perdiendo consistencia. Era como si todas esas estrellas que encerraban distintos futuros parpadearan, se apagaran y encendieran, molestas.

—Y esta vez de verdad —añadió, mirándose las uñas con indiferencia.

La chica Wenlion le había ganado la partida, sin llegar a planteárselo siquiera. Pero había sido Dalel quien había puesto las reglas del juego, quien había establecido las consecuencias de los impulsos, y ella había terminado dominando el tablero.

—Estarás contento —gruñó.

—La verdad es que sí. Me he divertido. Un rato, al menos.

Dalel separó la vista del mundo bajo sus pies y lo fulminó con la mirada. Cronn, con una risa entre dientes, se acercó a su hermano y le echó el brazo al hombro.

—Vamos, no te pongas así —lo alentó—. Tienes toda la eternidad para jugar con otras existencias. Hay muchos mundos entre los que elegir. ¿Sabes que en uno de ellos nos llaman «ángeles»?

—¿Cuál has elegido tú ahora? —le preguntó Dalel, su voz convertida en hielo.

—¿Por qué? —respondió con una sonrisa.

—Para alejarme de ti todo lo posible.

Cronn chasqueó la lengua y se separó de su hermano.

—No digas eso, hombre. En el fondo, te encanto.

Dalel entrecerró los ojos. Pero ahí, en sus labios, se perfiló la más sutil de las curvaturas. Cronn conocía bien a los dioses, a sus hermanos y hermanas. Eran caprichosos e infantiles, y cambiaban de juguetes como los mortales cambiaban de ropa interior. Solo que Dalel todavía no había descubierto las maravillas de descubrir nuevos mundos. De explotarlos y entretenerse con ellos, como sí había hecho él, o Merin y Artha, que incluso habían perdido su interés por el conteo de almas. Celes y Wenir, con lo vasto del universo, ponían su atención en todos al mismo tiempo, pero a veces les fallaban los cálculos.

—Admítelo. Te ha gustado enfrentarte a mí —lo pinchó.

—Esta te la guardo. Pienso devolvértela.

Los labios de Cronn se estiraron con satisfacción.

—No sabes lo que disfruto de un buen desafío.

Guía de personajes

Arathor Gandriel */á-ra-zor gán-driel/*: comandante de la Orden de los Espadachines.

Arcaron Aldair */ár-ca-ron al-déir/*: sexto emperador del Imperio de Yithia.

Ashbree Aldair */ásh-bri al-déir/*: heredera del Imperio de Yithia. Soldado de la Orden de los Sanadores. Hija de Arcaron y Celina Aldair. Efímera de Luz.

Ayrin Wenlion */éi-rin wén-lion/*: tercera y difunta emperatriz del Imperio de Yithia.

Brelian Aldadriel */bré-lian al-dá-driel/*: teniente del regimiento de la Orden de Sanadores al que pertenece Ashbree.

Cadia Aldair */cá-dia al-déir/*: cuarta en la línea de sucesión al trono del Imperio de Yithia. Hermana menor de Ashbree, Kara y Mebrin. Melliza de Elros.

Calari Laurencil */ca-lá-ri láu-ren-cil/*: teniente del segundo regimiento de la Orden de los Asesinos.

Celina Aldair */se-lí-na al-déir/*: difunta esposa de Arcaron.

Cordal Borovalar */cór-dal bo-ró-va-lar/*: Consejero de Políticas Exteriores del Reino de Lykos.

Cyndra Daebrin */cín-dra dá-e-brin/*: mejor amiga y hermana de batallas de Ashbree. Soldado de la Orden de los Tiradores. Hija de Elegor Daebrin.

Elegor Daebrin */é-le-gor dá-e-brin/*: Consejero de la Moneda del Imperio de Yithia. Progenitor de Cyndra.

Elros Aldair */él-ros al-déir/*: quinto en la línea de sucesión al trono del Imperio de Yithia. Hermano menor de Ashbree, Kara y Mebrin. Mellizo de Cadia.

Elwen Aedil */él-wen á-e-dil/*: soldado de la Orden de los Espadachines de las tropas oscuras. Hermana de Ilian Aedil.

Enil */é-nil/*: valquiria deshonrada de Korkof.

Galania Dildil */ga-lá-nia díl-dil/*: Consejera de Comercio del Reino de Lykos.

Haizel */jéi-sel/*: soldado de la Orden de los Conjuradores de las tropas oscuras.

Halldan Ruud */jál-dan rúd/*: embajador de Korkof.

Hesil Gonner */jé-sil gó-ner/*: lord. Dueño de la única flota mercante del Imperio de Yithia.

Ilian Aedil */í-lian á-e-dil/*: Efímero de Sombras. General de las tropas oscuras y miembro de la Orden de los Asesinos. Hermano de Elwen Aedil. Hermano de batallas de Rylen Valandur.

Kara Aldair /ká-ra al-déir/: segunda en la línea de sucesión al trono del Imperio de Yithia. Hermana de Ashbree.

Lindari Nenrond */lin-dá-ri nén-rond/*: Consejera de Justicia del Reino de Lykos.

Lorheen Wenlion */lor-jín wén-lion/*: hermano menor de Ayrin Wenlion.

Lorinhan Mebel */ló-rin-jam mé-bel/*: tutor y maestro de luz de Ashbree. Antiguo miembro de la Orden de los Conjuradores.

Mebrin Aldair */mé-brin al-déir/*: tercero en la línea de sucesión al trono del Imperio de Yithia. Hermano menor de Ashbree y Kara.

Nahilia Eanil */na-jí-lia é-a-nil/*: bisabuela de Cyndra Daebrin por parte materna. Consejera de Ayrin Wenlion.

Orsha Makog */ór-sha ma-kóg/*: troll al servicio de Rylen. Nana de Ilian.

Rylen Valandur */rái-len vá-lan-dur/*: tercer monarca del Reino de Lykos. Rey de los Elfos y Señor de Sombras.

Saeros Thordani */sa-é-ros zor-dá-ni/*: Consejero de la Moneda del Reino de Lykos.

Seredil Gonner */sé-re-dil gó-ner/*: soldado de la Orden de los Conjuradores. Hija de Hesil Gonner.

Silvari */sil-vá-ri/*: sanadora de Ashbree en Glósvalar.

Thabor Ronnir */tá-bor ró-nir/*: soldado de la Orden de los Conjuradores.

Tharin Bellion */tá-rin bé-lion/*: Consejero de Agricultura del Reino de Lykos.

Xiana */xi-á-na/*: huldra de Korkof.

Guía de dioses

Artha */ár-za/*: diosa de la oscuridad. Constelación con forma de luna.
Celes */cé-les/*: diosa de la muerte. Constelación en forma de guadaña.
Cronn */krón/*: olvidado dios del tiempo. Constelación en forma de reloj de arena.
Dalel */da-lél/*: dios del destino. Constelación en forma de rueca.
Laros */lá-ros/*: dios de la justicia. Constelación en forma de balanza.
Merin */mé-rin/*: diosa de la luz. Constelación en forma de rayo.
Tisa */tí-sa/*: diosa menor de las tempestades. Constelación con forma de barco.
Wenir */wé-nir/*: diosa de la vida. Constelación con forma de cáliz.

Nota de autora

Terminar esta trilogía ha sido todo un reto, y no solo por su extensión —a los hechos me remito, señoría—, sino porque la documentación que ha requerido ha sido mayor de la habitual para mí.

Empecé esta historia documentándome sobre elfos porque quería tener una base más allá de la que pudiera proporcionar la visión de Tolkien, uno de los mayores referentes de la fantasía épica. ¿Cuál fue mi sorpresa? Descubrir que las primeras referencias a los elfos aparecen en la mitología nórdica, quienes —según algunas fuentes— los consideraban una especie de deidad menor. Para la gente de mi entorno no es ninguna sorpresa que la mitología nórdica y su cultura son de mis favoritas. Así que este hallazgo no hizo más que avivar mi curiosidad.

A raíz de investigar sobre elfos, me topé con la figura de los enanos —no porque no los conociera, sino porque no sabía que también tenían sus primeros orígenes en dicha mitología—. Y de ahí, descubrí a las huldras —una criatura similar a las ninfas— y luego, la versión escandinava de los trolls —que en el caso de la trilogía *Sangre de plata* guardan gran parecido con los de *World of Warcraft*, no nos vamos a engañar—. E incluso los *Fjel* de los Efímeros son una variación de la *Fylgja*, la manifestación del alma en forma de animal.

Siendo estos —y muchos otros— los elementos base que quería utilizar, no tardé demasiado en llegar a la conclusión de que la versión de los humanos de esta historia tenía que ser los berserkers. Así, todas las criaturas mencionadas partían de un mismo origen, siendo los últimos lo más parecido a los vikingos que nos viene a la mente al pensar en ellos.

Es esa misma imagen la que quise representar en *Sangre de plata*: la visión estereotipada de los vikingos —brutos y fieros, sanguinarios—, en contraposición con la realista —conquistadores, preservadores del saber—. La concepción que los elfos de luz tienen de los berserkers está enturbiada por esos estereotipos, mientras que la versión que Kara termina conociendo es más fiel a la realidad. En ese sentido, he de agradecer infinitamente la sabiduría de Laia San José Beltrán, cuyo blog —*The Valkyrie's Vigil*— me ha servido de gran ayuda para conocer cuánto de verdad hay detrás de lo que nos llega por medios audiovisuales —más bien poquito—. A sus conocimientos les debo algunas de las costumbres plasmadas en la trilogía, así como apuntes en la alimentación, la vestimenta y la arquitectura. Si os interesan estos temas, os recomiendo que sigáis de cerca su trabajo, porque es una fuente inagotable de información. Pero no olvides que lo retratado entre las páginas de esta trilogía sigue siendo ficción fantástica y los vikingos solo han sido una inspiración.

Agradecimientos

Siempre que creo que los últimos agradecimientos fueron los más difíciles de redactar, llega una nueva novela para sacarme de mi error. Pero creo que ahí reside la magia de escribir, en enfrentarse a un nuevo reto cada vez.

No obstante, el reto que ha supuesto para mí *Promesa de sangre* ha sido de proporciones bíblicas, y no habría acabado el libro de no ser por las personas que me han acompañado en el proceso.

En primer lugar, como siempre, quiero agradecer a mi marido, Nacho, por ser el responsable de que terminara la novela. Por tu apoyo incondicional y tus ánimos, por convencerme de que el producto era bueno aunque yo estuviera al borde de tirar la toalla. Gracias por tu confianza plena e infinita. Eres, y siempre serás, mi mejor impulso.

Gracias también a Irene, mi psicóloga, por acompañarme en los últimos meses del proceso de escritura y de publicación, por ayudarme a aniquilar fantasmas e inseguridades y por convencerme de priorizar mi estabilidad y mi salud mental.

A mi familia, por leerme, apoyarme, llorar y sufrir con mis personajes.

A Laura G. W. Messer, Natalia Belchi, Paula L. Marichal, Alisha Cavill, mis lectoras betas, que se tragaron un primer borrador infumable y me animaron a perseguir la versión que a mí más me convenciera. También a la segunda tanda de lectoras y *bookstagrammers* de confianza, a las que adoro y siempre apoyaré: Gemma, Blair y Patri, tenéis un hueco enorme en mi corazón.

GRACIAS a Nia Area, por leerse la última versión —y todas— del manuscrito *in extremis* y darme su valoración, siempre con un cariño y una sabiduría que no se puede agradecer con palabras. Tú me haces mejor autora, y ya no imagino escribir sin que tus ojos estén ahí para ayudarme a brillar. En este sentido, también le debo mucho a Cristina A. Todorova, por leerse la trilogía al completo, y del tirón, de una sentada, porque necesitaba una visión fresca y nueva, sin contaminar con tantos borradores. Tus aportes y sugerencias me ayudaron mucho a dar con la clave del resultado final.

Esta trilogía no habría llegado a ti sin la grandísima labor de mi equipo de agentes literarios en Editabundo, Pablo Álvarez y David de Alba, y sin el enorme equipo editorial que he tenido detrás. Gracias a Clara Rasero por confiar en la fantasía épica y por darme —una vez más— un altavoz mediante el que contar historias y, sobre todo, poder terminarlas.

Gracias a Andrés Aguirre por el mapa, a Patri (@patop.art) por las maravillosas ilustraciones de personajes, y a toda la comunidad literaria de redes sociales por hacer que la literatura fantástica nacional llegue cada vez más lejos.

Por último, y no por ello menos importante, gracias a ti. Por acompañarme hasta el final de la trilogía —con lo complicado que es mantener lectores—, por tu apoyo, tus comentarios, tus impresiones y por leerme, simple y llanamente.

Tal vez *Promesa de sangre* no haya terminado como imaginabas, pero sí espero que haya tenido un final a la altura de la trilogía que te haya hecho vivir con emoción la fantasía épica. Ojalá volvamos a leernos pronto.

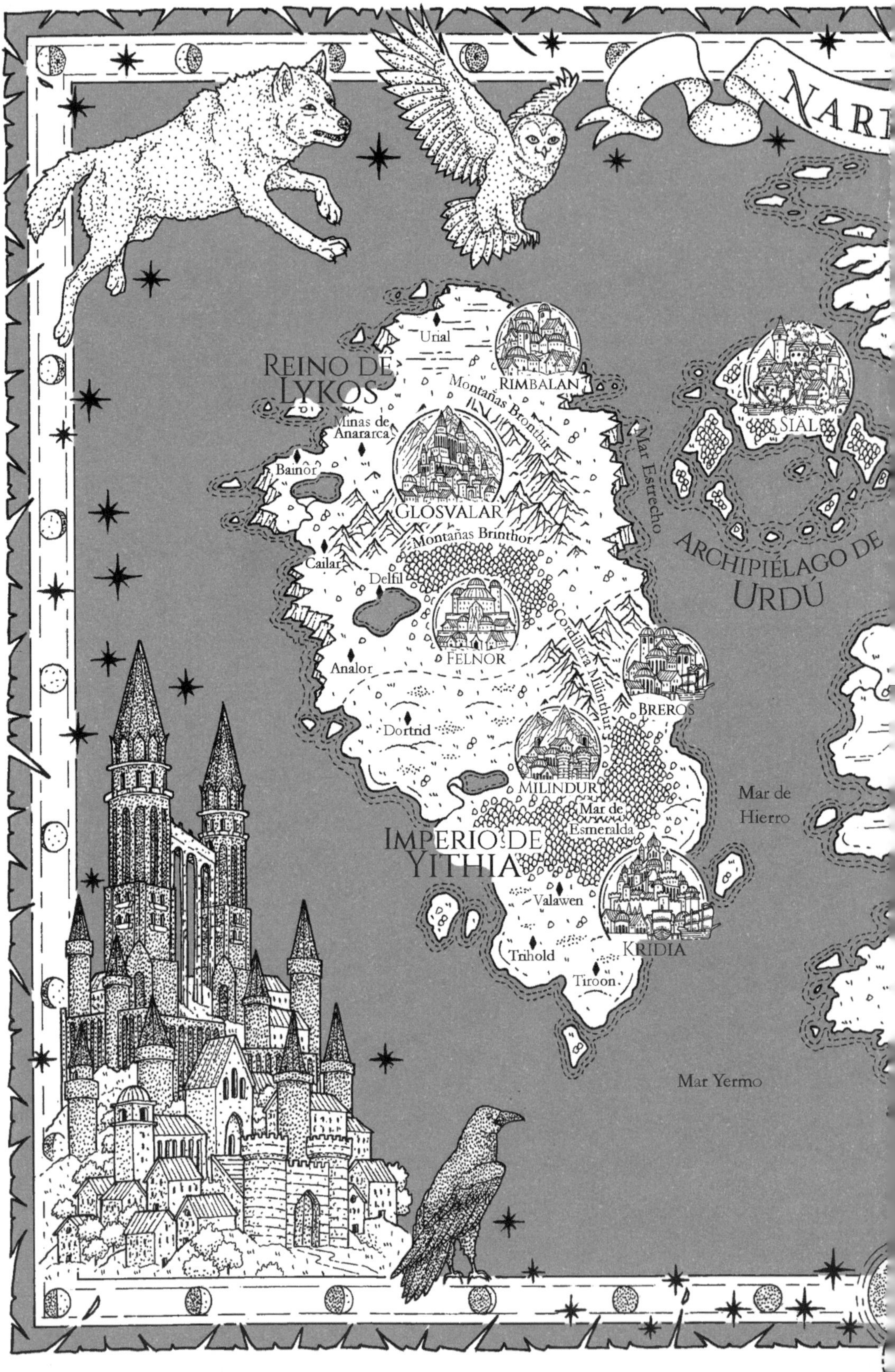
NARI
Reino de
Lykos
Urial
Rimbalan
Montañas Bronthir
Minas de
Anararca
Bainôr
Glosvalar
Montañas Brinthor
Cailar
Delfil
Felnor
Analor
Cordillera Milinthur
Breros
Dortrid
Milindur
Mar de
Esmeralda
Imperio de
Yithia
Valawen
Kridia
Trihold
Tiroon
Mar Estrecho
Siäl
Archipiélago de
Urdú
Mar de
Hierro
Mar Yermo